汉译世界文学名著丛书

你往何处去

〔波兰〕亨利克·显克维奇 著

林洪亮 译

Henryk Sienkiewicz
QUO VADIS

汉译世界文学名著丛书
出版说明

　　1902年，我馆筹组编译所之初，即广邀名家，如梁启超、林纾等，翻译出版外国文学名著，风靡一时；其后策划多种文学翻译系列丛书，如"说部丛书""林译小说丛书""世界文学名著""英汉对照名家小说选"等，接踵刊行，影响甚巨。从此，文学翻译成为我馆不可或缺的出版方向，百余年来，未尝间断。2021年，正值"汉译世界学术名著丛书"出版40周年之际，我馆规划出版"汉译世界文学名著丛书"，赓续传统，立足当下，面向未来，为读者系统提供世界文学佳作。

　　本丛书的出版主旨，大凡有三：一是不论作品所出的民族、区域、国家、语言，不论体裁所属之诗歌、小说、戏剧、散文、传记，只要是历史上确有定评的经典，皆在本丛书收录之列，力求名作无遗，诸体皆备；二是不论译者的背景、资历、出身、年龄，只要其翻译质量合乎我馆要求，皆在本丛书收录之列，力求译笔精当，抉发文心；三是不论需要何种付出，我馆必以一贯之定力与努力，长期经营，积以时日，力求成就一套完整呈现世界文学经典全貌的汉译精品丛书。我们衷心期待各界朋友推荐佳作，携稿来归，批评指教，共襄盛举。

商务印书馆编辑部
2021年8月

完美的史诗风格

1905年,显克维奇登上了诺贝尔文学奖的荣誉宝座。要获得这一殊荣绝非易事,在当时的世界文坛上可以说是强手如林,许多作家都有实力得到这一文学大奖。1905年被提名参加角逐的作家就有15位,其中包括托尔斯泰、卡尔杜齐、吉卜林等人。显克维奇也是从设立诺贝尔文学奖的1901年起就连续5年被推荐为候选人,终于在1905年如愿以偿,成为波兰第一位获得这项荣誉的作家。

瑞典文学院授予显克维奇文学奖是为了"表彰他作为一个历史小说家的显著功绩和对史诗般叙事艺术的杰出贡献"。也就是说,显克维奇的得奖并不是单靠某一部作品,而是他的全部创作,特别是历史小说的杰出成就。在这方面他一生写了7部鸿幅巨制的历史小说,部部都称得上是精品,《火与剑》《洪流》《十字军骑士》和《你往何处去》尤为一流的杰作。当然,显克维奇之所以能在1905年得奖,也可以说是机遇所致。1905年俄国全境爆发了声势浩大的革命运动,而沙俄统治下的波兰华沙和罗兹等城市,则是这场革命的重要据点。波兰工人纷纷举行罢工,甚至拿起武器反抗沙俄政府的专制压迫，但是这场革命却遭到了沙俄统治集团的血腥镇压。波兰人民的反抗斗争和不幸遭遇激起了全世界人民对波兰的注意和同情，把文学奖授予波兰的显克维奇无疑是向沙俄政府递交的一份抗议书。

另外，我们也不能不提到延森的功绩。延森不仅是一位著名的斯拉夫学家，也是一位出色的翻译家。他特别喜爱显克维奇的文学创作，几乎翻译了他的全部小说，而且他的译笔优美传神。一个作家的作品要得到外国读者的喜爱，在一定的程度上取决于译文的忠实和优美。显克维奇的小说能受到北欧读者的热烈喜爱和广泛流传，不能不归功于延森的大力介绍。延森还应评委会的要求，提交了一份极有说服力的推荐报告，对评委具有一定的影响力。

当瑞典文学院的评委会决定把文学奖授予波兰作家之后，还出现了一个小小的插曲。1905年和显克维奇一起被提名的还有奥热什科娃，她也是一位声名卓著的波兰作家，有的评委和组织提出仿效1904年的方式，把奖金一分为二，同时授予这两位波兰作家，但争论的最后结果，还是显克维奇独占了鳌头。

由于当时的波兰正处在极度的动荡不安之中，沙俄政府对其统治下的波兰地区实行紧急状态，与国外的通信联系中断，瑞典文学院无法通过正常的渠道与显克维奇取得联系，只好派延森为密使，到达当时还属于奥国的克拉科夫，邀请显克维奇前来克拉科夫与他密商，数日后显克维奇才设法来到了克拉科夫。延森把获奖的消息转告了他，希望他能亲自到瑞典首都去领奖。得知这一消息后，显克维奇欣喜异常，然而他回到华沙后却不露声色，缄口不提他得奖的消息，担心沙俄统治当局会禁止他出国领奖。后来他悄悄地离开华沙，途经德国到达瑞典，及时参加了授奖仪式。在瑞典停留期间，显克维奇受到了瑞典和北欧各界朋友的热情接待。波兰和欧美各国的报刊纷纷发表热情的评论文章（当然也不乏非议之词）祝贺和盛赞这位天才的作家、波兰的语言大师。

一

亨利克·显克维奇（1846—1916）生于波兰东部谢德莱省的沃拉－奥克热雅村，他的祖父和父亲都曾在波兰军团中服过役，这是个富于爱国传统的家庭。1855年，由于家道中衰，举家迁至华沙，显克维奇从此就学于华沙中学。后考入华沙高等学校（即华沙大学）语文系学习。1871年，沙俄政府将华沙高等学校改名为华沙帝国大学。显克维奇没有考完毕业考试，便愤然离开了大学。

嗣后，显克维奇担任《处女地》的撰稿人。1874年起任《言论报》的主编。1876—1878年，显克维奇作为《波兰报》记者，访问了美国，写出了《旅美书简》，真实地记录了作者访美期间的所见所闻。1879年，他在法国巴黎停留了将近一年，写出了一组《巴黎来信》的报道文章。从此以后，出国旅游、参观、访问和疗养，便成了显克维奇的一大爱好。每年都要到国外去住几个月。他先后访问过君士坦丁堡、雅典、那不勒斯、罗马和西班牙。1890年曾途经埃及到达坦桑尼亚，后遇瘟疫而中途折回。

显克维奇在大学期间便开始了文学创作。1872年他写出了中篇小说《徒劳无益》。同年出版的《沃尔西沃书包中的幽默作品》，抨击了封建贵族的愚昧、落后和保守，歌颂了新兴资产阶级的进取精神。1876—1882年期间，显克维奇创作了一系列脍炙人口的中短篇小说，其中有反映农民的悲惨遭遇和贫苦生活的《炭笔素描》《音乐迷扬科》和《天使》，有揭露异国统治者压迫和摧残波兰民族特性、推行同化政策的《胜利者巴尔特克》和《一个波兹南教师的回忆》，有反映波兰侨民在美国不幸遭遇的《为了面包》和《灯塔看守人》，有揭露美国殖民者对印第安人的压迫和摧残的《奥尔索》和《酋长》，有反映美国移民历尽千辛万苦到达西部的《穿过草原》。显克维奇一生写了六十余部中短篇小说。这些小说风格各异，形式不同，构成了一幅幅多姿多彩的画卷，不仅是显克维奇创作中的重要组成部分，也是世界文学宝库中的珍品。它们广泛流传于世界各国，受到各国读者的喜爱。

1883年是显克维奇创作转折的一年。他为了使亡国中的波兰人民能保持民族的自尊、自信，便转向历史小说的创作，想用历史上波兰人民的光辉业绩和英勇斗争精神来"鼓舞人心"。从1883年到1888年，他接连发表了反映十七世纪波兰人民反抗外族侵略的重大历史事件的三部曲，即《火与剑》《洪流》与《伏沃迪约夫斯基先生》。《火与剑》写赫米尔尼茨基领导的1648—1649年哥萨克暴动，这次暴动的直接后果是第聂伯河以东的乌克兰领土并入了沙俄帝国的版图，使多民族的波兰王国遭到肢解。显克维奇站在维护祖国领土完整的立场上，抨击了赫米尔尼茨基勾结鞑靼和沙皇俄国来反对和分裂波兰王国的叛卖行为。但作者没有能够把赫米尔尼茨基的暴动与乌克兰农民反对贵族压迫的起义区分开来。《洪流》以1655年瑞典入侵波兰为历史背景，歌颂了波兰人民的爱国热情和英勇斗争精神。揭露了大贵族们投靠敌人，出卖祖国的丑恶行径。小说真实地再现了波兰历史上的这一伟大的卫国战争。《伏沃迪约夫斯基先生》描写波兰反抗土耳其人和鞑靼人的斗争。三部曲的发表使显克维奇跻身一流作家的行列，并受到波兰国内外读者的热烈欢迎和喜爱，一百年来其影响经久不衰。

三部曲之后，显克维奇又回到了现实小说的创作，先后写出了《毫无准则》和《波瓦涅茨基一家》。前者是用日记形式写成的一部现代心理小说，小说以高超的技巧刻画了一个老于世故而又性格多疑的"多余人"典型，他一生无所事事、优柔寡断，不仅自己无法获得幸福，也给别人造成不幸。他是个有才华的人，但缺乏道德支柱，也就是说，他缺乏准则，缺乏信仰，最后不得不自杀身亡。《毫无准则》被认为是一部优美的发人深思的严肃作品，受到当时各国著名作家的好评。《波瓦涅茨基一家》塑造了一个靠投机买卖而致富的新型贵族资产阶级的典型。小说虽有出色的人物描写，但艺术上不及《毫无准则》那样优美。

接着，显克维奇又写出了两部杰出的历史小说《你往何处去》和《十字军骑士》。《十字军骑士》描写的是十四世纪初波兰－立陶宛人民共同反对条顿骑士团侵略的斗争。作者借古喻今，抨击了当时普鲁士政府所推行的旨在消灭波兰民族的日耳曼化政策，并用历史上以弱胜强的格隆瓦尔德战役来鼓舞波兰人民的斗志。

二十世纪初期，显克维奇依然在勤奋写作，先后写出了历史小说《在光荣的战场上》和《军团》（未完成）、现实小说《漩涡》

和儿童小说《在沙漠和丛林中》(又名《中非历险记》)。《在沙漠和丛林中》是作者特意为少年儿童创作的一部惊险小说。小说一出版,便受到青少年读者的热烈欢迎。从 1911 年出版到现在,是显克维奇小说中最受波兰读者喜爱的小说之一。

第一次世界大战爆发后,显克维奇离开了已被德国军队占领的波兰,来到瑞士的佛维。1915 年他组织了"战争牺牲者救济委员会",并担任该会的主席。1916 年 11 月 15 日这位年逾古稀的波兰作家不幸病逝了。1924 年 10 月,他的灵柩被运回波兰,安放在华沙老城圣约翰教堂的地下墓室里。

二

《你往何处去》是显克维奇创作中的一部重要小说。它在显克维奇获得诺贝尔文学奖的各种因素中起着重要的作用。这部小说描写的是公元一世纪五六十年代的古罗马生活。它以古罗马暴君尼禄迫害早期基督教徒为背景,通过青年将领维尼兹尤斯和信仰基督教的少女莉吉亚之间真诚、痛苦、曲折的爱情故事,真实地再现了那个时代的生活,揭露了罗马帝国统治者惨无人道的罪行,表现了早期基督教徒的活动和他们的品德。

维尼兹尤斯和莉吉亚的爱情故事是贯穿整部小说的一根经线,也是作者着力描写的一个重要内容。在维尼兹尤斯身上,显克维奇塑造了一个真实可信而又光彩照人的叛逆者形象。出身高贵的罗马青年将领维尼兹尤斯是个血气方刚、性情粗暴而又英俊魁梧的青年，一次偶然的机会使他看见了美貌的莉吉亚，他被莉吉亚的姿色所吸引，深深爱上了这位像春天和鲜花一样美的"黎明女神"。然而深受罗马传统观念熏陶的维尼兹尤斯，也像其他奴隶主一样，他的爱充满自私和情欲，他只是想占有莉吉亚，使她成为自己的情妇或妾奴，而并不想娶这个蛮族酋长的女儿为妻。莉吉亚却是个基督教徒，在爱情上只能与人为妻，从一而终。尽管她对维尼兹尤斯怀有情意，但当她在皇宫的宴会上发现维尼兹尤斯的阴谋后，为了坚守人格和教义，不受屈辱，甘愿抛弃荣华富贵，毅然逃走。维尼兹尤斯执意要找到她，甚至想对她进行报复，后来他借助于基朗，打听到了莉吉亚的下落，他原想用武力把她抢到手，结果未获成功，还险些送掉性命，救他的恰好是他想报复的莉吉亚。在他养伤期间，莉吉亚精心照顾他，随着维尼兹尤斯的伤病痊愈，他们之间的感情日益炽烈。然而这时的维尼兹尤斯虽然越来越感到莉吉亚的可亲可爱，却依然还有一颗奴隶主的心。为了坚守自己的信仰，莉吉亚又一次出走。当维尼兹尤斯第二次找到她的时候，这个被他追逐得无家可归的少女，不仅不仇恨他，反而深深爱着他。被罗马统治阶级视为人类仇敌的基督教长老和使徒，对他们的相爱也深表赞同。通过亲身感受，维尼兹尤斯觉得这些基督教徒都是正派的人、诚实的人。他们毫无国界和民族之分，也没有尊卑贵贱之别，他们互相帮助，平等相待。这时他开始接受了基督教的平等思想，真正觉得莉吉亚可敬可爱，他抛弃了那种单纯占有的情欲，而萌发了纯真的爱情，真正体会到这种爱情的高尚和伟大。维尼兹尤斯由爱莉吉亚进而对基督教产生了好感，思想上起了根本的变化。后来他目睹了罗马大火给人民造成的巨大灾难，激起了他对尼禄及其专制统治的无比憎恨。他自己在经过一天的奔驰、焦急、不安和痛苦之后，终于找到了安然无恙的莉吉亚。这段经历使他的灵魂得到了彻底的感化，使他背叛了自己原来信仰的宗教和阶级观念，接受了基督教的洗礼。尼禄为了转移民众对自己的仇恨，把纵火的罪名转嫁到基督教徒身上，对他们进行了惨绝人寰的迫害，莉吉亚也被囚禁死牢，还身罹重病，维尼兹尤斯想尽种种办法去搭救她，甚至不惜降尊趋贱，乔装运尸的奴隶，混进死牢与之相见。这充分体现了这种建立在共同的思想信仰和平等原则基础上的爱情是至死不渝、坚贞不屈的。

维尼兹尤斯和莉吉亚的爱情故事，构成了小说中最优美、最抒情的篇章，揭示了这对青年男女爱情的纯真和通过爱情所体现的平等思想，虽然他们的爱情结局染上了宗教的色彩，但它表达了作者的创作目的。显克维奇曾这样写道："维尼兹尤斯这个性情暴躁的人，我改变了他的宗教信仰。我让莉吉亚绑在牛角中间出现在竞技场上，我把这两个改变宗教信仰的人结合在一起，因为需要这样做，尽管是在文学中，也应该比现实生活有更多的仁爱和幸福。这样一来，作品才能成为生活的慰藉，就像以前的哲学那样。"作者通过这个场面，不仅向读者展示，无论经过怎样的痛苦和流血牺牲，爱终究是要胜利的，而且它还寓有更深层的意义：据不少波兰评论家论证，莉吉亚象征着波兰。因为莉吉亚出生的地方正是古代波兰的起源地。莉吉亚被缚在日耳曼大野牛的牛角中间，代表着波兰受到普鲁士的奴役，而乌尔苏斯则使人想到古代统一波兰的国王密什科，乌尔苏斯以超人的气力打死野牛，象征着波兰最终将从普鲁士的桎梏中解放出来。因此，维尼兹尤斯和莉吉亚的爱情的胜利，实际上是人性战胜"兽性"，仁爱战胜残暴的胜利，是被奴役、被压迫者战胜奴役和压迫的胜利。

三

对尼禄暴行的揭露是小说的另一个重要内容。历史上的尼禄是个凶残暴戾、淫逸奢侈的暴君。公元54年，他母亲在毒死其后夫克劳迪乌斯之后，把当时只有十七岁的尼禄扶上了皇帝的宝座。尼禄当政的初期，在老师塞内加等大臣的辅佐下，尚能兴利除弊。后来由于皇帝和元老院之间的矛盾重新加剧，尼禄的恣睢暴戾、残酷多疑的面目便渐渐暴露出来，他害死了母亲、妻子、兄弟和塞内加，杀害了那些他认为有可能威胁他帝位的帝裔和重臣。这期间，罗马发生了一场大火，连续烧了一个星期，据说是尼禄下令烧的，而罗马帝国对基督教徒的第一次迫害，据说也是尼禄为了把大火的罪责归于基督教徒而造成的。尼禄还大兴土木，建造新的宫殿。他挥霍无度，举行种种盛大的庆祝和宴会，致使国库空虚，民不聊生。这时高卢总督和西班牙总督相继率军反叛，元老院宣布废黜尼禄，尼禄最后逃到罗马城外，自刎身死。

显克维奇根据塔西佗的《编年史》和其他历史著作，在忠实于历史的基础上，塑造了尼禄这个生动而具体的形象。尼禄称帝以后的种种活动都在这部小说里得到了反映。从他一生的所作所为中，我们看到了一个恣睢暴戾、嗜血成性的暴君。但是作者在刻画这个暴君的形象时,强调了他的独特性格,使他不同于其他的暴君。首先作者突出了尼禄的残忍,其次是他性格中的怯懦,第三是突出了尼禄的虚荣:他不但渴求帝王的威势,还妄想戴上诗人的桂冠。这三个基本方面便构成了尼禄这个复杂而又生动的人物形象。

显克维奇通过不同的场面,淋漓尽致地揭示了尼禄的残忍性格。他不仅杀死了他认为是危险的各届皇帝的后代,甚至连扶持他上台的生身母亲也被他下令害死,他的异父兄弟被他鸩害,他的结发妻子先被切开血管,后被蒸汽闷死。他处决了所有对他不满的人或者他认为是不满的人。恐怖笼罩着整个朝野,禁卫军出现在哪里,哪里的人就要罹难。廷臣们个个胆战心惊,惶惶不可终日。到了后期,尼禄的残忍竟使罗马城里送殡的行列天天不断。而他的残忍,在迫害基督教徒方面达到了最高峰。他亲自筹划,安排了种种惨绝人寰的酷刑:除了让野兽撕咬、钉上十字架、施行火刑等大规模的屠杀外,还亲自设计了不少别出心裁的酷刑——用表演神话题材和罗马古代史实的场面,来处死基督教徒。在这里,尼禄的残忍到了无以复加的程度。作者通过这些描写,把尼禄这个暴君的残忍性格暴露无遗了。

然而尼禄的残忍,不像别的许多暴君那样,出于粗暴性烈、胆大敢为,而是由于怯懦。这个靠权诈上台的皇帝,深怕自己也被别人用权诈推翻,所以他要把一切他认为对他的帝位和威势构成危害的人物都除掉,但他又不敢直接去杀死他们,而常常是寻找借口。他的借故杀人就是他的怯懦的表现。由于怯懦,他对元老大臣和皇亲国戚都充满猜忌,这种猜忌又加深了他和元老大臣之间的矛盾，矛盾的加深又使他的猜忌更重，这种恶性循环使尼禄后来成了猜疑狂、屠杀狂，成了众叛亲离的孤家寡人。对于人民群众更是如此，他把人民群众视如蝼蚁，高兴杀谁就杀谁。但他又非常害怕人民群众，害怕人民不支持他、不信任他，害怕人民起来反抗他。整个大火这一段，既表现了他的残忍，又十分突出地反映了他害怕人民群众的一面。在对待彼特罗纽斯的态度上，也反映出尼禄的怯懦。他既想借重彼特罗纽斯的学识、风度，又嫉妒他的才华、情趣，因此他既想把他除掉，又怕把他处死。尼禄不同意提格里努斯把彼特罗纽斯当作基督教徒来处死，就是这种怯懦的表现，因为尼禄害怕这时杀害这位深受民众爱戴的廷臣，会得到适得其反的后果，只好寻找别的借口。即使到了最后他觉得彼特罗纽斯已经无用，要处死他时，尼禄也不敢在罗马处决他，深恐彼特罗纽斯一旦不服从命令起来反抗时，会得到人民的响应。怯懦和残忍，在尼禄身上相辅相成，构成了他那既矛盾又统一的复杂性格。

　　尼禄性格中的第三个因素便是他的虚荣。他想成为天下无双的诗人，成为与阿波罗并驾齐驱的艺术之神。这个平庸无能、粗鄙不堪的君主，却自命不凡，认为自己的才能出众。他渴望得到观众的赞扬、鼓掌和喝彩。为了这些，他不惜用巨款去赏赐那些组织来的或者专为赏赐而来的观众，甚至举行盛大的宴会来招揽他们。他还为了自己在希腊表演所获得的"胜利"，举行了一次像恺撒那样的盛大凯旋仪式。他为了写好他的《特洛伊之歌》，使他的名字能众口交赞、流传千古，秘密下令放火烧毁罗马，使他能观赏到大火的壮观景象，以便他在歌颂"特洛伊城"的毁灭时有真情实感，好让他的诗歌超过荷马的史诗。显克维奇描写尼禄为了写诗而去放火烧毁罗马，不一定是史实，但却很能表现他为了虚荣不惜犯下滔天罪行。后来，他的虚荣达到了疯狂的程度，当高卢总督起兵反叛、情势十分危险时，他还在醉心于他的演出和观众的喝彩。直到大难临头，他不是为自己失去权势而惋惜，而是悲叹他"这个艺术家"的离世。

显克维奇紧紧抓住尼禄性格中的这三个主要方面，去进行刻画，使尼禄这个形象显得丰满鲜明，既具有暴君所共有的凶暴残忍、骄奢淫逸的共性，又有尼禄这个人物独特的个性。

四

小说所反映的另一个重要方面是早期基督教活动。不少波兰国内外的评论家曾称它为"基督教史诗"，显克维奇自己也称它为"真正的基督教史诗"。可见基督教活动在这部小说中所占的重要地位。

小说首先突出了基督教所提倡的平等友爱关系，用以同奴隶社会中奴隶主和奴隶的不平等关系相对照，显示出了早期基督教的革命性。恩格斯曾经指出："在早期基督教的历史里，有些值得注意的与现代工人运动相同之点。基督教和后者一样，也是被压迫者的运动：它最初是奴隶和被释放的奴隶、穷人和无权者、被罗马征服或驱散的人们的宗教。"而《你往何处去》中的基督教徒，也正好体现了这种阶级特性，他们大多是低微的劳动群众，是被压迫者。他们之间不分民族、国别和出身，都是平等相待、友爱相助。可是在古罗马社会中，等级和种族的观念森严，只有贵族才享有特权。外国人受到歧视，奴隶成了百般欺凌的对象，根本不被当人看待。所以，基督教的这种平等友爱关系，实际上就是人民反对强权政治，反对罗马暴政的一种斗争方式，而基督教徒遭到罗马统治阶级的仇视和镇压，把他们视为人类之敌，污蔑他们是杀人放毒的奸徒，也就毫不奇怪了。这也从反面证明了早期基督教的正义性和革命性，因此，我们不能简单地把《你往何处去》看成是一部描写宗教的小说，不能片面地去理解"基督教史诗"的含义。

不可否认，显克维奇在小说中把早期基督教理想化了。作者从多方面去表现基督徒们的高尚道德，首先强调了基督徒的灵魂美。他们相互支持，相互帮助，愿意为别人的幸福而牺牲自己。他们清淡寡欲，对爱情坚贞不贰，和罗马贵族的淫逸放荡、寻欢作乐适成鲜明的对比。其次，小说还突出了基督徒们为忠于自己的信仰，面对暴虐和迫害而宁死不屈、视死如归的精神。莉吉亚为了自己的信仰，甘愿过清贫的生活。基督教徒们在"仁爱""宽恕"的思想影响下不可能采用武力去反抗尼禄的专政，但是他们面对尼禄的残酷迫害，则表现出了毫不屈服的气概。无论是披上兽皮被野兽吞噬，还是被处以磔刑或被绑上火刑柱烧死，他们都表现出同仇敌忾、视死如归的精神。

应该指出的是，显克维奇这种把基督教理想化的倾向，正反映了他自己的愿望和思想观点。显克维奇生活在亡国后的波兰，深深感受到沙俄、普鲁士和奥国对波兰的殖民统治和民族压迫，同时他对资本主义社会人与人之间尔虞我诈的关系也是深恶痛绝，因而把目光转向早期基督教的理想化了的关系上。借此来揭露外国统治者对波兰人民的迫害，希望波兰人民能像早期基督教徒那样表现出一种宁死不屈的精神，同时也期望着波兰能建立一个平等、友爱、公正的社会。

五

《你往何处去》的艺术成就，尤其表现在对罗马奴隶社会风貌的再现上。许多批评家指出过，《你往何处去》虽是一部"基督教史诗"，但它对基督教社会的描写远不如对罗马异教社会的描写那么生动和丰富多彩。在人物形象方面，基督教中的人物大多被刻画得性格单调，缺乏鲜明的个性，而罗马异教社会中的人物则是多姿多态，各具独特的个性，无论是真实的历史人物，如尼禄、提格里努斯、波培娅，还是虚构的人物如维尼兹尤斯、尤妮丝等，都被刻画得生动逼真、惟妙惟肖。尤其是彼特罗纽斯和基朗这两个形象的刻画，更是显示出了显克维奇的功力。

彼特罗纽斯是个历史人物，古罗马的一位诗人，他的《萨蒂利孔》在罗马文学史上占有较为重要的地位。在作者笔下，彼特罗纽斯是作为古希腊罗马文化的代表而出现的。他风度潇洒，情趣高雅，才思敏捷，学识渊博，被尊为"风雅裁判官"。他的身上融合了许多矛盾的因素，他是个享乐主义者，又是个怀疑派，他轻视劳动人民，但又往往替他们说话。他年轻时曾担任过比提尼亚的总督，政绩卓著，后来虽然成了尼禄的宠臣，但并不权欲熏心。他和其他廷臣一样恣意享乐,纵情美色,参与尼禄的罪恶活动,但他并没有失去区分善恶是非的能力,也就是说,他没有他们那样堕落,因而敢于批评尼禄,敢于说公道话。在和变化无常的尼禄相处中,多次凭着他那过人的才智,化险为夷。他那丰富的学识和高雅的艺术鉴赏力,使最不愿听别人意见的尼禄,也常常求教于他。作为享乐主义者的彼特罗纽斯,有自己的生活原则:要快快活活地生活,也要高高兴兴地去死。因此他反对基督教的基本教义,认为基督教主张以德报怨是毫无意义的,也是不值得的;他更不赞成基督教那种寄希望于死后的观点,而是着眼于现世,认为人生在世,就应该尽情地享受生活的乐趣。因此他公开声称基督教"不是我的宗教"。显克维奇从多方面多层次去刻画这个人物,使彼特罗纽斯的形象显得特别生动、丰满。实际上,显克维奇在刻画他的时候灌注了自己的激情和心血,体现了他自己的处世哲学和处世原则。有的教会评论家批评作者说:"每个读者都会感觉到,显克维奇虽然表面上赞同保罗,可是在感情上却和彼特罗纽斯更接近。"有的批评家甚至认为,彼特罗纽斯就是作者本人的化身,或至少是体现了他的某些思想倾向。

基朗也是一个刻画得相当出色的人物。在他的身上凝集着人类的种种丑恶的天性。基朗并不缺乏才智,甚至相当机敏,也很幽默诙谐。他的知识丰富,因而自称是个哲学家。但他实际上是个特务、告密者、抢劫犯、胆小鬼、叛卖者。他善于见风使舵,溜须拍马,而且嫉妒成性、报复心强。小说一开始,他自称从希腊来到罗马,可他在途中就勾结了强盗,把与他为伴的格劳库斯医生杀伤,还骗卖了他的妻女。后来他帮助维尼兹尤斯寻找莉吉亚，不择手段地打入基督教徒内部，终于找到了莉吉亚的下落。罗马大火后，他迎合尼禄嫁祸于人的需要，便充当了一个告密者、诬陷者，诬告基督教徒是罗马的纵火犯，致使无数的基督教徒惨遭酷刑和杀害。他也因此而成了尼禄的宠臣。他像许多得势小人一样，一旦身居高位，便趾高气扬，目空一切，连彼特罗纽斯也不放在眼里了。只有当他目睹了那些惨绝人寰的场面之后，这个胆小鬼的心灵才受到震撼，才有所悔恨，公开说出了纵火犯就是尼禄的真情。他最后的皈依基督教，虽然使人觉得匆忙仓促了一些，但基朗这个人物还是真实可信的，而且刻画得相当成功。

六

不少评论家指出，《你往何处去》获得如此巨大的声誉，除了它的社会意义和认识价值外，还应归功于它的艺术魅力和艺术成就。的确，这部小说在再现历史真实、情节和场面的生动描写以及塑造人物形象方面，都取得了令人瞩目的成就。

历史小说与历史的关系十分微妙，既不同于历史，又受到历史的制约。历史小说必须借助于虚构，没有虚构就难以展开故事情节，刻画鲜明的人物形象。但是这种虚构又不能脱离历史的具体背景，历史人物的思想、情感和行动也必须符合所写时代的气氛和风俗习惯，才能使小说具有历史的真实感，也才能真正丰富读者的历史知识，给人以启迪和美的享受。

《你往何处去》所描写的是公元一世纪五六十年代罗马帝国的

历史事件。虽然它和作者所处的时代相距十分遥远,然而显克维奇一生对古希腊－罗马著作十分喜爱,经常阅读拉丁文的各种著作,还曾多次到罗马进行实地考察,掌握了大量的历史资料。显克维奇在谈到小说的写作起因时说过:"多年来我在入睡之前有阅读古代拉丁文历史著作的习惯,我这样做不仅是出于我对历史的喜爱(历史是我永远感兴趣的),也是因为我不想忘记我学的拉丁文。这种习惯使得我毫无困难地阅读用拉丁文写作的诗人和作家的作品,同时也激起了我对古代社会的强烈兴趣。"

"七年以前,我最后一次在罗马居留时,曾手里拿着塔西佗(罗马著名历史学家)的著作,游览了城市和郊区。我敢大胆地说,这种酝酿当时就已经在我的身上成熟了,只要找到触发点就够了。《你往何处去》的题词,彼得小教堂的情景,阿尔班山、三眼井,当我找到这些时,一切便迎刃而解了。回到华沙后,我开始了历史研究,它更激起了我对正在构思的这部作品越来越强烈的喜爱。"

正是这种细心的考察和潜心的研究,才使显克维奇能在自己的作品中非常逼真地再现了古罗马社会的生活,出色地反映出那个时代的气氛和人们的情感。作者不仅对历史事件、历史人物作了有据可依的真实的描绘,就是对细节也非常注意。每条街道、每座府邸,甚至不同社会阶层的人物的种种生活习惯,都写得和历史的真实情况十分接近。波兰著名评论家吉林斯基写道:"在整个世界文学中,还没有哪一部作品像《你往何处去》那样反映了古罗马社会。作品中的一切都是符合事实的。"

《你往何处去》的第二大特色是故事情节的曲折生动、跌宕起伏。就拿维尼兹尤斯和莉吉亚的爱情故事来说，就写得波澜起伏，扣人心弦。从维尼兹尤斯的一见钟情到最后的美满姻缘，中间经历了多少的苦痛不安和惊险的场面，整个故事不断出现戏剧性的高潮，紧紧吸引着读者，使读者欲罢不能。显克维奇是个描写大场面的能手。尼禄出巡安提乌姆的一场就写得场面宏伟，气势壮观。而罗马大火和对基督教徒的迫害，则更显示出了作者的功力，受到了各国评论家的高度评价。

强烈的感情色彩是小说的另一特点。感情或情感是文学作品必不可少的重要因素，没有感情就没有文学的内在感染力。文学作品就是要激起读者的感情波澜，进而使读者产生激动和共鸣。显克维奇总是在自己作品中倾注强烈的感情，或爱，或恨，或喜，或怒，或同情，或憎恶，都有着强烈的表现。在读《你往何处去》的时候，我们会为维尼兹尤斯和莉吉亚的真挚爱情而激动，会对基督教徒的惨遭杀戮而义愤填膺，会对尼禄的狂虐暴政而愤愤难平。

总之，显克维奇的创作成就，正如瑞典皇家学院常务秘书魏尔生在颁发诺贝尔文学奖的授奖词中所说："他的成就显得巍峨高大，又浩瀚广阔，同时在各方面都表现得高尚和善于克制。他的史诗风格更是达到了艺术上绝对完美的地步。他那种有着强烈的总体效果和带着相对独立性插曲的史诗风格，还由于他那朴素而引人注目的隐喻而别具一格。"显克维奇正是由于这种巍峨而又广博的艺术成就才获得诺贝尔文学奖这一荣誉的。

在显克维奇获得这一殊荣的过程中，《你往何处去》具有特别重要的意义。这部小说一出现，便立即轰动了整个欧美世界，各国争相翻译这部作品，当时就被译成了30多种文字。英语译本一年内在美国和英国共售出了80万册。在1901年柏林的波兰文学史专家布鲁克涅尔估计说，"单是在这两个国家就已经售出了200万册"。因此，可以说，在十九世纪末出版的文学作品中，《你往何处去》是唯一的一部在短短数年之内印数达到数百万册的小说。

《你往何处去》不仅被译成几十种文字，而且还被多次改编成话剧、歌剧和电影。仅在显克维奇生前被改编的话剧剧本就有十多种，先后在波兰、美国、英国、法国、意大利和奥国的剧院上演过。改编的歌剧也有五六种。1913年，意大利、法国分别将小说搬上了银幕。四十年代末期，美国好莱坞又将它拍摄成电影，许多著名演员参与了该片的拍摄工作。七十年代，意大利又把它改编成14集的电视系列片。80多年来，《你往何处去》一直在世界上广泛流传，历久不衰。

显克维奇也是最先被介绍到中国来的波兰作家之一。他的作品深受鲁迅的喜爱和推崇。《你往何处去》在中国有过三种从英文或日文转译的译本。现在这个译本，是第一次根据波兰文原著译出的，1983年，曾由上海文艺出版社出版。译者此次又对译文作了修订。序言也作了较多的补充。

林洪亮
于北京建内东总布

xxi

1

彼特罗纽斯①将近中午才醒过来,他像往常那样,觉得很疲乏。昨天他应邀参加了尼禄举行的宴会,直到深夜。近来他的身体开始走下坡路了。他自己也曾说过,每当早晨醒来便感到全身麻木,头脑迟钝得无法思考。但是早上洗过澡,让善于服侍的奴隶精心按摩一番之后,他那迟缓的血液循环便会渐渐地加快,困倦消失了,体力恢复了,心情更加舒畅。等他从最后一道浴池——涂油室出来的时候,他就像刚刚复活过来似的,一双眼睛闪耀着诙谐和欢乐的光辉。他显得年轻了,神采奕奕,充满着无限活力。即使是最爱打扮修饰的奥托也无法与他相比,人们把他称作"风雅裁判官",真是名副其实。

他很少到公共浴池去,除非那里有全城众口称赞的、才华出众的雄辩家出现,或者在那儿的竞技厅里有引人入胜的比赛举行。因为他家里有专用浴室,那是和塞维路斯同样出名的塞勒替他扩建、改造而成的。连尼禄本人也承认,其布置之精美、雅致,超

---

① 彼特罗纽斯:罗马诗人、作家,作品有小说《萨蒂利孔》等。(本书中除特殊说明,均为译者注。)

过皇宫浴室。不过，皇宫浴室更宏伟，设备也要奢侈华丽得多。

在昨夜的宴会上，他因为讨厌瓦提纽斯对尼禄、卢坎[①]和塞内加[②]等人的插科打诨，便参加了一场关于女人有没有灵魂的讨论。今天他起身很晚，像往日那样洗了早浴。两个体格魁伟的浴室侍者服侍他躺到铺着埃及白麻布的柏木按摩床上，用蘸满芬芳的橄榄油的双手，开始按摩他优美的身躯。彼特罗纽斯闭着眼睛，等着蒸汽浴室的暖气和侍者双手的热气渗进他的躯体，把他身上的疲乏一扫而尽。

过了不久，他睁开眼睛，开了口，先问天气，然后问宝石商人伊多门今天有没有把宝石送来让他鉴别……回答是：天气晴朗，只有一阵阵微风从阿尔班山那边吹来；宝石还没有送来。彼特罗纽斯又闭上了双眼，刚要吩咐仆人把他抬到温水浴室去的时候，一个接待客人的奴隶从门帘后面伸进头来通报说，马尔库斯·维尼兹尤斯少爷刚刚从小亚细亚回到罗马，现在前来拜见主人。

彼特罗纽斯立即吩咐把客人带到温水浴室去，自己也被奴隶们抬到那里。维尼兹尤斯是他姐姐的儿子，他姐姐早先嫁给了马尔克·维尼兹尤斯，他是提贝里乌斯皇帝手下的执政官。现在，小维尼兹尤斯在科尔布罗麾下任军职，他随军远征安息[③]，战争结束了，他也就回到了罗马。彼特罗纽斯很关心他，甚至非常喜爱

[①] 卢坎：罗马诗人，因参加披索的阴谋活动而被尼禄判处死刑，被迫自杀而死。

[②] 塞内加：罗马哲学家、悲剧作家，卢坎的叔父，尼禄的老师，因被怀疑参加披索的阴谋活动，尼禄命他自杀。

[③] 安息：亚洲西部古国。

他。维尼兹尤斯是个威武英俊、膂力过人的青年,他即使在寻欢作乐时也能保持一定的高尚和优雅。对他的这种品质,彼特罗纽斯非常看重。

"彼特罗纽斯舅舅,您好啊!"这位青年急步跨进温水浴室,说道,"愿诸神,特别是阿斯克列庇俄斯①和吉普里达②保佑您诸事顺利。愿您在这两位神的庇护下消灾免祸。""欢迎你回到罗马,战争结束了,祝你休息愉快!"彼特罗纽斯说着,从裹在身上的柔软的卡巴斯披衫的前襟中伸出手来,"亚美尼亚人那边有什么新闻?你到亚细亚去了一趟,访问过比提尼亚吗?"

彼特罗纽斯担任过比提尼亚的总督,而且还是个为官清正、廉洁奉公的总督,这和他以优柔寡断和耽于游乐而闻名的性格迥然不同。所以他很喜欢回忆那个时期,因为它证明,只要一个人愿意,他是能够振作起来,做出一番事业的。

"我到过赫拉克列亚,科尔布罗命令我到那儿去搬援兵。"维尼兹尤斯回答说。

"啊!赫拉克列亚!我曾经在那里认识了一个来自科尔齐达的姑娘。为了她,我愿意拿罗马所有离过婚的女人——包括波培娅在内——去换她。不过,这是很久以前的事了。好吧,你说说安息那边有些什么新闻。不过,关于沃罗格斯、提里达特、提格那勒斯以及所有那些野蛮种族的议论,的确使我厌烦了。年轻的阿鲁拉卢斯说得对,这些野蛮人在家里是爬着走路的,只有在我们

---

① 阿斯克列庇俄斯:希腊神话中的医药神,有起死回生之术。
② 吉普里达:希腊神话中的爱神。

面前才装出人样来。可是现在在罗马,他们倒成了谈话的话题了,那是因为谈别的事情都有危险哪。"

"战事进展不利,如果没有科尔布罗,也许我们早吃败仗了!"

"科尔布罗,我以酒神巴克科斯发誓,他是一位真正的战神,地地道道的马尔斯①,伟大的统帅,同时是一位既暴躁又忠心耿耿的蠢人。我喜欢他,尤其因为尼禄怕他。"

"科尔布罗不是个蠢人!"

"也许你的看法对!反正一样,正像皮浪②说的,愚笨并不比聪明坏,而且两者毫无差别。"维尼兹尤斯开始讲打仗的事,彼特罗纽斯闭上了两眼,年轻人看到他的脸上显出疲乏和憔悴的神情,便改变了话题,带着非常关切的态度询问起舅父的健康来。

彼特罗纽斯重新睁开了眼睛。

健康!……啊,不,他自己也感到不好。当然他没有坏到像年轻的希森纳那样的程度,这位希森纳的头脑迟钝到了这种地步:早上人家把他扶进浴池坐在那里,他还问:"我是不是坐着的?"不过,他也并不怎么健康。维尼兹尤斯刚才祈求阿斯克列庇俄斯和吉普里达两位神明保佑他,可是他彼特罗纽斯并不相信阿斯克列庇俄斯。大家都不知道,阿斯克列庇俄斯到底是谁的儿子,是阿尔西诺厄③的儿子呢,还是科洛尼斯④的儿子,既然连谁是生身

---

① 马尔斯:罗马神话中的战神。
② 皮浪:古希腊怀疑论哲学的奠基人。
③ 阿尔西诺厄:斐勾斯的女儿,阿尔克迈翁的妻子。
④ 科洛尼斯:拉彼特王之女,与阿波罗神相爱。

母亲都不清楚,哪里还谈得上父亲哩。的确在那样的时代里,有哪个人敢坚信无疑地说出自己的亲生父亲是谁呢?

说到这里,彼特罗纽斯微笑了,接着又说了下去:"两年以前,我曾经到厄彼达鲁①去献过三打活鹆鸟和一杯金子。你知道是为了什么吗?我对自己这样说,不管灵不灵验,都不会有什么害处。虽然在这个世界上人们还向神明奉献供品,我认为,他们的看法也像我一样。我指的人们,也许不包括那些在卡伯纳城门招揽顾客的骡夫。除了向阿斯克列庇俄斯献过供物外,我还曾和阿斯克列庇俄斯的祭司们打过交道。那是在去年,我得了膀胱炎,他们便为我举行了住庙祈祷。我知道他们是一伙骗子,可是又一想,这对我又有什么妨碍呢!世界本来就是建立在欺骗上,人生只是一场幻梦,灵魂只不过是幻影。可是要区别欢乐的幻影和苦闷的幻影,那需要我们花费多大的智慧啊!我吩咐在我的暖炕里燃烧洒上龙涎香的檀木,这是因为我一辈子都只喜欢香气,不喜欢臭气。至于你替我祈求吉普里达神的保佑,恐怕正是由于她的保佑,我的右脚才这么痛。至于别的方面,她的确是一位慈悲善良的女神。我感觉得出来,你不久也要在她的供坛上献上你的白鸽的。"

"是的!安息人的箭没有射中我,爱神的箭,却射中我的心……完全出乎意料,那是在离城门几个斯达底安②远发生的事情。"维尼兹尤斯说。

---

① 厄彼达鲁:阿哥里达东岸的一座城市,城中的医药神庙最为著名。
② 斯达底安:长度单位,1斯达底安约合190米。

"凭美惠女神洁白的膝盖起誓,等你有空时,就给我详细说说吧。"彼特罗纽斯说道。

"我到这儿来,正是为了请您给我出出主意。"维尼兹尤斯回答说。

正好这时候,梳理头发的奴隶们进来了,他们开始梳理彼特罗纽斯的头发。彼特罗纽斯叫维尼兹尤斯去洗澡,于是他脱掉衣服,跳进温水浴池中。

"啊呀,我还没有问问你,你的爱情得到了对方的回报吗?"彼特罗纽斯望着维尼兹尤斯那像是用大理石雕琢出来的年轻的躯体,又说道,"若是李齐普①看见了你,一定会把你塑成一座青年时期的海格立斯②的塑像,竖立在巴拉丁宫的大门口。"

维尼兹尤斯高兴地笑了笑,便在浴池里嬉游起来,掀起了阵阵水花,洒在嵌镶板上。板上镶着赫拉③祈求睡神让宙斯④安睡的图画。彼特罗纽斯以艺术家的鉴赏眼光瞧着维尼兹尤斯。

等到维尼兹尤斯洗完了澡,接着去梳理头发的时候,一个胸前挂着铜圆筒,圆筒里装着一卷手稿的朗诵诗人走了进来。

"你想听听吗?"彼特罗纽斯问。

"是您的大作,就想听。"维尼兹尤斯答道,"若不是您的,我倒愿意聊聊天。现在无论你走到哪个街头巷尾,都有诗人缠着你

---

① 李齐普:公元前四世纪希腊著名的雕塑家。
② 海格立斯:罗马神话中的一位力大无比的英雄。希腊神话中为赫拉克勒斯。
③ 赫拉:希腊神话中的天后,宙斯的妻子。罗马神话中为朱诺。
④ 宙斯:希腊神话中的主神,众神之父。罗马神话中为朱庇特。

不放。"

"这话一点儿不假!不论你走到柱形大厅、公共浴池、图书馆或者书店,都会碰见那些像猴子一样装腔作势的诗人。阿格里帕[①]刚从东方回来的时候,就曾把这些人看成是疯子。可是现在就是这样的时代。皇帝写诗,于是大家都步他的后尘,也写起诗来,只是不允许他们的诗超过皇帝。我正为这点替卢坎担忧……我自己只写写散文,既不读给自己听,更不让别人听到。现在这位朗诵诗人要读的作品,是那位可怜的法布利兹尤斯·维英特的一篇《遗嘱附录》。"

"为什么说他是'可怜的'?"

"因为他奉命居留在敖德萨,直到新的命令下达以前,不准他回家。不过他的流放生活比起奥德修斯来还略胜一筹,因为他的妻子不是珀涅罗珀[②]。用不着对你多说,他为人处世是很蠢的。不过现在,一般人都是只从表面现象看问题,他的这本书本来写得平庸肤浅又枯燥乏味。可是作者一受到放逐,读这本书的人就多了起来。现在到处都听见人们在嚷嚷:'诽谤!诽谤!'维英特很可能编造了一些事实,但是我这个既熟悉罗马,又了解我们这儿的贵族和贵妇人的人敢向你保证,他写的那些东西比起实际生活来还苍白得多哩。现在人人都害怕在这本书中找到自己的形象,又希望在书里看到他的熟人的形象。阿维鲁斯书店雇了一百多个抄写员根据口述来抄写这部作品,可见它的销路之广。"

---

① 阿格里帕:罗马著名军事统帅。
② 珀涅罗珀:奥德修斯的妻子。

"那本书里写了您吗?"

"写啦!可是作者却搞错了!我的为人比他写的还要坏,可并不那样庸俗。你知道,我们这里早就丧失了区别善与恶的感觉。虽然塞内加、莫佐留斯①和特拉绥阿斯他们都说自己有这种区别能力,可是我自己呢,说句老实话,却看不出它们之间的区别。对我来说它们都是一回事。凭海格立斯起誓,这是我的心里话。不过至少我还保持着高雅这种品德,我知道什么是丑,什么是美,而这是我们的红胡子尼禄——既是诗人、驭手、歌手,又是舞蹈家和戏子——根本无法理解的。"

"不管怎么说,我还是可怜这个维英特,他是个好伙伴。"

"虚荣心害苦了他。大家都怀疑他,可是没有一个人了解真实情况。不过他的舌头也不争气,把自己的隐秘到处散布。你听说过鲁菲努斯的故事吗?"

"没有!"

"让我们到清凉室去凉快一下吧,到了那里我再告诉你。"

他们来到清凉室,屋子中间有一座玫瑰色的喷泉,散发出紫罗兰的芬芳。两个人都坐在用丝绸铺垫的壁龛里乘凉,沉默了一会儿。维尼兹尤斯久久地望着一座畜牧神的铜像,它搂着一个不肯顺从的山林仙女的肩膀,正热情地把自己的嘴唇贴到她的嘴唇上。维尼兹尤斯说道:"这个畜牧神干得好,这才是生活里最美好的东西!"

"也许是这样!可是你除此以外,还喜欢战争,我却不喜欢战

---

① 莫佐留斯:罗马哲学家和道德学家。

争，一到帐篷里，我的指甲就要开裂，就要失去光泽。不过话又说回来，每个人都有自己的爱好。红胡子就爱唱歌，尤其是唱自己写的歌。老斯卡鲁斯呢，最喜欢的是一只科林斯造的花瓶，晚上睡觉也要放在床边，每当他睡不着觉的时候，就吻这个花瓶，把花瓶的边缘都吻得光溜溜的了。告诉我，你写诗吗？"

"不，我连一首完整的六脚韵诗都没有写过。"

"会弹诗琴吗？会唱歌吗？"

"不会。"

"会驾赛车吗？"

"在安提奥齐亚参加过一次赛车，输了！"

"这样一来，我对你就放心了，你在赛车场上是属于哪个党派的？"

"绿党。"

"那我就更加放心了，特别是你拥有相当多的财产，尽管你不及塞内加和帕拉斯那样富有。你也看到，我们这些人写写诗，弹琴唱歌，朗诵和在竞技场角力，也还是可以的。不过，能够不写诗、不唱歌、不弹琴，也不竞技角力，那就更好，就更安全。最保险的办法就是懂得如何吹捧红胡子喜欢的东西。你是个翩翩少年，也许波培娅会爱上你，这是你唯一的危险。不过不会的，她是个情场老手了。在前两个丈夫身上她已尝足了爱情的滋味，对第三个丈夫，她是别有打算的。据说那个傻瓜奥托至今还爱她爱得发狂……他在西班牙的山峦之间徘徊游荡、唉声叹气，完全失去了昔日的风采。他变得不修边幅，每天只用三个小时就梳妆完毕了。谁能料到奥托会落到这种地步呢！"

"我理解他的心情。但是，我要是处在他的地位，我就会采取别的行动。"维尼兹尤斯答道。

"什么行动呢？"

"我会征募当地的山民，成立几支忠诚可靠的军队。这些伊比利亚人都是能征惯战的战士！"

"维尼兹尤斯呀，维尼兹尤斯！我几乎忍不住想告诉你，你是不会这样干的。你知道什么缘故吗？这样的事情即使能做到，也不能随口乱说，到处宣扬呀！假如我是他，我就会嗤笑波培娅，嗤笑那个红胡子。我也要成立一支军队，不过不要一个伊比利亚的男人，全是清一色的伊比利亚女人。此外，我也要写一些讽刺诗，但是不读给任何人听，绝不学可怜的鲁菲努斯。"

"您不是要把他的故事告诉我吗？"

"到搽油室再告诉你。"

可是一到搽油室，维尼兹尤斯的注意力就转到了那些美貌的女奴身上，这些女奴正在这里等候两位洗澡的人。有两个是女黑奴，像两尊精心雕琢的紫檀塑像，她们用阿拉伯出产的名贵香油搽着舅甥二人的身体。巧于梳妆的弗里吉女奴们，手持铜镜和木梳，她们的双手像蛇一样柔软轻巧。还有两个女奴，是来自科斯的希腊姑娘，长得像天仙一样美貌，她们专司服装，正在等着轮到她们给主客穿上有庄严的皱褶的宽袍。

"我以驱云拨雾的宙斯的名义起誓，您这里的美人真不错啊！"维尼兹尤斯叫道。

"我只重质不重量。我在罗马的全部随从仆役不超过四百人，我认为，只有那些暴发户才会认为仆从越多越好。"彼特罗纽斯回答说。

"连红胡子也没有您那样多的美人。"维尼兹尤斯张开鼻孔深吸一口气,说道。

彼特罗纽斯用了一种毫不在意的友好口气回答说:"你是我的亲戚,我既不像巴苏斯那样孤僻,也不像阿鲁斯·普劳兹尤斯那样迂腐。"

维尼兹尤斯一听到普劳兹尤斯的名字,便暂时忘记了那两个科斯来的女奴,猛然抬起头来问道:"您怎么会想起阿鲁斯·普劳兹尤斯来的呢?您可知道,我在城外摔伤了胳臂,在他们家里休养了十多天。我受伤的时候,普劳兹尤斯恰好路过那里,他看到我痛得很厉害,便把我带到他家里,他的奴隶梅隆医生治好了我的伤。我正想和您谈谈这件事。"

"为什么?也许你偶然爱上了庞波里亚吧?真是那样的话,我就要替你伤心了。她已经是半老徐娘,又是个贞洁女人。我再也想不出有比这更糟糕的爱情了。嗯!"

"噢,不!不是爱上了庞波里亚。"维尼兹尤斯叫道。

"那又是爱上了谁呢?"

"我若是知道她是谁就好了。我连她的名字到底是莉吉亚,还是卡里娜,都搞不清楚。他们家里的人都叫她莉吉亚,因为她是莉吉亚部族的人,可是,她自己又有个蛮族人的名字,叫卡里娜。普劳兹尤斯家真是个奇怪的家庭。家里人很多,但是却像在苏比亚康森林里一样的安静,有好多天我甚至不知道这样一位女神住在他们家里。后来有一天清早,我看见莉吉亚在花园的喷泉池里洗澡。我向生出阿佛洛狄忒的那个水泡①起誓,晨曦的光线一直透过她的身体。我甚至以为,太阳一升起来,她就会像朝雾一样融化在阳光里。后来,我还见过她两次。从此,我就完全失去了平静,我再也没有别的愿望,我也不想知道罗马会给我些什么好处。我不要别的女人,也不要黄金、科林斯的黄铜和琥珀,什么珍珠、美酒和宴会都不在我心上,我只要莉吉亚。老实对您说,舅父,我非常想念她,就像您的温水浴池里镶板上刻着的睡神想念帕西特雅那样,我日日夜夜都在想念她呀!"

"如果她是奴隶,我就替你赎买她。"

"她不是奴隶。"

"那是什么人呢?是普劳兹尤斯家的解放奴仆吗?"

"她从来不是奴隶,所以就谈不到什么解放了!"

"那么她到底是什么人呢?"

"我也不太清楚,大概是个国王的女儿,或者是这一类的人!"

"维尼兹尤斯,你激起了我的好奇心。"

"如果您愿意听我说下去,您的好奇心立刻就能得到满足,故事并不很长。你大概认识王纽斯,就是斯威柏的国王。他被赶出自己的国家以后,就长期住在罗马,后来甚至因为玩骨牌的技巧和会驾赛车而出了名。德鲁萨斯皇帝又让他重新登上王位。王纽斯是个强者,刚开始时他把国家治理得还不错,打仗也常常获胜,后来他变得掠夺成性,不但欺凌别国,就连自己的老百姓也不放

---

① 阿佛洛狄忒是希腊神话中的爱神、美神,传说她是从大海的泡沫里生出来的。罗马神话中为维纳斯。

过。于是他的两个外甥：赫曼都国王维比留斯的儿子王吉奥和西多便决心推翻他，把他逼回罗马……好让他再试试在骨牌上的好手气。"

"我记得，那是不久以前，在克劳迪乌斯[①]朝代发生的事情。"

"正是！战争爆发了，王纽斯求来了雅齐格人的援兵，他的两个外甥却找来了莉吉亚人帮忙。莉吉亚人知道王纽斯非常富有，他们在夺取战利品的诱惑下，便倾巢出动，派了一支大军。这下连克劳迪乌斯皇帝也担心自己的边境安全了。克劳迪乌斯皇帝并不想卷进野蛮人之间的战争里去，便向多瑙河军团司令阿特留斯·希斯特尔发出一道命令，要他密切注视战争的进展，以防扰乱我国的安宁。希斯特尔于是向莉吉亚人提出要求，要他们保证不得越过国境。莉吉亚人不仅同意了，而且还送来了人质，其中就有莉吉亚酋长的妻子和女儿。您是知道的，野蛮人打仗总是带着自己的妻子儿女的……我所爱的莉吉亚就是那个酋长的女儿。"

"你是怎么知道这些事情的？"

"是阿鲁斯·普劳兹尤斯亲自告诉我的。莉吉亚人当时并没有侵犯国境，可是这些野蛮人不论进攻，还是退却，都快得像暴风雨一样。这些头上戴着野牛角的莉吉亚人也就是这样一下子便无影无踪了。他们打败了王纽斯的斯威柏人和雅齐格人，可是他们自己的酋长也战死了。随后莉吉亚人便带着夺得的战利品回国了，却把人质留在希斯特尔手里。不久，莉吉亚的母亲死了，希斯特

[①] 克劳迪乌斯：罗马皇帝（41—54年在位），在位期间奠定了罗马帝国官僚机构的基础，后被其妻毒死。

尔不知道怎样来处置这个孩子好,便把她送到统治整个日耳曼的总督庞波留斯那里。他在对卡提的战争结束以后,便回到了罗马。你知道,克劳迪乌斯皇帝陛下还曾准许庞波留斯在进入罗马时举行凯旋式。那时候莉吉亚就徒步走在胜利者的车子后面,可是等到仪式一结束,因为人质不是俘虏,庞波留斯也不知道怎样来处置莉吉亚了,最后他把莉吉亚交给了自己的妹妹、普劳兹尤斯的妻子——庞波里亚·格列西娜去照管。普劳兹尤斯这一家人,从主人到鸡笼里的家禽,都是道德高尚的。莉吉亚就在这个家庭中长大,她在品行方面,真可惜,完全和庞波里亚一样贞洁,然而又出落得那样美貌,连波培娅站在她旁边,都像一只秋天的无花果放在赫斯珀里得斯[①]的苹果旁边一样黯然失色。"

"后来怎样呢?"

"我再对您重复一句,自从我在喷水池旁看见阳光透过她的身体这一瞬间开始,我就狂热地爱上了她。"

"这么说,她真是像八目鳗鱼或者小沙丁鱼那样玲珑剔透的了?"

"啊,彼特罗纽斯,请你不要开玩笑,如果我向你倾诉的肺腑之言使你感到好笑,就请你记住,在华丽的外衣下面往往掩藏着深沉的创伤。我还要告诉你,当我从亚细亚回来的时候,为了得到梦中的预言,我曾在摩普索斯[②]的神殿里住过一宿。我梦见摩普索斯显灵,他告诉我,我的生活会因为爱情而产生异常巨大的变化。"

---

① 赫斯珀里得斯:希腊神话中看守金苹果的女神。
② 摩普索斯:安皮克斯和女神克洛里斯的儿子,阿耳戈英雄中的预言家。

"我听普林尼①说过：宁可信梦，不要信神，也许他说得对。玩笑归玩笑，有时我还是这样想：世界上只有一位神，她神通广大，至高无上，是万物的创造者——这位神就是维纳斯·格尼特尼克斯②，她把人们的灵魂结合在一起，也能使肉体和其他事物结合。厄洛斯③从混沌中创造了世界，这世界是否完美，那是另一个问题，既然她创造成功了，我们就应该承认她的威力，尽管我们不一定要去供奉祝祷她……"

"唉，彼特罗纽斯，在这个世界上空谈哲学比出好主意要容易得多。"

"快告诉我，你最想要的是什么？"

"我想要得到莉吉亚。我希望让我这双现在空空如也的手臂能够拥抱着她，把她紧紧地搂在我的怀里。我希望能闻到她呼吸的芬芳。假如她是奴隶，我会拿出一百个姑娘来和普劳兹尤斯交换，每个姑娘的腿上都涂满石灰，证明她们是第一次上市出售的。我想和她在一起生活，直到我的头发像冬天的索拉克特山峰那样雪白。"

"可是她不是一个奴隶，而且现在又是普劳兹尤斯家里的人。既然她无人认领，她可以算是个'养女'。只要普劳兹尤斯愿意，也许他会把她送给你的。"

"看起来你还不了解庞波里亚·格列西娜。他们夫妇俩简直把

---

① 普林尼即老普林尼，罗马著名作家和学者。
② 维纳斯·格尼特尼克斯，意为创造之女神。
③ 厄洛斯：希腊神话中的爱神。

她当作自己亲生的女儿一样疼爱哩!"

"我了解庞波里亚,她是一枝地地道道的柏树枝。假如她不是普劳兹尤斯的妻子,倒是可以雇她来当守丧人。打从尤利亚死后,她就没有脱下过丧服。她虽然是个活人,看起来却像走在常春花①草地上一样。她只守着一个男人,因此她在我们那些嫁了四五个男人的夫人们中间算得上是一只凤凰了……可是……你听说了吗?在上埃及,真的孵出了一只小凤凰,这种事太少见了,要五百年才发生一次呢。"

"彼特罗纽斯啊彼特罗纽斯,凤凰的事情留到以后再谈吧。"

"你要我谈什么呢,我的维尼兹尤斯?我认识普劳兹尤斯,虽说他讨厌我的生活方式,对我还是有些好感的,甚至对我比对别人更尊重,因为他知道,我从来没有像多米兹尤斯·阿弗尔、提格里努斯和红胡子的那群狐朋狗党那样,充当告密者。虽然我并不标榜自己是什么禁欲主义者,可是我对于尼禄的胡作非为不止一次地表示过不满,而塞内加和布尔胡斯他们却常常假装看不见。假如你认为,我能在普劳兹尤斯面前为你办点什么,我是愿意替你奔走的。"

"你一定办得到的。你对他很有影响,同时你的头脑非常聪明灵活,假如你能随机应变地和普劳兹尤斯谈一谈的话……"

"你把我的影响和才智夸得太过分了,如果仅仅是这一件事,只要等普劳兹尤斯一家回到了罗马,我就去和他谈一谈。"

"他们两天前就回来了。"

---

① 按照古代传说,这是一种生长在亡灵乐园中的植物。

"既然如此，那我们就到餐厅去吧，早餐已经准备好了。用过早点以后，稍事休息一下，我就吩咐打轿子到普劳兹尤斯家去。"

"你对我一向是这么好。"维尼兹尤斯高高兴兴地说，"现在我一定要吩咐手下人在我家里供的神像中间，放上一尊你的塑像——像这座塑像一样好看——我要在它前面献上供品。"

他把头朝着房间里摆满塑像的那面墙，用手指着其中一座彼特罗纽斯手持权杖扮成赫耳墨斯① 的雕像。

他接着说道："我凭着赫里俄斯② 的光辉起誓，如果'天神般的'亚历山大③ 长得像你，海伦爱他也就不足为奇了。"

在他的感叹里面既有奉承，也有真情。彼特罗纽斯虽然年纪比维尼兹尤斯大些，也没有他那么魁梧健壮，却比他漂亮得多。罗马城里的女人不仅惊叹他才智出众、趣味高雅，送给他"风雅裁判官"的称号，而且对他的身材风度也赞不绝口。这种赞美在给他整理披衫褶纹的几个科斯姑娘的脸上，也流露得十分明显，其中一个名叫尤妮丝的女奴，就偷偷地爱着他。她常常以顺从和狂热的眼光凝视着他的眼睛。

然而，彼特罗纽斯一点也没有发现她的神情，只是对维尼兹尤斯笑了笑，引用了塞内加关于女人的一句警句作为回答："厚脸皮的动物！"

---

① 赫耳墨斯：希腊神话中众神的使者，亡灵的接引者。罗马神话中为墨丘利，掌管商业、交通、畜牧、竞技、演说等。

② 赫里俄斯：希腊神话中的太阳神。

③ 亚历山大：即帕里斯，他拐走海伦，引起特洛伊战争。

然后，他搂着维尼兹尤斯的肩膀，把他带到餐厅。

在搽油室里，那两个希腊姑娘、两个弗里吉少女和两个女黑奴开始收拾装着香料的盒子。这时候，从清凉室的帷幕后面伸出了浴室奴隶们的脑袋，传来了一声轻微的"嘘"声，听到这声召唤，一位希腊姑娘、两个弗里吉女奴和两个女黑奴马上跳起身来，一眨眼工夫便都消失在帷幕后面了。浴室那边立刻变成了寻欢作乐的场所。管事不但不阻止，反而常常和他们一起寻乐。彼特罗纽斯也听到一些风声，不过他很通情达理，不爱处罚人，也就睁只眼闭只眼，任凭他们做去。

搽油室里只剩下尤妮丝一个人。她侧耳听了一会儿，等到说笑声向蒸汽室的方向去远了之后，便端起了那张彼特罗纽斯刚刚坐过的镶着琥珀和象牙的小凳子，小心翼翼地放在他的雕像前面。

搽油室里充满了明亮的阳光，还有从贴在墙面上的五彩缤纷的大理石上反映出来的灿烂光辉。尤妮丝站在凳子上，正好和雕像一般高，她突然伸出双手抱住雕像的脖子，于是她甩开一头优美的金发，把自己红润的肉体紧紧地贴在洁白的大理石像上，双唇热情地吻着彼特罗纽斯冰冷的嘴唇。

2

当舅甥二人坐到桌边吃早餐时,普通人早已吃过午饭了。彼特罗纽斯建议吃过早饭后去打个盹儿。他认为现在就出门访友为时太早了。的确,有的人太阳刚刚升起,便出去探亲访友,还认为这是真正古老的罗马风俗。可是他,彼特罗纽斯,却认为这是野蛮人的行为。下午才是访亲问友的最好时刻,但也要等到太阳已经照到卡彼托林①朱庇特神殿的侧面,斜射着会议厅屋顶的时刻。秋天的天气还很热,人们都爱在饭后小憩一会儿。这时候,耳边响着庭院里喷泉的溅水声,或者在饭后规定的一千步散步后,在透过半掩半合的紫色天棚射进来的红色阳光下闭目养一会儿神,的确是件乐事。

维尼兹尤斯承认这个建议很不错,于是两个人就边走边谈,随便地说起巴拉丁宫和城里的新闻,还发表了一些有关人生的议论。然后,彼特罗纽斯回自己的卧室去了,但是他没有睡多久。过了半小时,他便出来了,吩咐把马鞭草香料拿来,他闻了闻香料,还用它来擦了擦手和太阳穴。

---

① 卡彼托林:罗马七个山丘之一,上有朱庇特神殿,是罗马城的中心部分。

"你简直不会相信,这马鞭草能使人头脑清醒,心情舒爽。好了,我已经准备完啦!"

轿子早就准备好了,于是舅甥二人便坐进轿里,吩咐抬往帕特里丘斯街的阿鲁斯·普劳兹尤斯府上。彼特罗纽斯的府邸坐落在巴拉丁山丘南麓,在卡里纳附近。所以,从集议场的下面穿过去,路途最近。可是彼特罗纽斯想顺路去看望一下珠宝商人伊多门,便让轿子沿阿波林里街和集议场转向斯泽列拉杜斯街,在这一带的街道上到处是各式各样的货摊。

身材魁梧的黑人抬着轿子前进,在轿子前面走的是被称为"贴身侍仆"的奴隶。彼特罗纽斯沉默着,只是抬起了那只散发着香气的手掌,抚弄着鼻子,像是在思考什么问题。过了一会儿他才开口说道:"我偶然想起,你那位森林女神既然不是奴隶,她就可以自由地离开普劳兹尤斯,住到你家里去。那样一来,你就可以对她海誓山盟,让她享尽荣华富贵,就像我对我那位可爱的赫里佐特米斯一样。私下对你说句老实话,我对她已经有些腻了,她对我也厌烦了。你们也会这样的。"

维尼兹尤斯摇了摇头。

"不会这样吗?"彼特罗纽斯问道,"如果事情进展得不顺利,你还可以请求皇帝陛下帮忙。你可以放心,看在我的分儿上,陛下是会帮你的忙的。"

"你不了解莉吉亚!"维尼兹尤斯答道。

"那么我倒要问问你,你了解她吗?你和她仅仅见过面,还是和她说过话?也许你已经向她求过爱?"

"我第一次看见她是在喷水池旁边,后来我又见过她两次。你要知道,我在普劳兹尤斯家期间,都是住在专门招待客人的厢房里,加上我的手臂又受了伤,不能和他们一起进餐。我只是在离开他们家的头一天吃晚饭的时候才看见她,可是又没法儿单独和她谈话。我不得不听普劳兹尤斯的高谈阔论,起先是关于他远征大不列颠时打的胜仗,然后又谈到尽管利齐纽斯·斯托罗费尽心机,设法挽救,意大利的那些小农户还是衰败了。我不知道普劳兹尤斯还会谈什么别的事情,如果不谈他自己的经历,你就得听他抱怨时下爱好虚荣的风气。他们家的鸡舍里养着野鸡,他们却不吃,因为他们觉得,每杀掉一只雉鸡,罗马帝国就会早一天灭亡。我第二次遇见她是在花园里的水池附近,她手里正拿着一根刚拔下的芦苇,把芦苇的一头浸在水里,用来浇洒周围盛开的鸢尾花。你应该看看当时我的两条腿颤抖得多么厉害!凭赫拉克勒斯的盾牌起誓,当安息人的大军吼叫着向我们一小队罗马人冲过来的时候,我的腿都不曾颤抖过一点儿。在这水池边,它们却哆嗦起来了。我像一个脖子上还带着项圈的毛头小孩子那样胆怯,只会用眼光去乞求怜悯,很久都说不出话来。"

彼特罗纽斯用有些羡慕的神情望了他一眼,说道:"多么幸运的人啊!尽管世界变得糟透了,生活也难以忍受,只有一件东西是永远美好的,那就是青春!"

过了一会儿,他又问:"你和她说过话没有?"

"说过。当我稍微清醒过来以后,就对她说,我刚从亚细亚回来,在城外摔断了手臂,感到特别疼痛。可是当我就要离开这所好客的房子时,我在这里感到的痛苦却比别处经历的欢乐要宝贵得多,在这里生病也比在别处健康还要幸福。她低头听着我的话,显得也很困窘的样子,还用芦苇在水池旁鲜黄色的沙地上画着什么。后来她抬起了眼睛,然后低下去望了望她画的记号,又对着我扫了一眼,像是想问我什么似的。突然她就跑掉了,好像树林仙女碰见了好色的畜牧神似的。"

"她一定有一双迷人的眼睛。"

"像大海一样。我像淹没在大海里一样淹没在她的眼睛里了,就是爱琴海也没有它们那样蔚蓝。过了一会儿,普劳兹尤斯的小儿子跑来问我一件什么事的时候,我竟一句话也没有听懂。"

"啊!雅典娜[①]!请你把爱神绑在这位青年眼睛上的绷带取下吧!否则他会在维纳斯神殿的圆柱上撞得头破血流的。"彼特罗纽斯高声说道。

接着他朝维尼兹尤斯说:"啊,你这棵生命之树上的春天的蓓蕾,葡萄藤上第一支嫩绿的新芽!我不该把你带到普劳兹尤斯家去,倒应该把你送到格罗兹尤斯的家里,那里有一所专为阅历不深的青年开办的学校。"

"你到底想说什么呢?"

"她在沙上画的是什么东西,是爱神的名字呢,还是她那颗被箭射中了的心?或者是这一类的东西,那就可以证明萨堤尔[②]曾经悄悄在这位仙女耳边诉说过生活的秘密。难道你没有瞧一眼她画的是什么?"

"我又不是刚穿上长袍的小孩子。在小普劳兹尤斯跑过来以

---

① 雅典娜:希腊神话中的智慧女神。
② 萨堤尔:希腊神话中半人半兽的森林男神,以好色出名。

前,我已经仔细地看了她画的记号。因为我听人说过,在希腊和罗马,姑娘们嘴里说不出的话,往往会写在沙子上……你猜一猜,她画的是什么?"

"如果不是我刚才说的那些,那我就猜不着了。"

"是一条鱼!"

"你说什么?"

"我是说:一条鱼。我不知道这是不是意味着,她的血管里也流着冰冷的血呢?你既然把我称作生命之树上的春天的蓓蕾,你一定能解释这个记号了。"

"哪里的话,这样的事情最好去问普林尼,他对鱼很内行。要是老阿彼兹尤斯还活着,他也会告诉你一点什么的。因为他一生吃过的鱼,比那不勒斯海湾里一时密集的鱼群还要多哩!"

他们的谈话中断了,因为轿子已经到了繁华的街道,这里人声鼎沸,使谈话无法进行下去。轿子经过阿波林里街转向罗马会议厅,在那儿只要天晴,日落以前总是麇集着无数悠闲的游人。他们来到这里,在圆柱间散散步,谈谈,或者听听各种新闻,看看坐在轿子里面路过的达官贵人,最后还要去参观一下珠宝商店、书店和拱廊,在那里可以兑换钱币。此外还有出售绸布、青铜和各种杂货的商店,这些商店占满了卡彼托林对面市场的大部分建筑物。会议厅的半边正处在城堡的岩石下面,现在已经笼罩在阴影里。但是,神殿的圆柱位置要高一些,在阳光和碧蓝的天空辉映下,却显得金光灿烂。较低处的圆柱把长长的影子投射到大理石地板上,一眼望去,圆柱林立,像森林一样望不到尽头。建筑物和圆柱似乎拥挤在一起。有的高耸在别的圆柱上,有的则向左或向右伸展开去，直达山丘，紧紧地簇拥着城堡的墙壁，还有的紧紧挨着别的圆柱，像树干一样，有大有小，有粗有细，黄白相间，有的屋檐下装饰着紫葳花的花纹，有的采用爱奥尼亚式的屋角，也有的顶端是简朴的多利亚式的正方形。在这如林的建筑物上，闪耀着色彩缤纷的三陇板，山墙上浮雕着各种神像。而屋顶上带有翅膀的金天马腾空而起，仿佛要飞向天空，飞向宁静地高悬在鳞次栉比的建筑物上的蔚蓝色苍穹。市场中心和周围的街道上人群熙熙攘攘：有的在尤利乌斯·恺撒①纪念堂的拱门下穿行，有的坐在卡斯托尔和波吕克斯②神殿的台阶上，或者在维斯塔③神殿周围徘徊，仿佛是在巨大的大理石背景上的五颜六色的蝴蝶和甲虫。就在那祭祀"至高无上的朱庇特"的神殿前面，那长得没有尽头的阶梯上，人流也像潮涌一般。讲台四周，人群正在听演说家们的演讲。四面八方传来人们的喧嚣声：卖水果、露酒和无花果汁的小贩，卖灵丹妙药的江湖郎中，会算命打卦、预知宝物埋藏地的术士，还有圆梦的人，都在那里高声叫喊，招揽顾客，夸耀自己的本领。有的地方除了说话声和喊叫声以外，还能听到琴声、埃及的桑布基乐器声和希腊风笛声。有的地方可以看到病人、虔诚的信徒和受苦痛折磨的人在向神殿奉献祭品。人群中间的石板地上，成群结队的鸽子飞下来，啄食撒给它们的谷粒，它们仿佛是流动的五光十色的斑点，时而扑动翅膀发出扑棱扑棱的

---

① 尤利乌斯·恺撒：罗马统帅、政治家和作家，公元前46年成为罗马独裁者。
② 卡斯托尔和波吕克斯：均为宙斯之子，海伦的哥哥。
③ 维斯塔：罗马神话中的灶神。

响声飞向空中，时而又飞下来，落在人群散开的空隙。每当轿子经过时，人群便让出一条通道，轿子里露出了贵妇人涂脂抹粉的脸孔，或是元老和骑士们的头，他们的脸上都有一种呆板而疲乏的神色。说着不同民族语言的人群，都齐声喊着他们的名字，甚至叫着他们的绰号，讲两句赞美或者嘲笑的话。在这些熙熙攘攘的人群中，不时有一队士兵或者巡逻的警卫，迈着整齐的步伐，穿过人群，维持着市面的秩序。到处都能听到和拉丁语一样流行的希腊话。

维尼兹尤斯离开罗马城已经有很长时间了，他好奇地瞧着热闹的人群，瞧着那俯瞰着大海般的人群而又被人流淹没的罗马会议厅，彼特罗纽斯猜出了他的心情，便把罗马城称作"没有克维里特人[①]的克维里特人巢穴"。的确，罗马本土的乡土特色，在这些各个种族和各个民族汇集起来的人群中几乎丧失殆尽了。这里有埃塞俄比亚人，有身材高大、浅色头发的遥远的北方人，有不列颠人、高卢人和日耳曼人，有斜眼角的塞利库姆人，有来自幼发拉底河流域的人，有胡须染成红砖色的印度人，有来自奥隆提斯河畔的温和的黑眼睛叙利亚人，还有瘦骨嶙峋的阿拉伯沙漠的居民、胸部干瘪的犹太人、脸上老是带着无所谓的微笑的埃及人，还有基米提人和阿非利加人，还有那些来自赫拉斯[②]的希腊人，他们和罗马人一道支配着这个城市，然而他们是用科学、艺术、智慧和狡诈来进行控制的，还有从海岛、小亚细亚、埃及、意大利

---

① 克维里特人即罗马人。
② 赫拉斯：位于希腊南部。古代希腊人常把自己称作赫拉斯人。

和纳尔波高卢等地来的希腊人。在那些耳朵上穿过洞的奴隶们中间，也混杂着一些自由民，这是些游手好闲的人，他们是皇帝的食客，由皇帝供给衣食。在这些人群中也有一些被舒适的生活和发财的希望吸引到这座巨大城市来的自由民游客。这里的小商小贩充斥街头，还有手持棕榈树枝的塞拉比斯僧侣，有伊西斯僧侣①——她的神坛前的供物要比卡彼托林朱庇特神殿的供物还要多——有手持金黄色谷穗的基贝拉②僧侣，有侍奉游牧民族诸神的僧侣。这里还有戴着鲜艳头饰的东方舞女，有卖符咒的小贩，有驯蛇人和占卜家，还有许多无业游民，他们每周到台伯河畔的粮库去领取发放的粮食，为了抢到几张竞技场上的彩票而大打出手，晚上就睡在台伯河对岸的破房子里，在有太阳的暖和天气里，就待在柱廊的阴凉下，或者是苏布拉的肮脏酒店里，或是在密尔维斯桥上消磨时光。有的在富豪门前等着人家把奴隶吃剩的残羹剩饭扔给他们一些。

街上的人都认识彼特罗纽斯。"就是他"的呼叫声此起彼伏，不断传入维尼兹尤斯的耳中——人们喜欢他的慷慨，然而他的声望大大提高却是在塞康德事件之后。当时发生了这样一件事情：彼达纽斯·塞康德总督手下的一个奴隶在痛苦绝望中杀死了他残暴的主人，于是法庭判处把总督家的全体"家人"，也就是所有的奴隶，不分男女老幼，一律处死。由于彼特罗纽斯在皇帝陛下面

---

① 塞拉比斯和伊西斯均是埃及神话中的神明，塞拉比斯是牛神，伊西斯是埃及神话中太阳神奥西里斯之妻。

② 基贝拉：原为小亚细亚地方的生育女神，后为农业和自然的保护女神。

前表示反对，死刑才得以撤销。的确，彼特罗纽斯曾经再三当众宣布：判不判死刑，他都是无所谓的。他只是对皇帝谈了自己个人的意见，他认为这种只有斯基泰①人才做得出来而罗马人不应该干的野蛮屠杀，实在触犯了他作为"风雅裁判官"的趣味。然而对死刑感到愤慨的群众，知道了这件事以后，便越发爱戴彼特罗纽斯了。

可是，彼特罗纽斯并不愿意人们爱戴他，他记得这些群众也曾热爱过布列塔尼克②，后来尼禄便把他毒死了，而人民群众喜欢的阿格丽庇娜③也被皇帝下令杀害了。还有屋大维娅④先是被切开动脉，后来又闷死在潘达塔尼亚的蒸汽浴池里，鲁贝留斯·普劳杜斯⑤是被放逐了，至于特拉绥阿斯，则命运未卜，不知道哪一个早晨就会被处死刑。因此，群众的喜爱只能看作是不祥之兆。怀疑成性的彼特罗纽斯又是个十分迷信的人。作为一个贵族，又是有审美观点的人，他加倍地轻视群众。那些口袋里装着炒豆，身上散发出豆腥气的人，那些整天在街头巷尾或廊柱下面耍"莫拉"（猜拳）耍得汗流浃背、声音嘶哑的人，他一概嗤之以鼻，觉得不能把他们当作"人"来看待。

对于周围人群的欢呼声或者向他抛来的飞吻，他一概置之不理，只顾对维尼兹尤斯讲彼达纽斯·塞康德的事情，并且还嘲笑

---

① 斯基泰：居住在东南欧和中亚一带的部落。
② 布列塔尼克：尼禄的哥哥。
③ 阿格丽庇娜：尼禄的亲生母亲。
④ 屋大维娅：尼禄的结发妻子。
⑤ 鲁贝留斯·普劳杜斯：提比略的后代。

群众的变化无常。因为就在那场可怕的屠杀后的第二天,当尼禄前往朱庇特神殿时,街上的人群还对他鼓掌欢呼哩。等他们到了阿维鲁纳斯书店前面时,彼特罗纽斯吩咐停住轿子,走了出来,到书店去买了一本装潢精致的手抄本,递给维尼兹尤斯。

"这是送给你的礼物。"他说。

"谢谢!"维尼兹尤斯回答道。随后他看了一下书名,便问,"《萨蒂利孔》?是新书吧?谁写的?"

"我写的。我不想步鲁菲努斯的后尘,他的遭遇我要讲给你听的。我也不想走法布利兹尤斯·维英特的老路。因此,谁也不知道我是作者,你也别告诉任何人。"

"你刚说过,你是不写诗的。"维尼兹尤斯一面翻动着书本一面说道,"可是这本书里面的散文中间还夹杂着不少诗歌。"

"你读的时候,要注意其中的《特里马尔奇奥的宴会》这一部分。至于诗歌嘛,从尼禄写史诗的那天开始,我就讨厌起诗歌来了。维特留斯吃得太饱的时候,便用象牙筷子插进自己的喉咙,有的人还用火烈鸟的羽毛蘸上橄榄油放进嘴里或者喝一碗野麝香草煎汤,就能把吃的东西都呕吐出来。而我在这种场合,只要朗读一下尼禄的诗,就立刻奏效。然后我就能赞美这些诗歌啦,虽然不是出自清白的良心,至少是出自干净的肠胃。"

他说完又叫轿子在珠宝商人伊多门的门口停下,办完宝石的事情后,才吩咐轿子直奔普劳兹尤斯家而去。

"路上我给你讲讲鲁菲努斯的故事,它最能说明,虚荣心给作者带来了什么后果。"

可是他还没开始,轿子就弯进了帕特里丘斯街,很快就停在普劳兹尤斯的住宅前面了。一个健壮的年轻看门人打开了通向前院的大门,门上挂着一只鸟笼,里面关着的八哥吱吱喳喳地对他们说"你好",表示欢迎。

从前院通往正厅的途中,维尼兹尤斯对舅父说:"你注意到没有,看门人身上没有锁链?"

"这真是一所奇妙的房子。你一定知道,人们怀疑庞波里亚·格列西娜信仰一种东方的迷信,她崇拜一个叫基督的人。听说是克里斯彼尼娜揭发的,因为她不能容忍庞波里亚一生只嫁给一个男人——是个只要一个男人的女人!今天在罗马要找半盘子诺里库产的鲜蘑菇也比找她这样的人容易得多。她还曾经受到家庭法庭的审问哩……"

"你说得对,这是一所奇妙的房子。以后我会把我在这里耳闻目睹到的事情统统告诉你的。"

他们走进了大厅。在这里侍候的奴隶,叫作"待客",他打发一个通报来客的奴隶前去向主人报告客人的光临,还给他们摆好椅子和踏脚凳。彼特罗纽斯从来没到过这里。在他的想象中这个严厉的家庭一定是成年累月笼罩在一片忧伤的气氛里。因此,他好奇地观察着周围。这间大厅给他留下的却是愉快的印象,这不仅使他吃惊,也使他感到有些失望。大厅的天花板上有一扇大天窗,明亮的阳光直泻下来,射到屋子中间正方形的小蓄水池里的喷泉上面,折射出千百道光彩。阴雨天从天窗进来的雨水都注入了蓄水池里,蓄水池周围摆满了秋牡丹和百合花。看来这家人特别喜欢百合花,因为这里盛开着一大丛一大丛的百合花,有白色的,也有红色的。此外,还有宝蓝色的鸢尾花,它的纤纤嫩叶上溅满了喷泉的水沫，像镀了银似的闪闪发亮。在潮湿的青苔中间埋藏了许多盆百合花，百合花枝叶中间露出了一尊尊孩子和水鸟的铜像。在一个角落里有一头铜雕小鹿，它那受了潮而长满铜绿和灰斑的脑袋伸向水边，像是要喝水似的。正厅的地面镶嵌着木板，四周的墙壁，一半是用红色大理石砌成的，一半镶上了木条，上面画着鱼、鸟和狮身鹰头的怪物，色彩鲜艳，令人眼花缭乱。通向偏房的门上，都镶嵌着玳瑁或者象牙，两扇门中间的那道墙前面排满了普劳兹尤斯家祖先的雕像。到处都显出这个家庭的安宁、富裕，一点也不奢侈，然而却使人感到高雅而充满自信。

彼特罗纽斯虽然过着更加豪华和高雅的生活，但是在这里却找不出一样粗俗碍眼的东西。他正想把这种印象告诉维尼兹尤斯时，一个专司拉门帘的奴隶拉开了把大厅和后院隔断的门帘，他们便看见阿鲁斯·普劳兹尤斯从后院匆匆地走了出来。

普劳兹尤斯已经接近暮年，两鬓斑白，但精神矍铄，满脸红光。虽然脸盘短了一些，仍然像老鹰般机敏警觉。他一见来的是尼禄的朋友、伙伴和谋士，脸上便露出惊讶，甚至不安的神色，因为彼特罗纽斯的访问，实在是出乎主人的意料。

彼特罗纽斯是个见过世面的机灵人，当然不会不注意到主人的神情。等初见的寒暄道过，他便发挥他的口才，用轻松的口气谈到他此次拜访的目的，实在是为了感谢普劳兹尤斯一家对他外甥的看护和照顾，况且因为他和主人是老朋友，才促使他贸然前来拜访。

普劳兹尤斯对他表示，有这样的贵客光临寒舍，实在荣幸，如果说到感谢，应该表示感谢的倒是他自己。不过彼特罗纽斯一定不知道要感谢什么。

的确，彼特罗纽斯猜不出。他枉然地抬起了自己那双淡褐色的眼睛，努力想回忆他为普劳兹尤斯或者和他有关系的人曾经效过什么劳，哪怕是最微不足道的一件小事。但是他连一件也想不起来，除了他这次想为维尼兹尤斯进行的活动以外。他要是真为普劳兹尤斯效过劳，那也一定是自己在无意中干出来的。

"我非常喜欢而且尊重的韦斯巴芗①，有一次在听朗诵皇帝的御诗时，不幸睡着了，是你救了他的命。"普劳兹尤斯说。

"他没有听见这些诗，倒是他的幸福。当然我不否认，这件事很可能造成不幸的后果。红胡子本来要派一个百夫长带着手谕到他家里去，善意地劝告他割开自己的动脉。"

"可是你，彼特罗纽斯的嘲笑使他打消了这样的主意。"

"是这样的，但也不完全是这样的。我对他说，如果俄耳甫斯②能用他的歌声使百兽入睡，那么陛下的诗能催韦斯巴芗入眠，和俄耳甫斯的歌声同样成功。要嘲弄这位红胡子，只需在小骂当中掺上大大的吹捧。我们尊敬的皇后波培娅最精于此道。"

"很遗憾，现在就是这样的时代！"普劳兹尤斯答道，"我缺了两颗门牙，那是被一个不列颠人扔过来的石头砸掉的，所以说话漏风，可是我一生中最幸福的时刻是在不列颠度过的……"

---

① 韦斯巴芗：原为尼禄的将军，公元 67 年率军镇压犹太人起义。尼禄死后，于公元 69 年被军队拥立为帝，建立了弗拉维王朝（69—96）。在位期间重建了卡彼托林神殿，修建了罗马大斗兽场、凯旋门等。

② 俄耳甫斯：希腊神话中的诗人和歌手，善弹竖琴，他的乐声能使猛兽俯首，顽石点头。

"因为那是胜利的时刻。"维尼兹尤斯插了一句。

但是,彼特罗纽斯担心这位老统帅会滔滔不绝地讲起他的战争经历,便改变了话题。"听说,帕拉涅斯特附近的农民发现了一只两个头的小狼羔尸体。就在那时,有一场暴风雨,雷电劈掉了卢娜① 神殿的一个屋角,已经是晚秋时节,还发生这种事,确实是从来没有过的。这件事是一位名叫科达的人告诉我的,科达还说,神殿的祭司还预言,罗马城将要毁灭,或者至少是某个大家族将要毁灭。只有奉献特别的供品才能消灾弭祸。"

普劳兹尤斯听到这些事情,也表示这些征兆不可轻视。他说,罪恶越积越多,诸神是会恼怒的,这并不令人奇怪。因此,只有及早献出供物乞求消灾,才是正理。

彼特罗纽斯回答说:"普劳兹尤斯阁下,贵府虽然不算太宽敞,却是藏龙卧虎之地。舍下虽和贵府差不多,住着我这个老朽还是嫌太大了。即使像皇宫那样宏伟的建筑物也注定要变成废墟,你我值得不值得为了挽救它而献上贵重的祭品呢?"

普劳兹尤斯没有回答这个问题,他的谨慎态度使彼特罗纽斯略感不快。因为他虽然失去了判别善恶是非的标准,但却从来没有当过告密者,和他谈话是完全可以放心的。随后,他又一次改变了话题,对普劳兹尤斯的住宅和他一家人的高雅趣味表示赞赏。

"这是座老房子,从我继承它以来,一样东西也没有改动。"普劳兹尤斯回答说。

由于正厅和后院之间的门帘拉开了,从前院到后院的房屋便

---

① 卢娜:罗马神话中的月神。

一览无余：有一座长廊通往后院，再往里走是一座内厅，一眼能望到后花园，它从远处看起来，就像一幅画装在深颜色的镜框里。从那里传来了一个孩子的欢快笑声，一直传到了大厅。

"啊。统帅！能否让我们走近一些去听听天真的笑声，现在要听到这样的笑声是非常困难的了。"彼特罗纽斯说。

普劳兹尤斯站了起来说："请吧，这是我的儿子在和莉吉亚玩球。至于说到笑，彼特罗纽斯，我想你的一生都是在笑中度过的。"

"生活是可笑的，于是我就和大家一起笑了。但是这里的笑声却不同。"彼特罗纽斯答道。

"舅父常常白天不笑，晚上才笑。"维尼兹尤斯插了一句。

他们一边说着话，一边穿过整座房屋，来到后花园。小普劳兹尤斯和莉吉亚正在那里玩球，专门侍候玩球戏的球奴，把地上的球一个个地拾起来递给他们。彼特罗纽斯飞快地瞧了莉吉亚一眼。小普劳兹尤斯一看到维尼兹尤斯，便跑上前来欢迎他，可是维尼兹尤斯却向那美丽的姑娘走去，对她鞠躬致敬。莉吉亚手里拿着一只球，头发有些凌乱，呼吸也有些急促，脸上泛起了一片红云。

庞波里亚·格列西娜坐在挂满常春藤、葡萄和金银花枝叶的花园餐室里。他们便走过去向她施礼。彼特罗纽斯没有到过普劳兹尤斯家里，却见过庞波里亚。第一次见到她是在鲁贝留斯·普劳杜斯的女儿安提斯蒂亚家，后来又在塞内加家和波利恩家见过她两次。她的脸忧郁而又沉静，她的姿态高雅、举止优美、谈吐从容，使彼特罗纽斯不由自主地感到惊讶和钦佩。庞波里亚完全打乱了他对妇女的看法,以至于这个腐化透顶、整个罗马最自信的人,不仅对她产生了一定的尊敬,甚至还失去了他一向的自信心。现在,当他感谢庞波里亚对维尼兹尤斯的照顾时,脱口而出地称她为"夫人"。以前他和卡尔维亚·克列斯彼尼娜、斯克里波尼亚或者瓦列里亚、索利娜这些上流社会妇女说话时,从来没有想到要用"夫人"这个词来称呼她们。彼特罗纽斯和她寒暄并致谢后,便表示遗憾说,她从来不到公共场合去,大家很少在竞技场和剧院里遇见她。这时候,庞波里亚握着她丈夫的一只手,沉静地回答说:"我们两个年纪都越来越老了,所以越来越喜欢在家里过清静的日子。"

彼特罗纽斯本想反驳,普劳兹尤斯却用他那漏风的口齿说起来:"我们在那些用希腊名字称呼我们的罗马众神的人们中间,越来越感到陌生了。"

"有好长时间,神明已经成了仅仅是口头上的名词。自从希腊人教我们的修辞学以来,连我也觉得,叫'赫拉'要比叫'朱诺'来得容易。"彼特罗纽斯毫不在意地回答。

他一说完,便把眼光转向庞波里亚,似乎要表明,在她面前,他再也记不起任何别的神了。后来他开始反驳她关于年老的话:"人的确老得很快,但是有些人过着另一种生活,老得并不那么快;还有些人,连死神都把他们给忘了。"彼特罗纽斯说这些话是诚心实意的,因为庞波里亚·格列西娜虽已过中年,却保持着特别鲜嫩的风韵,再加上她面庞姣好,体态轻盈,因此,尽管她身穿深色外衣,表情严肃而忧郁,还是使人觉得她像个年轻的妇女。

这时候,小普劳兹尤斯前来邀请维尼兹尤斯去打球。当维尼兹尤斯住在这里的时候,他们成了很要好的朋友,莉吉亚也跟在孩子后面走进了餐室。她站在常春藤的天棚下,闪烁不定的阳光映照着她的脸,彼特罗纽斯觉得她比刚才第一眼看上去还要美丽得多,真正像一个仙女。他一直还没有和她说过话,于是他站了起来,对她低头致意,他没有说通常的问候话,而念了奥德修斯遇见瑙西卡的诗句:

我不知道你是女神还是人间的女郎。
假如你是这世上的凡人生的姑娘,
你的父母就要受到三倍的祝福,
你的兄弟姐妹也会快乐和满足。

这位社交场上的老手对她如此彬彬有礼,连庞波里亚也觉得十分高兴。至于莉吉亚听了这些话,更是羞得满脸通红,不知所措,连眼睛都不敢抬起来。可是不久,她的嘴角露出了一丝调皮的微笑,从她脸上也可以看出,少女的羞怯和想要回答的欲望正在进行着斗争,最后这种欲望胜利了。她突然对彼特罗纽斯望了一眼,接下去她用了瑙西卡的话来回答他,她有点像背诵功课似的,一口气念出了这句话:

外乡人啊,你并不像一个卑陋或愚蠢的人。

她一说完就转身跑掉了,好像一只受惊的小鸟。现在轮到彼特罗纽斯吃惊了。他万万没有料到,从这位维尼兹尤斯告诉过他的野蛮部落出身的姑娘口中,能听到荷马的诗句。因此,他以询问的目光望着庞波里亚,但是她没法回答他,因为这时候,她正微笑地望着她丈夫脸上露出的自豪神情。

老普劳兹尤斯无法掩饰他的骄傲。首先,因为他爱莉吉亚就像爱自己的亲生女儿一样;其次,尽管他带着许多罗马人的古老成见来反对希腊文和希腊文的传播,但是他还是认为,会说希腊话是上流社会文雅的最高表现。他为自己没有学会这种语言而暗中苦恼,所以,他对莉吉亚能在这位高雅而又时髦的文人面前用荷马的语言和诗句来回答,感到无比高兴。不然的话,彼特罗纽斯也许会把他们一家也当作野蛮人来看待哩。

"我们家里请了一位希腊教师来教我的儿子,上课的时候姑娘也去旁听。她还是个小姑娘,不过很可爱,我们夫妇两个都很喜欢她。"普劳兹尤斯转身对彼特罗纽斯说。

彼特罗纽斯透过常春藤和金银花枝叶的缝隙,望着花园和花园里正在玩球的三个人。维尼兹尤斯脱去了披衫,只穿着衬衣,把球高高地抛起,莉吉亚站在他的对面高举着双手去接球。刚看第一眼时,这位姑娘并没有给彼特罗纽斯留下什么深刻的印象。他认为她太纤瘦了。可是在花园餐室里走近前一看,他暗自思忖,她像黎明女神一样可爱。彼特罗纽斯是个行家。他感到在她身上有一种特殊的魅力。他从上到下打量着她,样样都使他赞赏不止:她的脸庞是玫瑰色的,晶莹明净,娇嫩的嘴唇,像是专为接吻而生的,眼睛蓝得像大海,前额有如雪花石膏一样洁白,束成发髻的浓密黑发里,闪耀着琥珀和科林斯青铜的光芒,纤细的秀颈,美妙的双肩,苗条秀丽而又轻盈可爱的身形,仿佛是五月初露的新芽、含苞欲放的鲜花。艺术家和美的鉴赏家的气质在他身上苏醒了，他觉得可以在这个姑娘的塑像下面标上"春天"的题名。他突然想起了赫里佐特米斯，禁不住要笑将起来。她头上撒满金粉，眉毛描得很黑，给人以憔悴不堪的印象，恰似一棵枯萎凋零的玫瑰。然而罗马城里的人还非常羡慕他有这个赫里佐特米斯呢。随后他又想起了波培娅，他一向认为那位素负盛名的波培娅，不过是个没有灵魂的蜡制面具。可是这位具有塔拉格利①瓷人体形的姑娘身上，不仅散发出春天的气息，而且有一个光华四射的"灵魂"，它透过她玫瑰红的肉体照耀出来，有如火光通过灯罩放射出来一样。

"维尼兹尤斯选得对。我的赫里佐特米斯是老了，老了，像特洛伊一样老！"彼特罗纽斯暗想道。

然后，他手指花园转身对庞波里亚·格列西娜说："现在我才懂得，夫人，为什么你们宁愿留在家里享受天伦之乐，也不想去参加巴拉丁宫的宴会和竞技表演了。"

"不错！"她瞧了瞧小普劳兹尤斯和莉吉亚那边，答道。

这时候，老统帅开始讲起了这位姑娘的身世以及他多年以前从阿特留斯·希斯特尔那里听来的关于住在茫茫北国的莉吉亚民族的事情。

花园里的三个人也打完了球，在花园的沙地上散了一会儿步，他们在桃金娘和柏树的阴影衬托下看起来像三尊洁白的塑像。莉吉亚牵着小普劳兹尤斯的手。他们散了一会儿步，便在鱼池旁的

---

① 塔拉格利：位于希腊中部，以出产瓷雕闻名。

一条板凳上坐了下来,这个鱼池正好修建在花园的中心。过了一会儿,小普劳兹尤斯便站了起来,要去吓唬在清澈见底的鱼池中漫游着的小鱼。可是维尼兹尤斯还在继续着散步时就开始了的谈话。他用低低的、有点发抖的声音说道:

"正是这样!我刚脱下学生装,就被派到亚细亚的军团去了。我对罗马不熟悉,也不懂得生活和爱情。我只能背诵阿那克里翁①和贺拉斯②的一些诗句,可是当我惊讶得说不出赞美话来或者自己想不出确切的言词时,就不能像彼特罗纽斯那样得心应手地引用古诗。我小时候曾在穆佐纽斯的学校里上过学,老师告诉我们,幸福就在于能以神的希望为自己的希望,也就是完全以我们的意志为转移。但是我认为幸福并不是这样,它是更伟大、更宝贵的东西,而且和意志无关,它只能从爱情中获得。甚至连天神都在追求这种幸福,所以我也这样,莉吉亚!我从来没有向人表露过爱情,现在也想以神明为榜样,寻找这样一位能给我幸福的姑娘……"

他把话停住了。一时间除了小普劳兹尤斯扔石子吓唬小鱼激起的轻微水声,听不到其他的声音。不久,维尼兹尤斯又用更轻柔更温存的声音说道:

"你听说过韦斯巴芗的儿子提杜斯吗?他刚刚成年,就热烈地爱上了贝莱尼卡,差点害相思病死掉。我呢,啊!莉吉亚,我

---

① 阿那克里翁:约公元前6世纪至公元前5世纪的古希腊宫廷诗人,他的诗大多歌颂醇酒和爱情。

② 贺拉斯:罗马诗人,主要作品有《颂诗集》《讽刺诗集》。

也能爱得这样深。财产、荣誉、权势都像过眼烟云一样，毫无意义！富人之上还有比他更富的人，有名的人在比他名望更高的人面前也会黯然失色，强者也会被更强的对手所击败。可是，哪怕是一个最平凡的人，只要能把爱人拥抱在怀里，或者紧紧地吻着自己情人的嘴唇，这时，即使是皇帝，或者天上的神，也不可能比他感觉到更大的快乐，比他更幸福了……所以，爱情能使我们和神处于平等的地位。啊！莉吉亚！……"

她惊讶而又不安地听着这些话，同时又像是在听希腊笛子和月琴的优美曲调，有时她仿佛觉得维尼兹尤斯正在对她唱一首迷人的歌，歌声传进她的耳朵，使她热血沸腾，也使她的心充满了忧虑、恐惧和无法描述的欢乐。她还觉得，他的话说出了她以前就感觉到而又无法表达出来的东西。她也觉得，他唤醒了她身上一直还在沉睡的东西，而在这一刹那，朦胧的梦境变得越来越清晰，越来越美好，越来越令人神往。

这时候，太阳早已移过了台伯河，沉落在雅里库尔山丘后面。屹立不动的柏树披上了万道霞光，整个天空被映得绯红。莉吉亚抬起了仿佛从梦中惊醒的碧蓝的双眼，向维尼兹尤斯瞥了一下，他向她弯下身来，眼里充满了恳求的神情。在夕阳的余晖中，她突然觉得他比她在寺院神殿里看到的全部希腊和罗马的众神都更漂亮。维尼兹尤斯用手指轻轻地握着她的手腕，问道：

"莉吉亚，你是不是懂得了我对你说这些话的意义？"

"不！"

她的回答是那样轻微，他差点没有听见。

可是他不相信她的话，反而越来越使劲地握着她的手。如果不是老普劳兹尤斯从两旁栽着桃金娘的幽径朝他们走来，他真想把她拉到自己的怀中。

这个美貌的姑娘在他的心里激起了强烈的欲望，他的心跳动得像槌子撞击一样。他也真想直接向她倾诉火热的话语，这时，普劳兹尤斯走到他们身边说：

"太阳落山了，小心傍晚着凉，和利比蒂娜①是开不得玩笑的……"

"我不冷，我现在连外衣都没有穿哩，并不觉得冷。"维尼兹尤斯答道。

"你们看，太阳在山背后只剩下半个盾牌那么大了。只有西西里岛的天气才那样暖和，太阳落山的时候人们总是聚集在广场上齐声合唱，向即将离去的福玻斯②告别。"

他忘了自己刚刚还说过要小心死神的话，开始谈论起西西里岛来，那里有他心爱的领地和大片的庄园。他还说他常常想迁居到西西里去，在那里平静地度过晚年。经历过多少个严酷冬天，头发已经斑白的人，再也不想忍受霜冻的折磨了，现在树叶还没有脱落，晴朗的天空还在对罗马城微笑，可是一旦到了葡萄叶枯黄，阿尔班山顶覆盖了白雪，众神乘着寒风来拜访坎帕尼亚平原的时候，也许他们全家就会搬到乡下那座宁静的庄园去了。

"你想离开罗马城吗？普劳兹尤斯阁下！"维尼兹尤斯不安地问道。

---

① 利比蒂娜：罗马神话中的死神。
② 福玻斯：意为"光明"或"光辉灿烂"，是阿波罗太阳神的别称。

"我早就有这个打算,因为西西里岛既清静又安全。"普劳兹尤斯答道。

接着他又赞美起自己的果园、牲畜和隐没在绿树丛中的房子来,还有长满麝香草和薄荷的山丘,一群群的蜜蜂在花草中间嗡嗡飞叫。可是维尼兹尤斯没有心思来听这支优美动听的牧歌曲调,他只担心自己会失去莉吉亚,他抬头凝望着彼特罗纽斯,似乎只有这个人才能救他。

这时候,坐在庞波里亚身旁的彼特罗纽斯,正在欣赏着落日的余晖,欣赏着花园的景色以及水池旁伫立的人们。他们的白色衣衫在桃金娘的深黑背景的衬托下,映照着夕阳的余晖,闪耀出金色的光芒。天空中的红霞渐渐地变成紫色、淡紫色,最后成了乳白宝石的颜色。苍穹也变成了百合花那样的纯白色。柏树的黑影比白天更加清晰,不管是人、树,还是花园,都笼罩在一片黄昏的宁静中。

这种宁静,特别是这里的人,触动了彼特罗纽斯。在庞波里亚、老普劳兹尤斯、他们的孩子和莉吉亚的脸上,他看到了一种特别的东西,而这种东西在他每天,不,每夜所接触的人们的脸上,是看不到的。那是一种光辉,一种宁静,一种开朗的性格,好像是从他们的生活中直接迸发出来的。于是他不无惊奇地想到,尽管他一生都在追求美和欢乐,可是这里存在的这种美和欢乐他却从没尝到过。他无法掩饰自己的这种想法,便转身向着庞波里亚说道:

"我心里在想,你们这个世界和尼禄统治下的我们的那个世界是多么不同啊!"

庞波里亚抬起美丽的脸庞望着晚霞，直率地答道：

"统治世界的不是尼禄，而是上帝！"

他们沉默了一会儿。餐室附近的林荫道上，可以听到老统帅、维尼兹尤斯、莉吉亚和小普劳兹尤斯的脚步声。在他们进餐室之前，彼特罗纽斯又问道：

"那么，庞波里亚，你信仰众神吗？"

"我只相信上帝，唯一的、公正而又万能的上帝！"普劳兹尤斯的妻子回答说。

3

等到彼特罗纽斯和维尼兹尤斯坐进轿子以后,彼特罗纽斯才开口说道:

"她只信仰唯一的、公正而又万能的上帝。如果她的上帝是万能的,他就掌握着生死大权;他如果是公正的,就会公正地执行死权。那么,庞波里亚为什么还要为尤利亚服丧戴孝呢?她哀悼尤利亚岂不是在责备自己所信仰的上帝吗?既然我认为自己在辩证推理上能和苏格拉底[1]相匹敌,我一定要把这种推理说给红胡子那只猴子听听。至于女人嘛,我同意说每个女人都有三个或者四个灵魂,但没有一个女人有推理的灵魂。应该让庞波里亚去和塞内加或者和科尔鲁杜斯探讨一下他们那伟大的逻各斯的问题,让他们一起召唤色诺芬尼[2]、巴门尼德[3]、芝诺[4]和柏拉图[5]的阴魂,他

---

[1] 苏格拉底:古希腊著名哲学家。
[2] 色诺芬尼:古希腊哲学家。
[3] 巴门尼德:古希腊埃利亚学派哲学家。
[4] 芝诺:古希腊哲学家,巴门尼德的学生。
[5] 柏拉图:古希腊著名哲学家。

们住在西梅利①那地方一定和鸟笼里的黄雀一样烦闷了。我倒想跟她和普劳兹尤斯谈点别的事情。我拿埃及人的伊西斯的神圣肚皮起誓,如果我们一上来就把来意直截了当地告诉他们,我想他们的道德便会像一张铜盾牌让人打了一锤那样发出响声的,因此我才没敢把来意说出来。维尼兹尤斯,我害怕了,你也许不会相信吧?孔雀是一种美丽的鸟,可是它的叫声却太刺耳了,我就害怕这样的叫声。然而我不得不赞扬你选中的人,她的确是一位'玫瑰色手指的黎明女神'……你知道她使我想起了什么吗?春天!不是我们意大利的春天——在那里,苹果树上只有稀稀拉拉的几朵花,橄榄树依然和以前一样,还是那种灰暗的颜色——而是我有一次曾经看到的赫尔维亚的春天,那里春意盎然,清新明媚而又翠绿欲滴……我对着这苍白的月亮起誓,维尼兹尤斯,我一点也不奇怪你的选择,可是你应该知道你爱的是狄安娜②,普劳兹尤斯和庞波里亚会把你撕成碎片,就像那群狗撕碎阿克提安③那样。"

维尼兹尤斯没有抬头,沉默了一会儿,用因强烈愿望而激动起来的声音说道:

"我以前想要她,现在更想要她了。我一碰着她的手,全身就像烈火在燃烧似的……我一定要得到她。我要是宙斯,就用云把

---

① 西梅利:黑暗的国度。
② 狄安娜:罗马神话中的月神。
③ 阿克提安:希腊神话中的猎人,因偷看阿耳忒弥斯(月神)洗澡,被她罚变作小鹿,后被自己的猎狗撕成碎片。

她笼罩起来,就像宙斯对伊俄①一样;或者我会化为一阵雨落在莉吉亚身上,就像宙斯化为雨落在达那厄②身上一样。我要吻她,吻得嘴唇发痛,我真想听到她在我的怀抱里嘶喊。我要杀掉普劳兹尤斯和庞波里亚,抱住莉吉亚,把她抢回家里。啊,看来今天晚上我睡不着觉了,只好下命令鞭打我的一个奴隶,听他的呻吟来解闷!"

"安静些吧!你像苏布拉地区的木匠一样发骚情了!"彼特罗纽斯说。

"你说什么都没有用,我一定要得到她。我是来找你想办法的,如果你想不出什么办法来,那只好我自己去想了……既然普劳兹尤斯把莉吉亚当作自己的女儿看待,那我为什么要把她看成女奴呢?既然别的办法不行,那就让她做我的妻子好了,让她来装饰我家的大门,给门框涂上狼油。"

"安静点吧!你这个执政官的疯狂子孙。我们把那些野蛮人绑在我们车后凯旋回来,并不是为了要娶他们的女儿为妻。你可不要走极端呀!应该想出一些简单而又万全的计策来,还是让我们两个人都再考虑考虑吧。我过去也曾把赫里佐特米斯当作朱庇特的女儿来爱的,可是我并没有娶她,正如尼禄没有娶阿克特一样,虽然人们称她为阿达拉王的女儿……安静点吧……你想想,如果

---

① 伊俄:希腊神话中天后的首席女祭司,因和宙斯相好,引起赫拉的嫉妒,被罚变成小母牛。

② 达那厄:希腊神话中阿耳戈斯国王的女儿。因神曾预言她将生子杀害其外祖父,被国王幽禁在铜塔里,宙斯化作金雨和她相会,她因此怀孕,生子珀尔修斯。

她愿意为了你而离开普劳兹尤斯一家,他们就无权阻止她,你应该看到,情火中烧的不单是你,厄洛斯在她身上也点燃了爱火。我看得清清楚楚,你应该相信我。要有耐心。办法会有的,不过今天我已经想得太多了,也感到疲劳了。我向你保证,明天我一定会为你的爱情想出办法来的,假如我彼特罗纽斯连这样的办法都想不出来,那还算什么彼特罗纽斯呢!"

两个人又沉默不言了。过了片刻,维尼兹尤斯用比较平静的口吻说:

"谢谢你了,祝你吉星高照!"

"你耐心地等待吧!"

"你吩咐轿子抬到什么地方去呢?"

"到赫里佐特米斯家去!"

"你真幸福,你享有你心爱的人。"

"我什么?你知道是什么使我觉得赫里佐特米斯还有点意思?是因为她勾搭上了我的琴师、解放奴隶特奥克列斯,还以为我不知道这件事哩!以前我爱过她,现在使我感兴趣的倒是她的谎言和愚蠢。跟我一道到她那里去吧。她要是向你调情,用手指蘸上酒在桌子上画些什么记号,你完全可以放心,我是绝不会吃醋的!"

于是他吩咐把两人的轿子都抬到赫里佐特米斯那里去。

在前厅里,彼特罗纽斯用手按着维尼兹尤斯的肩膀说:

"等等,我似乎已经想出了一条妙计!"

"愿所有的神都来报赏你!"

"啊,有了,有了。我看这办法准成功。你知道吗,维尼兹尤斯？……"

"我听你说，我的智慧之神。"

"过不了几天，那天仙般的莉吉亚便会在你家里和你共享得墨忒耳①的饭粒了。"

"你比皇帝还伟大！"维尼兹尤斯激动地叫道。

---

① 得墨忒耳：希腊神话中的谷物女神，罗马神话中为刻瑞斯。

4

彼特罗纽斯是遵守诺言的。尽管他到赫里佐特米斯家玩的第二天，整整睡了一天觉。可是到了晚上，他就吩咐打轿进宫，和尼禄进行了密谈。结果到了第三天，有个百夫长带领着十几个禁卫军士兵来到了普劳兹尤斯家的门前。

这是个充满不安和恐怖的时代。这样的使者，往往是死亡的信使。因此，当百夫长用小锤敲打普劳兹尤斯家的大门，门卫报告说有许多士兵来到前院时，全家上下顿时陷入一片惊慌。一家人立刻团团围住了老统帅，大家都不怀疑，是他受到了危险的威胁。庞波里亚双臂搂住了他的脖颈，使尽全部力量抓住他不放，她那发青的嘴唇急速地翕动着，喃喃地说着什么话。莉吉亚的脸色变得像夏布一样苍白，不停地吻着他的手。小普劳兹尤斯紧紧地扯着他的披衫。全家的男女奴隶从走廊上，从楼下女仆专用的房间里，从浴室里，从屋子的各个角落里，成群地跑了过来。他们叫喊着："哎呀！怎么办？"女人们放声大哭起来，有的还撕着自己的脸颊，或者用头巾蒙住自己的头。

老统帅由于久经沙场，出生入死，看惯了死亡，现在唯独他一个人显得镇定自若，短小的酷似鹰隼的脸上，像石雕一般严厉

刚直。不一会儿,他就平息了家里的混乱,命令家人和奴隶都离开大厅,然后对妻子说道:

"放开我,庞波里亚。即使我的末日到了,我们也还来得及告别的!"

他轻轻地推开了妻子,可是庞波里亚却对他说:

"你的不幸就是我的不幸,啊!阿鲁斯!"

一说完,她就跪在地上专心致志地祈祷起来,只有为了最亲爱的人才会有这样的虔诚。

普劳兹尤斯来到前厅,百夫长正等在那里。这位百夫长名叫卡尤斯·哈斯塔,原是他远征不列颠的老部下和战友。

"您好,统帅,我给您带来了陛下的问候和命令。这儿是令牌和官印,我是奉陛下之命来的。"百夫长说。

"感谢陛下的问候,我将听从陛下的旨意。欢迎你,哈斯塔,请告诉我,你带来了什么命令?"普劳兹尤斯说道。

哈斯塔答道:

"阿鲁斯·普劳兹尤斯,陛下听说你家里住着莉吉亚王的一个女儿,那还是神圣的克劳迪乌斯陛下在位的时候,莉吉亚王为遵守其不侵犯帝国边境的诺言,而把她当作人质交给罗马的。神圣的尼禄陛下对于你——统帅,多年来照顾这个女孩子深表感谢,现在陛下不想再麻烦阁下了。皇帝的旨意是:作为人质的这位姑娘,应该受到皇帝和元老院的监护,因此命令你立即将她交给卑职带进宫去!"

普劳兹尤斯是个经历过多年戎马生活的老军人,也是个受过无数考验的硬汉子,面对这样的命令他是不会容许自己有任何悲痛、抱怨或者恳求的表示的。可是在他的额头上可以看到因为强烈的愤怒和痛苦而皱起的眉头。以前，不列颠军队只要见到他这样一皱眉头，便会吓得胆战心惊，甚至现在，连哈斯塔的脸上也现出害怕的样子。但是对于这道旨意，普劳兹尤斯却无能为力，毫无办法。他呆呆地望着那块金牌和官印，过了一会儿才抬起眼睛望着百夫长，平静地说：

"哈斯塔，请你在这里等一等，等我把人质交给你！"

他说完之后，便回到了住宅最后头那间叫作后厅的房子，庞波里亚·格列西娜、莉吉亚和小儿子正在这里惊恐不安地等着他。

"没有人受到死亡或者流放远方海岛的威胁。然而皇帝的使者却带来了不幸的消息。莉吉亚，是关于你的。"他说。

"关于莉吉亚？"庞波里亚吃惊地喊叫起来。

"是的！"普劳兹尤斯回答。他转身朝着那个少女说，"莉吉亚，我们是把你当作亲生孩子来教养的，我和庞波里亚两个人爱你就像爱自己女儿一样。可是你自己也知道，你不是我们的女儿，你是一个人质，是你的部族交给罗马的人质，你的庇护人应该是皇帝。现在皇帝就要把你从我们家里带走了。"

统帅说话时虽然显得很冷静，声音却有些奇异，不像平常那样。莉吉亚听了他的话，眨巴着眼睛，好像不懂到底是怎么回事。庞波里亚的脸色变得苍白，从走廊通到后厅去的门边，又一次出现了女奴们惊慌失措的面孔。

"皇帝的旨意必须执行！"普劳兹尤斯说。

"阿鲁斯！还不如让她死了好。"庞波里亚喊道。她双手抱住了莉吉亚，像是要保护她似的。

莉吉亚也紧紧地依偎在她胸前，不断地叫着："妈妈！妈妈！"她不住地抽泣，说不出别的话来。

普劳兹尤斯的脸上又浮现出愤怒和痛苦的表情。他忧郁地说：

"如果只是我一个人生活在这个世界上，那我绝不会把她活着交出去！……也许我的亲属今天会为我去向解放之神朱庇特奉献供品了……可是我没有权利连累你和我们的儿子，他也许还能活到更幸福的时代……今天我要去见皇帝，请求他收回成命。我不知道他会不会听我的话。现在只好再见了，莉吉亚，你可要记住，你来到我们家的那个可纪念的日子，是永远铭刻在我和庞波里亚的心上的。"

他一说完便把手放在莉吉亚的头上。虽然他竭力保持平静，可是当莉吉亚把噙满泪水的眼睛转向他，后来又抓住他的手紧紧地贴在自己嘴唇上的时候，他再也控制不住自己了，他的声音充满了慈父般深沉的悲哀。

"再见了，我们的欢乐，我们眼中的光明！"他叫道。

为了不被这种和一个罗马人以及一个统帅的身份不相称的激情所控制，他急急忙忙地回到了前厅。

与此同时，庞波里亚也把莉吉亚带进了卧室，她安慰她，使她快活，让她打起精神来，还嘱咐她一些和这家传统不相称的奇怪的话①。因为在这间卧室的旁边，就是宽大的后厅，那里仍然供着祖传的神龛，阿鲁斯·普劳兹尤斯还是依照古老的习俗，在炉

---

① 指和基督教有关的一些话。她们俩都是信奉基督教的，和普劳兹尤斯家族信奉罗马多神教不同。

边给家神们献上供物。现在，接受考验的时刻已经到来。从前，维吉留斯曾经刺死自己的女儿，为的是把她从阿彼乌斯的掌握中解放出来。还在更早以前，卢克蕾提亚[①]曾经献出生命来洗刷自己所受的侮辱。皇帝的宫殿是无耻、邪恶和罪行的渊薮。"可是，莉吉亚，你知道为什么我们没有权利自杀吗？……啊，是的，我们两个人是生活在另外一种法则下，这种法则与众不同，它更伟大，更神圣。它允许我们对罪恶和耻辱进行自卫，哪怕牺牲生命，遭受折磨也在所不惜。谁能在那座堕落的房子里出污泥而不染，谁在道德上就更加崇高。我们的人世便是这样一座堕落的房子。然而，值得庆幸的是人生短暂，转瞬即逝，在坟墓的那头就是复活，那里的主宰不是尼禄而是仁慈，那里没有苦痛，只有快乐，那里没有眼泪，只有欢笑。"

接着，庞波里亚谈到她自己。是的！她很平静，然而在她的心中也打上了痛苦的烙印。例如，她的丈夫的眼睛上还蒙着一层白翳，他还没有受到圣光的照耀。她的儿子也没有得到真理的教诲。于是她想到，若是一切就此下去，直到她一命呜呼，和他们告别的时刻来临，那时候他们的痛苦，要比现在她们两个人所受的暂时的苦痛更加悲惨，更加可怕百倍。她甚至觉得，如果没有他们，她在天堂里也是不会幸福的。她不知道哭过多少个夜晚，也不知道有多少个夜晚，她是在恳求祝福和慈悲的祈祷中度过的。但是她把自己的痛苦奉献给了上帝，她虔诚地等待着。现在新的打击又落在她的头上了，暴君下了命令，要把她心爱的孩子——

[①] 卢克蕾提亚：罗马古代一个贵族的女儿，因受王子的污辱而自杀。

普劳兹尤斯把她叫作他们眼中的光明——夺走,但是她还是虔诚地相信:有一个比尼禄更强大的力量,有一个比尼禄的愤怒更有力的慈悲。

她把莉吉亚的头更紧地抱在胸前,接着,莉吉亚跪了下来,把眼睛捂在庞波里亚的长裙褶缝里,长久地待在那里,但是当她抬起头来的时候,她的脸上也出现了比较平静的神色。

"我为你,妈妈,也为爸爸和弟弟伤心痛苦,可是我知道,反抗是毫无用处的,只会害了大家。我只有向你保证,到了皇宫我也永远不会忘记你说的话。"

她再一次用双手抱住庞波里亚的脖子,后来,她们两人一齐来到后厅,莉吉亚向小普劳兹尤斯告别,又向教过她的老希腊人告别,向当过她的奶娘的贴身女仆告别,还向所有的奴隶告别。

家人中间有一位身材高、肩膀宽的莉吉亚人,家里人都把他叫作乌尔苏斯,他和其他随从在从前是陪着莉吉亚母女一道来到罗马当人质的,现在他跪倒在她的脚下,后来又匍匐在庞波里亚的膝边,哀求道:

"啊,夫人!请允许我跟我的女主人一道去吧,让我到皇宫里去服侍她,保卫她的安全。"

"你不是我家的奴仆,你是莉吉亚的仆人。不过,一旦他们放你进了宫,你又怎样去保护你的女主人呢?"庞波里亚答道。

"我不知道,夫人,我只知道我的手能把铁块像木头一样捏成碎片!"

这时阿鲁斯·普劳兹尤斯正好来到了后厅,他听到这事后,不仅不反对乌尔苏斯的要求,反而说,他没有权利留下他。莉吉亚作为人质必须遵照皇帝的旨意送进宫去,她的随从也应该和她一同送去,交给皇帝处置。说到这里,他对庞波里亚低声说,可以假借扈从的名义,尽量多带去一些奴隶,百夫长是不好拒绝接受他们的。

这对莉吉亚来说是一种安慰,庞波里亚也感到高兴,因为可以由自己挑选一些奴隶来服侍莉吉亚。于是除了乌尔苏斯外,还挑选了那个管衣饰的老女仆,两个善于梳理头发的塞浦路斯少女和两个在浴室里服侍的日耳曼少女。她选的都是清一色的新教徒。乌尔苏斯信仰新教也有好几年了,庞波里亚完全相信这些仆从是忠实可靠的,同时她又为能把真理的种子撒到皇宫里去而感到快慰。

她还写了一封短信,托付尼禄的解放女奴阿克特,请她多多照应莉吉亚。虽然庞波里亚在新教信徒的集会上从没有见到过阿克特,但她听新教徒们说,阿克特从没有拒绝过他们的要求,她还在热心地阅读塔斯的保罗的信件。庞波里亚还了解到,这位年轻的解放女奴一直过着忧郁的生活,她和尼禄宫里其他的女人完全不同,她是宫里的一个好心人。

哈斯塔答应亲手把信交给阿克特。他也觉得,一个国王的女儿带上自己的随从,是天经地义的事情,因此他不但满口答应把他们带进宫去,还奇怪随去的人员为什么只有这么几个。他只要求他们快一点收拾动身,他担心耽搁得太久了,人家会怀疑他执行命令不力。离别的时刻来到了,庞波里亚和莉吉亚的眼睛又被泪水塞满了。普劳兹尤斯又摸摸她的头。不久,士兵们伴随着莉吉亚向皇宫出发了。小普劳兹尤斯哭叫起来,他要保护他的姐姐,举起小拳头威胁着百夫长。

老统帅立即吩咐准备好轿子,随后他和庞波里亚一道来到后厅隔壁的绘画室里,把门关紧之后才对她说:

"告诉你,庞波里亚。我要去晋见皇帝,虽然我知道只会白跑一趟。现在尼禄不听塞内加的话了,不过我还是要到塞内加那里去一下。眼下,皇帝更听索弗罗留斯、提格里努斯、彼特罗纽斯和瓦提纽斯他们的话……可以肯定,皇帝活了这么久,从来也没有听说过莉吉亚人的事情。他下这道命令,把莉吉亚作为人质要过去,一定是有人怂恿的,是谁这样干的,很容易猜出来。"

她突然抬起眼睛,望着丈夫说:

"是彼特罗纽斯吗?"

"对啦!"

出现了片刻沉默,老统帅又开口说道:"只要把这些不知羞耻、毫无良心的人放进来一个,我们就得遭殃。应该诅咒维尼兹尤斯来到我们家里的那个时刻!就是他把彼特罗纽斯带来我们家的。可怜的莉吉亚,他们要的不是人质,而是侍妾。"

由于愤怒和无能为力的怨恨,以及为养女感到的悲痛,他说起话来,比平时更加漏风了。他的内心斗争得很激烈,仅仅从他握得紧紧的拳头,就可以看出他内心的斗争是何等剧烈,何等痛苦。

"我一向是信神的,可是直到这会儿我才明白,管辖这个世界的不是神,而是一个坏透了的疯狂的魔鬼,它的名字就是尼禄!"普劳兹尤斯说道。

"阿鲁斯,在上帝面前,尼禄只不过是一粒腐败的尘芥而已。"

庞波里亚回答说。

这时候,普劳兹尤斯在绘画室的镶嵌地板上跨着大步,踱来踱去。他一生中立下了许多汗马功劳,可还从来没有经历过巨大的不幸,因此他一遇到不幸便束手无策了。这位老武士对莉吉亚的感情,比他自己认识到的还要深厚,现在他却失去了她,他的思想实在无法正视这个事实。而且他还觉得他受了侮辱。有一只他所蔑视的手压在他的头上,同时他又感到,和这只手的力量相比,他的力量显得多么渺小啊!

最后,他终于抑制住了扰乱他思想的愤慨,说道:

"我想,彼特罗纽斯不会把莉吉亚抢去送给皇帝的,因为他不想得罪波培娅。那么,要么是给他自己,要么是为了维尼兹尤斯。今天我一定要打听清楚。"

过了不久,他吩咐轿子把他径直抬到巴拉丁宫去,庞波里亚一个人留在家里,她去看护她的小儿子。他因为失去了姐姐,一直在哭泣,而且不停地咒骂皇帝。

5

普劳兹尤斯猜对了,尼禄不肯召见他。管事人答复他说,皇帝陛下正在和琴师特伯诺斯一道,忙于歌唱,一般说来,他是概不接见未经他召唤的人的。换句话说,今后普劳兹尤斯也别来求见他了。塞内加虽然患病了,发着热,却彬彬有礼地接待了这位老统帅。然而他听了他诉说来意之后,便苦笑了一声,说道:

"尊贵的普劳兹尤斯,我唯一能为你效劳的,那就是:绝不能把我对你的痛苦的同情和帮助你的愿望,透露给皇帝知道。要是皇帝疑心到我有这种意愿,那么不用其他借口,单是为了气气我,他也不会把莉吉亚还给你。"

他也不赞成普劳兹尤斯去求见提格里努斯、瓦提纽斯和维特留斯。只有金钱才能买动他们,也许出于对彼特罗纽斯的憎恨,他们可能帮你的忙,因为他们都在竭力削弱彼特罗纽斯的影响和势力。可是这样一来,他们更有可能告诉尼禄:莉吉亚对于普劳兹尤斯是多么的宝贵,尼禄就会故意刁难,更不会把她还给你了。这时,这位年迈的学者,开始用尖酸刻薄的讽刺话,把舌锋转到老统帅和自己身上:

"你太沉默了,普劳兹尤斯,这些年来你一直沉默着,可是皇帝不喜欢闷不作声的人！为什么你不去赞美他的美貌、德行和歌喉呢？为什么你不去颂扬他的口才、他的驾车本领和他的诗篇呢？为什么不赞赏他杀死布列塔尼克？为什么不歌颂这位杀害生母的凶手？你对他掐死屋大维娅也没有表示祝贺呀！普劳兹尤斯，你太缺乏远见了，像我们这些幸运地生活在宫廷中的人，都是有这种远见的。"

他一边说着话，一边从腰带上取下一只杯子，从水池的喷泉中舀了一杯水，润了润他那干燥的唇舌，接着又说了下去：

"噢，尼禄是懂得感激的。他喜欢你，因为你曾经为罗马服务，把它的威名传到天涯海角。他也喜欢我，我曾是他少年时期的教师。因此，你瞧，我知道这水没有放毒，我可以放心地喝它。我自己家里的酒就不那么安全了。若是你渴了，那就请你大胆地喝下这杯清水。这水是从阿尔班山用输水管引过来的，谁要是在水里放毒，那么全罗马的喷泉都会有毒了。你看，一个人在这个世界上，也还是能够安全地生活下去，度过平静的晚年。我的确是个病人，但是有病的不是我的身体，而是我的灵魂。"

这是事实。塞内加缺少像科尔鲁杜斯或者特拉绥阿斯所具有的那种坚毅的气魄，因此，他一辈子都一次又一次地对暴行迁就和容忍。他自己对此也感到痛切。他清楚地知道，作为一个契提姆的芝诺[①]学说的信徒，应该走上另一条道路。对这个问题，他感受到的痛苦比对死亡的畏惧还要厉害。

可是老统帅打断了他痛切的沉思：

---

① 芝诺：禁欲主义派的创始人之一。

"尊敬的塞内加,我知道,皇帝是怎样报答你对他青年时期所耗费的心血的。然而抢走我的孩子的罪魁祸首是彼特罗纽斯。请告诉我一个对付他的办法,指出一个能影响他的人,也请你看在多年老友的情分上,应用你那雄辩的口才去把他说服吧!"

塞内加回答说:

"我和彼特罗纽斯是站在两个对立营垒里的人,我不知道有什么能对付他的手段,他也不受任何人的影响。虽然他坏透了,但他在那些围着尼禄转的坏蛋们中间还算个好人。可是你要说服他,说他干的是坏事,那简直是浪费时间,彼特罗纽斯早已失去了区分善恶的能力。你向他指出他的行为丑恶,他倒会感到脸红的。假如我碰见他,我会对他说:'你的所作所为真像一个解放奴隶!'如果这样说他还没有什么效果,那我也就无能为力了。"

"这就很谢谢你了。"老统帅答道。

于是他吩咐把轿子抬到维尼兹尤斯家去,维尼兹尤斯正在家里和击剑教师练剑。普劳兹尤斯一见这位青年人在抢走莉吉亚的计谋成功之后,竟是那样悠闲自在地练剑,便火冒三丈,他还等不及击剑教师退回到门帘后面去,便怒气冲冲地痛骂了维尼兹尤斯一顿。但是,维尼兹尤斯一听到莉吉亚被抢走了,脸色霎时变得像纸一样惨白,普劳兹尤斯马上就断定他没有参加这场阴谋。这个年轻人的额上渗出了大粒大粒的汗珠,刚刚汇集到心脏里去的血液,像汹涌奔腾的浪潮,一下子涌到了脸上。他的双眼冒着熊熊的火花,嘴里断断续续地喷射出一个个问题,嫉妒和愤怒有如狂风暴雨交替袭来。他意识到,只要莉吉亚一跨进皇宫的大门,他就要永远失掉她了。普劳兹尤斯一提到彼特罗纽斯的名字,一个疑问便像闪电一样在这个青年将领的心中闪现：彼特罗纽斯耍弄了他。他把莉吉亚当作贡品奉献给尼禄，想得到皇帝的欢心，要不然，就是想把莉吉亚留给他自己受用。他想象不出，有谁会看见莉吉亚而不想占有她。

由于他继承了他祖先的暴躁脾性，现在他就像一匹脱缰的野马那样狂暴，完全失去了理智。他断断续续地说：

"老统帅，请您回去等着我吧……即使彼特罗纽斯是我的亲生父亲，我也会替受屈的莉吉亚向他报仇的。请您回去等我吧。不管是彼特罗纽斯，还是尼禄，都得不到她的！"

他说完之后，便捏紧拳头朝放在客厅供桌上的蜡制神像走过去，并且大声地叫道：

"我对着这些祖先的神像起誓，我宁可杀了她，然后自己去死！"

他说完便跳了起来，又向普劳兹尤斯说了声："等着我吧！"便像疯了似的跑出大厅，推开路上的行人，直奔彼特罗纽斯的府邸。

普劳兹尤斯怀着一线希望回到家里。他想，如果是彼特罗纽斯劝皇帝把莉吉亚抢去，好把她送给维尼兹尤斯，那么维尼兹尤斯一定会把莉吉亚送回家来的。同时，他又想到，如果没法救出莉吉亚，她还可以去死，一死遮百丑，她的耻辱也就会被死遮盖起来。想到这里，他也感到某些安慰。他相信维尼兹尤斯答应了的事情，一定会尽力去做到的。他亲眼看到了他的狂怒，同时也知道他的家族都有固执顽强的性格。他自己虽然像亲生父亲一样疼爱莉吉亚，但也宁愿把她杀死，不让她成为尼禄的玩物。如果不是为了他的儿子,他家的这根独苗,他会毫不迟疑地这么干的。普劳兹尤斯是个军人,他简直没有听到过禁欲主义,但他的性格却和禁欲主义的思想相距不远。从他的信念和骄傲说来,宁愿死也不愿受到侮辱。

他一回到家里便安慰起庞波里亚来,也把自己的安慰、自己的想法告诉她,于是两夫妇一起等着维尼兹尤斯的消息。有时候,前厅响起了奴隶的脚步声,他们就以为是维尼兹尤斯把他们心爱的孩子带回来了,他们还准备衷心地祝福这一对。可是时间过去了,却没有任何消息。直到傍晚,才听到锤子敲门的声音。

不多一会儿,一个奴隶进来,递给普劳兹尤斯一封信。这位老统帅虽然装出镇静的样子,然而就在他接信的时候,双手却有些发抖。他急急忙忙地读着这封信,好像他们全家的安危都系在这封信上似的。

他的脸孔突然变得阴沉起来,仿佛天空被一块飘动的乌云遮住了似的。

"你读吧!"他把信交给了庞波里亚,说。

庞波里亚接过信,念了起来。信中写着:

马尔库斯·维尼兹尤斯谨致意于阿鲁斯·普劳兹尤斯:发生的事完全出自陛下的旨意,愿您俯首听从,正如我和彼特罗纽斯俯首听从一样。

接着是长时间的沉默。

6

彼特罗纽斯正好在家。维尼兹尤斯像一阵狂风似的冲进了前厅,连门房都不敢阻拦他。他知道彼特罗纽斯在书房以后,又急急忙忙地冲进书房。他看见彼特罗纽斯正在写字,便一手夺过他的芦苇笔,把它折成两截,扔在地上用脚踩得粉碎,然后用手抓住他的胳膊,把脸伸了过去,冲着彼特罗纽斯的脸,用嘶哑的声音问道:

"你把她怎么处置了?她在哪儿?"

这时候,突然出现了一件不可思议的事。身材瘦削、文质彬彬的彼特罗纽斯,抓过这位年轻大力士握住他胳膊的那只手,又把维尼兹尤斯的另一只手也抓住,他的一只手像铁钳一样紧紧夹住这两只手。他说:

"我只在早上才感到疲乏无力,一到晚上,我就又生龙活虎,恢复了体力。你试试看松不松得开吧。我看,你的武术大概是由一个织布匠教的,你的礼貌大概是一个铁匠教的吧!"

他的脸上并没有露出生气的神色,只有眼睛闪动着一种犀利而勇敢的淡淡的光辉。过了不久,他松开了维尼兹尤斯的双手。维尼兹尤斯站在他面前,满脸羞愧,怒气冲冲。

"你的手简直是铁打的。可是我要以所有的冥神起誓,你若是出卖了我,我就要在你的喉咙里扎进一把刀,哪怕你是在皇宫里。"维尼兹尤斯说。

"还是让我们平心静气地谈谈吧。你知道钢比铁更坚硬,虽然你的一只胳臂有我的两只胳臂粗,我也不会怕你的。相反,我只为你的粗鲁无礼感到痛心,要是有什么人的忘恩负义还能使我感到惊奇的话,那就是你的忘恩负义了。"彼特罗纽斯回答说。

"莉吉亚在哪儿?"

"在妓院里,也就是说,在皇宫里。"

"彼特罗纽斯!"

"安静点,坐下吧。我请求陛下答应我两件事,他都准许了。第一是把莉吉亚从普劳兹尤斯家弄出来;其次,是把她交给你。你的披衫里面是不是藏着刀呢?也许你想刺死我吧?我劝你耐心等几天,否则会把你关进监狱的,那时候,莉吉亚在你家里就会感到无聊啦!"

他们都默不作声了。维尼兹尤斯以惊奇的眼光凝视着彼特罗纽斯,后来他说:"请宽恕我!我太爱她了,爱情把我的神志搞糊涂了。"

"你该相信我,维尼兹尤斯。我是这样告诉陛下的:我的外甥维尼兹尤斯爱上了普劳兹尤斯家养育的一个瘦骨伶仃的小姑娘,他成天唉声叹气,把他家都快变成了一座蒸汽浴室啦。我说,陛下,像你或者我这样了解什么叫真正的美的人,是绝不会为她付出一个银币的。可是那孩子,本来就迟钝得像只三脚炉架,现在更蠢得像是丢了魂一样。"

"彼特罗纽斯！"

"假如你不理解，我这样说是为了莉吉亚的安全，那么你真像我说的那样蠢了。我对红胡子说，像他这样的审美家绝不会认为她是美的。而一直以我的眼光去衡量人的尼禄，也就不会看出她的美。只要他看不出莉吉亚的美貌，那他就不会要她。在这只猴子[1]面前还是谨慎一点好，要用绳子牵住他。现在，真正能评价莉吉亚的人不是尼禄，而是波培娅。她当然宁愿把莉吉亚赶出宫去，越快越好。后来我装着随便的样子，对红胡子说：'把莉吉亚召来，把她赐给维尼兹尤斯好啦！你有权力这样做，因为她是人质。你这样做，就惩罚了普劳兹尤斯。'他同意了。他没有任何理由不同意的，特别是当我给他提供了这样的方便，去为难正派的人，那是他更不会拒绝的。他们会指定你做这个人质的正式监护人，那就正好把这位莉吉亚宝贝送到你的手中了。而你呢，既成了英勇善战的莉吉亚人的盟友，又是皇帝的忠实奴仆，不仅你的宝贝丝毫无损，还会更加增光添彩哩！皇帝为了装装面子，要把她留在宫里几天，然后再把她送到你的家里，你真是个幸运儿！"

"这是真的吗？她在皇宫里不会有危险吗？"

"如果她在那里住得太久，波培娅就会和罗库斯达商量怎么来害死她的，仅仅住几天是没有危险的。皇宫中住着成千上万的人哩。也许尼禄一次也见不着她，而且我把一切都安排好了，刚才百夫长还来告诉我，他把姑娘带进宫后便交给了阿克特。阿克特是个好心人，我才把莉吉亚交给她照管的。我看庞波里亚·格列

---

[1] 指尼禄。

西娜对她也是这样看的,所以给她写了封信。明天尼禄要举行宴会,我把你的座位安排在莉吉亚旁边。"

"舅父,请原谅我的脾气暴躁。我原来以为,你是为自己或者为了皇上才把她抢来的。"维尼兹尤斯说。

"我能原谅你的脾气暴躁,可是粗鲁的行为、下流的喊叫声和那种使人想起赌'莫拉'的嘶喝声却是很难宽恕的。我讨厌这样的作风,你以后可要记住。你知道,只有提格里努斯才给皇帝拉皮条。你也该知道,我要是想把她留给自己享用,我就会当面告诉你:维尼兹尤斯,我要把莉吉亚留下,我要一直留到玩腻了她为止。"

他一边说着,那双栗色的眼睛直盯着维尼兹尤斯的眼睛,现出冷淡而又高傲的神情。年轻人心慌意乱了,他说:

"这是我的过错。你心地善良,品德高尚,我衷心地对你表示感谢。请让我再提一个问题,为什么你不下命令把莉吉亚直接送到我的家里去呢?"

"因为皇上要掩人耳目。凡是知道这件事的罗马人都会说,我们是作为人质才把她召来的。只要人们还在这样议论,她就要留在宫中。过后,再把她悄悄地送到你那里去,也就算完事了。红胡子是只胆小狗,他知道他的权力无边,然而他还是想伪装他做的每一件坏事。你现在冷静下来没有,能不能谈谈别的事呢?我常常想,像皇帝这样强大而又不会受到惩处的人,为什么还要想方设法把自己的罪行都蒙上一层法律、公正和正义的外衣呢?为什么要这样费尽心机呢?我认为杀死兄弟、母亲和老婆,那是那些亚洲小国家的君主干的事情,罗马的大皇帝是不屑于干这种勾当的。可是，一旦我干了这种事，就不会写信给元老院来为自己辩护……然而，尼禄却写了信。尼禄要掩人耳目，因为他是个胆小鬼。可是提比略①并不胆小怕事，为什么他也为自己的过失辩解呢？为什么会这样呢？丑恶不由自主地向美德顶礼膜拜，这不是咄咄怪事吗？你知道我是怎么想的吗？我认为出现这种怪事是因为罪行是丑恶的，而德行是美好的，所以真正的审美家也是道德高尚的人。因此，我也是一位道德高尚的人。今天，我一定要向普罗塔哥拉②、普罗迪克斯③和哥尔吉阿斯④的鬼魂敬献美酒，看起来这些诡辩学家还是有用处的。现在，我又要回到原来的问题上来了。告诉你，我把莉吉亚从普劳兹尤斯家弄出来，就是要把她送给你。就这样好啦。如果李齐普还在人世，一定会替你们雕塑一对完美的雕像。你们两个都长得很美，所以我的行为也是美的，既然行为是美的，就不会是丑恶的。你看，维尼兹尤斯，坐在你面前的就是道德的化身彼特罗纽斯！假如亚里士多德还活在世上，他一定会到我这里来，付给我一百个金币，请我讲一堂简短的道德课哩！"

但是，维尼兹尤斯是个把现实看得比道德讲课还重要的人，他说：

"明天我就能看见莉吉亚，以后我就能把她留在我家里，和她

---

① 提比略：罗马皇帝，前期较开明，后期则残暴凶狠。
② 普罗塔哥拉：古希腊诡辩学派中最重要的人物。
③ 普罗迪克斯：古希腊诡辩学派的一位哲学家。
④ 哥尔吉阿斯：古希腊诡辩学派哲学家。

朝夕相处,永不分离,一直到死。"

"你会得到莉吉亚,可是我却会得罪普劳兹尤斯,他一定会祈求所有的冥神来向我进行报复。不过在报复之前他至少应该去听一次正规的朗读课……他会像我以前的门房骂我的顾客那样来骂我,我把那个门房送到乡下的牢房里去了。"

"普劳兹尤斯来过我家里,我答应告诉他莉吉亚的消息。"

"你给他写封信,就说'神圣'皇帝的旨意是最高的法律,还告诉他,你的第一个儿子也要叫阿鲁斯。应该让这位老人得到一点安慰。我还准备请求红胡子,明天也邀请他赴宴,让他在宴会厅里看到你和莉吉亚坐在一起。"

"请你不要这样做,我很可怜他们,尤其是庞波里亚。"维尼兹尤斯说。

于是他坐下来写了那封信,这封信夺走了老统帅的最后一线希望。

7

从前，罗马帝国的达官贵人见了这位曾是尼禄宠妃的阿克特都要俯首敬礼的。可是，就在那个时期，她也无意插手国家大事，即使她有时要对这位年轻的皇帝施加影响，那也是替别人求情。她生性娴静，温柔文雅，博得了许多人的好感。她谁也不得罪，就连原先的皇后屋大维娅也不厌恨她，甚至连最爱争风吃醋的人也对她放心。人人都知道，她现在仍怀着一种忧郁而痛苦的爱情在爱着尼禄，哺育着这种爱情的不是希望，而是回忆。她常常回忆起过去的年代，那时候，尼禄不仅年轻，热恋着她，而且也显得更加善良。人人都知道，她的感情和思想都和这些回忆紧密相连，除此以外她别无所求。所以，大家都不担心尼禄会回心转意，回到她的身边，把她看作是一个毫不碍事的人，于是也就让她一个人去过安静的日子。波培娅只把她当作一个温顺的女仆人，对自己丝毫没有妨碍，根本用不着把她赶出宫去。

由于皇帝爱过她，抛掉她的时候也没有争吵，是平平静静地甚至友好地和她分了手，所以大家还对她保持着一定的尊敬。尼禄解放她的时候还在宫中拨给她一栋小房子，里面有单独的卧室和少数服侍她的奴仆。从前，克劳迪乌斯陛下的解放奴隶帕拉斯和纳尔西萨,不仅能参加克劳迪乌斯的宴会,而且还作为有权势的大臣,坐在贵宾的位子上。于是阿克特有时也被邀请参加尼禄的宴会。人家之所以这样做,大概是因为她的美貌能成为宴会上的装饰。再说,皇帝在宴请宾客时早已不顾什么标准了。现在参加宴会的真可以算得上三教九流,各个阶级各种行业的人都有。其中也有元老院的元老们,不过都是些爱插科打诨的。宴会上还有老老少少的贵族,他们一心追求的是奢侈享受和恣情放荡。宴会上也有上流社会的贵妇人,到了晚上,她们会毫不迟疑地戴上浅色假发,到阴暗的街头巷尾去追欢逐乐,寻求刺激。还有那些高级官员和僧侣,他们只要有丰盛的酒宴,哪怕叫他们辱骂自己的神明也愿意。和这些人坐在一起的是五花八门的客人:有歌手、民间舞蹈家、乐师、男女舞蹈家,以及还在朗诵诗的时候就想着皇帝赐给他们钱币的诗人。此外,还有用贪婪的目光注视着美酒佳肴的哲学家。最后还有著名的赛车手、杂技演员、魔术师、说书的、小丑,以及那些由于赶时髦或生性愚蠢而曾经臭名远扬的冒险家。在这些参加宴会的客人中,也不缺少蓄着长发以便遮住耳朵上刻有奴隶记号的人[①]。

社会名流入席就座进餐,地位低一些的则在进餐时表演节目,等待着执事人员让他们去分享残羹剩肴。这类客人都是由提格里努斯、瓦提纽斯和维特留斯召唤来的,为了能维持皇宫的豪华气派,他们不得不替这些客人提供合适的服装。皇帝很喜欢这些人,他在他们当中真是如鱼得水,十分自在,宫廷的奢侈豪华使一切

---

① 指解放奴隶。

都显得金碧辉煌，闪烁发光。不论是大人物还是贱民，是名门望族的子弟还是沿街求乞的乞丐，是名孚众望的艺术家还是平庸低级的卖艺者，都济济一堂，云集宫中，一方面能面对这人们无法想象的穷奢极侈，一饱眼福，另一方面，也为了亲近一下这位一切恩典、财富和宝物的赐予者。他只要用一道眼光，就能使人倾家荡产，身败名裂，或者使人飞黄腾达，青云直上。

就在这一天，莉吉亚也要去参加这样的宴会了。恐惧、不安和厌恶，这些初来乍到的常见反应和她反抗的愿望展开了搏斗。她怕皇帝，怕人群和宫殿的喧哗会使她头晕目眩，她怕这样的宴会，她从普劳兹尤斯、庞波里亚·格列西娜和他们的朋友口中听说过这些宴会是怎样的下流无耻。她虽然是个年轻的姑娘，也已经知道这些事情。因为在这个时代，孩子们很早就懂得什么是丑恶了。所以她知道她到了宫里，就有被毁掉的危险。庞波里亚在离别的时候也警告过她。不过，她有一颗还没有受到罪恶侵袭的年轻的心，她还有她的义母灌输给她的崇高的宗教信仰，她曾经对着母亲、对她自己，也对着上帝发誓，绝不让别人毁了自己。她不仅相信上帝，而且因为上帝那仁爱的信条，因为上帝临死所受的痛苦和他的光荣复活，用她一颗童稚天真的心热爱着他。

她知道，现在无论是普劳兹尤斯，还是庞波里亚·格列西娜都没法为她的行为负责。于是她问自己，违抗皇帝的旨意，拒绝赴宴是不是更好些。一方面她心里感到恐惧和不安，另一方面又很想勇敢、坚定地去经受痛苦和死亡的考验。神圣的导师——上帝是这样教导的，"他"本人就作出了榜样。庞波里亚还对她讲过，最虔诚的信徒全心全意渴望得到这种考验，他们热切地祈祷自己能得到这样的考验。当莉吉亚还在普劳兹尤斯家的时候，也常常觉得自己心中出现了这样的愿望。她曾经幻想自己就是那个受难者，雪白的手上和脚上遍布伤痕，具有一种尘世所没有的美丽，被那些和她一样雪白的天使带到天上，她非常喜爱这个幻想。在这种幻想中有儿童的天真想象，也有一些庞波里亚责备她的那种孤芳自赏的因素。现在，反抗皇上的旨意将要招来残酷的惩罚，幻想中出现的受苦受难就要变成现实了，于是她心里除了美妙的幻想和愉快的心情外，还夹杂着恐惧的好奇心，想知道他们会怎样惩处她，会让她受到哪种酷刑。

她那颗还带着孩子气的心就在这两种心情中间摇来摆去，犹豫不决。阿克特知道了她的想法，就惊讶地望着她，以为她在发烧说胡话。要反抗皇上的意志？那马上就会激起尼禄的怒气。只有不知天高地厚，乱说一气的孩子才会这样做。从莉吉亚自己的言谈中看出，她已经不是一位人质，而是一个被自己民族抛弃的姑娘。随便哪一条国际法都保护不了她，即使法律保护她，皇上的权威也很大，他在暴怒的时候完全可以践踏法律。皇帝既然按照自己的旨意把她召进宫来，从今以后，她就处在皇帝的管辖下，只有服从皇上的意志，除此之外，她在这个世界上就别无他路可走了。

阿克特继续说道："是的，我也读过塔斯的保罗的书信，我知道在天堂里有上帝和从死里复活的上帝的儿子，可是在人间只有皇帝。你应该记住这点，莉吉亚。我知道你们的宗教不允许你变成像我过去那样的人。爱比克泰德[①]对我说过，你们和那些禁欲

[①] 爱比克泰德：原是奴隶，后成为禁欲主义哲学家。

主义者是一个样的，在耻辱和死亡两者中间，你们只能选择死亡。难道你没有想过，等待你的一定就是死亡，而不会同时也是耻辱吗？难道你以前没有听说过塞扬的女儿的事情吗？她那时还是个小姑娘，按照法律，凡是处女都不得判处死刑，所以提比略就下令在处死她之前，派人将她奸污了。莉吉亚呀莉吉亚，你可不能惹皇上生气啊！要是事情真的到了这个地步，一定要让你在耻辱和死亡之间作出抉择，你当然可以按照你的信仰行事，可是你别那么轻易地毁了自己，也不要为了一点小事惹恼了这位人间的残暴的尊神。"

阿克特满怀同情甚至是激动的心情说了这些话。她生来就有些近视，便把自己充满柔情的脸贴近莉吉亚的脸，像是要察看一下她的话到底引起了什么反响似的。

就在这时候，莉吉亚带着孩子气的信任双手抱住了她的颈项，说道：

"你是个好人，阿克特！"

阿克特被莉吉亚的赞扬和信任所感动，也紧紧地把莉吉亚搂在胸前。后来，她从这位姑娘的双臂中挣脱出来，答道：

"我的幸福已经消失，我的欢乐也一去不复返了，但我不是个坏人。"

随后，她在房间里快步地走来走去，似乎绝望地自言自语着：

"不！皇帝原来也不是坏人！他以前也认为自己是个好人，并且希望做一个好人。我知道得最清楚。他是后来才变了的……当他不再爱我的时候……是别的人把他变成现在这个样子——是别的人……还有波培娅！"

她的眼里噙满了泪水。莉吉亚的一双碧蓝的眼睛追随着她,后来她问道:

"阿克特,你可怜他吗?"

"我可怜他!"这位希腊女人低声答道。

她又重新来回地走动,两手紧紧捏在一起,很是痛苦的样子,脸上显出一种无能为力的痛苦表情。

莉吉亚又有点胆怯地问道:

"你现在还爱他吗,阿克特?"

"爱……"

过了一会儿,她又补充了一句:

"除了我以外,谁也不爱他……"

两人都默不作声了,这个时候,阿克特竭力想恢复被回忆扰乱了的平静,等到她脸上出现了平常那种淡淡的忧郁表情时,才开口说道:

"现在来谈谈你的事吧,莉吉亚。千万不要想去反抗皇上,那样做是发疯。你要安下心来。我对皇宫里面的事情知道得最清楚,我认为,皇上对你没有丝毫的威胁。尼禄要是把你抢来给自己,就不会把你放在这座巴拉丁宫里的。这里掌管一切的是波培娅。自从她给尼禄生了个女儿以后,尼禄对她更是言听计从,百依百顺……不会是为他自己的。尼禄的确命令你去赴宴,但他一直没有来看过你,也没有问起过你,他对你并不感兴趣。也许他把你从普劳兹尤斯家抢走,仅仅是因为对他们生气了。彼特罗纽斯写了一封信给我,要我多多关照你。而且你知道,庞波里亚也写来了信,也许他们之间已经有了默契。彼特罗纽斯也可能是应她的请求给我写信的。如果是这样的话，那么他对你是毫无威胁的，甚至说不定尼禄会听他的话，把你送回普劳兹尤斯家去。我不太清楚尼禄是不是很喜欢他，但是我知道尼禄从来也没有勇气反对他的意见。"

"啊！阿克特。彼特罗纽斯事前来过我们家，我母亲深信，尼禄就是听从了他的谗言才把我要走的。"莉吉亚回答说。

"真是这样的话，事情就不好办了。"阿克特说。

可是，等她沉思了片刻之后，又接着说道：

"也许是彼特罗纽斯在某次晚餐上，随便对尼禄说起他在普劳兹尤斯家看到了一位莉吉亚的女人质，而对于自己权力很敏感的尼禄呢，就认为人质都应该属于皇上，便把你要来了。此外，他也不喜欢普劳兹尤斯和庞波里亚……不！我觉得彼特罗纽斯即使想把你从普劳兹尤斯家夺走，也不会采取这样的手段。我不敢说，在皇帝周围的近臣中，彼特罗纽斯是不是比较善良一点，但是他和别人是不太一样的……除了他以外，你还能找到别的什么人肯为你求情的吗？你在普劳兹尤斯家时，有没有见过别的接近皇帝的大臣呢？"

"我见过韦斯巴芗和提杜斯。"

"尼禄不喜欢他们。"

"还有塞内加。"

"够了，只要是塞内加出的主意，尼禄就一定会做相反的事。"

莉吉亚那洁白的脸上出现了一片红晕：

"还有维尼兹尤斯……"

"我不认识他。"

"他是彼特罗纽斯的亲戚，不久前才从亚美尼亚回来的。"

"你以为尼禄喜欢他吗？"

"大家都喜欢维尼兹尤斯。"

"他会替你去说情吗？"

"会的。"

阿克特会心地笑了笑，说道：

"你一定会在宴会上见到他。你一定得去赴宴，首先因为你不去不行……只有像你这样的孩子才会胡思乱想。其次，如果你真想回普劳兹尤斯家，就应该设法去恳求彼特罗纽斯和维尼兹尤斯，让他们为你获得回家的权利去奔走。假若他们在这里，也会同意我的意见。要反抗简直就是发疯，是找死。皇帝可能不会注意你出席了没有，可是只要他发现你不在场，并且认为你胆敢违抗他的意志，那么你就没救了。来吧，莉吉亚……你听见宫里的嘈杂声了吗？太阳快要落山了，不久客人们就要来了。"

"你说得对，阿克特，我一定照你的意思做！"莉吉亚答道。

她自己也很难说清，在这个决定中，到底有多少是想看见彼特罗纽斯和维尼兹尤斯的成分，有多少是女人的好奇心，想一生中能看一次这样盛大的宴会，看看宴会上的皇帝、宫殿、久负盛名的波培娅和其他的名媛淑女，还有那前所未闻的富丽堂皇和奢侈豪华。对于皇宫的豪华，罗马人像谈奇迹似的那样议论纷纷。不过，阿克特的话是对的，姑娘心里很明白这一点。既然必要性和朴素的理智再加上这种内心隐藏的愿望都说她应该去，她也就不再犹豫了。

于是，阿克特便把莉吉亚带到自己的卧室去，给她穿戴打扮，擦上香油。在皇宫里并不缺少奴隶,阿克特身边就有好几个服侍自己的女奴,不过,由于对这位姑娘的深切同情,她的天真无邪和花容月貌都使她钦羡不已,所以她决定亲自动手替莉吉亚打扮。这位年轻的希腊女人,尽管有自己的忧愁,尽管她读过塔斯的保罗的书信,在她身上却还保存着不少古老的希腊精神,认为肉体美比世界上的其他一切都要宝贵。等到她脱去了莉吉亚的衣服,一看到她那既苗条又丰满,像是用珍珠和玫瑰香脂塑造而成的身体,便情不自禁地发出了一声惊叹,她后退了几步,无比羡慕地望着这个超群绝伦焕发出青春的少女。

"莉吉亚!你比波培娅要美一百倍!"她终于喊了起来。

莉吉亚是在严肃的庞波里亚家里长大的,在他们家里即使在场的都是女人的时候,也是十分规矩的。这个少女站在那里,宛如奇妙的梦境一般美妙,又是那样和谐完美,像一件普拉克西特列斯①的作品,又像一支动人的歌曲。她感到一阵羞涩,脸上泛起玫瑰般的羞红,双膝紧紧并拢,双手捂住胸脯,锁起双眉,垂下了眼睛。后来,她突然抬起手来,把头发上的别针取下,把头一甩,一头秀发便像外衣那样遮住了她的身子。

阿克特走近前来,用手抚摸着她的发丝说:

"噢!你的头发多美啊!我不用给你撒金粉了,你的头发像起伏的波浪发出金色的闪光……我只需要撒上一点点金粉,只要那么一点点就行啦,就像是阳光照耀着它似的。能生出像你这样美的姑娘,你们的莉吉亚国一定是美丽无比的了。"

---

① 普拉克西特列斯:古希腊著名雕塑家。

"我不记得它了，乌尔苏斯只对我说过，我们的国家到处是森林，除了森林，还是森林！"莉吉亚回答说。

"有森林就一定有鲜花开放！"阿克特一边说着，一面用手蘸着瓶子里的香脂，揉着莉吉亚的头发。

头发擦完油之后，阿克特又用阿拉伯香粉轻轻地擦着莉吉亚的身子，随后又给她穿上了一件没有袖子的金色薄衬衣，待会儿，只要上面再穿上一件雪白的晚礼服就行了。不过这时候，还得给她梳头。于是就给她披上了一件称为百褶衣的披衫，让她坐在椅子上，阿克特暂时把她交给了女奴隶，自己则远远地看着她们梳理。另外两个女奴隶服侍莉吉亚穿上了一双绣有紫花的白色便鞋，在她洁白的踝骨上扎上金黄色的十字结。等到梳理完毕，便给她穿上了那件婀娜轻盈的晚礼服。阿克特又把一串珍珠项链挂在她的脖子上，还在她的头发结上撒了一点金粉。随后她便吩咐替自己换衣，在换衣的这段时间内，她都一直用赞赏的眼光望着莉吉亚。

等到一切准备就绪，宫门外已出现第一批轿子。她们两人来到旁边的回廊上，从这里可以望见皇宫大门、宫内画廊和庭院，庭院周围屹立着努米提亚大理石的圆柱。

不久，越来越多的客人穿过那座庄严雄伟的拱门，拱门顶上是一辆李齐普雕塑的金碧辉煌的四马大车，仿佛要载着车上的阿波罗和狄安娜驶向天空。莉吉亚眼前出现了一派豪华的气象，那是她在朴素的普劳兹尤斯家里连想也想象不到的。时值夕阳西下，落日余晖映照在努米提亚大理石圆柱上，使圆柱显得更加金碧辉煌，有时又变幻出玫瑰色的光辉。圆柱中间，在那些达那伊德①的白色雕像以及其他神明和英雄的塑像旁边，成群结队的男男女女，川流不息地涌入宫内。他们自己也像一尊尊雕像，身穿外衣、礼服、长裙，后襟拖到地上，带着轻微的褶纹。照到他们身上的落日余晖已经快要消失了，只有高高地俯视着人群的赫拉克勒斯大神像的头部还沐浴在阳光中，齐胸脯下面已经笼罩在圆柱的阴影里。阿克特把那些穿着宽边披衫、杂色衬衣和半月形便鞋的元老们指给莉吉亚看，还把那些骑士、有名的艺术家和罗马的贵夫人指给她看。这些贵夫人有的是罗马式的装束，有的是希腊式的衣着，有的则穿戴着稀奇古怪的东方服饰，她们的头发有的梳成宝塔形，有的梳成金字塔形，或者梳成像女神那样低垂的发式，上面插满了簪花。阿克特能叫出不少男人和女人的名字，还把他们每个人的简短，有时是可怕的经历讲给莉吉亚听，使莉吉亚感到恐怖、惊讶和疑惑不解。对莉吉亚来说，这真是一个奇异的世界，它五光十色，使人眼花缭乱，而它的鲜明对比又使这个少女的头脑无法理解。在晚霞映照的天空下，在这一排排延伸到远方的巍然屹立的圆柱中间，在这些酷似神像的人们中间，有某种安谧宁静的气氛，仿佛在这些线条单纯的大理石中间生活着一些没有忧虑、心满意足而又幸福的半神半人似的人物。但是阿克特却接连不断地低声把这座宫殿和这些人物的互不相同的可怕秘密揭示了出来。那边那座回廊，它的圆柱和地板上还隐约可见的

---

① 达那伊德：希腊神话中达那俄斯王的50个女儿。当她们出嫁的那天，按照父命把自己的丈夫都杀死了（只有最小的女儿没有这样做）。她们死后被罚用竹篮打水。

一块块血迹,那是卡里古拉①被卡西乌斯·卡瑞亚砍死时飞溅在白色大理石上的血。他的妻子也是在那里被杀的,他的孩子就是被摔死在那儿的石头上。在那边的飞檐下有一座地牢,年轻的德鲁萨斯在那里忍受着饥饿的折磨,把自己的手指都啃掉了。在那里,德鲁萨斯的长兄被毒死,格美留斯被吓得尖叫,克劳迪乌斯在那里痉挛挣扎,格尔曼尼克在那里痛苦呻吟。这里的每一堵墙壁都曾听到过临终的人的呻吟和哀叹。而现在,那些穿着长披衫和色彩鲜艳的衬衫,戴着鲜花和首饰,匆匆赶来赴宴的人,说不定明天就成了被处死的罪犯。因此在不少人的笑脸上隐含着恐惧、不安和对明天的担忧。这些戴着花冠、打扮得有如天仙的人,似乎无忧无虑,但他们的心里却正被焦躁、贪婪和嫉妒占据着。莉吉亚被吓坏了的思想跟不上阿克特的话语,而这个奇异的世界又以更大的力量吸引着她,使她的心惊恐得紧紧地收缩在一起,她的思想也突然被扰乱了。于是,对亲爱的庞波里亚·格列西娜和对普劳兹尤斯的安宁之家的无法表达的深切想念,便在她的心里油然而生,使她想到在普劳兹尤斯家里只有爱,没有暴行。

这时候,人流不断地从阿波林里街那边拥来。宫门外人声鼎沸,能听到人们招呼熟人的喊声。庭院和圆柱回廊站满了宫中的男女奴隶、小侍童和守卫宫廷的禁卫军士兵。在那些洁白或者娇小的脸孔中间,处处可以看见那些戴着羽盔和大金耳环的努米提亚人的黑脸孔。他们手上拿着六弦琴,竖琴,金制、银制或铜制的手提灯,以及晚秋时节人工栽培出来的一束束鲜花。越来越高

---

① 卡里古拉:罗马皇帝(37—41年在位),后被军团长卡西乌斯所杀。

的喧哗声和喷泉的水溅声交织在一起，喷泉的水柱在晚霞映照下好似一根根玫瑰色的辫子，从高空直泻到大理石上，发出如泣如诉的潺潺水声。

阿克特沉默不语了，可是莉吉亚还一直在望着人群，像是要找什么人似的。突然她的脸羞红了。彼特罗纽斯和维尼兹尤斯从圆柱中间走了出来，正朝着大宴会厅走去，他们英俊潇洒，冷静安详，身穿披衫，仿佛是两个全身雪白的神仙。莉吉亚在陌生人中间看到这两张熟悉而又友好的脸孔，特别是看见了维尼兹尤斯，就像是一块大石头从她心上落了下来，她再也不感到那样孤独了。刚才她的心还被对庞波里亚和普劳兹尤斯家的深切怀念折磨着，现在也不那样痛苦了。她想见到维尼兹尤斯并且和他谈谈话，这种强烈愿望，把她的其他思想都淹没下去了。尽管她想起了曾经听到的关于皇宫的种种丑恶的传闻，想起了阿克特的话和庞波里亚的警告，但一切都是枉然。尽管有她们的话语和警告，她突然觉得，她不仅应该，而且非常想参加这次宴会了。她想到，再过一会儿她就能听到那个亲切而又可爱的声音了，它曾向她诉说过爱情和只有神仙才能享受的幸福，这个声音至今还像美妙的歌声那样在她耳边萦绕，于是她立刻觉得无比欢快了。

但是，她又害怕这种欢乐。她觉得她背叛了自己所信仰的宗教，背叛了庞波里亚和她自己。被迫赴宴是一回事，因为必须参加而感到高兴又是另一回事。她觉得自己是在亵渎神明，自甘堕落。于是她心中充满了绝望，真想大哭一场。假如只有她一个人在这里，她会立即跪下，捶打自己的胸脯，不断地喊着："我的罪孽啊，我的罪孽啊！"正在这时候，阿克特握住了她的手，带着她穿过内室,来到大宴会厅,宴会就在这里举行。莉吉亚只觉得一阵眼花缭乱,两耳震鸣,剧烈的心跳使她的呼吸也几乎停住了。好像在做梦一样,她看到成千上万盏油灯在桌上和墙上闪烁,仿佛在梦中似的,她听见了宾客对皇帝发出的欢呼声。也好像是在五里雾中,她看见了皇帝本人。欢呼声搞得她昏昏沉沉,灯光使她眼花缭乱,香气叫她神魂颠倒,她恍恍惚惚,几乎什么也不清楚了,只能分辨出眼前的阿克特,阿克特把莉吉亚安置在桌边坐下,自己也在她旁边就座。

过了不久,从莉吉亚座位的另一边传来了一个她熟悉的声音,低声说道:

"你好,地上最美的姑娘,天上最美的星星!我向你致敬,天仙般的卡里娜!"

等莉吉亚稍微清醒过来后,便看见维尼兹尤斯坐在自己的身旁。

他没有穿披衫,按照习惯和舒适的要求,允许客人在宴会上脱掉披衫。他身上只穿了一件没有袖子的红衬衣,上面用银线绣着棕榈树。他双手裸露,胳膊肘上方按照东方习惯束着两只宽大的金手镯,胳膊肘以下的汗毛都剃光了。两臂显得很光滑,但肌肉十分发达,是一双真正武士的手臂,专门为握住宝剑和盾牌而生的。他头上戴着一顶玫瑰编的花环,他那弯弓似的双眉、炯炯有神的眼睛、魁梧而又秀美的体形,仿佛是青春和力量的化身,莉吉亚觉得他是那样的漂亮,虽然她的最初的惊慌已经过去,仍然过了好一会儿,才能勉强回答:

"向你问候,维尼兹尤斯……"

维尼兹尤斯便开口说道：

"亲眼见到你，亲耳听到你的声音，对我说来真是莫大的幸福，你的声音比竖琴、风笛还要动听。假如有人在今天的宴会上让我挑选你或者维纳斯坐在我的身边，那我一定会挑选你，我的美人！"

于是他目不转睛地瞧着她，仿佛要把她一口吞下去，要用眼睛使她的眼睛也燃烧起来。他的视线从脸上移到她的脖子和裸露的双肩，抚爱着她那亭亭玉立的身姿，他赞赏她，想拥抱她，要吞下她。同时，除了爱情的冲动之外，他还感到幸福、欢乐和无限的陶醉。

"我知道在皇宫中会看见你的，可是一看见你，我的整个身心还是一下子充满了无比的欢乐，仿佛出乎意料的幸福突然降临到我身上一样。"

等到莉吉亚恢复神志之后，便觉得在这些人群中，在这座皇宫里，唯有维尼兹尤斯才是她最亲近的人。她开始和他说话，问他许多她无法理解，并且觉得恐惧的事情。他怎么知道在宫里会见到她？为什么把她弄到这里来？为什么皇帝要从庞波里亚家把她抢来？她在这里担惊受怕，她想尽快回到庞波里亚的家去。她一直盼望着彼特罗纽斯和他两人会在皇帝面前替她求情，没有这点盼望，她又害怕又想家，早就发愁死了。

维尼兹尤斯对她说，他从普劳兹尤斯本人那里听说她被抢走。为什么她来到这里，他不知道。皇帝从来不向人解释自己的命令和指示。不过她只管放心好了，因为有他维尼兹尤斯在她的身边，而且要一直守在她身边。他宁愿变成瞎子也不愿失去她。他宁可死,也不离开她。她是他的灵魂,他要像保护自己的灵魂一样来保护她。他要在自己家里设立一座神坛,要像供奉神仙一样把她供起来,要献上没药和茄楠香,到了春天还要献上番红花和苹果花……既然她在皇宫里担惊受怕,他向她保证,一定不让她留在宫中。

虽然他有些支吾其词,有时也编出一些话来,但他的话还是真实可信的,因为他的感情是忠实的。他的心里确实充满了真诚的同情心。当她向他表示感激,并且说庞波里亚会因为他的好心而喜欢他,她自己也将终生感激不尽时,她的话深深打动了他的心灵,使得他简直没法克制自己的感情了。他觉得自己永远没法拒绝她的要求了。他的心要融化了。她的美丽使他陶醉,他想得到她。而同时他也觉得,她是那样的珍贵,他实在应当把她像神一样崇拜敬仰。他也觉得有一种不可遏止的欲望,非得把她那天仙似的美貌和他对她的无限崇拜都倾吐出来。宴会越来越嘈杂,他也坐得越来越靠拢她,低声倾吐着发自灵魂深处的温柔甜蜜的话语,这些话像音乐一样优美动听,像美酒一样令人陶醉。

他也使她心醉神迷了。在这些陌生人中间,莉吉亚越发觉得维尼兹尤斯更加可亲、更加可爱了,他是那样的忠诚,那样可以信赖。他安慰她,答应把她接出皇宫,还向她保证不再离开她,要为她效劳。此外,在普劳兹尤斯家里时,他只是对她抽象地谈到爱情和爱情带来的幸福,现在他直截了当地对她说,他爱她,她是他最可爱最宝贵的人。莉吉亚生平第一次从男人的口里听到这样的话。当她听着这些话的时候,心中就像有什么东西刚刚从梦中被唤醒似的,她觉得全身被幸福包围着,这种幸福给她带来无限的欢乐，又产生无穷的烦恼。她的面颊发烧，心在蹦跳，嘴唇惊奇地张开着。她害怕听这样的话语，可是又不愿意放过他的每一句话和每一个字。她有时垂下眼睛，有时又抬起那双明亮的眼睛，忐忑不安甚至是询问地望着维尼兹尤斯，像是想对他说："讲下去吧！"喧哗声、音乐声、花香和阿拉伯香料的香味使她透不过气来。罗马人在宴会上都有斜躺在座位上的习惯。在普劳兹尤斯的家里，莉吉亚总是坐在庞波里亚和小普劳兹尤斯中间的。可是现在，躺在她身边的却是维尼兹尤斯。他年轻英俊、虎背熊腰、热情奔放，深深地爱着自己，她甚至能感觉到他身上散发出来的体温，这使她又愉快又害羞。她只觉得自己是那样甜蜜和柔弱，那样昏沉和恍惚，仿佛置身于梦境中一般。

她在他的身旁也开始使他陶醉了。他脸色发白，像一匹东方骏马那样翕张着鼻孔。他那颗心在红衬衣底下乱蹦乱跳，他的呼吸越来越急促，说话也断断续续。他和她离得这么近还是第一次。他思想纷乱，觉得血管里好像有一股火在燃烧。他想用酒去浇灭这股火，但是枉然，使他神魂颠倒的不是酒，而是她那绝妙的脸蛋儿，她那光着的胳膊，她那在金黄色衬衣下不停地起伏着的胸脯，还有她那穿着晚礼服的窈窕身材。他终于一把抓住了她的手腕，就像上次他在普劳兹尤斯家抓住她手腕一样。他把她拉到身边，用颤抖的嘴唇喃喃说道：

"我爱你，卡里娜……我的仙女！……"

"维尼兹尤斯，快放开我！"莉吉亚说。

他的眼睛仿佛蒙上了一层雾似的，他又开口说道：

"爱我吧，我的女神！"

就在这时候,坐在莉吉亚另一边的阿克特说话了:

"皇帝在看着你们两个呢!"

维尼兹尤斯突然对皇帝和阿克特发起火来了。因为阿克特的话打破了他那甜蜜的意境。在这种时刻,即使是充满友谊的声音也会使他觉得讨厌。他认为阿克特是在故意打断他和莉吉亚的谈话。

于是他抬起了头,从莉吉亚的肩上对这位年轻的解放女奴望了一眼,恶意地说道:

"阿克特,你在宴会上斜靠在皇帝身边的日子已经一去不复返了。大家都说你的眼睛快要瞎了,你怎么还能看见皇帝呢!"

阿克特有点忧郁地答道:

"我看得见他……他也有些近视,他是透过一只绿宝石眼镜在望着你们。"

尼禄的一举一动,都会引起哪怕是他最亲近的人的警觉,因此,维尼兹尤斯惊恐不安起来。他开始清醒了,偷偷地望着皇帝那边。莉吉亚只在宴会开始时,仿佛在雾里一样模模糊糊地看过他一眼,后来只顾和维尼兹尤斯说话,根本没有去看他了,现在她也把她那双好奇而又惊慌的眼睛转到了皇帝身上。

阿克特说的是真话。皇帝正弯身靠在桌子上,闭起一只眼睛,把随身带着的磨得光滑的圆绿宝石眼镜放在另一只眼睛前面,仔细地在观察他们两个人。有一瞬间,他的目光正好和莉吉亚的眼光碰在一起,姑娘的心害怕得一下子缩紧了。从前当她还是个孩子的时候,普劳兹尤斯家在西西里岛的大庄园里,有一位年老的埃及女奴隶给她讲过住在高山峡谷里的恶龙。现在她突然觉得这样一条恶龙的绿眼睛正在盯着她，于是她一把抓住维尼兹尤斯的手，像个吓坏了的孩子那样。她的脑海里闪出种种杂乱无章、转瞬即逝的念头：难道这就是皇帝，那个可怕而全能的人？她从来没有见过他，在她的想象中他是另外一种样子。她想象中的皇帝有一副充满恶意的吓人脸孔，现在她看到的却是粗短的脖子，上面长着一颗大脑袋，的确令人望而生畏，但又止不住令人发笑，因为从远处看起来它像一颗孩子的脑袋。他身上穿着一件普通人禁止穿的紫晶色衬衣，把他又阔又短的脸孔照成了蓝色。他那深灰色的头发，照着奥托传播开来的式样，梳理成四个发髻。他没有蓄胡子，不久以前他把胡须献给了朱庇特，因此而博得了全体罗马人民的感激。可是人们私下里却议论纷纷，说他之所以奉献出来，是因为他们一家人的胡子都是红色的。他那高耸于眉毛之上的额头的确还有一种奥林匹斯神的气宇，眉宇之间流露出对威权的自信，然而就在这半神的额头下面却完全是一副猴子的嘴脸，一副酒鬼和喜剧演员的嘴脸。他的脸孔充满了虚荣自负和种种不断变化的欲望，虽然年纪不大，却显得臃肿肥胖，而且病魔缠身、丑陋不堪。莉吉亚觉得他真像一个凶神恶煞，觉得他特别猥亵下流。

不久，尼禄放下绿宝石眼镜不再看她了。这时，她看见他那双鼓出来的蓝眼睛，在强烈灯光的照射下不停地眨巴着，显得呆滞无神，简直像死人的眼睛一样。

尼禄转身朝着彼特罗纽斯说道：

"这就是维尼兹尤斯爱上的那个人质吗？"

"正是她！"彼特罗纽斯答道。

"她是哪一国的人？"

"是莉吉亚人。"

"维尼兹尤斯觉得她长得美吗？"

"让一根烂棕榈树桩子穿上女人的晚礼服，维尼兹尤斯也会认为它美。可是在你这位无与伦比的行家的脸上，我已经看出了你对她的判决。不用把你的判决宣布出来！是的！太干瘪了！她干瘦得像一朵长在细枝条上的罂粟花。而你，陛下，作为一个神的审美家，是非常看重女人的身材的，你三倍四倍地有理！单是脸孔长得好看并无多大意义。虽然我向陛下学到了不少东西，但我还没有你那一眼破的的眼力。我敢拿图利乌斯·塞内兹约的情人来和他打赌，虽然大家在宴会上都是斜躺着的，很难对她的整个身材作出判断，但是你一下子就能说出'她的臀部太窄了'！"

"她的臀部太窄了！"尼禄眨巴着眼睛，重复道。

彼特罗纽斯的嘴上露出了几乎看不出的微笑，而图利乌斯·塞内兹约呢，此时正在和维斯提鲁斯说话，或者不如说在嘲笑维斯提鲁斯那样地相信梦兆。虽然他对他们谈话的内容毫无所知，这时他却转过身来对彼特罗纽斯说：

"你错了，我赞成陛下的意见！"

"好极了！我正在说你有那么一点点才能，可是陛下却认为，你是个地地道道的蠢驴。"彼特罗纽斯答道。

"妙哇！"尼禄说完，便大笑起来，把他的大拇指朝下指，那是在角斗场上做的手势，表明要把那个打输了的角斗士处死。

维斯提鲁斯还以为他们在谈论梦兆，于是便高声叫道：

"我相信梦，塞内加以前告诉过我，他也是相信梦的。"

"昨天晚上我就做了一个梦,梦见我变成了维斯塔的贞女了。"卡尔维亚·克里斯彼尼娜靠在桌子上说道。

尼禄听了她的话便鼓起掌来,别人也跟着拍手。一时间,整个宴会大厅都响起了掌声,因为克里斯彼尼娜离过多次婚,以放荡淫乱闻名于全罗马。

但是她不仅不感到害臊,反而说道:

"那有什么,所有维斯塔神殿的女祭司都老态龙钟、奇丑无比,只有卢布丽亚还像个人样。加上我也只不过是两个人,尽管卢布丽亚到了夏天脸上尽长雀斑。"

"请允许我说一句话,无比贞洁的卡尔维亚,你大概只有在梦中才能成为维斯塔的守庙贞女了。"彼特罗纽斯说。

"如果皇帝陛下下一道命令,又怎么样呢?"

"那么,我相信,比这更离奇古怪的梦也能实现。"

"它们当然能实现。那些不信神的人我倒还可以理解,可是怎么能不相信梦呢?"维斯提鲁斯说。

"你相信预言吗?有人曾向我预言过,罗马将不再存在,而我将统治整个东方。"尼禄问道。"预言是和梦紧密联系在一起的。从前,有一位总督是个最不信神的人,他派遣一个奴隶送一封禁止任何人打开的密信到莫普苏斯的神殿去,想试一试神明能不能回答信中所提出的问题。这个奴隶为了得到启示,便在神殿里住了一宿,随后便回来了,他告诉主人说:'我梦见一位年轻的神,他像太阳那样明亮。他只对我说了两个字:黑的。'总督一听到回答便脸色煞白,转身对他的那些同样不信神的客人说:'你们知道信里写的是什么吗?'"

维斯提鲁斯说到这里便住了口,端起一杯酒喝了起来。

"信里有什么呢?"塞内兹约问。

"信里写有一个问题:我即将献给神的公牛是什么样的,是白的还是黑的?"

可是大家被回答引起的兴趣却被维特留斯扰乱了,他已经喝得酩酊大醉,毫无理由地突然狂笑起来。

"这桶肥油为什么大笑?"尼禄问道。

"笑声可以区别人和动物,除此以外,他身上没有什么别的东西可以证明他不是只肥猪。"彼特罗纽斯答道。

维特留斯笑了一半就突然止住了,舔了舔他那被汤汁和肥肉抹得油光锃亮的嘴唇,好奇地打量着周围的人,好像他从不认识他们似的。

然后,他举起了像枕头一样肥厚的手掌,用嘶哑的声音喊道:

"我丢了一只骑士戴的戒指,是我父亲传给我的,从我手指上掉下来不见了。"

"是你那位鞋匠父亲传给你的。"尼禄插了一句。

可是维特留斯又莫名其妙地大笑起来,并且掀开卡尔维亚·克里斯彼尼娜的礼服找起他的戒指来。

瓦提纽斯看见了便学起女人吃惊的叫喊声来。而卡尔维亚的女朋友尼吉蒂亚——一位年轻的寡妇,有一张孩子似的脸孔和一双荡妇的眼睛——也尖叫起来:

"他找什么呀,他压根儿什么也没有丢!"

"即使他找着了,对他也没有什么用处!"诗人卢坎也插嘴说。

宴会越来越热闹，成群的奴隶端上了一道又一道菜肴，他们不停地从那些装饰着常春藤、里面盛满雪的大瓮里取出装着各种美酒的小酒瓶，送到席上。大家都开怀畅饮。从宴会厅的圆顶上面不时洒下玫瑰花瓣，落在桌子上和宾客的身上。

彼特罗纽斯恳求尼禄趁大家还没有完全醉倒唱一首歌来使宴会增添光彩。大家异口同声地赞成他的提议，可是尼禄一开始表示拒绝。他说他拒绝并不是缺乏勇气，虽然他常常深感勇气不足——只有神明才会知道，每次表演需要花费他多大的精力——当然，就是为了艺术本身，他也不能违拂大家的好意，而且，既然阿波罗赐给了他一副美妙的歌喉，他就不应该把神赐的礼物白白浪费掉。他知道，这是他对国家应尽的义务。可是今天他的嗓子确实哑了。头天晚上睡觉的时候，他还在胸口上压了一块重的东西，结果也没有医好他的嗓子。他现在甚至想到安提乌姆去，好呼吸一下大海的清新空气。

可是卢坎以艺术和人类的名义恳求他。大家都知道，这位神赐的诗人和歌手[①]已经写成了一首《维纳斯颂》。和陛下比起来，卢克莱修[②]的颂歌就像一只狼崽子在嚎叫一样。让这次宴会成为一次真正的宴会吧。善良的君主是不应该让自己的臣民失望的："陛下，别这么狠心啊！"

"别这么狠心啊！陛下！"坐在旁边的人都一齐喊道。

尼禄摊开双手表示让步。于是人人脸上都换上了感激的神情，

[①] 指尼禄。
[②] 卢克莱修：罗马诗人，主要作品有哲理诗《物性论》六卷。

所有的眼睛都注视着尼禄。但是他先让人去通知波培娅，说他就要歌唱了，同时也向在场的人宣布，皇后由于身体不适，没有出席今晚的宴会。尼禄还说：既然任何一种药物都比不上他的歌唱那样能使她减轻痛苦，增添欢乐，因此让她失去这样的机会，他是于心不忍的。

波培娅果真不久便来到了大厅。她虽然把尼禄管制得像自己的臣仆一样，但是她知道，如果事情涉及他作为歌唱家、赛车手或者诗人的自尊心，她还是少惹他生气为妙。所以她一听到通知，便立即赶来了。她貌如女神，穿着和尼禄一样的紫色外衣，挂了一串从马西里萨抢来的大珍珠项链。她有一头金发，相貌显得甜蜜年轻，尽管是嫁过两个丈夫的女人，却有着少女一样的脸庞和眼神。

全体宴客用热烈的掌声和"皇后陛下"的欢呼声迎接她。莉吉亚还从未见过这样的美人，她不敢相信她的眼睛。因为她听说过，萨比娜·波培娅是世界上最卑鄙无耻的女人。她还从庞波里亚那里听到过，就是这个波培娅煽动皇帝杀害了自己的母亲和妻子。莉吉亚从普劳兹尤斯的客人和仆役讲的故事中知道了她。莉吉亚听说，夜里人们推倒了在城里竖立的她的塑像，还听说揭露波培娅的传单不断出现，虽然写传单的人要受到严厉的惩罚，可是每天早晨这种传单仍然出现在城墙上。然而，现在她一看到这位臭名远扬的、被基督教徒看作是罪恶和暴行的化身的波培娅，却认为只有天使或者天上的女神，才有她那样迷人的姿容，她的眼睛简直离不开她了，她不由自主地问道：

"啊！维尼兹尤斯，这真是她吗？"

维尼兹尤斯已经有了几分酒意,他因为这么多的事物分散了她的注意力,使她不能专心致志地倾听他说话,便心烦意躁起来。他说:

"是的,她很美,但你比起她来要美一百倍。你不认识自己的美,否则,你就会像那喀索斯①那样爱上自己了。她是用驴的乳汁洗澡的,可是你呢,维纳斯是用自己的乳汁来给你洗澡的。你不知道你有多美,我的眼珠子!别看她啦。望着我吧,我的宝贝!……用你的嘴唇碰一碰这杯酒吧,我再用嘴唇碰碰你接触过的地方。"

由于他不断地向她靠拢,莉吉亚便只好缩回到阿克特那边。这时候,大厅里发出了叫大家安静的命令,皇帝站了起来。歌手迪奥多尔献给他一把"德尔特"琴,另一位替陛下伴奏的歌手特伯诺斯,拿着一把"纳布留"琴,走到皇帝身边。尼禄把"德尔特"琴放在桌上,眼睛朝天,霎时间整个宴会大厅陷于一片寂静,只有天花板上飘下的玫瑰花瓣那轻微的声音打破这寂静。

接着,皇帝开始在两把弦琴的伴奏下,唱起了他献给维纳斯的颂歌,说得更确切一些,是在抑扬顿挫地朗读。无论是有点沙哑的声音,还是颂歌本身都还不错,于是可怜的莉吉亚又一次受到良心的责备。因为她觉得这首颂歌虽然赞美的是淫秽的异教神维纳斯,却写得相当美,甚至连头上戴着橄榄花环、眼睛朝上的皇帝本人,也显得更加庄严了,不像宴会开始时那样可怕,那样丑陋。

---

① 那喀索斯:希腊神话中的美少年。

宴会厅里响起了雷鸣般的掌声,大家都欢呼着:"啊,绝妙的声音!"有些女人高高举起双手,表示她们的钦佩和赞美,直到歌唱结束,还有一些女人不停地擦拭着含泪的眼睛,整个大厅像蜂房一样乱哄哄地响起来。波培娅低下了她那金发的头,把尼禄的一只手举起按在她的嘴唇上,默默地亲了很长时间。长得非常漂亮的希腊少年彼达哥拉斯也跪倒在他的面前,后来神经不太正常的尼禄,曾经让祭司按照正式礼仪给他们举行婚礼的就是这个娈童。

但是,尼禄的眼睛却朝着彼特罗纽斯看,在那么多人中间,他最想听到的是彼特罗纽斯的赞扬。彼特罗纽斯开口说道:

"听了这首歌,我看连俄耳甫斯也要嫉妒得脸色发黄了,就跟我们这里的卢坎一样。至于歌词的诗句,我倒希望它不是那么优美,那样,我就能找到配得上它的赞美词了。"

卢坎并不因为彼特罗纽斯说了他嫉妒的坏话而嫉恨他,反而感激地望了他一眼,装作生气的样子喃喃说:

"可诅咒的命运啊!为什么要让我和这样伟大的诗人活在同一个时代呢!我本来可以在人们的记忆中在帕尔纳斯山①上占据一席位置的,现在呢,我就像一盏油灯在太阳光下面,完全黯然失色了。"

有着惊人记忆力的彼特罗纽斯开始大段地背诵这首颂诗,引用一行行诗句,赞扬和分析其中的优美词句。卢坎也好像由于这首诗的魅力使他忘掉了嫉妒一般,把自己的赞语插到彼特罗纽斯

---

① 帕尔纳斯山:位于希腊中部,传为阿波罗的住地,这里指诗神居住之地。

的话里去。尼禄脸上现出了洋洋得意和自负的神情，他的自负不单是近似愚蠢，而是和愚蠢一模一样。他向他们指出那些他自以为是最美的诗句。最后，尼禄安慰起卢坎来，要他不要失望，因为"天生我材必有用"，他也一样会受到尊敬的，人们在崇拜朱庇特神时，也没有忘记敬奉别的神。

说完后，尼禄便站起身来，以便送波培娅回去。波培娅的确身体不好，想离开宴会回去休息。尼禄还命令所有留下来的客人重新入座，他马上回来。过了不久，他果真回来了，以便再忍受这烟云缭绕的香雾的薰熬，并且观看他自己和彼特罗纽斯以及提格里努斯为宴会准备的表演节目。

诗歌朗诵和对话又开始了，在对话里面荒诞怪异代替了幽默。然后，便是著名的滑稽模拟戏演员帕利斯表演伊那科斯的女儿伊俄[①]的艳遇。有些没有看过这种表演的客人，特别是莉吉亚，简直以为自己看到了奇迹和魔术。帕利斯能用双手和身体的动作表演出舞蹈所不能表现的姿态，他的双手在空中挥来舞去，创造出一片充满色情气氛的云雾，它是那样鲜明生动，又是那样富于肉感地颤动着，围绕着一个半昏迷的、在过分的欢乐中直哆嗦的少女。那不是舞蹈，而是一幅图画，一幅鲜明地揭示爱情秘密的图画，它是那样迷人，又是那样恬不知耻。他表演完了以后，一群喜剧演员一拥而进，在树叶片、笛子、扬琴和小鼓的伴奏下，和一些叙利亚姑娘跳起了酒神舞，伴着粗野的叫喊声和更加放荡无耻的动作。莉吉亚觉得心里像火烧着了似的，她觉得雷电就要摧毁这

[①] 伊那科斯是希腊神话中的珀拉斯戈斯王，伊俄是他的女儿。

座皇宫，屋顶就要掉下来打在客人的头上了。

然而掉下来的只是挂在天花板下面的金色大网兜里装的玫瑰花瓣。喝得半醉的维尼兹尤斯对她说：

"我在普劳兹尤斯家的喷泉池边第一次看到你，就爱上了你。那时天刚刚亮，你以为没有人会看见你，可是我却看见你了……现在，你在我眼里，虽然礼服把你的身子遮住了，你和那时一个样。你学克里斯彼尼娜的样子，把礼服脱掉吧？你看，无论是神还是凡人，都在追求爱情。在这个世界上除了爱情之外，别的都是空的！把你的头靠在我的胸口，闭起你的眼睛吧！"

她的双手和太阳穴上的脉管剧烈地跳动着。她有一种感觉，仿佛她正在朝深渊飘下去，而从前她觉得那样可以信赖、可以亲近的维尼兹尤斯，现在不但不来救她，反而正在把她往下拉。她不禁替他惋惜起来。她又开始怕起这次宴会来，她怕维尼兹尤斯，也怕她自己。有个声音，很像是庞波里亚的声音，在她的灵魂深处呼叫："莉吉亚，快救救你自己吧！"可是另一种声音又在告诉她，现在已经为时太晚了，因为她已被这片火焰包围着，因为她看到了宴会上发生的一切事情，每当她听到维尼兹尤斯的话，她的心又跳动得那么厉害，他靠近她的时候，她的心又高兴得发抖，于是她觉得自己无可救药了。她感到全身发软，她甚至觉得自己马上就要昏过去了，那时候，就会发生更可怕的事情。她知道，皇帝没有离席，谁也不能离席而去，否则要惹皇帝发怒的。但是，即使没有这样的威胁，她也没有气力站起身来了。

然而，离宴会结束还早得很。奴隶们还在继续上菜，而且不停地斟满酒杯。在大门边的那张桌子前面，出现了两个大力士，他们马上要表演角斗了。

他们开始了比赛。他们那涂过橄榄油的闪闪发亮的魁伟身体扭成一团,他们的骨头在铁一样的胳膊中间发出了嘎嘎的响声,从他们紧闭的嘴里发出了恶狠狠的咬牙声。他们的双脚急速地移动着,沉重地敲打着番红花色的地板。有时他们站住不动了,沉默着,观众简直以为站在他们面前的是一组石像。罗马人非常喜欢观看这种腰部、手臂和肩部的有力活动。可是角斗并没有持续很久。角斗大师克罗顿,角斗士学校的校长,的确不愧为全国最强有力的角斗士。他的对手呼吸越来越急促,喉咙里响起了咕噜声,脸色渐渐发青,最后口吐鲜血倒在地上。

雷鸣般的掌声欢呼角斗的结束。克罗顿一只脚踩在他对手的背上,他那粗壮结实的双臂叉在胸前,用胜利者的目光环视着大厅。

接下去表演的是模仿野兽叫声的口技演员、魔术师和小丑,可是大家都不看他们的表演了,因为酒已经模糊了观众的眼睛。宴会渐渐地变成了一场酗酒放荡的狂欢。刚才跳酒神舞的那些叙利亚姑娘,都插到客人的坐席中间。七弦琴、诗琴、亚美尼亚铙钹、埃及的希特琴、喇叭和号角的杂乱无章的刺耳吹打声代替了音乐,有些客人想谈话,便把这些乐师轰了出去。大厅里弥漫着鲜花的芳香,还有漂亮的少年侍役在宴会进行期间给宾客双脚擦上的香脂的气味,再加上番红花的气味和人身上的汗臭,闷得人透不过气来。灯烛发出暗淡的亮光。客人们头上戴的花环歪到了一边,人们的脸色越来越苍白,个个都是满头大汗。

维特留斯滚到桌子底下去了。尼吉蒂亚脱光了上身的衣服,她那醉意朦胧的孩子气的脑袋偎靠在卢坎胸前。卢坎也喝醉了,他用嘴吹掸她头发上的金粉,然后显得非常高兴地抬起头来。维斯提鲁斯以酒鬼所特有的固执,已经是第十次地重复着莫普苏斯回答总督密信的故事。而图利乌斯,这个亵渎神明的家伙,拖着懒洋洋的声调讲着话,还不停地打着噎,他说:"我们如果承认色诺芬的话,认为天体是圆形的,那么,可以把这样的神一脚踢得像木桶一样滚开去。"

可是多米兹尤斯·阿弗尔,这个年老的惯窃和告密者,讨厌听这样的话,一生气就把弗勒尼斯白葡萄酒洒得自己满身都是。他是个虔诚的信徒。有人说罗马必亡,甚至还有人说罗马如今正在灭亡,就像真有那回事!如果真会出现这样的事,那也是由于青年人没有信仰,没有信仰就不会有高尚的德行。人们还破坏了古代留下的严格的老规矩,他们根本没想到,享乐主义者是打不过野蛮人的。但这一切都无济于事了!说到他自己,他感到悲哀的是他居然见到了这种世道,于是他无法可想,只好寻欢作乐,消愁解闷。

他一面说,一面把一位叙利亚姑娘拉到身边,用掉光了牙齿的嘴去吻她的脖子和肩膀。执政官梅缪斯·莱古鲁斯见此情景便大笑起来,抬起了他那戴着花冠的秃头,说道:

"谁说罗马正在灭亡?真是胡说八道!……我是执政官,我最清楚。Violeant consules(我这个执政官知道),有三十个军团的士兵在保卫着我们 Pax romana(伟大的罗马帝国)!……"说到这里,他用两只拳头压住太阳穴,用整个大厅都能听见的声音喊叫:

"三十个军团!三十个军团!从不列颠直到安息边境!"

他突然停住了,用手指点着额头,想了一想又接着说:

"噢!真的,是三十二个军团!"

他也滚到桌子底下去了,不久,他就把他吃喝下去的一切,包括火烈鸟舌头、烤蘑菇、冻菌子、蜂蜜、鱼肉,统统都吐了出来。

然而,有那么多保卫罗马安全的军团,并没有让多米兹尤斯安下心来。"不!不!罗马一定得灭亡,因为对神明不敬,再加上严格的老规矩都被破坏了!罗马注定要灭亡。可惜的是,这儿的生活是这样的愉快,皇帝又是那样的仁慈,还有美酒!唉!多么遗憾啊!"

于是他把头靠在叙利亚舞女的肩上,号啕大哭起来。

"管它什么来世不来世!……阿喀琉斯①说得对,宁愿在阳光普照的人世当个奴隶,也胜似在阴间称王称霸。现在的问题是到底有没有神,虽然青年们没有信仰,都堕落了……"

这时候,卢坎已经吹掉了尼吉蒂亚头发上所有的金粉,她醉得靠在他身上就睡着了。卢坎把面前花瓶中的常春藤叶子摘下来,撒在她身上,等到他做完这件事后,便用兴奋的眼光探询似的望着在场的人。

随后,他又拿常春藤叶子来点缀自己,以不容置疑的口气再三重复道:

"我根本不是人,我是森林之神!"

彼特罗纽斯没有喝醉。尼禄开始时为了保护他那"美妙的"

---

① 阿喀琉斯:希腊神话中的英雄。

嗓子，喝得很少，快到宴会结束的时候，他就一杯接一杯地喝起来，现在也喝醉了。本来他还想用希腊文朗诵几首自己写的诗，可是他忘了词，唱错了，唱起一首阿那克里翁的颂歌来。彼达哥拉斯、迪奥多尔和特伯诺斯都给他伴唱，后来他们都跟不上调子，只好停了下来。这时候尼禄这个批评家和审美家称赞起彼达哥拉斯的美貌来，而且还神魂颠倒地亲了亲他的双手。这样漂亮的一双手，他以前只见过一双……是谁的手呢？……

他把手按在汗淋淋的额头上，使劲回忆起来。过了一会儿，他脸上现出了恐惧：

"啊！那是母亲的手！是阿格丽庇娜的手！"

他眼前立即浮现了一个阴沉的幻象，说道：

"听说母亲每逢月色皎洁的夜晚，总是在靠近拜埃和鲍利那一带的海面上走来走去……她总是来回走动着，像是在找什么似的。每逢遇到一只小船，她就走到船边上，看一眼就走开了，可是她看过的那个渔民，过后一定死掉！"

"这题材倒不坏。"彼特罗纽斯说。

可是维斯提鲁斯却像仙鹤一样伸出了他的长脖子，神秘地低声说：

"我不信神，但是我相信鬼……噢！"

尼禄没有听见他们的谈话，继续说道：

"我已经超度过亡魂了。我不想看见她！都已经死了五年啦！我不得不处死母亲，是因为她派了刺客来刺杀我。如果我没有先下手除掉她，你们今天晚上也就听不到我的歌了。"

"我们以整个罗马城和整个世界的名义向您表示感激，陛下!"多米兹尤斯·阿弗尔大声说道。

"拿酒来!把板鼓敲起来!"

喧闹又重新开始了。全身缠满了常春藤的卢坎,想要喊得比皇帝更响,就站起身来,大叫道:

"我不是人,我是森林之神,我住在森林里。哎……嗬!"

皇帝终于喝醉了,所有的男人和女人也都喝醉了。维尼兹尤斯并不比别人喝得少,在他的内心里,除了情欲之外,还想和别人争吵,只要他喝过了量,他就常常是这样的。他那黝黑的脸孔渐渐变白了,说话时舌头也不灵便了,他用命令的口吻大声说:

"快让我亲你的嘴!反正不管是今天,还是等到明天都一样!……我已经等够了!皇帝把你从普劳兹尤斯家召来,就是为了赏赐给我,你知道吗?明天天黑我就派人来接你,你明白吗?……皇帝在召你进宫的时候就答应了我的……你非属于我不可!快让我吻你!我不想等到明天了!……快点让我吻你的嘴唇!"

他想拥抱莉吉亚,可是阿克特却开始保护她了。莉吉亚自己也全力挣扎,因为她觉得自己就要完了。尽管她的双手用力掰开他那剃光了毛的臂膀,但是无济于事。她用充满恐惧和痛苦的声音恳求他不要这个样子,恳求他怜悯她,也不起作用。他那充满酒味的呼吸越来越挨近她,他的脸已经贴着了她的脸。他不再是那位善良而又亲切的维尼兹尤斯了,他变成了一个醉鬼,一个可恶的色鬼,使她害怕,也使她厌恶。

她越来越没有力气了。为了不让他吻着,她低下头,转过脸去,但都没有用。维尼兹尤斯站起身来,两手抱住了她,把她的头搂在他的胸前，他一边喘着气，一边把自己的嘴唇紧紧地压在她那毫无血色的嘴唇上。

然而，就在这一刹那间，有一种可怕的力量把他的胳膊从她的脖子上扯了下来，好像拉孩子似的轻易，又一把把他推开，就像推开一根干树枝或者一片枯叶那样。这是怎么回事？维尼兹尤斯揉了揉吃惊的眼睛，才突然看见他在普劳兹尤斯家见过的那个魁伟的莉吉亚人乌尔苏斯站在他旁边。

乌尔苏斯站在那里，显得非常平静，只用一双蓝眼睛望着他，露出一种奇怪的神气，使得这位年轻人吓得血液都凝结在血管里了。然后乌尔苏斯抱起他的公主，以平稳而又安静的步伐走出宴会大厅。

阿克特也跟在他后面走了出去。

有一瞬间，维尼兹尤斯呆坐在那里，好像变成了一具僵尸似的。随后他站了起来，便向大门跑去，嘴里喊道：

"莉吉亚！莉吉亚！"

但是，情欲、惊愕、愤怒和酣醉使他双脚站立不稳。他摇晃着走了一两步，便抓住一位叙利亚姑娘裸露的肩膀，眨巴着眼睛问道：

"发生了什么事呀？"

这个叙利亚姑娘端起了一杯酒，蒙眬的眼睛带着微笑，把酒递给了他，说：

"喝吧！"

维尼兹尤斯一口气喝光了酒，就倒在地上。

大部分客人都躺倒在桌子底下了。剩下的一些人东摇西晃地在大厅里踯躅着,另外一些人倒在桌子旁的躺椅上睡着了,打着鼾,或者在睡梦里把所有吞下去的东西都呕吐出来。一朵朵玫瑰花还是不停地从天花板下面的金色绸兜里飘落下来,落在那些酣醉的元老和执政官身上,落在那些烂醉如泥的骑士、诗人和哲学家身上,落在那些酩酊大醉的舞女和贵妇人身上,落在这个虽然仍然万能,但却失去了灵魂的社会上,落在这个金碧辉煌又淫逸放荡,已经衰败了的社会上。

窗外已经是黎明了。

8

没有人阻拦乌尔苏斯,甚至连问一声的人都没有。那些还没有滚到桌子下面的宾客,也都离开了他们原来的座位。因此,仆役们看到这位大汉抱着一位女客,都认为是一个奴隶送走他的喝醉了的女主人。况且阿克特还跟在后面,她的伴随把一切疑惑都消除了。

他们走出了宴会大厅,来到隔壁的一间屋子,然后便到了通向阿克特住房的走廊上。

莉吉亚连一点气力都没有了,她像死人一样躺在乌尔苏斯的胳膊里。可是她一呼吸到带有早晨凉意的清新空气,便苏醒过来,睁开了眼睛。室外天色越来越亮。他们沿着圆柱回廊走了一会儿,就拐进了一条并不通向前院,而是通向御花园的小过道。御花园中的松柏树梢被朝霞一照,显得格外明亮,都变成了绯红色。这部分宫殿很荒凉,宴会上的音乐声和喧哗声,在这里也听不太清楚了。莉吉亚觉得好像被人从地狱里救了出来,到了光明的天堂。这个地方的确与叫人恶心的宴会厅大不一样。这里有天空、朝霞、光明和宁静。莉吉亚一下子哭了出来,她紧紧地靠在大汉的胳膊上,边哭边说道:

"回家去吧,乌尔苏斯!回家去吧,我要回到普劳兹尤斯家去!"

"那我们就走吧!"乌尔苏斯回答说。

这时候,他们已经进了阿克特的小客厅。乌尔苏斯把莉吉亚放在一条离喷泉不远的大理石凳上面。阿克特竭力宽慰她,要她休息一下,并且向她保证,暂时还不会有什么危险,因为这些酩酊大醉的客人,一定要睡到傍晚。可是莉吉亚很久都不能安静下来,她双手抱住自己的两鬓,像孩子似的不停地说:

"我要回家!我要回普劳兹尤斯家!……"

乌尔苏斯已经准备好了。大门口确实有禁卫军把守,但是他有办法通过。这些士兵并不拦阻出去的人。在凯旋门前面的广场上还停满了轿子。不久,客人们就要成群结队地走出宫门。士兵们绝不会去阻拦他们。莉吉亚他们可以和人群一道穿过宫门,一直回到家里。另外,乌尔苏斯根本就不把守卫放在心上,只要他的公主吩咐一声,他就是赴汤蹈火也在所不辞。他就是为了听她差遣,才来到这里的。

莉吉亚说:

"好吧,乌尔苏斯!我们走吧!"

阿克特只好对他们两个讲道理了。出去是容易的,的确,谁也不会拦阻他们。但是,从皇宫逃走是不行的,谁这样做,谁就触犯了陛下。即使他们出去了,但是到不了黄昏,百夫长就会把死刑的宣判令送给普劳兹尤斯和庞波里亚·格列西娜。莉吉亚还会重新被抓回宫去,到了那时候,谁也救不了她了。如果普劳兹尤斯夫妇把她收留在自己家里,那么等待他们的必定是死亡。

莉吉亚垂下了双手，什么办法也没有了。不是普劳兹尤斯夫妇死，就是她自己死，二者必居其一。她在赴宴之前，原希望彼特罗纽斯和维尼兹尤斯能替她向皇帝求情，把她送回普劳兹尤斯家去。现在她明白了，是他们鼓动皇上把她从普劳兹尤斯家抢来的，真是走投无路了。也许只有奇迹才能把她从这个深渊中救出来，只有靠奇迹和上帝的神力来救她了。

"阿克特，维尼兹尤斯说的话你都听见了吗？皇帝要把我赐给他，今天傍晚他就要派奴隶来，把我接到他的家里去。"莉吉亚绝望地说道。

"我听见了。"阿克特回答。

她摊开双手一言不发，莉吉亚说话时的绝望情绪，并没有引起她的共鸣。她曾经做过尼禄的情妇。虽然她的心地善良，但她并不感到这种关系有什么可耻。她过去是个奴隶，她已经十分习惯于奴隶的法律，并且她到现在还爱着尼禄。如果尼禄回到她的身边，她一定会向他伸出双臂，就像对幸福伸开双臂一样。她很清楚地知道，莉吉亚非得成为年轻而又英俊的维尼兹尤斯的爱妾不可，不然就会给自己和普劳兹尤斯夫妇都招来毁灭。她简直不能理解，莉吉亚为什么还那样迟疑不决。过了一会儿，她说：

"你在皇宫里并不比在维尼兹尤斯家里安全。"

但是她没有想到，她说的话虽是实情，却意味着："向命运屈服吧，去当维尼兹尤斯的滕妾吧！"可是莉吉亚呢，由于她的嘴唇还感觉到他那充满兽欲的、有如炭火一般炽烈的吻，所以她一想起他，就羞愧得满脸通红。

"永远不！我不留在这里，也不到维尼兹尤斯家去，永远也不!"她突然愤怒地叫道。

阿克特对她的愤怒感到诧异,于是问道:

"难道你对维尼兹尤斯真是那样痛恨吗?"

莉吉亚又大哭了起来,无法回答她的问题。阿克特把她搂在胸前,竭力让她平静下来。乌尔苏斯也大声地喘着气,捏紧了他那巨大的拳头,因为他像狗一样忠实地爱着他的公主,他不忍心看见她流泪哭泣。在他那颗半开化的莉吉亚人心里萌生了一种强烈的愿望,想回到大厅里去把维尼兹尤斯掐死,如果必要,他也敢把皇帝掐死的。然而他担心这样做会害了他的女主人。同时,他虽然认为这样的行为他能毫不费力地完成,但是他不知道,这是不是符合一个钉死在十字架上的羔羊的信徒的行为准则。

阿克特抚爱着莉吉亚,又问道:

"你真是那样恨他吗?"

"不!我不能恨他,因为我是个基督教徒!"

"我知道,莉吉亚。我也读过塔斯的保罗写的书信,你们既禁止污辱自己,也禁止怕死超过害怕犯罪。可是你告诉我,你们的宗教允许给别人带来死亡吗!"

"不!"

"那么,你怎么能做出使皇帝去惩罚普劳兹尤斯一家人的事来呢?"

出现了片刻的沉默。无底的深渊在莉吉亚面前又重新张开了大口。

这个年轻的解放女奴又继续说道:

"我问你,是因为我可怜你,可怜好心的庞波里亚、普劳兹尤斯和他们的孩子。我在这座皇宫里住了很久了,知道皇帝的愤怒会带来什么样的后果。不!你们绝不能从这里逃走!现在只有一条路了:恳求维尼兹尤斯放你回庞波里亚家去。"

但是,莉吉亚却跪倒在地上,像是在恳求什么神明。过了一会儿,乌尔苏斯也跪下了,在晨曦初露的时刻,两个人在皇宫里一起作起了祷告。

阿克特还是第一次看见别人作祈祷,她的眼睛一直注视着莉吉亚的侧面。莉吉亚抬着头,举起双手,眼睛望着天上,仿佛恳求苍天的拯救。曙光照射在她的黑发和白礼服上,又从她的眼睛里折射出来。她全身沐浴在晨光中,自己也像晨光那样透明。她那苍白的脸上,她那半开半闭的嘴唇上,她高举的双手和眼睛里,都显出一种不属于人世间的高昂的神采。阿克特现在才懂得,莉吉亚为什么绝不会做别人的情妇,于是一道帷幕似乎在这位尼禄旧日的宠妃面前掀起了一角,她看见了一个新的世界,和她过去习惯了的世界完全不一样。莉吉亚在这个充满罪恶和丑事的宫里作祷告这件事使她受到很大的震动。刚才她还认为莉吉亚无法得救了,而现在呢,她相信会出现什么奇迹,救助一定会来临,这种救助的力量是那样强大,连皇帝也无法与之对抗,也许会从天上飞下一支长着翅膀的军队来帮助这位姑娘,也许太阳神会射下一道光线来照射她,把她带到太阳上去。她早就听说过,在基督教徒之间出现过种种奇迹,现在她想,既然莉吉亚这样专心地祈祷,那么所有这一切传闻一定是真的了。

莉吉亚终于站了起来,她的脸上有了希望,变得更加宁静。乌尔苏斯也站了起来,他在凳子旁边蹲着,望着他的小主人,等着她发话。

她的眼睛黯淡了。过了一会儿,两颗很大的泪珠缓慢地从她的面颊上滚了下来。

"求上帝保佑庞波里亚和普劳兹尤斯吧,我不忍心害得他们家破人亡,我还是永远不见他们的面好些。"她说。

于是她转过身来朝着乌尔苏斯说,他是她在这个世界上唯一的亲人了,他就是她的父亲和保护人。现在,他们既然不能回到普劳兹尤斯家里去,因为那样会使皇帝迁怒于他们;同时也不能留在宫里,或者到维尼兹尤斯的家里去。那么,只有让乌尔苏斯带着她离开这座城市,藏到维尼兹尤斯和他的奴仆找不到她的地方去。随便到哪里她都会跟着乌尔苏斯走的,她会跟着他远涉重洋,翻过崇山峻岭,走遍天涯海角,到野蛮人住的地方去,那里再也听不到罗马的名字,皇帝的权势也达不到那里。现在只有请他带她走,只好全靠他了,因为她只剩下这唯一的亲人了。

乌尔苏斯已经准备好了。为了表示他的忠心,他俯下身去抱住了莉吉亚的双脚。可是,原来以为会出现什么奇迹的阿克特,现在脸上却现出了失望的神情。难道祈祷只能带来这么一点效果吗?从皇宫逃走,是对陛下的一种犯罪,一定会招来皇帝的惩罚,即使莉吉亚能躲藏起来,皇帝也会向普劳兹尤斯家报复的,如果她真想逃走,那么就从维尼兹尤斯的家里逃走好啦。那样,皇帝由于不爱管别人的事情,甚至有可能不会帮助维尼兹尤斯去追捕的。无论如何,这样做就不能算对皇上犯罪了。

然而莉吉亚却有自己的打算。普劳兹尤斯不会知道她在什么地方,甚至连庞波里亚也不会知道。不过她不打算从维尼兹尤斯家里逃走,而是在半路上就逃走。维尼兹尤斯醉后对她说过,他傍晚要派人来接她。如果当时他没有喝醉,他是绝不会向她吐露真情的。显然,他本人或者他和彼特罗纽斯两个人在宴会之前曾经晋见过陛下,得到了皇帝的允许,答应第二天傍晚把她交给他。哪怕他们今天忘了,明天也一定会来接走她的。可是乌尔苏斯会来救她的。他一定会赶到,把她从轿子里抱走,就像他在宴会厅把她抱出去一样,然后他们便远走高飞,逃往他方。任何人也打不过乌尔苏斯,就连昨天在宴会上角斗的那个可怕的角斗士也不是他的对手。可是,也许维尼兹尤斯会派很多奴隶来,还是马上派乌尔苏斯去见李努斯主教,请求他的指点和帮助吧。主教一定会同情她,不会让她落在维尼兹尤斯的手里的。他会安排基督教徒跟乌尔苏斯一道来搭救她的。他们会把她劫出来送走,然后乌尔苏斯会设法把她带出城去,藏在罗马的权力达不到的地方。

她的脸上又出现了红晕,她又微笑了。她得到了新的安慰,仿佛得救的希望已经变成了现实。她突然一把抱住阿克特的脖子,把她那秀丽的嘴唇贴在阿克特的脸蛋上,悄声说道:

"你不会去告发我们吧,阿克特?"

"我用死去母亲的亡灵起誓,绝不会去告发你们的!"这位解放女奴答道,"你还是祈求你的上帝,保佑乌尔苏斯救你能救成功吧。"

这个巨人的那双像孩子似的蓝眼睛露出了幸福的光辉。如果让他想办法,哪怕他绞尽脑汁,也是想不出什么好办法的。但是干这种事情他是个内行。无论白天,还是晚上,都是一个样!他要到主教那里去,主教能观察天象,能看出该做什么,不该做什么。至于把基督教徒召集在一起,这事他自己也能做到。他认识的人不少,有奴隶、角斗士和自由民,无论是苏布拉区,还是桥那边,都有自己的人。他能召集起来一两千个基督教徒呢。他会把自己的女主人救出来,把她带出城去,和她一道远走高飞。哪怕是到天涯海角,或者回到他们的故乡去,那里的人还从来没有听说过罗马这个地方哩。

想到这里,他的眼睛注视着前方,仿佛在眺望着未来,眺望着非常遥远的事物,他说:"到森林里去吗?噢,那是多么茂密的森林,多么茂密的森林啊!……"

可是过了一会儿,他就从幻想中清醒过来了。

是的,他马上就去找主教,天一黑,他就会布置好一百多个人等待轿子。就让维尼兹尤斯的奴隶们来护送好啦,就是禁卫军来护送,他也能把她救出来!哪怕他们都穿着铁甲钢盔,只要碰到他的拳头就别想活命……难道铁就是那样结实吗?只要他使劲打下去,铁盔下面的脑袋又怎能不开花呢!

可是莉吉亚以一种特别严肃而又充满孩子气的态度举起了她的手指头,说:

"乌尔苏斯,可不要杀人啊!"

乌尔苏斯把他那只像棒槌一样粗大的拳头,伸到脑袋后面,一边非常窘迫地搔着脖子,一边嘟哝着:他必须救出……"他的光明"……她自己也说过,现在轮到他大显身手了……他当然会谨慎小心的,可是万一要是失手伤了人该怎么办呢?无论如何,他也得先把她救出来,管它呢。即使失手伤了人,那也只好等将来赎罪好啦,他一定要请求"纯洁无辜的羔羊"宽恕他,被"钉在十字架上的羔羊"一定会宽恕他这个可怜的人……他并不是故意去触犯"羔羊",只不过他的拳头实在太重了。

他脸上显出非常温柔的神情。他想掩饰自己的感情,便躬身说道:

"我这就去找神圣的主教。"

阿克特抱住莉吉亚的脖子,哭了起来……这个解放女奴又一次明白了有那么一个世界,在那里,人们即使遭到痛苦,也比在皇宫里享尽荣华富贵要幸福得多。通向光明的大门又一次向她打开了一条缝隙,但是她立即感觉到,她不配走进这扇大门。

9

莉吉亚为着失去了她衷心热爱的庞波里亚·格列西娜而悲哀，也为了离开普劳兹尤斯全家而感到伤心，但是她的绝望情绪还是逐渐消失了。她一想到她是为了自己的"真理"而牺牲了舒适富裕的生活，甘愿去过完全陌生的漂泊流浪的日子，一种愉快的心情便油然而生。也许在这种愉快中，还夹杂着一点天真烂漫的好奇心，想知道在遥远的地方，同蛮族人和野兽生活在一起到底是什么滋味。然而这种愉快主要还是来自深沉而虔诚的信仰，她认为自己完全是按照基督的意旨做的。从此以后，基督就会像关心一个顺从和虔诚的孩子那样来保护着她了。这样一来，她还怕遇到什么危险呢？即使遇到什么苦难，她也会以"主的名义"忍受下来。假如她突然死掉，主也会把她带走，等到庞波里亚也寿终正寝了，她们就能够永远团聚在一起。她还在普劳兹尤斯家的时候，就常常感到苦恼，觉得像她这样一个基督徒，却不能为受苦受难的天主做一点事情，甚至连乌尔苏斯一谈起主都流露出那么深厚的情意。现在这样的时刻来到了。她觉得自己差不多算得上是幸福的了，于是她把自己的幸福讲给阿克特听，可是阿克特却一点也不理解她。抛弃一切，抛弃家庭、财富、城市、花园、神庙和圆柱走廊，抛弃一切美丽的东西，抛弃阳光普照的国土和自己的亲人，那又是为了什么呢？难道仅仅是为了逃避一位年轻而又英俊的军官的爱情吗？阿克特的头脑想不通这些事情。有时候她也觉得莉吉亚的话有一定的道理，也许这里面确实有一种巨大的神秘的幸福，但是她对其中的奥妙不甚了了，尤其因为莉吉亚正在做一件冒风险的事，结局可能非常糟，她也可能会丧命。阿克特生来胆小怕事，她真担心今天晚上会出什么事。可是她没有把自己的忧虑告诉莉吉亚。这时候，天已经大亮了，阳光照进了客厅，阿克特开始劝说莉吉亚：她一夜没有睡觉，现在该去休息了。莉吉亚也没有反对，于是她们两个走进了卧室。由于阿克特从前和皇帝的亲密关系，这间卧室很宽敞，陈设华丽精致，她俩并排躺在床上，尽管阿克特已经十分疲倦，却无法入眠。多年以来，阿克特就是郁郁寡欢，心灰意懒。可是现在有一种从来没有经历的不安攫住了她的心。直到目前为止，她只觉得命途多舛，前途未卜，忧心忡忡，现在她突然觉得她的生活可耻。

她越想越心烦意乱，通向光明的大门时开时合。当它敞开的时候，强烈的亮光照得她眼花缭乱，使她什么也看不清楚。她只能揣摩出在那片光亮里有无限的幸福，和这种幸福比起来，其他的幸福简直一文不值，哪怕是皇帝抛弃了波培娅，又爱上了她阿克特，和这样的幸福比起来也是微不足道的。她忽然想到她所爱着的皇帝，过去一直认为他是个半神半人似的人物，现在看起来，也不过像一个奴隶那样渺小可怜，这座被努米提亚大理石圆柱环绕的皇宫比一堆乱石块也好不了多少。这种无法说清楚的感觉，到后来便深深地折磨着她。她真想睡一觉，但心中的这种不安又使她无法入睡。

后来她又想到，莉吉亚受到那样多危险和恐怖的威胁，一定也是睡不着的，于是她转过身来朝着莉吉亚，想和她谈谈晚上逃走的事情。

但是，莉吉亚睡得很安稳。没有拉紧的窗帘缝隙里有几丝亮光透进暗黑的卧室，金色的尘埃在光线中舞动，凭借着这几丝光线，阿克特看见莉吉亚美丽的脸庞枕在赤裸的胳膊上，双目紧闭，嘴唇微微张开，平稳地呼吸着，就像平常人们睡觉的时候一样。

"她睡着啦，居然能睡得着！她真是个孩子！"阿克特想道。

可是过了一会儿，阿克特又想起，正是这个孩子宁愿逃走也不愿做维尼兹尤斯的姘头，宁愿忍饥挨饿也不愿过屈辱的生活，宁愿漂泊流亡也不稀罕他在卡里纳街上的华丽住宅，更不看重衣服、首饰和宴会，以及竖琴和诗琴的乐声。

"为什么呢？"

她又注视着莉吉亚，似乎想从她熟睡的脸上找到答案。她望着她那光洁白皙的前额，明朗清秀的弯眉和乌黑油亮的头发，微微张开的嘴唇和她那由于均匀呼吸而起伏不停的少女的胸脯，于是她又沉吟道：

"她和我是多么不同啊！"

她觉得莉吉亚本身就是一个奇迹，就是某种神圣的幻象，是众神心爱的花朵，她比御花园中的一切鲜花、皇宫中的一切雕像，都要美丽百倍。但是，阿克特的心里并没有嫉妒她的意思。相反，她一想起这位姑娘所要遭受的种种危险，就禁不住满心可怜她。她心里激起了一种母爱的感情。莉吉亚不仅像一个美丽的幻象那样美妙,而且非常招人喜爱。她把嘴唇按到莉吉亚漆黑的头发上吻着它们。

莉吉亚睡得非常酣甜,像在家里受到庞波里亚照顾那样。她睡了很久。等到她睁开她那双蓝眼睛惊异地张望卧室四周的时候,已经过了中午。

她显然很奇怪自己不是睡在普劳兹尤斯家里。

直到她在黑暗中看清了阿克特的脸,她才问道:

"是你吗,阿克特?"

"是我,莉吉亚。"

"现在到了晚上了吗?"

"还没有,孩子,不过已经过了中午了。"

"乌尔苏斯回来了没有?"

"乌尔苏斯并没有说他要回来,他只是说晚上和基督徒们一道去等候你的轿子。"

"哦,是的!"

接着她们离开了卧室,到浴室里去了,阿克特帮着莉吉亚洗完了澡,就带她去吃早饭。吃完早饭后又带她到御花园去,在这里她不必担心会遇到什么危险,因为皇帝和他的那些显要廷臣这时候都还在睡觉。莉吉亚还是生平第一次看见这样气派宏伟的花园,园里种满了扁柏、橡树、橄榄树和桃金娘。树林中间到处隐约可见白色的雕像,平静得像镜子一样的池水在闪着光亮,用喷泉浇灌的一丛丛玫瑰花正在争妍斗艳。花园里有充满意趣的山洞,洞口被常青藤或葡萄藤掩盖,银白色的天鹅正在水中嬉游,在雕像和树木之间,一群群驯养的非洲羚羊和从世界各国收集来的色彩鲜丽的奇禽异鸟在来回穿行。

花园里游人不多,只有手持小锄、嘴里低声唱着歌的奴隶们在那里劳动,还有几个奴隶正在休息,他们坐在水池边上或者坐在橡树的阴影下,阳光通过树叶的缝隙照射进来,映在他们的身上。有的奴隶正在给玫瑰花或者浅白色的番红花浇水。阿克特和莉吉亚散步了很久,观看了园中所有的奇花异草和瑰丽景致。莉吉亚到底还是个孩子,尽管她心情烦恼,还是禁不住要感到愉快、好奇和惊叹。她甚至想:如果皇帝是个好人,他住在这么美的宫殿和花园里,会多么快乐呀。

后来,她们两个都有些累了,便在一张完全被柏树枝荫蔽了的凳子上坐下来,谈起她们最担心的事,也就是莉吉亚晚上的中途逃走。阿克特比莉吉亚更担心这次逃走能不能成功。有时她甚至觉得,这是一个疯狂的计划,一定不会成功的。她越来越觉得莉吉亚太可怜了。有时她又认为,对维尼兹尤斯进行说服要比逃走更安全一百倍。过了一会儿,她问莉吉亚认识维尼兹尤斯有多久了,能不能说动他把她送回庞波里亚家去。

莉吉亚悲哀地摇了摇头,说:

"不!在普劳兹尤斯家的时候,维尼兹尤斯和现在不同,是个很可爱的人。可是参加了昨天的宴会以后,我就害怕他了,宁愿逃回到莉吉亚人那里去。"

阿克特又问:

"在普劳兹尤斯家的时候,你觉得他温存可爱吗?"

"是的!"莉吉亚点了点头,答道。

阿克特沉思了一会儿以后又说:

"你和我过去不一样,你不是奴隶,维尼兹尤斯可能会同你结婚。你是个人质,又是莉吉亚国王的女儿。普劳兹尤斯夫妇喜欢你,就像自己的亲生女儿一样,我相信他们一定愿意认你做女儿。维尼兹尤斯会娶你做妻子的,莉吉亚!"

莉吉亚更加悲哀而安然地答道:

"我宁愿逃回到莉吉亚人那里去!"

"莉吉亚,你愿意我立即去找维尼兹尤斯吗?如果他还在睡觉,我就叫醒他,就把现在对你说的这些话,对他重说一遍。是的,亲爱的,我要到他那儿去,对他说:'维尼兹尤斯,她是一位公主呀,是名将普劳兹尤斯心爱的孩子!如果你当真爱她,就先把她送回普劳兹尤斯家去,然后再明媒正娶,让她变成你的妻子!'"

姑娘回答的声音是那样的轻微,阿克特只能勉强听见:

"我宁愿回到莉吉亚人那里去……"

两滴泪珠挂在她低垂的睫毛上。

越来越近的脚步声把她们的谈话打断了。阿克特还来不及看清来人是谁,萨比娜·波培娅已经来到了凳子前面,她后面跟着几个随从的女奴隶,两个女奴隶打着用金线织成的鸵鸟毛团扇遮在她头上,她们轻轻地摇动着鸵鸟毛扇给她扇风,同时也把它当伞用,挡住还有些炎热的秋天的太阳。走在波培娅前面的是一个像紫檀木一样黑的埃塞俄比亚女人,她的两个乳房被乳汁胀得鼓鼓的,她怀里抱着一个用绣着金边的紫袍包裹着的婴儿。阿克特和莉吉亚站了起来,以为波培娅只是从凳子旁边走过不会注意她们的,可是波培娅却在她们前面停下了,说道:

"阿克特,你送来的那些缝在洋娃娃身上的小铃铛太不结实了,孩子扯下来一个放进嘴里,幸亏莉丽特发现得早。"

"宽恕我吧,皇后!"阿克特双手交叉在胸前,低头答道。

波培娅开始仔细地打量起莉吉亚来,过了一会儿她问道:

"这个女奴是什么人?"

阿克特答道:"她不是女奴,皇后娘娘,她是庞波里亚·格列西娜的养女,是莉吉亚国王的女儿,当作人质押给罗马了。"

"她是来看望你的吗?"

"不是!皇后娘娘,她是前天进宫的。"

"昨晚她参加宴会了吗?"

"参加了,娘娘。"

"是谁下的命令?"

"是皇帝陛下。"

波培娅更加仔细地端详着莉吉亚。莉吉亚低着头站在她面前,时而好奇地抬起她那双明亮的眼睛望着对方,时而又垂下眼帘。波培娅立即皱起了眉头。她小心翼翼地维护着自己的美貌和权势,她日夜担忧,深怕某一天有个幸运的对手会像她毁掉屋大维娅一样地把她毁掉。所以,宫里出现的每一个美女都会引起她的猜疑。她用行家的眼光,一眼就看清了莉吉亚的全身上下,她估量出了莉吉亚脸上每一个细小的部位,于是她害怕起来了。她心里思忖道:"这是个天仙,是维纳斯生下来的女儿。"波培娅突然想到自己的年龄已经不小了,从前她看见美人的时候还从来没有这么想过!她的虚荣心受到了伤害,她惊惶不安了,种种可怕的景象在她的脑海中涌现。"也许尼禄还没有看见她,或者虽然看见了,是戴着眼镜的,没有看清楚她的美貌。他要是在大白天里,在阳光下面遇见了这么一个天姿国色的美人儿,那时候会发生怎么样的事情呢?……何况,她不是女奴隶!她的父亲是国王,尽管是野蛮人的国王,但毕竟是位国王的女儿啊!……不朽的众神啊!她和我一样美,可是比我年轻。"于是她眉宇之间的皱纹越来越深,金黄色睫毛下面的眼睛里,射出了一道冷冰冰的目光。

她朝着莉吉亚,装出一副泰然自若的样子问道:

"你和陛下说过话吗?"

"没有,皇后娘娘。"

"为什么你愿意来到宫里而不愿意留在普劳兹尤斯家呢?"

"不是我自己愿意到这儿来的,是彼特罗纽斯说动了皇上把我从庞波里亚家要来的,我是不愿意来的。啊,皇后娘娘!……"

"你想回到庞波里亚那里去吗?"

波培娅提出最后这个问题的时候,口气比较温和柔软,于是在莉吉亚心里突然萌发了一线希望。

"皇后娘娘,皇帝想把我当作奴隶送给维尼兹尤斯,可是请您替我说说情,还是让我回到庞波里亚家里去吧!"她向波培娅伸出双手,说道。

"哦,原来彼特罗纽斯鼓动皇帝把你从普劳兹尤斯家要出来,就是为了要把你送给维尼兹尤斯吗?"

"是的,娘娘!维尼兹尤斯今天晚上就要派人来接走我。可是您,仁慈的皇后娘娘,请您可怜可怜我吧。"

她一说完,便弯下腰去,抓住波培娅衣裙的下摆,心扑通扑通地乱跳着,等待她的回答。波培娅看了她一会儿,脸上露出阴险的微笑，说道：

"那么我答应你，就在今天，你就会成为维尼兹尤斯的女奴。"

说完之后，她就像一个漂亮但可恶的幽灵那样离开了。这时候，阿克特和莉吉亚都听见了婴儿的啼哭声，但是不知道那孩子为什么会哭起来。

莉吉亚的眼里充满了泪水，可是过了不久，她握住阿克特的手说：

"回去吧！我们只有从助人为乐的人那里才能得到帮助。"

她们回到了客厅。直到晚上她们都没有离开那间屋子。天黑以后，奴隶们拿着好几盏燃得很亮的四向油灯进来了。她们两个的脸色都非常苍白。谈话常常停顿下来，两个人都紧张地倾听着是不是有人来了。莉吉亚一遍又一遍说，虽然她舍不得离开阿克特，可是乌尔苏斯现在一定已经在黑暗里埋伏好了，所以她倒希望这一切就在今天发生……由于心情紧张，她的呼吸越来越急促，喘气声越来越粗了。阿克特急忙收拾了她的全部珠宝，把它缝进莉吉亚的外衣的衣角里，她恳求莉吉亚不要拒绝这一点微薄的礼物，它可以充作逃走的费用。在一片深沉的寂静中，好像处处都有响声似的。她们仿佛听到了门帘外面有低低的说话声，有时又好像听见了远处传来的孩子的哭叫声，有时又像是听到了汪汪的狗吠声。

突然，客厅的门帘毫无声响地被掀了起来，一个身材高大、脸上长满麻点的黑人像鬼魂一样出现在客厅里。莉吉亚一眼就认出这是阿达钦，维尼兹尤斯的解放奴隶，曾经去过普劳兹尤斯家里。

阿克特惊叫了一声，可是阿达钦深深地躬下身来，说：

"马尔库斯·维尼兹尤斯谨向天仙般的莉吉亚致敬，他在装饰着绿叶的大厅里设宴恭候你的光临。"

姑娘的嘴唇变得煞白。

"我去！"她说。

她双臂抱住了阿克特的脖子，同她告别。

10

维尼兹尤斯的府第果真已经用桃金娘和常春藤装饰一新,墙上和门上都挂满了绿叶,柱子上也缠满了葡萄藤。在客厅里,为了挡御夜晚的凉意,天窗上也拉上了呢绒的帷帘。大厅里亮得如同白昼一样。插着八根和十二根灯芯的大灯台点着了,这些灯台形状各异,有的像碗盏,有的像树干,有的像飞禽走兽或者像端着盛满喷香的橄榄油的杯子的雕像,它们都是用雪花石膏、大理石或者镀金的科林斯青铜铸成的。这些灯盏虽然比不上尼禄使用的那盏从阿波罗神殿里得来的著名油灯那样精巧,可是也非常优美,都是出自巧工名匠之手。其中一部分灯盏还罩上了亚历山大产的玻璃罩或者印度产的透明绢纱灯罩,颜色有红的、蓝的、黄的、紫的,把整个大厅照耀得五彩缤纷,光华夺目。厅内弥漫着甘松的香味,这是维尼兹尤斯从东方带回来的习惯,他在东方喜欢上了这种香味。男女奴隶在住宅里面走来走去,那里也是灯火辉煌。餐桌上已经放好了四份餐具,将要参加这次家宴的除了维尼兹尤斯和莉吉亚外,还有彼特罗纽斯和赫里佐特米斯。

维尼兹尤斯件件事情都是按照彼特罗纽斯的主意办的。彼特罗纽斯劝他不要自己去接莉吉亚,而是派阿达钦拿着皇帝的准许

证去,自己留在家里迎候她,并且要以亲切友好甚至尊敬的态度去接待她。他对维尼兹尤斯说:

"昨天你喝醉了,我看见你像个阿尔班山的石匠那样对待她。你不应该那样鲁莽。要记住,好酒只能慢慢品尝。你也应该明白,追求别人是甜蜜的,可是被人追求更甜蜜。"

在这个问题上,赫里佐特米斯的看法稍有不同。可是彼特罗纽斯一面把她叫作他的维斯塔信女、他的小鸽子,一面又向她解释,一个老练的赛场上的驭手和一个初次驾驭四马战车的毛头小伙子两者之间的差别。接着他又对维尼兹尤斯说:

"你要取得她的信任,要让她快活,要对她宽宏大度。我不喜欢死气沉沉的宴会。我看你甚至于可以用哈得斯[①]的名义向她起誓,说你一定要把她送回给庞波里亚,至于明天她是留下来,还是回去,那就要看你的本领了。"

随后,他指着赫里佐特米斯,继续说道:

"五年来,我差不多每天都是这样对待这只胆怯的斑鸠的,我还从来没有抱怨过她对我的寡情薄义。"

赫里佐特米斯用孔雀羽扇敲了他一下,说道:

"好像我没有拒绝过你似的,你这个好色鬼!"

"那是为了顾全我的前任的面子……"

"难道你没有跪倒在我的脚下?"

"我跪过,那是为了给你的脚趾戴上戒指。"

赫里佐特米斯情不自禁地看了看自己的双脚,足趾上的确有

---

① 哈得斯:希腊神话中的冥王。

钻石在闪闪发亮，于是她和彼特罗纽斯同声大笑起来。可是维尼兹尤斯并没有仔细听他们的取笑，他的心在那件叙利亚僧侣式的华丽披衫下面剧烈地跳动着。他特地穿上这件披衫来迎接莉吉亚。

"他们这会儿一定离开皇宫了。"他自言自语地说道。

"那是一定的。也许在这段时间里我还是来给你讲讲迪安那的阿波罗纽斯的预言，或者鲁菲努斯的故事吧，我不记得上次是为了什么事没有把这故事讲完。"彼特罗纽斯答道。

然而，维尼兹尤斯既不关心阿波罗纽斯的预言，也不想听鲁菲努斯的故事。他的全部思想都贯注在莉吉亚身上。尽管他知道，在家里接待她要比充当打手的角色到皇宫里去更合适一些，但他常常后悔自己没有亲自去接她，若是他去了，就能够早一点看见莉吉亚，甚至可以在夜色苍茫中两人同坐在一乘轿子里。

这时候，奴隶们端来了装饰着母羊头的三脚铜火盆，盆内生着了炭火，奴隶们把没药和一小枝一小枝的甘松丢进火盆里。

"现在他们该拐过弯到达卡里纳街了。"维尼兹尤斯又说了一句。

"他待不住了，要跑出去接她了，这样一来，很可能会和他们两下里错过啦！"赫里佐特米斯叫道。

维尼兹尤斯不由自主地笑了笑，说道：

"不，我能待得住！"

可是他鼓动着鼻孔，发出了呼哧呼哧的响声，彼特罗纽斯看见了，便耸了耸肩膀说：

"他连个只值一文钱的哲学家都不如，我看要把这个战神的儿子变得像个人样是没有希望啦。"

维尼兹尤斯甚至连他的话都没有听。

"他们这会儿准到了卡里纳街了!……"

这时候,他们确实拐进了卡里纳街。几个被称作"司灯"的奴隶走在前面,另外几个称为"护卫"的奴隶守护在轿子的两侧,阿达钦殿后,照管着整个队伍。

他们走得很慢,在这座还没有照明设施的城市里,光是用灯笼照路是看不太清楚的。此外,皇宫附近的街道上行人很少,偶尔有一两个行人提着灯笼走过,可是越往前走,行人越多。差不多从每一条街口上都走出来三四个人,这些人都没有拿灯笼,穿的都是黑外衣。其中有些人和队伍走在一起,甚至混在奴隶们中间,还有大批的人迎面走来,有的人像醉鬼那样东倒西歪。因此,队伍常常被挡住,无法前进,"司灯"的奴隶不得不大喊:

"给尊贵的军团长马尔库斯·维尼兹尤斯让路!"

莉吉亚从掀起的帘子缝里看见了这片黑压压的人群,心情格外激动。希望和恐怖交替出现在她的心中。"是他!是乌尔苏斯和基督徒们!马上就要动手了。啊!基督,帮帮忙吧!啊,基督!快救救我吧!"她用颤抖的嘴唇低声说道。

阿达钦起初没有把街上的这种拥挤现象放在心上,现在却感到有些不安了。他看出情况有些异常。"司灯"的奴隶越来越需要不停地喊:"给尊贵的军团长的轿子让路!"两旁的陌生的行人拼命向轿子拥挤过来,阿达钦不得不命令奴隶们用棍子赶开他们。

突然队伍前面发出一声喊叫,刹那间所有的灯火都熄灭了。轿子周围一片混乱,发生了搏斗和殴打。

阿达钦明白了,这是蓄意的袭击。

他一意识到这点便吓呆了。大家都知道,皇帝为了取乐,常常微服私行,在苏布拉区和城里别的地方拦路抢劫。他在这种晚间的活动中有时还被人打得青一块紫一块,但是出于自卫而殴打了皇上的人,哪怕他是元老院的元老,也免不了一死。维持城市治安的警备所离这里并不远,可是发生这种事情的时候,警备队总是装聋作哑、视而不见。这时,轿子四周混乱不堪,人们在拳打脚踢,挣扎撕扭,滚作一团。阿达钦灵机一动,他想,还是先救出莉吉亚和自己要紧,别的人就只好让他们听天由命了。他立刻把莉吉亚从轿子里拽了出来,抱起她就竭力往黑暗中逃去。

但是莉吉亚叫喊起来:

"乌尔苏斯!乌尔苏斯!"

她身穿白色衣服,很容易被人看见。阿达钦急忙用空着的那只手掀起自己的斗篷把她裹住。就在这一刻,一只可怕的铁腕扼住了他的脖子,一块像石头一样沉重的东西重重地打在他的头上。

阿达钦立即倒了下去,就像一头供奉的公牛在朱庇特神坛前被斧背击倒一样。

大多数奴隶不是被打倒在地,就是在黑暗的掩护下沿着墙壁四散逃命。只有那乘在混战中被踩坏了的轿子还停在原处。乌尔苏斯背起莉吉亚就往苏布拉区跑去,他的同伙跟随着他,在路上便各自分散回家了。

奴隶们汇集在维尼兹尤斯的住宅门前,商量怎么办。大家都不敢进去。经过简短的商议,他们又回到了出事地点,找到了几具死尸,其中有一具是阿达钦的尸体。他的身体开始还在抽动着,不过,在一阵猛烈的痉挛之后,便伸直腿,一动不动了。

他们把他抬了回去,在房子前面又一次停了下来。但是,他们总得把刚才发生的事情禀报主人呀。

"让古罗去报告吧,他像我们一样脸上受了伤在流血,主人也喜欢他,他去比别人去更安全些。"有几个人低声说道。

日耳曼人古罗是个年老的奴隶,他曾在维尼兹尤斯小的时候照看过他,是他母亲,也就是彼特罗纽斯的姐姐遗留给维尼兹尤斯的奴仆。他对大家说:

"那就由我去向他报告吧,不过你们大家要一块儿进去,可别让他只对我一个人发怒。"

维尼兹尤斯早已等得不耐烦了。彼特罗纽斯和赫里佐特米斯都在奚落他,他却在大厅里急急地来回走动着,还再三说道:

"他们早就该到了!早就该到了!"

他想去迎接轿子,彼特罗纽斯和赫里佐特米斯却把他留住了。

突然从前厅传来了脚步声,一队奴隶走进了大厅,他们在墙边迅速地停住了脚步,高高地举起双手,不住地哀叫道:

"啊……啊……啊……"

维尼兹尤斯冲到他们面前,用变了调的吓人的声音高喊:"莉吉亚在哪里?"

"啊!……啊!"

这时候,脸上满是血迹的古罗向前走了几步,急忙用乞怜的声音说道:

"老爷,你看看我们身上的血,我们是拼命战斗了的!你看看这血,老爷,我们流的血!……"

他还没有说完,维尼兹尤斯就拿起一只铜灯台,用力摔了过去，一下子就把古罗的脑壳打得粉碎。然后，他双手抱住了自己的脑袋，用手指抓住头发，嘶声喊道："我多么不幸啊！我多么不幸啊！……"

他的脸变青了，两眼发直，口吐白沫。

"拿鞭子来！"他终于用一种不像人说话的声音吼了起来。

"啊，老爷，饶了我们吧！"奴隶们一齐呼号起来。

彼特罗纽斯站了起来，脸上露出厌恶的神色，说道：

"走吧，赫里佐特米斯！如果你想看到鲜血淋淋的肉，我可以让卡里纳的一家屠宰铺打开给你看。"

他们走出了大厅。但是在这座用常春藤装饰起来准备举行宴会的房子里，不时地传来鞭笞声和呻吟声，一直持续到第二天早晨。

11

维尼兹尤斯这一夜简直没有睡觉。在彼特罗纽斯走后又过了好一会儿工夫,他感到被鞭打的奴隶的呻吟声既不能减轻他的痛苦,也不能平息他的怒火,便召集了另外一批奴隶,也不顾已经是深夜时分,率领着他们去寻找莉吉亚。起初到艾斯奎林区去找,后来又找到苏布拉区、斯泽列拉杜斯街和附近所有的大街小巷。然后,他又绕过卡彼托林山,到了法布利尤斯桥对面的小岛。随后他又跑遍了台伯河对岸的市区。可是这完全是漫无目的的追寻,因为他自己也知道,他是不会找到莉吉亚的,不过他还是去找她,主要是找点事做来打发掉这可怕的一晚。他回到家里,已经是黎明了。街头已经出现蔬菜摊贩赶着的骡子和大车,面包店也开了门。他一回到家里便吩咐抬走古罗的尸体,直到他回来以前,谁也不敢去动一动这具尸体。接着他又命令把丢失了莉吉亚的那些奴隶,都送到乡下的牢房去,这种惩罚几乎比死刑还要可怕。最后,他躺在客厅里的躺椅上,开始胡乱地思索着:怎样才能找到莉吉亚,把她抓回来。

放弃她,失去她,再也看不到她,都是他无法接受的,甚至一想到这些他就要发狂。这位青年将领的傲慢性格,生平第一次遇到了挑战，遇到了另一个敢于对抗他的坚强意志，他简直无法理解有人竟敢违忤他的强烈愿望。维尼兹尤斯宁愿全世界和全罗马城都化为齑粉，也不愿他的希望落空。一杯快到嘴边的欢乐美酒被人抢去，在他看来，这是亘古未有的事情，是需要呼吁神的法律和人的法律为他复仇的事情。

但是，首先他不愿意也不能够屈从于命运，因为他一生中从来还没有任何愿望比想得到莉吉亚的愿望更强烈，他觉得没有她，他就不能活下去了。他回答不出来，如果没有她，明天的日子怎么过，以后的日子又怎么过。有时他对她感到一种难以抑制的愤怒，使他几乎要发狂。他要占有她，鞭打她，揪住她的头发，把她拖到卧室里，洋洋得意地折磨她。有时他又产生了对她的难以压制的想念，她那甜蜜的声音、亭亭玉立的身姿和明亮迷人的眼睛，都使他心碎肠断，想念不已。他甚至愿意拜倒在她的脚下。他咬着自己的手指，双手紧紧抱住头，呼唤她。他强迫自己集中思想，以便冷静地想出一条找到她的办法来，但是他做不到。成千上万种手段和方法在他的脑海里掠过，一个比一个更疯狂。最后他突然想起，抢走她的，除了普劳兹尤斯外，绝不会有别人。即使抢走她的不是普劳兹尤斯，他也一定知道她藏在哪里。

他倏地站了起来，想跑到普劳兹尤斯家去。假如他们不把她交出来，也不害怕他的任何威胁的话，他就要去谒见皇帝，控告这位老元戎违抗旨意，要求皇帝对他颁发一道死刑判决令。不过，首先应该让他们招供莉吉亚藏在什么地方。即使他们交出莉吉亚，哪怕是心甘情愿地交出来，他也要惩罚他们。他们确实接待过他，护理过他，那又算得了什么呢？这一次的侮辱就把他欠的情分一笔勾销了。他的性格是爱报复而又固执的,所以他心里设想着百夫长给普劳兹尤斯送去死刑判决书时,庞波里亚·格列西娜会怎样地悲恸欲绝,就洋洋得意起来。他觉得自己有把握得到这种死刑诏书的。在这件事情上他还能得到彼特罗纽斯的帮助。此外,皇帝对自己宠臣的要求,大多是有求必应,从不拒绝的,除非出于他个人憎恶或者由于他自己也想得到这件东西,那时他才会拒绝。

"如果抢走莉吉亚的是皇帝自己呢?"

这种可怕的设想使他的心一下子几乎要停止跳动了。

谁都知道,皇帝为了消愁解闷,常常夜晚出去进行抢劫,连彼特罗纽斯也参加过这种寻欢作乐的活动。他们的主要目标是抢女人,把她们放在军大衣上面抛来抛去,直到抛昏为止。连尼禄自己有时也把这种活动称为"猎取珍珠"。的确也出现过这样的情况,在城外偏僻的地区住着一群群贫苦的群众,在他们中间常常能捉到年轻貌美的"珍珠",这时候"萨加提奥"的活动,也就是用军大衣抛女人的活动,便成了名副其实的抢劫,而这颗"珍珠"就被送进巴拉丁宫或者尼禄无数座别墅中的某一座,尼禄也可能把她送给他的亲信伙伴。这样的事情也可能发生在莉吉亚身上。皇帝在宴会上看见了她,维尼兹尤斯一点也不怀疑,皇帝一定会认为她是他看见过的最漂亮的女人。一定是这样的!的确,尼禄已经把她召进宫里,他满可以公开留下她。但是彼特罗纽斯说得对,皇帝没有胆量公开干坏事。虽然他有权公开行事,却总是要偷偷摸摸地干。这一次,他可能是因为害怕波培娅,才采取秘密行动。维尼兹尤斯直到这时候才想到,普劳兹尤斯夫妇绝不敢用暴力抢走皇帝送给他的姑娘。那么还有谁有这样的胆子呢？也许是那个有一双蓝眼睛的身材魁伟的莉吉亚大汉？当时他不是敢走进宴会大厅，把她抱了出去吗？那么，他又把她藏在哪里、把她带到什么地方去了呢？不，一个奴隶是干不出这种事情来的。因此，除了尼禄，别人是不会干这件事的。

维尼兹尤斯一想到这里便觉得眼前一片漆黑，额头上渗出了大滴大滴的汗珠。真要是这样，他便永远失去莉吉亚了！他可以从别人的手里把她夺过来，但是却没法从皇帝的手中把她夺回。现在他喊叫"我是多么不幸啊"，才比什么时候都更真实地反映了他的心情。在他的想象里，这时候莉吉亚已被尼禄抱在怀里，于是他生平第一次理解到，有些想法简直就是人们所无法忍受的。直到这时他才明白，他是多么爱莉吉亚啊！他像一个快要淹死的人，闪电般地回忆起他过去的一生，现在他也想到了他的莉吉亚。他看见她，听到了她的声音。他在喷泉旁边看见了她，在普劳兹尤斯家和那次宴会上看见了她。他觉得她仿佛就在他身旁，闻到了她头发的幽香，感到了她身体的温暖。他在宴会上紧紧地吻过她那天真无邪的嘴唇，尝到了亲吻的愉快。因此，他觉得她比所有别的女人和所有的女神都要更温柔，更美丽，更可爱一百倍，她是他从所有的女人和女神里面挑选出来的唯一的人。可是当他想到，这深深激动着他心灵的一切，这成为他血液和生命的一切，都要被尼禄所占有时，他就被一种可怕的、完全是肉体的痛苦所控制，它是那样地撕人肺腑，他真想拿自己的头去撞大厅的墙壁，把头撞得粉碎。他觉得他快要发疯了。如果他心里没有复仇的愿望，那他一定会变成疯子的。以前，他觉得没有莉吉亚就不能活下去，而现在他却认为，没有替她报完仇，他就不能死。这种想法给他带来了一点安慰。他想着尼禄，嘴里喃喃地说道："我要做你的卡西乌斯·卡瑞亚！"过了一会儿，他在天井旁的花盆里抓了一把土，向厄瑞玻斯①、赫卡忒②和自己的家神发了一个可怕的誓：一定要报仇雪恨。

于是他心里得到了一些安慰。现在他至少有了生活目的，能消磨他那空虚的日日夜夜了。他打消了到普劳兹尤斯家去的念头，吩咐把轿子抬到巴拉丁宫去。在路上他又想起，若是守卫不让他去见皇帝或者检查他随身带了武器没有，那就证明皇帝抢走了莉吉亚。当然他是没有携带武器的。他已经失去了平静的心情，不过他像那些固执地转着一个念头的人一样，在报仇这件事上他倒很镇定冷静。他不打算仇还没有报成就让事情败露。他想先去看看阿克特，他认为也许能从她那里打听到真实情况。偶尔在他的脑海里甚至还闪过一线希望，或许他能够看到莉吉亚，一想到这点，他便全身都战栗起来。也许皇帝在抢她的时候并不知道他抢的是什么人，说不定今天就会把她交还他。可是，过了一会儿，他又推翻了自己的这种假想，如果皇帝有意把她送回给他，那么昨天就应该送回来了。只有阿克特一个人才能把事情的原委说清楚，因此，他必须先去看望她。

他一旦下了决心，便吩咐奴隶加快步伐。在路上，他一会儿想起莉吉亚，一会儿又想到报仇的事。他听说侍奉埃及女神帕赫

---

① 厄瑞玻斯：希腊神话中的黑暗神，他是混沌神之子，夜神的兄弟。
② 赫卡忒：希腊神话中掌管咒语、幽灵的神。

特的僧侣想让谁生病谁就会得病，于是他决定也到他们那里去求教这种致病的法术。他还在东方的时候就有人对他说，犹太人会念一种咒语，能叫仇人的身上长满脓包毒疮。他家有十几个犹太奴隶，他暗自决定，回去以后，就下令鞭打他们，直到他们把秘密说出来为止。不过他想起了罗马制造的短剑，心里就更加得意，这种利剑一刺进去便能使鲜血不断地涌出。当年盖乌斯·卡里古拉的血就是那样喷射出来的，在回廊的圆柱上留下了不可磨灭的血迹。现在哪怕去杀死罗马全城的人，他也不会手软，如果复仇之神答应他，除了他和莉吉亚以外，所有的人都要死掉，他也会毫不迟疑地同意的。

到了皇宫的拱门前，他变得清醒了，看见禁卫军卫兵的时候他想道，如果他们阻止他进去，那就证明是皇帝故意把莉吉亚抢进宫去的。但是值班的百夫长却对他和颜悦色，笑脸相迎，而且还向前跨了几步说：

"欢迎你，尊贵的军团长阁下，如果你前来参见陛下，那么你来得很不巧，恐怕你见不到陛下。"

"发生了什么事吗？"维尼兹尤斯问道。

"尊贵的小公主昨天突然病倒了。皇帝和波培娅皇后以及从全城召来的名医都在守护着她。"

这可是件大事。当这个女儿诞生的时候，皇帝高兴得简直就要发疯了，于是便以"超出人间的欢乐"来庆贺她。孩子出生之前，元老院就举行了一次庄严的仪式，祈求诸神保佑波培娅妊娠顺利。他们还在皇后分娩的地方安提乌姆贡献了祭物，后来还举行了盛大的游艺会来庆贺。此外还为两位命运女神建造了一座神殿。尼禄从来干什么事都不知道克制,他把公主视作掌上明珠,珍爱异常。这孩子对于波培娅说来也是宝贝得无法形容,别的不讲,有了这孩子首先就巩固了她的地位,并且给了她谁也比不上的权势。

尽管整个罗马帝国的命运都系在这位小公主的健康和性命上面,但是维尼兹尤斯光顾自己,光顾自己的事情和自己的爱情,对于百夫长的消息根本不放在心上,他只是回答说:

"我不过想见见阿克特。"

说着他就走了进去。

但是阿克特也去照看小公主了,他得等待很久才能见到她。直到中午阿克特才回来,她脸色苍白,疲乏不堪,一看见维尼兹尤斯,她的脸上显得更无血色了。

维尼兹尤斯抓住她的手,把她拉到客厅中间,叫道:

"阿克特,莉吉亚在哪儿?"

"我还想问你哩!"她带着责备的神情望着他,答道。

维尼兹尤斯本来想心平气和地询问她的,现在他又用两只手抱住头,痛苦和愤怒使他的脸变了样子,他大声喊道:

"她失踪了,有人半路上把她抢走了!"

过了一会儿,他稍微平静了一些,把脸紧紧对着阿克特的脸,咬牙切齿地说:

"阿克特……如果你想活下去,如果你不愿意造成你想都想不到的严重不幸,那你一定要把实话告诉我,是不是皇帝把她抢走了?"

"皇上昨天没有离开过皇宫。"

"用你母亲的亡灵起誓,用众神的名义起誓,告诉我,莉吉亚到底在不在皇宫里?"

"维尼兹尤斯,我以我母亲的亡灵起誓,她不在皇宫里,皇上也没有抢走她。小公主昨天就病了,尼禄一直没有离开过她的摇篮。"

维尼兹尤斯松了一口气。他认为最可怕的威胁已经被排除了。

他在凳子上坐下来,捏紧了拳头说:"那么一定是普劳兹尤斯他们抢的,那样的话,就该他们遭殃了!"

"阿鲁斯·普劳兹尤斯今天早晨来过这里。他没有见到我,因为我正在看护公主。但是他向厄帕弗洛迪特和陛下其他的奴仆打听过莉吉亚,他对他们说,过一会儿他还要来找我。"

"他是想转移视线。假如他真的不知道莉吉亚出了事,他一定会到我家里去找她的。""他在一块书写板上给我留了几句话,你看看就明白了,他知道皇帝是应你和彼特罗纽斯的要求把莉吉亚从他的家里要走的。他原来估计她已经被送到你家了。今天早晨他去了你家,才知道发生了什么事情。

她说完便进了卧室,过了一会儿就拿来了普劳兹尤斯给她留下的记事板。

维尼兹尤斯看完后便默不作声了。阿克特似乎能从他那悲痛的脸色揣摩出他的思路,过了一会儿便对他说道:

"维尼兹尤斯,告诉你,是莉吉亚自己要这样做的。"

"那么你是知道她想逃走的事了。"维尼兹尤斯怒气冲冲地叫道。

她那深幽的眼睛带着几分严厉的神情望着他。

"我只知道,她不愿做你的姘妇。"

"那么你自己这辈子又是什么人呢?"

"可是我不同,我从前是奴隶。"

但是维尼兹尤斯的怒气并没有平息下来。皇帝既然把莉吉亚赐给他,他就不需要过问她以前是什么人。哪怕下地狱去找她,他也要把她找回来,然后再随心所欲地处置她。是的,她只能做他的姘妇。只要他高兴,就可以下令鞭打她,爱打多少次就打多少次。他玩腻了她,就把她送给他的最低贱的奴隶,或者把她打发到他的非洲庄园去推磨。他现在到处打听她、寻找她,就是为了要鞭笞她、蹂躏她,让她俯首帖耳。

他怒火中烧,话声越来越激昂,后来便简直在胡说一气了,连阿克特也听出他是在说大话,实际上做不到,是愤怒和痛苦使他这样信口乱说的。她对他的痛苦倒有些同情,可是他的这种胡说八道使她再也忍受不住了,于是她问他:到底为什么来找她?

维尼兹尤斯一时间无言对答。他到她这里来,因为他想来,也因为想从她那里打听到消息。可是真正的理由是他想见皇帝,因为见不着皇帝,才到她这儿来了。莉吉亚的逃走是反抗皇帝的旨意,因此,他要恳求皇帝下令在全城和全国各地去追缉她,哪怕动员全部军队去搜查罗马帝国的每一座房屋,也要把她抓回来。彼特罗纽斯也会帮助他求情的,今天就得开始搜寻。

阿克特答道:

"你得小心,等到皇帝下令找到她,你也就永远失去她了!"

维尼兹尤斯皱起眉头,问道:

"这是什么意思?"

"你听我说,维尼兹尤斯,昨天我和莉吉亚一块儿去了御花园,在那里遇见了波培娅,她身边还有莉丽特抱着小公主。到了晚上孩子病了,莉丽特硬说孩子中了邪,是御花园里碰见的那个外国人对她施了巫术。如果小公主病好了,他们也就会忘掉这件事,不然的话,波培娅第一个就要把施行巫术的罪名加在莉吉亚头上,到了那时候,一旦找到了她,她的性命也就算完了。"

维尼兹尤斯沉默有顷,才答道:

"也许她真的施了巫术,而且还可能把我也迷住了。"

"莉丽特再三说,就在她抱着公主经过我们身边的时候,公主就哭了起来。这倒是真的!孩子就是在那会儿哭起来的。毫无疑问,她们把她抱到花园来的时候,她就已经病了。维尼兹尤斯,你还是自己去找莉吉亚吧!不过在公主的病治好之前,你可别对陛下谈起莉吉亚,那会引起波培娅对她的报复。莉吉亚为你已经流够了眼泪,现在只有祈祷众神保佑她那条小命了。"

"阿克特,你爱她吗?"维尼兹尤斯忧郁地问。

阿克特两眼噙着泪水回答说:

"是的,我爱她!"

"你爱她,因为她没有用仇恨来回报你,像她对我那样。"

阿克特对他注视了片刻,好像犹豫不决,又好像要察看他是不是在说实话。过了一阵子她才说:

"你这个瞎了眼的暴躁家伙啊!她是爱你的!"

维尼兹尤斯一听到这话就像着了魔似的跳将起来。这是谎话!她恨他。阿克特怎么会知道她爱他呢?难道只结识了一天,莉吉亚就会向她吐露这样的真情吗?她宁愿漂泊流浪,忍受贫穷的耻辱，过着朝不保夕的生活，甚至宁愿死于非命，而不愿住进豪华的府邸，在那里，热爱她的人正设宴等待着她，这又是什么样的爱情呢？他情愿没有听到这样的话，因为他真要发疯了。哪怕把皇宫里所有的财宝都拿来换她，他也是绝对不肯的，可是她却逃走了。这又是什么样的爱情呢？哪有这种拒绝欢乐，只能给人带来痛苦的爱情呢？谁能接受这种爱情呢？谁又能理解这种爱情呢？他如果不是还存有能找到她的希望，他就挥剑自刎了！爱情只是奉献而不是索取。他在普劳兹尤斯家的时候，有一阵子也相信幸福就在眼前，可是现在他明白了，她过去恨他，现在恨他，到死也还会恨他。

这时，生性懦弱温顺的阿克特，也禁不住勃然大怒了。他是用什么方法来求得莉吉亚的爱呢？他不但不到普劳兹尤斯和庞波里亚家去恭恭敬敬地求婚，反而使用阴谋诡计，把她从他们家里抢了出来。莉吉亚呢，是一家名门望族的养女，她的父亲是国王，而他居然不想娶她为妻，只把她当成姘妇看待。他还把她送进这座充满罪恶和丑行的皇宫，还让这次无耻的宴会玷污她那双天真纯洁的眼睛。他对她像对待一个妓女一样。他甚至忘了普劳兹尤斯的家庭是个什么样的家庭，教育莉吉亚的庞波里亚·格列西娜又是个什么样的人，难道他连这样简单的分辨是非的头脑都没有，竟会不知道除了尼吉蒂亚、卡尔维亚·克里斯彼尼娜和波培娅以及他在宫里遇见的那些女人之外，就没有另一种不同的女人吗？他看见莉吉亚的时候，难道没有马上看出她是宁死也不肯忍受污辱的清白姑娘吗？难道他不知道她信仰的是另外一种神明，这种神比起罗马那些淫逸放荡的女人所信奉的无耻的维纳斯神和伊西斯神来要纯洁得多,高尚得多?啊,不,莉吉亚并没有对阿克特诉说过衷情,但是她对她说过,只有靠他,也就是靠维尼兹尤斯才能救得了她,她曾经希望他能替她向皇上求情,放她回去,希望他能让她回到庞波里亚的身边。她谈到这些希望的时候,像个沉浸在恋爱里,充满信赖之情的少女那样脸红了。她的心为他而跳动,可是他却吓坏了她,伤害了她,使她非常愤慨,他现在还想动用皇帝的军队去追捕她吗?他应该知道,假如波培娅的孩子一死,莉吉亚就会受到指控,她就不可避免地要被毁掉了。

维尼兹尤斯的愤怒和痛苦变成了激动。听到莉吉亚爱他,使得他的灵魂深处都受到了震动。他想起了她在普劳兹尤斯家的花园里,听着他讲话时脸上泛起的红晕和眼睛里闪耀着的光辉。那时,他就觉得她已经在爱他了,一想到那时光,就有一种幸福的热流传遍他的全身,比他正在追求的还要强烈上百倍。他想,如果他当时慢慢地进行的话,他是能博得她的欢心,有希望成为她的爱人的。那样一来,她就会给他的门上挂上花环,涂上狼油,就会做他的妻子,坐在火炉旁边的山羊皮褥子上。他就能听到她亲口发出庄严的誓言:"卡尤斯,你走到哪里,我,卡雅也跟随到哪里,永不分离!①"她将永远属于他。为什么他没有那样做呢?他原来是打算那么做的。可是现在她失踪了,也许再也找不回来了,即使找回了她,说不定还会害得她丧了命,即使他没有害她丧命,她和普劳兹尤斯一家都再也不会喜欢他了。他想到这里,

---

① 卡尤斯指男人,卡雅指女人,这句话的意思是"你到哪里我到哪里",有"嫁夫随夫"之意。

气得连头发都竖了起来。现在他的怒气不是朝着普劳兹尤斯夫妇和莉吉亚，而是转到彼特罗纽斯身上了。彼特罗纽斯应负全部责任。假如不是他，莉吉亚也就不会被逼着去到处流浪了，她成了他的未婚妻，任何危险也不会落到她那可爱的头上。可是现在，事情已经发生了，要想挽回已经太迟了，错误是无法弥补的了。

"太迟了！"

他觉得他的脚下似乎裂开了一道深沟。他不知道该怎么办才好，应该怎样进行，从哪里着手呢？阿克特也像回声似的重复了一句："太迟了！"这话从别人口里说出，他听起来就像是死刑判决书。他心里只有一个念头是清清楚楚的：他得赶快找到莉吉亚，否则自己就会遇到不幸。

他无意识地紧了紧披衫，也不想和阿克特告辞就打算离开，正在这时，从前厅通到客厅的门帘被掀开了，维尼兹尤斯突然看到满脸愁容的庞波里亚·格列西娜出现在他面前。

显然，她也知道了莉吉亚的失踪，她认为自己求见阿克特要比普劳兹尤斯更容易，于是就向阿克特打听莉吉亚的消息来了。

她一看见维尼兹尤斯，便把瘦削苍白的脸孔转过来向着他，停了一下才说道：

"维尼兹尤斯，你对我们和莉吉亚犯下的罪过，愿上帝能宽恕你。"

维尼兹尤斯低下了头，站在那里，露出不幸和悔恨的神情。他不理解，什么样的上帝可以宽恕他，并且能够宽恕他，他觉得庞波里亚不应该提什么宽恕，她本来应该说到报仇的。

后来他一筹莫展地离开了，头脑里充满了不安、恐惧和沉重的悲愁,而且神思恍惚。

皇宫院子里和走廊上到处是一群群神色不安的人们,一些武士和元老院的元老们也混杂在宫廷奴仆们中间,他们是前来探听小公主的健康状况的,同时他们在宫中露面,哪怕是在宫廷的奴仆面前,也显示出他们是多么关切!"神圣的公主"病了的消息很快就传扬开了,因此宫门外的人越聚越多,站在拱门下向外望去,真是人山人海。有些刚到的人看见维尼兹尤斯从宫中出来,便追着向他打听消息,可是他什么问题也不回答,径直走开了,直到前来探听消息的彼特罗纽斯和他撞了一个满怀,才使他止住了脚步。

如果维尼兹尤斯从阿克特那里出来的时候不是感到那样垂头丧气、恍惚不安和精疲力竭,以至连他天生的暴躁脾气也收敛起来,那么他一看见彼特罗纽斯就会勃然大怒。说不定还会不顾场合,在皇宫里干出违法的行为。他推开彼特罗纽斯,想走过去,可是彼特罗纽斯使劲拉住了他。

"小公主怎么样啦?"他问。

这种粗暴行动可把维尼兹尤斯惹火了,他的满腔怒火一下子爆发了出来。

"但愿地狱把她和皇宫里所有的人都吞下去好啦!"他咬牙切齿地答道。

"住嘴!你这倒霉鬼!"彼特罗纽斯说。他环顾了一下四周,急忙补充道,"你想知道莉吉亚的消息,就快跟我来。不,我在这里什么也不能讲!和我一起去吧,等坐进轿子里,再把我的想法告诉你。"

他用手臂挽着维尼兹尤斯,尽可能快地离开了皇宫。

其实他一点儿消息也没有,他的用意只是为了把他带出皇宫。不过,他是个足智多谋的人,尽管昨天他很生气,可是却非常同情维尼兹尤斯。另外,他觉得这件事情他也有不可推卸的责任,所以他已经采取了一些措施。等到他俩坐进轿里,他才开口说道:

"我已经吩咐我的奴隶把守住各路城门,还把姑娘和那个巨人的相貌特点也详细地告诉了他们。毫无疑问,抢走她的就是那个在宴会上抱走她的巨人。你听我说,也许普劳兹尤斯夫妇想把她藏在他们的某一个庄园里。果真那样,我们不久就会知道他们把她带到什么地方去了。假如各处城门口都没有看见她通过,那就证明她还在城里,那么我们从今天起就开始在城里搜寻她。"

"普劳兹尤斯夫妇不知道她在什么地方。"维尼兹尤斯回答。

"你敢肯定吗?"

"我见到了庞波里亚,他们也在找她。"

"昨天她不可能出城去,夜间城门都关了。每一座城门口都有我的两个人在那里看守着,一个去跟踪莉吉亚和那个巨人,另一个立刻回来报告。他们若是还在城里,就一定找得到的,因为那个莉吉亚巨人,不论从身材还是体格上,都是很好辨认的。你的运气真不错,幸亏不是皇上抢的。在巴拉丁宫没有什么秘密能瞒得过我,这一点我可以向你保证:绝不是尼禄干的。"

可是维尼兹尤斯的情绪又一次抑制不住了,这次是悲痛超过了愤怒,他用悲伤得哽哽咽咽的声音,向彼特罗纽斯讲起了他从阿克特那里听来的消息,以及威胁着莉吉亚的新的危险。这种危险非常可怕,他们不得不采取严密的措施,即使找着了她,也得把她藏得严严的,绝不能让波培娅发现她。然后他恨恨地责备彼特罗纽斯出的那些坏主意。如果不是他,万事都会顺顺当当的。莉吉亚还照旧住在普劳兹尤斯家里,而他,维尼兹尤斯也可以天天见到她,那样一来,他甚至比皇帝还要更快乐。他越说火气越大,情绪越来越激愤,以致最后,痛苦和愤怒的泪水从他眼里簌簌地落了下来。

彼特罗纽斯怎么也没有料到,这个年轻人会爱到这种地步,迷到这种地步,看到他悲痛欲绝的泪水,他便不无惊讶地暗中思忖:

"噢,威力无边的塞浦路斯女王[1],只有你才是神和人的唯一主宰者啊!"

---

[1] 这里指阿佛洛狄忒,因为塞浦路斯岛上有她最著名的神殿,她又被称为"塞浦路斯的黄金女神"。

12

他们在彼特罗纽斯的府第门前下了轿,客厅的主管上前禀报说,派到各路城门的奴隶还没有一个人回来。彼特罗纽斯吩咐立即给他们送去食物,并且下达新的命令,要各路奴隶仔细观察每一个出城的人,如果玩忽职守,定要受到鞭笞处分。

"你看,"彼特罗纽斯说道,"到目前为止,他们一定还在城里,我们肯定能找到他们。不过你也吩咐你的奴隶去守住城门,特别要派那些去接过莉吉亚的奴隶,他们更容易认出她来。"

"我已经把他们都送到乡下的土牢里去了。"维尼兹尤斯答道,"不过,我可以马上撤销这个命令,让他们去守城门。"

于是他在打了蜡的记事板上写下几句话,递给了彼特罗纽斯,彼特罗纽斯又派人把记事板立即送到维尼兹尤斯家去。

然后他们走进有圆柱的内客厅,坐在大理石凳子上,谈了起来。

金发的尤妮丝和伊拉斯给他们端来了垫脚的铜踏凳,随后又搬来一张小桌子放在石凳上,给他们斟满盛在精巧的细长酒瓶里的美酒,这些杯子都是伏拉特拉和凯里纳地方制作的。

"你的家人当中有谁认得那个魁伟的莉吉亚巨人?"彼特罗

斯问道。

"阿达钦和古罗都认得出他,可是阿达钦昨天被杀死在轿子旁边,而古罗呢,也被我打死了。"

"我真替他难过,他不仅小时候抱过你,还抱过我呢。"彼特罗纽斯说。

"我本来是想解放他的。"维尼兹尤斯答道,"唉,不谈他了,还是谈谈莉吉亚吧,罗马是一座海洋……"

"珍珠只有在海洋里才能捞到……当然,今天或者明天是不可能找到她的,但是我们终究有一天会找到她。你刚才责怪我出的主意不好,主意本身是好的,就是执行的时候办坏了,它才成了坏主意。你也亲耳听到普劳兹尤斯说过,他想把全家都搬到西西里岛去住。那样的话,莉吉亚不是一样要远远地离开你吗?"

"我会跟着他们去的。"维尼兹尤斯答道,"但是不管怎么样,她总还是安全的。现在可糟了,只要那个孩子一死,不仅波培娅自己会相信孩子是莉吉亚咒死的,她甚至还会说服皇上也相信这一点。"

"对啦。我一想到这个就发愁。不过这个小娃娃的病也许会好起来。她要是死了,我们也会想出办法来补救的。"

彼特罗纽斯沉思了一会儿,接着说道:

"听说波培娅是犹太教的信徒,是相信魔鬼的。皇上也非常迷信……如果我们散布消息说莉吉亚是被魔鬼抓走的,那也会有人相信。特别是因为皇上没有抢走她,普劳兹尤斯也没有抢走她,她的失踪确实很神秘。仅仅靠那个莉吉亚人单枪匹马是抢不走她的,他一定有帮手。可是,一个奴隶又怎么能在一天之内召集起这么多人呢？"

"罗马城里的奴隶都是互相帮助的。"

"就因为这缘故，常常有人付出血的代价哩。是的，他们是互相帮助的，但是绝不会发生一批奴隶反对另一批奴隶的事情。这一回，谁都知道，你的奴隶是要承担责任并受到惩罚的。如果你说你的人受到了魔鬼的袭击，他们就会立即承认，他们亲眼看见了魔鬼，那么他们也就不会受到你的责罚了……你可以找一个奴隶来试一试，问问他有没有看见魔鬼把莉吉亚带到空中去，他马上会对着宙斯的盾牌起誓说：他确实看见了。"

维尼兹尤斯也很迷信，他突然非常不安地望着彼特罗纽斯：

"如果乌尔苏斯没有人帮助他，他一个人是不能把莉吉亚抢走的，那么又是谁抢走了她呢？"

彼特罗纽斯却大笑起来：

"我看，既然连你都有点疑神疑鬼的，那他们更会相信了。我们的社会就是这样嘲弄神明的。他们会相信这些话的，既然信了，便不会再去寻找她了，这时候，我们便把她藏在城外很远的地方，藏在我的别墅或者你的别墅里。"

"那么，是谁救了她呢？"

"和她同一信仰的教徒。"彼特罗纽斯回答说。

"他们是些什么人呢？她信仰的是什么神呢？我应当比你知道得更清楚呀！"

"罗马的女人，几乎每个人都有自己信仰的神。很显然，庞波里亚是以自己信仰的那种神来教育她的。至于她信的是哪一位神明，那我就不太清楚了。有一点是确凿无疑的，从来没有人看见过她到神殿里向我们信奉的神贡献过任何祭品。甚至有人控告她是个基督教徒，不过那是不可能的。家庭审判庭已经否决了对她的指控。据说基督教徒不仅崇拜驴头，而且是人类的仇敌，他们容许最卑鄙无耻的犯罪行为。因此，庞波里亚不可能是一个基督教徒，她那高尚的德行是人人皆知的。一个人类的仇敌，对待奴隶绝不会像她那样仁慈。"

"无论谁家都不像普劳兹尤斯家对待奴隶那么和善。"维尼兹尤斯打断他的话说。

"啊！是的，是的。庞波里亚曾经和我说起过一位神，这位神明据说是一位全能的慈悲的神。至于她把别的神都放到哪里去了，那是她自己的事情。看起来她信的神并不是那样全能，如果只有两个信徒，那就是庞波里亚和莉吉亚，除此以外，还可以再加上乌尔苏斯，那么这样的神很可能是个非常软弱无力的神了。毫无疑问，一定还有很多的信徒，正是这些人帮助了莉吉亚。"

"这种宗教是主张宽恕的。"维尼兹尤斯说道，"我在阿克特那里遇见了庞波里亚，她对我说：'你对莉吉亚和我们所犯的罪过，愿上帝宽恕你。'"

"显然，他们的神是个非常温和的保护神。嘿，就让他宽恕你吧，要是他为了证明对你的宽恕，把姑娘送回给你，那就更好了。"

"那么，明天我就会给他举行一百头牛的大祭祀典礼。我现在不想吃饭，不想洗澡，也不想睡觉，我要披上一件黑外衣，到城里各处去走走。说不定化装出去能找着她。我现在真成了病人了。"

彼特罗纽斯以同情的眼光望着他。的确，维尼兹尤斯的眼圈发黑，瞳孔灼热闪光。他没有刮脸，在他轮廓分明的下巴上长了一圈黑黑的胡茬，头发纠成一团，看起来真像个病人。伊拉斯和金发的尤妮丝也都以同情的目光望着他，可是他好像没有看见她们似的。他和彼特罗纽斯一点儿也不注意这两个女奴，就像毫不关心在他们身边转来转去的狗一样。

"你发烧了？"彼特罗纽斯问。

"是的！"

"那你就听我说，我不知道医生会给你开什么药方，但是，如果我处在你的地位，我知道我会怎么做。在没有找到那个失踪的女人以前，我就会找另外一个女人来代替她。我看你家里也有不少美女，不要反驳我……我懂得什么是爱情。我也知道，你想要的那个人，是无法用别人代替的，不过在漂亮的女奴身上总还能使你得到一时的消愁解闷吧……"

"我不需要消愁解闷！"维尼兹尤斯答道。

彼特罗纽斯确实是爱护他的，而且也真的想帮助他减轻痛苦，于是他开始考虑该怎么做才好。过了一会儿，他说：

"如果你的女奴对你已经没有那股新鲜劲头，那么——"说到这里，他用眼睛扫视了一下伊拉斯和尤妮丝，最后把手掌放在金发女奴尤妮丝的大腿上，"你瞧瞧这个仙女吧，前几天，年轻的方特尤斯·卡庇顿还愿意拿三个卡拉佐梅尼地方的漂亮少年来换她，像她这样婀娜美妙的身段连斯科帕斯[1]也还从来没有雕塑出

---

[1] 斯科帕斯：古希腊著名雕塑家。

来过哩！我自己也不明白，为什么直到现在我对她一直这样冷淡，其实我不是因为心里只想着赫里佐特米斯才对她无动于衷。好吧，现在我把她送给你，你把她带走吧！"

金发的尤妮丝听见这话，刹那间脸色变得像白麻布一样苍白，她又惊慌又恐惧地望着维尼兹尤斯，屏住气息，等待着他的回答。

维尼兹尤斯却突然跳起身来，两手紧紧地按着额角，像个病魔缠身，什么话也听不进去的人。他急忙说道：

"不！不！我不要她！我谁都不要……我感谢你，但是我不想要她！我要到城里去找莉吉亚。请给我拿一件带风帽的高卢斗篷来，我要到台伯河对岸去，就是能碰见乌尔苏斯也好！……"

于是他匆忙地走出去了。彼特罗纽斯看到他没法待在一个地方，也就不去拦阻他。然而他把维尼兹尤斯的拒绝看作只是暂时讨厌莉吉亚之外的女人。他不想使他的慷慨大方变成一句空话，于是便转身对尤妮丝说：

"尤妮丝，你先洗个澡，涂上香油，换好衣服，然后你就到维尼兹尤斯家去！"

然而尤妮丝却扑通一下双膝跪倒在他面前，合掌哀求他不要把她赶出家门。

她不愿意到维尼兹尤斯家去，她情愿在伙房里搬运劈柴，也不愿意到那里去当奴隶头目。她不愿意去！她也没法去！她求他怜悯她，哪怕下命令天天鞭打她一顿，也别把她撵出去。

她又害怕又激动，浑身像树叶一样哆嗦着，她向彼特罗纽斯伸出双手，而他却听得惊呆了，一个奴隶竟敢不服从他的命令，还说什么"不愿意去也没法去"的话，这在全罗马城都是从来没有听见过的事情,以至彼特罗纽斯一开始还不敢相信自己的耳朵。于是他皱起了眉头,他是个文明人,从不干残酷的事。因此,他家的奴隶在娱乐享受方面比起别家的奴隶来有更大的自由,但是有一个条件,就是他们必须模范地干好自己的差事,对主人的旨意要像神的旨意那样去服从。如果违背了这两条义务,他也会毫不怜悯地按照当时的习惯严惩他们的。此外,他最讨厌违抗命令的行为和有碍他安静的事情,因此他望着这个跪在地上的女奴有好一阵,然后说道:

"去把特勒兹亚斯叫来,然后你跟他一起回来。"

尤妮丝全身哆嗦地站了起来,眼里含着泪水走了出去,不久她便和客厅的总管、克里特岛人特勒兹亚斯回来了。彼特罗纽斯对他说:

"你把尤妮丝带下去,鞭打二十五下,但是不要伤了她的皮肉。"

他说完之后,便进了书房,在一张玫瑰色大理石的桌旁坐下,动手写他的作品《特里马尔奇奥的宴会》。

可是莉吉亚的逃走和小公主的生病扰乱了他的思想,使他没法长时间地工作。特别是小公主的病更是一个重要的事件。彼特罗纽斯考虑到,如果皇帝真的相信莉吉亚向小公主施行了巫术,那么责任很可能会落在他的头上,因为是他要求把莉吉亚带进宫去的。不过他还是有把握,一见到皇上就能想出方法来,使他觉得这种猜疑是荒唐无稽的。他也考虑到波培娅对他有一定的好感,虽然她很谨慎地把这种好感掩饰起来,但并没有谨慎得使他看不出来。过了一会儿,他又耸了耸肩膀,感到这些担忧是庸人自扰。

他决定先到餐厅里去用餐,然后再到皇宫去走一趟,从那里再到战神广场和赫里佐特米斯的家里去。

他到餐厅去经过奴仆们休息的房间时,突然看见了尤妮丝的苗条身材。她靠着墙,和别的奴隶站在一起。他忘记了除鞭笞她以外并没有给特勒兹亚斯下过别的命令,于是他又皱起了眉头,在屋子里寻找特勒兹亚斯。

他在奴仆们中间并没有看到他,便问尤妮丝:

"你已经受过鞭打吗?"

她又一次跪在他的面前,吻着他的披衫下摆,然后回答:

"啊!老爷,我挨过打了!挨过了,老爷!"

她的声音听起来有喜悦,也有感激。很显然,她以为挨了打便不会把她送走,她可以留在这里了。彼特罗纽斯看出了她的用意,但是他很惊讶这位女奴的强烈反抗精神。他对人类的天性有着深刻的了解,他不难猜到,唯有爱情才能唤起这样强烈的反抗。

"你在这座宅子里有个心上人吧?"他问道。

她抬起了一双眼泪汪汪的蔚蓝色眼睛望着他,用低得简直听不清的声音回答说:"是的,老爷!"

她那双水汪汪的眼睛,披散在脑后的金发,和她那带着怯生生的畏缩和希望的脸庞,使她显得格外美丽动人,她又是那样哀求地望着他,使得彼特罗纽斯这个宣扬爱情至上的哲学家和生性崇拜一切美好事物的审美家,也有点心软了。

"这里面哪个是你的心上人?"他用头冲着那些奴仆点了一下,问她。

对于这个问题,尤妮丝却缄口不答,只是把脸一直低垂到他的脚旁,一动不动地趴在那里。

彼特罗纽斯环视了一下奴隶们,他们中间也有不少身材高大、相貌英俊的年轻人,在他们脸上什么也发觉不出来,相反,他们的脸上都挂着一种古怪的笑容。接着他又望了一会儿俯伏在他脚边的尤妮丝,于是就默默地来到了餐厅。

饭后他吩咐打轿把他抬到皇宫去,然后又去到赫里佐特米斯的住处,一直待到深夜。他一回到家里,便召来了特勒兹亚斯。

"尤妮丝挨过鞭笞没有?"他问。

"打过了,老爷!不过,你的吩咐是不让伤她的皮肉。"

"我还下过其他的命令没有?"

"没有,老爷!"客厅的总管惶惶不安地回答。

"就这样吧。哪个奴隶是她的心上人?"

"哪一个都不是,老爷!"

"你知道她平素怎么样?"

特勒兹亚斯稍微带点迟疑地回答说:

"尤妮丝和老阿克里兹雅娜、伊菲达三人合住一间卧室,她晚上从来不离开卧室。老爷,她在您洗过澡以后,从来不到浴室里去……别的女奴们都取笑她,说她是狄安娜。"

"行了!今天早上,我本来要把她送给我的外甥维尼兹尤斯的,他不肯要她,那就让她留下吧。你可以走了。"

"请允许我再报告一点有关尤妮丝的事情,老爷!"

"我不是对你说过,把你知道的情况都说出来吗?"

"家里的奴仆都在议论那位姑娘逃走的事情,她本来是要住进高贵的维尼兹尤斯的府第的。您出门以后,尤妮丝找到我,对我说，她认识一个人，他有办法找到那个姑娘。"

"噢，他是什么人呢？"彼特罗纽斯问道。

"我不认识他，老爷。不过我想应该把这件事报告给您。"

"你做得对。让此人明天到我家里来等待会见军团长，再用我的名义邀请军团长明天早晨到我这里来。"

客厅总管鞠了一躬便退出去了。

彼特罗纽斯不由得又想起了尤妮丝，一开始他认为事情很简单，这个年轻的女奴希望维尼兹尤斯能找到莉吉亚，自己就可以不被送到他家去代替她的位置。可是后来他又想到，尤妮丝推荐的那个人很可能就是她的情人，这种想法顿时使他觉得很不愉快。要了解事情的真相很容易，只要把尤妮丝叫来就得了，可是时间太晚了，彼特罗纽斯在赫里佐特米斯那里待得太久了，已经感到疲乏不堪，急于想去睡觉。但是他走到卧室去的半路上，不知道为什么突然想起他今天看见赫里佐特米斯的眼角已经布上了皱纹。他又想到，她的美貌在罗马全城那么有名，实际上真有点名不副实呢。至于那个方特尤斯·卡庇顿，想用三个卡拉佐梅尼地方的娈童来换去尤妮丝，那也实在是太便宜了。

13

第二天，彼特罗纽斯刚刚在搽油室里穿好衣服，被特勒兹亚斯请来的维尼兹尤斯就来到了。他已经知道，各处城门口都毫无消息，这证明莉吉亚还在城里。不过这个消息没有使他高兴，反而令他更加担忧，因为他想起了也许乌尔苏斯在抢走她以后马上就出了城，也就是在彼特罗纽斯派人守住城门之前便走出城去了。秋天的日子的确较短，城门也关得较早，可是只要有人想出城，看守城门的就会打开城门放他们出去的，像这样出城的人是不少的。另外，要走出城去也还有很多条小路，那些想逃出城去的奴隶就知道得非常清楚。维尼兹尤斯已经派了手下的人到通往外省的各条大道上去巡逻，派人叫各个小城镇的守卫去捉拿两个逃亡的奴隶，还在各地张贴了关于两名奴隶逃走的布告，布告上有关于乌尔苏斯和莉吉亚的相貌特征以及捉到他们的奖赏。然而这种追缉不一定抓得着他们，即使抓着了，那些地方官能否应维尼兹尤斯的私人要求，没有罗马执政官的许可，就秘密拘留他们呢？申请这样的许可是需要时间的。维尼兹尤斯昨天一整天都化装成奴隶在罗马城的街头巷角寻找莉吉亚，他不仅没有找到她的踪影，连一点蛛丝马迹也没有发现。他的确遇见过普劳兹尤斯家的仆人，他们好像也在找寻谁似的,这更加使他相信,抢走莉吉亚的绝不是普劳兹尤斯夫妇,他们对于发生的事情也是一无所知的。

他一听见特勒兹亚斯告诉他,有一个人能找到莉吉亚,便一口气跑到彼特罗纽斯家里来了,他寒暄过后就问起了那个人的情形。彼特罗纽斯回答说:

"我们一会儿就能见着他。他是尤妮丝的熟人,尤妮丝马上就要来服侍我整理披衫上的皱褶,她会把那个人的详细情况告诉我们的。"

"噢,她就是昨天你想送给我的那个女奴吧?"

"正是你昨天拒绝接受的那个女奴。为了这个,我还应该向你表示感谢呢。她是全城最高明的折披衫的巧手。"

他的话刚完,这位折披衫的巧手便进来了,她拿起摊开在镶嵌着象牙的椅子上的披衫,打开来披在彼特罗纽斯的肩上。她的面孔显得开朗娴静,眼睛里洋溢着欢乐的神气。

彼特罗纽斯望了她一眼,觉得她很美。过了一会儿,等到她替他穿上了披衫,弯下腰去整理披衫的下摆时,他看见她的双臂显出迷人的粉红色,胸部和双肩像珍珠和雪花石膏那样光润透明。他问她:

"尤妮丝,你昨天向特勒兹亚斯谈起的那个人来了吗?"

"来了,老爷!"

"他叫什么名字?"

"基朗·基诺尼德斯,老爷。"

"他是干什么的?"

"他是个医生,还是个学者和算卦的,他能替人算命,能够预卜人的前途。"

"他预卜过你的前途吗?"

尤妮丝满脸羞得通红,连耳朵和脖子都泛起了红晕。

"预卜过,老爷!"

"他是怎样预卜你的前途呢?"

"他说,我会遇到痛苦和幸福。"

"昨天你在特勒兹亚斯手里已经受到了痛苦,那么幸福也就快要到来啰?"

"幸福已经到来了,老爷!"

"什么样的幸福呢?"

尤妮丝轻轻地回答说:

"我被留在这里。"

彼特罗纽斯把手放在她金发的头上,说道:

"今天你把皱褶整理得不错,我很满意你,尤妮丝。"

彼特罗纽斯的抚摸,使她的眼睛蒙上了一层幸福的迷雾,她的心开始剧烈地跳动起来。

彼特罗纽斯和维尼兹尤斯来到客厅,基朗·基诺尼德斯正在那里等候他们,他一看见他们,便深深地鞠了一躬。彼特罗纽斯一想起昨天误以为他是尤妮丝的情人,嘴上不禁露出了一丝笑容。站在他面前的这个人,绝对不会是什么人的情人,这个奇怪的人显得既让人讨厌又使人发笑。他不能算老,在他那肮脏的胡子和鬈曲的头发里,稀稀拉拉地夹杂着几根灰白的发丝。肚子瘪了下去,两肩高高耸起,乍看起来像个驼背,驼背上面长着一个大脑袋,一副又像猴子又像狐狸的脸孔,长着一双非常锐利的眼睛。

他那黄脸皮上布着一块块小疙瘩,特别是那长满酒糟疙瘩的鼻子表示他对酒瓶有着特殊的喜爱。这个人不修边幅,穿着一件深色山羊毛长袍和一件尽是破洞的山羊毛外套,说明他当真很穷,或者假装很穷。彼特罗纽斯一看见他就想起了《荷马史诗》中的瑟息替斯[①],他摆了摆手,表示回答他的鞠躬,然后说道:

"欢迎你,神圣的瑟息替斯,尤利西斯在特洛伊城下打得你身上青一块肿一块,现在怎么样啦?他自己在伊甸乐园里又在干什么呢?"

"尊敬的老爷,阴间最有智谋的尤利西斯通过我向人间最有智慧的彼特罗纽斯表示问候,并请求他赏赐给我一件新外衣,来遮住我的肿块。"

"我向三体之神赫卡忒[②]发誓,这句回答就值得赏给你一件外衣!"彼特罗纽斯叫道。

但是,不耐烦的维尼兹尤斯打断了这番对话,他直截了当地问道:

"你清楚不清楚把你找来干什么?"

"要是两座豪华府邸的家人什么别的事情都不谈了,而且半个罗马城的人都在传说这些消息的时候,找我来干什么是不难猜到的。昨天晚上你的奴隶正要把一位少女从皇宫中带到你府上去的

---

① 瑟息替斯:荷马史诗《伊利亚特》中一个爱讥讽人的驼背瘸子。有一次希腊将领们开会,瑟息替斯当众指责了希腊联军的统帅阿伽门农,结果被奥德修斯鞭打了一顿。

② 赫卡忒:希腊神话中专管妖魔鬼怪和冥土亡灵的女神,也是魔法和巫术的保护神。赫卡忒的形象是三头三身六臂,向着三个不同的方向,故称为三体之神。

时候被人抢走了,这位少女是在阿鲁斯·普劳兹尤斯家里抚养长大的,名叫莉吉亚,确切地说,她的名字叫卡里娜。我的任务就是要在城里找到她,或者,如果她已经出了城——不过,这是不太可能的——就要把她逃走的方向和隐藏的地方报告给你,尊敬的军团长老爷。"基朗回答说。

维尼兹尤斯对他这个精确的回答感到满意,于是说:

"对!你能想些什么方法呢?"

基朗狡猾地笑了一笑。

"办法在你手里掌握着,老爷,我只会出主意。"

彼特罗纽斯也笑了起来,他对这位客人很满意。

"这个人能找到莉吉亚!"他想。

这时候,维尼兹尤斯蹙起了双眉,说道:

"你这穷鬼,如果你为了钱想来欺骗我,我就要叫人用棍子揍你!"

"我是个哲学家,老爷,哲学家是不贪图钱财的,特别对像你那样许下了丰厚酬劳的慷慨的老爷。"

"嗬,你还是个哲学家?尤妮丝告诉我,你是一个医生,一个预言家,你是怎么认识尤妮丝的?"彼特罗纽斯问道。

"她来找我给她出出主意,因为我的名声传到了她的耳朵里。"

"她请你给她出什么主意呢?"

"是爱情方面的,先生,她要我治好她的单相思病。"

"你治好了她的病吗?"

"先生,我不止是治好了她的病,还给了她一道灵验的符,让她能得到对方的爱情。在塞浦路斯岛的帕弗斯城里有一座神殿,里面供着维纳斯的一条腰带,我把腰带上的两根线放在一个杏核里送给了她。"

"那你一定向她要了一大笔谢礼吧?"

"为了得到对方的爱情,花多少钱也都是值得的,我的右手缺两个指头,现在正在积攒一笔钱买一个会抄写的奴隶,来记录我的思想,使我的学说能在人世间流传。"

"你属于哪个学派,神圣的学者?"

"老爷,从我穿的是破衣烂衫来看,我是个犬儒派;因为我能够忍饥受苦,所以我是个斯多葛派;我没有轿子,只好徒步走路,从这家酒店走到那家酒店,沿途教导那些愿意为我付出一壶酒钱的人,因此,我又是个逍遥派。"

"大概你喝上一杯之后,就又成了个修辞学家了?"

"赫拉克利特[1]说过'一切都在流动',大人,难道你能否认酒是流动的物体吗?"

"他还宣称过火也是神,那么是这个神把你的鼻子烧红啰。"

"但是阿波罗尼亚的哲学家、神圣的迪奥格里斯[2]宣称,事物的本质是空气,空气越是暖和,它造出的生物就越完美。圣贤的灵魂是最温暖的空气创造的。然而到了秋天,气候开始寒冷了,一个真正的贤人就必须用酒来暖和他的灵魂……唉,老爷,你也不能否认,哪怕一瓶卡普阿酒或者特列兹亚酒,也能把凡胎肉体的人的全身骨头都烧热起来吧。"

---

① 赫拉克利特:古希腊哲学家。
② 迪奥格里斯:古希腊哲学家。

"基朗·基诺尼德斯,你的家乡在哪里?"

"在厄乌西尼沿岸的彭特地区附近,我出生在梅热姆布里亚①。"

"基朗,你真是个了不起的人物!"

"可是没有得到人们的承认!"这位贤者悲伤地加了一句。

这时候,维尼兹尤斯又不耐烦了。他一看到还有一线希望,便想让基朗立即出去寻找,因此,他认为他们的谈话是在白白地浪费时间,他有点生彼特罗纽斯的气了。

"你打算什么时候开始去寻找?"他朝基朗问道。

"我已经开始了!从我来到这里回答你殷切的提问的时候,我也就是在寻找哩!相信我好了,高贵的军团长大人,你要知道,哪怕你丢了一根鞋带子,我也有本事把它找到,要不然就找到那个在街上捡到那根鞋带的人。"基朗答道。

"你过去替别人办过这种事吗?"彼特罗纽斯问。

这位希腊人抬起了眼睛:

"如今人们太不重视道德和智慧了,所以一个哲学家只得另谋生路。"

"你靠什么来另谋生路呢?"

"打听一切消息,并且把消息提供给想要知道的人。"

"他们会付给你钱吗?"

"啊,大人,我需要买一个抄写员,否则我的智慧就会和我一道死亡的。"

---

① 梅热姆布里亚:在黑海岸边。

"直到现在你连一件结实的外套都没有挣到,那么你的才干也就可想而知了。"

"我不爱吹嘘自己。可是请你记住,大人,如今找不到从前那么多的慷慨施主,从前施主们拿出金子赏给为他效劳的人,就像吞吃普特奥拉的牡蛎一样痛快。并不是我的本领太差,而是人类太不知恩报德了。有时候,一个重要的奴隶逃走了,是谁能找着他呢?还不是我父亲的独生儿子。每当墙上出现咒骂神圣的波培娅的传单,又是谁能指出肇事者呢?谁能从书摊上搜出攻击皇上的诗歌呢?又有谁能报告元老们和武士们在家里进行的密谈呢?谁又能传递主人不敢委托给贴身奴隶的信件呢?又有哪个人能打听到理发店里的新闻呢?酒店老板和面包房师傅又只敢在谁的面前吐露真情实话呢?奴隶们能信任什么人呢?谁能一眼就看透每座房子从客厅到花园的情形呢?又有谁熟悉所有的大街小巷和藏身的处所呢?又有哪个人能探听到浴池、竞技场、市场、角斗士学校、奴隶市场甚至剧院中的谈话呢?除了我以外,再也找不出第二个人来啦!……"

"老天保佑,够了,够了,高贵的贤人!"彼特罗纽斯大声说道,"你的才干、德行、智慧和口才快把我们淹没了。算了吧!我们只想知道你是干什么的,现在已经清楚了。"

但是维尼兹尤斯却很高兴,他认为这样一个人会像猎狗一样,只要闻到了踪迹,就会追踪下去,直到找到躲藏的地方才会罢休。

"好吧,你还需要什么指点?"他问。

"我需要武器。"

"什么样的武器?"维尼兹尤斯惊异地问。

希腊人伸出了一只手,另一只手做着数钱的手势。他叹了口气说:

"现在就是这样的时代啊,老爷!"

"这样说,你是想当那头驮着一袋金子去攻克城堡的驴子啦!"彼特罗纽斯说道。

"我只不过是个穷哲学家,你们有的是金子。"基朗恭顺地答道。

维尼兹尤斯扔给他一个钱袋,基朗顺手从空中接住了它,尽管他的右手的确少了两个手指头。

随后他抬起头来说道:

"老爷,我所知道的比你预料的还要多得多,我不是空手来的。我知道,普劳兹尤斯并没有抢走莉吉亚。我也知道,她不在巴拉丁宫,因为宫里所有的人都在照顾小公主的病。我甚至猜得出,你们为什么不去找警察和皇上的军队而情愿找我帮忙。我还知道,帮助她逃走的是个奴仆。他跟她是同一个国家的人,他没法得到奴隶的帮助,因为奴隶们是团结一致的,他们不会帮助他去反对你的奴隶。帮助他的只能是和他信仰同一种宗教的信徒……"

彼特罗纽斯打断了他的话,说:"你听听,维尼兹尤斯,我不是对你讲过完全同样的话吗?"

"这对我说来真是莫大的荣幸。老爷!"基朗转身对维尼兹尤斯说道,"这位少女毫无疑问是和罗马女人中那位道德最高尚的、真正的女施主庞波里亚同信一位神的。我听说庞波里亚曾经因为信奉某个外国的神而在她家里受过审讯。可是她信的是什么神,其信徒叫什么名称,我还没有从她的奴仆口里探听出来。只要我打听到这一点,我就会到他们那里去,变成他们中间最虔诚的信徒,从而得到他们的信任。可是老爷,据我所知,你曾经在高贵的普劳兹尤斯家里住过十多天,你能不能告诉我有关这方面的一些情况呢?"

"我也说不出什么来……"维尼兹尤斯回答说。

"尊敬的大人们,你们花了很长时间问了我不少事情,我都一一作了回答。现在请允许我提一个问题,尊敬的军团长,你在庞波里亚或者天仙般的莉吉亚身上看见过什么小神像、供品、纪念物或符咒吗?你有没有看见她们画过一些只有她们自己才能懂得的记号呢?"

"记号?等等,是的,我有一次看见莉吉亚在沙地上画了一条鱼。"

"是鱼吗?噢,喔!她只画过一次还是好几次?"

"只画过一次。"

"大人,你敢肯定她画的是鱼吗?嗯?……"

"是的。你猜得出这是什么意思吗?"维尼兹尤斯答道,他的好奇心也被激起了。

"我会去琢磨的。"基朗大声说道。

他鞠了一躬表示告别,同时又补充了一句:

"愿命运女神把一切福祉同样地赐给你们,高贵的老爷们!"

"你替我盯啪下去,赏你一件外衣!"彼特罗纽斯在他出去时说道。

"尤利西斯替瑟息替斯向您道谢啦!"希腊人回答说。

他又鞠了一躬,便走出去了。

"你对这位高贵的贤人看法如何?"彼特罗纽斯问维尼兹尤斯。

"我说,他一定能找到莉吉亚的!"维尼兹尤斯高兴地叫道,"不过,我还认为,假如世界上有这么一个无赖王国,那他完全够资格当这个无赖王国的国王。"

"说得完全对。我一定要和这个斯多葛派进一步交个朋友。可是现在我得先叫人用香熏一熏他在客厅里留下的臭味。"

这时候,基朗·基诺尼德斯的身上裹上了新外套,在衣褶下面用手掌掂量着维尼兹尤斯给他的那个钱袋,它的重量和它那清脆的响声都叫他乐得心花怒放。他踯躅着,往前走去,还不时回顾身后,看看有没有彼特罗纽斯家的人跟踪他。他穿过黎维斯柱廊,来到维尔比乌斯街的转角处,然后转向苏布拉区。

"我应该到斯波鲁斯酒店去一趟,向命运女神敬献一杯美酒。我过去梦寐以求的东西终于到手了。这位年轻人脾气暴躁,但是他富得像塞浦路斯的金矿,为了这只莉吉亚小红雀,他会分一半家产给我的。唉,是啊!我早就在寻找这样一个人了。可是对他绝不能疏忽大意,看他那皱起眉头的样子,确实不是一副善相。哎呀!如今真是狼崽子称王称霸的世界啊……我倒不那么怕那个彼特罗纽斯。啊,众神在上!在今天这个世界上,开窑子的都要比道德高尚的人更容易赚钱。哎,不是说她在沙子上画了一条鱼吗?如果我能懂得它的含义,哪怕一块山羊干酪卡在我嗓子里也行!可是我一定会弄懂它的!我知道鱼是生活在水里的,到水里去寻找无疑要比在陆地上寻找困难更大。正因为这样,他一定会为了这条鱼另外付钱。只要再送给我一个这样重的钱袋,我就可以丢掉我那叫花子的讨饭袋,给自己买一个奴隶啦。啊,基朗,如果我劝你不要买男奴隶,而去买一个女奴隶的话,你又会说什么呢?啊,我是知道你的!我知道你一定会同意!如果她长得像尤妮丝那样漂亮,你和她在一起也会变得年轻些的,同时呢,还可以让她成为摇钱树,你也就有了可靠的进项了。我把我那件旧外套上的两根纱线卖给了这个可怜的尤妮丝……她是个傻女人!可是,如果彼特罗纽斯肯把她送给我,我一定收下……是的,是的!基朗啊,老基朗的儿子啊,你失去了父母,你是个孤儿,为了使生活过得更愉快些,你还是买个女奴吧!她当然得有住的地方,那就让维尼兹尤斯替她租一套房间吧,这样一来你也就有了落脚的地方了。她还要吃喝,要打扮,那也让维尼兹尤斯付钱好了。啊,人生是多么艰难啊!从前,用一个奥波尔[①]就能买到满满一大捧猪肉煮豆子,或者买到一根足有十二岁孩子手臂那样长的、灌满羊血的山羊肠子,这样的时代再也不会有了!噢嗨,已经到了斯波鲁斯这个坏蛋的酒店!在酒店里面,打听消息可是最方便不过了。"

他一面自言自语,一面走进了酒店,叫了一壶"黑酒",他看见店老板露出不信任的目光时,便从钱袋里掏出一个金币放在桌子上说:

"斯波鲁斯,今天我和塞内加两人一起埋头苦干,从清早一直到中午,这些钱是我的那位朋友在分手时送给我的。"

---

① 奥波尔:古希腊小币名。

斯波鲁斯的一双圆眼睛一看见金币就睁得更圆了,他马上就把酒摆在基朗面前,基朗用手指蘸着酒,在桌子上画了一条鱼,说:

"你知道这是什么意思吗?"

"鱼吗?嘿,鱼就是鱼呗!"

"尽管你在酒里掺了那么多的水,连酒里面都能养鱼了,可你还是个傻瓜。这是个标记,用哲学家的话说,就是'命运女神的微笑'。如果你能猜出它的意思,你也会走运的。我告诉你,好好地尊重哲学吧,否则的话,我就要换一家酒店了,我的好朋友彼特罗纽斯早就劝我这样做啦。"

14

那次见面后过了好几天,基朗都没有露面。自从维尼兹尤斯听见阿克特说莉吉亚是爱他的以后,想要找到她的愿望,简直增长了一百倍。于是他亲自出门去查找,小公主的生病搅得皇帝心神不安,所以他不打算也不可能去请求皇帝帮助。

无论是向神庙奉献祭品、祝祷和许愿,还是医生的治疗,以至后来采用了迷信符咒,都毫不灵验。一个星期以后,小公主死了。宫廷和罗马城都笼罩在悲悼中。皇帝曾经因为公主的诞生而高兴得发狂,现在又由于绝望而神志昏乱。他关在自己房里,整整两天一口东西也不肯吃。虽然皇宫里挤满了匆忙赶来吊唁和慰问的元老和廷臣,但是他不愿见任何人。元老院召开了一次特别会议,会上把逝世的公主封谥为女神,并决定为她建立一座神庙,委派了专门的祭司。在其他一些神殿里都奉献了祭品超度亡灵,用贵重金属雕塑了一些她的神像,还为她举行了规模盛大的葬礼。在葬礼上,人们看见皇上是那样抑制不住自己的悲哀,都感到有些奇怪,便和他一起号啕大哭,同时伸出手去乞讨赏赐。人们看到这种无与伦比的奇观觉得特别高兴。

小公主的死使得彼特罗纽斯惶恐不安。罗马的人全都知道,波培娅把孩子的死归咎于巫咒的结果,医生们都支持她的指控,以此来为自己的无能开脱,祭司们因为祭物毫不灵验也重复这种说法,那些担心自己的生命而吓得全身发抖的巫师,还有那些老百姓也都人云亦云,传播着这种说法。现在,彼特罗纽斯对于莉吉亚的逃走反而感到高兴,因为他不愿意普劳兹尤斯一家遭到厄难,同时也希望自己和维尼兹尤斯能平安无事。所以,当放在巴拉丁宫门口的志哀的柏树被撤去时,彼特罗纽斯就去参加专门招待元老们和廷臣们的宴会,以便探明尼禄对这种巫咒的传说相信到什么程度,好采取措施来缓和它会带来的可怕后果。

彼特罗纽斯非常了解尼禄,他料想尼禄尽管并不相信符咒,但是为了夸大自己的痛苦,为了对某个人进行报复,也为了能消除神明已经开始惩罚他的罪恶的议论,他也会装作相信的。彼特罗纽斯觉得,皇帝虽然溺爱女儿,但是他对自己的孩子不可能有真正深切的感情,并且他可以断定,皇帝一定会夸大自己的悲痛。他没有猜错。尼禄面带岩石般冷漠的神情听着元老们和武士们的劝慰,眼睛呆滞地凝视着某个地方。可以明显地看出,即使他真的很悲痛,他还是在揣摩他的悲痛给在场的人留下了怎样的印象,同时他还装出尼俄伯①的姿势,来表现父母亲的悲伤,仿佛一个演员在舞台上演戏似的。即使这样,他也不能坚持这种沉默而又僵硬的悲痛姿态,他有时作出姿势,好像要抓一把地上的土撒在自己头上似的,有时又狠狠地叹着气。他一看见彼特罗纽斯便立

---

① 尼俄伯:希腊神话中特伯王的妻子,她的十多个儿女被阿波罗杀死,她自己也因过分悲痛而被众神化作岩石。

刻跳起身来,用悲剧似的声调大声叫喊,使在场的人都能听到他的话:

"啊!我女儿的死,全都怪你!就是因为听了你的请求才让那个魔鬼进了宫,魔鬼只扫了她一眼,就把她的生命从她胸口吸走了……我是多么痛苦啊!但愿我的眼睛从没有看见赫里阿斯神的光明……哎呀,我是多么悲痛啊!"

他的喊声越来越响,最后变成了刺耳的尖叫声。彼特罗纽斯就在这一瞬间决定孤注一掷,他伸出手去,一把扯下了尼禄总是围在脖子上的丝围巾,拿它捂住尼禄的嘴巴。

"陛下!"彼特罗纽斯严肃地说,"你在悲痛的时候,可以放火烧掉罗马和整个世界,但是陛下一定得替我们保护好你的嗓子!"

在座的人都大吃一惊,连尼禄自己也一下子呆住了,只有彼特罗纽斯一个人泰然自若。他胸有成竹,知道自己在干什么。他清清楚楚地记得,特伯诺斯和迪奥多尔都曾经奉旨,每当皇帝说话调门太高有伤声带的时候,就让他们上去捂住皇帝的嘴。

彼特罗纽斯以同样严肃而又悲伤的声调继续说道:

"陛下,我们已经遭到了无可比拟的损失,但是这件使人快慰的宝物总该为我们臣仆们保留下来呀!"

尼禄的脸孔颤抖了,过了一会儿,泪水从他的眼里落了下来,突然他把双手搭在彼特罗纽斯的肩膀上,把头靠在他的胸前,边哭边说:

"这么多人里面只有你一个人想到了这个,只有你一个人呀,彼特罗纽斯!只有你一个人!"

提格里努斯嫉妒得脸都发黄了，可是彼特罗纽斯却说：

"到安提乌姆去！她是在那里诞生的，在那儿给您带来了欢乐，您在那里也能得到安慰。让海洋的空气使您的美妙的嗓子更加清新，让您的心胸吸进些带咸味的潮湿空气。我们是您的忠实臣仆，您到哪里，我们都伴随在您的左右。如果我们用友情来把您的悲痛冲淡，您也会用你的歌声来抚慰我们。"

"说得对！我要写一首悼念她的诗，再把它谱上乐曲！"尼禄悲哀地回答。

"然后陛下到拜埃去，那儿有温煦的阳光。"

"然后我就到希腊去，把一切都忘掉！"

"希腊才是诗和歌的祖国啊！"

就像遮住阳光的乌云消散了一样，尼禄脸上岩石般的阴郁表情也逐渐消失了。谈话虽然还带着悲伤的调子，但已经在讨论未来的计划了，涉及旅行、艺术表演，甚至还谈到了亚美尼亚国王梯里达特前来访问时将要举行的宴会。提格里努斯的确想把话题拉回到符咒上去，可是彼特罗纽斯已经稳操胜券，信心倍增，立即接受了对方的挑战。他说道：

"提格里努斯，你认为符咒会损害众神吗？"

"那是陛下自己这样说的！"这位廷臣答道。

"那不是陛下说的，而是痛苦说的，可是你又是怎样想的呢？"

"众神的威力无比，当然不会受到符咒的伤害。"

"那么你想要否认陛下和陛下的家族是神吗？"

"胜败已见分晓了！"站在旁边的厄普留斯·马尔舍鲁斯喃喃地低语着，每当格斗场里角斗士受到致命的一击，再也不需要第二下时,观众就总是这样喊叫的。

提格里努斯压下了自己的怒气。长期以来,他和彼特罗纽斯为了争夺尼禄的宠信,一直在进行着明争暗斗。提格里努斯比较占上风的地方是尼禄对他更加随便,甚至一点也不装腔作势,但是彼特罗纽斯在每一次交锋时都用智慧和幽默压倒了他。

现在出现的就是这种情况。提格里努斯只好默不作声了,他只有在心里记住那些元老和武士们的名字,这些人当彼特罗纽斯退到大厅里面去的时候便立即跟了上去,围住了他。他们认为经过这番较量之后,彼特罗纽斯一定会成为皇帝的第一号宠臣了。

彼特罗纽斯离开皇宫以后,便到维尼兹尤斯家里去,向他讲了自己和皇帝以及提格里努斯之间的这段经过,然后说道:

"我不仅救了普劳兹尤斯和庞波里亚,消除了我们两个人的危险,就连莉吉亚也可以放心了,他们大概不会去搜寻她了,因为我劝动了红胡子那个猴子到安提乌姆去旅行,从那里再到那不勒斯或者拜埃去。他一定会去的,因为他还不敢在罗马的剧院里公开登台表演,但是我知道,他早就想在那不勒斯试一试,并且他还想到希腊去,在希腊的几个大城市里举行演唱会,然后带着希腊人献给他的全部桂冠,凯旋回到罗马。在这段时间内我们就可以自由自在地去寻找莉吉亚,然后把她藏到一个安全的地方。你看怎么样?我们那位高贵的哲学家至今还没有来过吗?"

"你的那位高贵的哲学家是个骗子。没有!他没有来过,连面都没有露,我看他再也不会来了。"

"我对他的印象倒要好一些,当然我不是说他如何诚实,我是指他的聪明才干,他已经从你的钱袋里捞了一把,为了能捞到第二次,他也一定会来的。"

"让他小心点,我再也不会让他捞到什么了。"

"你可别这样做,在你还没有证明他是骗子以前,还是要耐心地对待他。不过不要再给他钱了,但是你可以对他许愿,答应他送来了可靠的消息,就给他丰厚的报酬。你自己还采取过什么措施呢?"

"我的两个解放奴隶宁菲丢斯和德马斯,带领了六十个人正在寻找她。我答应凡是找到了她的奴隶,就会立即得到解放。另外,我还派出了专差,在通往罗马的每一条大道上的每家旅店去搜寻那个莉吉亚人和那位姑娘。我自己也日夜不停地在城里来回奔走,想碰巧遇上他们。"

"你探听到了什么消息,就打发人来告诉我,因为我必须到安提乌姆去。"

"好吧!"

"假如有一天早晨你醒来之后,觉得为了一个姑娘不值得这样折磨自己,不值得为找她花费这样大的精力,那么你就到安提乌姆来吧,那里绝不会缺少女人和欢乐的。"

维尼兹尤斯急促地来回走动着,彼特罗纽斯望了他一会儿,终于开口说道:

"你老老实实地告诉我,别像个疯疯癫癫的人那样胡言乱语,无病呻吟,而是像一个有理智的人那样对朋友讲实话:你是不是还像以前那样迷恋着那个莉吉亚呢?"

维尼兹尤斯突然停住了脚步,好像在这以前没见过彼特罗纽斯似的望着他好一阵子,随后他又踱起步来。显然,他是在压制自己内心感情的爆发。最后,他终于由于自己的绝望、忧伤、愤怒和难以压抑的怀念而泪如泉涌,这比最雄辩的话语都更加有力地打动了彼特罗纽斯的心。

于是他沉思片刻,说道:

"看来用肩头扛着这个世界的不是阿特拉斯①,而是女人,有时候女人会像玩皮球那样玩弄世界的。"

"真是这样!"维尼兹尤斯说。

两个人准备告别了,恰好这时候,一个奴隶进来通报说,基朗·基诺尼德斯正在前厅等候,求见老爷。

维尼兹尤斯吩咐立即把他带进来,彼特罗纽斯便说:

"嗨,我不是对你说过了吗!凭着赫拉克勒斯起誓,你可要冷静一点,否则,他就要愚弄你,而不是你支使他了。"

"向尊贵的军团长请安,也向你,彼特罗纽斯大人表示敬意!"基朗走进来说道,"祝你们两位大人洪福齐天,名满天下,祝你们的声望从赫拉克勒斯的圆柱到阿萨息斯人②的边境,传遍全世界。"

"欢迎你,道德和智慧的立法者!"彼特罗纽斯答道。

维尼兹尤斯装出冷静的态度问道:

"你带来了什么消息?"

---

① 阿特拉斯:希腊神话中泰坦巨神之一,因反抗宙斯失败,被罚在世界的西边用头和手顶住天。

② 阿萨息斯人:帕提亚人(也就是安息人),公元前3世纪帕提亚独立,阿萨息斯称王,建立阿萨息斯王朝。

"老爷,我第一次来的时候,给你带来了希望,现在我带来了一定能找到那位姑娘的信心。"

"这就是说,你还没有找到她?"

"是的,老爷,可是我已经知道了她给你画的那个记号的意思。我已经打听清楚了抢走她的是些什么人,我也知道应该到信奉什么神明的信徒中间去寻找她。"

维尼兹尤斯正想从他坐的椅子上跳起身来,彼特罗纽斯伸手过去,按住了他的肩膀,然后转身对基朗说:

"说下去!"

"老爷,你可以肯定地说,这个姑娘在沙地上画的确实是一条鱼吗?"

"是的!"维尼兹尤斯生气地答道。

"那么,她就是个基督教徒,而且也是基督教徒把她抢走的。"

大家沉默了片刻。彼特罗纽斯终于开口说道:

"听着,基朗,我的亲戚为了找到那位姑娘,会给你一大笔酬劳,可是你如果想欺骗他,那么你也会吃到同样多的鞭子。你若是找着了她,不但能买一个抄写员,就连三个也买得起,可是你要是说谎,就是所有七个贤人的哲学再加上你自己的哲学,也不够你买膏药来敷伤口的。"

"老爷,那位姑娘真的是个基督教徒!"希腊人叫喊起来。

"你再想一想,基朗,你并不是个傻瓜。我们知道,尤尼娜·希拉娜和卡尔维亚·克里斯彼尼娜曾经控告过庞波里亚·格列西娜信仰基督教的迷信。可是我们也知道,家庭法庭却宣判她无罪。你是不是又想捡起这套诬陷的破烂货来?你是不是想说服我们，要我们相信庞波里亚和莉吉亚都是人类的公敌，是在水井里和喷水池里下毒药的人，是崇拜驴头的人，是杀害婴儿，淫荡无耻的家伙？你想一想，基朗，你向我们提出的这个论点，会不会反而成为一个反证，打在你自己的脊梁骨上？"

基朗伸出了双手，表示这不是他的罪过，然后说：

"老爷，请你用希腊文念一念下面这句话：耶稣基督，上帝之子，救世主。"

"好的，我念过了！那又怎么样呢？"

"现在你把这几个字的开头的字母都取出来，连在一起就成了一个字。"

"鱼！"彼特罗纽斯惊讶地说道。

"这就是为什么鱼变成了基督教徒的记号的缘故！"基朗得意洋洋地回答。

又是一阵子沉默。这个希腊人的推论里面，包含着令人无法置疑的内容，使得两个朋友也不能不感到惊讶。

"维尼兹尤斯，你没有看错吧？莉吉亚画的确实是鱼吗？"彼特罗纽斯问道。

"我敢对所有的冥神起誓，这简直要叫人发疯了！假如画的是一只鸟，那我就会说是一只鸟的！"这个年轻人气冲冲地喊道。

"所以，莉吉亚是个基督教徒。"基朗重复了一句。

"这样说来，庞波里亚和莉吉亚不是成了往井里放毒，杀死在街上抓到的孩子的人和放荡淫乱的人了吗？真是胡说八道！维尼兹尤斯，你曾经在他们家里住过较长的时间，我只在那里待过一会儿，可是那也足够使我对普劳兹尤斯和庞波里亚有所了解，甚至对莉吉亚也有所了解的了,绝不能容许这种诋毁中伤和胡说八道。如果说鱼是基督教徒的徽号,那倒是无法否认的,假如她们两个真是基督教徒,那么,我可以向珀耳塞福涅①起誓,基督教徒绝不像我们所想象的那样。"彼特罗纽斯说。

"老爷,你说起话来真跟苏格拉底一样。"基朗回答说,"可是直到现在,又有哪个人调查过基督教徒,研究过他们的教义呢?三年前,我从那不勒斯流浪到罗马来的时候,唉,为什么我没有留在那不勒斯呢!正好和一个名叫格劳库斯的医生结伴同行,人家都说他是个基督教徒,不管他是不是,我都深信他是个善良而又诚实的人!"

"那么你是不是从这个诚实的人那里打听到鱼的意义呢?"

"可惜得很啊,老爷!这个诚实的老人在半路上一家客店里被人拿刀子扎死了,他的妻子儿女也都被奴隶贩子劫走了,我为了救他们,还丢了两个手指头。不过我听人说在基督教徒中间常常出现奇迹,因此我还希望我的手指头能够重新长出来。"

"你说什么?难道你也变成了基督教徒吗?"

"从昨天开始的!老爷,从昨天开始!就是这条鱼使我成了基督教徒。你看,这条鱼的力量有多大啊!再过几天,在那些虔诚的信徒们中间我就要成为最热心的一个了!这样一来,他们就会让我参与他们的一切秘密,到了那时候,我就能探听出这位姑娘躲藏的地方。也许我的基督教信仰会比我的哲学给我带来更多的收入。我已经向墨丘利神许了愿,如果他能帮助我找到那个姑娘,

---

① 珀耳塞福涅:得墨忒尔的女儿,后成了冥王的妻子。

我就要向它献上两头牙口和个头完全一样的母牛犊,还要吩咐人在牛角上镶金。"

"难道你昨天开始信奉的基督教和你从前所提倡的哲学能让你去信奉墨丘利吗?"

"我永远信奉我认为需要信奉的东西,这就是我的哲学。这种哲学也特别符合墨丘利的口味。遗憾的是,尊敬的两位大人,你们都知道,这位神是很多疑的,他不相信一个诚实的哲学家许的愿,而要求先得到两头小母牛,这可是一笔不小的花销。并非人人都是塞内加啊,我实在拿不出这笔费用,如果尊敬的维尼兹尤斯能把许给我的那笔报酬先预支一点给我的话……那么……"

"一分钱也不给,基朗!一分钱也不给!维尼兹尤斯的报酬比你期望的要慷慨得多,但是要等到找到了莉吉亚,或者把她藏匿的地方告诉了我们,他才付给你钱。你只好欠墨丘利两头母牛了,他不愿意你这样做,我并不感觉奇怪,在这一点上,我认为墨丘利倒是很精明的。"

"请听我说,高贵的老爷们。我的发现是很了不起的,虽然我还没有找到那个姑娘,可是我已经找到了能够找到她的途径。你们派了那么多的解放奴隶和奴隶到罗马城里和外省去寻找,可是有哪一个人给你们带回来一条线索呢?没有!只有我找到了线索。而且我还要告诉你们,在你们的奴隶中间,或许就有不少的基督教徒,而你们还不知道。这种迷信正在向四面八方传播,他们不但不会帮助你们,反而会出卖你们。非常糟糕的是,他们看见我到这里来过,因此,彼特罗纽斯老爷,你要嘱咐尤妮丝别乱说。尊敬的维尼兹尤斯,你也要传出话去,说我是来卖一种药膏的,用我的药膏涂在马身上，就能在比赛场上获胜……让我独自一个人去寻找她吧，我会找到这些逃走的人的，你们可得相信我，你们要知道，预先付给我一些报酬，对我会是一种鼓励，它会刺激我想得到更多的报酬，并且使我更加放心，认为许诺给我的报酬不会落空。啊，真的！作为一个哲学家，我是蔑视金钱的，可是就连塞内加，甚至连莫佐留斯或者科尔鲁杜斯这样的哲学家，也并没有因为救护别人而失去手指头。所以他们可以著书立说，能够传名后世，但他们依然是那样看重金钱。而我呢，除了想买一名奴隶之外，还得献上对墨丘利许下的两头母牛。你们知道，如今牲畜的价钱是多么昂贵，再说，去寻找人本身就得花费不少的钱。请你们耐心地听我说下去吧！这几天，我到处奔走，两只脚都起泡了。我到过酒店找人聊天，还到过面包房、肉铺，找到卖橄榄油的小贩，找过渔夫。我跑遍了所有的大街小巷，到过逃亡奴隶藏身的地方，我也去过赌场，为了赌'莫拉'，输掉了将近一百个铜钱，我还到过洗衣房、烘烤间和小饭铺。我会见过骡马夫和雕刻匠人，我也拜访过治膀胱和拔牙的郎中，和卖无花果干的小贩谈过话，连坟场我都去过了。你们知道这是为了什么呀？就是为了到处去画上那条鱼，察言观色，打听别人对这符号怎么回答。很长时间过去了，仍然茫无头绪。直到有一天，我看见一个老奴隶站在喷泉旁边，一面用水桶打水，一面哭泣，我走上前去问他为什么哭。我们两个在喷泉旁边的台阶上坐了下来，他就给我讲起了他的事情：他为了给自己当奴隶的爱子赎身，费了一生的精力，一个铜板一个铜板地积攒起来一笔钱。可是他的主人，一个叫潘萨的，一看见这笔钱便夺了过去，却不肯把儿子放出来，仍然让他当奴隶。'所以我哭了起来,'那个老人说,'虽然我不停地叨念说,这是上帝的意旨,可是我这个可怜的罪人,还是止不住流眼泪。'这时候,我好像有什么预感似的,用手指头蘸了一点水,给他画了一条鱼,他就回答说:'我的希望也只有靠基督了。'我就问他:'你看到这个记号能知道我是什么人吗?'他回答说:'是的,愿平安与你同在。'从这以后,我就想法子让他说话,这个诚实的老头把什么都告诉了我。他的主人,就是那个潘萨,本来是另一位高贵的潘萨的解放奴隶,他从台伯河运石头到罗马,然后让奴隶和雇工把石头卸下船来,到了晚上,再把石头运到建筑工地上,白天是不让运的,因为那会妨碍街上的交通。在这些干活的人当中有不少是基督教徒,他的儿子也在里面。因为这活儿太重,他的儿子吃不消,他才想把儿子赎出来。可是潘萨拿了钱还是不放人。这位老人一面说着一面又哭了起来,我也陪着他流了不少眼泪,我本来就心慈肠软,再加上跑路跑得两只脚发疼,眼泪很容易流出来。我也开始诉起苦来,说我从那不勒斯刚到这里没有几天,在这里一个教徒也不认识,也不知道他们在什么地方集会祈祷。他很奇怪为什么那不勒斯的基督教徒没有托我带封信给罗马的教徒。我便告诉他,我的信在路上被人偷走了。于是,他告诉我,让我晚上到河边去,他会把我介绍给教友们,然后他们会把我带到祈祷的房子里,并且领我去会见那些主持基督教教会的长老们。我听了非常高兴,就把他儿子赎身需要的那笔钱送给了他,我希望慷慨的维尼兹尤斯会加倍地归还给我……"

"基朗!"彼特罗纽斯打断了他的话说,"在你的叙述里面,谎话浮在真话上面,就像油浮在水面上一样。你带来了重要的消息,这一点我不否认,我甚至认为,在寻找莉吉亚的道路上你已经迈出了很大的一步,但是你要在消息里面掺进这么多的谎话,那可是不行的。我问你,那个老人叫什么名字?就是告诉你基督教徒是用鱼的记号来互相认识的那个老人。"

"他叫厄乌里兹尤斯,老爷。这是一个可怜而不幸的老人,他使我想起那个我救过的被强盗杀害了的格劳库斯医生,因此这个老人使我格外感动。"

"我相信,你的确认识了这么一个人,而且你也从这次结识里得到了好处,可是你没有给他钱。你连一个铜钱也没有给他,你听清楚了我的话没有?你什么也没有给他!"

"可是我帮他提过水桶,而且对他儿子的事情表示了最大的同情。是的,老爷,有什么能瞒得过眼光敏锐的彼特罗纽斯呢?我没有给他钱,可也算是给了他钱,只不过是在我心里给了,在思想上给了,他如果是个真正的哲学家,就应该领我的情了……我要给他钱,是因为我认为这种行动是必不可少的,是有利的。请你想想吧,老爷,这样做就能马上争取到所有的基督教徒的好感,这样一来,通向他们的大门就打开了,我就能获得他们的信任了。"

"是的,你应该这样做!"彼特罗纽斯说。

"我正是为这事而来的,希望能领到送给他的这笔钱。"

彼特罗纽斯朝维尼兹尤斯说:

"你叫人数给他五千个塞斯特拉银币,只不过是在心里,在思想上……"

可是维尼兹尤斯却说:

"我要派一个小当差的给你送去你需要的那笔钱,你就告诉厄乌里兹尤斯,说这小当差的是你的奴隶好了,你要当着他的面把钱交给老人。既然你带来了重要的消息,我也要给你跟这笔钱同样多的一笔酬劳。今天晚上你来领那个小当差的和那笔钱好啦。"

"这才真正是一位皇帝!"基朗说,"请允许我,老爷,把我未来的著作献给你,不过,今天晚上,先让我来领取那笔款子吧,因为厄乌里兹尤斯告诉过我,所有的船只都已经卸完了,而从奥斯提亚新来的船还要等几天才能到达。愿平安与你们同在!基督教徒们告别时都是这样说的……我要给自己买一个女奴,啊,不,我是说买一个男奴。鱼是用钓饵钓到的,基督教徒呢,则是用鱼钓到的。祝你们平安!平安!……平安!……平安!……"

15

彼特罗纽斯写给维尼兹尤斯的信：

我派了一个忠实可靠的奴隶，从安提乌姆给你送来这封信。我知道你的手不习惯于挥笔洒墨，而舞剑执矛却得心应手，但我希望你能让这个信差毫不耽搁地带回你的复信。我离开你的时候，你已经寻到了踪迹，充满着希望。因此我相信，你或者已经在莉吉亚的怀抱里享受到了欢乐，或者当严冬的寒风从索拉克特峰顶吹到坎帕尼亚平原以前，你也一定会享受到这种欢乐的。啊，我的维尼兹尤斯！希望那塞浦路斯的黄金女神能成为你的导师，也希望你能成为这个在爱情的太阳面前逃走的莉吉亚黎明女神的导师。你要永远记住，大理石本身固然珍贵，但是没有经过雕塑家的巧手把它雕成一个杰作的话，它也就缺乏真正的价值了。你应该成为这样的雕塑家，最亲爱的！单有爱情是不够的，应该懂得怎样去爱，还要教会别人也懂得爱情。那些下等人，甚至连动物，也能体验到肉欲的欢乐。但是一个真正的人之所以和他们有区别，就在于他能把爱情变成一种高贵的艺术，为爱情而陶醉,又能认识它的全部神圣的价值,把它保存在心灵里,这样做不仅能使他的肉体得到满足,而且也能使他的灵魂得到更大的满足。我在这里常常感到人生的空虚、无常和厌烦,这时我就会忽然觉得你的选择是正确的。人生于世的目的和使人活下去的因素,不是皇帝的宫廷,而是战争和爱情。

你在战争中是个幸运儿,希望你在爱情中也会很幸运。如果你对宫廷里的事情感兴趣的话,我会常常写信告诉你的。我们现在还停留在安提乌姆,保养着我们那位天神的嗓子,我们还是那样讨厌罗马。到了冬天我们打算到拜埃去,好在那不勒斯公开演出,那里的居民大多是希腊人,所以会比台伯河畔的那些狼崽子们①更加欣赏我们的演出。拜埃、庞培、普特奥里、库马和斯达比亚的民众都会云集到那不勒斯,我们一定会获得热烈的掌声和许多的桂冠,那将成为我们远征亚该亚②的推动力量。

人们是怎样怀念小公主的呢?的确,我们还在哀悼她,我们还在唱皇帝亲自谱写的悲歌,它写得那样美妙感人,连水妖们都嫉妒得躲进安菲特里特海神的最深的洞穴里了。如果不是被大海呼啸妨碍了的话,连海豚也会游来听我们歌唱的。我们的悲伤还没有平息,我们还要用雕塑家所采用的种种姿态展示在人们眼前,我们的痛苦姿态是否优美,观众能

---

① 传说罗马城人的祖先是由母狼哺乳养大的,所以这里的"狼崽子们"指罗马人。

② 亚该亚:位于希腊伯罗奔尼撒半岛的西北部。

不能赏识这种美,这些我们都是非常注意的。啊,我亲爱的,我们要充当小丑和喜剧演员,一直到死为止!

所有的宫廷显贵,男男女女和他们的侍从,都来到了这里,还有一万名奴仆和五百头专门供给波培娅洗澡用的驴乳的母驴。有时候,这里也很有意思。卡尔维亚·克里斯彼尼娜变老了。据说她曾经恳求波培娅洗完澡之后立刻让她也去洗一洗。卢坎怀疑尼吉蒂亚和角斗士有什么暧昧关系,打了她一记耳光。斯波鲁斯在玩骨牌的时候,把他的妻子输给了塞内兹约。托尔克瓦杜斯·西拉鲁斯愿意用四匹栗色马来换我的尤妮丝,这四匹栗色马在今年的比赛中一定会获胜。可是我绝不会换的!你没有要她,我还得向你表示感激。至于托尔克瓦杜斯·西拉鲁斯,这个可怜的人一点也没有想到,他已经算不上活人,只是个鬼魂了。他的死已经确定了。你可知道他犯了什么罪吗?就因为他是神圣的奥古斯都皇帝的曾孙。谁也救不了他了。我们的世界就是这样的啊!

你也知道,我们一直在等待提里达特的到达,可是伏罗格尼斯[①]却写来了一封气势汹汹的信,因为他征服了亚美尼亚,他就为了提里达特要求把这块地方留给他,如果得不到同意,他也不会把这块地方交出来。这简直是一场闹剧!于是我们决定打仗。科尔布罗被委任为统帅,他掌握的兵权会和伟大的庞培在征服海盗的时候同样大。但是尼禄有一阵是犹豫不决的,很显然,他担心科尔布罗打了胜仗会得到巨大

---

① 伏罗格尼斯:帕提亚国王提里达特的兄长。

的光荣,甚至曾经考虑让我们的普劳兹尤斯担任指挥官。可是波培娅反对这么办。对她来说,庞波里亚的品德显然像一把盐粒撒到了她眼里。

瓦提纽斯告诉我们,在贝纳文特将要举行一次盛大的角斗士比赛。你看,尽管谚语说得好:"人人要各守本业。"可是在我们这样的时代,连一个臭鞋匠也能飞黄腾达,青云直上。维特留斯是鞋匠的后代,然而瓦提纽斯却是地道的鞋匠儿子!我看保不准他自己还绱过鞋呢!阿里杜鲁斯昨天演俄狄浦斯演得精彩极了。因为他是个犹太人,我就顺便问他,犹太教徒和基督教徒是不是一码事?他告诉我,犹太人信仰的是历史悠久的宗教,而基督教则是不久以前才大兴起来的一种新教派。在提比略皇帝时代曾经有一个人被十字架钉死了,后来这个人的信徒愈来愈多,便把他信奉为上帝了。他们好像不承认有别的神明,特别是我们的众神。我不理解,承认众神究竟对他们有什么妨害呢。

提格里努斯现在公开和我作对了。但是,到现在为止,他还不是我的对手,不过他有一点占了上风。那就是他比我更迷恋生活,同时又是个比我更无耻的坏蛋,所以他跟红胡子更气味相投。他们两个人迟早会勾结在一起,到了那时候,就该轮到我倒霉了。至于什么时候会发生这样的事,连我自己也难以预料,不过这样的事情将来反正是要发生的,我也就不在乎时间的迟早了。现在就让我们及时行乐吧。如果没有红胡子,生活本身倒也不坏。就是因为有了红胡子,一个人有时对自己都觉得恶心。有的人把争夺皇帝的宠爱看成是竞技场上的角逐,是一种竞赛或者角斗,这种看法是不正确的。比赛场上的胜利,能使一个人的虚荣心得到满足。的确,我常常是这样来对自己解释这件事的,可是有时候我又觉得自己很像基朗,一点也没有胜过他的地方。等到你不需要他的时候,就把他送到我这儿来。我喜欢他那样的滔滔不绝,侃侃而谈。代我向你那位天仙般的基督徒问好吧,或者以我的名义请求她不要把你变成一条"鱼"。把你的健康和爱情的情况告诉我,要懂得怎样爱,也要善于教会别人去爱。再见!

下面是维尼兹尤斯写给彼特罗纽斯的回信:

直到现在,还没有找到莉吉亚!如果不是抱着很快就能找到她的希望,那么你也就不会收到我的回信了,因为一个人对生活感到腻味的时候,他是什么信也不想写的。我想了解基朗是不是在欺骗我,就在他来取钱送给厄乌里兹尤斯的那天晚上,我穿上一件军人的大衣,偷偷地尾随在他和我送给他的那个小当差的后面。等到他们到了目的地,我就躲在码头的柱子后面,从远处看住了他们,后来我证实了这个厄乌里兹尤斯并不是一个虚构的人物。在下面河边上,灯火通明,有几十个人正从一条大船上搬下石头,把它们堆放在河堤上。我看见基朗走近他们身边,开始和一个老人谈起话来,过了不大一会儿,这个老人一下子跪倒在他脚下。别的人都围着他们,发出了赞叹的喊声。我亲眼看见我派去的那个小当差的把钱袋交给了厄乌里兹尤斯,他接过钱袋,便高举双手,开始祈祷起来,在他身旁还有另一个人也跪下了,显然他是老人的儿子。基朗还说了些什么话,我听不清。他用手在这两个跪着的人和其他人的头上画了一个十字,表示祝福,这些人看来非常敬重他画的十字,因为他们都跪下了。当时我真想走到他们那儿去,对他们说,谁若是把莉吉亚给我送回来,我就会给他三个这么大的钱袋,可是我怕这会妨碍基朗的工作,所以犹豫了一会儿便离开了。

这件事是在你离开之后差不多过了十二天才发生的。后来他又来找过我好几次。他对我说,他在基督教徒中间已经有了很大的威信。他说他至今还没有找到莉吉亚,是因为单是罗马城里的基督教徒就多得数也数不过来,他们之间也不是人人都互相认识的。至于他们中间发生的事情,也不是大家都知道。他们都很谨慎小心,而且沉默寡言。不过他向我保证,只要他认识了那些长老,也就是他们称作教长的人,他就能打听出全部的秘密。他已经认识了好几位长老,并向他们打听过,但不能太着急,否则会引起他们的疑心,反而会使工作更难进展。等待是痛苦的,忍耐也使人难受,可是我觉得基朗说的有道理,所以我只好耐心等着吧。

基朗也打听到了他们集会祈祷的地方,大部分是在城外的一些空房子里,甚至是在采石坑里。他们在那里礼拜基督,唱赞美诗,举行仪式。这样的地方有很多处。基朗认为,莉吉亚是故意不到庞波里亚常去的那个地方去的,好让庞波里亚在接受法院审讯或者调查时可以理直气壮地宣誓,说她根本不知道莉吉亚隐藏的地点。也可能是长老们劝莉吉亚这样做的,让她小心为上。只要基朗找到了这些地方,我便要和他一道去,也许众神会保佑我遇见莉吉亚的,我以朱庇特的名义向你起誓,只要我找到了她,就再也不会让她从我的手里逃掉了。

我一直在想着这些祈祷的地方。基朗不愿意我和他一道去,他害怕出事,但是我不能坐在家里空等着他。不管莉吉亚是化了装,还是蒙上了面纱,我都能一眼认出她来。他们在夜间集会,就是在夜间我也能认出她来。不管在什么场所,我都能辨别出她的声音和动作。我打算改了装到那里去,观察每一个进进出出的人。因为我心里老是在思念她,所以我肯定能认出她来。基朗明天会到我这里来,然后我们就一块儿去。我随身带着武器。我派到外地去的几个奴隶都空着手回来了。现在我敢肯定她一定还在城里,甚至就在附近一带。我借口要租房子,去看过不少人家。她要是和我住在一起,不知道要舒服几百倍,因为那些地方全是贫民窟。何况我为了她,会不吝惜任何花销。你说我的选择很不错,可是我选择的是忧愁和痛苦。我们首先到城里的人家去找,然后再到城外。每天早晨起来我都抱着能找到她的希望,否则我就活不下去了。你说要学会怎样去爱,我已经懂得该怎样和莉吉亚谈情说爱了。可是现在我只能害着相思病,等着基朗的到来。待在家里实在是烦闷极了!再见!

16

　　基朗有相当长一段时间没有露面,到后来维尼兹尤斯都觉得不知道该怎样解释这种情况了。尽管他反复对自己念叨说,要想寻访得到成功,只有一步一步慢慢来才行,但是这也无济于事。他那旺盛的血气和暴躁的脾气都不肯听从这种理智的声音。什么事都不干,叉着手臂坐在那里等待,这和他的性格是完全格格不入的,无论如何他也不能同意这样做。他觉得,穿上奴隶的黑外衣,到大街小巷去寻找,尽管明知不会有什么结果,也不失为排解自己的空虚寂寞的一种方法,然而这也不能使他感到满足。他派出去寻找的解放奴隶,也算得上是些精明能干的人,可是效果却比基朗差上百倍。现在,除了对莉吉亚的爱情之外,他身上还出现了一种赌徒的偏执狂,非要赌赢不可。维尼兹尤斯生来就是这样的人。从幼年开始,他就非常固执任性,想干什么就干什么,从来不知道什么是失败,从来也不肯撒手认输。军队的组织纪律性的确曾经把他的任性暂时约束住了,可是也灌输给他另外一种信念:就是他发下的每一道命令,下级都必须完成。由于他长时间驻扎在东方,那里的人民温顺而又惯于奴性地服从,这就更使他相信,"我要这样"对他说来是没有任何限制,可以实现的。这一次他的自尊心受到了巨大的损伤。同时他还感觉到，在莉吉亚的拒绝、反抗和逃走的行动中有一种他无法理解的东西，有一个令人费解的谜。为了解答这个谜，他已经伤透了脑筋。他认为阿克特说得对，莉吉亚对他并不是无情无义的，不过，如果是这样的话，她又为什么宁愿流浪受苦，不肯接受他的爱情、他的抚爱温存，不肯住进他的豪华住宅呢？他无法回答这些问题，但是他却模模糊糊地意识到，在他和莉吉亚之间，在他们的观点之间，在属于他和彼特罗纽斯的世界同属于莉吉亚和庞波里亚·格列西娜的世界之间，的确存在着某种差别，存在着一种像无法填满也无法逾越的深渊一样的隔阂。这时他就觉得，他再也不能得到莉吉亚了，一想到这里，他就万念俱灰，完全失掉了彼特罗纽斯希望他保存的那一点镇定。有时候连他自己也拿不准，他是爱莉吉亚呢还是恨莉吉亚。他只知道他必须找到她，他如果不能看到她，占有她，就情愿让大地吞没了她。有时他在幻觉中清清楚楚地看见她，仿佛她就站在他的身边。他回忆起他对她讲过的每一句话，和他听她说过的每一句话。他觉得她就在身边，就靠在他的胸口，就抱在他的怀里，于是他就感到一股热情炽热如火，燃烧着他的全身。他爱她，呼唤她。每逢他想到她是爱他的，本来她会心甘情愿地满足他的一切心愿时，无限沉痛的悲哀就攫住了他的心房，同时一股深沉的柔情又仿佛大海的波涛一样在他的心里起伏翻腾。但是也有时候，他愤怒得脸色发白，他设想着找到了莉吉亚以后，要怎么样咒骂她，鞭打她，以解他心头之恨。他不仅想占有她，而且要把她当作奴隶来蹂躏、折磨。就在这样想的同时，他又觉得，如果要他在做她的奴隶和一生中不再见到她这二者之间选择，他会情愿当她的奴隶的。他时而想象鞭子打在她那玫瑰色的肉体上留下的条条鞭痕,时而又想热烈地吻那些鞭痕,日子就这样一天天地过去。有时他的脑海里又会涌现出这样的思想:如果他能够杀死她,他会多么幸福啊!

经过这样的内心矛盾、烦恼、不安和痛苦,不仅他的健康受到了损害,连他英俊漂亮的容貌也大大减色了。他变成了一个令人捉摸不定的残酷的主人。他手下所有的奴隶,连解放奴隶在内,在接近他的时候个个都吓得胆战心惊,浑身发抖。他常常无缘无故地惩罚他们,惩罚得又是那样残暴,那样毫无道理,他们暗地里都痛恨他。然而他呢,也时时感觉到自己很孤立,却反而对他们更加凶狠了。只有在基朗面前,他才克制着自己,因为他怕他不肯去寻找了。基朗注意到了,便利用这点,渐渐地控制了他,向他提出愈来愈高的要求。刚开始的时候,他每次来都向维尼兹尤斯保证,事情并不难办,不久就能找到,可是现在,他却提到了种种的困难,虽然他仍然保证说一定能够找到她,但是他也不隐瞒要达到目的还需要相当长的时间。

等了许多天之后,有一天他来了。脸色显得非常沮丧,维尼兹尤斯一看到他也吓得脸色煞白,他跳起身来奔到基朗的跟前,几乎没有力气来问他了:

"难道她不在基督教徒中间吗?"

"她倒是在那里,老爷,可是我在他们那里发现了医生格劳库斯。"基朗答道。

"你讲些什么呀?格劳库斯又是什么人?"

"难道你忘了,老爷,他就是那个和我一道从那不勒斯到罗马来的老人,我为了救他,才失去了两个手指头,这个损失使得我无法握笔写字了。强盗们抢走了他的老婆和孩子,用刀几乎戳死了他,我把奄奄一息的他留在明杜纳的客店里,还为他哭了很久。真是不幸啊!我刚才发现他还活着,而且是属于罗马的基督教会的。"

维尼兹尤斯听不懂他说这些话是什么意思,他只知道,那个格劳库斯已经成了寻找莉吉亚的障碍,于是他就抑制着心里正在往上冒的怒火,说:

"你既然救过他,那他就应该感谢你,帮助你呀。"

"啊!高贵的军团长大人!连神仙也不是个个都知恩报恩的,何况是人呢。当然,他是应该感谢我的,遗憾的是,他是个老人了,年龄和忧虑使得他昏头昏脑,糊里糊涂,他不但不感激我,反而说是我和强盗们串通一气,造成了他的不幸,这是我从他的同教教友那里打听来的。我丢了两个手指,得到的就是这样的报偿!"

"你这个坏蛋,我敢肯定他讲的全是事实!"维尼兹尤斯说。

"那么你知道的比他还多了,老爷!"基朗一本正经地答道,"他只不过猜想事情是这样的罢了。然而这不妨碍他去召集基督教徒来对我进行残酷的报复。他一定会这样干,其他的人也一定会帮助他的。幸亏他不知道我的名字,我们在那间祈祷室里碰上了,他没有认出我。可是我一下子就认出了他,最初一瞬间,我真想跑上前去拥抱他,然而我生来审慎,有一种每做一件事之前都要考虑一下的习惯,这使得我停住了脚步。因此,我一走出祈祷室便去打听他的情况,那些认识他的人对我说:他从那不勒斯来,被一个和他同路的人出卖了……否则的话,我也不会知道他是这样说我的。"

"这件事和我有什么关系?你快说说,你在祈祷室里看到了什么?"

"这件事和你没有关系,对我的关系可太大了,关系到我的性命!我既然打算把我的学说传给后代,那么我情愿放弃你答应我的报酬,也不愿为了空虚的利禄而丧生。一个真正的哲学家,没有钱也能活下去,也能探求出神圣的真理。"

但是维尼兹尤斯露出一副非常凶狠的脸相,向他逼过去,压低了声音说道:

"难道没有人告诉过你,你不会死在格劳库斯手里,倒要先死在我的手里吗?你知道不知道,狗杂种,我马上可以把你埋在我的花园里?"

基朗本来就是个胆小鬼,他看了维尼兹尤斯一眼,马上就明白了,只要他一句话不小心,就会性命难保,发生令他后悔莫及的事情。

"我一定去找那个姑娘,老爷,我会找到她的!"基朗急忙叫道。

他们都沉默不言了,这时候可以听见维尼兹尤斯急促的呼吸声和远处传来的在花园里劳动的奴隶们的歌声。

过了一会儿,这个希腊人看见维尼兹尤斯的火气已经消了一些,这才开口说话:

"死神曾经来到我的身边,可是我像苏格拉底那样泰然自若地望着它。不!老爷,我并没有说过我不去寻找那个姑娘了,我只是想说明,现在我去寻找会给我招来很大的危险。上一次老爷就曾怀疑过,是不是真的有一个厄乌里兹尤斯,虽然那次你亲眼证实了我父亲的独养儿子说的是真话,可是你现在又在怀疑我编造了一个名字叫格劳库斯的人。唉,如果他真是个编造出来的人就好了,那么我又能够像过去那样安全地在基督教徒中间走来走去了。只要能那样,我情愿放弃三天前买来的那个老女奴,她是来看护我年迈和残废的身体的。可是格劳库斯的确还活着,老爷,只要他一看见我,你就再也见不到我了,这样一来,谁去帮你寻找那位姑娘呢?"

说到这里他便缄口不作声了,开始擦起他的眼泪来,过了一会儿,他继续说道:

"只要格劳库斯还活着,我怎么能出去寻找那个姑娘呢?我随时随地都有可能遇见他,只要一遇上他,我就没命了,我的寻找工作也就跟我一起完蛋了。"

"你到底想要说什么?有什么挽救的办法吗?你打算采取什么行动?"维尼兹尤斯问道。

"亚里士多德教导我们,小事要为大事作出牺牲,普里阿摩斯国王[①]也常常说,老年是一个沉重的负担,而这种衰老和不幸的负担早就压在格劳库斯的肩上,而且压得那样沉重,所以死对他来说简直是一种恩惠。因为照塞内加看来,死亡,不是解放,又是什么呢?……"

"你还是跟彼特罗纽斯去说这些废话吧,可别跟我嚼舌头,干

---

① 普里阿摩斯:荷马史诗中的特洛伊国王。

脆说吧,你想怎么办?"

"假如谈论道德是废话,那就请众神保佑我一辈子做个说废话的人好了。老爷,我想把格劳库斯除掉,因为只要他活着,无论是我的性命,还是寻找工作本身,都会不断地遇到危险。"

"那你就去雇几个人用棍子把他打死算了,钱由我来付。"

"这样的人会敲诈你的,老爷,他们将来还会把秘密泄露出去。罗马城里的坏人多得像竞技场上铺的沙子,而且你不知道,当一个诚实的人需要雇用他们行凶的时候,他们的要价有多高。不!尊贵的军团长大人,如果巡警队在谋杀现场抓住了这些坏蛋会怎么样呢?他们一定会把雇主供出来,于是你就会被牵连进去。至于我,他们是不可能招出我来的,因为我绝不会把自己的名字告诉他们。你不放心我,这太不对啦,你只要想想,撇开我为人的正派不提,这里也还涉及两个重大的问题——我自己的性命和你答应给我的报酬。"

"你需要多少钱?"

"我需要一千个塞斯特拉银币。老爷,我要提请你注意的是,我需要找那些较为诚实些的坏蛋,也就是要找那些钱到手后不会远走高飞的坏蛋。干重要的工作就需要付给丰厚的报酬!为了擦干我为可怜的格劳库斯而流的眼泪,我在这里面也总是捞点油水的,众神可以作证,我是多么爱他啊。如果今天我得到了这一千个塞斯特拉银币,两天之后,就会把他的灵魂送回到哈得斯的地府里去,如果他到了那里还保留着记忆和思想能力的话,他就会发现我是多么爱他啊!我今天就能找到人,跟他们讲好要立即动手,从明天晚上开始,格劳库斯要是多活一天,我就从酬劳里扣掉一百个塞斯特拉。而且,我另外还想出了一个办法,我觉得这办法一定会成功。"

维尼兹尤斯又一次答应给他这笔钱,但是不许他再提格劳库斯的事了。同时还问他有没有其他的新闻,问他这么久都到哪儿去了,看见了什么,发现了什么。基朗也说不出什么特别的新闻。他到过两处祈祷的场所,细心观察了所有的人,特别是女人,可是没有发现一个像莉吉亚的人。不过基督教徒们都把他当成自己人看待,自从他替厄乌里兹尤斯的儿子赎了身以后,这里的人都把他看成是一位仿效"基督"的人来尊敬。他又从他们那里打听到,有个名叫塔斯的保罗的大法师,曾经因为犹太人的控告而被捕入狱,现在已经到了罗马。他打算去结识这个人。还有一件更使他感到高兴的重要消息,那就是,曾经是直接受教于基督的弟子,又受基督委托执掌全世界基督教大权的全教最高的教长,不日也将来到罗马。所有的基督教徒都盼望见到他,都想听到他的布道。他们将要举行几次大集会,这样的集会不但基朗可以去参加,而且由于人多混杂,他甚至可以把维尼兹尤斯也带进去。到了那时,他们肯定能见到莉吉亚了。若是把格劳库斯早一点干掉,就不会有什么大的危险了。至于报复,基督教徒当然也会进行报复的,不过,一般说来他们都是些性情温和的人。

接着,基朗又有些惊奇地讲起,他从来也没有看见过他们有过放荡的行为,也从来没有在井水和泉水里放过毒,更看不出他们是人类的仇敌,也不崇拜驴头或是吃小孩子的肉。不!不!他一次也没有看到过这些事情。当然在他们中间能用金钱买到肯除掉格劳库斯的人,但是他们的宗教,根据他的了解,不但不鼓励人犯罪，反而主张宽恕人的罪过。

维尼兹尤斯也想起了庞波里亚·格列西娜在阿克特的房里对他说过的话，所以总的说来，听了基朗的话他很高兴。虽然他对莉吉亚的感情有时是以仇恨的形式表现出来的，可是听到她和庞波里亚所信奉的宗教并不是那样罪恶深重和令人憎恶，他也就得到了安慰。但是在他的心中产生了一种模模糊糊的感情：正是这种人们所不了解的神秘的基督崇拜，使他和莉吉亚之间发生了隔阂，所以他又怕基督教，又恨基督教。

17

对基朗来说，除掉格劳库斯的确是一件重要的事情，格劳库斯虽然上了年纪，但一点也不老态龙钟。基朗对维尼兹尤斯讲的大部分是实话。他过去认识格劳库斯，后来出卖了他，把他交给了强盗，抢走了他的亲人和财物，并且叫人杀害他。但是他回忆起这些事情的时候，心里并不觉得沉重，因为他不是把垂死的格劳库斯留在客店里，而是把他扔在明杜纳附近的野地里。只有一件事情他没有料到，那就是格劳库斯竟会治好了伤，而且还来到了罗马。因此，当基朗在祈祷的地方看见他的时候，真是吓得魂飞魄散，最初一刹那间，他真想不再去寻找莉吉亚了。可是另一方面，维尼兹尤斯更使他害怕。他明白他必须在格劳库斯的威胁和这个有权有势的贵族的追捕与报复之间进行抉择，而且毫无疑问，这个大贵族一定会得到另外一个权势更加显赫的贵族彼特罗纽斯的帮助。面对这种形势，基朗便不再犹豫了。他决定宁可得罪小敌人，也不能招惹大敌人。他那胆小怕事的性格，虽然使他采用起血腥手段来有些害怕，但他仍然觉得，借别人之手去杀死格劳库斯是完全必要的。

眼下他的首要任务是挑选合适的人，于是他想起了他对维尼兹尤斯提起过的那个办法。他常常在酒店里过夜，和那些既无片瓦遮身，又丧失了信仰和名誉的人们住在一起，他很容易找到任何事情都肯干的人，可是更容易找到那些闻见他的钱味就会答应干的人，不过这样的人只要拿到了一笔定钱，就会马上威胁说要把他送到地方官那里，然后把所有的钱都统统敲诈了去。此外，近来基朗对潜藏在苏布拉区或台伯河对岸一些可疑的房子里的可憎又可怕的贱民也产生了厌恶的情绪。他对一切事物都用自己的尺度去衡量，对基督教徒和他们所信仰的宗教并没有足够的了解，他就断定在他们中间一定能找到适当的人选，在他看来，他们比别的人更加可靠，于是他就决定去找他们，想用这种方式把事情安排成功，使得他们不仅仅是为了金钱，而且也是为了热诚的信仰，才去干这件事。

他抱着这样的目的，当天晚上就去找厄乌里兹尤斯，他知道他们父子俩是全心全意地敬仰他的，并且会竭尽全力来帮助他。然而他生来就是个谨小慎微的人，他一点也不想把自己的真实意图告诉老人，因为要做的这件事是和那个老人对基朗的虔诚信仰和高尚品德所抱有的信念完全相对立的。他想找的是一些什么事都敢干的人，而且他要把事情布置得非常巧妙，使得他们为了自身的利益，也不得不永远保守秘密，绝不把他们干过的事泄露出来。

厄乌里兹尤斯老爹把儿子赎出之后，便在大竞技场附近租了一间小店铺，这类小店在这一带非常多，它们向观看比赛的观众出售橄榄、豆子、硬面点心和蜜糖水。基朗去的时候，老头子正在收拾店铺。基朗以基督的名义向他问候之后，便对他说明来意，他说因为他以前帮助过他们,现在他想他们也会知恩报答的。他说他需要两三个身强力壮而又勇敢无畏的人去清除一种不仅是威胁着他个人,而且也威胁着全体基督教徒的危险。他确实是个穷人,他把所有的财产几乎全都给了厄乌里兹尤斯了。不过,只要他们信赖他,忠实地完成他交托的事情,他还是可以给他们一笔酬劳的。

厄乌里兹尤斯和他的儿子克瓦尔杜斯,几乎是跪着听这位恩人对他们讲的话。他们两人异口同声地说,只要他吩咐一声,就是让他们赴汤蹈火也在所不辞,他们相信像他这样一个圣人,绝不会要求他们去做违背基督教义的事情。

基朗向他们保证,要他们做的事情并不违背教义,于是他抬起眼睛望着天上,像是在祈祷似的,实际上他是在考虑,是不是就接受他们的建议,这样一来他就可以省下一千个塞斯特拉银币了。可是经过一番考虑之后,他放弃了这种打算。厄乌里兹尤斯已经是个老人,倒不完全是年龄的关系,主要是因为忧愁和病魔把他摧残得衰老不堪,克瓦尔杜斯只有十六岁。基朗需要的是身体灵巧的人,特别是身强力壮的大汉。至于那一千塞斯特拉,多亏他想出的妙计,只要他筹划得当,无论如何总能省下一大部分钱来的。

他们坚持要自己去完成这件工作,他坚决地回绝,他们也就让步了。这时候克瓦尔杜斯开口说道:

"我认识面包店老板德马斯,老爷,在他家的磨房里雇了不少奴隶和工人,有一个雇工力气大得惊人,干起活来一个人能抵两个人,甚至抵得过四个人。我亲眼看见他搬起一块四个人都搬不动的大石头。"

"如果他是个虔诚的教徒，又肯为同教的兄弟牺牲自己的话，你就介绍我和他认识一下吧。"基朗说道。

"他是个基督教徒，老爷！"克瓦尔杜斯答道，"在德马斯家做工的人，大多数是基督教徒。那里的工人分成日夜两班，他是夜班工人。我们现在去，正好是他们吃晚饭的时候，你可以放心地和他谈话。德马斯就住在中央市场附近。"

基朗非常高兴地同意了。中央市场坐落在阿芬丁山麓，离大竞技场并不远，他们可以抄一条近路：不绕过山脚，而沿着河边走，穿过阿米里亚柱廊就到了。

当他们穿过柱廊时，基朗说："我年纪大了，常常为了记性不好而苦恼。是的！我们的基督是被他的一个门徒出卖的，可是这会儿我怎么也想不起这个叛徒的名字来了……"

"叫犹大，后来他自己上吊死了，老爷！"克瓦尔杜斯回答说。他心中感到有点奇怪，怎么会连这个名字都忘记了呢。

"啊！是的！是犹大！谢谢你。"基朗说。

两个人一声不响地走了一会儿。等他们走到市场的时候，大门已经关了。他们只好从旁绕过去，经过向民众发放口粮的仓库，便转向左边。这一带沿着奥斯天西街，一直延伸到特斯达丘斯山丘和彼斯托留姆大会堂为止，鳞次栉比地排列着一座座房屋。他们在一座木房子前面停了下来，听到里面石磨发出轰隆隆的响声，克瓦尔杜斯走进了木房。基朗不愿意在人多的地方露面，于是他便等候在外面。他望着天上的明月，自言自语道：

"我对这个当磨工的'赫拉克勒斯'倒挺有兴趣的，如果他是个恶棍而且人又机灵的话,我就得付给他一笔钱,假如他是个诚实的基督教徒而且生来就很愚钝,那么,就是不给钱,他也会替我办事的。"

由于克瓦尔杜斯回来,他的胡思乱想被打断了。一同出来的还有一个身穿一件爱克梭米斯汗衫的人,这种汗衫把右肩和右胸都露在外面,穿上这种汗衫,干起活来比较自由方便,所以工人们特别喜欢穿它。基朗一看见来人,便满意地松了一口气,因为他有生以来还没有看见过这样壮实的胳膊和胸脯。

"这就是你想见的弟兄,老爷!"克瓦尔杜斯说。

"愿基督赐给你平安!克瓦尔杜斯,你可以告诉这位兄弟,我是不是一位可以信赖的可靠的人。然后,以上帝的名义,你就回家去吧,免得你那年老的父亲孤孤单单地在家里等着你。"基朗说。

"这是一位神圣的长者,他把他的全部钱财给了我这个素不相识的人,把我从奴役中赎了出来。愿我们的主——救世主为他准备好天国的奖赏吧!"克瓦尔杜斯说。

这个虎背熊腰的工人听了这番话,便弯下身去,吻了吻基朗的手。

"你叫什么名字,兄弟?"希腊人问。

"在受神圣的洗礼的时候给我取的名字是乌尔班,长老!"

"乌尔班,我的兄弟,你现在有空和我随便谈谈吗?"

"我们这一班要到半夜才开始干活,现在正在给我们准备晚餐。"

"那么时间倒是很充裕的了,让我们到河边去走走,到那里再对你讲我的来意。"

他们来到了河边,在堤岸上坐了下来。只有远处传来的转磨声和流向远方的河水潺潺声打破了这里的寂静。基朗细心地观察着这个工人的脸色表情。虽然他的脸上也有着朴实而忧郁的表情,和那些住在罗马的野蛮人没有什么两样,但也看得出他是个善良正直的人。

"是的,他是个善良而又愚钝的人,让他杀死格劳库斯,大概一文钱也不用花了。"基朗心中暗想。随后他便问道:

"乌尔班,你爱基督吗?"

"我全心全意地爱着基督!"那工人回答。

"你也爱同教的兄弟姐妹,还有那些教给你基督的信仰和真理的人吗?"

"我也爱他们,长老!"

"那么,愿平安与你同在!"

"也和你同在,长老!"

他们沉默了一会儿。远处传来磨坊的嘈杂声,下面是河水的哗哗声。

基朗仰望着皎洁的月色,用缓慢而深沉的声音开始讲起了基督的死亡,好像他不是在和乌尔班说话,而是自己在回想那次死亡,又像是要把基督之死的秘密泄露给这座沉睡的城市似的。他的叙述既庄严又感人,那个工人哭了起来。等到基朗一边叹息,一边抱怨说,救世主在遇难的时候,没有一个人出来救他,即使不能把他救下十字架,至少也不应该让兵士和犹太人去侮辱他呀。这时野蛮人也由于悲痛和抑制不住的愤怒而捏紧了他的大拳头。

基督的死使他感动，可是他一想到那一群坏蛋是怎么嘲笑被钉在十字架上的羔羊时，他那纯朴的灵魂被激怒了，一种强烈的复仇愿望在他心中萌发了。

基朗突然问道：

"乌尔班，你知道犹大是什么人吗？"

"知道，知道！可是他上吊死了！"那工人大声说道。

在他的声音里好像有一种惋惜的情绪，可惜那个叛徒自己惩罚了自己，而没有落在他的手中。

基朗又继续说道：

"若是犹大没有上吊，若是有一个基督教徒在陆地上或者海上碰见了他，那他应不应该为了救世主的苦难、流血和死亡，而去向犹大报仇呢？"

"有谁会不去报仇呢，长老！"

"祝你平安，羔羊的忠实仆人。是的！加在我们身上的罪过是可以宽恕的，但对上帝所犯的罪过，任何人都没有宽恕的权利。然而，正如毒蛇生出了毒蛇，罪恶生出了罪恶，叛徒养出了叛徒一样，从犹大的毒液中又产生了第二个叛徒，正像第一个叛徒把救世主出卖给犹太人和罗马军队那样，生活在我们中间的这个叛徒，却打算把救世主的羊群出卖给恶狼，如果没有预先防备这种叛卖，如果没有人及时把毒蛇的脑袋斩断，等待我们大家的只有毁灭，而基督的光荣也要和我们一起灭亡。"

这个工人用惊恐不安的神情望着基朗，好像不理解他的话似的，于是这个希腊人用外衣的一角蒙住了头，用一种好像是从地底下发出来的声音，反复地说道：

"你们要灾难临头了,真正上帝的仆人!你们要灾难临头了!基督教的男女信徒们!"

接着又出现了沉默,又只能听到转磨的响声、磨坊工人们低沉的歌声和河水的潺潺声。

"长老,这个叛徒到底是什么人?"这个工人终于问道。

基朗低下了头。那个叛徒是什么人呢?是犹大的儿子,是由他的毒液哺育长大的儿子,他伪装成基督教徒,到进行祈祷的场所去,仅仅是为了向皇帝告发我们的弟兄,说他们不承认皇帝是神,说他们在泉水里放毒,杀害儿童,想要毁灭城市,把它破坏得连一块石头也不剩。过不了几天,皇帝便会向禁卫军下达命令,要他们把男女老幼都投入监狱,把这些人处死,正如他们过去处死彼达留斯·塞康德的奴隶们一样。所有这一切都是那第二个犹大干的。如果以前没有人去惩处第一个犹大,没有去向他报仇雪恨,在基督受难的时候没有人出来救他,那么这一次,谁又会挺身而出去惩处这个叛徒呢,谁会去打死这条毒蛇呢?当皇帝还没有听到他的报告之前,又有谁能去消灭他呢,谁能使我们的教友免于毁灭,并且保卫我们对基督的信仰呢?

一直坐在石头井台上的乌尔班,突然站起来说:

"我愿意去,长老!"

基朗也站起身来,他对着工人的那张被月光照亮了的脸孔凝视了一阵子,然后伸出胳膊,慢慢地把手放在他的头上,庄严地说:

"到基督教徒中间去,到祈祷的场所去,向弟兄们打听一个名叫格劳库斯的医生,等到他们把他指给你看时,你就以基督的名义除掉他!

"他叫格劳库斯?……"这个工人反复说着,仿佛要把这个名字铭刻在心上。

"你认识他吗?"

"不,不认识!罗马的基督教徒就有好几万,并不是人人都互相认识。可是明天晚上,兄弟姐妹们全都要到奥斯特里亚努去集会,因为基督的大使徒来了,他要在那里讲道。到了那里,弟兄们一定会把格劳库斯指给我看。"

"在奥斯特里亚努吗?"基朗问,"那是在城外呀,弟兄们和姐妹们都去吗?是晚上吗?是在城外的奥斯特里亚努吗?"

"是的,长老。那里是我们的墓地,就在萨拉里亚大道和诺门坦纳大道之间,大使徒要在那里布道,您怎么不知道呢?"

"我两天都没有回家了,所以没有接到通知。我也不知道奥斯特里亚努在什么地方,因为我从科林斯来到这里并没有多久,我在那里是掌管一个基督教区……这就好了!既然基督给了你启示,那你晚上就去吧,我的孩子,你就到奥斯特里亚努去,你在那里一定会找到格劳库斯的,你在回城的路上把他杀掉就行了,你全部的罪过都会因为这件功德而被饶恕的。现在,平安与你同在……"

"长老……"

"还有什么事吗,羔羊的仆人?"

那工人的脸上现出了为难的神色。因为不久以前他杀过一个人,也许是两个人,而基督的教义是禁止杀人的。当然他杀死他们并不是为了自己,即使那样,那也是不许可的!基督可以作证，他不是为了贪图钱财才去杀人的……虽然主教亲自派了弟兄们来帮助他，但不允许他杀人，他自己也是不愿意杀人的，可是上帝为了惩罚他，给了他特别大的力气……他现在还在沉痛地忏悔……别的人在推磨的时候都唱歌，只有他这个不幸的人，却在反省自己犯下的罪孽，反省自己对羔羊犯下的罪过……他为这事已经祈祷过多少次，流过多少次眼泪啊！他已经多少次向羔羊祈求对他的宽恕！直到现在，他觉得他的忏悔还不足以赎去他的罪过……如今他又答应去杀死那个叛徒……那么好吧！只有个人所受到的侮辱才可以宽恕，所以哪怕在明天，当着参加奥斯特里亚努集会的全体兄弟姐妹的面，他也可以把那个叛徒杀掉。可是首先，格劳库斯应该受到长老会的审判，受到主教或者使徒的审判。杀死一个人并不是什么了不得的事情，尤其是杀死一个叛徒，会像杀一只狼或者一头熊那样使人觉得愉快。假如格劳库斯死得无辜又将怎么样呢？那时候他的良心又会因为一次新的谋杀、新的犯罪和又一次触犯了羔羊而受到痛苦的折磨啊！

"审判来不及了，我的孩子！"基朗说，"因为这个叛徒会从奥斯特里亚努直接赶到安提乌姆去向皇帝报告，或者在他效劳的某个贵族家里藏匿起来，我一定要给你一件凭证，等你杀死格劳库斯之后，你可以拿给别人看，无论是主教，还是使徒，都会对你的行动表示祝福的。"

他说完之后便拿出了一枚小钱，又在他的腰带上摸出一把小刀，他在钱币上用刀尖划了一个十字，把它交给那个工人。

"这就是格劳库斯的死刑判决和给你的凭证。杀死格劳库斯之后，你把它拿给主教看，主教甚至会把你以前不由自主犯下的那次杀人罪都宽恕掉的。"

这个工人迟疑地伸出手来接过了那枚钱币,因为他对前一次的杀人事件还记忆犹新,禁不住有一种恐怖的感觉。他用一种近乎哀求的声调说道:

"长老!你是凭良心来做这件事的吗?你有没有亲耳听到过格劳库斯出卖我们的教友呢?"

基朗明白了,他必须拿出一些证据,举出一些人的名字来,不然的话,在这位巨人的心里就会产生疑问。突然他的头脑里闪现出一个巧妙的计策。

"听着,乌尔班,"基朗说,"我虽然住在科林斯,却是个科斯人,在罗马我把基督教义传授给一个和我同乡的女奴,她的名字叫尤妮丝,她在皇帝的朋友、名叫彼特罗纽斯的家里当管衣服的奴婢。我正是在这人的家里听到了格劳库斯打算出卖所有的基督教徒,另外,他还答应了皇帝的另一个亲信维尼兹尤斯,要在基督教徒中间寻找一位姑娘……"

说到这里,他打住了话头,惊奇地望着那个工人,工人的眼睛突然像野兽的眼睛一样冒出了火光,脸上也露出一副疯狂愤怒和威胁吓人的表情。

"你怎么了?"基朗有些惊慌地问。

"没什么,长老!明天我就去干掉格劳库斯……"

这个希腊人便不再作声了。过了一会儿,他拉着工人的手臂,使他转过来,让月光直射在他的脸上,他细心地观察着他。显然他还拿不定主意,是继续盘问下去,把所有的问题都问个水落石出,还是暂时就停留在已经打听到的或者推测出来的事情上面,不再追问下去。

最后他那天生的谨慎性格获胜了。他深深地喘了一两口大气之后,又把手放在那个工人的头上,用庄严而又沉重的声音问道:

"是在神圣的洗礼上给你取名乌尔班的吗?"

"是的,长老。"

"那么平安与你同在,再见了,乌尔班!"

18

彼特罗纽斯写给维尼兹尤斯的信：

你的情形真是不太妙啊，我的亲爱的！维纳斯真把你的头脑搞糊涂了，夺去了你的理智和记忆力，除了爱情之外，也把你对其他一切的思维能力都夺走了。你以后再读读你给我的回信就会知道，你的心除了莉吉亚以外，对其他的一切都是那样的冷漠无情，你就像一只看见了捕获物的老鹰一样，一心只扑在她身上，对她是那样的恋恋不舍，总是在她的头上转来转去。

我凭着波卢克斯起誓！你得快点找到她，否则的话，烈火还没有把你全部烧成灰烬，你就会变成埃及的斯芬克斯①。根据人们传说，这位斯芬克斯爱上了白皙的伊西斯，便对世上的一切都充耳不闻，视而不见，只是焦急地等待着夜晚的来临，以便能够用她的石头眼睛注视着自己所爱的人。

---

① 斯芬克斯：希腊神话中的怪神，人面狮身，生有翅膀和女人的乳房，常以谜语惑人。在埃及，斯芬克斯是一种人面狮身的石雕像。

你晚上化了装可以到街上去跑一跑，甚至和你那位哲学家一道去访察那些基督徒做祷告的人家。只要有一点希望和能够消磨时光的事情都是值得称赞的。可是为了我们的友情，我只要求你注意一件事：那个莉吉亚的奴隶乌尔苏斯是个力大无穷的人，你必须雇用克罗顿，要三个人一同出去。这样做更加安全，也更为明智。既然庞波里亚·格列西娜和莉吉亚都是基督教徒，那么他们绝不会像人们所议论的那样，是一群凶暴的无赖。可是从抢走莉吉亚这件事看来，只要事关他们羊群中的一只小羊，他们就绝不会等闲视之。只要你看见了莉吉亚，我知道，你就会克制不住自己，就会立刻想把她抢到手，可是单凭你和基朗两个，哪能有这种本事呢？而克罗顿却有这种本领，即使有十个像乌尔苏斯那样的莉吉亚人来保护那个姑娘，他也有办法打败他们。你可别让基朗任意敲诈你，但是在克罗顿身上你可不要舍不得花钱。我给你出的主意中，这是最好的一条了。

这里都不再谈起小公主的事情了，关于她是被咒而死的谣言也停止流传了。虽然波培娅还有时谈起她，可是皇帝的心思完全被别的事情占去了。此外，听说皇后又有喜了，如果这话是真的，那么，对小公主的思念就会被吹得烟消云散，毫无踪迹了。我们在那不勒斯或者不如说在拜埃已经停留了十多天了。如果你还有心思想别的事情，那么我们在这里活动的回声必然会传进你的耳朵里，因为整个罗马都在谈论这件事情。我们是直接来到拜埃的，在这里我们首先想起了皇太后，受到了良心的责备。可是你知道，红胡子却干了什么呢？原来他母亲的被杀，仅仅成了他写诗的题材，成了他表演滑稽的悲剧的一个理由。从前他感到过真正的良心的责备，但那也只能说明他是个懦夫罢了。现在呢，当他确信他脚下的大地依然和原来的一样，任何一位神明也没有向他报复过，他便装腔作势，想用自己的命运来打动别人。有时，他夜里突然跳了起来，公开声称复仇女神正在追逐他，把我们大家都叫醒了，他老是望着身后，装出喜剧演员扮演俄瑞斯忒斯王①的姿态，他不过是个蹩脚的演员，演得很拙劣。他高声朗读希腊文的诗歌，还察看我们是不是在赞美他。而我们呢，毫无疑问是吹捧他的！我们并不对他说：你这个小丑，该睡觉去啦！反而也作出悲剧的腔调来帮助这位伟大的艺术家逃避复仇女神的追逐。我向卡斯托尔起誓！他在那不勒斯已经公开表演过，至少这条新闻你是听到的了。人们把那不勒斯和附近城市的全部游手好闲的希腊人都赶来了，把剧场挤得水泄不通，顷刻之间，剧场里便充满了大蒜和汗水的臭味。我得感谢众神，我没有和那些达官贵人坐在第一排，而是陪着红胡子一道待在后台。你相信不相信，他怯场了？他真的害怕了！他抓住我的手放在他心口上，他的心确实跳动得很厉害，呼吸也很急促。到了他登场的时刻，他的脸就像羊皮纸一样苍白，额头上也沁出了大粒汗珠。其实他也知道，在每一排座位上，都坐着用木棍武装起来的禁卫军，他们在

---

① 俄瑞斯忒斯：希腊神话中阿伽门农之子。阿伽门农被妻子杀死后，他为父报仇便杀死了母亲。

必要的时候会出来捧场，鼓动大家的热情。但这完全是没有必要的。无论哪一群迦太基附近的猴子也没有这群观众的吼叫声响。告诉你，那股大蒜味甚至冲到舞台上来了，尼禄却把双手按在胸前，从唇边抛出飞吻，还流了眼泪。然后他像个醉汉似的跑到我们这些在后台的人们中间，叫喊道："所有的胜利和我这次胜利比起来又算得了什么呢？"那些观众还一直在欢呼和鼓掌。他们知道，鼓掌将会给他们带来好处，可以得到礼品、宴会和彩票，以及这位皇帝——小丑再一次的表演。对于他们的鼓掌欢呼我并不感到意外，因为他们从来也没有看到过这样大的场面。可是皇帝却一再地说："啊，希腊人多好啊！啊！这些希腊人多好啊！"我似乎觉得，从这时起他对罗马的憎恨更加深了。同时他还派出信使带着这次胜利的消息奔赴罗马，我估计，过不了几天元老院便会派人来表示感谢和祝贺。尼禄第一次演出刚完，便发生了一件奇怪的事情。观众刚刚离开剧场，剧场就突然倒塌了。事件发生时，我正好在场，我没有看见从残垣断壁下挖出一具尸体。许多人，其中包括希腊人在内，都把这件事看成是众神的愤怒，因为这使皇帝的尊严扫地，是对皇帝的威信的蔑视，可是他却认为这是众神对他的恩惠，认为是在庇护他的歌唱，在庇护听他歌唱的人们。于是他给所有神殿都奉上了大量的祭品，对众神表示谢恩，他认为这是鼓励他到亚该亚去的表示。可是，几天前他又对我说，他非常担心罗马人会议论纷纷，他们是非常喜爱他的，同时由于皇帝长期出巡，他们会担心谷物分配和竞技表演受到影响，说不定因此而发生骚乱呢。

然而我们还是要到贝纳文特去，观看瓦提纽斯为我们准备的那种臭鞋匠的豪华场面，然后在海伦的神圣兄弟的保护下，再从那里出发到希腊去。至于我自己，我在这里倒发现了一条规律：谁要是生活在疯子中间，那他自己也会变成疯子的，甚至还会在这种疯狂中发现一种乐趣。希腊和千百架弦琴的海上旅行，酒神巴克科斯式的胜利进军，无数的仙女和酒神女祭司头戴着桃金娘、葡萄藤和金银花编织的花冠，陪伴在他周围，还有驾驭着老虎的大车、鲜花、七叶树、花环，醉后的狂呼声、音乐、诗歌和希腊人的喝彩，所有这一切都令人陶醉，可是我们还在筹划着一个更加大胆的计划。我们想建立一个神话般的东方帝国，一个棕榈树丛生，阳光普照和到处是诗歌的帝国，它把现实变成梦境，把现实变成生活的欢乐。我们要忘掉罗马，而把世界的中心点建立在希腊、亚洲和埃及之间的某个地方，我们将过着并非人间的而是神的生活，没有平庸琐屑的烦恼，乘坐着装有紫色风帆的金黄色大船，沿着群岛泛游，一个人身兼阿波罗、奥西里斯[①]和巴尔[②]三个神明，像曙光一样变成玫瑰色，像太阳一样变成金黄色，和月亮一样变成银白色，发着命令，唱着歌，进入梦乡……你信不信，就连我这个还有点理智和判断力的人，也被这种幻想迷住了。我之所以被它迷住，是因为它即

[①] 奥西里斯：埃及神话中的植物神，尼罗河水神，又为阴间主宰。
[②] 巴尔：古代腓尼基人信奉的太阳神。

使不可能实现，至少也是伟大和不平凡的……这样一个神话般的帝国在过了很久以后，等到好多个世纪之后，就会被人们看成是一场梦。如果维纳斯不变成莉吉亚或者像尤妮丝这样的女奴形象出现，如果艺术不把人生美化，那么生活本身就是毫无意义的，就会常常以猴子的面貌出现。可是红胡子绝不可能实现他的计划，主要是因为在那个诗歌和东方的神话帝国中，容不得叛变、卑鄙和死亡的存在。尽管他自己装扮成一位诗人，实际上却是一个低劣的喜剧演员，是一个愚钝的驭手和昏庸的暴君。在这里，凡是对我们有所妨碍的人，我们就把他扼死。可怜的托尔克瓦杜斯·西拉鲁斯几天以前切开了自己的血管，现在已经成了一个鬼魂。列卡纽斯和李齐纽斯战战兢兢地接受了执政官的职务，老特拉绥阿斯的秉性过于正直，看来也不免一死。提格里努斯至今还没有搞到一张命令我切开血管的圣旨。皇帝还需要我，不但因为我是"风雅裁判官"，而且也因为没有我出出主意，没有我的高雅趣味，这次到亚该亚去旅行就会失败。我常常想，我迟早是注定了要切开血管死掉的，你猜我到了那时有个什么打算呢？就是不让红胡子得到我那只米兰酒杯，就是你见过而且赞不绝口的那只酒杯。我临死的时候，如果你在我身边，我就把它送给你，如果你在远方，那么我就把它摔碎。可是现在摆在我们面前的是那个鞋匠的贝纳文特和奥林匹斯的希腊，还有那给每个人都规定了不可知、不可预料的人生道路的命运之神。祝你身体健康。一定要雇用克罗顿，否则的话，他们又会第二次抢走你的莉吉亚。那个基朗，等你不需要他的时候，就把他送到我这儿来，不管我在什么地方，也许我会把他变成第二个瓦提纽斯，那些执政官和元老们将在他的面前战栗不安，就像在那个德拉特夫卡骑士面前发抖一样。我将来要是能看到这种情景，也就算是不虚此生了。要是你找到了莉吉亚，就赶快告诉我，我好替你们向这里的维纳斯圆形神殿献上一对天鹅和一对鸽子。有一次我梦见莉吉亚坐在你的膝盖上，想和你接吻。努力去找吧，让这个梦变成一个好兆头吧。希望你头上的天空没有云块，假使有云块的话，就让它们具有玫瑰的色彩和芬芳吧。祝你健康！再见！

19

维尼兹尤斯刚刚把信读完，基朗未经通报便悄悄地走进了书房，因为仆役们早已得到命令，无论是白天还是黑夜，随时都要放他进来。

"愿你仁慈的祖先厄里阿斯①的神圣母亲赐给你恩惠，就像马雅②的神圣儿子对我那么慈爱一样。"基朗说。

维尼兹尤斯立即从他坐着的桌边跳了起来，问道：

"你的话是什么意思？"

基朗抬起头来说：

"我找到啦！"

年轻的贵族非常激动，好久都说不出话来。最后他终于问道：

"你看见她了吗？"

"我见到了乌尔苏斯，还和他说过话。"

"你知道他们藏在什么地方吗？"

"不知道，老爷！如果换了别人，他一定会得意忘形，而让那

---

① 厄里阿斯：特洛伊战争中的英雄。
② 马雅：希腊神话中的七星之一。

个莉吉亚人猜出他是谁了；如果换了一个人，也会去盘根问底打听她住在哪里，这样一来，一定会吃一顿拳头，那么尘世间的一切就会与他无缘了。要不然也会引起那个巨人的疑心，说不定当天夜里就会让莉吉亚另寻一个藏身之处。我是不会这样干的，老爷。我只要知道乌尔苏斯在市场附近的磨坊里做工就够了。磨坊的主人名叫德马斯，跟老爷你的一个解放奴隶同名。你只要派一名可靠的奴隶早晨跟踪他，就可以找到他们躲藏的地方。我现在可以向你保证，老爷，既然乌尔苏斯还在城里，那么天仙般的莉吉亚也一定在罗马。我带来的第二个消息是：今天晚上可以断定她会到奥斯特里亚努去……"

"到奥斯特里亚努去？这是什么地方？"维尼兹尤斯立即打断了他的话，仿佛他马上就要跑到指出的那个地点去似的。

"那是在萨拉里亚大道和诺门坦纳大道之间的一座古坟场。我对你说过的那个基督教中地位最高的长老，原来以为要晚些时候才到罗马来的，现在却已经到了这里，今天晚上就要在那个坟场进行布道和施洗礼。虽然现在并没有明令禁止基督教，教徒们都对自己的信仰保守秘密，因为人们都仇视他们，他们不得不谨慎小心。乌尔苏斯亲自告诉我，今天晚上，所有的教徒们会一个不剩地都到奥斯特里亚努去，因为大家都想和他们称作使徒的那位基督的大弟子见见面，听听他的讲道。在他们那里，女人可以和男人一道听讲。在女信徒当中，可能只有庞波里亚一个人不能去，因为她不能向普劳兹尤斯这位旧神的信仰者解释，为什么她要夜里出门。可是莉吉亚不一样，老爷，她是受着乌尔苏斯和长老们保护的，毫无疑问，她一定会和其他女人一道到那里去的。"

到目前为止，维尼兹尤斯就像是处在高烧之中，仅仅靠希望来支持自己，现在一听到希望就要变成现实，就像一个行路人经过了超出自己力量的长途跋涉，就要到达目的地一样，突然感到浑身虚脱。基朗看到这种情形便决定利用它一下。

"城门的确被你手下的人看守着，老爷，基督教徒们也一定知道这件事。可是他们用不着经过城门。他们也不用渡过台伯河，虽然有几条路离河边都比较远，但为了见到那个大使徒，就是绕远道也是值得的。况且他们还有上千条办法走出城去，我就知道他们有这样的办法。你在奥斯特里亚努一定能找到莉吉亚，即使她不去——这种情况我想是不会发生的——那么乌尔苏斯也一定会去，因为他答应了我要去干掉格劳库斯。他亲口对我说，他要在那里杀死他。你听见了吗，尊敬的军团长？现在，要么你去跟踪他，探听出莉吉亚的住处，要么你就命令你的人把乌尔苏斯当作杀人凶手抓起来，这样他就落到了你的手心里，你就可以要他供出莉吉亚藏在什么地方。我已经完成了自己的任务了，换了别人的话，老爷，他就会对你说，他和乌尔苏斯在一起喝了十大杯上等陈年好酒，才从他那里探出这个秘密来。别的人还会告诉你，他和他赌'十二点'牌时，输给他一千个塞斯特拉，或者说他花了两千个塞斯特拉才买到这个消息的。我知道你会加倍酬劳我的，然而我有生以来总要做一次——我是想说，我一生中永远是个——诚实的人，因为我相信，正如慷慨的彼特罗纽斯所说的，你要赏给我的比我一向希望和期待的还要慷慨大方得多。"

维尼兹尤斯是个军人，习惯于按照自己的意志去处理一切事情，而且是个说干就干的人，等到他克服了一时的虚脱之后，便说：

"你尽管相信我的慷慨大方好了，可是，首先你要和我一起到奥斯特里亚努去。"

"要我到奥斯特里亚努去？"基朗问道，他是根本不想到那里去的，"高贵的军团长大人，我只答应替你寻找那个姑娘，并没有答应帮你去抢她……你想想，大人，如果那头莉吉亚熊在撕碎格劳库斯之后，知道他并没有处死他的理由时，他会怎样来对待我呢？难道他不会把我看成是这桩谋杀罪的指使人吗——虽然这是没有根据的。你要记住，老爷，越是伟大的哲学家，对于普通人提出的蠢问题就越难回答。如果他问我，为什么我要指使他杀死格劳库斯医生，我怎么去回答他呢？如果你疑心我是在欺骗你，那就等到我把莉吉亚的住所指给你看时，再来领你的酬金好了。今天，就请你略施小惠给我吧，万一老爷你遇到了什么意外——愿众神保佑你平安无事——那我就连一点赏钱都得不到了。凭着老爷这么大的气度，你是永远不会这么做的。"

维尼兹尤斯向搁在大理石座子上的被称为"方舟"的钱柜走去，从里面取出一只钱袋，把它扔给基朗说：

"这是些小金币。等莉吉亚回到我家里，你还可以得到同样多的大金币。"①

"老爷真是活着的朱庇特神啊！"基朗喊了起来。

然而维尼兹尤斯却皱起了眉头。

"你在这里吃饭，然后去休息一下。直到傍晚，你不能离开这

---

① 小金币等于大金币的三分之一。——作者原注

里,等天黑以后,你就陪我一道到奥斯特里亚努去。"

这个希腊人的脸上立即出现了惊慌和犹豫的神色,过了一会儿他才平静下来,说道:

"谁能违抗老爷的命令呢!请把我这些话当作好兆头来接受,就像我们国家的伟大英雄在阿蒙①神殿里所接受的那些一样。老实说,你给了我这么多小金币,"他摇动钱袋说,"已经壮了我的胆子,更不用说,能和老爷做伴,这对我来说更是一种荣幸和快乐……"

维尼兹尤斯不耐烦地打断了他的话,开始问他和乌尔苏斯谈话的详细情况。他们的这次谈话中有一点是非常明确的,那就是,要么是今天晚上发现莉吉亚的住处,要么是从奥斯特里亚努回城的路上把她本人抓到。维尼兹尤斯一想到这里,便高兴得心花怒放。现在,当他确实相信他能找到莉吉亚的时候,他对她的愤怒和恼恨也就消失得无影无踪了。由于心里的无限喜悦,他原谅了她的全部过错。他现在想起她,只觉得她是他心爱的和怀念的人,仿佛有一种长途旅行后现在她就要回到家里来的感觉。他真想把奴隶们都召集起来,吩咐他们用花束把房子装饰起来。现在他连乌尔苏斯也不憎恨了。他打算对所有的人、所有的事都加以宽恕。尽管基朗为他奔走效劳,但他对他一直感到厌恶,而现在他第一次觉得他是个有趣的人,而且是个不平常的人。他觉得他的家更明亮了,他的眼睛更加明澈,他的脸孔也更加开朗。他觉得自己年轻了,重新感到了生活的乐趣。过去由于阴郁和悲哀的折磨,

---

① 阿蒙:古埃及的太阳神,原为底比斯的守护神。

他不能真正了解他爱莉吉亚爱到什么程度，只有当他现在觉得有得到她的希望时，他才感觉到这种感情的强烈程度。犹如春回大地，在阳光普照下万物苏醒过来一样，他对她的欲望也觉醒了。然而这次的欲望并不像以前的那样狂暴和盲目，而带有更多的欢乐和柔情。他现在觉得他身上有无穷的力量，他确信这次只要亲眼看见了莉吉亚，无论是全世界的基督教徒，还是皇帝本人，都不能从他身边把她抢走了。

这时候，基朗看到他兴致很高，便大胆地对他说起话来，开始替他出主意。他认为到现在一切还不能算大功告成，还需要保持高度的警惕性，否则就要前功尽弃。他恳求维尼兹尤斯，不要从奥斯特里亚努抢走莉吉亚。他们到奥斯特里亚努去的时候应该戴上风帽，不要让别人看见他们的脸，到了那里，也应该站在黑暗的角落里，去观察那些参加集会的人。看见了莉吉亚以后，最保险的办法是远远地跟着她，看清楚她走进哪一座房子，第二天清早，再派大批奴隶把那所房子包围起来，在光天化日之下把她带走。因为她是人质，是属于皇帝的，这样做就不会违犯法律了。要是在奥斯特里亚努找不见莉吉亚，他们就跟踪乌尔苏斯，其结果反正是一样的。到坟场去不能多带人，以免引起别人的注意，基督教徒们会把灯烛全部熄灭掉，就像他们抢走莉吉亚那次一样，然后在黑暗中四处逃散，或者藏到只有他们才知道的隐蔽地方去。不过他们必须带武器去，最好是再带两个身强力壮而又可靠的人一道去，万一需要时就可以保护他们。

维尼兹尤斯认为他的意见很对，而他还想起了彼特罗纽斯的建议，于是他吩咐奴隶去把克罗顿找来。几乎认识罗马所有名人的基朗，一听到这个著名大力士的名字，便格外地放心。这个角斗士有超人的力气，基朗曾经多次在比赛场上赞赏过他。这一来，他表示自己也愿意去奥斯特里亚努。他觉得那只盛满大金币的钱袋，有了克罗顿的帮助，是更容易到手了。

　　因此，过了不久，当客厅主管叫他去吃饭的时候，他便快快活活地坐上了餐桌。他一边吃着，一边对奴隶们讲他给主人送来的一种灵验的药膏，无论什么样的驽马，只要在马蹄上擦上这种药膏，便能疾驰如飞，把别的赛马远远地抛在后面。教他调这种药膏的是一个基督教徒，基督教的长老们非常精通魔术和奇迹，虽然帖撒利亚人以魔术闻名于世，但基督教的长老们比他们还要高明。基督教徒们都非常信任他，为什么会对他这样信任呢，凡是知道鱼的意思的人都是能够猜到的。他一面说着，一面仔细地观察奴隶们的脸色，希望能在这些奴隶中间发现基督教徒，以便报告维尼兹尤斯。等到这种希望落空以后，他便放开肚皮大吃大喝起来，同时不绝口地赞美厨师的手艺，还扬言说，他要从维尼兹尤斯手中把这个厨师赎买过来。但是，想到晚上他要去奥斯特里亚努，他的快乐便蒙上了一层阴影，不过，使他聊以自慰的是，这次是改装出去，又是在黑暗中，并且还有两个人同去，其中一个是被罗马人奉为偶像的大力士，另一个是贵族，是军队中的高级将领。他自言自语地嘟哝着："即使他们发现了维尼兹尤斯，他们也是不敢动手的，至于我，要是他们能看见我的鼻子尖，那他们要算是机灵鬼了。"

　　稍后，他又想起了他和那个工人的谈话，这种回忆又给他增添了新的欢乐。那个工人就是乌尔苏斯，这是绝不会错的。无论从维尼兹尤斯的谈话中,还是从那些到皇宫中去接莉吉亚的人的描述中,他已经知道这个人有非凡的力气。因此,当他问厄乌里兹尤斯知不知道力气特别大的人时,厄乌里兹尤斯毫不犹豫地说出了乌尔苏斯,就不足为奇了。后来他一提到维尼兹尤斯和莉吉亚的名字,这个工人便露出了不安和愤懑的神色,毫无疑问,他和这两个人一定有着特殊的关系。这个工人还谈起他因为杀过人而后悔不已,乌尔苏斯的确把阿达钦杀死了。最后,这个工人的面貌,完全和维尼兹尤斯说起的那个莉吉亚人相吻合。只有改变名字这一点使人生疑,然而基朗知道,基督教徒们常常在受洗礼的时候取一个新的名字。

"如果乌尔苏斯把格劳库斯杀死,"基朗暗中思忖道,"那就太好了,如果他不把他杀死,那也是个好现象,这就证明,基督教徒是不轻易杀人的。我把这个格劳库斯说成是犹大的儿子,是所有基督教徒的叛徒。我说得那样天花乱坠,连石头也会感动得跳起来砸在格劳库斯的头上。然而我只不过勉强说服了这头莉吉亚大熊,答应用他的爪子去掐死格劳库斯……就这样,他还犹豫不决,含糊其词,大谈他的痛苦和忏悔赎罪的心情。显然,基督教徒们是很难得杀人的……他们对自身所受的侮辱都采取宽恕的态度,而对于别人受到的侮辱,也不是随便就去报仇的,正因为如此,基朗啊,你应该好好想一想,你有什么可怕的呢?格劳库斯没有向你报仇的自由……如果乌尔苏斯都不肯杀掉犯了背叛全体基督教徒这样大罪的格劳库斯,那么,格劳库斯也不会因为你出卖过一个基督教徒这样的小罪而杀死你的。另外,我只要替这只痴情的公鸽找到那只小斑鸠的巢穴,从此就洗手不干了,我就要回到那不勒斯去住。基督教徒也谈过洗手不干这一类的话,很明显这是一个好方法,如果某人和他们从前有过什么关系,现在就可以这样一刀两断。这些基督教徒是些多么善良的人啊,可是别人却把他们说得那样坏呀!啊,众神啊!难道这就是世界上的正义!我之所以喜爱基督教,就因为它不许杀人。如果不准许杀人,那么也就不准许偷窃、欺骗和作假见证了。当然,要遵守这些禁条确实不容易。看来基督教不仅像禁欲主义者教导人们那样,要死得诚实,而且也要活得诚实。假如我将来有了财产,有了这样一座房子和像维尼兹尤斯那么多的奴隶,我或许也会当个基督教徒的,反正只要有这些好条件就行。有钱人想干什么就能干什么,包括讲道德、行善事在内。是的,这是有钱人的宗教,可是我不理解,为什么在这些信徒中间有那么多的穷人呢?他们能得到什么好处呢,为什么要让德行捆住自己的双手呢?以后有空我要仔细研究一下这个问题。现在,我要赞美你,赫耳墨斯,请你帮助我找到这只母獐吧……如果你只为了两头角上镶着黄金的周岁的白牛犊才肯帮助我的话,那我就会不承认你啦。你不觉得害臊吗,你这个杀死阿耳戈斯①的英雄!像你这样一位聪明的神,难道不能预先知道你是什么东西也得不到的吗?我只能把我的感激奉献给你,如果你不接受我的感激,宁愿要两头小牛犊的话,那么你自己就是那第三头牛犊,或者说得客气一些,你也只是个牧人,而不是个神了。你要小心,像我这样的哲学家,只要向老百姓证明你根本不存在,大家就不会再向你奉献供物了。跟哲学家和睦共

---

① 阿耳戈斯:希腊神话中的百眼巨人,后被赫耳墨斯所杀。

处,对彼此都有好处!"

他这样自言自语地和赫耳墨斯谈了一通,便在躺椅上睡了下来,把外套当枕头,等奴隶们来收拾杯盘时,他已经鼾声如雷了。直到克罗顿到来后,他才醒了过来,不,说得确切些,他才被人叫醒过来。于是他来到客厅,愉快地望着这位角斗士的魁伟的身体。这个角斗士,现在担任了教练,他那庞大的身体好像要把这间房子都塞满了似的。克罗顿已经和维尼兹尤斯谈妥了这次陪伴出去的报酬数目,现在他正在对维尼兹尤斯说:

"大人,凭赫拉克勒斯起誓!今天你来找我机会正好,明天我就要到贝纳文特去了,瓦提纽斯请我去,要我当着皇上的面,和一个名叫西法克斯的黑人比赛,他是出生在非洲的一个最强壮的角斗士。请你想象一下吧,大人,假如我的双手不把那家伙的脊梁骨拧得咔嚓响,我就要用拳头打掉他的黑下颚。"

"凭着波卢克斯起誓,我相信你能做到,克罗顿。"维尼兹尤斯回答。

"你就大胆地干吧!"基朗也插嘴说,"对了……把他的下巴打掉,这真是个好主意,只有你才能做得到。我敢打赌,你一定会把他的下巴骨打掉!不过现在你的手脚应该擦擦橄榄油,我的赫拉克勒斯,你应该知道,今天是要和真正的卡库斯[①]较量。维尼兹尤斯看上的那个姑娘,就受到这个人的保护,他好像有非凡的力气呢。"

---

① 卡库斯:古意大利的火神之子,半人半兽,因偷了赫拉克勒斯的8头母牛而被赫拉克勒斯杀死。

基朗这样说，仅仅是为了激起克罗顿的好胜心。但是维尼兹尤斯却说：

"是的，我没有亲眼见过，但是听人说过，他能抓住公牛的犄角，随便把牛拉到什么地方去都可以。"

"啊呀！"基朗惊讶得叫了起来，他从来也没有料到乌尔苏斯竟有这样大的力气。

但是克罗顿却轻蔑地冷笑了一下，说：

"我能用一只手抱住你所指出的那个姑娘，高贵的大人，而用另一只手去对付七个这样的莉吉亚人，哪怕全罗马的基督教徒像卡拉布里亚的狼群那样追赶我，我也要把那个姑娘送到你府上来。如果做不到，我甘愿在这个蓄水池旁边挨你一顿棍子。"

"老爷，可不能让他这样干！"基朗喊道，"如果他们朝我们扔石头，他的力气又有什么用呢？最好是到她住的地方把她带走，那样既不会让她冒生命危险，我们自己也不会吃亏。"

"就这样做吧，克罗顿！"维尼兹尤斯说。

"你付了钱，我就得按你的意思去做！可是你要记住，明天我就要到贝纳文特去啦。"

"我在这座城里有五百个奴隶！"维尼兹尤斯答道。

随后他做了个手势叫他们两个退下去，自己也进了书房，他坐了下来，给彼特罗纽斯写了下面这几句话：

基朗找到了莉吉亚。今天晚上我就要和基朗、克罗顿一道到奥斯特里亚努去，今天夜里或者明天早上就从她的住处把她抢走。愿众神保佑你万事如意，祝你健康，最亲爱的，

我高兴得无法再写下去了。

他放下芦苇笔,就迈着快步在书房里走来走去,因为除了无比的欢乐之外,焦急的情绪也在折磨着他。他对自己说:明天莉吉亚就会来到这座房子里了。他不知道该怎样对待她,但是他觉得,要是她真爱他,他就是做她的奴隶也心甘情愿。他想起阿克特向他保证说,莉吉亚是爱他的,这使他的心灵深处非常激动。现在的问题是她如何克服处女的羞涩和放弃基督教所规定的誓言?如果是这样,莉吉亚一进他的家门,就会屈服在劝说和压力下,她就会对自己说:"事到如今,只好这样了!"到那时候,她就会成为一个温柔可爱的人了。

然而基朗走进来,把他甜蜜的思想打断了。

"老爷,我又想起了一件事。"希腊人说,"基督教徒会不会有一种入场券、一块骨牌子呢?没有这种骨牌子是不让进奥斯特里亚努的。我知道,祈祷的会场就要这样的骨牌子,我以前在厄乌里兹尤斯那里得到过这种牌子。现在请你允许我到他那里去一下,老爷,好向他打听清楚,要是需要这种骨牌子,我就向他要来。"

"好的,尊敬的哲学家!"维尼兹尤斯愉快地答道,"你说的话有先见之明,应该受到称赞。你现在就到厄乌里兹尤斯那里或者你愿意去的地方吧,不过要把你刚才收下的那个钱袋留在桌子上作为保证。"

从来不愿意和金钱分手的基朗,不免踌躇了一下,但只好服从命令,放下钱袋走了出去。从卡里纳到大剧场,厄乌里兹尤斯就在那里开着小铺子,路并不远,因此,当他回来的时候,离黄昏还很早。

"这就是入场券,老爷。没有这玩意儿,人家不会放我们进去的。我把到那儿去的路程也打听清楚了,我还对厄乌里兹尤斯说,我要这些牌子是为了给我的朋友,我自己不能去了,对我这样的老人来说路是太远了,反正明天我就能见到大使徒,他会把他讲道的最精彩的段落说给我听的。"

"怎么,你不去吗?你一定得去!"维尼兹尤斯说。

"我知道我一定得去,不过,我打算戴上风帽去,我劝你们也这样做,不然的话,我们就会把那些鸟儿吓飞的。"

等到夜幕降落下来,他们已经做好了出发的准备。他们身穿带有风帽的高卢斗篷,手提灯笼,维尼兹尤斯自己和他的同伴都带着短弯刀。基朗还戴上了假发,这是他从厄乌里兹尤斯家回来时在路上租来的,他们想乘远处的诺门坦纳城门还没有关闭之前赶到那里,于是便急急忙忙地上路了。

20

  他们经过帕特里丘斯街,沿着维米纳尔街来到了旧日的维米纳尔门,这地方离平原不远,戴克里先①后来在这里建了一座华丽的浴场。他们接着又穿过塞尔维乌斯·图利乌斯王②城墙的残垣断壁,穿过一片越来越荒凉偏僻的地方,便走上了诺门坦纳大道,随后他们向左转,朝萨拉里亚那边走去,来到了布满沙坑的山丘上,这一带地方到处都能看见一些坟场。这时天已全黑了,月亮还没有升起,如果不是像基朗所预料的,基督教徒会在前面给他们引路,单靠他们自己寻找这条路会是十分困难的。在他们的左面、右面和前后,都有一些漆黑的人影在攒动,小心翼翼地向沙石洞窟的方向走去。有几个带着小灯笼的人,也竭力用外衣遮住灯光,另外一些人很熟悉这条路,便摸着黑前进。维尼兹尤斯那双军人的眼睛,的确能从他们的行动上分辨出谁是青年、谁是倚着手杖彳亍的老人,也能分辨出那些穿着长衣裙的女人。偶尔出

---

  ① 戴克里先:公元284年至305年的罗马皇帝。
  ② 塞尔维乌斯·图利乌斯:公元前578年至公元前534年的罗马国王,据说是罗马城的真正建立者,后被他女婿杀死。

现的行人和离城回乡的农民看到这些夜游神，还以为他们是到沙洞去的苦力，或者是举行夜间祭奠的送丧人。这位青年贵族和他的随从越往前走，周围闪烁的小灯笼和走动的人就越多。有的人低声唱着赞美歌，在维尼兹尤斯耳边听起来充满了幽怨。有时还有片言只语传进他的耳朵，如"醒来吧，沉睡的人"或者"从死亡中复活"。有时还能从男男女女的口中听到基督的名字。但是，维尼兹尤斯一想到莉吉亚很可能就在这些人当中，便不再去注意这些话语了。有的人经过他身旁时，对他说了声："平安与你同在！"或者"赞美基督！"这时他便激动起来，心脏在急骤地跳动着，因为他觉得好像听到了莉吉亚的声音。和莉吉亚相似的身材和声音使他多次在黑暗中产生了错觉，但是认错了好几次之后，他才不敢再相信自己的眼睛了。

他觉得路程很远。本来他对这一带很熟悉，只是由于夜色苍茫，使他无法辨认出方位。有时道路非常狭窄，有时会遇到颓垣断墙，还有不少的小房子，他想不起城外郊区是有这些东西的。后来月亮终于在高高的云层上出现了，它比昏暗的小灯笼更能把小路照亮。过了不久，在远方开始闪烁着篝火或者是火炬的火光。维尼兹尤斯转身朝着基朗问，那边是不是奥斯特里亚努。

昏暗的黑夜，又远离城市，再加上那些幽灵似的人影，在基朗的心里产生了特别强烈的印象，他只是含糊地答道：

"不知道，老爷，我从来没有到过奥斯特里亚努。其实要礼拜基督，就在城郊附近也能找到地方的。"

可是过了一会儿，他觉得有必要说说话，振作一下精神，于是就接着说了下去：

"他们像强盗似的聚集在一起,但是他们是不允许杀人的,如果那个莉吉亚人没有欺骗我的话。"

一直在思念着莉吉亚的维尼兹尤斯,对于这些基督教徒集合起来去听他们最高教长的说教,又能保持这样高的警惕性和神秘性,不能不感到惊讶。于是他说:

"就像所有的宗教一样,它在我们的人中间也有了不少的信徒,可是基督教不过是犹太教的一个教派而已。为什么要到这里来集合呢,台伯河对岸地区不是有犹太教的神庙吗?犹太人白天都到那里去献供的。"

"不,老爷。犹太人恰好是他们不共戴天的仇敌。我听说,当今的皇帝还没有登基以前,犹太人差点儿向他们发动了战争。克劳迪乌斯皇帝对他们之间的争斗都感到厌烦了,才不得不把所有的犹太人都赶走,现在这条驱逐令是被废除了,但是基督教徒还是回避着犹太人和罗马的市民们。你也知道,这些市民仍然把他们看成是罪犯,并且仇恨他们。"

他们又沉默不语地走了好一会儿,离城门越远,基朗就越是惊慌不安。他说:

"从厄乌里兹尤斯家回来的时候,我在一家理发店租了一副假发,还在鼻孔里塞了两颗豆子。这样一来,就没有人能认出我来了。不过,即使他们认出了我,他们也不会杀掉我的!他们不是坏人,甚至是非常正直的人!我喜欢他们,也尊敬他们。"

"你这样赞美他们还太早了一点!"维尼兹尤斯说。

这时候,他们走进了一条狭窄的沟道,旁边好像被两条水渠夹住了似的,有一处地方上面还留着一条水槽。正在这时候,月亮穿出了云层，能够看见沟道的一端有一堵墙，上面爬满了常春藤，在月光中散发出银色的光辉。那里就是奥斯特里亚努了。

维尼兹尤斯的心脏跳动得更加剧烈了。

大门口有两个采石工人在收牌子。不一会儿工夫，维尼兹尤斯和他的同伴便来到了一块相当宽阔的地方，四周被院墙围住。到处是零零落落的墓碑，正中是地窖——也就是墓穴——的大门，地窖的底部便是坟墓，在地窖入口的前面有一座喷泉在喷着水。由于来的人太多，地窖容不下这么多人，于是连维尼兹尤斯也不难猜到，仪式将在露天的空地上举行。空地上一下子便拥挤成人山人海。一眼望去，灯光挨着灯光，还有不少人没有带灯笼来。除了少数几个人没有戴帽子之外，几乎所有的人，不是为了提防奸细，便是为了御寒，都戴上了风帽，把脸孔遮了起来。于是维尼兹尤斯不安地想到，若是大家自始至终都是这个样子，要在这样暗淡的光线下，从人群中辨认出莉吉亚来，那是非常困难的。

但是在靠近墓穴的地方，突然点燃了几根松明火炬，垒起了一小堆火，一下子就把这块地方照亮了。人们开始唱起了一种奇怪的赞美歌，起先声音很低，后来越唱声音越高。维尼兹尤斯有生以来从未听见过这样的赞美歌。他在前来墓地的路上听见的个别人低声哼唱的歌声中，感到有一种怀念的情调，这种情调也出现在这首赞美歌中，而且更加突出，更加强烈有力，直到最后它是那样感人肺腑，又是那样响彻四方，以至整个坟场、山丘、沟堑和附近地区，都好像和人们融合在一起，形成了一股怀念的巨流。在歌声里还使人感觉有一种深夜的呼唤，一种在迷途和黑暗中求救的哀声。所有的眼睛都仰望着天空，仿佛看见了上面的什么人，人们伸出了双手，似乎也在祈求他降临尘世。等到歌声一停止，便出现了一种静默的期待，它是那样感人，连维尼兹尤斯和他的同伴都不由自主地仰望着星空，好像害怕真要发生什么不平常的事情，或者真的会有什么人从天而降。维尼兹尤斯不论在小亚细亚，在埃及，还是在罗马城里，曾经见过各种各样的寺院庙堂，接触过各种不同的宗教信仰，也听见过无数的赞美歌，然而只有在这里他才第一次看见人们用赞美歌去呼唤神明，他们这样做并不是在完成例行的仪式，而是出自内心的需要，出自对神的诚挚的想念，恰似孩子们想念他们的父母一样。只要不是瞎子，便不难看出，这些人不仅崇拜他们的神，而且还用整个灵魂去爱他们的神。维尼兹尤斯直到现在，无论在任何国家、任何仪式或者任何寺院中，都从来没有见过这样的情景，希腊和罗马的一些人信奉神明，是想求得神明的帮助或者是出于恐惧，但从来没有人想到过要去爱他们的神。

虽然他的思想一直被莉吉亚占据着，他的注意力也由于在人群中寻找她而有所分散，但他不可能不看到他周围所发生的这些令人惊叹而神奇的事情。这时候，又有人把一些火把扔进火堆，红色的火焰把坟场照得更加明亮，使灯光显得黯然失色。就在这一瞬间，一个老人从地窖中走了出来，他身穿带有风帽的外衣，头完全露在外面，他踏上了火堆旁边的一块大石头。

人群一看到他，便波动起来。维尼兹尤斯听见周围的人们都在低声说着："彼得！彼得！……"有些人跪下了，还有些人向他伸出了双手，周围是如此肃穆静谧，人们可以听到烧焦的炭屑从松明上掉下来的声音，以及诺门坦纳大道上车轮的辘辘声和夜风吹动坟场旁边几株松树的簌簌声。

基朗弯着腰靠近维尼兹尤斯悄悄说道：

"就是他！基督的第一个弟子，一个渔夫！"

那老人举起手来，画了一个十字给在场的人祝福，众人一下子都跪倒在地。维尼兹尤斯和他的同伴，为了不引人注意，也跟着别人一起跪在地上。维尼兹尤斯一时还不能把握自己的印象，因为他觉得，他面前站着的那个人显得十分单纯而不平凡，尤其不能把握的是，这种不平凡又正好来自他的单纯。这位老人的头上既无桃金娘的花冠，两鬓也没有戴橡树叶的花环，手上没有拿棕榈枝，胸前没有悬挂金牌，身上穿的也不是绣着星辰的白袍，简而言之，他没有佩戴东方、埃及或者希腊僧侣以及罗马祭司们所佩戴的那些标志。维尼兹尤斯像听到基督教徒在唱赞美歌时的那种感受一样，他感觉到这位老人的不同凡响，因为这个"渔夫"给他的印象与其说是个精通仪式的高僧，不如说是个质朴的、德高望重的、极可尊敬的证人，仿佛他是一个来自远方的旅人，为了向人们讲述他耳闻目睹和亲身经历的真理，他相信这种真理正如他相信现实一样，他热爱这种真理正因为他相信这种真理。因此在他的脸上有一种如同真理本身所具有的那种信念力量。维尼兹尤斯是怀疑论者，并不想屈服在他的魅力之下，然而他却有强烈的好奇心，想知道这位神秘的基督的大门徒会说些什么，同时也想了解一下莉吉亚和庞波里亚·格列西娜所信奉的宗教到底是怎么回事。

这时候，彼得开始讲话了。他先像父亲劝导孩子那样教导他们应该如何生活，要他们抛弃一切奢侈豪华和纵欲享乐，要他们热爱贫穷和纯洁的情操，要热爱真理，对屈辱和迫害要逆来顺受，服从自己的主人和上司，谨防叛逆、欺骗和诽谤，最后他教导他们应该在自己人中间彼此都作出好的榜样，甚至要给异教徒也作出好的榜样。对维尼兹尤斯说来，凡是能把莉吉亚送回给他的一切都是好的，凡是在他们之间设置障碍的一切便是坏的。因此，在老人的这番说教中，有些论点使他感到不快和愤怒，因为他觉得，这个老人公然劝告大家要保持纯洁，要和欲望作斗争，这不仅可以用来指责他的爱情，甚至还能鼓励莉吉亚反对他，加强她的反抗精神。维尼兹尤斯明白，如果莉吉亚在这些听众中听见了这番话，并把这番话牢记在心里，那她一定会把他看成是基督教的敌人，看成是一个恶棍了。他一想到这里，便怒从心起，他想："我听到了什么新鲜的东西呢？难道这就是那个不为人所知的新宗教吗？这是人人都知道，人人都听说过的。连犬儒派也都在宣扬安贫乐道和克制欲望，苏格拉底曾经认为美德是一种古老而又完美的东西。就连第一流的禁欲主义者，比如那个收藏了五百张柠檬木桌的塞内加，也在赞美温和中庸，宣扬真理，提倡在变幻无常中忍辱负重，在不幸中坚毅不拔，所有的这些都像陈仓烂谷子，由于年长月久，已经发霉腐烂，只有老鼠才会去啃它，人是不会吃它的。"因此，他除了愤怒之外，还有一种失望的感觉。他本来想在这里发现一种从未听过的魔术般的秘密，至少也想听到一种令人叹为观止，有如演说家般的雄辩辞藻，可是现在呢，他听到的却是一种毫无任何修饰的极其简单朴素的说教。而群众听得那样地专心致志，鸦雀无声，反倒使他惊讶不已。这位老人又向着这些热情严肃的听众继续说下去，规劝他们要善良、公正、正义、安贫和纯洁。这不但是为了活着时能得到平安,更重要的是死后能与基督永远生活在一起,能得到人世间所无法得到的欢乐和荣誉、健康和幸福。维尼兹尤斯虽然早就抱有成见,但听到这里,也不能不承认在这个老人的说教里,与犬儒派、禁欲派和其他哲学家们的主张之间是有着不同的地方,这些学派教人相信善良与美德是合理的,是生活中唯一可行的东西,而这个老人却在宣扬永生不灭,而且这种不灭并不是在地下的那种可怜的不灭,不是枯燥乏味、空虚无聊的不灭,而是那样的辉煌灿烂,几乎能与神的生活相媲美。他在说这些话的时候态度又是那样地确信无疑,于是信奉这种宗教的人便把美德看成了无价之宝。生活里的种种不幸比起它来,简直是不足挂齿的了,为了无穷无尽的幸福而暂时受苦,与那种由于自然的规律而不得不受苦是完全不同的两回事。这个老人又继续说下去,人应该为了善良和美德本身而去爱它们,因为至高无上的善和永恒的美德就是上帝,所以,凡是爱善和美德的人就爱上帝,这样一来,他也就成了上帝心爱的孩子了。维尼兹尤斯并不能完全理解他这番话的意义,但是他过去从庞波里亚·格列西娜告诉彼特罗纽斯的话里已经知道,这个上帝在基督教的信仰中是唯一的、全能的,因此,当他现在又听到这位上帝还是至善至德时,便不由自主地想起,和这样的神比起来,朱庇特、萨杜恩①、阿波罗、朱诺、维斯塔和维纳斯就成了一伙吵吵嚷嚷的渺小的家伙了,他们在一起胡作非为、互相倾轧。最使维尼兹尤斯感到惊奇的,就是他听到这个老人说,上帝就是普遍

---

① 萨杜恩:罗马神话中的播种与收获之神。

的爱，凡是热爱他人的人，就是完成了上帝的最高使命。但是仅仅爱自己民族的人是不够的，因为"上帝——人"是为了全人类而流血的，而且他在异教徒中间也找到了像百夫长科涅留斯那样的选民。只爱那些对我们行善的人也是不够的，因为基督对于把他送去就死的犹太人和把他钉死在十字架上的罗马禁卫军士兵都宽恕了，因此我们不单要宽恕那些与我们为恶的人，还要爱他们，对他们要以德报怨。不但爱好人，还应该爱那些恶人，因为只有爱才能除掉他们身上的恶。听到这些话以后，基朗便想，他的一番工作算是白做了，乌尔苏斯不管是今天夜里，还是任何别的一个晚上都不会再去杀死格劳库斯了。可是他立刻又为从老人的劝谕中引出的第二个结论而感到高兴：即使是格劳库斯发现了他并认出他来，也不会杀死他的。这时，维尼兹尤斯再也不认为老人的话里没有任何新东西了，他困惑不解地问自己，这是什么样的上帝呢？这是什么样的宗教呢？这又是什么样的人民呢？他无法把他刚刚听到的一切都装进脑袋里，因为他听到的都是从来没有听到过的新的观念。他感觉到，比如说如果他也信仰了这种宗教，那么他就不得不把他的思想、习惯、性格以及他这个人的整个天性都投进这座熊熊燃烧的火堆中去，把它们化为灰烬，然后让自己过另一种不同的生活，换上一个全新的灵魂。这种宗教命令他这个罗马人去爱帕提亚（安息）人、叙利亚人、希腊人、埃及人、高卢人和不列颠人，去宽恕敌人，对敌人以德报怨，还要去爱他们，他认为这简直是在发疯。然而同时，他又感到在这种疯狂中又有一种超过以前全部哲学的强大力量。他认为，正是因为有了这种疯狂，它才是不合实际的，而且正是由于这种不合实际，它才成了神圣的。虽然他在心里拒绝它,他又感到如果离开了它,就会像是离开了百花盛开的园地,园地里有一种令人陶醉、沁人肺腑的芬芳,不论谁一旦闻到了这种香味,他就一定会像在落拓法根国[①]一样,忘记了其他的一切,心里只留下对这块园地的思念。他认为在这种宗教里面没有一点现实的东西,同时他又认为,在这种宗教面前,现实显得平庸琐屑,实在不值得花时间去考虑。他觉得有一种他从未想过的渺茫、一种无限的博大、一种飘忽的烟云包围着他。这座坟场使他产生了这样的印象,觉得它是一群疯子集合的场所,同时又是一个神秘莫测又令人心驰神往的地方,在这个地方,就像在一张魔床上一样,有一种在现今的世界上还从未见过的东西正在诞生。于是他把这个老人一开始所谈的关于生活、真理、爱和上帝的话又回想了一遍,正如他的眼睛仿佛被不断闪烁的雷电搞得眼花缭乱一般,他的思想也被这种教义的光辉弄得头晕目眩。正像那些把生活变成一种激情的人一样,维尼兹尤斯也是通过自己对莉吉亚的爱情来看待一切事情的。在那种闪电般的光亮照耀下,他清楚地知道:如果莉吉亚今天来到了这墓地,如果莉吉亚信奉这种宗教,如果她听见了老人的话而且受了感动,那么,她就永远也不会做他的情妇了。

自从维尼兹尤斯在普劳兹尤斯家认识莉吉亚以来,他第一次感觉到,即使现在他找到了她,也不能算真正得到了她。在这以前他从来也没有想过这个问题,现在他也无法给自己解释清楚,

---

[①] 落拓法根国:希腊神话中位于利比亚海边的一个小国,人民以莲子为生,好客。奥德修斯和他的伙伴来到此地后,因吃了莲子便忘了回国之事。

因为这种认识远不如他模糊感觉到的不可挽救的损失和不幸来得明确而具体。于是他感到惶恐不安了，这种不安又变成了对全体基督教徒，特别是对那个老人的狂风暴雨般的愤怒。乍一看来，他觉得那个渔夫不过是个粗人，现在竟使他心里充满了恐怖，觉得他是一位神秘的命运之神，残酷无情的同时也是悲剧性地决定了他的命运。

采石工人又把几根松明放进火堆，风在松树梢上也停止了呼啸，火焰袅袅地上升，然后形成一缕细长的尖梢直朝那在明朗天空中闪烁着的群星飞腾而去。这时候，老人谈起了基督的死，此后他就一直在谈基督了。大家都凝气屏息地听着，四周比先前更加沉寂无声了，几乎能听到人们心脏的跳动。这个老人还是个目击者！他叙说时的表情，仿佛一个人把当时的一幕幕情景都深深地印在他的记忆里，就是他闭上眼睛也能重新看见。他谈到他从十字架那里回来以后，他和约翰在饭厅里坐了两天两夜，既不吃也不睡，一直处在痛苦、悲哀、惊惶和怀疑之中，他们双手抱着头，不停地想着"他"死了。啊！唉！那是多么痛苦啊！多么伤心啊！到了第三天的黎明时刻，曙光把墙壁照得发白，但是他和约翰两个人依然束手无策地坐在饭厅里，失去了希望。他们都昏昏欲睡了——因为他们从基督受难前的那个晚上起就没有睡过觉——后来他们惊醒过来，又站在那里放声大哭。太阳刚刚升起的时候，抹大拉的马利亚跑了进来，她喘着气，头发散乱，大声叫道："有人把主偷走了！"一听到这话他们便冲出了门，立即向墓地跑去。约翰年轻一些，最先跑到了墓地，一看墓穴是空的，便不敢进去。等到他们三个人都到了入口处，他——现在正在向大家讲道的这个人——就走了进去,他只在石头上找到了一件衣服和一块白裹尸布,可是尸体却不见了。

他们都害怕了,因为他们认为一定是祭司们偷走了基督的遗体,于是他们两个人更加悲痛地回到家里。后来其他的门徒都来了,他们在一起举哀。时而他们齐声恸哭,为的是使上帝更容易听到他们的悲痛,时而他们单个轮流哭泣。他们非常懊丧,因为他们本来希望他们的主赎救以色列,可是现在已经是他死后的第三天了,他们都不能理解,为什么"天父"抛弃了他的"儿子",他们情愿不见天日,宁可死掉,他们的负担是多么沉重啊!

一回忆起这些可怕的时刻,这个老人的眼睛便止不住泪水直流,在火光照耀下,可以清楚地望见两行泪水顺着他的白胡须流下来。他那颗老年的秃顶的头颅在不停地颤动着,他的话都在胸口里哽噎住了。维尼兹尤斯在心中想道:"这个人说的是真理,他在为真理而哭泣!"而那些心地纯朴的听众,也悲哀得哽住了喉咙。他们不止一次地听到过基督的受难,而且他们也知道,悲痛之后便是欢乐,但是现在由于述说的人是曾经目睹过基督受难的使徒,大家的心情仍然非常激动,有人扭紧了双手抽泣着,有人捶打着自己的胸膛。

可是,想要继续听下去的愿望占了上风,于是大家又渐渐安静下来。老人又闭起了双目,仿佛要在灵魂里面把那过去的事情看得更清楚,他继续说道:

"大家正在哭泣哀悼的时候,抹大拉的马利亚又跑了进来,大声叫着她看见主了。由于光亮太强烈,当时她没有认出'他'来,还以为他是一个园丁。可是主说:'马利亚!'她才喊叫起来:'拉波尼！'——就是主的意思——跪在他的脚前。他吩咐她去找门徒们,以后便消失不见了。但是门徒们都不相信她的话,由于她高兴得哭起来,有的人就责备她,也有的人认为她悲痛得神经错乱了。因为她还说,她在坟墓旁边还看见了天使,于是他们第二次跑进墓地,看到的仍是一座空墓。那天黄昏的时候,克列阿法斯和另外一个人从爱玛阿斯匆匆忙忙地赶了回来,大声说道:'主真的复活了！'大家担心犹太人会听见,便关上了大门来议论这件事。这时,主忽然间站在我们中间了,虽然房门并没有响过。大家有些害怕,'他'对大家说:'平安与你们同在！'

"我看见'他'了,正像大家都看见了他一样,'他'像光明,像是我们心中的欢乐和幸福,我们这才相信'他'是复活了,即使海枯石烂,他的光荣也是永生不灭的！

"过了八天,托马斯·狄狄穆斯把手指伸进主的伤口,碰到了'他'的肋骨,然后他便跪倒在主的脚边,喊道:'我的主啊！我的上帝！'主回答他说:'因为你见到了我,你就相信了！祝福那些没有看见我就相信了的人！'我们都听到了这些话,我们的眼睛都注视着'他',因为'他'就在我们中间。"

维尼兹尤斯听后,心里产生了一种奇怪的感觉。他一时间忘了自己在什么地方,也开始失去了关于现实、大小和判断的感觉。他遇到了两种不可能的事情。他不能相信老人说的是实话,而同时他又觉得,如果有谁认为这个老人说"我看见了"是在说谎,那么这个人不是瞎子就是个丧失了理智的人。无论是他的激动,他的眼泪,他的整个姿态,还是在他所讲述的事件的详细情节中,都有一些不容置疑的东西。维尼兹尤斯以为自己是在做梦。可是他环视周围，看见了屏息静气的群众，灯笼的烟味冲进他的鼻孔，不远的地方燃烧着一堆火炬，它的旁边一个老人站在靠近坟墓的石头上，头微微地颤动着，他正在做见证人，再三地证明说："我看见了！"

这个老人接着又把一切讲给大家听，一直讲到基督升天的故事。因为他讲得非常详细，有时不得不停下来歇一口气，看来，哪怕是最小的细节，他都记得清清楚楚，仿佛铭刻在石碑上一样。那些听他讲的人都感到无限的满足。为了听得更加清楚，不放过一句对他们来说都是极为宝贵的话语，他们都取下了风帽。他们觉得似乎有一种超人的力量把他们带到了加利利，他们正和使徒们一起穿过森林，在湖边走来走去，他们觉得这座墓地已经变成了梯伯拉兹湖，在晨雾中基督正站在堤岸上，和约翰当时看见的情景一样。那时候，约翰在小船上看见了，便大声叫道："主在那里！"彼得为了能更快地抱住那双可爱的脚，便跳进水里向前游去。听众的脸上露出了无限的热情，忘却了人生，充满了幸福和无法估量的景仰之情。在彼得作长篇叙述的时候，有的人很显然也产生了一种幻觉。当彼得讲到基督升天的时刻，彩云怎样在救世主的脚下涌起，怎样把他罩住，怎样挡住了使徒们的视线，这时候，所有听众的眼睛都不由自主地仰望着天空，出现了殷切期待的场面，好像人们都希望再看见"他"，又好像在等待"他"从天国降临到人世间来，看一看这个老使徒是怎样在饲养托付给他的羊群，并且向老使徒和他的羊群祝福。

此时此刻，对这些听众来说，罗马是不存在的，疯狂的皇帝也是不存在的，没有神殿，没有众神和异教徒，他们的心中只有基督，"他"充满着整个大地、海洋、天空和宇宙。

在零零散散坐落在诺门坦纳大道上的人家中，公鸡已经开始打鸣了，报告着午夜已经过去。正在这时，基朗扯了一下维尼兹尤斯的衣角，低声说道：

"老爷，我看见乌尔班站在离老人不远的地方，他身边还有一个姑娘。"

维尼兹尤斯仿佛从梦中惊醒过来，转身朝希腊人所指的方向一看，便看见了莉吉亚。

21

这个青年贵族一看见莉吉亚，全身热血都沸腾了。他忘记了人群，忘记了老人，也忘记了他对听到的那些无法理解的事情所感到的惊讶，他的眼里只有莉吉亚一个人了！经过了无数次的努力，经过了多少个日日夜夜的惊惶、苦恼和痛苦之后，现在终于找到她了！他有生以来第一次体验到，欢乐就像野兽那样冲击他的心房，使他几乎都透不过气来。在这以前他一直都认为，命运之神有义务去实现他的一切愿望，现在却几乎不敢相信自己的眼睛和自己的幸福了。如果不是这种无法相信的心情，他那暴躁的性格就会使他采取鲁莽的行动。然而现在他首先要使自己相信，这不是那些充满在他脑海中的奇迹的继续，也不是他在做梦。他看见了莉吉亚，而且相距不过十来步远，这是无可怀疑的了。莉吉亚站在亮处，他可以尽情地欣赏她的窈窕身材。她的风帽滑落下来了，头发有些凌乱，嘴唇略微张开着，眼睛凝望着大使徒，聚精会神地听讲，脸上现出无限钦佩的神情。她穿了一件深色呢外套，打扮得像个平民姑娘的模样。但是维尼兹尤斯从来没有看到过她像现在这样美丽动人，尽管他头昏脑涨，心神不安，他却看见她身上虽然穿得像奴隶那样的朴素，脸上却露出贵族般高贵的气度，这种强烈的对照给了他深刻的印象。爱情是那样的强烈，它和怀念、崇敬、赞美和欲望的种种感情融合在一起，就像一股火焰那样烧遍了他的全身。她的出现本身就给他带来了无比的喜悦，仿佛久旱遇到了甘霖。他觉得她站在乌尔苏斯这个巨人身边，显得比以前更娇小，几乎像个孩子。他也注意到，她比以前瘦多了。她的肤色几乎成了透明的：给他的印象是像一朵鲜花，或者像一个精灵。她和他在东方和罗马所看到过的或者接触过的那些女人比起来是那样的不同，以至他越来越热切地想占有她。他觉得，哪怕要他用所有的女人，再加上罗马和全世界，来换她一个人，他也是完全愿意的。

如果不是基朗扯住维尼兹尤斯的衣角，害怕他会干出什么傻事来危害他们的安全，那他会忘记一切而一直呆呆地望着她的。这时候，基督教徒们开始祈祷和唱歌。过了一会儿，《我主降临》的歌声轰响起来。后来，大使徒用泉水对长老们所带来的那些要求入教的人施行洗礼。维尼兹尤斯觉得这一夜是无休无止的。现在他想的是如何尽快地跟踪莉吉亚，以便在半路上或者在她的住所抓住她。

终于有一些教徒开始离开坟场了，这时基朗又悄悄地说：

"老爷，我们到大门口去等着吧！刚才我们没有脱下风帽，有人正在注意着我们哩！"

他说的是实话。当使徒说教的时候，在场的人为了听得更加清楚，都脱下了风帽，可是他们没有跟着这样做。所以，他认为基朗的意见是明智的。站在大门口等着，可以看见所有走出去的人，尤其是乌尔苏斯，无论是他的魁伟身材，还是他的举止行动，都很容易辨认。

"我们要跟着他们走，"基朗说，"看清楚他们走进哪一所房子，等到明天，不，也就是今天了，老爷，你就让你的奴隶包围住那所房子，再把她抢走。"

"不！"维尼兹尤斯说。

"那么你想怎么办呢，老爷？"

"我们跟着她，到了住处以后就立即把她抢出来。克罗顿，你愿意这么干吗？"

"行！如果我不能够把保护她的那头公牛的脊梁骨打断，我就情愿做你的奴隶，大人！"角斗士答道。

但是基朗却以众神的名义恳求他们，劝他们不要那样做。他们让克罗顿同来是为了一旦被基督教徒们识破就让他出来保护他们，并不是要他来帮忙抢那个姑娘的。只有两个人就想去抓她，那简直等于去送死。更糟的是，他们会从你们手中把她抢走，然后她就会藏到别的地方去或者离开罗马。到那时候他们又有什么办法呢？他们为什么不去做有把握的事，反而采取这种危及自己生命又毫无把握的行动呢？

虽然维尼兹尤斯尽了最大的努力才克制住自己，没有当场在墓地里把莉吉亚抢到自己的怀抱里，但是他也觉得基朗的意见是对的，要不是因为克罗顿想得到报酬而主张马上干的话，维尼兹尤斯也许会听从基朗的劝告。

"大人，你命令这只老山羊闭嘴吧。"克罗顿说，"要不就让我用拳头敲敲他的脑袋。有一次，卢兹尤斯·萨杜尼鲁斯邀请我到布森杜姆去参加比赛，旅店里有七个喝醉了酒的角斗士向我扑了过来,结果没有一个人能带着完整的肋骨回去。当然我不是主张马上当着这么多人的面就把姑娘抢走,那样一来,他们很可能会向我们扔石头。我是说,等她回到了住处,我就把她抢出来,把她带到你想去的任何地方。"

维尼兹尤斯听了他的话非常高兴,便说:

"凭赫拉克勒斯起誓,就这样干吧!明天很可能在原来的住地就找不到她了,如果我们惊动了他们,他们一定会把她转移走的。"

"我认为这个莉吉亚人的力气大得可怕!"基朗呻吟着说。

"又不是让你去抓住他的两手!"克罗顿答道。

但是,他们在门口等了很久。当他们看见乌尔苏斯和莉吉亚走出园门的时候,公鸡已经在到处啼叫,天快要亮了。陪着他们走出来的还有另外几个人。基朗觉得里面就有那个大使徒,在他身旁还有一位身材矮小的老人、一个年纪不轻的女人和一个提着灯笼的少年。在这一伙人的后面,又走来了大约有二百人的一大群人。维尼兹尤斯、基朗和克罗顿便混在这伙人中间。

"是的,老爷。"基朗说,"你的那个姑娘是受到特殊保护的。那个大使徒和她在一起,你瞧,当他走过去时,许多人都跪了下来。"

人们的确都跪在他面前,可是维尼兹尤斯根本不去看他们。他的眼睛一刻没有离开过莉吉亚,脑子里想的尽是如何把她抢到手的事。由于他有作战的经验,善于运筹帷幄,于是他便以军人所特有的精确性,在他的头脑中拟订出了抢走姑娘的全盘计划。他觉得他所采取的步骤是冒险的,但是他清楚地知道,冒险的袭击往往能获得最大的成功。

然而路途很长,于是他时时想到莉吉亚所信奉的这个奇怪的宗教在他和她之间所造成的鸿沟。现在他全然明白了过去所发生的一切事情以及它所以会发生的原因。他对这些事情的理解是很敏锐深刻的。他知道他以前并不了解莉吉亚。他只看到她是个妩媚动人姿色出众的姑娘,因而对她燃起了一股如火如荼的热情,现在他才认识到,是这种宗教信仰使得她有别于其他的女人,而过去他以为能用感情、欲望、财富和享乐去引诱她,这种希望不过是一场黄粱美梦而已。他终于明白了,他和彼特罗纽斯都没有看到,这个宗教已经给人的灵魂灌输进了一种新的、这个世界从未有过的精神。因此,即使莉吉亚爱上了他,也不会为了他而放弃基督教的信仰,如果她也有欢乐,那么这种欢乐同他和彼特罗纽斯的欢乐,同皇宫和全罗马所追求的欢乐完全不同。他认识的任何别的女人都会委身于他,成为他的姘妇,而这个女基督教徒只能成为他的牺牲者。

他想到这点,就觉得有一种肝胆俱裂般的痛苦。他怒火中烧,然而他又觉得这种愤怒是毫无力量的。把莉吉亚抢到手,他相信这是能够做到的,然而他也同样相信,要对付这种力量,单凭他本人,或者靠他的勇敢和权势都是不能胜任的,也是无能为力的。这位罗马军队的军团长,一直相信曾经征服了世界的剑和拳头的威力将永远统治着世界。现在他生平第一次认识到,除了这种威力之外,还有一种更大的力量,于是他不无惊讶地问自己,这究竟是什么力量?

他不能作出明确的解答,坟场上的景象在他的脑海里一幕幕地掠过：集会的群众和莉吉亚都全神贯注地倾听着那位老人的讲话，他讲到基督的受苦受难、死亡和复活，以及"他"的拯救世界，还许诺大家在到达冥河彼岸之后的幸福。

当他这样想的时候，他的头脑里一片混乱。

只有基朗的抱怨才把他从这种混乱中解脱出来，基朗在抱怨自己的苦命：他答应去寻找莉吉亚，而且是冒着生命危险去寻找她，他找到了，而且也把她指给他看了，为什么还要留住他，不让他走呢？难道还要他去把她抢过来吗？谁还会要求一个缺了两个手指的残废者，一个年老体弱者，一个专心致志于思考、学问和道德的人，去干这种事情呢？如果像维尼兹尤斯这样高贵的老爷，在抢劫莉吉亚时遭到了不幸，那该怎么办呢？当然，众神是会保护有权有势的老爷的。但是过去不是也经常发生这样的事情吗？众神只顾自己玩牌取乐，并没有注意人世间的事情。大家都知道，命运女神是蒙着眼睛的，她在大白天都看不见东西，何况晚上呢？也许真会出什么事的。如果这头莉吉亚的熊，朝高贵的维尼兹尤斯扔一块磨石，扔一桶酒或者更糟的是扔过来一桶水，谁又能保证他基朗将来不但得不到报酬反而遭到责怪呢？他这个贫穷的哲学家是完全依靠着维尼兹尤斯的，就像亚里士多德依附于马其顿的亚历山大一样。如果尊敬的维尼兹尤斯能把他看见的那个在离家前塞在腰带上的钱袋交给他，一旦发生了不幸的事情，他就可以用这笔钱去请人来帮助，或者去收买那些基督教徒。啊！为什么不听一个老人凭经验和深思熟虑提出来的意见呢？

维尼兹尤斯听到这些话，就从腰带上取出了钱袋，扔到基朗手里。

"拿去，快闭上你的嘴吧！"

基朗掂了掂这只钱袋，觉得很重，便立刻来了精神。

"我的全部希望就在这上面了。"他说，"既然赫拉克勒斯或忒修斯①能完成无比困难的业绩，那么我最亲爱的朋友克罗顿，难道就不能成为赫拉克勒斯吗？可是你，老爷，我不愿意称你为半仙，因为你是个真神，以后也请你多多照顾我这个贫穷而又忠心耿耿的仆人，希望你能常常接济他，因为他一旦埋头在书本里，便会把世上的一切都忘记的。如果能赐给我一块几分地的庭园和一座有夏天遮阳的柱廊的小房子，那才配得上你这样一位慷慨的施主。现在我会走得远远的来赞赏你们的英勇行动，我要请求朱庇特来帮助你们，如果有必要，我会大声呼救，把半个罗马都喊醒来救你们。这条路坎坷不平，实在太难走了！提灯里的油也点完了。克罗顿力气很大，品德又那么高尚，如果他能抱起我来，把我一直抱到城门口，那么，第一，可以试验出他能否轻便地抱走莉吉亚，第二，他的行为就像埃涅阿斯②那样高尚，最后还能得到那些慈悲的众神的关怀，使得我对这次冒险的结果可以完全放心。"

"我宁愿扛起一只一个月前害疥疮死了的山羊，也不愿抱你这个懒家伙。如果你把尊贵的军团长刚才赏给你的那只钱袋送给我，我就把你抱到城门口！"这个角斗士教师答道。"但愿你摔断脚上的大拇指！"这个希腊人说，"那位善良的使徒把清贫和慈善

---

① 忒修斯：希腊神话中的英雄，雅典王的儿子，又是雅典的创始人。
② 埃涅阿斯：原是特洛伊战争中的英雄，特洛伊战败，他携父子逃到意大利，被拉丁努斯王招为驸马，后成为国王，成了罗马人的祖先。

说成是两件最重要的美德,他不是吩咐你要爱我吗?看来我想把你变为一个勉强够格的基督教徒是永远也办不到了,要把真理灌输到你这个河马脑袋里真比让太阳射透马梅丁监狱的厚墙壁还要困难。"

克罗顿有野兽般的蛮力,但一点人情味也没有,他回答说:

"你不要担心,我绝不会变成基督教徒的!我才不愿意丢掉我的饭碗呢!"

"啊呀!要是你能懂一点哲学的基本概念,那你就会知道,黄金是无用之物。"

"拿你的哲学来对付我好了,我只需要用脑袋撞一下你的肚子,那时我们就知道究竟谁胜谁负了!"

"一头牛也会对亚里士多德说同样的话。"基朗反唇相讥地顶了一句。

天色开始变灰白了,黎明的惨淡的光辉映出了墙壁的轮廓。大道两旁的树木、房屋以及零散地竖在地上的墓碑,开始从阴影中显现出来。路上已经有行人来往。贩卖蔬菜的商贩们,赶着驮满蔬菜的驴子和骡子,匆匆向马上就要开放的城门赶去,满载着野味的大车正在辚辚地前进。大路上和大路两旁都弥漫着一层晨雾,预示着一个好天气。这些在晨雾中行走的人,远远地望去,仿佛一群幽灵。维尼兹尤斯的眼睛一直没有离开过身材苗条的莉吉亚,曙光越来越明亮,她的身影也愈来愈变成银白色。

"老爷!"基朗说,"如果我是为了赢得你的慷慨,才向你陈述我的意见,那么你责怪我是理所当然的。不过,现在你已经把报酬给了我,就不能认为我是为了自己的利益才向你提出看法的。

我再次向你提出忠告,你找到了天仙般的莉吉亚的住处以后,最好立即回府去,带了奴隶和轿子来,别听这个象鼻子克罗顿的话。他坚持要独自去把公主抢出来,只不过是想挤出你的钱袋,就像挤凝乳袋子一样。"

"我只要一拳打在你脊梁上,就会立刻叫你送终!"克罗顿说道。

"你的意思是想在我这里捞到一瓶凯法朗尼亚的美酒,那意思就是说我一定会安然无恙。"这个希腊人说。

维尼兹尤斯一句话也没有说,因为他们快到城门口了,就在这时候,他们目睹了一幕奇怪的场景。当使徒走过时,两名士兵跪下了,使徒把手放在他们的头盔上,过了一会儿,才在他们的头上划了个十字。这个年轻的贵族从来也没有想到军队里竟有了基督教徒。他不无惊讶地想到,就像城里发生火灾,吞并着新的房屋那样,这种宗教每天都在吞噬着越来越多的灵魂,其速度之快超出了人们的想象。这又使他想起了莉吉亚,他相信,只要她想逃出城去,守卫城门的士兵就会偷偷地把她送出城外。幸亏没有发生这样的事情,他不禁为此而感谢众神。

走到城外的那片空地,一群一群的基督教徒便开始散开了。为了不引起别人的注意,他们不得不离得远远的,更加小心地跟踪着莉吉亚。基朗开始抱怨他那双受伤的腿痛得很厉害,于是他越来越落在后面。维尼兹尤斯认为这个懦弱无能的希腊人用处不大,便没有特别在意。如果基朗想要离开他们,维尼兹尤斯也会允许他的,但是这个可尊敬的贤人,仅仅是因为谨小慎微才落在后面,同时他又受着好奇心的驱使,继续跟在他们的后面。有时他追上前来,反复提出他讲过的意见,他还猜测,那个陪同大使徒的老人,很可能就是格劳库斯,只是他的身材显得稍微矮小了一点。

他们走了很长时间才到达台伯河对岸,当莉吉亚他们那一伙人也开始分散时,太阳就要升起了。使徒、那个老妇人和那个少年沿着河岸向上游走去。那个身材矮小的老人、乌尔苏斯和莉吉亚走进了一条狭窄的小胡同,又向前走了大约有一百步远,便进了一座房子的门廊里,这座房子开着两家小店铺,一家卖橄榄,另一家卖小鸟。

基朗跟在维尼兹尤斯和克罗顿的后面,相距有五十步左右,他突然站住了,仿佛钉在地上似的,他把身子紧贴着墙壁,开始发出嘘叫声,呼叫着他们回来。

因为他们也想商量一下,便都走了回来。

"你去看看,基朗。"维尼兹尤斯对他说,"这座房子在别的街上还有没有后门?"

基朗刚刚还在抱怨他的脚痛,现在却飞奔而去,好像脚上长了墨丘利的翅膀一样,不久他就回来了。

"没有!只有这一道门!"基朗说。

然后他交叉起双手说:

"我以朱庇特、阿波罗、维斯塔、基贝拉、伊西斯、奥西里斯、密特拉[①]、巴尔和东西方的各路神明的名义请求你,老爷,快放弃你的计划吧……请听我说……"

[①] 密特拉:古代波斯-巴比伦的太阳神。

他突然打住了话头,因为他看到维尼兹尤斯的脸色气得发白,两眼像狼一样发出凶光。只要望他一眼就能明白,世界上再也没有什么力量能阻止他采取行动了。克罗顿开始用他那赫拉克勒斯似的胸膛吸着空气,而且左右摇动着他那并不发达的脑袋,好像一头关在笼子里的黑熊。不过,在他脸上却看不出丝毫的胆怯。

"我先进去!"克罗顿说。

"你跟在我后面!"维尼兹尤斯用命令的口气对他说。

不久,他们两个人便消失在昏暗的门道里。

基朗立即蹿到附近的一条小街的转角上,躲在墙角后面朝这边张望,等待着事态的发展。

22

维尼兹尤斯到了前厅以后,才知道这次行动的困难。房子很大,而且有好几层楼,在罗马城里,像这样的房子有好几千幢,都是为了赚取房租而建造的。这样的房子通常造得非常匆忙,非常简陋,不到一年就有好几幢房子倒塌在房客的头顶上。这些房子既高大又狭小,有许多小房间和七拐八弯的小过道,里面住着为数不少的贫苦百姓,简直和蜂房一个样。在罗马城里有不少这样的街道根本没有街名,这里的房子也没有门牌。房东让奴隶去收房租,而奴隶也用不着把房客的名单报告给市政府,因此连房东也往往不知道房客的姓名。要想在这样的房子里打听某个人,实在困难得很,再加上这种房子没有看门人,找人就更难了。

维尼兹尤斯和克罗顿穿过一条漫长得像走廊一样的过道,来到了一个狭窄的、四周都有墙围着的院子,这是整座房子公用的院子,中间有一座喷泉,喷泉的水喷洒到砌在地里的石头水池里。四面墙都有石砌或木制的阶梯通向走廊,走廊上是一家家住所的房门。底层也有住所,有的安上了木门,有的则挂上羊毛织的门帘,和院子隔开,但这些帘子不是破烂不堪,便是打了不少的补丁。

因为时间很早,院子里一个人也没有。很显然,在这座房子里,除了那些刚刚从奥斯特里亚努回来的人以外,所有的人都还在睡梦中。

"我们怎么办呢,大人?"克罗顿停了下来问道。

"我们就等在这里,也许会有人出来。不要让人在院子里看见我们。"维尼兹尤斯答道。同时他又觉得,基朗的意见是很实际的。如果有了几十个奴隶,就可以把这座房子的唯一出口——大门堵住,然后搜查所有的住户,可现在呢,不得不一下子就找到莉吉亚的住处,否则的话,住在这所房子里的基督教徒,人数可能不会少,他们就会去告诉莉吉亚,说有人在搜寻她。因此,向别人打听现在也成了危险的事了。维尼兹尤斯正在考虑是不是回去把奴隶们带来要更稳当一些,就在这时候,从远些的一间住房的门帘后面,走出来一个人,手里拿着一只簸箩,向喷水池走去。

维尼兹尤斯一眼便认出了乌尔苏斯。

"这就是那个莉吉亚人!"维尼兹尤斯悄悄说。

"要我立刻就去打断他的骨头吗?"

"等一等。"

乌尔苏斯没有看见他们,因为他们站在过道的暗处,他开始安安静静地洗着簸箩里的蔬菜。显然在墓地里熬了一整夜之后,现在他要做早饭了。不一会儿,他洗完了菜,提起水淋淋的笸箩,消失在门帘后面。克罗顿和维尼兹尤斯都跟了上去,以为一下子就能闯进莉吉亚的住房了。

可是,当他们看到这个门帘的后面并不是住房,而是另一条黑暗的走廊时,他们都大吃一惊。走廊的尽头是一座小花园,里面有几株柏树和桃金娘,还有一座小房子,紧靠在另一座房屋的没有窗户的后墙上。

他们两个人都明白,这里的环境对他们很有利。如果是在中间那个院子里,就会招来所有的住户,而在这所僻静的小屋子里,他们的计划更容易实现。他们很快就能击败那些抵抗的人,或者确切地说击败那个乌尔苏斯,然后也能同样迅速地把抢来的莉吉亚带到街上去,到了街上他们就有办法了。一般说来是不会有人来阻拦他们的,即使有人来干涉,他们只要说一声他们抓的是逃跑的皇帝的人质就行了,再不然的话,维尼兹尤斯还可以去通知巡警,召唤他们前来帮助。

乌尔苏斯刚要走进小房子,便听到了身后的脚步声,于是他站住了,转身看到两个人进来,便把筐篓放在栏杆上,朝他们走过去。问道:

"你们到这里找谁呀?"

"就是找你的!"维尼兹尤斯答道。

接着他便转向克罗顿,急忙用压低了的声音说:

"打死他!"

刹那间,克罗顿像猛虎般地扑了上去,这个莉吉亚人还来不及思考一下,甚至连对手也没有看清,就被克罗顿的一双像铁钳一样的胳膊紧紧抱住了。

可是维尼兹尤斯过于相信克罗顿的超人力气了,他不等斗争结束,便独自离开了他们,奔向那所小屋子的大门,推开门便冲进了一间昏暗的屋子。不过炉子里的火光映亮了房间,一道火光直照在莉吉亚的脸上,炉火旁边还坐着另外一个人,他就是陪同姑娘和乌尔苏斯从奥斯特里亚努回来的那个老人。

维尼兹尤斯这样突然地冲进去,莉吉亚还来不及认出他是谁,就被拦腰抱住了。他抱起她就向门外冲去,老人的确挡住了他的去路,可是维尼兹尤斯一只手把姑娘抱在胸前,用另一只空出来的手推开了老人。风帽从他头上滑了下来,这时莉吉亚才看清了那张熟悉的,此时又是那样狰狞可怕的面孔,她觉得全身的血液都凝结住了,声音也在喉咙里堵住了。她想喊救命,可是喊不出来,本来想抓住门框抵挡一下也没有成功。她的手指在石头上滑了过去,当维尼兹尤斯抱着她奔到花园里的时候,如果不是看见了一幅极其恐怖的景象,也许她就要昏过去了。

乌尔苏斯双手托着一个完全被折断成两段的人,这个人脑袋下垂,嘴里流着鲜血。乌尔苏斯一看见他们,就用拳头朝那人的脑袋又打了一下,转眼之间,就像一只疯狂的猛兽那样朝维尼兹尤斯扑了过来。

"完了!"维尼兹尤斯心中暗忖道。

这时,他仿佛是在梦里,听见了莉吉亚的叫喊声:"不要打死他!"后来他便感到像雷击一样,把他抱住莉吉亚的双手松开了,他只觉得天旋地转,眼前一片黑暗,看不见白日的光明了。

基朗躲在街角上,等待着事情的发展,好奇心和恐惧正在他身上进行着斗争。他想,如果他们顺利地抢出了莉吉亚,那他就可以放心地靠拢维尼兹尤斯,不用再怕乌尔班了,因为他确信克罗顿能杀死他。他盘算着,如果在这空荡荡的街道上会有人来拦劫的话,如果基督教徒或者别的人想反抗维尼兹尤斯的话,那他就要冒充官方代表,冒充执行皇上命令的官员来对他们说话,如果必要的话,他还可以召来巡警帮助青年贵族去对付这些街头无赖,这样新的酬赏又会塞满他的腰包。他心里一直认为维尼兹尤斯的行动是鲁莽的,不过他相信克罗顿膂力过人,料想这件事有可能成功。"如果他们的进展不顺利,军团长自己会抱着莉吉亚出来,而让克罗顿替他开路。"他觉得等了很长的时间,他远远地望着那座门廊,里面一点动静也没有,使他感到十分不安。

"若是他们没有找到她躲藏的地方,就闹了起来,那会把她吓跑的。"

可是,想到这个,他并没有感到不高兴,因为他知道,这样一来,维尼兹尤斯又需要他了,他又能从他那里捞到一大笔金钱了。

"无论他们干出什么事情来,对我都是有利的。当然不会有人想到这点的……众神啊!众神,请你们允许我……"

他突然停住了自言自语,他觉得有人从门廊里向外探出头来,于是他更加紧靠着墙壁,屏住胸口的气息,专心注视着那边。

他没有看错,果然有人向门外探出半个脑袋,对四周张望了一番。

过了一会儿便又消失不见了。

"那一定是维尼兹尤斯或者克罗顿,"基朗想,"可是,如果他们抢到了那个姑娘,为什么她不叫喊呢?又为什么还要朝街上张望呢?反正他们是要碰到行人的,因为在他回到卡里纳以前,街上早就有人来往了。啊,那是什么?不朽的众神啊!……"

基朗头上仅剩的几根头发突然一下子竖了起来。

乌尔苏斯在门口出现了,他肩膀上扛着克罗顿的尸体,又一次向四面望了一望,便扛着尸体沿着空无一人的街道向河边奔去。

基朗就像一块烂泥巴那样,把身体紧贴在墙上。

"他要是看见了我,我就没命了!"他想。

但是乌尔苏斯匆忙地穿过街角,消失在那一座房屋的后面。基朗没有再等下去了。他害怕得牙齿不停地打哆嗦,赶紧向一条横街跑去,他跑得那样快,连年轻人也追赶不上。

"他回来的时候,如果远远地看见了我,一定会追上我,把我杀死的!"基朗自言自语说,"宙斯啊,快救救我吧!阿波罗,快救救我吧!赫尔墨斯,快救救我吧!基督教的上帝,你也来救救我呀!我要离开罗马,回到梅热姆布里亚去,可是请你们救救我,把我从这个恶魔的手掌里解救出来。"

这个打死克罗顿的莉吉亚人,这时在他的心目中简直成了一个真正的超人了,他一边跑一边想,一定是哪一位神明借了这个野蛮人的躯体降到凡间来的。此时此刻,他才相信世上所有的神明和所有的神话,以前他是嘲笑这一切的。他脑海里也曾出现过这样的思想,杀死克罗顿的,也许正好是基督教的上帝,一想到现在是和这样一位强大的神作对,他便感到毛骨悚然。

等到他跑过了好几条街,看见对面走过来一群工人之后,他的心才稍微镇静下来。他跑得上气不接下气,便在一家人家的门槛上坐了下来,拉起外衣的衣角,擦着满是汗水的额头。

"我老了,我需要的是安静!"他说。

迎面走来的那些工人,已经转到旁边的一条小街去了,于是他又感到荒凉可怕。城市还处在睡眠中。一般说来,在富人居住的地区,人们的活动都开始得较早,因为富人家的奴隶们都不得不早早地起来干活,然而在那些领取国家津贴的,也就是游手好闲的自由民居住的街道上,早上迟起是通常的习惯,尤其是冬天,起得就更晚了。基朗在门槛上坐了一会儿,感到刺骨的寒冷,便站起身来,摸了摸身上,弄清楚维尼兹尤斯给他的钱袋没有丢失,他便迈着缓慢的步伐,朝河边走去。

"也许我会在什么地方找到克罗顿的尸体。"他自言自语地说,"神明在上!如果这个莉吉亚人真是个人的话,那他一年就能挣到好几百万的银币,既然他打死克罗顿就像掐死一只小狗那样容易,又有什么人敢和他比武呢?每场比赛他都能得到和他身体一样重的黄金。让他来保护这位少女真比塞伯拉斯①看守地狱还要保险。但愿地狱也把他吞了下去!我再也不想和他打交道了,他的骨头太结实了。现在我该怎么办呢?已经发生了这样可怕的事情。他若是能把克罗顿的骨头都拧断,那么,毫无疑问,维尼兹尤斯的灵魂也一定正在那座可诅咒的房子上空哀声痛哭,在等着安葬了。凭卡斯托尔②起誓,他可是个贵族呀,而且是皇上的朋友,又是彼特罗纽斯的外甥,他是全罗马都知道的名人,还是军队中的军团长,为了他的死,绝不会不对他们进行报复的……我是不是应该到禁卫军营房或者到巡警那儿去报告呢?……"

他说到这里停住了,考虑了一阵子,又自言自语起来:

"我真可怜呀!是谁带他到那所房子里去的,难道不是我吗?无论是他家的解放奴隶,还是奴隶,都知道我找过他,有的人甚

---

① 塞伯拉斯:希腊神话中看守地狱大门的三头狗。
② 卡斯托尔:宙斯和勒达所生的儿子,海伦的哥哥。

至还知道我去找他的原因。若是他们控告我,说我故意带他到那所房子去,才使他遭到了杀身之祸,那时我将怎么办呢?如果告到法院,即使查明我不是故意害他的,他们也会说我是害死他的原因……因为他是个大贵族,不管怎么样,我都免不了要受到处罚的。假如我偷偷地离开罗马逃到遥远的地方去,就会受到更大的怀疑和责难。"

无论是这样或那样做,都非常糟糕。现在他只好选择一条损失最小的办法了。罗马是一座庞大的城市,可是基朗却感到它是那样的狭小,连他都容不下了。换了别人,一定会直接到巡警的长官那儿去,把发生的事情说个清楚,即使自己受到怀疑,那也只有镇定自如地等待着调查,自有水落石出之时。然而基朗的全部历史是那样的丑恶,只要他和市政府的官员或者城防司令有了更密切的接触,就会招来更大的麻烦,就会使官员们头脑里原来对他的怀疑得到进一步的证实。

从另一方面来看,如果他逃走,那就会使彼特罗纽斯更加相信,维尼兹尤斯是被他出卖的,是他和基督教徒们串通好了才被杀害的。彼特罗纽斯是个有钱有势的显赫人物,他完全能调动全国的军警,哪怕你逃到天涯海角,他也有办法把你逮捕归案。基朗突然想起,他何不直接到彼特罗纽斯那儿去,把事情的来龙去脉都告诉他。是的!这才是真正的上策!彼特罗纽斯是个镇定沉着的人,基朗至少可以肯定他会从头到尾听完这件事的。因为彼特罗纽斯从一开始就知道这件事的原委,所以他比那些长官们更容易相信基朗是无辜的。

但是在去找彼特罗纽斯之前,必须把维尼兹尤斯的情况了解清楚，可是他现在却一无所知，他的确看见那个莉吉亚人扛着克罗顿的尸体，悄悄地往河边走去，别的情况他就不知道了。维尼兹尤斯可能被杀，也有可能受了伤，或者是被他们抓住扣下了。直到这时，基朗才突然想起，基督教徒断然没有胆量去杀死这样一个有权有势的人，他既是皇帝的廷臣，又是高级军事将领，这样的人如果被他们杀了，就有可能招致对全体基督教徒的迫害。最大可能是他们把维尼兹尤斯扣留起来了，以便他们有时间再把莉吉亚藏到另一个地方去。

这种想法给基朗带来了安慰。

"假如这条莉吉亚的恶龙在第一次冲击时没有把他撕得粉碎，那么他就一定还活着，只要他还活着，那他自己就可以证明，我并没有出卖他。到那时候，我不仅没有什么危险——啊！赫耳墨斯呀，请你等着我送的两头小牛犊吧——而且还会打开一个新的局面……我可以告诉维尼兹尤斯家的解放奴隶到哪儿去找他们的主人，至于他们去不去报告地方长官，那是他们的事情，只要不是我去就行了……我也可以到彼特罗纽斯那儿去，或许能够得到一笔酬劳……我寻找过莉吉亚，现在我要去找维尼兹尤斯了，以后再去找莉吉亚……不过现在最要紧的，是打听清楚维尼兹尤斯究竟是活着呢，还是被杀害了。"

这时他又想起，到了晚上他可以到德马斯的面包房去，向乌尔苏斯打听这件事，可是他马上又打消了这个念头，他再也不想和乌尔苏斯打交道了。他完全可以想象得出，如果乌尔苏斯没有杀掉格劳库斯，那一定是受到了基督教长老的劝告，乌尔苏斯把自己的打算报告了长老，长老便告诉他说，这是某个叛徒为了挑拨离间而干下的不正当行为。即使不是如此,基朗只要一想起乌尔苏斯,便会不寒而栗。于是他打算等到黄昏时,派厄乌里兹尤斯到出事的那所房子里去探听一下消息。现在他需要饱餐一顿,洗个澡,睡它一觉。经过了一个不眠的夜晚,来回步行到奥斯特里亚努以及从台伯河对岸逃回来,已经使他觉得十分困乏了。

只有一件事一直使他感到惬意,那就是他手里有了两个钱袋:一个是维尼兹尤斯在家里给他的,另一个是从坟场回来的路上扔给他的。他想起这样的幸运,又想起他所经历的种种不安和激动的场面,于是他决定美餐一顿,喝一些比平时更名贵的好酒。

等到酒店一开门,他便走了进去,狼吞虎咽了一顿,连洗澡都忘记了。他最需要的是睡一大觉,他是那样的困倦,连眼睛都睁不开了,他步履蹒跚地回到了他在苏布拉区的家里,他用维尼兹尤斯给的钱买来的那个女奴,正在家里等着他。

他一走进那间漆黑得像狐狸洞似的卧室,便倒在床上,立刻就睡着了。

直到傍晚的时候他才醒来,不如说是被他的女奴叫醒的,她说有一个人有急事来找他,希望能立刻见到他。

机敏而又谨小慎微的基朗一下子便清醒过来了,他迅速穿好那件带风帽的外套,让女奴站到旁边去,他小心翼翼地向外面张望着。

他顿时被吓呆了!因为在卧室的门外,他看见了乌尔苏斯那魁伟高大的身材。

他一看到乌尔苏斯,便感到他的头和脚都变得像冰一样的冷了,连胸膛里的心脏都停止了跳动,脊背上好像有一群蚂蚁在爬

来爬去……顷刻间,他连话都说不出来了,直到后来,他的牙齿一面在不停地打着战,一面结结巴巴地说,或者不如说是在呻吟:

"西拉!说我不在家……我不认识……这个……好人……"

"我告诉过他,说你在家,正在睡觉,老爷,可是他要我马上叫醒你……"那个女奴答道。

"啊!众神啊!我吩咐你……"

然而,这个乌尔苏斯好像等得不耐烦似的走到了卧室的门边,弯着腰把头伸了进来。

"基朗·基诺尼德斯!"他说。

"平安与你同在!平安!平安!"基朗答道,"啊!最善良的基督教徒!是的!我是基朗。可是你认错人啦,我不认识你啊!"

"基朗·基诺尼德斯!你的主人维尼兹尤斯叫你去,要你马上跟我一道去见他!"乌尔苏斯重说了一遍。

23

一阵剧烈的疼痛才使维尼兹尤斯苏醒过来。刚醒来时他不知道他在什么地方,也不知道发生了什么事情。他只觉得脑袋嗡嗡直响,眼睛也像蒙上了一层雾似的。但是,他渐渐地恢复了意识,终于透过那层雾,看见三个人俯身在他头上,其中两个人他认识,一个是乌尔苏斯,另一个是他抢走莉吉亚时推开的那个老人。第三个他一点也不认识,这个人握着维尼兹尤斯的左手,从手腕一直按摩到肩胛骨,使得维尼兹尤斯感到一阵无法忍受的疼痛,以致他认为这是他们进行报复的一种手段,于是他咬牙切齿地说道:

"你们杀死我吧!"

他们似乎对他的话毫不在意,仿佛没有听见或者听见了也认为那是痛苦的呻吟。乌尔苏斯脸上露出一种野蛮人的关心而又令人可畏的神情,手上拿着一大把撕成长条的白纱布,那个老人对正在给维尼兹尤斯按摩手臂的人说:

"格劳库斯,你确实认为他头部的伤不是致命的吗?"

"是的,尊敬的克里斯普斯。"格劳库斯答道,"从前我在船上做过奴隶,后来又住在那不勒斯,我医好过不少重伤的病人,我靠这种本事赚了一些钱,才替我和我的一家人赎了身……他头上的伤不重。当这一个，"他用头向乌尔苏斯那边点了一点，"从他手中抢夺姑娘的时候，用力一推把他撞在墙上，幸亏就在这青年倒下去的时候，曾用手挡了一下，才使这只手受了伤，脱了臼，多亏他这么一挡，才保住了他的脑袋，也救了他的性命！""你医好过不少兄弟，你是一个技艺高超的名医，所以我才差乌尔苏斯去把你请来。"克里斯普斯说。

"可是乌尔苏斯在路上向我承认了，他昨天正准备杀死我哩！"

"他在向你说以前就把他的打算向我忏悔了。我知道你的为人和你对基督的热爱，便对他解释说，你不是叛徒，那个唆使他去杀人的陌生人才是叛徒！"

"那人真是个魔鬼，可是我把他当成了天使！"乌尔苏斯叹了一口气说。

"过些时候你再把这件事的详细情况告诉我，现在我们还是来照顾这位受伤的人吧！"格劳库斯说。

他说完又按摩起维尼兹尤斯的手臂来，克里斯普斯虽然不停地把冷水洒在维尼兹尤斯的脸上，他还是痛得一再昏厥过去。然而这对他来说倒是一件好事，因为给他折断的手臂接上骨节的时候，他就感觉不到痛苦。格劳库斯还用两块长条夹板绑住了他的手臂，迅速地包上了绷带，扎得很紧，使它不会动来动去。

手术做完之后，维尼兹尤斯又恢复了知觉，他看见莉吉亚就站在他的床边。

她站在他的身旁，双手端着一只装了水的铜盆，格劳库斯不停地把一块海绵放在盆里浸湿，揩拭着病人的额头。

维尼兹尤斯呆呆地望着她,简直不敢相信自己的眼睛了。他以为这是在做梦,或者是发高烧产生的一种愉快的幻觉——过了好一会儿,他才轻轻地叫了一声:

"莉吉亚……"

一听到他的声音,她手里端着的铜盆就抖动起来,可是她那双充满悲哀的眼睛注视着他。

"平安与你同在!"她同样轻声地答道。

她脸上显出怜悯和痛苦的神情,伸出双手站在那里。

维尼兹尤斯目不转睛地望着她,好像要把她的身姿深深吸进他的眼珠里,好在闭上眼睛以后,也能使她那娇美纤丽的倩影出现在他的面前。他望着她,她的面容显得比过去更加消瘦,更加苍白了。她那乌黑的头发结成辫子,身穿一件劳动妇女穿的那种粗布衣服。他那样痴情地望着她,她洁白的额头由于他的注视渐渐变成了玫瑰色。这时他首先想到,他要永远爱她,其次他想起她那苍白的脸色,她那贫困的生活,都是他一手造成的,是他把她从百般宠爱她的家庭里,从舒适而富足的家里赶了出来,使她住进了这间简陋的房子,穿上了这种粗糙的黑羊毛的外衣。

他本想给她穿上最华丽的绫罗绸缎,戴上世界上最珍贵的珠宝钻石。因此,惊奇、担忧和怜惜深深攫住了他的心,使他感到那样的痛苦,如果他能行动的话,他一定会跪在她的脚边。

"莉吉亚,你不让人杀死我。"他说。

她用温柔甜美的口气答道:

"愿上帝早日恢复你的健康!"

对维尼兹尤斯来说,他在为他过去给她带来的种种痛苦感到内疚，也在为他的这次新的行动而愧恨交加，所以他听到莉吉亚的话，真像服了灵丹妙药一样轻松。此时他完全忘记了她话中所包含的基督教的教义，他只觉得，这是他心爱的人在说话，而且在她的话里有一种非常亲切的柔情，有一种超出凡人的善良，它深深地震撼了他的灵魂。就像刚才他由于剧痛而昏过去一样，现在则因为快乐而虚脱了。他全身感到无力，同时又觉得非常快活。他有一种向深渊坠落下去的感觉，同时他觉得这种坠落非常愉快，非常幸福。就在他虚弱无力的这一瞬间，他觉得有一位女神在守护着他。

这时候，格劳库斯已经洗完了他头上的伤口，并且在伤口上涂上了一种止痛的药膏。乌尔苏斯接过了莉吉亚手中的铜盆，莉吉亚把放在桌子上的一杯混合着酒和水的饮料送到受伤的人嘴边。维尼兹尤斯贪婪地喝着，喝完之后，觉得非常舒服。包扎完以后，痛苦就差不多过去了。伤口和折断的骨头都固定起来了，他也完全恢复了知觉。

"请再给我一杯！"他说。

莉吉亚拿着空杯子到隔壁的房间去了，这时候，克里斯普斯在和格劳库斯交谈了几句之后，便来到了维尼兹尤斯的床前，对他说：

"维尼兹尤斯！上帝不许你犯更大的罪恶，但为了让你能改邪归正，保住了你的性命。在上帝面前，人有如一粒草芥，'他'把你这个毫无防卫能力的人交给了我们。但是我们所信奉的基督教导我们要爱我们的敌人，因此，我们替你包扎了伤口，我们还要像莉吉亚所说的，祈求上帝早日恢复你的健康。可是，我们不能长久地照看你,现在让你安静地想一想,你还要继续去迫害莉吉亚吗?你使她失去了保护人,失去了家庭,难道你还要来迫害我们这些以德报怨的人,使我们无家可归吗?"

"你们想离开我吗?"维尼兹尤斯问。

"我们想离开这座房子,再住下去,地方长官就要来追查我们的。你的随从被杀死了,而你呢,你在你们的人当中又是个达官贵人,现在受了伤躺在这里,这不是我们的过错,但是法律的惩罚一定会落到我们的头上……"

"你们不要害怕追查,我会来保护你们的。"维尼兹尤斯答道。克里斯普斯不能告诉他,他们不仅害怕地方长官和巡警对他们的追查,而且对他这个人也并不信任,为了避开他的继续追踪,他们也想把莉吉亚转移到安全的地方去。

"大人,你的右手是好的,这里是书写牌和尖笔,你给你的仆从写封信吧,要他们今天傍晚抬一顶轿子来,把你接回府里去。你在自己家里总比在我们这个穷地方过得舒服一些。我们现在住的是一个穷寡妇的家,她和她儿子一会儿就要回来了,那个孩子可以替你送信去。至于我们这些人,还得另找一个藏身的地方。"

维尼兹尤斯脸色煞白,他知道,他们想把他和莉吉亚分开,如果他这次再失去了她,他也许一生中再也不会见着她了……他也知道,有一道巨大的障碍横在他和莉吉亚之间,因此要想得到她,非得找条新路不可,但是现在却没有考虑的时间了。他同样明白,即使他现在告诉他们,哪怕是赌咒发誓说,他要把莉吉亚送回庞波里亚·格列西娜家里去,他们也不会相信,而且他们有权利不相信。本来他早就可以这样做的,他可以不去追寻莉吉亚,而是直接到庞波里亚家里去，向她保证，他不再追寻她了，这样一来，庞波里亚自己就能找到她，而把姑娘带回家去。不！无论他作出什么样的保证，也难于留住他们的，他们也不会接受任何庄严的誓言，何况他并不是个基督教徒，即使起誓，他也只能向希腊、罗马的不朽众神起誓，对于这些神明他自己也是不太相信的，至于他们，更把众神看成是魔鬼了。

然而他真想尽一切努力来说服莉吉亚和她的保护人，可是这需要时间。对于他来说最重要的是能够看见她，哪怕多看几天也好。他像个溺水的人，无论是一块木板，还是一根断桨，对他来说都是可以救命的，他觉得只要能想法留住她几天，他就可以向她说一些能使她觉得亲切的话，就能想一些好的办法，也许还会发生有利于他的事情。

于是他先把自己的思想理了一下，然后说道：

"基督教徒们，请你们听我说几句话。昨天我和你们一起在奥斯特里亚努，听了你们的教义，虽然我还不了解它，可是你们的行动使我相信，你们都是诚实善良的人。请你们转告那位租这所房子的寡妇，请她留在这里，你们也留下来，还请你们允许我住在这里。这个人，"他把眼光转向格劳库斯，"是一个医生，或者至少是个懂得医治外伤的人，请他说一说，能让我今天搬走吗？我是个病人，我的胳膊断了，我应该在这里一动不动地躺几天——因此，我向你们宣布，除非你们用暴力把我从这里扔出去，我是绝不会离开这儿的。"

他说到这里停住了，因为气接不上来，他不能再说下去了。这时，克里斯普斯说道：

"老爷,谁也不会对你动蛮的,我们离开这里,只是为了保住我们的脑袋。"

一听到这话,这位从来没有受到过别人顶撞的青年,便皱起双眉,说道:

"请让我喘口气。"过了一会儿,他接着说道:

"谁也不会问起被乌尔苏斯打死的那个克罗顿。他接到瓦提纽斯的邀请,本来今天就要到贝纳文特去的,所以,大家都会认为他已经到那儿去了。我和克罗顿到这所房子来的事,除了那个希腊人,别的人都不知道,这个希腊人和我们一起到过奥斯特里亚努。我把他的住址告诉你们,你们把他找来见我,我可以命令他不许说出去,因为他是我花钱雇来的。我要给家里写封信,说我也到贝纳文特去了。如果这个希腊人已经报告了地方当局,我就说,杀死克罗顿的是我,是他把我的手臂扭断了。我以父母的灵魂起誓,我一定这么做!你们可以放心地住在这里,连你们头上的一根头发都不会受到损害的。请你们快去把那个希腊人叫来,他的名字叫基朗·基诺尼德斯!"

"那就让格劳库斯留在你这里,大人!也让那个寡妇来照看你!"克里斯普斯说。

维尼兹尤斯的眉头蹙得更紧了,他说:

"你听我说吧,老爷子!我应该感谢你,看来你是个正直善良的人,可是你没有把你心底里的话都说出来,你是害怕我会把我的奴隶们召来,要他们抢走莉吉亚吧?你说,是不是这样?"

"是的!"克里斯普斯相当严厉地回答说。

"那就让我当着你们的面吩咐基朗,并且当着你们的面写信给我家里,说我已经离开了此地。以后除了你们之外,我再也不找别的人去送信……请你考虑一下吧。不要再折磨我了。"

他说到这里,便发起火来,他的脸也因为生气而扭歪了。过了一会儿,他愤愤地说道:

"你以为我会否认我留在这里,就是想看到莉吉亚吗?……即使我否认了,就连傻瓜也会猜到的。可是我再也不会用武力来抢走她了……我再告诉你,如果她不留在这里,我就要用这只好手把我胳膊上的绷带都扯掉,我就要绝食。这样一来,你和你的教友们就要为我的死负责了。为什么你要医治我,为什么不让人把我杀死?"

他又愤怒又虚弱,脸色都发青了。莉吉亚在隔壁房间里听见了这番谈话,她相信维尼兹尤斯是说得出就做得到的,因此她不由得害怕起来。无论如何,她是不希望他死的。他受了伤,又没有人保护,便在她心里激起了同情,而不是恐惧。她自从逃走以后,一直生活在这些人当中,他们受着宗教热情的驱使,想的做的都是牺牲、贡献和无限的慈悲,她自己也受到这种精神的感化和鼓舞,以此来代替她的家庭、亲人和失去的幸福,也使她成为一个后来改变了她从前旧灵魂的基督教信女。可是维尼兹尤斯在她的命运中起了重要的作用,是对她的一次大冲击,以至她再也无法忘记他了。她日日夜夜都在挂念着他,而且常常祈求上帝能给她一个机会,让她按照教义的启示去做,对他以善报恶,以慈悲回报迫害,使他改邪归正,争取他信仰基督,把他拯救过来。现在她认为,这种机会正好来到了,自己的祈祷已经灵验了。

于是她脸上露出了一种受到灵感启示的神情,走到克里斯普斯的身边，对他说起话来，那仿佛是别人的声音通过她的嘴在说话：

"克里斯普斯，就让他留在我们中间吧，我们也和他在一起，直到基督使他恢复了健康为止。"

这位年老的长老习惯于一切都按照上帝的启示办事，他看到莉吉亚的兴奋表情，便立即想到这也许是某种超凡的神力让她这样说的，他心里不免有些畏惧，便低下了他的头。

"就照你说的办吧！"他说。

在这段时间里，一直注视着莉吉亚的维尼兹尤斯，对于克里斯普斯会这样坚决地听从她的意见，留下了惊异和深刻的印象。他认为莉吉亚在基督教徒中一定是一位令大家尊敬和服从的女住持或者女祭司。于是他也不由自主地尊崇起她来了。他觉得在他的爱情中，现在也包含着敬畏之情，与这种敬畏相比，爱情本身就显得有点唐突冒犯了。现在要他承认他们之间的关系已经改变，不是她服从他的意志，而是他服从她，要他承认因为他卧病在床，手臂折断，已经失去了进攻和征服的力量，像个孤苦无依的孩子，需要得到她的照顾等等，他还是感到不习惯的。按照他傲慢而桀骜不驯的脾气来说，要是和别的人产生这样的关系，他会认为是一种屈辱。然而现在呢，他不仅不感到屈辱，反而像对待自己的君主似的对她表示感激。这是一种他从未有过的感情，这种感情直到昨天为止都是他无法想象的，就是现在，如果他有能力明了它们的全部内容，他也会大吃一惊的。可是现在他不再询问自己为什么会这样了，反而认为这是极其自然的事情，只要能够留在这里，他就感到无比的幸福。

他真想向她表示感谢，他对她不但抱着深情厚谊，还有另外一种从未有过的感情，连他自己也不知道该称作什么，因为那纯粹是一种顺从。然而刚才的兴奋使他感到特别虚弱无力，连话都说不出来了，他只好用眼神来向她道谢。为了能够留在她的身边，能够在明天后天甚至较长的时间内都看到她，他的一双眼睛闪烁出快乐的光芒。不过，在快乐中还混合着一种畏惧，深怕获得的东西会重新失去，而且害怕得那样厉害，以至于当莉吉亚又来喂他水喝的时候，他本来想握握她的手，这一来都不敢那样做了。而这个维尼兹尤斯，曾经在皇帝举行的御宴上粗暴地吻过她，而在她逃走以后也曾发誓要揪住她的头发把她拖进卧室里，或者下令鞭打她，现在却是那样地害怕。

24

但是维尼兹尤斯又开始担心，怕不合时宜的外来帮助会破坏他的快乐。基朗可能会向城防司令官或者他家里的解放奴隶报告他失踪的消息，这样一来，说不定巡警会闯进这所房子来检查。于是他脑子里又出现了这样的念头，那时他可以命令他们把莉吉亚抓走，并把她关在自己的家里，可是他又觉得，他不该这样做，也不能这样做。尽管他是个刚愎自用、傲慢任性和纵情酒色的人，在必要时他还是个残暴凶狠的人，不过他从来也不是提格里努斯或者尼禄那样的人。军队生活使他的身上保留了一定的正义感和正直诚实，他还有足够的良心，懂得这样的行为是非常卑鄙的。如果他在勃然大怒和身强力壮的时候，也许会干出这样的勾当来。可是现在他却充满了柔情蜜意，而且又害着病，唯一希望的就是谁也不要插到他和莉吉亚的中间来。

他惊异地发现，自从莉吉亚站到他这方面来的时候起，无论是她自己，还是克里斯普斯，都不再要求他作出任何保证了，就好像他们非常相信，在必要的时候，会有某种超自然的力量出来保护他们。维尼兹尤斯自从在奥斯特里亚努听了使徒传教和讲话以来，他的头脑里对于可能的事情和不可能的事情之间的区别都已经混乱和模糊了,而且他几乎可以断定,这样的事情是可能发生的。等到他比较清醒地考虑了一下之后,他想起了对他们提起的那个基朗,于是他再次请求他们把基朗给找来。

克里斯普斯同意了,于是他们决定派乌尔苏斯去。在维尼兹尤斯到奥斯特里亚努去的前几天,他常常派自己的奴隶去找基朗,尽管往往找不着他,但维尼兹尤斯却能把基朗的详细地址告诉乌尔苏斯,随后他在书写板上写了几句话,转身对克里斯普斯说:

"把我的书写板带给他,因为这是个多疑而又狡猾的家伙,我好多次派人去叫他,他都吩咐他的女奴对我的人说他不在家,他在不能报告我什么好消息的时候,因为怕我生气,就经常这么干。"

"我一找到他就把他带来,不管他愿意不愿意。"乌尔苏斯答道。

说完他就拿起一件外衣匆匆地走了出去。

要在罗马找寻一个人真是一件不容易的事,即使你把地址打听得非常清楚,也很难找到,可是乌尔苏斯有一种猎人的本能,再加上他对罗马城非常熟悉,因此不多一会儿,便找到了基朗的住处。

但是乌尔苏斯并不认识基朗。他以前只见过他一面,而且还是在晚上。另外,唆使他去杀死格劳库斯的那个老人既神气活现,又十分自信,然而这一个却是个战战兢兢、腰弯成两截的希腊人,所以,谁也不会料到,这两个原来是一个人。当基朗看到乌尔苏斯完全把他当陌生人看待时,才从刚才的恐惧中渐渐地安下心来,再看到维尼兹尤斯在板上写的话,他就更加放心了,至少他不再疑心这是给他故意设下的圈套了。他又进一步想到：基督教徒没有杀死维尼兹尤斯，显然是因为他们不敢碰这样有权有势的人物。

"这样一来，如果有必要的话，维尼兹尤斯也会来保护我的，他绝不至于为了要杀死我才把我叫去吧。"他心中暗忖道。

于是他振作了一下精神，问：

"好人，难道我的朋友，尊敬的维尼兹尤斯没有给我派一顶轿子来？我的脚肿了，走不了远路！"

"没有，我们走着去吧！"乌尔苏斯答道。

"如果我拒绝呢？"

"那可不行，你必须去！"

"我去，我去，但是这是我自愿去的。否则，谁也不能强迫我去，因为我是个自由人，而且是城防司令官的朋友。我是个贤人，我也有对付暴力的办法，我能把人变成树木和动物。不过，我就去走一趟吧，就去走一趟吧！我得穿件更暖和的外套，还要戴上风帽，免得让这一带的奴隶看见了，不然的话，我们每走一步，他们都会拦住我，来亲我的手的。"

他说着，就换上了一件外套，头上戴着一顶宽大的高卢人的风帽。他担心到了亮处，乌尔苏斯会认出他的面目来。

"你把我带到哪儿去？"他在半路上问乌尔苏斯。

"到台伯河对岸去！"

"我是不久以前才到罗马来的，我还没有到过那个地区，不过，那里也一定会住着一些热爱美德的人。"

可是乌尔苏斯是个幼稚纯朴的人，他听维尼兹尤斯说过，这个希腊人曾经和他一道去过奥斯特里亚努的坟场，后来他还看

见维尼兹尤斯和克罗顿走进莉吉亚的住处,于是他停住了脚步,说道:

"老家伙,你可不能说谎啊!你今天还同维尼兹尤斯到过奥斯特里亚努,也到过我们家门口。"

"啊!啊!那么,你的家是在台伯河对岸吗?我来到罗马不久,各个地区的名称,我都不太清楚。的确,我的朋友!我到过你家的门口,我还在那里用道德的名义规劝过维尼兹尤斯,让他不要进去。我也到过奥斯特里亚努,可你知道我为什么去吗?好久以来,我就煞费苦心地想改变维尼兹尤斯的宗教信仰,想让他去听听那位德高望重的使徒的说教。让光明照亮维尼兹尤斯的灵魂,也照亮你的灵魂!你是个基督教徒,难道你不希望真理战胜虚伪吗?"

"当然希望!"乌尔苏斯谦恭地答道。

这时基朗完全恢复了勇气。他说:

"维尼兹尤斯是个达官贵人,又是皇上的朋友,他仍然常常听从魔鬼们的低声煽动。可是谁若是敢动他一根毫毛,皇帝就会向所有的基督教徒进行报复的!"基朗说。

"可是有一种更伟大的力量在保护着我们!"

"对!对!可是你们打算怎样处置维尼兹尤斯呢?"基朗重新怀着不安的情绪问道。

"我不知道。基督要我们慈悲为怀!"

"说得完全正确。你要永远记住这点,否则的话,你就会像放在锅里煎的一根灌肠一样,受到地狱的煎熬。"

乌尔苏斯深深地叹了一口气。基朗在心里盘算着,像乌尔苏斯这样的人，在牛脾气发作的时候很可怕，实际上却是一个可以随意摆布的人。

他想打听在抢劫莉吉亚时发生的事，便用一种法官似的严厉口气问道：

"你们怎样处置克罗顿的？说吧，不许撒谎！"

乌尔苏斯又叹了一口气，说：

"维尼兹尤斯会告诉你的。"

"这就是说，你不是用刀扎死了他，就是用棍棒把他打死了！"

"我是不带武器的！"

那个希腊人不能不对这个野蛮人的超人气力感到惊讶。

"愿普路托[①]……啊，我是想说，愿基督宽恕你！"

他们闷声不响地走了一会儿，然后基朗又开口说道：

"我是不会出卖你们的。不过你们得小心巡警。"

"我怕的是基督，不是什么巡警。"

"说得对！再也没有比杀人更深重的罪孽了。我要为你祈祷，可是我不知道，我的祈祷会不会发生作用，除非你发誓这辈子再也不用手指头动别人一下才行。"

"我可不是存心要杀死他的。"乌尔苏斯答道。

但是，基朗为了防止发生任何的意外事件，便继续不停地向乌尔苏斯说明杀人是一种可憎的罪行，并且怂恿他发誓再不杀人。他又打听维尼兹尤斯的情况，可是这个莉吉亚人不愿意回答他的问题，只是再三说，他会从维尼兹尤斯自己嘴里听到他需要知道

---

① 普路托：罗马神话中的冥王。

的事情。他们这样说着话,不知不觉就走完了从希腊人住地到台伯河对岸这样一段很长的路程,来到了那所房子的门口。基朗那颗心又不安地怦怦乱跳起来。由于害怕,他仿佛觉得乌尔苏斯正在用凶狠贪婪的眼光注视着他。"即使他不是有意杀死我,我也得不到什么安慰。"他心中想道,"无论如何,我希望他和所有的莉吉亚人都中风死掉才好啊!宙斯啊!如果你真有这种神力,那就赶快显灵吧!"他一边这样想着,一边用高卢外套紧紧裹住身体,还一再说他怕冷。他们终于走进了门廊和前院,进入了那条通向小花园的走廊,基朗突然站住说:

"让我歇一口气,不然的话,我就不能和维尼兹尤斯说话了,更不要说替他出什么好主意了。"

他这样说着,便停住不走了——尽管他心里一再对自己说,不会有什么危险的,可是一想到他现在来到了他在奥斯特里亚努看见的那些神秘莫测的人们中间,他的两条腿便止不住哆嗦起来。

这时候,屋子里唱赞美诗的歌声传到了他的耳中,他便问:

"这是在唱什么呀?"

"你说你是基督徒,可是却不知道我们在每顿饭之后都要唱赞美歌来赞美救世主。"乌尔苏斯答道,"密里阿姆和她的儿子一定回来了,说不定使徒也和他们在一起,他每天都要来看望寡妇和克里斯普斯的。"

"请把我直接带到维尼兹尤斯那儿去!"

"维尼兹尤斯和大家都在一间屋子里,那是唯一的一间大房间。其余的房间都又小又暗,只有睡觉的时候才进去。好了,我们先进去吧,到了屋里,你再休息一会儿。"

两人走进了屋里。屋里很暗,当时正是黄昏,天气寒冷,阴霾蔽天,几盏油灯的亮光都不能驱散屋里的黑暗。维尼兹尤斯与其说是看出了,还不如说是猜出了这个用风帽裹得很紧的人便是基朗。基朗一看见屋角里摆着的一张床和躺在床上的维尼兹尤斯,便不看别人,径直向他走去,似乎他以为只有在他身边才算是安全的。

"啊!老爷,你为什么不听我的劝告呀?"他交叉着双手叫道。

"住口,听我说!"维尼兹尤斯说。

他用犀利的目光注视着基朗的眼睛,用缓慢和加重的语气说话,以便让他的每一句话都像命令一样,永远留在基朗的记忆里。

"克罗顿想要谋财害命,向我猛扑过来,你明白吗?所以我就把他杀死了。在和他搏斗的时候,我受了伤,是这些人替我包扎了伤口。"基朗立时明白,维尼兹尤斯之所以这样说,一定是他已经和这些基督教徒有了默契,正因为如此,他才要别人都相信他的话。基朗从他的脸色上看出了这点。于是他立刻抬起头来,不露出丝毫疑惑或者惊讶的表情,大声叫喊道:

"啊,那是个坏透了的无赖,老爷!我不是早就劝告过你,让你别信任他。我教训他的那些话,就像扔到墙上的豆子那样,从他的脑袋上弹了回来。让他受尽地狱的刑罚也不够抵他的罪。凡是不能做个老实人的人,一定是个无赖,难道还有比一个无赖变成老实人更困难的事吗?可是真想不到,他竟敢袭击自己的恩主和这样一位慷慨大方的东家……啊,众神啊……"

他说到这里,想起了他在路上曾对乌尔苏斯说过自己是个基督教徒,于是便缄口不言了。

维尼兹尤斯说：

"如果我没有随身带着短刀，就会被他杀死了。"

"我真要祝福我劝你带刀的那个时刻！"

维尼兹尤斯把审视的目光转向这个希腊人，问道：

"你今天干什么去了？"

"怎么，我不是对你说过，老爷，我为了你的健康，许了一个愿吗？"

"还干过别的事吗？"

"我正打算来探望你，恰好这位善良的人来了，说是你派他来找我的。"

"这里有一块书写牌。你把它送到我家里，交给我的解放奴隶。上面写着我到贝纳文特去了。你要亲口告诉德马斯，我是今天早晨离开的，因为我突然接到了彼特罗纽斯的一封急信，要我到那里去。"

说到这里，他又加重语气说：

"我到贝纳文特去了！你懂吗？"

"是的，老爷，你到贝纳文特去了！今天早上我就在卡丕城门外和你告别的，而且自从你一离开我就那样想念你，如果不是你的慷慨赏赐给了我安慰，我就要伤心得哭死了，就像不幸的西多斯的妻子在伊梯洛斯死后那样的悲痛[1]。"

维尼兹尤斯虽然卧病在床，而且听惯了希腊人的俏皮话，但

---

[1] 西多斯的妻子因妒其弟妇生子女多而想杀死其侄子，结果把自己亲生儿子伊梯洛斯杀死了，她悲恸欲绝，宙斯怜其悲，将她变成夜莺。

是听到他的这番话,也禁不住笑了起来。他感到高兴的是,基朗立刻就领会了他的意图,于是他说道:

"好吧,我要再写上一句话,让人把你的眼泪抹掉,快给我拿灯来!"

基朗这时完全放心了,他站了起来朝壁炉走去,把挂在墙上的油灯取了一盏下来。

但是,这个动作使他的风帽从头上滑落下来。灯光直射在他的脸上。格劳库斯从凳子上跳了起来,急忙向他冲了过去,在他面前站住了。

"你不认识我了吗,赛法斯?"他问道。

他的声音是那样可怕,使在座的人都不禁打了个寒战。

基朗举起了油灯,几乎就在这同一瞬间又把油灯掉到地上,然后他哈着腰,几乎把身子弯成两段,开始呻吟起来:

"我不是……我不是……可怜我呀!"

格劳库斯转向在座的人,说:

"这就是出卖我的那个人,使我家破人亡的就是他……"

所有的基督教徒和维尼兹尤斯都知道他的不幸遭遇,不过维尼兹尤斯并未料到他就是格劳库斯,原因是在给他包扎伤口的时候,他曾多次痛得昏厥过去,所以没有听见他的姓名。可是对乌尔苏斯来说,格劳库斯的话犹如黑暗中的一道闪电,刹那之间使他立即认出了基朗,他便一个箭步蹿上前去,抓住了基朗的胳膊,反剪过去,大声说道:

"挑唆我杀死格劳库斯的也是这个人!"

"可怜我吧!我会给你……"基朗呻吟道。"啊,老爷!"他

286

转身朝着维尼兹尤斯叫道,"救救我吧!我全靠你了,请你替我说说情吧……我把……你的信送去……老爷!老爷!"

可是对于这里发生的事情,维尼兹尤斯比别的人更加淡漠。首先,因为他知道这个希腊人作恶多端,其次,他的心从来不知道什么叫作怜悯。于是他说:

"把他活埋在花园里吧,找个别的人把信送去就是了!"

基朗以为这些话就是对他的最后判决。他的骨头在乌尔苏斯的那双可怕的手里嘎嘎直响,他痛得两眼直冒泪水。于是他大叫起来:

"看在你们上帝的面上,可怜可怜我吧!我是个基督教徒!平安与你们同在!我是个基督教徒!如果你们不相信我的话,那就再给我施一次洗礼,施两次洗礼,哪怕受十次洗礼也行!格劳库斯,这是个误会!请允许我向你说清楚!让我做你们的奴隶吧……别杀死我呀!可怜可怜我吧!……"

他那由于痛苦而哽咽起来的声音,越来越微弱了。就在这时候,使徒彼得从饭桌旁边站了起来,他那白发苍苍的头颤动了一会儿,低垂在胸前,他先是合上了眼睛,然后又睁开,在一片静谧的沉默中开始说话:

"救世主对我们说过:如果你的兄弟对你犯了罪,你就惩罚他,如果他后悔了,那就宽恕他。如果他一天当中冒犯了你七次,而他七次都后悔不迭地对你说:'饶了我吧。'你就该宽恕他。"

他说完之后,是一片更深的寂静。

格劳库斯双手捂住脸,久久地站在那里,然后他放下双手,说:

"赛法斯，愿上帝宽恕你对我犯的罪恶，就像我以基督的名义宽恕你一样。"

乌尔苏斯放开了那希腊人的胳膊，立即说道：

"但愿救世主怜悯你，就像我宽恕你的罪恶一样。"

基朗跌倒在地上，双手撑着身子，他的头像在陷阱里被逮住的野兽那样转动着，呆呆地望着四周，等待着死亡的到来。他不相信他的耳朵和眼睛，他甚至连想都不敢想他会受到宽恕。

后来，他逐渐恢复了意识，只有发青的嘴唇还因恐惧而不停地颤动着。这时候使徒又说话了：

"你放心地去吧！"

基朗站了起来，但是还不能说话。他本能地向维尼兹尤斯的床走过去，仿佛还要寻求他的保护似的。因为他还来不及考虑：为什么维尼兹尤斯，这个他曾经为之奔波效力，而且还是他的同伙的人要处死他，而他想陷害的那些基督教徒却宽恕了他。这些想法是他后来才想到的。现在，他的眼睛里只有惊讶和难以置信的神情。等到他一明白他们宽恕了他，就想尽快地离开这些他无法理解的人们，他们的善良使他觉得可怕，恰如他害怕他们的残酷一样。他觉得再待下去不知道又会发生什么意外，于是他站在维尼兹尤斯的旁边，断断续续地说道：

"老爷，请把信给我吧……请把信给我吧！"

他抓过维尼兹尤斯原先给他的那块书写牌，先向基督教徒们鞠了一躬，随后又向病人鞠躬，便沿着墙根，弯着腰，一溜烟地走出了屋门。

到了小花园里，四周一片漆黑，他仿佛觉得乌尔苏斯正在他的后面追了上来,要在黑夜中杀害他。于是他害怕得毛发倒竖,他想飞奔出去,可是他的两条腿已经不听他的使唤了。不久,他的全身都完全软瘫下来,因为乌尔苏斯果真出现在他的面前。

基朗趴倒在地,呻吟道:

"乌尔班……以基督的名义……"

可是乌尔班却回答说:

"不要害怕。使徒让我来领你走出大门,免得你在黑暗中迷路。假如你没有力气,就让我扶你回家吧!"

基朗仰起了脸。

"你说什么?什么?你不杀死我?"

"不!我不杀你。刚才我抓你的时候要是用的力气太狠,把你的骨头抓痛了,那就请你原谅我吧!"

"请帮我站起来。你不杀死我吗?真的吗?请把我领到大街上就行了,接下去,我就能自己走了。"基朗说。

乌尔苏斯像拾起一根羽毛似的把他搀了起来,扶着他站住了脚。又带着他穿过漆黑的走廊,来到第二个庭院,从这里可以直接走到门廊和大街上了。在走廊里,基朗心里又在想:"该动手干掉我了!"一直等到他们到了街上,他才放下心来,说道:

"我自己能走了。"

"平安与你同在!"

"与你同在!与你同在!……让我在这里歇口气。"

乌尔苏斯离开以后,他才挺起胸膛吸了一大口气。他用手摸了摸自己的腰和屁股,像是要证明一下自己确实还活着似的。然后便迈着仓促的脚步向前走去。

可是走了几十步以后,他又停了下来,说:

"他们为什么不杀死我呢?"

尽管他曾和厄乌里兹尤斯讨论过基督教的教义,尽管他曾在河边和乌尔班谈过话,而且他还在奥斯特里亚努听过使徒的讲道,但他依然找不到这个问题的答案。

25

维尼兹尤斯对于所发生的事情也同样感到不可理解，在他的心灵深处，他的惊异也和基朗不相上下。这些人之所以那样对待他，不但不对他的袭击进行报复，反而细心给他包扎伤口，他认为一部分是由于他们所信奉的宗教，更大部分则要归功于莉吉亚，而他的显赫声望也不是不起作用的。可是他们对待基朗的举动，却远远超过了他关于人的宽恕能力的观念了。他不由自主地在心中问道：为什么他们不杀死这个希腊人呢？即使他们杀了他，也是不会受到惩罚的。乌尔苏斯可以把他埋在花园里，也可以在夜深人静的时候，把他丢进台伯河里。在这个盛行夜间谋杀活动的时期里，连皇帝本人都这么干过。天天早上都能在河里发现被遗弃的尸体，可是从来也没有人去调查这些尸体是从哪里来的。此外，在维尼兹尤斯看来，基督教徒不仅可以，而且应该杀掉基朗。怜悯之情在维尼兹尤斯所属的那个社会里，也并不是完全陌生的。雅典人早就为慈悲建立了一座神坛，而且有很长一段时间他们都反对在雅典举行角斗士的比赛。就是在罗马，有时被征服者也得到过宽恕，例如不列颠国王卡里克拉杜斯，曾在克劳迪乌斯时代被俘，却受到了宽大的待遇，自由自在地住在罗马城里。不但是维尼兹尤斯,就是罗马城里的人,也都是这样的看法:为了个人雪耻报仇,不仅是理所当然,而且也是正义的。不这么做,反而是和这种精神相违背的。他在奥斯特里亚努也的确听到说,要爱自己的仇敌,可是他认为,这不过是一种空洞的理论,在实际生活中是无法实现的。甚至到现在,他也在想,他们不杀死基朗,是因为今天适逢某个节日或者是由于月亮盈亏的关系,基督教徒在这种日子里是禁止杀生的。他还听说过有这样的忌日,在这种日子里连各个国家之间的战争都遭到禁止。既然有这样的情形,为什么他们不把他交给官府?为什么使徒要说,谁若是七次对你犯了罪,就应该宽恕他七次呢?为什么格劳库斯对基朗说:"愿上帝宽恕你,也像我宽恕你一样"?难道基朗不是对他犯下了人与人之间最残酷的罪行吗?维尼兹尤斯想到,如果有人杀害了他的莉吉亚,那他会怎样去对待凶手呢?他的心就像锅里的开水一样沸腾起来,为了替她报仇,他是什么残暴手段都能使得出来的!可是格劳库斯竟宽恕了他,乌尔苏斯也宽恕了他!事实上,乌尔苏斯在罗马想杀谁就能够杀谁,用不着害怕刑罚。他只差杀掉涅摩因丛林中的大王,并且取而代之了……一个角斗士必须打死上一届的"霸主"才能取得他的地位。那么,就连最负盛名的角斗士克罗顿尚且抵不过他,还有谁能战胜他呢?对于这些问题只有一个回答:那就是他们不杀基朗,是由于他们有一种伟大的善良,直到现在世界上还未曾有过的善良,也是出于他们对人类的无限的爱,这种爱使他们忘记了自己,忘记了自己所受的凌辱,忘记了自己的幸福、苦难和不幸,他们仅仅是为了别人才活着。他们这样做又能得到什么报酬呢?维尼兹尤斯在奥斯特里亚努听到过,但却没有给他留下什么印象。相反,他却认为这种只对他人有益,而自己则需要放弃一切荣华富贵、一切欢乐的尘世生活,无疑是一种贫穷的悲惨的生活。因此,当他现在想起这些基督教徒的时候,既有无限的赞叹,又带有一定的怜悯,同时还夹杂着瞧不起的成分。他认为这些基督教徒就像是一群山羊,迟早都要被恶狼吃掉的。他那罗马人的性格对于这些甘愿让别人吞噬的人是无法表示尊敬的。但是有一件事情深深地打动了他,那就是在基朗离开之后,大家的脸上都露出了一种无限喜悦的表情。使徒走到格劳库斯的身边,把一只手放在他的头上,说道:

"基督在你身上胜利了!"

格劳库斯抬眼望去,眼里充满了希望和欢乐,仿佛他得到了一种巨大的意外的幸福似的。维尼兹尤斯只能理解报仇雪恨所带来的欢乐,因此他睁大了一双发烧的眼睛望着格劳库斯,就像望着一个疯子似的。可是当他看见,而且心里很不是滋味地看见,莉吉亚用她那公主般的嘴唇亲着这个原来只不过是个奴隶的人的手时,便觉得整个世界的秩序都颠倒了,来了个大翻个儿。后来乌尔苏斯进来报告说他把基朗带到了街上,他还因为他抓痛了基朗的胳膊向他表示道歉,于是使徒便向他祝福,克里斯普斯也宣称,今天是个伟大胜利的日子。一听到这种胜利的话,维尼兹尤斯的思路又完全被打乱了。

当莉吉亚又给他端来清凉饮料时,他把她的手握了一会儿,问:

"那么,你也宽恕我了吗?"

"我们是基督教徒。我们是不许怀恨别人的。"

"莉吉亚,不管你的上帝是谁,因为他是你的神,我就要向他献上一百头牛的贵重祭品。"维尼兹尤斯说。

"如果你喜爱他,只要在心里崇拜他就行了!"她答道。

"因为'他'是你的……"他反复说着,声音越来越弱。

他闭起了眼睛,重又陷入半昏迷状态。

莉吉亚走开了,过了不久她又回来了,她站得很近,弓着身子在他的头上,看看他是不是睡着了。维尼兹尤斯感觉到莉吉亚就在他的身旁,他睁开双眼,微笑着,莉吉亚为了要让他睡觉,把一只手轻轻放在他的眼睛上面。这时他觉得有一种巨大的欢乐沁入他的肺腑,同时也觉得自己更加衰弱了。实际上他的病情很严重。黑夜来临了,随着黑夜的来临,他的热度也大大增高了。由于发烧,他睡不着觉,莉吉亚走到哪里,他的眼光也就跟到哪里。有时他陷入了半睡半醒的状态中,他对他周围所发生的一切事情都能看得见,也能够听到,可是这些事情又和发烧而产生的幻影混杂在一起。他仿佛觉得,在一块古老荒凉的坟地里,造起了一座塔形的神殿,莉吉亚就是这座神殿的女住持。他目不转睛地望着她,他看到她站在塔顶上,手里拿着竖琴,全身沐浴在月光中,这情景完全和他在东方看到那些在夜里唱着赞美月亮颂歌的尼姑一样。他费尽力气,爬上蜿蜒曲折的梯子,想把她带走。跟在他后面的是基朗,他害怕得牙齿直打战,不停地说:"别这么干,老爷,她是女住持,你会受到神明的报复……"维尼兹尤斯不知道神明是谁,但是他知道,他这样做是在亵渎神明,于是也感到十分恐怖。可是等他到达塔顶栏杆的时候,突然看见莉吉亚的身旁站着一位银须的使徒,对他说:"你不能向她动手,因为她是属于我的！"说完之后，便和她一道在月光铺成的路上飘然而去，仿佛走在通往天堂的大道上。而他，维尼兹尤斯向他们伸出双手，苦苦哀求他们把他一起带走。

就在这时，他醒了过来，头脑清醒了一些，眼睛直朝自己前面望着。高架上的灯光越来越暗了，但仍投出清晰的亮光。他们大家都坐在炉火前边取暖，因为晚上冷飕飕的，屋子里也很冷。维尼兹尤斯十分清楚地看见他们呼吸时冒出来的一股股哈气。正中坐的是使徒，莉吉亚坐在他旁边的矮脚凳上，再过去就是格劳库斯、克里斯普斯和密里阿姆，而在他们的两侧，一头坐着乌尔苏斯，另一头坐的是纳查留斯，他是密里阿姆的儿子，一个面孔长得很漂亮的英俊少年，他有一头乌黑的长发，一直垂散到肩上。

莉吉亚的眼睛正望着使徒，专心致志地在听讲，大家的脸都朝向使徒，他用轻微的声音在说话。维尼兹尤斯怀着一种迷信的恐惧望着这个使徒，这种恐惧和他发烧时所产生幻觉的那种恐惧不相上下。于是他又想起，幻觉现真情，这位从遥远的彼岸来的老人，的确会把他的莉吉亚夺走，把她带到遥远的地方去。他还断定那老人正在谈论他，也许他正在给他们出谋划策，教他们怎样把他和莉吉亚分开，因为维尼兹尤斯不能想象他们除了谈他之外，还会谈什么别的事情。所以他集中全部注意力去听彼得的谈话。

可是他的推测完全错了。使徒又在讲基督的事情。

"他们就是为了基督这个名字而活着！"维尼兹尤斯心中想道。

老人讲起了基督被捕的情形：

"士兵和大祭司的随从前来抓'他'。我们的救世主就问他们：

'你们找谁?'他们回答说:'找拿撒勒的耶稣!'可是当'他'告诉他们'我就是'时,他们全都跪倒在地上,谁也不敢对'他'动手,直到问过第二次之后,他们才把'他'抓住了。"

说到这里,老人停住了,伸出手来烤火,接着又继续说道:

"那天夜里和今天晚上一样冷,可是我心里像火一样燃烧着,我抽出了利剑,想去保护主,我削掉了大祭司随从的一只耳朵,哪怕就是豁上我的性命,我也要救出'他'来,如果不是主对我说:'收起你的剑吧,天主赐给我一杯酒,我怎能不喝下去呢?'……他们终于捉住了'他',把'他'捆了起来……"

彼得说到这里,便用手捂着额头,一声不响了。他想在继续说下去之前,把他那纷繁杂乱的回忆清理出一个头绪来。可是乌尔苏斯却待不住了,他站了起来,修剪了一下灯柱上的灯火,火花像一片黄金雨飞溅下来,火苗也烧得更旺了。然后他坐了下来,大声叫道:

"不管发生什么事,我都……唉……"

乌尔苏斯突然把话打住了,莉吉亚把手指头放在嘴上对他嘘了一下。他大声喘着气,看得出来,他的内心里掀起了一场巨大的风暴,虽然他随时都愿意去抱吻使徒的双脚,但对他当时的行为却无法表示赞同。如果谁敢当着他的面,动一动救世主,如果那天夜里他和主在一起,那么,无论是士兵还是大祭司的随从,或者是官府的爪牙,他都要像扔木片似的把他们扔出去。一想到这里,他的泪水便止不住涌了出来。他感到悲伤,也觉得非常矛盾:一方面,他不仅想保护救世主,甚至还要召集起莉吉亚人——他那些勇敢的同胞前来救"他",另一方面,乌尔苏斯又觉得，如果他这样做了，就是违抗救世主的旨意，妨碍了拯救世界的事业。

正因为如此，他才控制不住他的眼泪了。

过了一会儿，彼得把手从额头上放下来，继续讲下去。可是维尼兹尤斯又因为发高烧而坠入半昏迷的睡梦状态中。他把他现在听到的事情，同昨天晚上在奥斯特里亚努听到使徒讲的关于基督出现在梯伯拉兹海岸上的事情混在一起了。于是他看见前面是一片茫无边际的大海，海上有一只渔船，船上坐着彼得和莉吉亚。他自己用尽全力游向他们，但由于折断的胳膊十分疼痛，无法追上他们。狂风掀起的阵阵恶浪冲打着他的眼睛，使他开始下沉，于是他用哀求的声音高喊救命。这时候莉吉亚在使徒面前跪下了，使徒调转了船头，向他伸出了一支船桨，维尼兹尤斯立即抓住了船桨，由于他们的帮助，他才上了小船，一到船上他便倒在船板上了。

过了不久，维尼兹尤斯觉得他似乎站了起来，朝小船后面一看，只见无数的人跟在小船的后面游来。波浪掀起的阵阵浪花淹没了他们的头，在奔腾翻滚的波浪中只能看见几只手了，可是彼得一次又一次地救起了那些淹在水里的人，把他们收容在小船上，小船奇迹般地变大了。不久人群便把小船挤得满满的，有奥斯特里亚努集会上那么多的人，人数还在不断地增加。维尼兹尤斯非常惊讶，小船怎么能容下这么多的人，他害怕他们全都会葬身海底。这时候，莉吉亚就来安慰他，并且把他们要去的遥远岸上的那道亮光指给他看。在这里，维尼兹尤斯的幻觉又和他在奥斯特里亚努听使徒讲基督出现在湖上的情景混淆在一起了。于是他在远方岸上的亮光中,看见了一个人影,彼得把船向他划过去。等到他们接近他的时候,风平浪静,那道光越来越亮,人们开始唱起欢乐的赞美歌,松香的香气在空中袅绕,水面上出现了彩虹,仿佛从海里映出了百合和玫瑰。不久,小船的船头平稳地靠岸了。这时候,莉吉亚握着他的手说:"走吧,我带你去!"于是她把他带进了一片光明中。

维尼兹尤斯又醒过来了,但是他的幻觉消失得很慢,还不能一下子恢复他对现实的感觉。有好一阵子他还以为自己站在岸上,周围是无数的人群。他自己也不知道,为什么要在人群中寻找彼特罗纽斯,更令他惊讶的是,他找来找去都没有找到彼特罗纽斯。壁炉中的熊熊火光使他完全清醒了,炉旁已空无一人。橄榄树枝在炉中粉红的灰烬下面慢慢地燃烧,显然是刚刚才丢进去的松木劈柴突然发出了明亮的火光,借着火光,维尼兹尤斯看见莉吉亚坐在离床不远的地方。

一看到她,连他的心灵深处都受到了震动。他想起了头天晚上她是在奥斯特里亚努度过的,而整个白天又忙着看护他,可是现在,当大家都去休息的时候,唯有她一个人还守在他的床边。从她一动不动双眼紧闭着坐在那里的样子便能马上看出来,她一定是非常困倦了。维尼兹尤斯不知道她是睡着了呢,还是在沉思?他望着她的倩影,望着她下垂的睫毛,她放在膝盖上的双手,于是在他那异教徒的头脑里渐渐地形成了这样一种思想:除了希腊和罗马那种自豪和自信的形体上的肉体美之外,世界上还存在着另一种新的无比纯洁的灵魂美。

当然他还不会把这种美叫作基督教的美,然而,当他一想到莉吉亚时，又不能把她和她所信仰的宗教分别开来。他甚至想到，如果其他的人都去休息了，只有她这个受过他迫害的人在守着他，毫无疑问，那也是她的宗教要求她这样做的。他这样想时既对这种宗教感到惊异，又觉得不愉快。他宁愿莉吉亚的行动是出于对他的爱情，出于爱他的眼睛、他的相貌，爱他的有如雕像般的躯体，一句话，也就是出于当时那些希腊和罗马的女人用雪白胳膊抱住他脖子的原因。

然而他又突然感觉到，如果她和别的女人毫无差别，那么她就没有现在这种吸引力了。现在他反而对自己身上所发生的变化感到惊奇而且无法理解，他觉得自己的内心正在产生一种新的感情，一种新的爱好，这是和他的社会完全陌生的感情和爱好。

这时候，莉吉亚睁开了眼睛，看见维尼兹尤斯正在望着她，便向他走去，说道：

"我在守着你！"

他答道：

"我在梦中看见了你的灵魂。"

26

第二天早晨维尼兹尤斯醒来后便感到浑身无力,但是烧退了,头脑也清醒了。他以为是一阵悄悄谈话声把他惊醒的,可是等他睁眼一看,莉吉亚不在他床边了。只有乌尔苏斯在炉子前面弯着腰,翻动着黑灰,想在灰烬下面找出还没有熄灭的炭火,他找到以后,便开始呼呼地吹起来,好像不是用嘴吹,而是铁匠打铁用的风箱在鼓风。维尼兹尤斯想起,昨天打死克罗顿的就是这个人,于是他便用角斗爱好者的眼光,打量着他那和库克罗普斯[①]一样魁梧雄伟的躯体和他像圆柱般的双腿。

"我的脖子没有给他扭断,这得感谢墨丘利神。"维尼兹尤斯心中暗想道,"凭着波卢克斯起誓!若是其他的莉吉亚人都像他那样,那么,多瑙河军团的处境就非常不妙啊!"

他大声地叫道:

"喂,奴隶!"

乌尔苏斯把头从壁炉里缩了回来,带着友好的微笑说:

"愿上帝赐给你美好的一天和身体健康,大人!不过我是个自

[①] 库克罗普斯:希腊神话中的独眼巨人。

由人,不是奴隶!"

维尼兹尤斯本来想问问乌尔苏斯关于莉吉亚的故国情况,听到他的回答,觉得很愉快,因为和一个自由民,哪怕一个平民谈话,对于他那罗马人和贵族的自尊心来说,总比和一个奴隶谈话更光彩些,因为当时的法律和习惯都不把奴隶当人看待。

"你不是普劳兹尤斯家的人吗?"

"不是,老爷,我服侍卡里娜,正如我从前服侍她的母亲一样,完全出于自愿。"

为了把炉火吹得旺旺的,他又把头伸进了壁炉,炭火上架好了木柴,等他吹着了,才把头伸出来,说:

"我们那里没有奴隶。"

"莉吉亚到哪儿去了?"维尼兹尤斯问道。

"她刚刚出去。我要给你准备早饭了,大人。她一夜没睡,一直在看守着你。"

"那你为什么不来替她呢?"

"因为她要那样做,我只有服从她。"

说到这里,他的眼神变得忧郁了,过了一会儿,他又说:

"要是我没有听从她的话,那么你,大人,也就不在人世了。"

"这样说来,你没有杀死我,觉得后悔吧?"

"不,大人!基督是不许杀人的。"

"那么阿达钦呢?克罗顿呢?"

"我当时没有别的办法。"乌尔苏斯嘟哝道。

他带着悲伤的情绪望着他的双手,尽管他的灵魂已经接受了洗礼,可是他的双手显然还是异教徒的。

随后他把锅摆在炉架上,在炉前蹲了下来,他沉思地注视着火光。

"这都是你的过错,大人,你为什么要对她,一个国王的女儿动武呢?"他终于开口说道。

在最初的一瞬间,维尼兹尤斯觉得这样一个平民和野蛮人不仅敢开诚布公地和他说话,甚至还来指责他,使他的自尊心受到了刺激,火气直往上冒。从前天晚上开始,他遇到了种种不平常和不可想象的事情,现在又加上了这件事。然而他身体衰弱,身边又没有自己的奴隶,他只好忍住了,尤其是他想了解莉吉亚的详细身世的愿望占了上风,他的怒火才没有爆发出来。

等到他火气消了,他便向乌尔苏斯打听有关莉吉亚人反对王留斯和斯维布人的战事来,乌尔苏斯虽然很愿意讲,但没有超出他在普劳兹尤斯家听到的那些情况。乌尔苏斯没有参加过作战,因为他被派到阿特留斯·希斯特尔的军营里照料人质去了。他只知道莉吉亚人打败了斯维布人和雅齐格人,可是他们的统帅和国王也被雅齐格人用箭射死了。不久之后,又传来了消息,说塞姆诺人在他们的国境线上放火焚烧了森林,于是他们火速班师回国去报仇,而人质却依然留在阿特留斯的军营里。开始那里还以君王的礼节对待他们,后来莉吉亚的母亲死了,罗马统帅不知道该怎样来处置这个孩子。乌尔苏斯本想和她一道回国去,因担心途中会遇到野兽的袭击和野蛮部落的抢劫,旅途很不安全,只好作罢。后来又听到一个消息,说莉吉亚人的一个使团到了庞波留斯那里,请求他帮助打败马尔科尼人,希斯特尔便把他们送到了庞波留斯那里。等到他们到了那里,才知道这个消息是假的,根本没有来过什么使团。这样他们就只好留在庞波留斯的军营里,庞波留斯又从那里把他们带到了罗马,在举行凯旋仪式之后,便把这位公主交给庞波里亚·格列西娜。

尽管在他讲的故事中只有少数细节是维尼兹尤斯不知道的,但他仍然听得美滋滋的,因为莉吉亚的帝胄出身已经有了旁证,这使他强烈的门第观念得到了极大的满足。作为一位公主,莉吉亚就可以在皇宫中和那些皇亲国戚、高官显爵的名门闺秀平起平坐了,尤其是她父亲统治下的这个国家,从来没有和罗马发生过战争。当然他们是个未开化的民族,而且非常强壮有力,正如阿特留斯·希斯特尔本人所说的那样,他们会成为一支有很大威胁性的力量,因为他们有难以数计的能征惯战的武士。

这一点在乌尔苏斯的谈话里也完全证实了。当维尼兹尤斯问及莉吉亚人的情况的时候,他说:

"我们住在森林里,我们的国土非常辽阔,没有人知道它的边界在哪里。我们人口众多。在森林里面有木头建筑的小城,我们那里生活过得非常富裕,凡是塞姆诺人、马尔科尼人、汪达尔人和克瓦地人从世界各地掠夺来的财物,我们都从他们那里夺过来。他们不敢侵犯我们,不过每当他们那边刮起风来的时节,他们就放火烧我们的森林。但是我们既不怕他们,也不怕罗马的皇帝。"

"众神赐给了罗马统治世界的权力!"维尼兹尤斯严厉地说道。

"众神就是魔鬼。哪里没有罗马人,哪里就没有他们的统治!"乌尔苏斯简短地答道。

他又拨弄了一下炉火,接着好像是自言自语地说:

"当皇帝把卡里娜召进宫去,我就想到她一定会被人欺侮,于是我就想赶回森林里去,召集所有的莉吉亚人来救出我们的公主。莉吉亚人一定愿意向多瑙河进军的,虽然他们是异教徒,但都是善良的人民。而且我可以给他们带去'福音'。只要等到卡里娜回到庞波里亚家里,那我就要恳求她,让我回到莉吉亚人那里去,因为基督出生在遥远的地方,莉吉亚人甚至连听也没有听到过他的事情……基督应该出生在什么地方,他当然比我们清楚,可是如果他出生在我们那里,在我们的森林里,那我们绝不会让他受苦受难,一定会小心翼翼地供养这位'圣子',时时刻刻关心他,使他既不缺猎来的飞禽走兽,也不缺美味可口的鲜蘑菇,既不少海狸的毛皮,也不缺琥珀玛瑙。凡是我们从斯维布人或者马尔科尼人那里夺来的财物,我们都会奉献给'他',让'他'生活得又富裕、又舒服。"

他一边说话,一边把给维尼兹尤斯准备好的汤锅放到火上去,接着他就默不作声了。他的思想还在莉吉亚人的森林中回旋,直到汤煮开了为止。他把汤盛在一只盘子里,等到它凉了一些之后,便开口说道:

"格劳库斯说过,让你尽可能少挪动,大人,就是你那只没有受伤的手也不能多动,卡里娜吩咐我来喂你。"

莉吉亚吩咐过的!那还有什么可说的呢。维尼兹尤斯根本没有想过要去违背她的意志,好像她就是皇帝的女儿或者是一位女神。于是他一句话也不说,乌尔苏斯坐在他床边,先把盘里的汤倒在一个小杯子里,送到他嘴边。他非常细心地做着这件事,他那碧蓝的眼睛里还现出一种亲切的微笑,以致维尼兹尤斯简直不敢相信自己的眼睛,想不到做这种事的竟是一个可怕的巨人,就是这个人昨天打死了克罗顿,随后又像暴风雨般地扑向他自己,如果不是莉吉亚怜惜他,那么他也就被砸成肉泥了。这个年轻的贵族有生以来第一次对这个问题进行了认真的思考:这个普通的平民、侍从和野蛮人的心里,到底在想些什么呢?

但是,乌尔苏斯当看护,虽然细心周到,却十分笨拙。小杯子拿在他那像赫拉克勒斯的巨掌中,就剩不下一点空的地方能让维尼兹尤斯的嘴唇去碰它。经过几次努力都没有成功,这位巨人感到很不好意思,他说:

"这比从密林深处抓一头野牛还要难……"

这个莉吉亚人的不安使维尼兹尤斯觉得有趣,他的话也引起了他的注意。他在竞技场上看见过从北方森林中猎获来的凶猛"野牛",就是最勇敢的驯兽人,也不敢接近这种野牛,只有大象才能在躯体和力气方面超过这种野牛。

"难道你抓住过这种野牛的犄角吗?"他吃惊地问道。

"在我还不满二十岁的时候,我是害怕的。过了二十岁,我就经常做这种事了!"乌尔苏斯答道。

他又把汤汁拿给维尼兹尤斯喝,可是他的手比刚才还笨拙,于是他说:

"我得把密里阿姆或者纳查留斯请来才行!"

就在这时候,莉吉亚从门帘后面露出了她那苍白的脸孔。

"我马上就来帮忙!"她说。

不一会儿,她就从卧室里走了出来,显然她正准备去睡觉,因为她身上只穿了一件古代称之为"卡彼裘姆"的贴胸睡衣,她

的头发也散了开来。维尼兹尤斯一看见她来到,心就激烈地跳起来,他责怪她为什么还不去睡觉,可是她愉快地答道:

"我正要去睡觉,可是现在,还是先让我代替一下乌尔苏斯吧!"

她拿起杯子坐在床沿上,开始喂维尼兹尤斯,维尼兹尤斯既感到自己在受人摆布,又觉得非常幸福。当她弯下身来时,他便感到了她的身体的温暖,她散开的头发也垂到了他的胸前,他激动得脸色煞白,然而他在慌乱和欲望的冲动中,又觉得她比一切都要更加珍贵,比任何人都应受到他的崇拜,和她比起来,整个世界都是微不足道的。如果他过去只想占有她,那么现在他对她是倾心爱慕。在这以前,他和所有当时的人一样,无论在生活上,还是在情感上,都是一个盲目的、无情的利己主义者,一切只想到自己的利益,然而现在他开始为莉吉亚的事情着想了。

过了一会儿,他不肯再吃东西了。虽然他还痴呆地望着她,觉得有她在身边就能给他无穷无尽的欢乐,但他还是对她说:

"行了,你去睡觉吧,我的女神!"

"你可不许这样叫我,我可配不上这样的称呼!"她答道。

她向他嫣然一笑,还对他说,她的睡意都跑掉了,她并不觉得疲乏,所以她不想去休息了,等格劳库斯来了以后再说。他听她说话就像听音乐一样悦耳,他的心越来越激动,越来越着迷,越来越充满了对她的感谢,他绞尽脑汁,也找不出词句来表达他的感激之情。

他沉默了一会儿,才开口说道:

"莉吉亚!我过去不了解你。现在我才知道我想得到你,采取的是错误的手段。所以,我要告诉你,请你回到庞波里亚·格列西娜那里去吧,你可以完全相信,从此以后再也不会有人来麻烦你了。"

她的脸色突然变得阴沉起来。

"即使我能从远处见到她一面,我也就感到幸福了。可是我再也不能回到她那儿去了。"她答道。

"为什么?"维尼兹尤斯吃惊地问。

"我们基督教徒已经从阿克特那里知道了巴拉丁宫里发生的事情。难道你没有听说,皇帝在我逃走后不久,就在他去那不勒斯之前曾把普劳兹尤斯和庞波里亚夫妇召进宫里,皇帝以为他们帮助了我,便对他们大发雷霆。幸亏普劳兹尤斯这样对陛下说:'陛下也知道,我的嘴从来没有说过一句谎话。我向你发誓,我们没有帮助她逃走,我们和陛下一样,也不知道她的事情。'皇帝相信了他的话,这件事也就这样不了了之了。我听从了长老们的劝告,从来也没有写信给母亲,告诉她我的住址,好让她能够大胆地起誓说,她一点也不知道我的情况。维尼兹尤斯,你现在还不会明白,即使是事关性命的大事,我们也是不准说谎的。我们整个身心都信奉的宗教就是这样。所以,自从我离开庞波里亚家以来,就再也没有看见过她了。只是有时候,关于我还活着和平安无事的消息,通过迂回曲折的途径传到妈妈耳朵里。"

思念母亲的情感使她再也说不下去了,她的眼睛里噙满了泪水。可是不久,她又恢复了平静,接着说道:

"我知道,庞波里亚也是很想念我的。可是我们有我们的欢乐,这点是别人无法得到的。"

"是的，基督就是你们的欢乐，可是我并不了解'他'。"维尼兹尤斯答道。

"你看看我们吧：对我们说来是无所谓离别，无所谓痛苦，也无所谓悲伤的，就是有的话，也会变成欢乐。拿死来说吧，你们认为死是生命的终结，可是对我们来说，死却是生命的开始，是由并不完满的幸福转变为更加美好的幸福，由一般的安宁转变为更大的和永恒的安宁。我们的宗教教导我们，哪怕是对敌人也要慈悲为怀，不许说谎，清除我们灵魂中的丑恶，许诺我们在死后能享受无尽无止的幸福，你想想我们的宗教怎么样？"

"我在奥斯特里亚努听说过，也亲眼看到你们怎样对待我和基朗的，每当我想起这些来的时候，我就以为自己是在做梦，不应该相信我的眼睛和耳朵。可是请你回答我另一个问题，你幸福吗？"

"是的！信奉基督的人是不会不幸福的！"莉吉亚答道。

维尼兹尤斯那样呆呆地望着她，仿佛她说的话，超过了人类智力所能理解的范围似的。

"那么说，你不想回到庞波里亚那里去了？"

"我打心眼里巴不得回去。如果上帝的意志要我回去，我就回去。"

"所以我还是劝你回去吧，我以我的保护神向你起誓，我再也不会对你胡作非为了。"

莉吉亚沉思了一会儿，才回答说：

"不，我不能让我的亲人遭到危险。皇帝是讨厌普劳兹尤斯一家的。你知道，我只要一回去，奴隶们便会迅速地把消息传遍罗马,全城就会对我的回去议论纷纷。毫无疑问,尼禄也会从他的奴隶那里听到这件事的,到了那时候,皇上就会惩罚普劳兹尤斯一家人,至少也会再一次把我抢进宫去。"

维尼兹尤斯紧锁着双眉,说:

"是的,这是完全可能的。皇帝仅仅为了证明他的意志必须得到服从,也会这样干的。现在他确实忘记了你,或者不再提起你了,那是因为他认为这件事不是对他的冒犯,而是对我的冒犯。可是,有谁知道呢,也许他又会把你从普劳兹尤斯家里召进宫去……若是他把你送给我,那我就一定把你送还给庞波里亚。"

然而,莉吉亚却悲哀地问道:

"维尼兹尤斯,难道你还想在巴拉丁宫看到我吗?"

他咬紧牙齿回答道:

"不!你说得对,我说话像个傻瓜!不!"于是他突然看到仿佛在他的前面有一座无底的深渊。他是个贵族,是军中的军团长,是个有权有势的人,可是凌驾于他这个社会的一切权势之上的却是个疯子,他的随心所欲、凶残暴戾,谁都无法揣测。也许只有像基督教徒那样的人,才不把尼禄放在眼里,才不会怕他。因为对基督教徒说来,整个世界,还有人世间的离别、痛苦甚至死亡,都是毫不足道的。其他别的人都不能不在尼禄面前战栗。他们生活的这个恐怖的时代,在维尼兹尤斯面前出现的可怕现象,多不胜数,令人发指。由于担心尼禄这个魔怪会看见莉吉亚,并且向她发泄他的愤怒,他绝不能把她送回到普劳兹尤斯家去。出于同样的理由,如果他立即娶莉吉亚为妻,也会危及她、他自己和普劳兹尤斯夫妇的性命。只要尼禄一时不高兴,便会招致大家的毁灭。维尼兹尤斯生平第一次感到，除非这个世界改变，变成另一个样子，否则一个人就无法生活下去！现在他也明白了刚才他还无法理解的事情，那就是，在这样的时代里，只有基督教徒才能生活得幸福。

可是悲哀一下子又揪住了他的心，因为他想起，正是他把自己和莉吉亚的生活搞到这样混乱不堪的悲惨境地，而且还找不到解决的办法。在这种悲哀心情的驱使下，他又开口说道："你知道你比我更幸福吗？你虽然和这些下层人为伍，住在这样一间简陋的屋子里，过着清贫的生活，但是你有自己的宗教信仰，有自己的基督。可是我只有你，要是没有你，我就会像一个上无片瓦遮身、下无面包可吃的乞丐一样贫穷。你对我说来比整个世界都更宝贵。我到处寻找你，因为没有你，我就无法活下去，我就会连品尝珍馐佳肴也觉得没有滋味，晚上也睡不成觉。假如不是希望能找到你，那我早就自刎了。但是我怕死，因为一死，就再也看不见你了。我向你讲的是真情，没有你，我真不知道怎样活下去，我到现在还一直活在世界上，就是希望能找到你，看到你。你还记得我们在普劳兹尤斯家的谈话吗？你有一次在沙地上画了一条鱼，可是我当时不知道这是什么意思。你还记得我们玩球的事吗？我那时候就爱你胜过我的生命。你也觉察到了我是爱你的……普劳兹尤斯走上前来，用利比蒂娜来吓唬我们，把我们的谈话打断了。当彼特罗纽斯告别的时候，庞波里亚说过神只有一个，他是万能的，慈悲的。可是我们当时都没有想到你们的神就是基督。要是'他'把你还给我，即使'他'是属于奴隶、外国人和穷人的神，我也会热爱'他'的。你虽然坐在我的身旁，心里想的却是神。请你还是想想我吧,不然的话,我就要恨'他'了。对于我来说,你就是一位神。我要祝福你的生身父母,祝福诞生你的国土!我真想抱住你的脚,向你祈祷,向你表示我的敬意,向你奉献祭品,向你顶礼膜拜,你就是一位至尊的神!啊!你不知道,你也不可能知道,我是多么地爱你啊……"

他一边说,一边用手捂住他苍白的前额,闭起了眼睛。他的性格使得他无论是在愤怒的时候,还是在爱情中,从来都不知道什么是克制。他像个失去自制力的人那样,毫不考虑语言和情感的分量,便热情奔放地说了出来。但是他的话是出自灵魂深处,是诚实可信的,使人觉得,郁积在他胸中的痛苦、欢乐、欲望和崇拜,现在有如一泻千里的洪流,滔滔不绝地吐露了出来。莉吉亚觉得他的话语是亵渎神灵的,然而她的心,也像要胀破那件贴胸的睡衣一样,开始激烈地跳动起来。她不能不对他的痛苦和他们两人的命运表示怜惜。她被他说话时表示的诚挚和尊重感动了。她觉得自己被他无限地爱着和赞美着,同时她也感到这位性情固执而又危险的人,已经从肉体到灵魂都是属于她的了,他像奴隶一样对她唯命是从,当她意识到他的顺从和她的威力时,她心里感到无限的幸福。在这一刹那,她的回忆又重新复活起来,在她看来,他又成了一个衣着华丽、英俊潇洒的青年,和异教的神一样漂亮。她想起了维尼兹尤斯在普劳兹尤斯家向她谈起的爱情,它仿佛把她那颗幼稚天真的心从梦中唤醒了过来。她的嘴唇上似乎还感到他的火热的吻,当时乌尔苏斯在巴拉丁宫把她从他的搂抱中夺了过来,就像从火焰里救出她来似的。不过现在,在他那鹰隼般的脸上露出了赞美和痛苦的表情,他额头苍白,眼睛里流露出哀求的神情，身上受了伤，爱情也受到挫折，但还是那样爱她，充满着对她的尊敬和顺从，于是她觉得他正是她所希望的那种人，正是她可以倾心相爱的人，因此他也就比以前更显得可亲可爱了。

她突然明白了，一定会出现这样的时刻：他的爱情会攫住她，会像狂风一样把她卷走。一觉察到这点，她也就体验到了像维尼兹尤斯不久前所产生的那种感觉，她也站到了一座深渊的边缘上。她不是正是为了爱情才抛弃了普劳兹尤斯的家吗？才用逃走来挽救自己的吗？她不是为了这个缘故才这样长久地藏在这个城市的贫民区里吗？维尼兹尤斯到底是个什么人呢？他是个贵族，是个军人，是尼禄的一个廷臣！而且他也参与了尼禄干下的那些淫逸放荡又凶狠疯狂的行动，莉吉亚终生难忘的宴会就是一个很好的证明。同时他还和别的人一样朝拜神庙，向那些无耻的神灵敬献供物，对这样的神灵连他自己也并不相信，仅仅是形式上的尊敬而已。他那样追寻她，就是想让她做他的奴隶和情妇，同时再把她带进那个可怕的，会引起上帝愤怒和报复的，充满奢侈、淫荡、罪恶和无耻行为的世界去。现在看来他的确是改变了，可是他刚才还说，如果她再那样只想基督而不想他，他就要恨基督了。莉吉亚觉得，除了爱基督以外，如果还抱有别种爱的话，就是对基督和对宗教的一种犯罪，因此，当她看到自己的灵魂深处正在萌发另一种感情和欲望时，对于自己的前途和自己的心情，便深深地感到惶恐不安了。

正在她内心充满了矛盾和烦恼的时候，格劳库斯进来了，他是来看望病人和检查他的病情的。转眼间维尼兹尤斯的脸上露出了愤怒和焦躁的神情。他之所以发怒，是因为他和莉吉亚推心置腹的谈话被人打断了，因此当格劳库斯问起他的病情时，他几乎是用轻蔑的口气来回答他的。但是他的态度很快便缓和下来了。如果莉吉亚因此而对他抱着某种幻想，认为他在奥斯特里亚努听到的说教，对他桀骜不驯的性格有所影响，那么这种幻想也一定会破灭了。他改变了态度，仅仅是为了她，因此，除了这种对她的感情之外，在他的胸膛里，仍然保留着那颗残暴自负的、真正罗马人的心脏，它不但没有领会基督教的温和的教义，甚至连感恩报德的情感也不理解。

她内心充满了忧虑和不安，终于退了出来。过去她在祈祷的时候，献给基督的是一颗平静的心，一颗像泪珠那样晶莹纯洁的心。可是现在，这种平静被扰乱了。花萼中间钻进了一只毒虫，并且在里面嗡嗡直叫。尽管她两个晚上没有合过眼，但睡眠也未能使她平静下来。她做了一个梦，梦见尼禄率领着一大群廷臣、酒神舞女、淫僧和角斗士，来到了奥斯特里亚努，他们驾驶着用玫瑰花装饰的大车在基督教徒中间横冲直撞，而维尼兹尤斯抓住她的胳膊，把她拉上了四马大车，紧紧地把她搂在自己的怀里，低声地对她说："跟我们一道走吧！"

27

从这时候起,莉吉亚就很少出现在那间公共房间里,也很少走近他的床边。可是她没有重新得到安宁。她看到维尼兹尤斯用哀求的眼光追随着她,像期待恩惠似的希望她能说一两句话,她看出他在受苦,可又不敢抱怨,深怕引起她的反感。只有她一个人才是他的健康,才是他的欢乐,于是对他的怜悯之情便在她心中油然而生。不久之后,她还注意到,她越是努力躲开他,也就越同情他,同时她对他的眷恋之情也就与日俱增。她完全失去了平静。有时她也对自己说,她应该常常守在他的床边,首先,因为上帝教导要以善报恶,其次,通过和他的交谈,也许能够把他引导到基督教信仰上来。可是良心又对她发出警告:你是在自己欺骗自己,吸引着你的是他的爱情、他的魅力,别无其他原因。她就这样生活在不断的矛盾和斗争之中,这种矛盾和斗争又日甚一日地在扩大着。有时候,她觉得自己已经落入别人的罗网中,她本想挣破罗网逃出来,反而被缠得越来越紧。她不得不承认,每天看到他已经成了她不可缺少的需要,他的声音也变得越加可爱了。她需要用尽全力,才能把想要坐在他床边的愿望克制下去。当莉吉亚走近维尼兹尤斯身边的时候,他是那样的容光焕发,她的心里也充满了欢乐。有一天她看见他的眼睫毛上还留着泪痕，这使她产生了有生以来第一次想用亲吻来擦干它的念头。可是她被这种想法吓坏了，而且对自己也产生了轻蔑之感，于是她哭了整整一夜。

但是，维尼兹尤斯忍耐着，仿佛发过誓似的要耐心等待下去。有时候，当他眼里闪出急躁、任性和愤怒的凶光时，他又立即把它压了下去，然后便以恍惚不安的眼光望着她，像是请求她原谅似的。这样一来，她便受到了更大的感动。她从来也没有意识到，她是那样被人强烈地爱着，等到她一想起这点时，她既感到自己有罪，又觉得很幸福。维尼兹尤斯也确实起了不小的变化。他和格劳库斯谈话的时候，就没有以前那种傲慢和轻蔑的态度了。他常常想到，像这个可怜的奴隶医生，还有这个精心护理他的外国女人老密里阿姆，以及这个专心祈祷的克里斯普斯，都一样是人呀！这样的想法连他自己也感到惊讶，但他确实是这样想的。他对乌尔苏斯也有了一定的好感，现在整天都找他聊天，因为他可以和他谈谈莉吉亚的事情，这个巨人一说起话来便唠唠叨叨，说个没完，他在执行看护任务的过程中，也逐渐对维尼兹尤斯有了好感。在维尼兹尤斯看来，莉吉亚则是属于不同的，比她周围的人要高出一百倍的那种人。然而现在，他也很注意观察这些下层的贫穷老百姓，这是他过去从未有过的事情，而且在他们身上，他也发现了种种引人注目的特点，要是在过去，他是怎么也不会想到他们会有这些优点的。

但是，他却不能容忍纳查留斯，因为他觉得这个年轻的小伙子竟敢爱上了莉吉亚。在较长的一段时间内，他竭力把这种对纳查留斯的不满情绪压制下去。可是有一次,当纳查留斯用自己挣来的钱在市场上买了一对鹌鹑送给莉吉亚的时候,维尼兹尤斯身上的罗马贵族的血就沸腾起来了,在他看来,这个从外邦流浪来的野孩子,比最下贱的虫子还要不值钱。维尼兹尤斯听见莉吉亚向他道谢时,他的脸就变得毫无血色了,等到纳查留斯到外面给小鸟去取水,他就说道:

"莉吉亚,你怎么能容忍他给你送礼物呢?难道你不知道,希腊人把他那个民族的人都叫作犹太狗吗?"

"我不知道希腊人是怎么叫他们的,可是我知道,纳查留斯是个基督教徒,也就是我的兄弟。"她答道。

她说完之后,便以惊讶和悲哀的眼光望着维尼兹尤斯,因为她已经很久没有听到他的这种气话了。但是他咬紧牙关忍住了,没有对她说,像这样的兄弟应该用鞭子抽死,或者给他戴上脚镣送到乡下,到他在西西里的庄园里去挖地。不管怎么样,他总算克制住了自己,压下了他的怒火。过了一会儿他才说话:

"原谅我吧,莉吉亚。在我心目中,你是一位国王的女儿,又是普劳兹尤斯家的养女。"

等到纳查留斯又回到屋里的时候,维尼兹尤斯的心情完全平静下来了,他甚至还答应纳查留斯,等他回到自己的府邸以后,要送给他一对孔雀或者一对火烈鸟,他有满满一园子的各种各样的飞禽走兽。

莉吉亚深知,他为了克制自己,进行了多么痛苦的斗争,才能获得这样的胜利。于是他越是经常地克制着自己,她的心就愈加向他靠拢。然而他对待纳查留斯的态度的改变并不像她所想象的那样不得了。维尼兹尤斯只可能一时生他的气,而不会长时间地嫉妒他。这个密里阿姆的儿子,在他眼里并不比一只狗更值钱。除此之外,纳查留斯还是个孩子,即使他爱莉吉亚,那也只是无意识地奴隶似的爱着她。这位年轻的军团长肯定是进行过更剧烈的斗争,才能忍受,哪怕是沉默地忍受,周围这些人向"基督"这个名字和"他"的宗教所表示的虔诚。从这一点说来,维尼兹尤斯身上发生的变化是惊人的。不管怎么样,这是莉吉亚信奉的宗教,单是为了她,维尼兹尤斯也是愿意接受这个宗教的。到了后来,当他身上的伤逐渐好转,当他清晰地回忆起奥斯特里亚努那夜以后所发生的种种事情,以及从那时候起他头脑里产生的各种思想,他就越来越对这种宗教的超人力量感到惊奇,它能使人的灵魂来一个彻底大改变。他知道这种宗教必定是异乎寻常的,世界上从未有过的。他也觉得,如果这种宗教一旦遍布全世界,如果它把自己的爱和慈悲都灌输到这个世界中去,那么就可能出现这样一个时代,在这个时代里统治一切的不是朱庇特,而是萨杜恩。他既不敢怀疑基督是上帝之子,也不敢否定他的复活以及其他的奇迹。谈论奇迹的人都是那些奇迹的目击者,他们都是诚实可信而又痛恨谎言的人。因此谁也不会认为他们会无中生有,胡编一气。此外,罗马的怀疑论者虽然都不信神,但他们却相信奇迹。维尼兹尤斯所遇到的是一种非同寻常的、使他无法解答的谜。可是另一方面,他又觉得这种宗教是反对现存社会秩序的,也是不能付诸实行的,而且比其他任何宗教都要更加疯狂。维尼兹尤斯认为,罗马和世界上的人可能都是些坏人,但社会秩序却是好的。比如说,如果皇帝是个诚实正直的人,如果元老院不是由那些无耻的好色之徒，而是由像特拉绥阿斯那样的人组成的话，那么，我们还能再希望什么更好的事情呢？罗马的和平和罗马的统治权都是很好的，人们之间的差别也是公正合理的。可是现在，按照维尼兹尤斯的理解，这种宗教却要摧毁现存的一切秩序和一切统治权力，要消灭一切差别。那么一来，罗马这个国家和它的统治权力又会怎么样呢？难道要罗马人放弃统治而去承认被征服的各个民族和自己一样平等吗？在这个贵族的头脑中这些思想都是不能容忍的。另外，就拿他个人来说吧，这个宗教是和他的观念、他的习惯、性格和人生观大相径庭的。他无法想象，如果他接受了这种宗教，他将怎样生活。因此他既害怕它又景仰它。至于说接受它，他的天性对这种想法是感到恐怖的。最后他领悟到，只有这个宗教才是把他和莉吉亚分开的唯一因素，他一想到这里，便用他灵魂的全部力量来憎恨这个宗教了。

然而，他又不得不承认，这个宗教赋予了莉吉亚一种独特的无与伦比的美，这种美在他心里除了引起爱情之外还有赞美，除了情欲之外还有崇敬，而且把莉吉亚造就成一个对他来说比世界上的一切都要更加珍贵的人。这时候他又觉得他应该爱基督。他明确地意识到，不是爱"他"，就是恨"他"，想要无动于衷，保持中立是不可能的。现在他仿佛被两股相反的潮流推来推去，无论是他的思想，还是他的情感，都处在犹豫不决之中，无法作出抉择。但是他还是低下了头，向这位他不能理解的上帝表示出无言的崇敬，他这样做，仅仅因为"他"是莉吉亚的上帝。

莉吉亚知道他内心的激烈斗争，他是在怎样地抑制着自己，他的性格又是怎样地排斥这一宗教，这一方面使她非常苦恼，另一方面她又因为维尼兹尤斯能向基督表示无言的崇敬而对他表示怜惜、同情和感激，所有这些又以一种无法抗拒的力量把她的心拉向他那一边。她又想起了庞波里亚·格列西娜和普劳兹尤斯。每当庞波里亚想到她死后不能和普劳兹尤斯聚在一起，便成了她不断伤心和泪水常流的根源。莉吉亚现在才清楚地体会到这种烦恼和痛苦。她也有了相爱的人，可是她也将受到永远分别的威胁。有时她认为维尼兹尤斯的灵魂会接纳基督的教义，可是这种幻想不能长久地保持下去。她太清楚他，也太理解他了。维尼兹尤斯——基督教徒！就是在这个阅历不深的少女头脑里，也很难把这两种观念融合在一起。那位严肃而又老成持重的普劳兹尤斯，在贤惠而又聪明的庞波里亚的影响和帮助之下，尚且不能成为基督教徒，维尼兹尤斯又怎么会成为一个基督教徒呢？这个问题肯定是得不到答案的，若是有的话，也只有一个答案，那就是对他不能抱希望，也无法把他拯救过来。

可是莉吉亚又心神不安地注意到，尽管对他作出了这样失望的判决，她不仅没有厌恨他，反而由于同情心，觉得他更加可亲可爱了。有时候，一种强烈的愿望驱使着她，想和他推心置腹地谈谈他那阴暗的前途。可是有一回，当她坐到他的身旁，和他谈起除了基督的真理便没有生命的时候，他那时身体已经好多了，便倚靠着那只健全的手臂，抬起身子来，并且突然把自己的头低垂在她的膝盖上说："你就是生命！"这时，莉吉亚连气都喘不过来了，好像昏迷了一样，一种狂欢的颤抖从头到脚贯穿了她的全身。她用双手抱住了他的两鬓，想把他的头抬起来，可是她自己反而弯下身去，以致她的嘴唇触到了他的头发，一时间，这两个人都陶醉在欢乐中了,爱情使他们更加靠近了。

莉吉亚终于站立起来,跑出去了,她觉得全身热血沸腾,头脑晕眩。然而,这不过是酒杯盛得太满溢出来的一滴而已。维尼兹尤斯并没有预料到,为了这幸福的一瞬间,将来他需要付出多么大的代价啊。而莉吉亚却明白,现在该是她自己需要拯救了。当天晚上,她一夜未睡,都是在哭泣和祈祷中度过的。她觉得自己已经失去了祈祷的资格,就是祈祷,上帝也不会垂听她的了。第二天,她早早地走出了卧室,把克里斯普斯叫到花园中那座被常春藤和枯萎的葡萄藤覆盖的凉棚下面,把她心中的全部思想都对他说了,同时恳求他允许她离开密里阿姆的家,因为她已经管不住自己,也无法克制她对维尼兹尤斯的爱情了。

克里斯普斯是一个严厉的老人,他一向都沉浸在无休止的宗教热诚中,对于她离开密里阿姆家的打算表示同意。但是对于这种爱情,却没有说过一句宽恕的话,他认为那是罪过。他想到,自从莉吉亚逃亡以来就受到他的保护,得到他的喜爱,而且他还帮助她坚定了她的信仰。他一直把她看成是生长在基督教真理中的,未曾受到人世间污染的一朵洁白的百合花,现在在她的灵魂中除了对上帝的爱以外,竟会产生其他的爱情,这使他怒不可遏。克里斯普斯一直相信,在整个世界上只有完全献给基督荣光的心才是最纯洁的。他本来想把莉吉亚作为一颗珍珠、一粒宝石和一幅亲手制作的珍贵作品,奉献给基督。因此,在他所感受到的痛苦之中,又包含着惊恐和失望。

"去吧,去请求上帝宽恕你的罪过吧!"他闷闷不乐地说,"趁魔鬼还没有把你缠住,还没有叫你完全堕落之前,趁你还没有反对救世主以前,赶快逃走吧!上帝为了你而死在十字架上,他用自己的血来拯救你的灵魂,可是你却爱上了那个想要你做他姘头的人。上帝用奇迹把你从他的手中救了出来,可是你却对这种无耻的欲望敞开了你的心扉,爱上了这个黑暗的儿子。你知道他是什么人?他是反基督派的朋友和帮凶,也是淫逸放荡和残暴罪行的同伙。他会把你带到什么地方去呢?不就是他自己堕入的那个深渊和他自己所住的那个索多玛[①]城吗?可是上帝会用他愤怒的烈火把这个罪恶之城烧毁的。与其让那条毒蛇钻进你的心房,用他那无耻的毒液毒害你,还不如让这座房子的墙壁倒塌下来,压在你的头上让你死掉的好。"

他的火气越来越大,因为莉吉亚的罪过不仅激起了他的愤怒,也使他对人类的天性,特别是女人的天性,产生了憎恶和轻蔑,甚至连基督教的教义也无法让女人摆脱夏娃的弱点。即使莉吉亚现在还是清白纯洁的,她本人想躲开这种爱情,而且还悲痛和悔恨地向他作了忏悔,他也认为是毫无意义的了。克里斯普斯本来想把她变成天使,想把她引导到只爱基督的那种崇高境界中,可是现在她却爱上了一个廷臣!一想到这里,他的心里便充满了愤懑,而失望和痛苦的情绪又加强了他的愤怒。不!他绝不能宽恕她!愤怒的语言像烧红的炭火那样烧灼着他的嘴唇,他竭力想控制住自己,以便不让这些话说出来,可是他那双瘦骨嶙嶙的手却在这个胆战心惊的少女头上挥舞着。莉吉亚感觉到自己有罪,但没有意识到它是如此严重。她甚至认为,只要一离开密里阿姆的

[①] 索多玛:罪恶的城市,耶和华降天火把它烧光。事见《创世记》。

家就算战胜了这种诱惑,她的罪过也就能得到赦免了。克里斯普斯却撒了她一身尘土,而把她至今尚未认识的灵魂的空虚和丑恶全部端了出来。这位年老的长老从她逃出巴拉丁宫以来就一直像父亲一样照看她,所以她原来以为他会对她表示怜悯和同情,会来安慰她,鼓起她的勇气,使她坚强起来。

"我把我的痛苦和失望献给上帝,可是你却欺骗了救世主,因为你像是掉进了泥潭中,而且被里面有毒的瘴气染污了你的灵魂。你本来可以把自己的灵魂像一个珍贵的花瓶那样献给基督而对他说:'主啊,请你用恩惠装满它吧!'可是你宁愿把它献给一个恶魔的奴才!让上帝来宽恕你和赐给你恩惠吧!可是我不能,除非你丢掉那条毒蛇……我以前一直把你当作上帝的选女来看待……"

他看到这里并不单是他们两个人,便突然住口不说了。

透过枯萎的葡萄藤和无论冬夏都是翠绿的常春藤,他看见两个人站在那里,其中一个是使徒彼得,另一个他一下子无法认出来,因为一件被称作"西里西姆"的粗羊毛外衫遮住了那个人的一部分脸孔。克里斯普斯最初以为他是基朗。

他们听到克里斯普斯生气的声音,便走进凉棚,在石凳上坐了下来。彼得的同伴这时候把他整个瘦削的脸孔都露出来了,周围一圈鬈发,遮盖着脑门上的秃头。眼睑发红,鹰钩鼻子,容貌丑陋然而神采奕奕,克里斯普斯立即认出他就是保罗。

莉吉亚跪在地上,绝望地抱住了彼得的双脚,把她那颗苦恼的脑袋紧紧靠在他的外衣皱褶里,一句话也说不出来。

于是彼得开口说道:

"愿你们的灵魂安宁!"

他看到莉吉亚跪在他的脚前,便问发生了什么事情。这时候,克里斯普斯便把莉吉亚对他忏悔的一切:她的有罪的爱情,她离开密里阿姆家的打算都告诉了他们,他也谈到了自己的悲伤,本来他打算把她那颗像泪珠一样纯洁的灵魂献给基督,现在却被世俗的感情玷污了,她爱上了一个异教世界的一切罪恶的参与者,而这些罪恶必定会受到上帝的报复。

在他讲述的时候,莉吉亚更加用力地抱住了使徒的双脚,仿佛她想在那里找到藏身的地方或是得到一点儿怜悯似的。

使徒听完了他的话以后,便弯下身子,把他一只粗糙的手放在莉吉亚的头上,接着又抬起眼睛对那年老的长老说道:

"克里斯普斯,难道你没有听说过,我们敬爱的主,曾在卡纳参加过一次婚礼,还对新郎新娘之间的爱情表示过祝福吗?"

克里斯普斯垂下了双手,吃惊地望着说话的人,连一句话也说不出来。

彼得沉默了一刻之后,又继续问道:

"克里斯普斯,你想一想,基督都允许抹大拉的马利亚跪在他的脚前而宽恕了她这个公开的罪人,难道他会抛弃这个像百合花一样纯洁的女孩子吗?"

莉吉亚知道,她并没有找错她的藏身之处,于是她哭泣着,更加用力地抱住了彼得的双脚。使徒把她的泪水纵横的脸孔抬了起来,对她说:

"当你爱的那个人还没有看见真理之光的时候,你就要回避他,免得他引诱你犯罪。但你要为他祈祷,你的爱情本身并没有罪过,而且你是想逃避这种诱惑的,这是你值得称赞的地方。不要苦恼,也不必悲伤,我可以告诉你,救世主的慈悲并没有离开你,你的祈祷'他'也是能听到的,悲伤之后,欢乐的日子便会来临。"

他一说完这番话,便把双手放在她的头上,抬眼望天,为她祈祷祝福。他的脸上出现了人世间所没有的仁慈光辉。

然而有所懊悔的克里斯普斯开始谦逊地替自己辩白说:

"我又犯了违背主的慈悲为怀的罪过,那是由于我认为要是她心中产生了世俗的爱情,就会背弃基督的……"

彼得回答他说:

"我曾经三次背弃过主,可是主都宽恕了我,还让我去照看他的羊群。"

"……而且也因为……维尼兹尤斯是个廷臣……"克里斯普斯说。

"基督能感化比他更顽固的心。"彼得答道。

这时候,一直默不作声的保罗,把手指放在自己的胸口上,指着自己说:

"我曾经迫害并追捕过基督的仆人,并把他们处死了。当司提反[①]被人们用石头砸死的时候,那些杀人者的衣物就是我看管的。我本来想在所有有人住的地方把真理铲除干净,可是后来主却把向全世界宣扬真理的使命交给了我。我已经在犹太、在希腊、在各个岛国,在我第一次当囚徒住过的这个不敬上帝的城市里,宣传过它的真理。现在,在我的长辈彼得的召唤下,我又来到这所

---

① 司提反:基督教最早的一个殉难者。

房子，以便让这颗骄傲的头颅匍匐在基督的脚下，并且在这块满是岩石的土地上播下种子，主为了能得到丰硕的收获，一定会让这片土地肥沃起来的。"保罗说完之后，便站起身来。这个身材矮小、有点驼背的人，须臾之间，在克里斯普斯的心目中变成了一个真正的巨人，他将要从根本上动摇整个旧世界，他将要得到各国的土地和人民。

28

彼特罗纽斯写给维尼兹尤斯的信:

行行好吧,亲爱的,希望你在自己的信里不要去仿效拉科尼亚人①或者尤利乌斯·恺撒。如果你真的像他那样写道:"我来了,我看见了!我胜利了!"那我也还能懂得这种简洁的文体的。可是你的信只有这样的意思:"我来了,我看见了,我逃走了!"事情落到这样的结果,那是和你的性格完全相违背的,你说你受了伤,而且后来你又遇到了异常的事情,因此,你的信需要再作详细的说明。当我读到那个莉吉亚人打死克罗顿,就像卡列多尼亚猎犬在伊比里亚②山谷中咬死一头狼那样容易,我真不敢相信我的眼睛了。这个人的体重有多重便值多重的黄金,只要他愿意的话,他就能成为陛下的宠臣。等我回到罗马之后,我一定要和他亲密地交个朋友,非给他塑一尊铜像不可。如果我将来告诉红胡子,这座铜像

---

① 拉科尼亚人:斯巴达人,拉科尼亚是斯巴达的首都。
② 卡列多尼亚即今日的北苏格兰,伊比里亚即现在的爱尔兰。

是按照真人塑造出来的，他一定会好奇得不能自制的。像这样真正角斗士的躯体，无论是在意大利还是在希腊，都越来越少了。至于东方，那就更不在话下了。日耳曼人虽然身材高大，但筋肉下面尽是脂肪，与其说是强壮有力，还不如说是块头大些罢了。你向那个莉吉亚人打听一下，像他这样力气大的人在他们国内是不是个别现象，是不是有不少像他这样的人。如果有一天，轮到我或者你负责举办一次角斗比赛，我们就能心中有数，知道该到什么地方去挑选那些大力士了。

可是，你能从他的手下保住性命，真该感谢东方和西方的一切神明。你所以得救，一定是因为你是个贵族，又是个执政官的儿子。不过你所遇到的这些事情：你混进基督教徒们去的那座坟场，那些基督教徒本身的情况和他们对待你的态度，以及莉吉亚的再次逃走，还有你在短笺中流露出来的悲伤和忧愁，都引起了我极大的惊异和好奇。你应该写得更详细一些，因为里面有许多事情使我不容易理解。如果你想要我说老实话，我就坦率地告诉你，我既不了解基督教徒，也不明白你和莉吉亚的事情。我除了自己的事情之外，很少关心世上的事情，现在我竟会这样热心地问起你的许多事情来，你可不要觉得奇怪。因为这一切都是我造成的，从这一点说来，你的事情也就是我的事情。你快点写信来，因为我很难预见，我们什么时候才能够见面。红胡子头脑里的计划，就像春天的风一样变幻莫测。现在他待在贝纳文特，想直接到希腊去，而不愿回到罗马。可是提格里努斯却劝谏他先回罗马，哪怕待很短的一段时间也好，因为人民都非常想念皇帝陛下（应该读为想念比赛和面包），不然的话，就有可能引起骚乱。因此，究竟会怎么样，连我现在也不知道。如果我们到了亚该亚，就有希望到埃及去。所以，我竭力劝告你赶快到我们这里来。我认为，以你现在的心情，旅行和我们的娱乐将是医治你的灵丹妙药。也许你会赶不上我们的，那样的话，你不如到你的西西里领地去休养一段时间，也比你待在罗马好。把你的事情详细地告诉我吧。好了，再见吧，除了健康，我就不再祝福你什么了，我向波卢克斯起誓：我确实不知道我还应该祝愿你什么才好。

维尼兹尤斯接到这封信后，起先是不打算写回信的。因为他觉得不值得去写什么回信，就是写了回信对别人又有什么帮助呢，既不能说明什么问题，又不能解决什么问题。他产生了怨恨不满和人生空虚的情绪。他还认为，彼特罗纽斯无论如何也是不可能理解他的，仿佛已经发生了一种使他们疏远的事情。他连自己都无法理解。从台伯河对岸回到自己在卡里纳地区的华丽府邸时，他的身体还很虚弱，精神也萎靡不振，所以在最初几天里，他对于休息、舒适和富裕的环境倒感到很满意。可是这种满意为时不久，后来他便觉得生活空虚，觉得直到现在为止的那些能引起他生活乐趣的事情，要么是不再存在了，要么是缩小到仅仅能够看得见的程度。他有这样一种感觉，在他的灵魂中，原来一直把他和生活联系在一起的那些琴弦都断了，而新的琴弦又没有接上。当他想到，他可以到贝纳文特去，然后再到亚该亚去，享受一下奢侈而疯狂的生活，可是他仍然有一种空虚的感觉。"为什么？

我能从其中得到什么呢？"这就是他脑海里涌现出来的首要问题。但是，如果他到了他们那里，那么，彼特罗纽斯的谈话、他的幽默诙谐、他的横溢的才思、他表达思想的优美华丽和对每种观念所使用的妙语名言，现在都可能会引起他的厌烦，这种情绪也是他有生以来第一次出现的。

可是孤独寂寞又从另一方面折磨着他。和他相识的人都陪伴着皇帝去了贝纳文特，只有他一人待在家里，各种各样的思想在头脑里转来转去，心中也涨满不可名状的种种感情。不过，有时候他又想起，如果他能把自己心中郁积的这些思想和感情，和什么人推心置腹地谈一谈，也许他自己就能清晰一些，就能理出个头绪来，也就能更好地认识这一切。在这种希望的影响下，经过了几天的犹豫不决之后，他决定写信给彼特罗纽斯，由于他还没有决定是否发出这封回信去，所以只写了下面这些内容：

> 你要我写得详细些，现在谨遵依命，可是我不知道能不能写得更加清楚，因为还有好几个难题我自己也无法解答。我曾经告诉过你，关于我在基督教徒中间的情形，关于他们对待敌人的行动（他们有权把我和基朗当作敌人来对待），以及他们对我的精心看护和照顾，还有莉吉亚的再次失踪等等事情。不！亲爱的舅舅，他们之所以对我宽大，并非因为我是执政官的儿子，他们是不考虑这一类理由的，当时我都要求他们把基朗埋在花园里，可是他们也宽恕了他。他们都是这个世界上未曾见过的一些人，他们的宗教也是这个世界上从未有过的宗教。我不能再告诉你别的什么了，谁如果用我

们的尺度去衡量他们，那他就大错特错了。不过我可以告诉你，如果我在自己家里来医治我折断的手臂，如果是我的奴仆或者我的家属来照看我，我无疑会更加舒适，但是在细心看护这方面，恐怕抵不上他们的一半。我还要告诉你，莉吉亚也完全和别人一样。即使是我的姐妹或者我的妻子也不会像她那样体贴入微地看护我的。当我想到，只有爱情才能使她这样无微不至地照料我时，我的心里便充满了无限的欢乐。我常常从她的脸上和她的眼神里看到这种爱情，那时候，啊，你是不会相信的，我住在那间既作厨房又当餐厅的简陋房间里，生活在这些纯朴的平民中间，便觉得从来也没有过的幸福。不！她对我绝不是毫无感情的，时至今日，我也是这样想的。然而正是这个莉吉亚却偷偷地瞒着我离开了密里阿姆的家。现在，我整天坐在家里，两手捧着头，不断地想：为什么她要躲避我。我上次给你写过，我已经对她说了，我要亲自送她回普劳兹尤斯家的。她的确告诉过我，现在她不能回去了。首先是因为普劳兹尤斯一家都到西西里岛去了，其次是她回去的消息，会在奴隶们中间传扬开来，家家户户一传开，最后便会传到巴拉丁宫去，皇帝又会从普劳兹尤斯家把她重新抢去。她说得对！不过她也知道，我是不会再那样对待她了，也不会用武力去追缉她了，可是我不能不爱她，没有她便不能活下去，我要在大门上张灯结彩去迎娶她，我会让她坐在炉旁的一张神圣的皮垫子上……然而她却逃走了！为什么？没有什么会威胁她的。如果她不爱我，完全可以拒绝我。就在她逃走的前一天，我见到了一个奇怪的人，他叫塔斯的保罗,他和我谈起基督和他的教义,他说话是那样坚定有力。所以,尽管他本人并无此意,而我却认为,他的一言一语都有把我们社会的基础化作灰烬的力量。这个人在莉吉亚逃走后又来看过我一次,他告诉我说:"等到上帝让你睁开眼睛看见了光明,从你的眼里取出了翳障,就像'他'对我做的那样,那时候,你就会觉得她做得完全正确,而且你也就有可能找到她了。"我听了这话,就像是听到了德尔发的庇梯亚①的预言一样,简直摸不着头脑。可是有时候我又觉得我多少懂得一些。基督教徒是爱别人的,但是却敌视我们的生活、我们的神明和我们的罪恶。她之所以要躲避我,就是因为我是属于这个社会的人,如果她和我生活在一起,就不得不分享基督教徒们认为是罪恶的生活。你也许会说,她既然能拒绝我的爱情,就用不着逃走。如果她爱我呢?这样一来,她就是逃避自己的爱情了。我一想到这里,就想把家里的奴隶都派到罗马城的大街小巷去,命令他们挨家挨户地高喊:"回来吧,莉吉亚!"可是我终究不明白,她为什么要这样做。我并不会禁止她去信仰基督,我自己也会在客厅里为基督筑起一座祭坛。我本来对旧神就不那么相信,再多一位新的神对我又有什么妨害,我为什么就不能信奉它呢?我非常清楚地知道基督教徒是不说谎的,他们说基督是死而复活的。可是普通人是不能死而复活的。塔斯的保罗是罗马的公民,但他精通古代希伯来的经典,并不比犹太人差,他告

---

① 庇梯亚:德尔发的阿波罗神庙中的女祭司,常常装神弄鬼地发出预言。

诉我说，基督降临人世，早在几千年前就由预言者预告过了。所有这一切都是极不平常的事情，然而在我们周围不都是有许多不平常的事吗？关于泰安娜的阿波罗留斯[①]的种种传说，直到现在不是还在流传吗？保罗对我说，世上只有一个上帝，而没有一大群神，我认为他说得有道理。塞内加也是持这种观点的，而在他之前还有许多别的人也是这样说的。基督出现了，他为了拯救世界，而受到钉在十字架上的刑罚，后来他又复活了。所有这一切都是确凿无疑的事实，因此我有什么必要去反对它呢？既然我都准备替像塞拉比斯这样的神建立一座神坛，为什么我就不能为基督立起一座神坛来呢？要我不信别的神也容易做到，因为有理智的人现在都不大相信神了。可是在基督教徒看来，这样做还不够。不但要信奉基督，而且还要按照他的教义去生活。这样一来，你才算到达了要你涉渡的大海的岸上。如果我答应他们那样做，他们也会认为我是在空口说白话。保罗就公开对我这样说过。你知道，我是多么爱莉吉亚。你也知道，为了她，我是没有什么事做不出的。但是，即使她有那样的要求，我也不能把索拉克特山或者维苏威山放在肩上挑起来，也不能把特拉西门湖放在我的手掌中，更不能把我的黑眼睛变成莉吉亚人的蓝眼睛。如果她有这样的希望，我也愿意那样做，可是心有余而力不足，无法做到。我不是哲学家，可是我也不像你想的那样愚钝。我只能告诉你，我不知道基督教徒是怎样来安排他

[①] 泰安娜的阿波罗留斯：古希腊的一位哲学家、魔法师、预言家。

们的生活的,但是我知道,他们的宗教传播到哪里,哪里的罗马统治就要结束,罗马本身也就不复存在了,从前的生活方式就要被破坏,而战胜者和被征服者、富人和穷人,主人和奴隶之间的差别也就要结束了,政府结束了,皇帝、法律和整个社会秩序统统都要完结了,代之而起的是基督,是亘古未有的慈爱,是和人类,和我们罗马人的天性相对立的善良。的确,对我来说,莉吉亚要比整个罗马和它的统治来得更重要。只要能把她娶到我的家里,即使整个世界毁灭了,我也不在乎。不过,这是另外的问题了。对这些基督教徒说来,单是口头上承诺是不够的,还必须觉得这样做才是对的,他的灵魂中也不能有其他的私心杂念。可是我,众神可以作证!我是无法做到的。你懂得我说的意思吗?因为在我的天性中有些东西是和这种教义相排斥的,尽管我嘴上赞美它,尽管我会遵守它的教义法规,但是我的理智和我的心灵都会对我说,我之所以这样做是出于爱情,是为了莉吉亚,如果没有她,那么在这个世界上再没有什么比基督教更使我厌恶的了。令人奇怪的是,塔斯的保罗能理解这一点,就是那个彼得也能了解这一点,虽然他出身低微又单纯朴素,但他是基督的门徒,是基督教中最高的僧侣。你知道他们在做些什么吗?他们竟为我祈祷,请求赐给我一种他们称之为恩惠的东西,可是我得到的却是神思不安和越来越思念莉吉亚。

我已经告诉过你,她是偷偷逃走的,可是她逃走的时候,却给我留下了一个十字架,那是她亲手用黄杨树枝做成的。等我醒来的时候,我就发现它在我的床边。现在我把它供奉在神龛上,我自己也不明白,当我每次走近它的时候,就觉得它上面有一种神圣的东西,使我对它怀着崇敬和畏怯的心情。我喜欢这十字架,因为是她亲手所做;可是我又憎恨它,就是它把我和莉吉亚分开了。有时我又认为,在这些事情里面,一定有什么魔法在起作用,而那位魔法师彼得,虽说是一个普通的渔民,却比阿波罗留斯更伟大,比他以前所有的人都伟大,就是他把所有的人——包括莉吉亚、庞波里亚和我——都迷住了。

你说我上次信中充满着不安和悲戚的情绪。悲戚是由于再次失去莉吉亚而产生的,而不安则来自我身上的某种变化。我坦率地告诉你,再也没有什么比这种宗教更和我的天性相对立的了,然而自从我和它接触以来,连我自己都认不得自己了。是由于魔法,还是因为爱情呢?……喀耳刻① 只要一摸人就能改变人的肉体,可是我呢,是我的灵魂发生了变化。这也许只有莉吉亚一人才能做到,或者不如说是莉吉亚通过她所信奉的那个奇怪的宗教才使我发生这种变化的。当我从他们那里回到自己的家里时,谁也没有预料到。他们都以为我到贝纳文特去了,不会回来得这样快。我看到家里乱得一塌糊涂,奴隶们全都喝得醉醺醺的,他们在我的餐厅里举行大会餐。我的出现,比死神还要使他们感到意外,而且连死神也没有我使他们感到那样恐怖。你知道,我在自己家里是非常严厉的,因此,只要有一口气的人,统统都跪在地

---

① 喀耳刻:《奥德赛》中的女妖,会巫术,常常出来引诱男人。

上，有的人还怕得昏倒在地。可是我，你知道吗，是怎样对待他们的？一开始我真想叫人拿皮鞭和烧红了的铁棍来，可是转眼之间我就觉得这样做是可耻的，而且你不会相信，我甚至对这些可怜的人动了恻隐之心。在这些奴隶中间，有几个是很老的奴隶，还是我祖父M.维尼兹尤斯在奥古斯都朝代从莱茵河畔带回来的。于是我把自己关在书房里，我的脑海里还涌现出一些令人惊讶的想法：我一想起我在基督教徒中间耳闻目睹的种种事情，我就觉得我再也不能像过去那样对待我的奴隶了，因为他们也是人！几天来，他们都怕得要命，以为我这样延迟，是在考虑用什么更加残酷的刑罚来对付他们。可是我没有惩罚他们，也不打算惩罚他们，因为我不能那样做！到了第三天，我把他们都召集在一起，对他们说："我宽恕你们，希望你们努力工作，将功赎罪！"他们一听到这话，都泪流满脸地跪在地上，伸出双手，不停地呻吟，还一再地叫我"主人"和"慈父"。可是我呢——说来真是羞惭——我当时也非常激动。我觉得我在这个时候似乎看见莉吉亚那张甜美的脸庞和噙着泪水的眼睛在对我的行动表示感谢。说起来真丢人！我感到我的眼睛也潮湿了……你知道，我还想对你坦白什么吗？那就是：没有她我就活不下去，我就什么都不顺心，我就郁郁寡欢，我的悲哀比你想象的还要厉害……至于我的奴隶们，有一件事引起了我的思考。他们得到宽恕之后，不仅没有松散下来，或是不守纪律，反而更加卖命地工作。看来，出于感激比由于恐吓更能激起他们的工作热情。他们不仅热心工作，而且争先恐后地揣摩我的心思，让我感到满意。我之所以要告诉你这件事，因为我在离开基督教徒的前一天曾对保罗说过，由于他们宗教的传播，世界就会像没有箍的木桶一样散了架，可是他却对我说："爱会比恐吓把桶箍得更紧。"现在我看到，在一定情况下他说的话是有道理的。我对我的门客也进行过试验，他们听到我回来以后，都前来问候我。你知道，对他们我从来都不是个吝啬的人，但我父亲对待下属非常高傲，他教导我也要遵循这条原则。现在，我看到他们破旧的衣服和饥饿的脸庞，又产生了怜悯的情感，于是我吩咐给他们吃的，还和他们谈话，直呼其中一些人的名字，问起有些人的妻子儿女的情形，于是我看到他们的眼里又噙满了泪水，我仿佛觉得莉吉亚看见了我做的事非常高兴，对我表示称赞……是我的头脑不正常呢，还是爱情扰乱了我的思想，我搞不清楚。但是我只知道，我有一种感觉：莉吉亚常常从远处看着我，因此，我常常害怕我会作出使她苦恼和生气的事情来。真是这样，舅舅！他们确实把我的灵魂改变了，这使我时而高兴，时而又感到十分懊恼。我担心他们会夺去我从前的勇敢、我从前的精力，以致我现在不仅不能出席会议、法院和宴会，甚至也不能去作战了。这一定是施了魔法的结果！我还要告诉你一件事，说明我已经改变得非常厉害了。当我受了伤躺在床上时，我头脑里闪过这样的思想：假如莉吉亚也像尼吉蒂亚、波培娅、克里斯彼尼娜和我们那些离过婚的女人一样，如果她也像她们那样庸俗下流，那样残酷无情或者水性杨花，我就不会像现在这样热烈地爱她。正因为那些把我们分开的东西，我才更爱她。从这里你就能猜想得到,我的灵魂里出现了多么大的混乱啊!我是生活在怎样的黑暗中,我看不见我前面的正确道路,而且我不知道我该怎样办才好。假如把生命比作源泉,那么我的源泉流出来的不是水,而是恍惚不安。我只靠抱着能看见她的希望过活,有时觉得我一定会看见她的……再过一两年,我会变成一个什么样的人呢?我不知道,也无法预测。我不愿意离开罗马,要和那些廷臣们交往我是忍受不了的。此外,我在悲哀和不安中还有唯一的一点安慰:那就是我离莉吉亚不远,我能时时从来看望我的格劳库斯医生或者塔斯的保罗那里听到她的一些消息。啊,不!即使委派我去当埃及总督,我也绝不会离开罗马的。顺便告诉你,我已经吩咐石匠,为我在愤怒中杀死的古罗塑造一座纪念碑。我想到他在我小时候曾经抱过我,还是最先教我挽弓射箭的,可是后悔也来不及了。我不知道现在为什么会想起他来,也许是出自怜悯和内疚吧……如果我的这封信使你感到吃惊的话,那是不足为怪的,因为我自己在写的时候,也不免吃了一惊,不过我写的都是确凿的真情实话。再见吧!

29

维尼兹尤斯的这封信并没有得到回信,彼特罗纽斯认为尼禄很快就会下令返回罗马,没有必要写回信了。这个消息已经在罗马城里传了开来,那些游手好闲的人一听到这个消息便雀跃欢呼,他们早就在期待比赛,以及随之而来的分发囤积在奥斯提亚粮库中的粮食和橄榄油。尼禄的解放奴隶赫留斯已经在元老院宣布了皇上即将返都的消息。但是尼禄和他的廷臣们打从米塞努码头上了船以后,一直走走停停,不是到沿岸的城市上岸休息,就是到剧院去进行演出。在明杜尔纳城,他们停留了十多天,又在那里举行公开演唱会,甚至还打算再回到那不勒斯去,在那里等待春天的来临,因为这年的春天比往年来得早,而且更加暖和。在这段期间,维尼兹尤斯整天关在自己的家里,思念着莉吉亚,回想那些占据着他灵魂的新事物,以及它们给他带来的完全陌生的思想和感情。他只是偶尔同格劳库斯医生见见面,但他的每次来访都使他心中充满了欢乐,因为他可以和他谈谈莉吉亚。格劳库斯确实不知道她隐藏的地点,但是他向他保证,她受到长老们的精心照拂。有一次他被维尼兹尤斯的忧伤感动了,便告诉他说,使徒彼得曾经因为克里斯普斯责备莉吉亚的世俗爱情而批评了克里斯普斯。青年贵族听到之后激动得脸色煞白。虽然他不止一次地感觉到，莉吉亚对他并不是无动于衷，但他又常常产生疑问而不敢肯定。现在他第一次从别人口中，而且是从基督教徒口中得到了他所希望和要求的确凿证据。在最初一瞬间，他真想跑到彼得那里去，向他表示万分的感激，但是他打听到彼得已不在罗马，到附近不远的地方去传教了。他便恳求格劳库斯，请他带他到彼得那儿去，并且答应给贫穷的教区赠送一笔厚礼，以表示他的感谢。他认为只要莉吉亚爱他，一切障碍就都消除了，他随时随刻都可以信奉基督。格劳库斯虽然竭力鼓励他去接受洗礼，却不敢担保他在受洗之后能立即得到莉吉亚，反而对维尼兹尤斯说，受洗只能为了信仰本身，只能为了热爱基督而受洗，不能为了别的目的。"一个人应该具有基督教徒的灵魂！"他说。而维尼兹尤斯尽管对妨碍他的每件事物都感到愤慨，但却能理解格劳库斯作为一个基督教徒说了他应该说的话。他自己还没有意识到，他天性中最深刻的变化就在于：他过去总是按照利己主义的观点去衡量人和事物，现在他已经渐渐地养成了用别人的不同眼光来看待问题，用别人不同的心去进行感受，而且也懂得了个人的利益并不永远都是正确的。

他常常盼望见到塔斯的保罗，他的话既使他感到强烈的兴趣，又使他十分不安。他在心里准备好了种种论据，以便据理反驳他的说教，他在思想上反对他，然而又非常想见到他，想听他说话。可是保罗也到阿里兹亚去了。当格劳库斯来访的次数越来越少时，维尼兹尤斯又感到了难言的孤独。这时候，他开始到苏布拉区的偏僻街道和台伯河对岸的小巷中游荡，希望哪怕从远处看见莉吉亚也好。然而这种希望也落空了,他的心中便开始烦闷和焦躁起来。最后终于出现了这样的时刻,他又恢复了原来的天性,而且是那样的强烈,有如涨潮时的汹涌波涛,向退潮后露出的海岸猛烈冲击着。他认为自己是个傻瓜,何必要把许多使他忧郁苦闷的东西填进自己的头脑里呢,应该及时享受生活所给予的一切。他决心忘记莉吉亚,至少也应该抛开她去寻找欢乐和享受,而且他觉得这是最后一次放纵了,于是就以他所特有的盲目的精力和冲动,投进生活的漩涡中去了。他认为是生活本身促使他这样做的。由于严冬所造成的沉闷和空荡的罗马城,也因皇帝的即将回来而开始活跃起来了。盛大的欢迎仪式正等待着陛下的驾临。同时,春天也快到来了,从非洲吹来的和煦的春风,融化了阿尔班山顶上的积雪,花园的花坛里也栽满了紫罗兰。会议堂和战神广场上又挤满了人群。他们到这里来沐浴温暖的阳光,而在出城的人们通常驱车经过的阿庇亚大道上,已经有富人的豪华车辆在来往驰骋。到阿尔班山的旅行活动又开始了,年轻的妇女们,借口去朝拜拉努维姆的朱诺神或者阿里兹亚的狄安娜神,都离开了自己的家门,到城外去追求奇遇、恋情、幽会和享乐。就在这个地方,有一天维尼兹尤斯在许多华丽的马车中看见了彼特罗纽斯的情妇赫里佐特米斯驾驶着一辆极其精美的马车,前面有两只小狗,周围围绕着一大群年轻人和有职务在身而留在罗马的年老的元老们。赫里佐特米斯亲自驾驭着四匹科西嘉小马,不断地向周围的人露出笑容,并且轻轻地挥动着金色的马鞭。她一看到维尼兹尤斯便勒住了马,请他上车,和他一道回到她的家里。他参加了她家里的宴会,在宴会上维尼兹尤斯喝得人事不省,连他是怎样被人送回家的都不知道,他只记得,赫里佐特米斯问起莉吉亚的事情时,他生气了,加上喝醉了酒,便把弗列尔纳葡萄酒泼到她头上。等他清醒过来想起这件事时,还觉得止不住怒火上冒。可是过了一天,赫里佐特米斯像是忘记了前一天所受到的侮辱,到他的家里来拜访他,又把他带到阿庇亚大道上去游玩,随后在他家里吃了晚饭。她向他坦白,不仅是彼特罗纽斯,就连他的琴师也都使她腻烦了,所以她的心现在是完全自由的。他们在一起度过了一个星期,但是这种关系是不能长久的,虽然他们从那次泼酒以后,便再也没有提到过莉吉亚的名字,但维尼兹尤斯却一直在心里思念她。他老是觉得她的眼睛在望着他,每当他这样感觉时,他的心便惶恐不安起来。他痛恨自己为什么老是割不断对莉吉亚的思念,害怕自己这样的行为使她难过,同时也摆脱不掉由于这种思念而产生的悲哀。赫里佐特米斯因为他买了两个叙利亚姑娘,便对他吃起醋来,维尼兹尤斯就粗暴地把她赶走了。他没有立即停止享乐和放荡,相反,好像为了发泄他对莉吉亚的怨恨才继续这样做。可是,最后他明白了,自己一刻也没有摆脱掉对莉吉亚的思念,无论他做好事,还是干坏事,都和她有直接的联系。事实上,在这个世界上,除了她以外,他对什么也不感兴趣了。这时,他感到厌恶和疲倦。放荡生活使他的情绪更坏了,留下来的只有悔恨。他觉得自己可悲可鄙,这种感觉使他十分惊讶,因为以前他认为凡是能使他快活的一切都是好的。最后他失去了自由和自信,变得麻木不仁,甚至连皇帝回都的消息也没有使他从这种麻木状态中恢复过来。他对什么事情都不感兴趣,好久都没有去看望彼特罗纽斯,直到彼特罗纽斯派人来请,并打发轿子来接他。

维尼兹尤斯见到他以后,或者是受到彼特罗纽斯的热情欢迎之后,对于他提出的问题,都不太愿意回答。但是后来,长期郁积在他心中的感情和思想到底迸发出来了,他的话语有如奔腾汹涌的洪水,从他嘴里涌了出来。他又一次非常详细地讲述了他寻找莉吉亚的经过,他在基督教徒中间的一段时间的留驻,讲述了他在那儿的见闻以及萦绕在他头脑里的一切事情,最后他抱怨说,他已经陷入了混乱之中,失去了安宁,失去了分辨和评判事物的能力。任何事物都不能引起他的兴趣,珍馐佳肴也引不起他的胃口,他不知道他应该遵循什么,也不知道他该怎样行动。他一面准备信奉基督,可是一面又想迫害"他"。他了解"他"的教义的崇高性,却又对这种教义产生了难以抑制的憎恨。他知道,即使他得到了莉吉亚,也不能完全占有她,因为他必须和基督分享她,以至于到了后来,他虽然活着也像是死去一样:既没有希望,没有明天,也缺乏对幸福的信心,周围是一片黑暗,他在黑暗中摸索,想找条出路,可是又找不到。

在他讲述的时候,彼特罗纽斯一直注意着他那不断变化的脸色,望着他用奇怪的样式伸出来的双手,仿佛它们当真在黑暗中摸索一条出路似的。彼特罗纽斯也在沉思。突然他站了起来,向维尼兹尤斯走去,用手指拨动着他耳朵上的头发。

"你知道吗,你的两鬓长出了白发?"他问道。

"那很可能。即使不久我的头发全白了,我也不会觉得奇怪的!"维尼兹尤斯答道。

接着出现了沉默。彼特罗纽斯是个才智超群的人,常常思考着人生问题和人的灵魂问题。但是总的说来,他们两个人所生存的那个社会的生活，表面上看来虽有幸福和不幸之分，但在实质上却都是平静的。就像雷电或者地震可以毁灭一座神殿那样，不幸也可以毁坏生活。但是生活本身都是由简单和谐的线条组成的，和那些纠葛没有关系。而现在，在维尼兹尤斯的言谈中却出现了完全不同的东西，彼特罗纽斯第一次遇到了过去从未有人解决过的一系列精神上的纠葛了。他的聪明才智虽然能使他看出这些问题的重要性，但即使他用尽全部智慧，也无法解答他提出的这些问题，于是经过长久的沉默后，他只好这样说：

"这也许是魔法吧！"

"我也是这样想的。我不止一次地想过，我们两人都着了魔了。"维尼兹尤斯答道。

"我看你要是有这样的兴致，不妨去找一趟塞拉比斯的祭司。毫无疑问，他们中间也像一般的祭司那样，总有不少骗子。可是也有一些祭司能猜透奇妙的秘密。"彼特罗纽斯说。

但是他说这话没有把握，口气也是犹豫不决。他自己也感觉到从他口里说出的这种意见，不仅毫无用处，而且有点滑稽可笑。

维尼兹尤斯擦了擦额头，说：

"魔法！我看见过许多巫师，能利用地狱里不可知的力量来为他们谋私利，我也看见过有些巫师，利用魔法来损害他们的敌人。但是那些基督教徒过的是贫苦的生活，他们宽恕自己的敌人，宣扬容忍、道德和慈善，他们使用魔法又能得到什么好处呢？他们有什么必要去使用魔法呢……"

彼特罗纽斯深恨自己的聪明才智无法回答这些问题，可是他又不愿承认自己无能，于是他装作是在回答问题似的答道：

"这是一种新的教派……"

过了一会儿,他又说道:

"我对住在帕弗斯①森林中的女神起誓!所有这一切都是在破坏生活呀!你对他们的善良和美德表示惊叹,可是我告诉你,他们是一群坏人,因为他们是人生的敌人,就像疾病和死亡一样都是人生的大敌。我们的敌人已经够多的啦!我们不需要这些基督教徒。你只要数一数:疾病、皇帝、提格里努斯、皇帝的诗歌,还有那些统治着古代罗马贵族后代的臭鞋匠,那些坐在元老院里的解放奴隶,凭卡斯托尔起誓,单是这些就已经够受的了!这是一个有破坏性的叫人讨厌的教派!你是不是想过办法摆脱这些苦恼,寻求一点生活的乐趣呢?"

"我已经这样试过了。"维尼兹尤斯答道。

彼特罗纽斯笑了起来,说道:

"啊,你这个叛徒!奴隶们很快就把这事传出去了,你勾搭上了我的赫里佐特米斯!"

维尼兹尤斯厌恶地摆了摆手。

"无论如何我得感谢你,"彼特罗纽斯说,"我要送给她一双镶嵌着珍珠的拖鞋,这在我的爱情行话中意味着:'你滚蛋吧!'我要双倍地感谢你,首先要感谢你没有接受尤妮丝,其次感谢你帮我摆脱了赫里佐特米斯。你听我说吧,站在你面前的这个人,他很早起床,洗完澡便进餐,他占有赫里佐特米斯,写写讽刺文章,有时也在散文中插进几行诗句。但是他像皇帝一样厌烦,而且还

---

① 帕弗斯:塞浦路斯的城市,城里有维纳斯的神殿。

常常摆脱不掉忧郁的情绪。你知道这是为什么吗?这是因为我舍近求远……美貌的女人永远是身体有多重就值多重的金子,但是一个爱你的美女,就简直是无价之宝了,你就是用维莱斯[①]的财富也难买到她。我现在扪心自问,今后应该怎样生活呢?我要用幸福装满我的生活,就像用世上最上等的美酒斟满酒杯那样,我要痛饮下去,一直喝到我的手拿不动酒杯,我的嘴发青。至于以后怎么样,我就不顾了,这就是我最新的哲学。"

"你过去一直是信奉这种哲学的,里面毫无新鲜的东西。"

"这里面有过去没有的内容。"

他说完之后,便喊了一声尤妮丝,她满头金发,穿着白色长裙,应声出来,她不再是以前的那个女奴,倒像是一位爱情和幸福的女神。

彼特罗纽斯向她伸开双臂,说道:

"过来!"

她立即跑了过来,坐在他的膝盖上,用双手抱着他的脖子,把头依偎在他胸前。维尼兹尤斯看到,她的脸上渐渐泛出一片红晕,她的眼睛也慢慢地蒙上了一层泪雾。他们两人正好形成了一组美妙的爱情与幸福的雕像。彼特罗纽斯朝桌上的一个扁平的花瓶伸过手去,从里面抓起一大把紫罗兰花,把花瓣撒在她的头上、胸上和长裙上,然后他又掀开她肩膀上的紧身内衣,说:

"能像我这样在这个完美的肉体里找到爱情,那就真是太幸福

[①] 维莱斯:原是马略的亲信,后站在苏拉一边,曾任西西里总督,靠大肆抢劫和贪污盗窃致富。

了……有时我觉得我们真是一对天神。你自己看看,无论是普拉克西特列斯和米朗,还是斯科帕斯或者李齐普[1],他们什么时候雕出过这样美妙的线条呢?无论在帕洛斯岛还是在彭台里科斯山上,能够找到这样温暖又是玫瑰色的充满着爱情的大理石吗?世上真有这样的人宁愿去亲吻花瓶的边缘,可是我却情愿在真正有快乐的地方去寻找快乐。"

他说完之后,便用嘴唇沿着尤妮丝的肩膀、脖子一直亲吻过去,她全身颤抖着,眼睛时而睁开,时而闭上,现出一种无法形容的欢快。过了一会儿,彼特罗纽斯把她那姣美的脸抬了起来,转身向着维尼兹尤斯说道:

"你看看,比起她来,你的那些忧郁的基督教徒又算得了什么呢?如果你认为没有什么区别,那你就到他们那儿去吧!不过多看看这样的情景,也许能把你的心病医好。"

维尼兹尤斯的鼻孔哼着气,闻到了弥漫整个房间的紫罗兰的香味,他的脸色煞白,因为他想到,如果他能这样用嘴去亲吻莉吉亚的肩膀,他就会感到一种甚至是亵渎神明的巨大欢乐,哪怕世界因此而毁灭他也毫不在乎。可是他已经习惯对于发生的事情作出迅速反应,于是刹那之间他就意识到自己在想念莉吉亚,而且仅仅是在思念她。

彼特罗纽斯又开口说道:

"尤妮丝,我的仙女,快去吩咐人给我们预备头上戴的花冠和准备早餐吧!"

---

[1] 四人均是古希腊著名的雕塑家。

尤妮丝出去之后,彼特罗纽斯对维尼兹尤斯说:

"我提出要解放她,可是你知道她怎样回答我?'我宁愿做你的奴隶,也不愿意去当皇后。'她不同意我解放她。于是我只好瞒着她,把她解放了。大法官没有要求她到场,就给我办好了手续。因此,她还不知道这件事,她更不知道,一旦我死了,这所房子和我所有的珠宝首饰,除了玉石以外,都将属于她。"

他说完之后便站起身来,在客厅里踱来踱去,说道:

"爱情使某一部分人变化得多些,使另一部人变化得少些,可是想不到,爱情连我也改变了。过去我喜欢马鞭草的香味,可是,因为尤妮丝喜欢紫罗兰,我现在也喜爱它胜过别的花了。打从春天起,我们就只闻紫罗兰的香味了。"

说到这里,他停在维尼兹尤斯面前,问道:

"你呢?你还是爱闻甘松的香气吗?"

"请让我安静一下吧!"年轻人答道。

"我是想让你看看尤妮丝,我对你谈起她,就是让你不要去舍近求远。也许在你的奴隶的小屋里,也有一颗忠诚纯朴的心在为你跳动。你还是在你的伤口上涂上这种药膏吧!你说莉吉亚是爱你的?很可能是真的!但是这种可以随意放弃的爱情又是什么样的爱情呢?这难道不是意味着还有一种力量比她的爱情更强大吗?啊,不!亲爱的,莉吉亚不是尤妮丝。"

维尼兹尤斯答道:

"所有这一切只能叫我苦恼。我看到你吻着尤妮丝的肩膀,我就想,如果莉吉亚也能把自己的肩膀给我露出来,即使是天崩地裂,我也毫不惋惜。可是,当我这样想的时候,我便感到一种恐惧,仿佛我是在伤害维斯塔贞女或者是有意亵渎神明似的……莉吉亚的确不是尤妮丝,但对这种差别,我和你的看法不一样。爱情只把你的嗅觉改变了,从喜欢马鞭草改为喜欢紫罗兰,可是爱情却把我的灵魂改变了。因此,我虽然不幸,我虽然怀着强烈的欲望,却宁愿莉吉亚保持她现在这个样子,而不愿她像别的女人。"

彼特罗纽斯耸了耸肩膀。

"这样说来,并没有什么人让你受了委屈。不过,我是无法理解你的这种情况的。"

维尼兹尤斯急忙答道:

"是的!是的!……我们已经无法相互理解了!"

他们又沉默下来。过了一会儿,彼特罗纽斯才开口说道:

"让哈得斯把那些基督教徒都吞下去吧!他们使你惶惑不安,他们破坏了你的生活理想!让哈得斯都把他们抓去吧!你以为他们的宗教是慈善的,那你就错了,因为善之所以为善,就是它能给人们以幸福,也就是给人们以美、爱情和力量,可是基督教徒却把这些看作是微不足道的东西。你还认为他们是公正的,这一点你就更加错了,如果他们以善报恶,那么我们又将用什么去报善呢?如果我们对善和恶都给予一样的回报,那么人们又何必去行善呢?"

"不,报赏并不是一样的。根据他们的教义,这种报赏是在未来的永恒的生活里才开始的。"

"我并不相信什么未来,如果我们现在有眼睛都看不见,将来连眼睛都没有了,我们还能看见什么呢……他们简直就是一批无所作为的人,乌尔苏斯能扼死克罗顿,是由于他有青铜般的手和脚,但是他们都是一些蠢家伙,未来是不属于蠢家伙的。"

"他们认为,真正的生活是从死以后才开始的。"

"这好比有人说:'白天是由黑夜开始的。'道理都是一个样。你还打算把莉吉亚抢过来吗?"

"不,我不能对她干这种以怨报德的事了,我已经向她发过誓,我再也不那么干了。"

"那么你打算接受基督的教义了?"

"我想倒是想的,可是我的性格受不了它。"

"你能不能忘掉莉吉亚呢?"

"不能!"

"那你就旅行去吧!"

这时候,奴隶们前来报告,早饭已经准备好了。可是,彼特罗纽斯好像想出了一个好主意似的,在前往餐厅的途中对他说道:

"你已经到过不少地方了,不过,你是作为军人去的,那时候,你必须赶到指定的地方,中途不得羁留。现在,你和我们一道到亚该亚去吧!皇帝并没有放弃这趟旅行的打算,他将要在沿途各地停留,他要唱歌,接受月桂冠,抢劫神殿,最后像个胜利者那样,凯旋回到意大利。这一次旅行,就是巴克科斯和阿波罗融合于一体的旅行。有男女廷臣,还有成千个竖琴师。凭卡斯托尔起誓!这个队伍真是值得看看,饱饱眼福,看来这还是一次亘古未有的壮观哩!"

他随后在尤妮丝旁边的躺椅上躺了下来,一个奴隶把秋牡丹的花冠戴在他头上。接着他又说道:

"你在科尔布罗麾下任职的时候看见了什么呢?什么也没有看见。你见过那些巍峨雄伟的希腊神殿吗?你可曾像我那样,花了两年时间,换了一个又一个的导游人才看完那些神殿吗?你曾到罗德岛去瞻仰过科罗索斯雕像①吗?你曾到帕诺波和佛西达看过普罗米修斯用来造人的黏土吗?或者到过斯巴达看过勒达②所生的蛋吗?或者到过雅典,看见过用马蹄做成的有名的萨尔马斯人③的铠甲吗?或者在埃维厄岛上看见过阿伽门农的船只吗?你看见过仿照海伦的左乳房制造的杯子没有?你到过亚历山大港和孟菲斯没有,看见过金字塔和伊西斯为了悲悼奥西里斯而从自己头上拔下来的头发吗?你听见过门隆④的呻吟吗?世界是辽阔广大的,并不是一切都局限在台伯河对岸的范围内!我要陪皇帝去一趟,等他回到罗马,我就要离开他,到塞浦路斯去,因为我的这位金发女神要求我们两个人一道到塞浦路斯去向帕弗斯的女神奉献一对鸽子,你可要知道,只要是她要求的,就一定要实现。"

"我是你的奴仆!"尤妮丝答道。

可是,他却把戴着花冠的头靠在她的胸前,微笑着说:

"那么我就是奴隶的奴隶了。我的仙女,我从头到脚赞美你呢!"

随后,他又转向维尼兹尤斯,说:

---

① 科罗索斯雕像:罗德岛港的太阳神雕像,古代世界七大奇迹之一。
② 勒达:希腊神话中的仙女,宙斯曾化为天鹅和她亲近,她因此怀孕生美女海伦。
③ 萨尔马斯人:古代波兰东部地区的人,以保持骑士贵族的特权而闻名。
④ 门隆:特洛伊战争中反抗希腊联军的英雄,后成为埃塞俄比亚的国王。

"你和我们一道到塞浦路斯去吧。可是,首先你要记住,你应该去见见皇上。你到今天还没有去谒见过,那可不好。提格里努斯会用这个来陷害你的。虽然他和你没有什么私仇,但因为你是我的外甥,他也就不会对你有什么好感……我们都说你病了。我们可得认真地想一想,如果皇上问起你关于莉吉亚的事情,你该怎样回答。你最好挥挥手,告诉他,说她曾和你在一起,直到你玩厌了她为止。这样说,尼禄是能理解的。你还要说,你由于生病一直关在家里,由于不能到那不勒斯去听陛下的歌唱,以至忧郁过分,加重了病情,后来由于有希望能再听到陛下歌唱,才使你的病情有所好转。你用不着害怕夸张。提格里努斯宣称,他要为皇上想出一个伟大的,甚至是非常庞大的计划来……我担心的倒是他可能陷害我,我也为你的乖性而担忧。"

"你知道不知道,有一些人并不怕皇帝,他们生活得很平静,好像他们在世界上并不存在似的。"维尼兹尤斯说。

"我知道你是指基督教徒。"

"是的。就是他们!……我们的生活,除了不断的恐惧外,还有什么呢?"

"再也不要提你的基督教徒了。他们不怕皇帝,是因为皇上并不知道他们,无论如何,皇帝是一点也不知道他们的,皇上看待他们有如枯萎的树叶一样,毫无兴趣。可是我还要对你说,他们是些无能的家伙,你自己也看到了这一点,如果连你的天性都反对他们的教义,那正是由于你看到了他们的愚蠢无能。你是由另一种黏土做成的人,因此就让我们再也不要为他们去费神了。我们懂得怎么生活和怎么死去,可是谁都不知道他们懂得什么。"

这些话触动了维尼兹尤斯，他回到自己家里以后便一直在想，基督教徒的善良和慈悲，毫无疑问正好证明了他们灵魂的愚蠢无能。他觉得凡是身强力壮而又勇敢无畏的人是不会像他们那样宽恕别人的。于是他又想到，他罗马人的灵魂为什么会对基督的教义产生厌恶，原因也就在于彼特罗纽斯所说的："我们懂得怎么生活和怎么死去！"他们又怎么样呢？他们只懂得宽恕，既不能理解真正的爱情，也不懂得真正的仇恨。

30

尼禄一回到罗马，便非常懊恼他的回来，才过了几天，他又热衷于到亚该亚去，甚至还颁发了一道命令，说他这次出去时间不会太长，国务绝不会因此有任何耽搁。为了祈祝旅途平安、一路顺风，他还率领了一班廷臣，其中包括维尼兹尤斯，前往卡彼托林去向众神供奉祭品。可是第二天，当尼禄去朝拜维斯塔神殿时，却发生了一件事情，使他的全部计划彻底改变了。尼禄并不信神，但他怕神，特别是那个神秘的维斯塔使他那样胆战心惊，一看见神像和那神圣的香火便吓得毛骨悚然，牙齿上下打颤，全身发抖，突然倒了下去，恰好站在他身后的维尼兹尤斯用双手扶住了他，才没有倒在地上。大家立即把他抬出神殿，护送他回到巴拉丁宫。回宫不久，他就完全清醒了，但他一整天都躺在床上。尼禄还宣布，由于神明私下警告他，说他的行期过于仓促，现在只好把旅行延期，这使在场的人都大为惊讶。过了一小时，便向全罗马的市民发布了公告：皇帝看见了大家抑郁寡欢的脸孔，于是他就像慈父对待孩子一样，准备留下来和他的人民在一起，分享他们的欢乐和苦闷。群众为这一决定雀跃欢呼，他们相信比赛和分发食物必定是少不了的，他们成群结队地来到巴拉丁宫前面，

向神圣的皇帝欢呼致敬。这时皇上正在和廷臣们高高兴兴地玩骨牌。他停了下来,说:

"是的,旅行应该延期,按照预言,埃及和东方的统治权都不会脱离我的手心,亚该亚也不会丢掉的。我要下令凿通科林斯海峡,并且在埃及建造一座巨大的纪念碑,让金字塔和它比起来就像小孩子的玩具一样。我还要下令建造一座大的斯芬克斯像,它比孟菲斯城外那座望着沙漠的斯芬克斯还要大七倍,而且上面要塑上我的头像。这样一来,子孙后代谈论的只会是这座纪念碑和我了。"

"你已经用诗歌为自己建立了一座丰碑,它比基奥普斯法老[①]的金字塔不只大七倍,还要大三个七倍。"彼特罗纽斯说。

"那么我的歌唱呢?"尼禄问。

"遗憾得很!如果有人能为你建造起这样一座雕像,它像门隆的雕像那样,能用你的歌声歌唱太阳的升起,那该有多么好啊!那样的话,即使是过了千秋万代,埃及的辽阔的海洋都将挤满各种各样的船只,船上载满了来自世界三大地区的群众,如痴如醉地聆听你那美妙无比的歌声。"

"可惜的是,谁能做到这件事呢?"尼禄问。

"可是陛下可以下令在玄武岩上雕成一座你驾驭着四马战车的威武形象。"

"啊,真的!我一定这么办!"

---

① 基奥普斯法老:古埃及第四王朝的国王(即胡夫。——编者注),他的坟墓是座高达147米的金字塔。

"这就是你赏赐给人类的一件伟大礼物啊!"

"到了埃及以后,我就要和已经成了寡妇的鲁娜结婚,那么我也就成了真正的天神了。"

"请陛下把星星赐给我们做妻子,那我们就可以建立一个新的星座,我们就把它命名为尼禄星座。可是陛下一定要让维特纽斯和尼罗河结婚,好让他生出河马来。而把沙漠赐给提格里努斯,那时候他就可以当胡狼的国王了……"

"那么,把什么赐给我呢?"瓦提纽斯问。

"把阿彼斯①赐给你!你在贝纳文特给我们举办了那样盛大的比赛,所以我一定要祝你交上好运。你可以给斯芬克斯做一双皮靴,他的脚掌就不会在夜里的露水中觉得麻木了,然后你再给神殿前站立的两排巨像做几双拖鞋。在那里人人都能得到相应的职位。多米兹尤斯·阿弗尔可以任司库,他是以诚实出名的。陛下,你想到埃及去,我衷心感到高兴,然而你又推迟了自己的出发计划,这使我感到十分悲伤。"

尼禄却说:

"你们是肉眼凡胎,什么也看不见,因为神明不想见谁,谁就看不见他。你们知道,当我走进维斯塔神殿时,维斯塔女神就站在我的身边,对我咬了咬耳朵:'推迟你的行期!'这事发生得那样突然,连我都害怕了。显然这是神明对我的爱护,我不想不向她表示衷心感激。"

"我们大家都吓坏了,连维斯塔的女祭司卢布丽亚都昏过去

---

① 阿彼斯:埃及传说中的神牛。

了！"提格里努斯说。

"卢布丽亚，她的脖子多么白啊！"尼禄说。

"她一看见陛下就满脸绯红了……"

"是的，我也注意到了！这真是怪事，还是个维斯塔女祭司呢！每一个维斯塔女祭司都有些神的气质，卢布丽亚真是个美人！"

说到这里，他沉思了一下，接着问道：

"你们说一说，为什么大家怕维斯塔比别的神更厉害？这是什么原因？甚至连我都有些胆怯，虽然我是最高的祭司。我只记得我就要倒下去的时候，要不是有人扶住我，我就会倒在地上的，是哪一位把我扶住的？"

"是我！"维尼兹尤斯回答。

"啊，是你，'勇敢的战神'？为什么你不到贝纳文特去？听说你生病了，你的模样的确变了。啊哈，我听说，克罗顿想杀害你，这是真的吗？"

"是真的，他打断了我的胳膊，我只好进行自卫。"

"是用这只折断了的胳膊吗？"

"是一个野蛮人救了我，他比克罗顿的力气大。"

尼禄有点不相信地望着他。

"比克罗顿的力气大？也许你在说笑话吧？克罗顿是盖世无双的大力士，现在要算埃塞俄比亚的西法克斯力气最大了。"

"陛下，我说的是真话，这是我亲眼看见的。"

"那么，这颗珍珠在什么地方呢？他没有去做丛莽中的大王吧！"

"陛下，我不知道他在哪里，后来我也没有再见到过他。"

"你不知道他是哪个种族的人吗？"

"我的手臂折断了，因此我什么也不能盘问他。"

"你给我找找他，一定要找到。"

"这件事就交给我去办吧！"提格里努斯立即插嘴道。

但是尼禄却继续对维尼兹尤斯说道：

"你扶住了我，我要向你表示感谢，如果我摔倒在地上，很可能会摔破头的。你以前倒是个好随从，可是自从战争爆发，你在科尔布罗军中任职以来，你就变野了，我很少看见你。"

他沉默了一会儿，接着又说：

"那个姑娘怎么样了……就是那个臀部太窄的，你爱上了的那个……我把她从普劳兹尤斯家里要出来送给你的？"

维尼兹尤斯有些慌乱，这时候，彼特罗纽斯赶快出来替他解围。

"陛下，我敢说，他早已把她忘了，你看他那慌乱的神色就知道了。你问问他，从那以后又换了多少个女人了，我担保他回答不出来。维尼兹尤斯家的人都是优秀的军人，但是他们更像是雄壮的公鸡，他们需要一大群母鸡。陛下，你应该惩罚他一下，不要邀请他参加提格里努斯在阿格里帕湖上为欢迎陛下而举行的盛大宴会。"

"不，我不能这样做。我相信提格里努斯，那里准会有一大群美人的。"

"凡是爱神出现的地方，就一定少不了美惠三女神的！"提格里努斯答道。

可是尼禄却说:

"我真烦闷得要命!我是按照女神的意志留在罗马的,可是我却讨厌这座城市。我要到安提乌姆去。这些狭窄的街道,这些快要倒塌的房屋,还有这些肮脏下贱的小胡同,快要把我闷死了。恶浊发臭的气味一直飘进了我的皇宫和御花园。啊哈,要是地震毁灭了罗马,要是哪位愤怒的神把它夷为平地就好了。到那时候,我就要让你们看看,该怎样把这座城市建造成为世界的首府和我们的都城了。"

"陛下,你说:'要是哪位愤怒的神把罗马夷为平地……'你是这样说的吗?"提格里努斯说。

"是的!那又怎么样呢?"

"难道陛下不是神吗?"

尼禄现出不耐烦的样子,挥了挥手,接着说:

"我们倒要看看你在阿格里帕湖上给我们准备了些什么,然后我就到安提乌姆去。你们都是些胸无大志的人,怎么能理解我所需要的宏伟事业呢!"

他说完之后,便闭上了眼睛,表示他需要休息了。于是廷臣们便纷纷退出。彼特罗纽斯和维尼兹尤斯一道走了出来,并且说道:

"你已经被邀请参加那次盛会了。红胡子放弃了这次旅行,但是他会比过去任何时候都更疯狂,而且要让全罗马城也像他的宫里那样放纵行乐。你也尽量在这种疯狂中找些快乐,忘却忧愁吧!啊,对了,我们征服了全世界,我们有寻欢作乐的权利。而你,我的外甥,倒是一个长得非常漂亮的小伙子。我之所以喜欢你，其中就有这个因素。向埃弗斯的狄安娜起誓！如果你能看到你那紧锁的眉头和你的脸孔就好了，一眼就能看出你那古老罗马人的血统！别的人和你一比，看起来就像个解放奴隶。真是这样！如果不是那个野蛮的宗教，莉吉亚今天就应该在你的家里了。你就再向我证明一下他们不是生活和人类的敌人吧……他们对你是不错的，你可以感谢他们，但是我要是处在你的地位，我就会憎恨这个宗教的，就会到那些寻欢作乐的地方去寻找快活。我再一次告诉你，你是一个英俊漂亮的美男子，罗马城里离过婚的女人是数不胜数的。"

"我真感到奇怪，难道这一切还没有使你感到厌烦吗？"维尼兹尤斯答道。

"谁对你说的？我早就感到厌烦了，但我的年纪不能和你相比。此外，我还有你所缺少的其他爱好。我爱书，你却不爱；我喜欢诗歌，你却讨厌它；我喜欢各种瓷器、宝石和许许多多其他的东西，可是你对这些东西却不屑一顾。我有腰背痛的病，你就没有这种痛苦。最后一点，我找到了尤妮丝这样的美女，可是你却找不着和她媲美的人……我住在家里，置身于各种精美的杰作之中，觉得很舒适，很愉快，可是我怎么也不可能把你变成一位审美家。我有自知之明，我这一生中再也找不到我已经找过的东西了，可是你自己也不知道你所希望和探索的是什么。如果死神降临到你身上来的时候，尽管你有勇气，尽管你郁郁寡欢，你还是会大吃一惊，奇怪你为什么这样早就要离开人世。可是我会把死当作一种必然性去接受，而且我会骄傲地宣称，世界上没有哪一种果子我没有尝过。我既不匆匆去死，但也不拖延时日，我要快快活活地活到最后一刻。在这个世界上，是有一些快快乐乐的怀疑派。我看那些禁欲主义者实在是傻瓜，但禁欲主义至少能锻炼人。至于你的基督教徒呢，却给世界带来了忧愁悲伤，它在人们的生活中就像雨水在自然界里一样。你知道，我听到了什么消息吗？在提格里努斯举办的盛会上，在阿格里帕的湖岸上将要设立好多处妓馆，在那里可以找到罗马上流社会的妇女。难道在她们里面就找不到一个能使你感到满意的漂亮女人吗？有些初次进入社交界的像仙女一样美的少女，也将参加这个盛会。这就是我们的罗马帝国！……现在天气已经暖和了，南风温暖着湖水，就是赤身裸体，也不会起鸡皮疙瘩了。而像你这样的那喀索斯，无论哪个女人都不会拒绝你的……即使她是维斯塔的女祭司。"

维尼兹尤斯开始用手掌拍打着自己的额头，像是一直沉浸在一个念头中的人似的。

"唯独我看中了这样一个人，这真是命运的捉弄……"

"是谁把事情搞糟的呢，还不就是那些基督教徒……不过，他们既然用十字架作他们的标志，他们就不可能是别样的人。你听我说，希腊是个风景优美的国家，而且创造过世界的智慧，我们罗马人只创造了权力。可是基督教徒又创造了什么呢？你如果知道，就给我说说吧，因为，凭波卢克斯起誓，我是无法猜测的。"

维尼兹尤斯耸了耸肩膀。

"你似乎在担心我会变成一个基督教徒。"

"我是怕你毁了自己的生活。如果你不能做个希腊人，那就做你的罗马人好啦：统治一切，尽情享乐！我们的疯狂之所以有一定的意义，就因为它里面包含着这种思想。我轻视红胡子，就因为他是个希腊小丑,如果他是个真正的罗马人,无论他疯狂到什么样的程度,我也会承认他是正当的。答应我吧,如果你回到了家里,碰见了什么基督教徒,你就这样教训他一顿。假如他是格劳库斯医生的话,你这样对待他,他也不会奇怪的。在阿格里帕湖上再见!"

31

禁卫军的士兵把阿格里帕湖畔的森林全都戒备森严地包围起来，免得成群结队的观众打扰了皇帝和宾客们的活动。因为人们议论纷纷，都说，凡是罗马城中以财富、才华和美貌出众的名人淑女，都要出席这次宴会，其规模之盛大，堪称罗马史上的空前之举。提格里努斯为了弥补皇上推迟的那次亚该亚的旅行，也为了超过所有宴请过尼禄的那些人，从而向皇上证明，除了他以外，没有一个人能为他举办这样壮观的娱乐活动，为了这些目的，他在那不勒斯陪伴尼禄和到了贝纳文特以后，一直在进行着准备工作，他不断地发出命令，要从世界上最遥远偏僻的地方搜罗珍禽异兽、珍贵鱼类和树木花草，还有各种器皿和纺织品，好使宴会增光生辉。各省的岁入为了满足这一疯狂的计划，像流水一般耗尽了，可是由于他是皇上最有势力的宠臣，能够肆无忌惮地为所欲为。他的势力也日益扩大起来。提格里努斯虽然并不比其他廷臣更受尼禄的喜爱，却成了尼禄越来越不可缺少的人物了。彼特罗纽斯在气宇轩昂、才智过人和言谈风趣上大大超过提格里努斯，他的谈吐能让皇上开心。然而不幸的是，他的谈吐也超过了皇上，这一点使得尼禄对他十分嫉妒。另外，彼特罗纽斯并不是在任何事情上都肯当皇帝的驯服工具，在涉及趣味的问题时，皇帝就怕听到他的意见，可是在提格里努斯面前，尼禄就丝毫顾忌也没有。给予彼特罗纽斯以"风雅裁判官"的头衔本身，就损害了尼禄的自尊心。因为尼禄认为，除了他皇帝之外，谁也配不上这个雅号。提格里努斯倒有一定的自知之明，他知道自己的弱点，无论是出身、才能或学问，都无法与彼特罗纽斯、卢坎或其他出名的人物相匹敌，因此，他决定在忠心不渝、曲意奉承方面胜过他们，特别是在安排奢侈豪华的场面上，连尼禄本人的想象也会黯然失色。

他把宴会安排在一排巨大的木筏上举行，木筏是由粗大的镀了金的长方木头组装而成的。木筏的边缘全部用从印度洋和红海采集来的华丽的贝壳装饰着，贝壳发出珍珠和彩虹的光彩。木筏的两边摆满了棕榈树、荷花和盛开的玫瑰，花丛中间是一座喷泉，喷射出含有香气的泉水，还有众神的神像，金丝或银丝编制的鸟笼，里面装满了色彩斑斓的各种飞禽。木筏中间竖起一座大帐篷，为了不挡住视线，篷顶用叙利亚紫色薄锦做成，用银柱支撑起来。天篷顶下摆设了招待宾客的餐桌，上面摆着从意大利、希腊和小亚细亚掠夺来的亚历山大城产的玻璃杯、水晶盘和价值连城的器皿。这只大木筏摆满了各种树木花草，看起来像一座小岛或一座花园。木筏的两旁用金黄的和紫色的绳子把无数的游艇连在一起，游艇形状各异，有鱼类、天鹅、海鸥和火烈鸟等形状。在这些游艇的各色木桨旁边，坐着赤身裸体的男女船夫，他们的形体和容貌都惊人的美丽，头发梳成东方样式，有的还蒙上金网。当尼禄偕同波培娅和其他廷臣踏上这只大木筏，在紫色天棚下面入座时，游艇便一起划动起来，木桨拍打着湖水，金黄的绳索拉直了。载着宴席和宾客的大木筏也开始移动了，在湖面上环绕而行。它的周围还有一些别的游艇和较小的木筏，里面坐满了弹三角琴和竖琴的姑娘。她们玫瑰色的肉体，在蔚蓝色的天空和湖水的衬托下，在金色乐器的辉映中，仿佛也吸进了这些反光和蓝颜色，化成无数的鲜花在争妍斗艳。

在湖畔的森林里，在那些专为这次盛会而在密林丛中建造起来的奇形怪状的建筑物中，能听到奏乐和歌唱的声音。附近一带都回荡着乐声，森林里发出一片混杂的回音，号角和喇叭声在四面八方激起回响。尼禄的一边坐着波培娅，另一边坐着彼达哥拉斯，他一看到这种景象便连声叫好，特别是看到在游艇中间出现了一批穿着模仿鱼鳞式样的绿色网衣，装扮成美人鱼的年轻女奴时，便对提格里努斯大加称赞。他习惯地望了一下彼特罗纽斯，想听听这位"风雅裁判官"的意见。但是彼特罗纽斯却一直装作无动于衷的样子，等到直接问起他时他才回答：

"陛下，我认为一万个裸体女人给人留下的印象比不上一个人的印象深刻。"

不过，皇帝还是非常喜欢这种"游动的宴会"，因为它富有新意。宴会上摆满了珍馐佳肴，其品种和色味之繁多，连阿波兹尤斯的丰富想象力都无济于事了。而酒类之多，连那个能提供八十种名酒的奥托，若是看到这样奢侈豪华的宴会，也会害臊得躲进水里。除了女人之外，只有廷臣们才能入席就座。而在这些宴客中，维尼兹尤斯的美貌压倒了群雄。从前他的身材和面庞都富于军人的气概，现在由于精神上的烦恼和肉体上的痛苦，他的容貌反而像是经过雕塑大师的巧手修饰过一样，显得更加优美。他的皮肤虽然失去了原来的黝黑肤色，却仍然带着努米提亚大理石那样的浅黄色彩。他的眼睛大大的，充满了忧郁的神情。只有他的身躯还保持着昔日的魁梧，仿佛生下来就是该穿盔甲似的。在这位军团武士的躯体上，却长着一颗希腊神似的头颅，或者起码是一个罗马贵族的头颅，既高贵又威武。彼特罗纽斯对他说过，宫中的美人无论哪一个都不能而且也不会拒绝他的，这的确是他的经验之谈。现在所有的女人都望着他，就连波培娅和尼禄特意请来赴宴的维斯塔女祭司卢布丽亚也不例外。

用高山里的雪水冰镇过的名酒，不久便温热了客人们的心和头。从湖畔的密林中，又有一批像蝗虫和蜻蜓的新游艇划出来了，碧蓝的水面上，就像撒满了花瓣，像蝴蝶在上下飞舞似的那样鲜艳夺目。游艇之上，到处飞翔着用银色和绿色细线或绳子拴住的鸽子，以及其他从印度和非洲运来的珍贵小鸟。太阳已经偏西了，虽然宴会是在五月初举行的，但这一天的气候却相当暖和，甚至令人感到闷热。湖水由于游艇的划动，掀起阵阵涟漪，一起一伏，和音乐的节奏相伴和。可是在空中，却没有一丝微风，树木寂然不动，仿佛在专心致志地倾听和观看湖中所发生的事情。大木筏载着那些喝得越来越醉，高声喧嚷的宴客们，围绕着湖面划行。宴会还没有进行到一半，大家就已经不遵守座位的次序了。皇帝自己带的头，他从座位上站了起来，命令坐在维斯塔女祭司卢布丽亚旁边的维尼兹尤斯给他让位，尼禄坐到他的位置上便对卢布丽亚咬起耳朵来。维尼兹尤斯只好坐在波培娅的旁边。过了一会儿，她向他伸出手来，请他把松了的手镯替她扣紧。等他用有点发抖的手扣上之后，她便从很长的睫毛下面向他瞟了一眼，像是含羞似的,并把自己的金发脑袋晃动了一下,好像在拒绝什么。这时,太阳越来越大,越来越红,缓慢地向树梢后面落了下去。大部分客人已经喝得烂醉了。木筏沿着湖岸航行,岸上的树丛和花草里面,可以看到一群群的人,装扮成半人半兽的农牧神和好色的森林神。他们吹着笛子、喇叭,打着小鼓,还有一群群少女装扮成仙女、森林女神和树精。夜幕终于在酒鬼们的欢呼声中降落下来,人们向刚刚升起在篷顶上的月神欢呼致敬。这时候,树林里点起了成千上万盏灯火。而建立在岸上的那些妓馆,里面也灯火辉煌,露台上出现了罗马上流社会家庭的妻子、女儿,她们赤身裸体地站在那里,用娇滴滴的叫喊声或淫秽的动作来召唤和勾引那些宴客。木筏终于靠岸了,皇帝和廷臣们都钻到树林里去了。有的进了幽会场所,有的躲进了被密林掩映的帐篷,有的钻进了设在泉水和喷泉旁的人工山洞。大家都处在疯狂状态中,谁也不知道皇上跑到哪里去了,谁是元老,谁是武士,谁是跳舞的人,谁是乐师,都已经无法分辨了。装成农牧神和森林神的男人们,高声叫喊着,追逐着那些装扮成仙女的女人。他们抡起棍子把灯火打灭。于是一部分森林便显得一团漆黑。然而处处都能听到叫喊声、嬉笑声、窃窃私语声和从人们胸膛里发出的喘息声。的确,罗马至今也未曾见过这样的场面。

维尼兹尤斯并没有像上次莉吉亚参加的在皇宫中举行的宴会那样喝得酩酊大醉,但他身边所发生的这一切也使他陶醉和激动,求欢的欲望刺激着他,他也跑向森林,和别人一起奔跑,他想在森林女神中间找到一个最漂亮的姑娘。一队又一队裸体女郎不时地从他身旁唱着喊着跑了过去。那些化装成农牧神和森林神的男人,还有元老们和武士们,都在后面追了过去,伴随着他们的是音乐声。最后,他看见一个扮演狄安娜的女神率领着一队少女经过他附近,他便跑上前去,想仔细看看那位小女神。猛然间,他的心仿佛在胸膛里停止了跳动,因为他觉得那位头上戴着月亮的小女神,正像他的莉吉亚。

她们跳着疯狂的圆舞把他包围在中间。过了一会儿,她们想把他带走,让他也跟她们一样追逐奔跑,于是便像一群羚羊似的呼啸而去。但是维尼兹尤斯却站在原地不动,他的心跳得很快,几乎喘不过气来。他当时就发现那位狄安娜并不是莉吉亚,近看一点也不像,然而这种过于强烈的印象使他感到浑身无力。顷刻之间,他对莉吉亚的想念是那样强烈,这是他一生中从来没有经历过的,爱情又在他的心中掀起了更加汹涌的波涛。在这座疯狂和兽性大发作的森林里,他觉得莉吉亚从来没有像现在这样珍贵,这样纯洁和可爱。刚才他还想去喝下那杯欢乐的酒,参与那种无耻和纵欲的活动。现在他却对这种纵欲放荡的情景感到厌恶和憎恨了。于是他觉得自己憋得慌,他的心胸需要呼吸新鲜空气,他的眼睛也需要看到那被茂密森林遮住了的星星,他决定逃出这个地方。可是他刚刚挪步,就有一个蒙着脸的人站在他面前,把两只手放在他的肩膀上,一阵阵火热的呼吸直喷到他的脸上。那人对他悄悄说道:

"我爱你!……快跟我来,谁也不会看见我们。快走吧!"

维尼兹尤斯似乎从梦中刚刚醒了过来:

"你是谁?"

可是那个女人把胸脯紧贴在他的身上,恳求似的说道:

"快走吧!看,这里多么空荡。我爱你呀!快走!"

"你是谁?"维尼兹尤斯又问了一声。

"你猜吧!……"

她说完之后,便把自己的嘴唇隔着面巾紧紧地按在他的嘴唇上,同时又抱住了他的头,直到她喘不过气来,才把脸孔挪开。

"这是爱情之夜!这是疯狂之夜!今天干什么都行,我是你的了!"她气喘吁吁地说。

可是,这个吻刺痛了维尼兹尤斯,使他产生了新的憎恶,他的灵魂和心思都在别的地方,对他来说,在这个世界上除了莉吉亚便不存在什么别的东西了。

于是他用手推开了那个蒙着脸的人说:

"不管你是谁,我都不需要你,我爱的是别人!"

但是她低着头,又向他凑过去,说:

"把我的面巾揭开来……"

正好在这个节骨眼上,附近的桃金娘树叶发出沙沙的响声,这个蒙着脸孔的女人像幽灵一样消失了,只是在远处可以听到她那奇怪而又可怕的笑声。

彼特罗纽斯出现在维尼兹尤斯身边。

"我看见了,也都听见了。"他说。

维尼兹尤斯说道:

"让我们离开这儿吧!……"

于是他们便向外走去,经过了灯火通明的幽会场所、树林和排成一列的禁卫军骑兵,来到停轿子的地方。

"我到你那儿去!"彼特罗纽斯说。

两个人坐进了轿子,一路上他们一句话也没有说。直到进了维尼兹尤斯家的客厅,彼特罗纽斯才开口说话:

"你知道那是谁吗?"

"是不是卢布丽亚?"维尼兹尤斯问道。他一想起卢布丽亚是维斯塔的女祭司,便浑身发抖。

"不是。"

"那么是谁呢?"

彼特罗纽斯放低声音说:

"维斯塔的圣火也被玷污了,因为卢布丽亚和皇帝在一起,和你说话的是……"

他把声音压得更低:

"是神圣的皇后。"

他们沉默了一会儿。彼特罗纽斯又接着说道:

"皇帝在波培娅面前并不隐瞒他对卢布丽亚的欲望,因此她也许想报复一下,我之所以要出来阻碍你们,就怕你认出了她是皇后,然后再去拒绝她,到那时,你就无法挽救了,无论是你还是莉吉亚,甚至连我都性命难保了。"

可是,维尼兹尤斯却愤愤不平地叫道:

"什么罗马、皇帝、宴会、廷臣,提格里努斯和你们所有的人,我早就厌倦了!我快要闷死了!我再也不能这样活着了,再也不能了!你懂得我的意思吗?"

"你连理智、判断和克制都失去了!维尼兹尤斯!"

"我在这个世界上只爱她一个人。"

"那又怎么样呢?"

"所以,我不需要别人的爱情,也不需要你们的生活、你们的宴会、你们的无耻和你们的罪恶!"

"你到底怎么啦?难道你已经是个基督教徒了吗?"

这个年轻人双手抱住脑袋,绝望地再三说着:

"还不是!还不是!"

32

　　彼特罗纽斯耸了耸肩膀便回家去了，感到很不满意。现在他也看出来了，他和维尼兹尤斯已经无法相互了解，他们的心灵已经产生隔阂。以前，彼特罗纽斯对这个青年军人有过相当大的影响。他成了他各方面的表率。过去他只要用三两句讽刺话就能制止或者推动他去做什么事情，现在却完全变了，彼特罗纽斯甚至都不想再用老办法了，他觉得他的幽默和机智一碰到那种新的原则就滑过去了，引不起任何的效果。由于爱情给维尼兹尤斯的影响，以及他和不可理解的基督教社会的接触，早已把这种新的原则灌输到他的灵魂里了。这个饱经世故的怀疑论者知道，他已经失去了打开这个灵魂的钥匙。他不仅感到不快，甚至产生了恐惧，特别是这天晚上发生的事情，更增加了他的恐惧，"如果皇后的行为不是出自一时的冲动，而是一种持续很久的欲望，"彼特罗纽斯想道，"这样一来就只能二者择一了：要么维尼兹尤斯顺从她的意愿，然后发生某种事故而遭到毁灭；要么像今天那样，拒绝皇后，那么一来，毫无疑问他就要遭到杀身之祸，连我也会受到株连，因为我是他的亲戚，皇后会对整个家族发泄她的仇恨，甚至还会把自己的势力和提格里努斯一派勾结起来……"无论哪一种情形，其后果都是不堪设想的。彼特罗纽斯是个有胆识的人,他并不怕死,但他也不想从死中获得某种解脱。所以,他不愿意故意去找死。经过长久的思考后,他终于决定,让维尼兹尤斯离开罗马去旅行,才是最妥善而又最安全的方法。啊!如果有莉吉亚和他在一起,那他一定会欣然赞同的!然而他希望,即使没有她陪伴,他也能不太费劲地说服维尼兹尤斯去旅行。到了那时,他就可以把维尼兹尤斯害病的消息带到巴拉丁宫去,这样一来,就能消除他外甥和他自己的危险。皇后始终把握不准,维尼兹尤斯是否认出她来了,她可能会认为他没有认出她来,那她的自尊心也就不会受到损伤了。也许这样的事情将来还会发生,所以还是小心谨防为妙。彼特罗纽斯首先想争得时间,因为他知道,只要皇上到亚该亚去,对艺术一窍不通的提格里努斯便会失去他的影响而处于第二线的地位。只要到了希腊,他就有把握战胜他的每一个对手而获得皇帝的宠爱。

现在他决定要把维尼兹尤斯管住,并敦促他出去旅行。十多天来,他都在考虑,若是他能得到皇帝的一道命令,把所有的基督教徒驱逐出罗马,莉吉亚便会和其他基督教徒一道离开,维尼兹尤斯便会跟踪她而去。这样一来,他就用不着再费什么口舌了。这件事他是能够办到的。就在不多年以前,当犹太人因为仇恨基督教徒而发生骚乱时,克劳迪乌斯皇帝弄不清他们之间的区别,便一股脑儿把全部犹太人都驱逐出境了。难道尼禄就不能把基督教徒驱逐出罗马吗?到那时候,赶走了他们,罗马就会显得更加空旷了。从那次"湖上宴会"以来,彼特罗纽斯每天都能看见尼禄,有时在巴拉丁宫,有时在别人的府宅里,向他提出这样的建议是能得到实行的，因为凡是能给别人带来苦痛或者毁灭的事情，皇帝都乐意批准。彼特罗纽斯经过一番深思熟虑之后，便制订出一整套计划。他要在自己的家里举行一次宴会，在宴会进行期间，他便劝说皇帝颁发这道命令。他甚至抱着一种并非不可能的希望，也许皇帝会委派他去执行这道命令。那时候，他就可以把莉吉亚当作维尼兹尤斯的爱人来对待，而给予相应的优待，把她送到拜埃去，让他们两个人在那里尽情地相爱，享受基督教的欢乐。

在这段时间里，彼特罗纽斯经常去看望维尼兹尤斯，一来因为他虽有罗马人的种种自私心，但对这个外甥却有一种偏爱；二来是想说服他出去旅行。维尼兹尤斯装病在家，没有在巴拉丁宫露面，这时在宫里却天天有新的计划。有一天，彼特罗纽斯听皇帝亲口说，再过三天无论如何都要到安提乌姆去了，于是第二天他就来到维尼兹尤斯家里，把这个消息告诉了他。

维尼兹尤斯把被邀请到安提乌姆去的名单交给他看，这名单是当天早晨由皇帝的解放奴隶送来的。

"上面有我的名字，"维尼兹尤斯说，"也有你的名字。你回去之后，在家里一定会看到同样的请帖。"

"如果我不在被邀请之列，那就意味着我该死了。但是在去亚该亚之前，我认为是不会发生这种事情的。只要到了那里，我便是尼禄不可缺少的人物了。"彼特罗纽斯答道。

然后他看了一下名单，又说："我们刚刚回到罗马，现在又要离开家，慢吞吞地去安提乌姆，而且还非去不可！这不仅是一纸请柬，而且是一道命令！"

"假如有人不服从呢？"

"那他就会得到另一种请帖，请他去进行一次更远的、永远回不来的旅行。真是遗憾啊！你没有听从我的劝告，及时离开罗马。现在你不得不去安提乌姆了。"

"现在我非去安提乌姆不可……你看看，我们生活在什么样的时代，成了什么样的卑鄙下贱的奴才啊！"

"难道你到今天才看出这个问题吗？"

"当然不是。不过，你曾对我说过，基督教是人生的敌人，因为它给人生带上了枷锁。可是他们身上带的枷锁难道比我们的还要沉重吗？你还说过：'希腊创造了智慧和美，而罗马创造了权力。'可是我们的权力又在哪儿呢？"

"你把基朗叫来和他去谈谈吧。今天我没有心思来谈哲学。向赫拉克勒斯起誓，这个时代不是我创造的，所以我也不愿为它承担责任。我们还是来谈谈安提乌姆的事情吧！你知道，在那里等待你的是相当大的危险，你就是和那个打死克罗顿的乌尔苏斯进行一场搏斗，也比你到那儿去要安全一些，可是你却不能不去。"

维尼兹尤斯毫不在意地摆了摆手，说："管它什么危险！我们大家都在死亡的黑暗中徘徊，时时刻刻都有人在那黑暗中掉了脑袋。"

"难道非要我把那些凭自己才智而活了八九十岁的人的姓名都告诉你吗？他们经历了提比略、卡里古拉、克劳迪乌斯和尼禄四个朝代。就让多米兹尤斯·阿弗尔这样的人来做你的榜样吧。他平平安安地活到这样老，尽管他一辈子始终是个小偷和无赖。"

"也许就为了这个，也许正是这个缘故！"维尼兹尤斯答道。

接着他看了一下名单，便念了起来："提格里努斯，瓦提纽斯，塞克斯杜斯·阿弗里卡努斯，阿奎里努斯·莱古努斯，苏留斯·涅鲁里努斯，艾普留斯·马尔舍鲁斯，等等！都是一色的奸臣和败类！……就是这些坏蛋在统治着世界啊！让这些家伙举着埃及或叙利亚的神像，敲着响鼓，到各个村镇去给人算命或者跳舞来混碗饭吃，不是更合适吗？"

"或者牵着会玩把戏的猴子、会算数目的小狗以及会吹笛子的小驴去表演。"彼特罗纽斯接着说道，"这些话虽然不错，但是我们还是来谈谈更重要的事情吧。你要仔细听我说，我在巴拉丁宫里，说过你有病，不能出门旅行，可是在这个名单上仍然有你的名字，这就证明，有人不相信我的话，才故意这样干的。尼禄对于你去不去是无所谓的，因为你对诗歌和音乐一窍不通，在他看来，你只是个军人，最多能和你谈几句比赛场上的角斗。要把你的名字写进这个名单很可能是波培娅的主意，这就说明她对你的情意并不是一时的冲动，她是想把你搞到手，成为她的情夫。"

"皇后的胆量可真不小啊！"

"胆量确实不小。这样一来，她就无可挽救地毁了自己。希望维纳斯女神赶快让她爱上别的男人吧。可是，只要她对你还有情有意，你就得保持最大的警觉性。红胡子已经对她有些厌倦了，他现在更喜欢卢布丽亚或者彼达哥拉斯。但他仅仅为了面子的关系，也会对你们两个进行最残酷的报复。"

"在树林子里我根本没有料到和我说话的会是她。而且你也听见了，我是怎样回答她的，我说过我不需要她，我爱着别人。"

"我以所有的冥神的名义，向你提出恳切的要求，你不能再失去基督教徒还给你留下的那一点点理智了。需要在可能灭亡和必定灭亡之间作出抉择的时刻,你怎么还犹豫不决呢?我不是跟你说过,你若是伤害了波培娅的自尊心,你就没有希望得救。凭冥王宣誓!若是你活腻了的话,还不如立刻割开你的动脉,或者用剑自刎来得更痛快些。如果你得罪了波培娅,就是死也不会让你死得痛快的。过去和你谈话要容易得多!你打算怎么办呢?难道我说的话会害你吗?会妨碍你去爱莉吉亚吗?你应该记住,波培娅在巴拉丁宫中看见过莉吉亚,她并不难猜到,你是为了谁才拒绝接受这种莫大的恩幸的。到了那时候,即使莉吉亚躲在地底下,她也会把她搜寻出来。你不仅自己要丧命,还害了莉吉亚,你明白吗?"

维尼兹尤斯好像在想别的事情似的听着他说话,最后说道:"我一定要见到她!"

"谁?是莉吉亚吗?"

"是莉吉亚!"

"你知道她在什么地方吗?"

"不知道!"

"难道你又要到老坟场和台伯河对岸去寻找她吗?"

"我还不知道,但我一定要见到她。"

"好吧,虽然她是个基督教徒,也许比你更懂事一些,如果她不想让你毁掉的话,那她一定会这样做的。"

维尼兹尤斯耸了耸肩膀。

"是她从乌尔苏斯手里救了我的性命。"

"既然如此,你就赶快行动吧!红胡子是不会推迟他的出发日期的。即使到了安提乌姆,他也一样能发出死亡判决书。"

但是维尼兹尤斯并没有听清他的话，他一心一意想的就是和莉吉亚见面的事情，所以，他在考虑应该怎么做。

恰好在这个时候，发生了一件意料不到的事情，使所有的困难迎刃而解。因为第二天早晨，基朗出乎意外地来拜访他了。

他走了进来，显出一副寒酸相。他衣着褴褛，面露饥容，仆役们遵照以前无论日夜都要放他进来的命令，都不敢阻拦他，基朗便一直来到大客厅，站在维尼兹尤斯面前，开口说道："愿众神赐给你长寿，并和你分享统治世界的权力！"

维尼兹尤斯刚看见他的时候，便想把他赶出门去，可是当他一想到这位希腊人可能知道莉吉亚的情况时，好奇心终于战胜了厌恶。于是他问道："是你呀？你怎么会落到这个地步？"

"朱庇特的后代啊，我的情况真是糟透了！"基朗答道，"真正的美德成了无人问津的商品，而真正的贤人若是在五天里能有一次到屠夫那里买一个羊头，坐在阁楼上去啃它，和着眼泪一起咽下肚去，他就认为自己是幸运的了。啊，老爷！你赐给我的全部钱财，我都付给阿特拉克杜斯买了书，后来我又遭到了抢劫，东西全被抢光了。那个要记录我的学说的女奴也逃跑了，把你慷慨大方施给我的东西都席卷一空！我现在是个一文不名的穷光蛋了，于是我就想，如果不来求你帮助，我能去求谁帮助呢？我所敬爱的、像神一样崇拜过的'塞拉比斯'啊，我曾经不惜自己的性命为你效过劳！"

"你为什么来？带来了什么消息没有？"

"我是来恳求你的帮助的,巴尔神[①]啊!我带来了我的贫穷,我的眼泪,我对你的热爱和由于热爱你而搜集到的一些消息。你还记得我以前告诉过你,我曾把帕弗斯的维纳斯腰带上的一根线送给了彼特罗纽斯的女奴……对她有没有帮助,灵验与否,现在都已经得到证明了。你,太阳神的儿子,已经知道了他们家发生的事情,你也知道尤妮丝现在的境况了。我身上还有这样的一根线,我是专为你保留下来的,老爷!"

他说到这里便把话打住,看到维尼兹尤斯眉宇间现出愤怒的神色,便趁他的怒气还没有爆发出来,赶紧告诉他说:"我知道仙女般的莉吉亚住在什么地方,老爷,我要把她住的那条街道和那所房子指给你看。"

维尼兹尤斯竭力抑制住他听到这个消息时的激动心情,说:"她在什么地方?"

"她住在基督教长老李努斯的家里,和乌尔苏斯在一起。乌尔苏斯和过去一样又在磨坊里做工,这个磨坊主和你的解放奴隶同名,叫德马斯……对了,是叫德马斯……乌尔苏斯是上夜班的,趁他不在家的时候,我们夜里去把那座房子包围起来……李努斯是个老头子……家里除了他以外,还有两个年纪比他大的女人。"

"你从哪里知道这些事情的?"

"你知道,老爷,基督教徒们曾把我抓住,后来又放了我。格劳库斯认为我是他不幸的原因,显然他是搞错了,而且这个不幸的人以前这样认为,现在依然是这种看法,可是他还是宽恕了

[①] 巴尔神:古代腓尼基人的太阳神。

我。因此，你不要奇怪，老爷，我的心是知道感恩报德的。我是在过去的美好时代成长起来的一个人。我就在想，我能忘掉我的朋友和恩人吗？如果我不去打听打听他们的情况，不去关心他们的事情，不问问他们的健康如何，住在什么地方，那我不就成了怙恶不悛、忘恩负义的人了吗？我向佩西尼亚的基贝拉起誓，我绝不做这种缺德的事。刚开始的时候，我担心他们会误解我的意图，但对他们的喜爱超过了我的畏惧，他们宽恕一切罪过的行动更增添了我的勇气。但最最重要的，老爷，是我想起了你的事情。我们最后一次行动虽以失败告终，但是像你这样一个命运女神所宠爱的儿子，难道就此撒手不干了吗？我替你的成功做好了准备工作。那所房子是独门独院，是和其他房子隔开的。你可以命令你的奴隶把那所房子包围得水泄不通，连一只老鼠也逃不掉。啊，老爷！老爷呀！只要你愿意，今天晚上那位善良的公主就能来到府上了。不过，你若是成功了，请你不要忘记，给你办成这件事的是我父亲的非常贫穷和饥饿的独生儿子。"

维尼兹尤斯立即觉得血往头上涌来。诱惑又一次向他袭来，使他全身受到震动。真是好极了！这确实是个好主意，而且是个稳操胜券的好办法。如果他这一次得到了莉吉亚，那谁还能再把她抢走呢？如果一旦他把莉吉亚变成自己的情妇，她除了留在他家里以外，还有什么别的办法呢？让所有的宗教都见鬼去吧！到那时候，基督教徒连同他们的慈悲和阴郁的信仰，对他又有什么意义呢？难道现在不正是摆脱这一切的时候吗？难道不正是他像别人一样开始过正常生活的时候吗？至于莉吉亚以后会怎么样，她如何把自己的命运同信仰的宗教协调起来，那是次要的问题，怎么做都没有关系,这是些无关紧要的事情。首先,最重要的是她要成为他的人,而且就在今天。另一个问题是,面对着她所认为的新的社会,面对着她必须屈服的奢侈豪华和寻欢作乐,她的灵魂是否能坚信住那种教义呢?今天就要见分晓了。他只要把基朗留住,等到天黑发出命令就行了,以后便是无穷无尽的快乐了!"我过去的生活是怎么样的呢?"维尼兹尤斯心中想道,"只有痛苦,只有得不到满足的欲望和一系列得不到回答的问题。"现在他只要照这种办法去做,一切都会迎刃而解啦!当然,他也想到了他曾经向她发过誓,绝不再向她动武。可是这种誓言又算得了什么呢?他又没有向什么神明发过誓,况且他早就不信神了,也不是向基督发的誓,因为他不是基督的信徒。此外,如果她觉得自己受了委屈,他还可以和她结婚,那样一来就可以弥补他的过失了。啊,对了!他认为自己一定得这样做,因为她救过他的性命。维尼兹尤斯又想起了那天他和克罗顿两人闯进她隐藏的地方,想起了乌尔苏斯向他头上挥拳猛击的情景,以及后来所发生的全部事情。他仿佛又看到了莉吉亚低头坐在他的床边,穿着奴隶的衣衫,像仙女一样美丽,显得那样温柔善良,令人赞不绝口。他情不自禁地望了一下那座神坛和莉吉亚逃走时给他留下的十字架,难道他能用新的袭击去报答她的恩情吗?难道他能揪住她的头发像奴隶那样把她拖进卧室吗?既然自己不只想得到她,而且还爱着她,尤其是更爱她现在的这个样子,那为什么还要干出这种缺德事来呢?于是他突然觉得,单是把她搞到家里来,单是用暴力把她抱在怀里是远远不够的,他的爱情需要更多的东西,需要得到她的同意、她的爱情和她的灵魂。如果她心甘情愿地来到他的家里，那么他的家就会极其幸福，那个时刻也就是幸福的时刻，那个日子也就是幸福的日子，而他的生活就会更加幸福美满了。到了那一天，他们两个人的幸福就会像一座无边无际的大海，就会像太阳。要是用武力把她抢了回来，那就永远断送了这样的幸福，同时也就破坏了、玷污了和损害了生活中最宝贵的和唯一心爱的东西。

现在他一想到这里，便感到无比地厌恶。他瞧了一下正在偷偷望着自己的基朗，基朗一只手伸进破衣服底下，不安地搔着身子，维尼兹尤斯一看到他这副模样，便产生了一种无法形容的憎恶，恨不得把他这个过去的帮手一脚踢死，就像踩死一条害虫或者一条毒蛇那样。须臾之间，他已经知道他应该怎样做了。他从来不知道克制自己，任凭他那罗马人的粗暴性格的冲动行事，他转身朝着基朗说道："我绝不会按照你的意见去做，但是你也不会得不到你应得的报酬而回去，我要命令把你拉到家牢里打你三百鞭子。"

基朗脸色煞白了。在维尼兹尤斯英俊的脸上出现了冷酷的坚决神色，因此他绝不能认为允诺给他的这种赏赐仅仅是恐吓人的玩笑。

他立即双膝跪下，低下头，开始用嘶哑的断断续续的声音哀求道："波斯的君主啊！这是为什么呀？到底是为了什么呀？……慈善的金字塔啊！善良的科罗索斯！为什么呀？……我是个又年迈又饥饿的可怜人……我为你效过劳……你就是这样来报赏我的吗？……"

"就像你对待基督教徒一样。"维尼兹尤斯说。他召来了管事。

基朗一下子扑倒在他的脚跟前,抱住了他的双脚,全身打着哆嗦,脸色显得像死人一样苍白,再三哀叫着:"老爷啊!老爷!我年纪这样老了,就罚五十鞭吧!三百鞭怎么受得了啊!就打五十鞭吧!……那就打一百鞭吧!别打三百鞭呀!……可怜我吧!可怜我吧!"维尼兹尤斯用脚踢开了他,命令拖出去鞭打,霎时就有两个身强力壮的克瓦德人从管事身后出来,一把抓住基朗头上剩下的几根头发,用他穿的那件破外衫包住他的头,把他带到家牢里去了。

"以基督的名义……"这个希腊人在通往走廊的门边喊道。

维尼兹尤斯独自留在客厅里。他为刚才下的命令感到兴奋,显得更有精神了。他现在想把杂乱无章的思想集中起来,理出一个头绪。他觉得他的心情愉快,为自己所取得的胜利感到无限的欣慰。他仿佛觉得在接近莉吉亚的道路上又前进了一大步,必定会得到很好的报赏。刚开始时,他一点也没有想过,他对基朗的行为是多么的不公平,以前他会为了这样的消息而大大奖赏他的,现在却要严厉地鞭打他。在维尼兹尤斯的身上,罗马人的气质太重了,他不会为了别人的痛苦而感到难过,也不会为了这个不幸的希腊人去费什么脑筋。即使他想起了基朗的不幸,他也会认为自己做得完全对,因为他在惩罚一个无耻之徒。可是他一心想着莉吉亚,并在心里对她说:"我对你并不是以怨报德的,等你知道了别人劝我用武力来夺你的时候,我是怎样对待他的,你就一定会感激我了。"接着,他又想到,莉吉亚对于他这样处置基朗是否会表示赞同呢?她信奉的宗教要求对人宽恕。虽然基督教徒有更充分的理由向他报仇,他们却都宽恕了这个恶人。直到这时,他的心里才响起了那个呼叫声:"以基督的名义!"同时,他也想起,正是这句呼声使基朗得以从乌尔苏斯的手中保住了性命,于是他决定免除对基朗的尚未实施完的处罚。

正当维尼兹尤斯就要传唤管事的时候,管事却站到他的面前,向他说道:"老爷,那个老头子已经昏过去了,也许是死了,我还要叫人再打他吗?"

"先把他救醒,然后再带到我这儿来!"

客厅管事消失在门帘后面,但是要救醒基朗并不那么容易,维尼兹尤斯等了好半天,开始有些不耐烦了,等到奴隶们把基朗拖进大厅,便示意让他们出去。

基朗的脸色像麻布一样惨白,血水顺着他的双腿流到大厅的嵌花地板上。然而他的神志是清醒的,他跪在地上,伸出双手说道:"感激你,大人!你是个伟大而又仁慈的人!"

"你这条死狗!你要记住,我正是为了基督才宽恕你的,我自己的性命也是因为'他'才得救的!"维尼兹尤斯说。

"我将永远为基督和你服务,老爷!"

"闭住你的嘴,听我说吧。站起来!跟我一道去,把莉吉亚住的那所房子指给我看。"

基朗挣扎着站起身来,可是他刚刚站住脚,他的脸色就像死人一样煞白变青了,他用模糊不清的声音说:"老爷,我真饿坏了……我去,老爷,我一定去!可是我没有力气……哪怕把府上狗吃剩下的东西给我吃一点也好。我一定去!"

维尼兹尤斯吩咐带他去吃饭,并赏给他一个金币和一件外衣。由于鞭打和饥饿,基朗一点力气都没有了,连出去吃饭都走不动了。但是他害怕维尼兹尤斯会把他的虚弱看成是一种消极反抗的表示，再把他鞭打一顿，于是他吓得连头发都倒竖起来。

"请给点酒让我暖暖身子吧，我就能跟着你出去，哪怕走到大希腊去也行。"他说。他的牙齿像打架似的咯咯作响。

过了一段时间，等他恢复了一些体力后，两个人便出门了。路程很远，李努斯也和大多数基督教徒那样，住在台伯河对岸，离密里阿姆家不远。后来，基朗终于把一所孤独的小房子指给维尼兹尤斯看，这所房子的围墙上爬满了常春藤。他说："老爷，这里就是。"

"好了！"维尼兹尤斯说道，"你现在就滚开吧！不过你得先听听我对你说的话，你要忘记曾经为我效过劳，要忘记密里阿姆、彼得和格劳库斯住的地方，你也要忘记这座房子和所有的基督教徒。你每月到我家里来一次，我的解放奴隶德马斯会付给你两个金币。如果你以后还继续去侦查基督教徒，我就要把你砍成四块或者交给本城长官法办。"

基朗鞠着躬说："我一定忘掉。"

可是等到维尼兹尤斯消失在街角的时候，基朗便在他身后伸出两个拳头威胁着，大声叫道："向阿蒂和弗里艾①发誓！我绝不会忘记的！"

说完之后，他又虚脱了。

----

① 阿蒂是希腊神话中引诱犯罪的女神，弗里艾是希腊神话中的复仇女神。

33

维尼兹尤斯笔直地朝密里阿姆住的房子走去。在大门口遇见了纳查留斯，他一看到维尼兹尤斯，便吃了一惊，维尼兹尤斯很亲切地招呼他，要他带路到他母亲的住处去。

在这所小房子里，除了密里阿姆外，还有彼得、格劳库斯、克里斯普斯以及塔斯的保罗，保罗是刚刚从弗列格拉回来的。一看到这位年轻军团长的出现，大家的脸上都显出惊讶的神色。然而维尼兹尤斯立即开口说道："我以你们基督的名义问候大家。"

"让'他'的名字永远受到赞美。"

"我知道你们的品德高尚，也领受过你们的细心照拂，我是作为你们的朋友来到这里的。"

"我们也把你当作朋友来欢迎。你坐下吧，大人，请作为我们的客人和我们一道进餐吧！"彼得答道。

"我愿意坐下来分享你们的食物，不过我想先请你们听听我的话，我要请你，彼得，还有你，塔斯的保罗，了解我的诚意。我知道莉吉亚住的地方，我刚才还经过李努斯那所离这儿不远的房子。我有皇帝把她赐给我的这种权利，我在这城市的家中，有近五百个奴隶，我可以包围她的住处，把她抓走。可是我没有那样做，也不打算那样做。"

"为了这件事，主会祝福你并使你的心灵得到纯洁。"彼得答道。

"谢谢你。可是请你们听我继续说下去吧。虽然我生活在痛苦和思念之中，但我并没有这样做。如果我以前没有和你们相处过，那我会毫不迟疑地抢走她，并用武力把她留下来。可是，你们的情操和你们的宗教——虽然我不信仰它——已经使我的灵魂发生了一定的变化，使我不再想使用暴力了。我自己也不理解为什么会这样，但我确实是变了！所以，我才来拜访你们，我是把你们作为莉吉亚的父母来对你们说话的，请你们允许她做我的妻子吧，我向你们保证，我不仅不会禁止她信奉基督，而且我自己也要学习基督的教义。"

他说话时，昂着头，声音坚决，然而他的心情相当激动，他的一双脚在用腰带勒紧的外衣底下不停地颤抖着。他说完之后，大家都一声不响。于是他仿佛要赶在他们作出否定的答复之前，又继续说下去："我知道阻碍重重，但是我像爱自己的眼睛那样爱她，虽然我还不是一个基督教徒，但我绝不是你们的敌人，也不是基督的敌人。我在你们面前表示我的真心诚意，就是想得到你们的信任。当前这是有关我的生命的大事，我对你们说的是真话。别人也许会对你们说：'请给我施洗礼吧！'我却对你们说：'请你们指点我吧！'我相信基督的复活，因为这是一些诚实可信的人说的，他们在基督死后还看见过'他'。我相信，因为我亲眼见到你们的宗教是教人以美德、正义和慈善的，而不是像人们所说的那样是教人作恶的。尽管我对你们的宗教了解得还不多，只不过了解到那么一点点，是从你们的谈话和行动中，从莉吉亚那里才了解到的，即使这样，我还是要向你们重说一遍，由于这种宗教的影响，在我身上的确发生了一些变化。过去我用铁腕手段对待我的奴仆，现在我不那么做了。以前我不知道什么叫怜悯，现在我懂了。过去我纵情酒色，现在我却从阿格里帕湖上逃走了，因为我厌恶得连气都透不过来。以前我崇信武力，现在我却放弃了暴力行动。你们知道，我变得连自己都不敢认识了。宴会使我感到厌恶，美酒、歌唱、音乐和花冠都使我感到厌恶。皇宫、裸体女人以及其他的一切罪恶都使我觉得可憎可恨。每当我想到，莉吉亚就像高山上的白雪，我对她就爱得越发深沉；每当我想到她能成为今天这个样子，是由于你们的宗教培养，我也就喜爱这个宗教而愿意接受它了！可是我还不了解它，我也不知道能否在信奉它以后，还能很好地生活下去，我的天性是否能接受它的教义。因此，我现在生活在惶惑不安和苦恼中，仿佛被关在阴暗的牢房里一样。"

说到这里，他双眉紧蹙，显出了悲痛的皱纹，脸上也泛起了红晕。接着，他以更急促、更激动的声音说道："你们看看，我受着爱情和疑虑的折磨。有人对我说，你们的宗教容不得生活，不容许有人世间的欢乐、幸福、权利、秩序、政府和罗马的统治。难道真是这样吗？有人还对我说，你们是一群疯子。请你们告诉我，你们带来了什么？难道爱情是罪过吗？难道欢乐的情感是罪过吗？难道希望幸福也是罪过吗？是不是基督教徒非得是穷人不可？难道我应该放弃莉吉亚吗？你们的真理又是什么呢？你们的言行有如清澈的水面，可是水面底下又是怎样的呢？你们看，我是个讲究实际的人。请你们把黑暗驱散吧！有人还对我说：'希腊创造了智慧和美，罗马创造了权力，可是你们基督教徒又带来了什么呢？'因此，请你们告诉我，你们带来了什么？如果你们的门里面就是光明，那么就把门打开，让我也看到光明吧。"

"我们带来了爱。"彼得说。

塔斯的保罗又补充了一句："我若能说万人的方言和天使的话语，却没有爱，我也就成了只会鸣的锣、只会响的钹。"

但是彼得老使徒的心被这个痛苦的灵魂激动了。这个灵魂就像一只被关在笼子里的小鸟那样渴望飞向天空和太阳，于是他向维尼兹尤斯伸出了双手，说："谁来敲门，门就会为谁打开。主的恩惠已经落在你的头上，因此，我以世界救世主的名义，为你、你的灵魂和你的爱情祝福。"

原来说话就很爱激动的维尼兹尤斯，一听到这样的祝福，便跳到彼得的身边，接着便发生了一件极不平常的事情：这个古老罗马公民的后代，不久以前还把外国人不当人看待，现在却握住这个加利利老人的手，而且满怀感激之情，把自己的嘴唇紧贴在他的手上。

彼得感到衷心的喜悦，他知道，他又在一块新的土地上播下了种子，他的渔网又网住了一个新灵魂。

在座的人见到他这样敬重主的使徒而感到十分高兴，他们异口同声地叫道："赞美天上的主啊！"

维尼兹尤斯抬起他那明朗的脸孔，继续说道："我现在看出，你们之间存在着幸福，因为我也感到了幸福，我希望在其他事情上你们也这样来开导我吧！可是我还要告诉你们，这件事不能在罗马完成了，因为皇帝就要到安提乌姆去，而我也得到了命令，必须跟他一道去。你们知道，若是拒绝不去，那就只有死亡。如果我能得到你们的垂顾，那就和我一道去吧，去把你们的真理都传授给我。你们在那里甚至比我还要安全。在这样人口混杂的地方，即使你们在宫廷里也能向人们宣传你们的教义。有人说，阿克特就是个基督教徒，就是在禁卫军里也有基督教徒，我亲眼看见在诺门坦纳城门边就有好几个士兵向你彼得下跪的。我在安提乌姆有一座别墅，我们可以在那里，就在尼禄的近边集合起来，聆听你们的教义。格劳库斯对我说过，你们为了拯救一个灵魂，哪怕走到天涯海角，也在所不辞。所以，我恳求你们为了我也这样做一次吧，就像你从遥远的犹太来到这里，为了他们而做的那样，也为我的灵魂这样做一次吧，请不要嫌弃我的灵魂。"

他们听了这话，商量了一阵。他们都很高兴，认为这是他们宗教的胜利，他们也考虑到，要是能让这样的一位廷臣和罗马最古老的名门望族的一个后代改宗过来，这对异教徒世界该有多么大的意义啊！他们为了拯救一个灵魂，的确准备漫游到天涯海角，而且自从他们的主升天以后，他们就没有做过别的事，因此他们根本没有想到要拒绝他的要求。可是彼得现在成了全体信徒的牧羊人，所以他无法离开罗马，幸好塔斯的保罗刚刚从阿里西亚和弗列格拉回来，正想到东方去做一次长途旅行，以便访问那里的教会，并以一种热诚的新精神去激励他们，所以他同意陪伴这位年轻的军团长到安提乌姆去，因为到了那里，便容易找到驶向希腊海域的船只了。

维尼兹尤斯看到他所喜爱的彼得不能和他一道去，不免有些失望,然而他还是对他表示感激。后来他又向这位老使徒提出了最后一个要求。他说:"我知道莉吉亚的住处,虽然我自己能够去问她,假如我的灵魂信奉了基督,她是不是愿意我做她的丈夫。但是我还是愿意请求你,我的老使徒啊,允许我去见见她,或者由你把我领到她那儿去。我不知道我要在安提乌姆待多久,而且你们也知道,无论是谁,只要待在皇帝的身边,就无法预测他明天的命运。彼特罗纽斯已经告诉我,我到了那里绝不会是安全无事的。所以我想在出发之前看看她,请让我饱看她一顿,我要问问她是不是已经忘掉了我的罪过,愿意和我共享幸福。"

使徒彼得亲切地笑了起来,说:"谁会不让你得到正当的欢乐呢,我的儿子?"

维尼兹尤斯又一次吻了彼得的手,他无法抑制住他心中的喜悦和激动,使徒用双手捧着他的头说:"你不要害怕皇帝,我可以告诉你,连你头上的一根头发也不会掉下来。"

然后,他让密里阿姆去叫莉吉亚来,同时还要她别告诉莉吉亚谁在他们这里,好让这个姑娘得到更大的快乐。

因为相距很近,没多久,屋里的人便在小花园里桃金娘中间看到密里阿姆挽着莉吉亚的手走来了。

维尼兹尤斯本想跑出去欢迎她的,可是他一看见自己热恋着的人便高兴得浑身无力,他的心剧烈地跳着,屏住呼吸站在那里,他的两只脚都快站不稳了。他现在的心情要比他生平第一次听到安息人的利箭在他脑袋旁呼啸而过时还要兴奋一百倍。

莉吉亚走了进来,丝毫也没有料到会遇见什么人,及至她看见维尼兹尤斯也在那里,便停住了脚步,仿佛被钉在地上似的。

她的脸色先是羞红,旋即变得苍白,她用惊疑不定和害怕的眼光望着在场的人。

可是她看到的都是明亮的、充满慈爱的目光,这时使徒彼得向她走过去,问道:"莉吉亚,你永远爱他吗?"

沉默了片刻,她的嘴唇哆嗦着,像一个快要哭出来的孩子那样,似乎觉得自己犯了过错,而且知道她非认错不可。

"你回答呀!"使徒说。

这时莉吉亚跪倒在他的脚边,顺从而畏缩地细声答道:"是的……"

维尼兹尤斯立刻也跪倒在她身旁,彼得把两手放在他们两人的头上说:"以主和'他'的光荣的名义,你们就相亲相爱吧,因为在你们的爱情中没有罪过。"

34

维尼兹尤斯一边在庭园里散着步,一边用发自内心深处的语言,向莉吉亚倾诉了他刚才向使徒所说的一切:他内心的惶恐不安,他身上所起的变化,以及他离开密里阿姆家以后,扰乱他生活的那种无休无止的想念。他向莉吉亚坦率地说,他曾经想忘记她,可是怎么也做不到,他日日夜夜无时无刻不在想念她。他又对她说起了那个她留给他的黄杨树枝做的十字架,他把它放在神坛上,依然像神像一样供奉着。他对她越来越想念,还是在普劳兹尤斯家的时候,爱情就已经占据了他的整个灵魂,现在是更为强烈了。命运女神给别人织好了生命的线,而他的生命线却是由爱情、思念和忧愁组成的。他过去的粗暴行动虽然令人怨恨,但都是出自爱情,无论是在普劳兹尤斯家,还是在巴拉丁宫,他都是爱她的。当他在奥斯特里亚努看见她专心听彼得的讲道,当他带着克罗顿去抢她,当她在病床旁边看护他,以及当她后来离开他出走的时候,他一直在爱她。因此,当基朗前来报告他发现了莉吉亚的住处并提议抢走她时,他反而处罚了基朗,并且决定亲自来找这两位使徒,请求他们把真理和莉吉亚都赐给他……他头脑中出现这种想法的那一瞬间是值得祝福的,因为是这种想法使他现在能和她并肩走在一起,她再也不会像上次从密里阿姆家逃走那样躲避他了吧!

"我并不是要逃避你。"莉吉亚答道。

"那你为什么要这样做呢?"

她抬起了鸢尾花般湛蓝的眼睛,朝维尼兹尤斯瞧了一眼,脸上现出了羞红,她赶紧低下头来,说道:"你知道……"

维尼兹尤斯由于大喜过望,一句话也说不出来。过了一阵子,他才开口说起话来,他告诉莉吉亚,现在他的眼睛才算睁开了,才看清她和别的罗马女人完全不同,也许只有庞波里亚一个人才是例外。但是他无法把这种不同表达出来,因为他自己也说不清楚,他觉得她身上有一种这个世界上从未出现过的美,这种美直到今天才在世上出现过。它不但是一种雕像美,而且还具有灵魂美。他还告诉她,就连她的逃走,也使他更爱她了,他要把她安置在家里,把她当作神明来侍奉,他的这番话使她满心喜悦。

后来,他握住她的手,再也说不下去了,他无限深情地望着她,仿佛望着他重新获得的生命的幸福,他反复叫着她的名字,像是要验证一下他确实找到了她,而她正在他身边似的:"啊!莉吉亚!啊,莉吉亚!……"

后来他问莉吉亚,问她内心的活动情况,于是她也向他坦白了衷情。早在普劳兹尤斯家的时候,她就爱上他了。如果当时他能把她从巴拉丁宫送回普劳兹尤斯家,她便会把自己的爱情告诉他们,并且竭力平息他们对他的愤恨。

"我向你发誓,我并没有想过要把你从普劳兹尤斯家带走。"维尼兹尤斯说,"将来彼特罗纽斯会告诉你,当时我把我爱上你并且想和你结婚的想法告诉了他。我对他说：'让她用狼油来涂我的门，让她坐在我家的炉边吧！'可是他嘲笑我，并且劝皇帝下令把你作为人质召唤出来，然后再转赐给我。当我痛苦的时候，我不知道咒骂过他多少次啊，也许这是命运的故意安排，否则我也就不会认识这些基督教徒，也不会了解你了……"

"相信我的话，维尼兹尤斯，那是基督有意引导你去接近'他'的。"莉吉亚答道。

维尼兹尤斯现出惊讶的神情，把头抬了起来。

"对了！"维尼兹尤斯快活地说，"一切都是那样巧合，我找你却和基督教徒们相识……我在奥斯特里亚努困惑地听着使徒的讲道，因为我从来没有听过这样的话。你一定为我祈祷过吧？"

"是的！"莉吉亚回答。

他们穿过爬满常春藤的凉棚，来到了乌尔苏斯打死克罗顿之后向维尼兹尤斯猛扑过来的地方。

"就在这个地方，"这个青年说，"要是没有你，我早就没命了。"

"请不要再提这件事了！"莉吉亚答道，"更不要在乌尔苏斯面前提起这件事。"

"难道我会因为他保护你而向他报复吗？假如他是个奴隶，我会立即让他自由的。"

"要是他是奴隶，普劳兹尤斯夫妇早就把他解放了。"

"你还记得我对你说过，"维尼兹尤斯说，"我想把你送回普劳兹尤斯家去？可是你却对我说，皇上知道了这件事，就会对他们进行报复。现在好了，你可以去看他们了，只要你愿意，去看多少次都行。"

"为什么,维尼兹尤斯?"

"我说的'现在',就是指你成了我的妻子的时候,你就可以毫无危险地去看他们。是的!……到了那时,即使皇帝知道了,问起这件事来,我会断然回答说:'我和她结了婚,她是经过我的允许才到普劳兹尤斯家去的!'皇帝不会在安提乌姆停留很久的,因为他想到亚该亚去,即使他停留的时间较长,我也不必每天都去侍奉他。等到塔斯的保罗把你们信奉的真理都传授给了我,我就会立即接受洗礼,然后回到这里来。我一定会得到普劳兹尤斯夫妇的友谊的,他们就在这几天内要回到罗马来了。到那时,一切障碍都消除了,我就可以来迎娶你,把你安置在我家的火炉旁。啊,最亲爱的!最亲爱的!"

他说着便伸出了双手,仿佛要叫苍天给他的爱情作证似的。莉吉亚也用闪烁着欢乐光辉的眼睛凝视着他,说:"那时候我就会说:'无论你,卡尤斯,走到哪里,我卡雅也会紧跟到哪里!'"

"不,莉吉亚!我向你发誓,无论哪一个女人在她丈夫家里,也不会像你在我家里得到那样的尊敬!"维尼兹尤斯大声说道。

他们又一声不响地散着步,他们的心中都涨满了幸福,这对倾心相爱的恋人,仿佛是一对天神,而且长得那样美丽,就像是春天把他们和鲜花一道送到人间来似的。

他们终于在门前的一棵柏树下站住了。莉吉亚背靠在树干上,维尼兹尤斯又用颤抖的声音请求她:"你叫乌尔苏斯到普劳兹尤斯家去,把你的用品和儿童时代的玩具都取出来,让他送到我家里去。"

莉吉亚满脸羞红,像一朵玫瑰花或朝霞,说道:"这里的风俗可不是这样……"

"我知道,平常都是由陪送新娘的伴娘把这些东西带过来的,不过现在你为了我就这样送来吧。我要把这些东西带到安提乌姆的别墅去,它们会使我时时想起你来的。"

他合起双手,像孩子那样再三请求说:"庞波里亚这几天就要回来了,你就这样做吧,我的女神,你就这样做吧,我亲爱的!"

"庞波里亚愿意怎么做就怎么做吧。"莉吉亚答道。她一想起"伴娘",脸就格外地羞红了。

两个人又沉默了。爱情充满了他们的胸怀,使他们喘不过气来。莉吉亚依然背靠在柏树上,她的脸在树阴下就像鲜花一样洁白,她的眼睛望着地上,胸膛像波浪一样起伏不停。维尼兹尤斯的脸也变得十分苍白。在中午的寂静中能听到他们心脏的激烈跳动。他们沉醉在相互的热恋中,那棵柏树、桃金娘树丛和凉棚上的常春藤,甚至在他们的眼里变成了一座爱情的乐园。

这时,密里阿姆在门口出现了,邀请他们去吃午饭。他们回到屋子里,坐在两位使徒中间。使徒高兴地望着这一对恋人,就像望着年轻的一代,他们会在老一代死后把新宗教的种子保存下来,并在人间继续撒下新宗教的种子。彼得做完祷告,便把面包切开。大家的脸上都很平静安详,仿佛有一种巨大的幸福充满了整个房间。

保罗终于转过脸来,朝维尼兹尤斯说道:"你看看,我们到底是不是生活和欢乐的敌人呢?"

维尼兹尤斯回答说:"我现在明白你们是什么样的人了,因为我从来也没有像在你们中间那样幸福过。"

35

这天傍晚,当维尼兹尤斯经过大会堂回家的时候,恰好在杜斯库斯街口看见彼特罗纽斯的那乘由八个俾西尼亚人抬着的镶金大轿,他做个手势让他们停下来,自己朝轿帘走过去。他看见彼特罗纽斯正在轿子里打瞌睡,便笑了起来,大声叫道:"愿你做一个愉快甜蜜的梦!"

"啊哈,原来是你!"彼特罗纽斯惊醒过来,说,"真的,我迷糊了一会儿,我昨天在巴拉丁宫熬了一整夜。现在我出去买几本书,预备到安提乌姆去的路上读……有什么消息吗?"

"你到书店去吗?"维尼兹尤斯问。

"是的,我不想把我的书房翻得乱七八糟,因此只好另买几本路上读的书了。听说莫佐留斯和塞内加又出了新书,我还想找几本佩尔西乌斯[①]的作品和维吉尔的《牧歌》新版本。啊呀,我实在困极了,我尽在解卷筒的书稿,手都弄痛了……我只要一到书店去,好奇心就来了,什么都想看一看。我已经到过阿维隆的书店,阿尔格列顿的阿特拉克杜斯书店,我甚至去过桑达拉留斯街的索

---

① 佩尔西乌斯:罗马讽刺诗人。

兹尤斯书店。凭卡斯托尔起誓,我多么想睡觉啊!"

"你到过巴拉丁宫,我想问问你有什么消息?或者你知道些什么情况?你把轿子打发回去,把那些书叫人送回去,到我家里去吧。我们再谈谈安提乌姆和其他事情。"

"好吧。"彼特罗纽斯走出轿子,说道,"你一定知道,后天我们就要出发到安提乌姆去啦。"

"我哪里会知道呢?"

"你到底生活在哪个世界?难道我是第一个把这个消息告诉你的吗?真的!你得准备一下,后天早上出发。红胡子的嗓子哑了,无论是吃橄榄油泡的豆子,还是在他的粗脖子上缠一块手巾,都毫无用处。这么一来,肯定不会延期了。他诅咒罗马和罗马的空气,以及世上的一切东西,如果把罗马夷为平地或者放火把它烧掉,那他不知道该有多高兴了,他急不可待地要到海上去。他抱怨说,风把狭街小巷的腥臊气味吹过来,会把他送进坟墓的。今天他派人到各个神殿献上大量贡物,祈求早日恢复他的嗓子,如果嗓子得不到迅速恢复,那么罗马可要遭殃了,特别是元老院更要遭殃了。"

"这么一来,他就没有必要到亚该亚去了。"

"难道你以为我们的皇上就只有一种本领吗?"彼特罗纽斯笑着说,"他要是参加奥林匹克的竞技大会,既可以作为诗人朗读特洛伊火灾的诗,又可以作为赛车的驭手,还可以作为乐师、大力士,嘿,甚至还可以作为舞蹈师去参加哩!无论哪一项,他都能囊括授给胜利者的全部桂冠!你知道不知道,这只猴子的嗓子是怎样弄哑的?昨天他想在舞蹈方面胜过我们的帕利斯,就在我们面前跳起了《勒达历险记》,跳得满身大汗,着了凉。他全身湿透,又滑又黏,像刚从水里捞起来的鳗鱼。他接二连三地换着不同的面具,像个纺锤似的打着旋转,还像喝醉了的水手一样挥舞着双手,看见他那个肥大的肚子和一双细腿,真叫人恶心。帕利斯教了他两个星期,你可以想象一下红胡子扮演勒达或者天鹅神该会是什么样子!这样的天鹅真是没的说了!他这副扮相,还想公开演出哩!先是在安提乌姆,然后在罗马公演。"

"大家对于他公开唱歌这一点已经够受的了,你可以想象,一个罗马皇帝要公开演出滑稽剧,成何体统!不!罗马绝不能忍受这个!"

"我亲爱的!罗马会忍受这一切的,元老院也会作出决议,向这位'国父'表示感谢的。"过了一会儿,他又补充了一句:"一般人会因为皇帝是个滑稽演员而感到骄傲哩!"

"可是你说一说,还有比这更丢人现眼的吗?"

彼特罗纽斯耸了耸肩膀,"你只关在自己的家里,想的也尽是莉吉亚的事情、基督教徒的事情,看来,你连几天前发生的事也不知道。尼禄公然和彼达哥拉斯结婚了。彼达哥拉斯打扮成新娘的模样。这不是早就超过了疯狂的限度了吗?你又能说什么呢!祭司们都被找来了,为他举行了庄严的婚礼。连我也参加了!我是个善于忍受的人,可是我得承认,当时我就想,如果真有神明的话,总应该有所表示了!……但皇帝是不信神的,这点他是有道理的。"

"所以他一身兼任大祭司、神和无神论者了!"维尼兹尤斯说。

彼特罗纽斯大笑起来。"说得对！我还没有想到这一点呢。这真是人间亘古未有的大杂烩。"

"不过，还得加上一句，他是个不信神的大祭司，是个嘲弄众神的神，又是一个害怕众神的无神论者。"

"在维斯塔神殿里发生的那件事就是个很好的证明。"

"这是什么世道啊！"

"有什么样的世道就有什么样的皇帝！可是这一切都不会长久下去的。"

他们一边交谈着，一边走进了维尼兹尤斯的府宅，维尼兹尤斯高高兴兴地吩咐预备晚餐，然后他又转身朝彼特罗纽斯说道："不，我亲爱的舅舅，这个世界一定会复兴的。"

"我们是不能复兴它的。"彼特罗纽斯答道，"理由很简单，因为在尼禄时代，人就像一只蝴蝶，一直生活在尼禄恩惠的阳光下，只要一刮冷风，他就要死掉的……尽管他不愿意死！我凭马雅的儿子起誓！我常常问自己，到底是什么奇迹，能让卢兹尤斯·萨杜尼鲁斯这样的人活到九十三岁，经历过提比略、卡里古拉和克劳迪乌斯三个朝代呢？……现在不谈这些事了。你能不能打发你的轿子去把尤妮丝接来？我已经不打瞌睡了，现在倒想痛痛快快地玩它一阵。吃饭的时候，你把琴师们都叫来弹弹琴，然后我们来谈谈安提乌姆的事情。是需要好好地把这件事考虑一下，特别是你。"

维尼兹尤斯派人去接尤妮丝来，可是他声称，他不愿为安提乌姆的事情给自己增添烦恼，让那些只会在皇帝恩惠的阳光下讨生活的人去伤脑筋吧。天底下并不只有巴拉丁宫，特别是对那些心里和灵魂里另有所思所想的人们来说。

他说话的口气满不在乎,神情活泼,甚至心情愉快,他的这种态度使彼特罗纽斯也感到非常惊讶,他对他注视了一会儿,开口说道:"你怎么啦?你今天完全像个脖子上挂着金锁的孩子。"

"我很幸福!"维尼兹尤斯答道,"我今天特意把你请来,就是要把我的事情告诉你。"

"发生了什么事情?"

"发生的事情就是用罗马帝国来换,我也不愿意。"

他说着便坐了下来,把手臂搭在椅背上,又把脑袋靠在手臂上,他满脸春风,笑容可掬,两眼炯炯有神地说道:"你还记得我们一同到普劳兹尤斯的家里,你在那里第一次看到了一位天仙般的姑娘,你把她叫作'黎明和春天'?你还记得那位普赛克①,那个无可比拟的美女,那个在所有的少女和女神中最最美丽的姑娘吗?"

彼特罗纽斯吃惊地望着他,像是要察看一下他的头脑是否出了毛病。

"你到底说的是谁呀?如果是莉吉亚,我当然记得。"彼特罗纽斯终于开口说道。

维尼兹尤斯接着又说:"我已经是她的未婚夫了!"

"什么?……"

可是维尼兹尤斯立即站起身来,吩咐管事:"快去把全体奴隶都叫到我的面前来,一个也不要落下!要快点!"

―――――――
① 普赛克:人类灵魂的化身,一般以带蝴蝶翅膀的姑娘形象出现。

"你成了她的未婚夫？"彼特罗纽斯又问了一声。他还没有从惊奇中恢复过来，维尼兹尤斯家的宽敞的大厅已经挤满了人。他们都是匆匆忙忙跑进来的，有老态龙钟的老人，也有年富力强的男人，还有女人、小男孩和小姑娘。霎时间，大厅被挤得水泄不通，甚至在那被称作咽门的走廊上，也能听到说各种语言的嘈杂声。不久，奴隶们靠着墙壁或在圆柱中间，排成了行列站着。维尼兹尤斯站在天井旁边，脸朝着解放奴隶德马斯说：

"凡是在我家里服役满了二十年的奴隶，明天就到市法官那里去领取解放的证书，服役不满二十年的，每人各得金币三枚，还可以领取一个星期的双份口粮。关在乡下牢房里的，一律解除刑罚，去掉他们脚上的镣铐，让他们吃饱。你们知道，今天是我的幸福的日子，所以我要让全家都快快乐乐的。"

刚听到这个宣布时，他们都不敢相信自己的耳朵，一声不响地待在那里。过了一会儿，他们才举起双手，所有的人都张着大嘴叫道："啊，老爷！啊！啊！……"

维尼兹尤斯挥了挥手要他们退下去，虽然他们都想跪在他的身边，向他表示感激，但还是急忙离开了。整座府宅从地下室到屋顶都洋溢着欢欣喜悦的声音。

维尼兹尤斯又说："明天我还要叫他们都集合在花园里，让他们在地上画一件他们想画的东西，凡是画了一尾鱼的人，都将由莉吉亚去解放他们。"

然而对任何事物都不会惊奇得很久的彼特罗纽斯，也终于恢复了常态，问道："是鱼吗？啊哈，我记得基朗说过，这是基督教徒的标记。"

然后他向维尼兹尤斯伸出手去,说:"凡是人能看见幸福的地方,就永远有幸福。愿弗洛拉①永远把鲜花撒在你的脚边。祝愿你能得到你所希望的一切。"

"我非常感谢你,我原来以为你会反对的。我想让你知道,即使你反对,那也无济于事。"

"我,会反对吗?绝不会的!恰恰相反,我告诉你,你做得好!"

"哈哈,你这个见风使舵的人!难道你忘记了,当我们从庞波里亚家里出来时,你对我说过什么话吗?"维尼兹尤斯愉快地说道。

然而,彼特罗纽斯却淡然地回答说:"没有忘记!不过我改变了自己的看法。"

过了一会儿,他又继续说道:"我亲爱的,罗马的一切都在改变。丈夫在换自己的老婆,老婆也在换自己的丈夫,为什么我就不能改变自己的看法呢?像这样的事情还少吗?有人为了取悦尼禄,劝他娶阿克特为妻,不是故意把阿克特说成是皇家血统的后代吗?那又算得了什么!那样的话,皇帝不就有了一位贤惠的妻子,我们也就会有一位情操高尚的皇后。凭普罗特斯②及其在海中的荒凉住宅起誓:只要我认为是实用和方便的,我就会改变自己的意见。至于莉吉亚,她那皇族的血统总要比阿克特的更加可靠。可是你到了安提乌姆以后,一定要小心提防波培娅,她是个爱报

---

① 弗洛拉:古罗马神话中的春天和鲜花女神。
② 普罗特斯:希腊神话中的海神。

复的女人。"

"我根本不把她放在心上。我在安提乌姆绝不会损失一根头发的!"

"你以为这又要让我大吃一惊,那你就错了。不过,你从哪里来的那么大的自信呢?"

"是使徒彼得对我这样预言的。"

"啊,是使徒彼得这样对你说的!那就没有争论的余地了。可是你还是让我采取一些必要的预防措施吧,哪怕是为了让彼得不至于成为不灵验的预言家也好,如果使徒彼得偶尔搞错了,你就会失掉对彼得的信任,可是你的信任对使徒彼得还是很有意义的哩!"

"你想干什么就干什么好了。但是我还是相信他的。如果你以为用嘲笑的口吻反复提到他的名字,就会引起我对他的反感,那你就错了。"

"我还要问你一个问题,你已经成了基督教徒吗?"

"我现在还不是,可是塔斯的保罗要和我一同去,好向我讲解基督的教义,然后我再接受洗礼。你早先说过,他们是生活和欢乐的敌人,这种看法是完全错误的!"

"那么,这对你和莉吉亚就更好了。"彼特罗纽斯答道。

然后,他耸了耸肩膀,像是自言自语地说道:"真是令人惊叹的事情:这些人能获得这样多的信徒,他们的宗教能那样迅速广泛地传播开来。"

维尼兹尤斯特别热情地回答着,仿佛他已经受过了洗礼似的:

"真的!在罗马就有成千上万的信徒,在意大利各城市,在希腊和亚细亚，到处都有他们的信徒，连军队和禁卫军中，甚至宫廷里，都有了基督教徒。信奉这一宗教的有奴隶也有公民，有穷人也有富人，有平民也有贵族。你知道吗，科尔涅留斯家的一些人是基督教徒，庞波里亚·格列西娜是基督教徒，从前的屋大维娅很可能是的，现在的阿克特也是的。的确是这样，这一宗教已经传播到世界各国，只有它才能使世界复兴。你不要耸肩膀，就是你自己吧，要是再过一个月或者一年，说不定你也会改宗，信奉基督教的。"

"我？绝对不会。"彼特罗纽斯说，"凭勒托的儿子①起誓，我不会接受它的。哪怕它里面包罗了众神和人类的真理及智慧……因为这种宗教要求人们劳动，可是我却讨厌劳动。它要求放弃许多东西，然而我在生活中什么也不想放弃……由于你的性格像火焰，又像沸腾的水，你总是能得到你想要的东西的。可是我呢，我有自己的珠宝，自己的宝玉，自己的花瓶和自己的尤妮丝。我并不相信奥林匹亚山，可是我在这个世界上却为自己建立了一座奥林匹亚，我要尽情地享受生活的乐趣，直到神圣的弓箭手把我射中，或者皇帝命令我切开动脉。我太爱紫罗兰的芳香和美味舒适的三榻餐厅了。我甚至喜欢我们的神，不过那是作为修辞学上的人物罢了。还有亚该亚，我也非常喜欢。不久之后我就要陪伴我们的那位体胖腿细、无与伦比的神圣皇帝、那位高踞于时代之上有如赫拉克勒斯一般的尼禄到那儿去了……"

他说完之后，想起竟会有人设想他去接受加利利渔夫的宗教，

---

① 即阿波罗。

就觉得很开心，于是便低声哼了起来：

> 我要仿效哈摩迪奥斯和阿里斯托吉顿，[①]
> 用桃金娘的绿叶装饰我那明亮的宝剑。

由于尤妮丝的到来，他停住不唱了。

她一到来，便立刻摆上了晚餐，在用餐的时候，琴师们演唱了几首歌曲，然后维尼兹尤斯便向彼特罗纽斯讲述了基朗来访的经过，以及由于他的来访而使他产生了直接去找使徒的想法，那是他在鞭打基朗时才想出来的。

快要打起瞌睡来的彼特罗纽斯，一听到这个，便用手按住额角答道："既然结果不坏，想法也就很好。至于那个基朗，若是我的话，会送给他五个金币的，既然你吩咐鞭打他，还不如把他打死好。因为谁能料到，将来那些元老们也许会向基朗点头哈腰，就像现在他们在向我们的鞋匠骑士瓦提纽斯俯首听命一样。晚安！"

他取下花冠，准备和尤妮丝一道回家了。送走他们以后，维尼兹尤斯来到书房，给莉吉亚写了下面这封信：

> 我希望当你睁开你那双美丽动人的眼睛时，我的仙女啊！这封信便会向你说：早上好！正是为了这一点我才给

[①] 哈摩迪奥斯和阿里斯托吉顿均是雅典人，他们起来和暴君希帕赫斗争，并把他当场打死。阿里斯托吉顿被捕处死。他们后来成了与暴君斗争的代表。

你写这封信的,虽然我明天就能看见你。皇帝后天就要到安提乌姆去,遗憾的是,我不得不陪同他去。我已经对你说过,谁若是拒绝不去,谁就会遭到杀身之祸,然而我现在是不想死的。如果你不愿意我去,你只要回我一句话,我就一定留在这里不去了。那时候,彼特罗纽斯就会想方设法替我消除威胁。今天我实在太高兴了,便给所有的奴隶都发了奖金,那些服务满二十年的奴隶,明天就要到市法官那里去领取解放证书。亲爱的,你一定会赞成我这样做,因为我认为它符合你所信奉的慈善的教义。其次,我是为了你才这样做的。明天我要对他们说,他们获得自由应该归功于你,让他们感谢你,把你的美名传扬。我自己情愿做你的奴隶和幸福的奴隶,并且希望永远不要得到解放。让安提乌姆和红胡子的旅行受到诅咒吧!我没有彼特罗纽斯那样的聪明才智,反而使我得到三倍四倍的幸福,因为我不必到亚该亚去了。现在,短时间的分别会使我更想念你,也就觉得无比的甜蜜。只要我一有空闲,我就会骑上马,飞奔回罗马来,看一看你,听一听你的声音,那我就会心满意足了。当我不能这样做的时候,我就会派奴隶送信给你,并向你问候。再一次祝福你,我的女神,并拥抱你的双脚。我把你叫作女神,你不会生气吧?如果你禁止我这样叫你,那我只好下不为例了。不过今天我还是要这样称呼你的。我是从你未来的家里用我整个的灵魂来向你问候的。

36

全罗马都知道了,皇帝在途中要到奥斯提亚港去访问,或者不如说要去参观世界上最大的一艘船,这艘船是刚从亚历山大港运送粮食到达该港的。皇帝然后要从那里顺着滨海大道前往安提乌姆。好几天前就已经发出了命令,因此那天早上,由当地市民和世界上各族老百姓组成的人群,都早早地来到了奥斯顿西斯城门一带,观看皇帝的出巡以饱眼福,罗马市民对此总是看不够的。到安提乌姆的旅程,既无险阻,也不遥远,安提乌姆城里建有皇帝的行宫和贵族的别墅,建筑和设备都很富丽堂皇,凡是穷奢极侈所需要的一切,那里应有尽有,甚至连最精致奇异的奢侈品都能找到。但是皇帝还是按照通常的习惯,把他所喜爱的全部物品都随身带去,从乐器和日常用品到雕像和嵌镶花板。每当他在路上需要休息一下或者进餐,即使停留时间很短,也要把那些东西摆设起来。由于这个原因,皇帝每次出游,都得把全部随从带上。再加上一大队禁卫军和廷臣,每个廷臣又有自己的一队奴隶随从,其人数之多便可想而知了。

这一天天刚亮,就有脚穿羊皮鞋、脸孔晒得黝黑的坎帕尼亚牧人,赶着五百头母驴走出城门,向安提乌姆赶去,以便第二天早晨波培娅能像平常那样在安提乌姆用驴奶洗澡。两旁的观众望着这群在尘土中摇动着长耳朵的牲畜,高兴得大笑起来,他们也兴致勃勃地听着那鞭子清脆的噼啪声和牧人们粗野的吆喝声。驴群过去后,便有一大队少年仆人跑到路上来,把道路打扫得干干净净,然后再撒上花瓣松针。人群一谈到在通往安提乌姆的路上都要撒满从附近私人花园中采来的,或从莫吉奥尼斯城门的花贩那里用高价买来的鲜花,都充满了一种自豪感。随着时间的消逝,两旁的观众越聚越多。有的人还带着全家出来观看,为了消磨等候的时间,他们便在用来建筑刻瑞斯新神殿的大石头上摊开了他们的食物,露天吃起早餐来。到处都是成堆的人,他们中间总有一两个人以前见过皇帝出巡,这些人便得意洋洋地谈起皇帝的巡幸和将来的旅行计划,同时也一般地谈谈旅行的事。这期间,那些水手们和退伍的士兵们,也谈起了罗马人足迹还没有到过的那些国家的奇闻逸事,这是他们在遥远的征途中听来的。那些从来连阿庇亚大街都没有到过的孤陋寡闻的市民们,都非常惊讶地听着印度和阿拉伯的神奇故事,听人讲着包围不列颠群岛的故事,其中有一个小岛,岛上住着妖魔鬼怪,布里阿瑞俄斯[①]曾把岛上睡着的萨杜恩(农神)捆了起来。他们还讲起了北方国家的故事,讲到结冰的海洋,以及当太阳沉没到海底时海水就会发出咝咝响声和奔腾呼啸的声音。这样的一些传闻,就连帕里留斯和塔西佗这样的名人学士都相信,更不必说那些孤陋寡闻的平民了。他们还谈起皇帝要去参观的那艘大船,说这艘大船装载了可以吃两年

[①] 布里阿瑞俄斯:希腊神话中有50个头、100只手的巨人。

的粮食，还有四百位旅客和同样多的船员，以及一大批在夏天举行比赛用的动物。这些谈话使群众对这位不仅供给膳食也让大家欢乐的皇帝产生了普遍的好感。因此，他们都准备以热情的欢呼声来迎接皇帝。

这时出现了一队属于禁卫军的努米底亚人骑兵队。他们穿着黄色制服，扎着红皮带，一对大耳环把金黄的光泽反射在他们漆黑的脸上。竹矛的刀尖在阳光中闪闪发亮。在他们后面，开始了像游行似的队列。观众为了看清楚些，便拼命地朝前挤。为了使道路畅通，一队禁卫军步兵从城门口起，排列在道路的两侧维持秩序。走在前面的是一辆辆大车，载着紫红色和紫罗兰色的帐篷，还有用金线缝制的雪白的洋纱帐篷，有的大车装满了东方的绒毯、柠檬木的桌子、嵌镶花板和炊事用具，以及一些鸟笼——装满了从东方和西方捕捉来的禽鸟，它们的脑子和舌头是专为御膳而用的，有的大车装载着酒坛和水果篮子。有些用货车运送就会受到损伤或者毁坏的物品，都由步行的奴隶扛着，因此可以看到几百个奴隶扛着瓷器和科林斯铜塑像，还有一些捧着伊特拉斯坎花瓶、希腊花瓶，拿着金器、银器以及亚历山大玻璃制品的人。每一队奴隶之间都有一小队禁卫军步兵或骑兵保护着，同时每队之中都有监工在监视着他们。监工们手持鞭子，鞭梢上缠有铅片或铁片。这些小心翼翼、精神集中地扛着各种贵重物品的行列，看起来像是一支举行宗教仪式的游行队伍，特别是当皇帝和宫廷用的乐器队伍出现的时候，就更加相像了。在那些乐器中有竖琴、希腊琴、希伯来琴、埃及琴、七弦琴、古琴、三角琴、喇叭、长而弯曲的号角，还有铙钹等乐器。望着无数乐器在阳光下闪闪烁烁，发出黄金、青铜、宝石和珍珠的光辉，人们会以为，那是阿波罗或者巴克科斯正在遨游世界哩！接着出现了豪华的篷车，车上坐满了杂技演员和服饰鲜艳的男女舞蹈演员，手上拿着小杖。乐器之后，出现了另一群奴隶，他们不是为了服役，而是专供人取乐用的，因此他们是从希腊和小亚细亚挑选来的清一色的童男和少女，有的披着长头发，有的梳成鬈发套进金网里。他们个个长得俏丽秀气，和爱神不相上下，可是脸上抹了厚厚一层脂粉，免得坎帕尼亚平原的劲风吹坏了他们那白嫩的皮肤。

然后，又出现了一队由西康布尼亚人组成的禁卫军，他们身材高大，大胡子，蓝眼睛，金色或锈红色的头发。前面走着一队旗手，被称作"假面人"，他们高举着罗马的鹰旗、标语牌、罗马和日耳曼众神的雕像，最后是皇帝的雕像和胸像。从他们穿戴的甲胄和毛皮下面，可以看到被太阳晒黑了的像战争机器那样有力的躯体，他们都配备有卫队专用的沉重武器。在他们整齐而威武的步伐下，大地仿佛要陷下去似的，他们意识到自己能用这种力量去反对皇帝本人，便傲慢地望着街上的人群，他们显然忘记了他们之中的多数人都是戴着手铐脚镣来到这个城市的。然而这一队的人数不多，禁卫军的主力都还留在军营里，以便保卫城市，维护城市的安全。他们过去之后，便可以看到专供驾拉用的狮子和老虎，当尼禄高兴的时候，便可以学酒神的模样，把这些野兽套上战车。它们是用带扣环的铁链锁在一起，由印度人和阿拉伯人驱赶着，铁链上都缠满了花束，似乎这些狮子和老虎是被花绳牵引着似的。这些经过驯兽人驯养的猛兽，用绿色的昏昏欲睡的眼睛望着人群，有时也抬起它们的大脑袋，张开鼻子喘气似的闻着人的气味,用多刺的舌头舔着嘴巴。

随后出现的是皇帝使用的车辆和轿子。这些车辆和轿子大小不一,有金色的,也有紫色的,全都用象牙、珍珠或光彩夺目的宝石镶嵌而成。他们后面又是一队禁卫军,身穿罗马人的甲胄,全都是由清一色意大利的志愿兵[①]组成,后面又是一群衣着华丽的仆役和少年。皇帝终于出现了,由于人群的欢呼声,相距很远就知道他的到来。

使徒彼得也混在观看的群众中,他想在自己的一生中能看见皇帝一次。陪伴他来的有用厚纱蒙着脸的莉吉亚,还有乌尔苏斯,他的力气使得他就是在人山人海、拥挤不堪的人群中也成了这个姑娘的最可靠的保护人。这个莉吉亚人用手抱起一块建筑神殿用的大石,放在使徒身旁,使他站在上面能比别人看得更清楚。人们议论纷纷,责怪乌尔苏斯,因为他像一只破浪前进的船,把观众都挤向两旁。可是等到他们看见他搬起了那块连他们四个最强壮的人也无法搬动的大石,抱怨便变成了惊叹。"真了不起"的叫喊声在四周回荡着。就在这时候皇帝来到了。他坐在一辆大篷车上,由六匹钉着金马掌的伊杜梅亚[②]白马拉着,篷车只有天篷,四周都是空的,这是为了让民众能目睹天容。车上可以坐下好多人,但尼禄为了使大家的注意力都集中在他一个人身上,便独自一人

[①] 意大利居民已由奥古斯都皇帝规定免服兵役,因此所谓"意大利军队"纯由志愿兵组成,通常驻扎在亚细亚。只要不是由外国人组成的禁卫军,也都是志愿兵。——作者原注

[②] 伊杜梅亚:今巴勒斯坦地区。

坐在车内，只留下两个侏儒坐在他的脚边。皇上身穿白色衬衣和一件紫色的宽袍，宽袍的颜色把他的脸孔映成了蓝青色。他头上戴着一顶月桂冠。从上次离开那不勒斯以来，他又长胖了不少，他的下颏下面垂着两层下巴，使他的脸孔变得长了。他的嘴本来就很靠近鼻子，现在看起来就更像在他的鼻孔底下开了一个切口似的。他那粗壮的脖子像平常那样用丝巾裹着，他不时用他那肥胖的白手去整理一下丝巾。他的手腕上长满了红毛，好像是一块块血瘢。他不准修指甲的匠人拔去他手上的长毛，因为他听别人说，若是拔掉了，他的手就会发抖，他就无法弹琴了。他的脸上像平素一样，露出无法满足的虚荣心，以及疲劳和无聊的神情。一般说来，他的脸孔既可怕又丑陋。他坐在车上，不停地朝两旁观望，还常常眨动着眼睛，仔细地听着民众对他的欢呼口号。雷鸣般的掌声和欢呼声在欢迎他："万岁，神圣的皇帝！万岁！征服者万岁！向百战百胜的陛下致敬！万岁！盖世无双的陛下万岁！阿波罗的儿子！阿波罗啊！"群众的欢呼口号声响彻云霄。听到这些欢呼声，他开心地笑了。然而他的脸上也不时地掠过阴云，因为罗马的市民喜欢嘲笑人，挖苦人，特别是人多势众的时候，就是对那些伟大的胜利者，对那些他们衷心喜爱和尊敬的人，他们也要冷嘲热讽一番。大家都知道，当年尤利乌斯·恺撒回到罗马时，不是有人对他高喊："公民们，快把你们的妻子藏起来，那个秃顶的淫棍来了！"而尼禄的那种可怕的虚荣心，是丝毫容不得半点嘲弄或批评的。可是现在，在赞美的欢呼声中，也夹杂着这样的叫喊声："红胡子！……红胡子！你把那火红的胡子搞到哪儿去了？你是不是害怕罗马会被你的胡子烧掉？"这些人叫喊着，却不知道，他们的嘲弄包含着可怕的预言。这样的声音倒没有使皇帝感到愤怒，因为他确实没有胡子了，他早就把胡子装在金筒里献给朱庇特神殿了。可是有些隐藏在乱石堆或神殿墙外边的人却大声叫道："弑母贼，尼禄！你这个奥列斯特！你这个阿尔克梅昂[①]！"有的还大喊："屋大维娅在哪儿？把你的紫袍脱下来吧！"他们对走在他后面的波培娅，也发出了这样的叫声："黄发女人！"那是对街上妓女的称呼。尼禄灵敏的耳朵听见了这些咒骂声，于是他把磨光的绿玉眼镜放在眼睛上，想找出和记下这些咒骂的人。他这样观望的时候，他的目光正好投射到站在石头上的彼得身上。这两个人互相打量着，无论是这壮观的队伍里，还是在无数的观众中，都没有一个人会想到，在这一瞬间互相对视的两个人都是人世间的主宰，其中的一个将要像一场血腥的梦那样迅速地消失，而另一个呢，虽然是个身穿粗布衣服的老人，却将永远占有这个世界和这座城市。

皇帝过去之后，接着是人民群众憎恨的波培娅。她坐着一乘富丽豪华的大轿子，由八个非洲人抬着。波培娅也像尼禄一样穿着紫晶色的衣袍，脸上施了浓浓的一层脂粉。她一动不动地端坐在轿子里，现出沉思和冷漠的神情，仿佛是宗教游行时抬着的一尊美丽而阴险毒辣的神像。跟随在她后面的是一大批男女仆役和一长列货车，满载着她的衣服和奢侈生活所需要的一切用品。等到廷臣的队伍出现时，已经日过中午了。这个队伍绚丽多彩，令人眼花缭乱，有如一条色彩斑斓蜿蜒而行的长蛇，延续到很远很

[①] 阿尔克梅昂：希腊神话中杀母的凶手，后被自己的妻弟所杀。

远的地方。受到群众热情欢迎的懒散的彼特罗纽斯,和他那天仙般美貌的女奴同坐在一乘大轿中。提格里努斯乘坐的一辆战车由白色和紫色羽毛装饰起来的小马拉着。人们看到他不时地从车上站起来,伸长脖子向前观看:皇帝是不是对他有所表示,让他赶上前去陪伴。群众对别的廷臣,态度各不相同,利齐尼亚努斯·披索受到鼓掌欢迎,维特留斯受到了嘲笑,而瓦提纽斯则受到了蔑视的嗤斥。群众对执政官李齐纽斯和列卡纽斯,保持着冷漠的态度。但不知为什么,图利乌斯·塞内兹约也和维斯提鲁斯一样,受到了群众的喜爱和热烈的欢呼。廷臣的行列连绵不断,使人觉得,罗马城里凡是富有的人、名门望族和社会知名人士,都要迁居到安提乌姆去似的。尼禄每次外出旅行,从来都不会少于一千辆大车,而陪同他的人员也常常超过一个军团的官兵数目①。所以在这个队伍里还可以看到多米兹尤斯·阿弗尔和年老体衰的鲁兹尤斯·萨杜宁,也能看到韦斯巴芎,他还没有去远征犹太,他是回来接受皇帝的冠冕的,后面是他的几个儿子。还可以看到年轻的涅尔瓦、卢坎、安纽斯·加朗、克温迪亚努斯,看到无数以奢侈、财富、美丽和淫荡闻名的女人。观众的眼睛从这些熟悉的脸上转移到驮具、大车和马匹上,以及由世界各个民族所组成的奴隶们的奇装异服上。在这个奢侈豪华宏伟壮观的洪流里,不仅观众的眼睛不知道该看什么好,就连他们的头脑也被金色、紫色和青色,被宝石的闪光,被绸缎、珍珠、象牙的闪光搞得昏眩不清。使人觉得,甚至连太阳的光辉,也融化在这色彩缤纷的

---

① 在罗马帝国时期,一个军团有6000人左右。——作者原注

海洋中了。尽管在观看的人群当中,有不少肚子干瘪,眼里露出饥饿光芒的穷人,但这种富丽壮观的景象不仅激起了他们的贪欲和嫉妒,而且也给他们带来了欢乐和骄傲,使他们觉得罗马的权势和不可战胜,全世界都要向它进贡,都要拜倒在它的脚下。那时候,全世界没有一个人不相信,罗马的强权会千秋万代传下去,罗马会永远统治其他民族,世界上不可能有哪个民族能和它抗衡。

维尼兹尤斯走在队伍的最后面,他一看见大使徒和莉吉亚——他没有料到会看见她的——就从他的车上跳了下来,容光焕发地向他们问候之后,便像一个连一分钟也不愿意浪费掉的人那样,急急忙忙地说起话来:

"莉吉亚,你来啦!我不知道该怎样感谢你才好……上帝再也不能给我比这更好的预兆了。我再一次向你问候,我就要离开你了,但这次别离是不会很久的。我一路上都会安排好替换的马匹,直到准许我回来为止。只要我一碰到有空闲的日子,我就会跑回来看望你的。再见吧!"

"再见,马尔库斯!"莉吉亚答道。后来她又低声说了一句:"愿基督指引你前进,让保罗的话启发你的灵魂。"

维尼兹尤斯打心眼里感到高兴,他知道她希望自己早点成为基督教徒,于是他答道:"相信我吧,我的宝贝!就按照你说的办。保罗情愿和我的随从一起走,但他是跟我在一起的,他是我的老师和朋友……请你把面纱掀起吧,我唯一的欢乐,让我在上路前看看你,为什么要遮得这样严?"

她用手掀起面纱,向他露出了她那明朗的脸和迷人、欢快的眼睛,微笑地问道:"你不喜欢面纱吗?"

在她的微笑里有一种少女的调皮神情,可是维尼兹尤斯凝视着她,心情非常激动,回答说:"是的,我的眼睛不喜欢它,直到我死,我的眼睛只想看见你的脸。"

然后,他转身对乌尔苏斯说:"乌尔苏斯,要像保护眼珠那样保护她,她现在不仅是你的主人,也是我的主人了!"

他说完之后便握住了莉吉亚的手,把它按到自己的嘴唇上,围观的群众都感到非常惊讶,他们不能理解,这样一位高贵的廷臣,竟会对一个穿得像奴隶那样朴素的姑娘表示如此的尊重。

"再见……"他说完之后便匆匆地离去了,因为整个皇帝的队伍已经走出很远了。使徒彼得轻轻地划着十字向他祝别。善良的乌尔苏斯也立即称赞起他来,他很高兴他的年轻的女主人肯热心地听他说话,并以感激的心情望着他。

皇帝扈从的队伍越走越远,最后消失在黄色的烟尘中。但是他们还久久地站在那里,眺望着远去的队伍,直到德马斯来到他们的身边,这个德马斯,就是乌尔苏斯晚上去做工的那家磨坊的主人。

德马斯吻了一下使徒的手,便邀请使徒到他家里去吃饭。他说,他的家离中央市场不远,他们在这城门边站了大半天,一定又饿又累了。

于是他们便一同来到他的家里,在他那里吃了一顿午饭,休息了一阵子,直到傍晚他们才回到台伯河对岸的住处。过河的时候,他们想从艾米留斯桥过去,便越过普布利库斯山丘,攀上了狄安娜神殿和墨丘利神殿之间的阿温丁山。使徒彼得站在高处,眺望着四周和消失在远方的建筑物,一声不响地站在那里,沉思着。他想到这个城市是多么巨大,多么有权势,但是为了传播上帝的真理,他才来到这里。在这以前,他到过不少地方,见到过罗马的统治和驻扎在那些国家里的军团,但那些只不过是这个强权中的个别组成部分,而今天他才第一次从尼禄皇帝的身上看到了这个强权的化身。这座城市宽广庞大、强取豪夺、贪婪凶狠,它是那样堕落,一直腐烂到了骨髓,可是它依然拥有难以摧毁的超人的权力。这个皇帝是一个残杀手足弑母害妻的凶手,他身后跟着一大队鲜血淋漓的鬼魂,数目并不少于他的那批廷臣。这个放荡的淫棍和滑稽丑角,却是三十个军团的最高统帅,而且通过这些军团他又是全世界的统治者,而那些穿金戴银的高官显爵、皇亲国戚,虽然不知道自己明天的命运会怎么样,但是他们每个人的权势比有些小国家的国王还要大——所有这一切,在彼得看来,便形成了这样一个地狱般的罪恶渊薮的王国。他那颗纯朴的心无法理解,上帝为什么会给这个恶魔如此强大的权力,为什么会把世界交给他去支配,任凭这个恶魔去蹂躏它、颠倒它、践踏它,榨取它的血和泪,像旋风那样地旋转它,像狂风暴雨般地冲击它,像烈火般地将它烧成瓦砾。想到这些事情,使徒的心便惊恐不安起来,于是他在心里向主说道:"主啊!你派我到这座城市来,我怎样才能着手工作呢?海洋和陆地都是它的领土,地上的动物和海中的水产也都归它所有,别的王国和城堡都归它管辖,它属下有三十个军团担负着保卫它们的职责。可是我呢,主啊!只不过是个湖上的渔夫!我怎么办呢?我怎样才能战胜它的罪恶呢?"

　　他一边说着,一边抬起了他那颤抖的白发苍苍的头,仰望着天空,祈祷着,至诚地呼唤着神圣的天主,心中充满悲哀和恐惧。

这时,莉吉亚的声音突然打断了他的祈祷,她说:"整个城市好像着了火……"

的确,这一天的太阳在西沉的时候显得与往日大不一样,它那巨大的圆盾形已经有一半沉没在雅尼库拉小山背后,然而整个天空都被夕阳照得有如火焰一般赤红。从他们站立的地方极目远望,能望见广阔无际的原野。靠近右方,能看见大竞技场长长的墙壁,它的上面屹立着巴拉丁宫,宫殿前面是卡彼托林山顶和上面的朱庇特神殿,再前边是勃奥留姆和维拉布鲁姆大会堂。神殿的墙壁、圆柱和屋顶,都仿佛沉浸在金黄色和紫红色的霞光中。从远处可以望得见的那几段河流,好像在流着血水。太阳越是往山后沉下去,它的霞光便显得更加血红,愈来愈像是一片大火,火势愈来愈扩大,到最后终于遮没了七座山丘,使整个邻近的地区都变成了一片赤红。

"整个城市好像着了火!"莉吉亚又说了一遍。

彼得用手放在眼睛上面挡住阳光,说:"上帝的愤怒要落到这座城市来了!"

37

维尼兹尤斯写给莉吉亚的信:

我派来送信的这个奴隶福来刚,是个基督教徒,他将是你亲手解放的奴隶之一,我最亲爱的!他是我家里的一个老奴隶,所以我在写这封信的时候十分信任他,绝不会害怕这封信会落到别人手里。我是在劳伦杜姆写这封信的,我们由于炎热才被阻留在这里。奥托在这里有一座豪华的别墅,不过他早就把它送给波培娅了,她虽然同他离了婚,但依旧把这件华贵的礼品据为己有……当我一想到我周围的这些女人,再想到你时,我就觉得丢卡利翁①丢出的石头是多么不同,所以才会产生出这样不同类型的女人,而你一定是由水晶石变成的。我用整个灵魂爱慕你,赞美你,我一心只想谈你的事情,可是我不得不强迫自己来给你写写我们旅途的见闻,我

---

① 丢卡利翁:希腊神话中普罗米修斯之子,当宙斯发洪水惩罚人类时,曾造一方舟脱离洪水。后奉神谕将"大地母亲的骨头"即石头向身后扔去,便可以变成人。

所遭遇的事情和宫廷的新闻。皇帝做了波培娅的客人,她悄悄地准备了一次丰盛的宴会,可是应邀参加这次宴会的廷臣不多,我和彼特罗纽斯都受到了邀请。饭后我们驾驶着金色的小艇在海上荡漾,海水是那样宁静,仿佛在睡眠似的,又是那样碧蓝,犹如你的眼睛。啊!我的仙女!我们亲自划着船,而那些执政官先生或者他们的儿子争着替波培娅划船,显然使她觉得很是得意。皇帝穿着紫袍,坐在舵旁,唱起了赞美大海的颂歌,这首诗是他头天晚上写的,他和迪奥多尔两人一起替它谱了曲。坐在别的小艇中的一些印度奴隶,弹起了用贝壳制成的乐器,为皇帝伴奏。游船周围浮起了一大群海豚,好像它们真的受了音乐的感召而从安菲特里忒[①]的海底浮出来似的。你知道我此时在做什么吗?我在思念你,渴望着你,我真想把大海,把这美好的天气、音乐,都一起奉献给你。你愿不愿意,我的皇后,将来我们也住到海边去,远远地离开罗马?我在西西里岛上有一块领地,那儿的扁桃树一到春天便开满了红花,那片树林一直延伸到海边,有些枝叶甚至伸到海水里。我会在那里爱你,信奉保罗教导我的教义,因为我现在知道,这种教义并不反对爱情和幸福。你愿意这样吗?……但是当我还没有从你那甜蜜的嘴里听到答复之前,我还得再把艇上发生的事情写下去。等到海岸被我们远远地抛在身后的时候,我们看见遥远的前方出现了一条船,于是大家就争论起来,这是一条普通的渔船呢,还是奥

---

① 安菲特里忒:希腊神话中的海中女神。

斯提亚的那艘大船。我首先辨认出了它,这时候波培娅就说,什么都躲不过我的眼睛,然后她突然把面巾拉下,罩住了她的脸,问我这样能不能认出她来。彼特罗纽斯立即回答说:哪怕是太阳,被乌云遮住了,也是看不见的。可是她好像开玩笑似的对我说:只有爱情才能模糊我那双敏锐的眼睛,她举出了一个又一个宫廷贵妇人的名字,开始猜测或是询问我,到底我爱上了哪一个。我镇定地回答着,她最后提到了你的名字。她说到你的时候,把面巾掀开了,用不怀好意的探询眼光望着我。我真得衷心地感谢彼特罗纽斯,他在这时候把小船摇晃了一下,才分散了大家对我的注意力。如果我听到了她攻击你或嘲弄你的话,那我一定很难掩饰住我的愤怒,止不住想用船桨砸烂这个凶狠毒辣的可恶女人的脑袋⋯⋯你还记得我在出发前夕曾在李努斯家里对你谈起阿格里帕湖上发生的事吗?彼特罗纽斯非常为我担心,他今天又劝我,不要去刺痛皇后的自尊心。可是彼特罗纽斯并不了解我,他不知道,除了你,我就不知道有欢乐,不知道有美和爱情,波培娅只能使我感到憎恶和轻蔑。你已经大大改变了我的灵魂,而且改变得这样大,就是想过从前的生活也不可能了。但是,你不要担心我在这里会遭到什么危险。波培娅并不爱我,她是不会爱任何人的。她的情欲只是出于对皇帝的怨恨,皇帝还受着她的操纵,甚至还爱着她。但是对她并不那样唯命是从了,也不再向她隐瞒他的无耻行为和罪恶活动了。我还要告诉你一件一定会使你放心的事情。在出发之前彼得曾经对我说:不要怕皇帝,你不会掉一根头发的。我相信他的话。

我心里有一种声音告诉我,他说的每一句话都会应验的,他已经祝福过我们的爱情,所以,无论是皇帝还是地狱里的各种恶魔,甚至就连命运本身,也不能把你从我这里抢走了,啊,我的莉吉亚!一想起这点,我就感到无比幸福,仿佛我已经进了天堂,它本身就是那样的幸福和平静。你是个基督教徒,也许我说天堂和命运会使你不高兴吧?若是这样就请你宽恕我,我是无意犯下这种罪过的。我还没有受洗礼,但是我的心就像一只空酒杯,塔斯的保罗将要用你们甜蜜的教义装满它,尤其是因为那是你信仰的宗教,我就感到更加甜蜜了。我的女神,你应该看到,我把以前装满杯子的水倒掉了,但没有把杯子拿开,而是站在清泉旁边像一个干渴的人那样把杯子递了过去,这不能不算是我的一点成绩吧。我希望能在你的眼睛里看到恩宠。我将把在安提乌姆的日日夜夜都消磨在听保罗的讲道中。保罗从旅行的第一天起就在我的仆人中获得了极大的好感,他们不断地聚集在他的身边,不仅把他看作是一位传教士,甚至还把他看成是一位神人。昨天我问他在做什么,他脸上露出了笑容,回答我说:"我在播种!"彼特罗纽斯已经知道他和我的随从在一起,想和他认识认识。就连塞内加从加朗口里听到这件事以后,也想见见他。现在星光渐渐暗淡了,只有预报黎明的启明星愈来愈明亮了。不久曙光就要把大海染成玫瑰色——周围的一切都还在睡梦中,只有我在想念你,爱着你。我和朝霞一道向你问候致意,我的未婚妻!

38

维尼兹尤斯写给莉吉亚的信:

　　我亲爱的,你过去曾和普劳兹尤斯一家人来过安提乌姆吗?如果你没有来过,那么当我能带你到这里来游玩时,我会感到多么幸福呀!从劳伦杜姆开始,沿海都盖起了一座座别墅,而安提乌姆城里的宫殿和柱廊更是绵亘不断,鳞次栉比。天气好的时候,那些圆柱就倒映在水中,清晰可见。我在海边也有一所别墅。别墅外面有橄榄园和柏树林。当我想到这座别墅将来会成为你的住处时,我就觉得它的大理石更白了,花园更加绿荫葱葱,海水也更澄蓝了。啊,莉吉亚!活着和相爱真是其乐无穷啊!管理这所别墅的老梅里克莱斯,在桃金娘树下的草地上种了一大片鸢尾花,一看见这些花,我就想起了普劳兹尤斯家的那个喷水池,我和你坐在一起的那个花园。这些鸢尾花也会使你回忆起幼年时代的家来。所以我相信,你一定会喜欢安提乌姆和我的这座别墅。到达安提乌姆以后不久,在吃饭的时候,我和保罗谈了很长的时间。我们谈起了你,后来一直是他说我听。我只能告诉你,即使我有彼特罗纽斯那样的写作才能,我也无法把我思想里和灵魂中所发生的一切变化都说给你听。我没有想到在这个世界上会有这样的幸福,这样的美和这样的安宁,那是人们从来没有料想到的。所有这一切,等到有空回到罗马的时候,再当面与你详谈。你能告诉我,为什么在这个世界上同时容下了使徒彼得、塔斯的保罗和皇帝尼禄这样不同的人吗?我问你,是因为我听了保罗的教导后,还得陪着尼禄消磨一个晚上,你猜猜,我在那里听见了什么话?首先,皇帝朗读了他写的关于特洛伊毁灭的长诗,他不断抱怨说,他从来没有看见过一座燃烧着大火的城市。他羡慕普里阿摩斯,把他叫作幸福的人,因为普里阿摩斯看见过大火和自己故乡的毁灭。于是提格里努斯就接口说:"只要陛下降旨,我马上就拿一个火把,在天还没有亮以前,你就可以看到熊熊燃烧的安提乌姆啦!"可是皇帝却把他叫作笨蛋,他说:"我就是到这里来呼吸海洋空气,来保养我的嗓子的,这嗓子是众神赐给我的,正像大家说的,我必须为了人类的利益去加倍爱护它,损害我的健康的,难道不是罗马吗?伤害我的嗓子的难道不是苏布拉区和艾斯奎林区的污浊空气吗?燃烧的罗马不是比火烧安提乌姆要壮观一百倍和更富于悲剧性吗?"皇帝说到这里,大家都开始附和说:像罗马这样一座征服了世界的城市,一旦烧成灰烬,就会成为前所未闻的悲剧了。皇帝于是预先断言,那样一来,他写的长诗也必将胜过荷马的史诗。然后他谈起了重建罗马的设想,他要让子孙后代都赞美他的杰作,任何人间的工作和它比起来,都会显得极其渺小。这时那些醉醺醺的宴客们高声叫喊道:"陛下!你就下令干吧!你就下令干吧!"可是皇帝却说:"我需要有更忠实、更可靠的人才能做这样的事!"说句老实话,我一听见这些话,便马上不安起来,因为你还在罗马,亲爱的,我自己也嘲笑我这种庸人自扰的不安,我想,皇帝和廷臣们再疯狂,也不至于疯狂到这种程度,敢放火烧掉罗马城。可是你可以看到,一个在恋爱的人是多么为他的爱人担心啊,所以我倒希望李努斯的房子不是在提伯河对岸的那些狭窄的巷子里和外国人居住的区域内,这样的区域万一发生不幸,也很难引起人们的关心。我认为像你这样的天生丽质,即使住进巴拉丁宫也委屈了你,因此我希望,凡是你从小就习惯了的豪华舒适生活,现在一丝一毫也不要缺少。你就回到普劳兹尤斯和庞波里亚的家里去吧,我的莉吉亚!我对这件事考虑了很久。如果皇帝现在在罗马,你回家的消息的确会被奴隶们传进巴拉丁宫去,而引起皇帝对你的注意,他就会因为你敢于反对皇帝的旨意而对你进行迫害。可是皇帝要在安提乌姆停留一段较长的时间,等到他回到罗马时,奴隶们早已停止议论了。李努斯和乌尔苏斯可以和你住在一起。当然我更希望,当皇帝回到巴拉丁宫以前,你就能住在卡里纳区你自己的家里了。我祝福你跨进我的家门的那一天,那一时辰和那一刻。如果我正在学习信奉的基督能满足我的这个希望,那么愿"他"的名字也受到祝福。我将为"他"服务,甚至献出我的鲜血和生命。我说得不确切,应该说:只要我们两人一息尚存,我们就两个人一起侍奉"他"。我爱你,并以我整个灵魂来向你问候致敬。

39

乌尔苏斯正在水池边打水,他一面用绳子提起盛满水的双耳水罐,一面低声唱着莉吉亚人的奇妙歌曲,还用他那双充满欢乐的眼睛不时朝莉吉亚和维尼兹尤斯那边瞧上一眼。他们两人站在李努斯庭园里的柏树林中,有如两尊洁白的雕像。没有一丝微风吹动他们的衣服。金黄色和百合色的暮霭笼罩了大地,他们在这片黄昏的宁静中,手挽着手,亲热地交谈着。

"你瞒着皇帝私自离开安提乌姆,会不会给你带来什么危险?"莉吉亚问。

"不会的,我亲爱的。"维尼兹尤斯答道,"皇帝宣布,他为了要创作新的歌曲,要和特伯诺斯待在一起,两天之内闭门不出,他常常这样做,这时他什么也不闻不问。再说,只要你在我身边,我能看到你,皇帝对我又有什么关系呢!我太想念你了,前几天晚上,我一直睡不着觉。我常常疲倦得困着了,可是一下子梦见你遇到了意外的危险,就又突然惊醒。有时我又梦见我安排好的马匹被人偷走了,这些马匹是我准备从安提乌姆赶回罗马时沿途替换使用的,只要骑上这些马我就能疾驰如飞,连皇帝的信使也赶不上我。没有你,我再也坚持不下去了。我太爱你了!亲爱的,我最最亲爱的人!"

"我知道你要回来,我请乌尔苏斯去过卡里纳两次,到你家里打听你的消息。李努斯都笑话我了,乌尔苏斯也在取笑我。"

她在等待着他的到来,这是很明显的事情,因为她脱下通常穿的深色衣服,换了一件轻柔的白色衣裙,她的肩膀和头颅从那些美丽的衣褶中露了出来,仿佛在白雪中开放的报春花一样鲜艳夺目。她的头发上插着两三朵红色的白头翁花。

维尼兹尤斯用嘴唇吻着她的手,然后他们坐在野葡萄藤中间的石凳上,两人偎依在一起,一声不响地望着暮色,他们的眼睛里反射出了落日的余晖。

寂静的黄昏美景渐渐地使他们陶醉了。

"这里是多么安静啊。世界是那样美好!"维尼兹尤斯低声说道,"夜空是那样的明亮皎洁。我从来也没有感觉到像现在这样的幸福。告诉我吧,莉吉亚,这到底是怎么回事呢?我从来没有想过,爱情会是这样的幸福。过去我只认为爱情不过是一种血液和情欲的火焰罢了,可是现在我才知道,一个人的每一滴血、每一口气都是可以用来相爱的,因此才会感觉到这样甜蜜,这样无法估量的平静,宛如睡梦和死神使灵魂得到安息一样,这对我说来完全是一种新的境界。我望着这些寂静的树木时,就觉得自己仿佛也置身在这种寂静中。直到现在我才知道,世界上有一种人们从来也没有尝到过的幸福。直到现在我才理解,为什么你和庞波里亚·格列西娜是那样恬静自然……是的!……那是基督赐给你们的……"

这时,莉吉亚把自己妩媚的面庞紧贴在他的肩膀上,说:"我亲爱的维尼兹尤斯……"

她说不出话来了。快乐、感激和她终于可以自由地去爱他的感觉,使她无法再说下去,而她的眼里却噙满了激动的泪水。维尼兹尤斯搂住了她那苗条的身体,让她紧紧地靠在自己身上,过了一会儿,他才开口说道:"莉吉亚,祝福我第一次听见基督名字的那个时刻吧。"

她轻轻地答道:"维尼兹尤斯,我爱你。"

两个人又沉默了。他们那起伏的胸膛里再也说不出话来了。落日的余晖从柏树上消失了,庭园里开始洒下明月的银光。

过了一会儿,维尼兹尤斯说:"我知道……我刚走进这里,吻着你那双可爱的手时,我就看出你眼睛里提出的问题:我是不是理解了你所信奉的宗教,我是否已经受了洗礼?没有!我还没有受洗,可是你知道为什么吗?保罗告诉我说:'虽然我已经使你相信上帝曾君临人世,并且为了拯救世界而让自己被钉死在十字架上,但是还是让彼得用恩惠的圣水来替你施洗,因为他是第一个向你伸出双手,为你祝福的。'我自己也愿意这样做,我要让你——我最亲爱的人,亲眼看到我受洗,我想让庞波里亚做我的教母。所以我到现在还没有受洗,虽然我是相信救世主和他的慈悲的教义的。保罗说服了我,使我改变了宗教信仰,难道还会有别的结果吗?既然基督的门徒彼得这样说,亲眼看见过基督显灵的保罗也这样说,我怎么会不相信基督曾经来到人间呢?既然'他'死而复活,我怎能不信'他'是上帝呢?既然那些从来不说谎的人们说,他们在城里、在湖上和在山上都看见过基督,那还会是假的吗?我还在奥斯特里亚努听彼得讲道的时候,就相信他说的是真事，那时候我就对自己说，世界上任何别的人可能会说假话，可是这个说'我看见过'的人绝不会说谎的。但是我那时候害怕你们的宗教，我觉得它会从我手里把你夺走。我以为那里面既没有智慧，也没有美和幸福。可是今天我已经了解它了，如果我还不希望让真理而不是让虚伪来统治世界，让爱情而不是让仇恨，让善行而不是让罪恶，让诚实而不是让虚伪，让慈悲而不是让复仇来统治世界，那我还能算是个人吗？连这样的事都不愿意也不希望要的人，是什么样的人呢？你所信奉的宗教正是这样教导我的。别的宗教虽然也想使人世得到正义，但是只有你们的宗教才能使人心富有正义感，而且，你们的宗教能使人心地纯洁，就像你和庞波里亚的心一样，也能使人变得更加诚实，就像你和庞波里亚一样。如果我连这些都看不见，那我便是个瞎子了。如果除此以外，上帝——基督还许诺赐给人类以永恒的生命以及只有全能的上帝才能赐予的无穷无尽的幸福，那么一个人还能有什么别的企求呢？假如我问塞内加，既然邪恶能带来更大的幸福，那又何必去宣扬美德，他一定无法作出合乎情理的解答。但是现在我知道，我为什么要做一个有德行的人了。那是因为善和爱都来自基督。因此，即使死神使我闭上了眼睛，我也能找到新的生活和新的幸福，我也能找到我自己和你——我最亲爱的人……既然这个宗教宣扬真理，蔑视死亡，我怎么能不爱它，不接受它呢？一个人怎么会不弃恶从善呢？我原来以为，这个宗教是反对幸福的，可是保罗却使我相信了，它不仅不夺走一丝一毫的幸福，反而会带来更大的幸福。所有这一切虽然刚刚才装进我的脑子里，但我觉得，这一切都是真的，因为我从来也没有感到这样的幸福，即使我用武力把你抢到我的家里,我也不会有这样的幸福。你刚才对我说'我爱你',要是在以前,即使我用全罗马的权势来逼迫你,我也没法从你的嘴里听到这句话的。啊!莉吉亚!理智告诉我,这个宗教是真正神圣的宗教,是至善至美的宗教,我的心也有这种感觉,那么,又有谁能抗拒这两股力量呢?"

莉吉亚专心地听着他的话,一双碧蓝的眼睛痴痴地望着他,她的那双眼睛在月光的照耀下有如两朵神秘的花儿,而且也像花儿那样浸润了露水。

"真的,维尼兹尤斯!你说得对极了!"她把头紧紧地偎依在他的臂膀上说。

这一瞬间,他们俩都感到无比的幸福,因为他们知道,现在除了爱情之外还有一种更大的力量把他们结合在一起。这种力量既甜蜜又使人无法抗拒,由于有了这种力量,爱情本身也带上了一种无穷无尽的力量,时过境迁、欺骗背叛甚至病魔死亡,都无损于这种爱情。现在他们的心里充满了坚定的信念,不管发生什么意外,也绝对不会使他们的爱情和相互的依赖中断。正因为如此,从他们灵魂中流露出一种无法描述的平静。同时,维尼兹尤斯还体会到,他们的爱情不仅是纯洁的,深沉的,而且完全是一种新型的爱情,这样的爱情在这个世界上至今还未曾有过,而且也不可能有。在他的心里,周围的一切——莉吉亚,基督的教义,静静照在柏树顶上的月光,恬静皎洁的夜色——全都和爱情交融在一起,甚至整个宇宙,在他看来都充满了这样的爱情。

不久,维尼兹尤斯又用轻轻颤抖的声音说话了:"你将是我灵魂中的灵魂,你将成为我在世界上最亲的亲人。我们的心将一起跳动，我们一同祈祷，一同感谢基督。啊，我亲爱的，我们要在一起生活，一起信奉慈悲的上帝，我们也知道，当死亡来临的时候，我们的眼睛就像久睡之后，又会重新睁开，看见新的光明。还能想象出比这更美好的情景吗？我真感到奇怪，为什么我刚开始的时候会不了解这一点。你知道我现在在想什么吗？我在想，谁也无法抗拒这个宗教。再过二百年或者三百年，全世界都会信奉这个宗教的，人们会忘记朱庇特，除了基督以外，再不会有别的神了，除了基督的教堂外，再不会有别的神殿了。谁不希望自己能够幸福呢？啊，我从旁听过保罗同彼特罗纽斯的一次谈话，你知道彼特罗纽斯最后是怎么说的吗？'这不是我的宗教。'他一句别的话都回答不上来了。"

"请你把保罗说的话给我讲一遍。"莉吉亚说。

"那是一天晚上，他们在我家里谈话。彼特罗纽斯一开始像他平常那样谈笑风生，诙谐幽默，等到保罗对他说：'聪明的彼特罗纽斯，你那时还没有来到世上，你怎么能否认基督的存在和"他"的死而复活呢？彼得和约翰都见到过"他"，而我在通往大马士革的路上也看见过"他"。首先请你用你的智慧证明我们是些说谎的人，然后再来否定我的证词！'然而彼特罗纽斯却回答说，他并不打算否认这些事情，因为他知道，世界上有许多不可思议的事情，这些事情也被一些可以信赖的人证实过。可是他又说，发现某一种外国的神是一回事，是否接受它的教义又是另一回事。他说：'凡是有损于我的生活和生活美的任何东西，我都不想去结识，我们的众神是不是当真存在，那无关紧要，但是我们的神明是美丽的，我们在他们的庇护下既感到愉快，又能无忧无虑地生活。'

这时候，保罗就对他说:'你因为害怕生活的烦恼而不愿去接受爱、正义和慈悲的宗教，那么你想一想，彼特罗纽斯，你们生活中难道真的就没有忧虑的事吗？无论是你，大人，还是别的最有钱有势的人，都没法预料，他晚上睡觉的时候，会不会有人带着死刑的命令来叫醒他。可是请你再想一想，如果皇帝也信奉了这个以爱和正义来教育人的宗教，那么，你的幸福不是更有保证了吗？你因为怕失去你的欢乐而忧心忡忡，到了那时候，你的生活是不是会变得更加快乐呢？如果建筑起这么富丽堂皇的神殿和雕像，去崇拜那些专干坏事、喜欢报复、荒淫无耻而又虚假的众神，而不去崇敬那唯一的爱和真理的神，那又谈得上什么生活的美和美的享受呢？你吹嘘自己的好命运，其实那是因为你有钱有势，才过得上奢侈豪华的生活，虽然你出身名门望族，你照样可能陷进贫穷孤独的境地，到了那个时候，如果大家都信奉了基督教，那么你在世上的生活也一定会过得更好的。在你们的罗马城里，甚至连富有的父母都不愿意教育自己的子女，而常常把他们扫地出门，这样的孩子被叫作"阿鲁姆纳"——也就是寄宿生——大人，你也可能变成这样一个"阿鲁姆纳"的。可是，如果你们的双亲都按照我们的宗教行事，那就不可能发生这样的事了。如果你到了成人的年龄，和你所爱的姑娘结了婚，你一定愿意她至死都对你保持忠贞的。可是你现在看看你们那里所发生的情况吧，夫妇的至诚相爱却受到了那样无耻、卑鄙、轻蔑的对待！现在只要碰上这样一个你们称之为"从一而终"的女人时，你们自己都会感到惊讶。但是，我告诉你，凡是信仰基督的女人，绝不会对自己的丈夫不忠实，信奉基督教的丈夫们对自己的妻子也坚守誓言。

然而你们既不能信任你们的长官，也不能信任你们的父母、妻子、儿女和仆人。整个世界都在你们面前战栗发抖，你们却害怕自己的奴隶。你们知道。奴隶们随时都可能用可怕的战争来反抗你们的压迫，而这种战争过去是常常发生的。你是个富翁，可是你不知道明天会不会有人命令你放弃你的财富？你虽然年富力强，也许明天就可能死去。你爱别人，但是等待着你的却是背叛。你喜爱别墅和雕像，也许明天你就可能被放逐到潘达塔里亚的沙漠中去。你有几千个奴隶，可是到了明天，也许那些奴隶就会叫你流血丧命。既然情况是这样糟糕，你们又怎么能够心境平静和快乐呢，又怎么能够过幸福的生活呢？可是我宣扬的是爱，宣扬的是一种教义，这种教义让统治者爱被他统治的人，让主人爱他的奴隶，而让奴隶用爱去为他的主人服务，它教人办事要公正，要乐善好施，最后，它还保证人们能得到像海洋那样广袤无际的幸福。如果这个宗教能像你们的罗马统治那样传播到整个世界，如果这种宗教改正了人生的弊病，而你自己也会得到不止一百倍的幸福和自信，那么，彼特罗纽斯，你怎么能说，这个宗教是在破坏生活呢？'

"保罗就是这样说的，啊，莉吉亚，那时候彼特罗纽斯只能回答：'那不是我的宗教。'便借口要去睡觉而离开了，等他走到门口，他又加了一句：'我情愿要我的尤妮丝，也不要你的宗教，小犹太人啊，即使到了讲坛上我也不想去和你争论！'可是我是全神贯注在听保罗的谈话，当他谈到我们的那些女人时，我便全心全意崇拜起这个宗教来了，而你正是由这个宗教培养起来的，就像春天里在沃土中生长出来的百合花一样。当时我就在想，波培娅为了尼禄而抛弃了两个丈夫,还有卡尔维亚·克丽斯彼尼娜,里吉蒂亚,以及我所认识的几乎所有的女人——除了庞波里亚以外——她们都把忠贞不渝和海誓山盟当作商品。但是,哪怕是我信赖的人全都欺骗我,都离开了我,只有她,这个我所爱的人是不会离开我,不会欺骗我,也不会使我家的炉火熄灭的。于是我在心里对你说,如果我不用爱情和尊敬来报答你,我又怎么能向你表示我的感激呢?我在安提乌姆时,仿佛你就在我的身旁,我常常和你说话,我不停地和你交谈,不知你有没有感应?你为了躲避我而从皇宫里逃走,我反而一百倍地爱你。连我自己也不迷恋什么皇宫了,我也不喜欢皇宫里的豪华和音乐,我只要有你一个人就够了。只要你说一声,我们就离开罗马,搬到遥远的地方去住。"

然而莉吉亚依然把头靠在他的肩膀上,仿佛陷入了沉思,她只是抬起眼睛,望着那洒满银光的柏树梢顶,答道:"好的,维尼兹尤斯。你在信中跟我谈过西西里岛,普劳兹尤斯夫妇也想在那里度过他们的晚年……"

维尼兹尤斯高兴地打断了她的话,说:"是的,亲爱的!我们两家的领地相距不远。那里的海岸非常迷人,气候也非常温和,夜景也比罗马更美,更芬芳,更皎洁明亮……住在那样的地方,生活和幸福就是一码子事,几乎毫无差别。"

接着,他开始幻想着未来。

"在那儿,人们会忘记一切烦恼。我们在树林里面、在橄榄树中间漫步徐行,在树荫下憩息。啊,莉吉亚!那种相亲相爱的生活是多么甜蜜啊!我们一起去眺望大海,去仰望天空,一道崇拜慈爱的上帝,自由自在地去做合乎正义和美好的事情,那该是一种多么美好的生活呀!"

他们两个人都默不作声了,都在憧憬着未来,维尼兹尤斯越来越紧地搂住了莉吉亚,把她紧贴在自己身上,他手上戴的那只骑士金戒指,在月光下闪闪发亮。在这一带居住的贫苦人民都早早地睡着了,没有任何声音来扰乱这里的寂静。

"你允许我去看望庞波里亚吗?"莉吉亚问。

"亲爱的,当然可以。我们可以邀请他们到我们家里来,或者我们到他们家去。你想不想把使徒彼得也带到我们那儿去呢?他被年龄和劳累压倒了。保罗也会常来看我们的,他会说服阿鲁斯·普劳兹尤斯改宗基督教的,到了那时候,就像士兵们在遥远的国家里建立基地那样,我们也将在西西里岛上建立起基督教的基地。"

莉吉亚伸出一只手,握住了维尼兹尤斯的手掌,想把它按到自己的嘴唇上去,可是他却低声地说道,唯恐大声说话会把幸福吓跑了似的:"不行,莉吉亚!不行!只应该让我来尊重你,赞美你,把你的手给我吧!"

"我爱你!"

他已经把嘴唇紧贴着她那双像素馨花一样洁白的手掌,有一会儿,他们只能听见他们的心在剧烈地跳动。空气纹丝不动,柏树似乎也屏住了呼吸,一动不动地屹立在那里……

突然,一种出人意料的、深沉的、仿佛从地底下发出的吼声划破了月夜的寂静。莉吉亚惊骇得浑身上下发抖。维尼兹尤斯站起身来,说道:"这是野兽存养场里的狮子在吼叫。"

他们两个人都侧耳倾听着。第一声吼叫过去之后,接着是第二声、第三声……第十声。顷刻之间,从城市的各个地区,四面八方,都响起了狮子的吼叫声。在这座城市里,有时候收养着几千头狮子,分养在各个竞技场的铁笼里,这些狮子常常在夜间把它们的大脑袋靠在铁笼子上,大声地吼叫,以表达它们对荒原和自由的向往。现在正发生着这样的情形,它们接二连三地彼此呼应着。在这样沉寂的深夜里,这种可怖的声音响彻了整个城市。在这种吼声里有一种无法描述的阴森恐怖的气氛,这吼声驱散了莉吉亚对未来的欢快而又宁静的幻想,因此她听着狮子的咆哮,心里好像被一种莫名其妙的恐怖和悲伤紧压着。

维尼兹尤斯伸出双臂抱住了她,说:"不要怕,亲爱的!很快就要举行比赛了,所有野兽存养场里都关满了狮子。"

然后,他们在越来越响的狮子的怒吼声中,走进了李努斯的小屋。

40

这时候，在安提乌姆，彼特罗纽斯几乎每天都获得新的胜利，压倒了那些同他竞争以博得尼禄宠爱的廷臣们。提格里努斯的威望一落千丈。在罗马，由于要清除那些看来是危险的人物，查抄他们的财产，解决政治问题，举行使人瞠目结舌的既豪华又低级庸俗的大型晚会，以及满足皇帝的种种荒诞欲望，提格里努斯便以其机灵能干和胆大妄为而成了皇帝跟前不可缺少的人物。可是到了安提乌姆以后，在那些被碧蓝大海辉映着的宫殿中，皇帝过着一种希腊式的生活。从早到晚，大家在一起朗读诗歌，探讨诗歌的创作方法和完美形式，赞美欣赏那些精彩诗节，同时也沉醉于音乐和戏剧。一句话，凡是希腊天才所发明的能使生活更加美好的一切，都是他们所追求的。在这样的条件下，比起提格里努斯和其他廷臣来，知识渊博的彼特罗纽斯，就以其机智善辩、风趣幽默、才思敏捷、情趣高雅而压倒了群雄。皇帝渴望他来陪伴自己，并且总是采纳他的意见，写了诗便向他请教，对他表示出从未有过的亲密。皇帝身边的大臣们都认为，彼特罗纽斯已经取得了决定性的胜利，他和皇帝的友情已达到巩固的阶段，能保持到好多年以后。就连过去对这位仪表堂堂的享乐主义者表示不满的那些人，现在也麇集在他的周围，渴望得到他的赏识。有些人确实在心里为这样一个有知人之明的人取得重要地位而感到高兴；而他呢，只以怀疑的淡然一笑，接受了昨天还是敌人的人的恭维和奉承。由于他天生懒散，或者由于他文质彬彬，他从来没有复仇的愿望，从来没有想过要利用自己的权势来伤害别人或者置别人于死地。的确有过不少机会，他完全可以除掉提格里努斯，可是他情愿嘲笑他，只把他的愚昧无知和平庸粗鲁暴露出来。罗马元老院都松了一口气，因为已经有一个半月没有发出一道死刑处决令。在安提乌姆和都城中，人们都在谈论荒淫无耻的皇帝和他的宠臣们居然都变得趣味高雅这件怪事，当然议论的人都宁愿皇帝做个高雅的人，而不愿他在提格里努斯的影响下成为野兽一般残暴的皇帝。连提格里努斯自己也摸不着头脑了，他犹豫不决，不知道是否应该服输，因为皇帝多次声称，在整个罗马和整个宫廷中，只有两个大人物能够互相了解，也只有两个真正的希腊人，那就是他自己和彼特罗纽斯。

　　彼特罗纽斯惊人的机智灵活使大家相信，他的影响将会比所有其他的人保持得长久。大家都深深感到，皇帝离开了他不行，谁能和皇帝谈论诗歌、音乐和竞技呢？又有谁能对他的作品是否完美作出评价呢？然而彼特罗纽斯却像历来那样毫不在意，对他现在获得的地位并不看得那样重要。他仍然和以前一样，显得粗心大意、懒懒散散、机智幽默和生性怀疑。他常常给人以一种印象，好像他是个爱嘲弄别人、嘲笑自己、嘲笑皇帝和整个社会的人。他敢当面批评皇帝，以致别的人都觉得他做得太过分了，认为他简直是在找死。可是他却有办法把对皇帝的批评颠倒过来，变得对他十分有利，使在场的人都对他羡慕赞赏不已。他们相信他不管遇到什么样的危险，都能顺利地摆脱困境，化险为夷，转危为安。有一次，大约在维尼兹尤斯从罗马回来后一个星期，皇帝在一个小型的集会上朗读了他的《特洛伊之歌》中的几节诗，等他朗读完了，别的人都赞不绝口，皇帝便用目光去询问彼特罗纽斯，于是后者便回答说："低劣的诗句，只配丢进火里去烧掉！"

在场的人吓得连心脏都停止了跳动。尼禄从小以来还没有从别人口中听到过这样尖锐的否定意见，只有提格里努斯喜形于色。相反，维尼兹尤斯却吓得脸色煞白，以为从来没有喝醉过的彼特罗纽斯，这次一定是喝醉了。

尼禄用温和平淡的声调问道："你认为这些诗哪里不好呢？"但是他的声音使人明显地觉察出，他的自尊心受到了伤害。

彼特罗纽斯毫无顾忌地批评他说："你不要相信他们！"他用手指着在场的人说，"他们什么也不懂，你问这些诗不好在哪里？如果你想听到老实话，那我就告诉你，这样的诗句，如果是维吉尔或者奥维修斯甚至是荷马写的，都可以算得上一流的佳作。但作为陛下的作品却不行。你不能写这样平庸的诗，你在诗里所描写的大火并不那样烈焰熊熊，你的火势也不是那样猛烈。你可不要听信卢坎的吹捧。他若是写出这样的诗来，我会承认他是天才。可是陛下却完全是另一回事。陛下知道这是为什么吗？因为陛下比他们都伟大。众神赋予你的才华更大，要求也就更高。可是你不努力了，你情愿饭后躺下休息，而不愿坐在桌旁冥思苦想，细心捉摸。陛下是能够写出世界上从未有过的伟大作品的，因此我才敢冒犯天颜直言相劝：快写出更美的作品来！"

彼特罗纽斯好像不太愿意说这些话似的，同时话中又似乎带有揶揄和责难的口气。可是皇帝高兴得眼睛都潮湿了，说道："众神给了我微薄的才华，却给了我更多的东西，因为我有了一个真正的鉴赏家和朋友，只有他才敢当面对我说真话。"

尼禄说完之后，便伸出他那长着红毛的胖手去拿那个从德尔斐神殿掠夺来的金烛台，想把他的诗稿烧掉。

可是彼特罗纽斯乘灯火还没有烧着稿子的时候，便一下子把它抢了过来。

"不，不能烧掉！"他说，"即使是这样低劣的作品，那也是属于全人类的财富。你把它送给我吧！"

"好吧，你就让我把它装进我设计的贮藏匣里，再送给你好了。"尼禄拥抱着彼特罗纽斯答道。

过了一会儿，他又说："是的，你说得有理。我描写的特洛伊城的大火并不是那样烈焰冲天，我写的火也不是在熊熊燃烧。我原来以为，只要能赶上荷马就心满意足了。过分的谨小慎微和妄自菲薄，常常妨碍我的写作。你使我的眼界扩大了。然而你可知道为什么会产生像你所说的那些缺陷呢？如果一位雕塑家想要塑造一尊神像，就必须找到一个模型，可是我没有可仿效的模型。我从来没有看见过一座燃烧的城市，因此，在我的描写中就缺乏真实感。"

"所以我才敢对陛下说，只有伟大的艺术家才能明白这个道理。"

尼禄想了一想，又说："彼特罗纽斯，请你回答我一个问题：你对特洛伊城的烧毁感到痛心吗？"

"你是问我痛心吗？……凭维纳斯的跛丈夫起誓，我一点也不痛心！我把理由告诉你。如果普罗米修斯不把火送给人类，如果希腊人不向普里阿摩斯发动战争，特洛伊也就不会被烧掉了。假如没有火的话，埃斯库罗斯就无法写出他的《普罗米修斯》来。同样，如果没有那次战争，荷马也就写不出《伊利亚特》来。但是按照微臣的意见，与其保存那座简陋而又肮脏的小城，还不如出现《普罗米修斯》和《伊利亚特》这样伟大的作品。如果现在还保存着那座小城，至少也得派个倒霉的检察官到那里去坐镇，他和当地议会的争吵一定会使你感到厌烦的。"

尼禄回答说："你说的这番话可算是至理名言。为了诗歌和艺术，值得牺牲一切。亚该亚人给荷马的《伊利亚特》提供了素材，因此他们是幸福的人，亲眼目睹过祖国灭亡的普里阿摩斯，同样也是幸福的人。可是我呢？我从来也没有看到过燃烧的城市。"

出现了短时间的沉默，后来提格里努斯打破了这种沉默，他说："陛下，我早就说过，你下命令吧，我就可以把安提乌姆放火烧掉。如果陛下舍不得这些别墅和宫殿，那我就烧掉奥斯提亚的那些船只，要么我替陛下在阿尔班山上建起一座木城来，让陛下亲自去放火烧它，不知陛下的意思如何？"

可是尼禄却向他投去轻蔑的眼光。

"让我去观看那些燃烧的木头房子吗？你的头脑实在太愚钝了，提格里努斯！同时我也看出你太看不起我的才能和我的《特洛伊之歌》了，因为照你看来，任何别的牺牲对它说来都是太大了。"

提格里努斯惶恐不安了。过了一会儿，尼禄好像要改变话题，又接着说道："夏天快要到来了……啊呀，罗马城里又要臭气冲天了！……可是为了参加夏季的竞技大会，又不得不回到罗马去。"

这时候，提格里努斯说："陛下，等你把这些廷臣们打发走了，请允许我单独留下来陪陛下一会儿……"

一小时以后，维尼兹尤斯和彼特罗纽斯一道离开了行宫，维尼兹尤斯开口说道："刚开始的时候我真为你担心。我还以为你喝醉了酒，性命一定保不住了。你可得小心，你是在和死神开玩笑啊！"

"这就是我的竞技场地。"彼特罗纽斯毫不在意地答道，"我为我是这个场上的最优秀的角斗士而感到高兴。你看看，结果怎么样，我的威望今天晚上不是又增高了吗？他要把自己的诗装进贮藏匣里送给我，这个匣子——你想和我打赌吗？——一定是非常贵重的，同时又是趣味非常低劣的。我要给我的医生用它来装泻药。我之所以这样做还有另一个原因，那就是，提格里努斯看到我这样做很成功，便一定会模仿我的，我可以想象得出他说俏皮话时的情景。那一定会像比利牛斯山的一只狗熊在走绳索。我会像德谟克利特那样大笑起来。只要我认为有必要，我就能置提格里努斯于死地，然后取代他担任禁卫军的司令官。到了那时候，红胡子便在我的掌握之中。可是我这个人太懒了……尽管有皇帝的诗歌来麻烦我，我还是情愿过我现在这种悠闲自在的生活。"

"能把责难一下子变成捧场，你真是手段高明！他的诗是不是真的那样低劣？我对此是一窍不通的。"

"并不比别的诗更坏。卢坎的一个手指头也比他的才能大，不过红胡子也不是一点才能也没有。首先，他对诗歌和音乐有特别的爱好。再过两天，我们又得到他那里去听他赞美阿佛洛狄忒的颂歌了，今天或明天他就能写完这篇作品的。那又会是一场小范围的集会。只有我、你、杜尤斯·塞内兹约和年轻的涅尔瓦参加。至于他写的诗，我曾经对你说过，在宴会上吃得酒足饭饱的时候，我是用它来使自己呕吐的，就像维特留斯用火烈鸟的羽毛来催吐一样。不过这样说也不完全对……有时他也写出过很动人的诗句，赫库巴①的话就写得很动人……那是她在抱怨分娩痛苦时说的话，尼禄能用完美的词句把它表达出来。他之所以能成功，大概他写每一行诗时都经历过像分娩那样的痛苦……有时我也很可怜他。凭波卢克斯起誓，他真是个奇怪的混合体！卡里古拉虽然是个二百五，但也不像尼禄那样，是个可怕的怪物。"

"谁能够预料，红胡子的疯劲会带来什么后果呢？"维尼兹尤斯问道。

"谁都很难知道，也许会发生极其可怕的事情，几个世纪以后的人一想起这些事都会毛骨悚然的。然而使我感到有兴趣、吸引着我的也正是这一点，虽然我不止一次像埃及阿蒙主神在荒原中那样感到无聊苦闷，但是我一想到侍候别的皇帝也许还要苦闷一百倍，也就安心下来了。你的那个小犹太人保罗口才确实不错，这一点我应该承认。如果其余的人都像他那样在宣传他们的教义，那么我们的众神就该认真地对待这个问题，否则，他们就要被赶到阁楼上去了。不错，皇帝如果真的成了基督教徒，那我们大家都会感到更加安全的。可是你的那个塔斯的预言家，在向我论证

---

① 赫库巴：特洛伊国王普里阿摩斯的妻子。

这个问题的时候,却没有想到,这种不安全感正是我的人生乐趣。不玩骨骰子,就不会输掉财产,但人们还是爱玩骨骰子。因为其中有一种巨大的乐趣,有一种给人消愁解闷的东西。我认识一些元老和武士的儿子,他们甘愿去当角斗士。我像你说的,是在和生命开玩笑,的确是这样。不过我这样做,自有我的乐趣。可是你们的那些基督教美德,就像塞内加的论文一样,只要一天就会使我烦透的。所以保罗的话只好算是白说了。你应该懂得,像我这样的人永远也不会接受这种宗教的。你可不一样!按照你的性格来说,你要么把基督教当成瘟疫一样来憎恨,要么便是它的虔诚信徒。虽然我一面听他在说教,一面打着呵欠,但是也应该承认他们是有道理的。我们过着疯狂的生活,我们正在走向深渊,有一种谁也不知道的东西正向我们走来,我们脚下有什么东西正在裂开,我们周围也有某种东西正在毁灭,这些话都是对的!可是我们知道怎样去死,不过我们不会在死亡没有到来以前就向死亡低头,从而使我们的生活成为一种累赘。生活是为生活本身而存在的,并不是为了死亡而存在的。"

"可是我替你惋惜,彼特罗纽斯。"

"你对我的惋惜不会超过我对自己的惋惜。过去你在我们中间生活得也不坏,当你在亚美尼亚作战时,你一直都在想念罗马。"

"现在我也在想念罗马。"

"对了!因为你爱上了一个基督教的处女,她住在台伯河对岸。对于这件事,我既不觉得奇怪,也不会指责你。然而,我感到惊讶的是,尽管你说过,这个宗教是个幸福的海洋,你的爱情不久就会得到圆满的结果,可是你的脸上依然充满了忧郁的神色。

庞波里亚·格列西娜永远是那样的忧郁,而你呢,自从你成了基督教徒以后,我就看不见你的笑容了。你再也不用对我说它是欢乐的宗教了!你从罗马回来以后变得更加忧郁了。假如基督教徒就是这样相爱法,我向巴克科斯的浅色鬈发起誓,我绝不会步你们的后尘!"

"这完全是另一回事,我不是以巴克科斯的鬈发起誓,而是以我父亲的灵魂起誓。以前我从来也没有享受过像我现在所享受的那种幸福。可是我非常想念她,而且奇怪的是我离开莉吉亚越远,我就越觉得好像有什么危险在威胁着她。这种危险是什么,从哪里来的,我都不知道,然而我有一种预感,就像暴风雨来之前已感到它的来临一样。"

"再过一两天,我就想办法替你说情,让皇帝准许你离开安提乌姆,愿意离开多久就多久。波培娅现在也安静下来了,据我所知,她那方面并没有什么危险威胁着你和莉吉亚。"

"可是今天她还问过我,到罗马干什么去了,虽然我的离开很秘密。"

"也许她派了暗探在跟踪你。然而她现在也不能不顾忌到我了。"

维尼兹尤斯停住了脚步,说:"保罗说过,上帝有时也发出警告,但却不允许相信征兆什么的,虽然我也想排除这种预感,但却无法做到。让我把发生过的事情告诉你,好去掉我心上的重压。一天夜里,就像今天晚上一样月色皎洁,我和莉吉亚两个人并排坐在一起,谈论着我们未来的生活。我无法向你说出我们那时候是多么幸福和宁静。突然间狮子吼叫起来了。这在罗马是常有的事,可是从那时候起我就惶惶不安了。我不知道怎么搞的,总觉得那吼叫不是个好兆头,里面含着一种威胁,是不幸的预告……你知道,我并不是一个容易害怕的人,但是那天晚上却使人觉得,整个茫茫黑夜都充满了恐怖。因为这声音来得那样奇怪又那么意外,直到现在,我耳朵里似乎还回响着那种可怕的吼声,我的心里也一直得不到安宁,仿佛莉吉亚受到某种袭击……也许是这些狮子的威胁,需要我去保护似的。我受到痛苦的折磨。请你设法替我求得离开这里的准许,不然的话,就是得不到准许我也要离开这儿。我再也不能待在这里了,我再向你说一遍,我再也不能待在这里了!"

彼特罗纽斯笑了起来,说:"要是说有人会把执政官的儿子和他们的妻室送去喂竞技场上的狮子,事情倒还没有落到这样的地步。你们会受到别种死亡的威胁,但是绝不会是这样的死法。另外,你怎么知道,那是狮子的吼声呢?日耳曼野牛的叫声和狮子的吼声也不相上下。至于我呢,我是嘲笑那些预兆和运气的。昨天晚上很暖和,我看见流星像雨滴那样纷纷落下。不少的人一看到这种情景便会心惊肉跳起来,会认为是凶险的预兆,我却在想:如果在这些流星中有我的那颗星宿,那我至少也不会缺少同伴了!……"

然后他沉默了一会儿,想了一想,接着说:

"既然你们的基督能死而复活,'他'也许会保护你们两个人免遭死亡。"

"那是可能的。"维尼兹尤斯答道,抬头仰望着星光灿烂的夜空。

41

尼禄自弹自唱赞美"塞浦路斯女王"的颂歌,歌词和乐曲都是他自己创作的。这一天,他的歌喉特别嘹亮,他觉得他的音乐一定会把在场的人都迷住的,这种感觉给他弹唱出来的乐曲增添了魅力,也使他自己的灵魂达到了陶醉的境界,好像他的所作所为都是来自灵感。到后来,他真的激动得脸色都苍白了。他不想听在场的人的赞美,这在他有生以来还是第一次。他双手撑在三角琴上,低头坐了一会儿,然后突然站了起来,说:"我累了,需要呼吸一下新鲜空气,你们替我调一调这把琴吧。"

他说完之后,便用丝巾围住了他的脖子。

他对坐在大厅角落里的彼特罗纽斯和维尼兹尤斯说道:"你们和我一道出去吧。维尼兹尤斯,你用手搀着我,我全身没一点力气了。至于你,彼特罗纽斯,就和我谈谈音乐吧!"

他们一起来到了雪花石膏铺地,撒满番红花的宫殿平台上。

"这地方的空气好多了。"尼禄说,"我心里既激动又忧郁,虽然我知道,我向你们试唱的歌曲,已经可以公开演出了,而且一定会取得任何罗马人都无法获得的成功。"

"你完全可以在这里,在罗马和在亚该亚公开演出了。我整个心灵、整个灵魂都被你征服了，神圣的陛下！"彼特罗纽斯答道。

"我知道。你太懒了，而且从不随便赞扬别人。你像图利乌斯·塞内兹约一样，很坦率直爽，但比他更博学多才。你说说，关于音乐方面都有些什么意见？"

"当我倾听着诗歌，当我看到陛下驾驶着战车驰骋，当我参观那些优美的雕像、富丽的神殿或者色彩柔和的绘画时，我就觉得，凡是我眼睛所看见的东西，我都能一览无余，而我的赞美也能陈述它们所能表现出来的一切优点。可是当我听到音乐，特别是陛下的音乐时，新的美感，新的欢乐就会在我的面前不断地展现出来。我不停地追逐它们，竭力捕捉它们，当我还来不及把前面的印象消化完，又出现了新的美感和新的欢乐，就像大海的波涛那样滔滔不绝地涌现出来。因此，我敢对陛下说，音乐就像海洋一样，我站在岸上能望得见很远的地方，但是却无法看到对岸。"

"啊呀！你真是一位精辟的行家呀！"尼禄说。

他们沉默不语地走了一会儿，只能听见脚踏在番红花上发出的轻微响声。

"你把我想到的都说出来了，因此，我一向这样说，在全罗马城能够理解我的只有你一个人。"尼禄终于开口说道，"确实是这样！我对于音乐也是这种看法，当我演奏和歌唱时，我就能看见连我的国家甚至连全世界都不曾见过的东西。虽然我是皇帝，世界都归我统辖，我能为所欲为，做一切想做的事情，可是音乐却为我开拓了新的王国，发现了新的高山和海洋，以及我从未经历过的欢乐。我常常说不出它们的名称，也把握不住它们，我只能感觉到它们的存在。我感到众神在显灵，我看到奥林匹亚山，神妙的微风吹拂着我,我好像透过云雾看见了一个无边无垠的存在,它像旭日东升一样平静,一样光芒四射……整个宇宙都在我的周围演奏。而且,告诉你,"说到这里尼禄的声音由于真正的激动而颤抖起来,"我作为皇帝,又作为神明,在这种时刻觉得自己真像一粒尘土那样渺小。你相信这个吗?"

"我相信!只有伟大的艺术家才能在艺术面前感觉到自己的渺小……"

"今夜是我们开诚相见的夜晚,我像对亲密朋友那样向你敞开我的全部思想,我要告诉你更多的事情……你是不是认为我是个瞎子或者失去了理性?你以为我不知道罗马墙上涂着漫骂我的话,说我是个弑母杀妻的凶手吗?……因为提格里努斯曾从我这里得到手谕,处死了我的敌人,他们就认为我是个恶魔和暴君……是的,亲爱的朋友,他们认为我是个恶魔,我知道得很清楚。人们不停地议论我的残酷无情,以致我有时自己也怀疑自己是不是一个暴君……可是他们不能理解,即使一个人不是暴君,他的行为有时也会是残酷的。啊!没有人会相信,甚至连你,我的亲爱的朋友,你也不会相信的,当音乐抚慰着我的灵魂时,我就觉得自己像摇篮中的孩子那样天真善良。我以天上的繁星起誓,我对你说的全是真话。大家都不知道这颗心里蕴藏着多少善良,当音乐打开心扉的时候,我在里面看见了多少宝物啊!"

彼特罗纽斯丝毫也不怀疑尼禄在这一时刻说的全是实话,而且也相信音乐能把他灵魂中那些被自私、淫荡和罪恶三个重担压着的各种高尚情操激发出来,于是便说:"大家都应该像我一样深刻地理解陛下,罗马从来也没有真正赏识过陛下。"

尼禄就像被不公正压得挺不起身来似的,把身子紧靠在维尼兹尤斯的肩膀上,答道:"提格里努斯告诉我,元老院有人私下议论说,迪奥多尔和特伯诺斯的三角琴弹得都要比我好。现在连这点都遭到他们的指摘!可是你向来是个诚实的人,请你老实地告诉我,他们是不是比我弹得好,还是和我弹得一样呢?"

"哪里的话!陛下的弹奏轻柔甜美,同时又具有更大的力量,气势磅礴。从陛下的弹奏一下子就能看出是个艺术家,而他们呢,仅仅是一些熟练的艺人而已。当然只要先听过他们的演奏,就能清楚地知道,你是个多么精湛的艺术家啊!"

"既然这样,那就让他们活下去吧。他们永远也不会想到,你这句话救了他们的命。话又说回来,即使我把他们杀了,我还得去找别的人来代替他们呢。"

"这样做,人们就会说陛下由于爱好音乐而把国内的音乐消灭了。陛下,你可绝对不能为了艺术而去扼杀艺术啊!"

"你和提格里努斯是多么不同啊!"尼禄答道,"可是你看,我无论从哪方面来看都是一位艺术家,因为音乐向我展示了我意想不到的新天地,我未曾占领过的新领域,我未曾经历过的幸福和欢乐。因此,我不能过那种庸庸碌碌的生活。音乐告诉我,超凡出俗的境界是存在的,于是我要用众神赋予我的全部支配权力去进行探求。有时我想,为了能达到奥林匹亚的世界,必须做出一番前人未曾做过的事业来,无论是在善的方面,还是在恶的方面,都应该做出高于凡夫俗子的事情来。我知道这样一来,人们会说我发疯了。可是我没有疯,我不过是在探求罢了!如果我有时像疯了似的,那也是由于我探求未成而产生无聊和急躁情绪的结果。我在探求，你是理解我的，因此我想要比一般人更伟大，也只有这样做，我才能成为最伟大的艺术家。"

说到这里，他放低了声音，像是不愿意让维尼兹尤斯听见似的，贴着彼特罗纽斯的耳朵，悄悄说道："你知道吗，我杀死母亲和妻子，主要是为了什么？我想要在那个不为人知的世界的大门前，献上人能够献出的最大的牺牲品。我以为这样做了，一定会出现某种奇迹，这个世界的大门就会敞开，我就可以看到里面从未见过的事物。反正只要它是不平凡的和伟大的东西，哪怕它非常奇怪，比人们想象的更加可怕，那也没有什么关系……可是我献上了这样的牺牲品还是不够。为了打开这座奇异世界的大门，还需要付出更大的牺牲。既然这是神明的决定，那我就只好去完成它了。"

"你打算怎么办呢？"

"你不久就能看到，你能看到，比你想象的还要快。到了那时候，你会看到两个尼禄，一个是人们认识的尼禄，另一个是艺术家尼禄，那是只有你一人认识的尼禄，如果他像死神那样恣意杀戮或者像酒神那样发狂，那是因为平凡的生活枯燥乏味，平庸鄙俗，使我觉得厌恨，我要把这种生活扫除干净，哪怕用火和铁来铲除也在所不惜。如果我离开了这个世界，世界会变得多么枯燥乏味啊！从来没有人想到过，甚至连你，我亲爱的，都没有想到，我是怎么样的一个艺术家。我正是因为人们不了解我而感到痛苦，实话对你讲，我的灵魂常常像我们面前那些黑压压的柏树，显得异常忧郁。至高无上的权力和最超群拔萃的天才集中于一个人的身上，这该是多么沉重的担子啊……"

"陛下，我衷心向你表示同情，就连大地和海洋也同我一样，更不要说维尼兹尤斯了，他从灵魂深处都是把陛下奉若神明的。"

"他永远是我所喜欢的人，"尼禄说，"虽然他在为战神服务，而不是为缪斯效力。"

"现在他一心一意在为阿佛洛狄忒效劳。"彼特罗纽斯答道。

于是他突然决定趁热打铁，把外甥的事情彻底解决，同时又能消除威胁他的一切危险。

"他现在正在恋爱着，就像托罗鲁斯爱上了克列西妲，"他说，"陛下，请你允许他回到罗马去，不然的话，他在我的眼前一天天地憔悴下去。陛下知道，你赐给他的那个莉吉亚人质已经找到了，维尼兹尤斯来到安提乌姆时，把她交给了一个名叫李努斯的人照管。我以前没有向你提起这事，因为陛下正在创作颂歌，那是比一切事情都更加重要的。维尼兹尤斯本想把她当个情妇，但是由于她像卢克蕾提亚一样品德高尚，他便爱上了她的贞洁，现在想娶她为妻。她是个国王的女儿，因此不会辱没了他的身份，但他是个真正的武将，尽是在唉声叹气，神思恍惚，身体日见消瘦，正期待着陛下对他的恩准。"

"皇帝是不替武将选择妻子的，为什么他要得到我的批准呢？"

"我对陛下说过，他把陛下奉若神明。"

"那样的话，他就更能得到我的批准了。这个姑娘长得倒很漂亮，就是臀部太窄了。皇后波培娅在我面前控告她，说她在巴拉丁宫的御花园中诅咒过我们的孩子……"

"可是我已经对提格里努斯说过，作为神的亲属是不可能受到诅咒的。陛下，你还记得他当时的狼狈相吗？陛下还说了一句：

'胜败已见分晓。'"

"我记得。"

他转身向维尼兹尤斯说:"你真像彼特罗纽斯说的那样非常爱她吗?"

"是的,陛下,我爱她!"维尼兹尤斯答道。

"那么我命令你明天就回到罗马去和她结婚,假如你还没有戴上结婚戒指,就不准来见我!"

"陛下,我衷心感谢你的大恩大德!"

"啊!让人幸福可真是件乐事啊!我真想一生当中不做别类事情,那该有多好啊!"皇帝说。

"神圣的陛下,请求你再赐一次恩典,请陛下在皇后面前提一句,说这是你的旨意。维尼兹尤斯从来也没有这样的胆量,去和一位皇后不满意的女人结婚的,可是只要陛下一句话,说他们结婚是出自陛下的命令,就可以消除皇后的不满了。"彼特罗纽斯说。

"好吧,你和维尼兹尤斯的请求我是无法拒绝的。"尼禄答道。

于是他回到了行宫,彼特罗纽斯和维尼兹尤斯也跟在后面走了进去,他们心中充满了胜利的喜悦。维尼兹尤斯竭力克制住想拥抱彼特罗纽斯脖子的激动心情。现在,他觉得一切危险和障碍都一扫而空了。

在行宫的大厅里,年轻的涅尔瓦和图利乌斯·塞内兹约谈笑风生地在讨好波培娅。特伯诺斯和迪奥多尔则在摆弄三角竖琴。尼禄走进大厅,便在一张镶嵌着玳瑁的御椅上坐了下来。他对站在旁边的一个希腊少年侍从喃喃说了些什么,便坐在那里等着。

过了不久,少年侍从拿着一个金盒子回来了。尼禄打开它,挑选了一串用大粒玉石做的项链,说道:"这串宝玉和今天夜晚十分相配。"

"像曙光一样光芒四射。"波培娅深信这是给她的礼物,便这样答道。

皇帝一会儿提起这串闪闪发光的宝石,一会儿又放下,最后才说:"维尼兹尤斯,代我把它赠给那位年轻的莉吉亚公主,我命令你娶她为妻。"

波培娅突然一惊,接着她便用那充满愤怒的目光从皇帝身上转到维尼兹尤斯,最后停留在彼特罗纽斯身上。

可是彼特罗纽斯却泰然自若地靠在椅子扶手上,一只手拨弄着竖琴,仿佛要把这琴的形状铭记在他的心上。

这时候,维尼兹尤斯对皇帝所赐的礼物谢了恩,便向彼特罗纽斯走过去,说:"你今天为我做的事情,我真不知道该怎样来感谢你了!"

"向欧忒耳珀①献上一对天鹅好了。赞美皇帝的歌曲,嘲笑那些预兆去吧。我希望那些狮子的吼声再也不会扰乱你和你那朵莉吉亚百合花的睡梦了。"彼特罗纽斯答道。

"不会了,我已经完全放心了。"维尼兹尤斯说。

"愿命运女神对你们多多照顾。可是现在你得注意,皇帝又拿起了三角竖琴,你要屏息静气地去听,然后再挤出几滴眼泪来。"

尼禄果然拿起了弦琴,抬眼望天。大厅里的谈话声顿时停住了,大家一动不动地坐着,仿佛都变成了石雕。只有特伯诺斯和

---

① 欧忒耳珀:希腊神话中的缪斯女神之一,主管音乐与诗歌。

迪奥多尔因为要给皇上伴奏,才转动着脑袋,时而互相对瞧着,时而注视着皇帝的嘴唇,等待他唱出歌曲的第一个音节来。

正在这时,前厅里响起了一阵喧哗声和脚步声,随即从门帘后面出现了皇帝的解放奴隶伐恩,紧跟在他后面进来的是执政官列卡留斯。

尼禄皱起了眉头。

"请你原谅,神圣的皇上。罗马起了大火!都城的大部分都处在烈火中了!……"

一听到这个消息,大家都从座位上跳将起来。尼禄放下了弦琴,说道:"众神啊!……我马上就要看到一座烈火燃烧的城市了,我的《特洛伊之歌》终于能完成了。"

接着他转身对着执政官说:"立刻动身,还能赶得上看到这场大火吗?"

"陛下!"执政官脸色像墙壁一样白,答道,"整个城市像是一座火海,浓烟滚滚,居民们都快要窒息死了,老百姓有的昏倒了,有的发了疯跳进了火里……罗马要毁灭了,陛下!"

出现了暂时的沉默,后来被维尼兹尤斯的喊叫声打破了:"我多么不幸啊!"

于是这青年立即扔下了宽袍,只穿着一件衬衣,便从宫中飞跑出去。

尼禄双手朝天举起,高声喊道:"真是不幸啊,普里阿摩斯的圣城……"

42

　　维尼兹尤斯刚吩咐完几个奴隶,让他们跟随他离开安提乌姆,自己便跃身上马,在夜深人静中穿过空旷的街道,朝劳伦杜姆方向疾驰而去。听到那个可怕的消息后,他像是陷入了疯狂和精神错乱的状态中。刚开始时,他自己也不知道到底发生了什么事情,他只有一种感觉,好像不幸就骑在他身后的马背上,在他耳边不停地叫喊着:"罗马着火了!"并且鞭打着他和马匹,把他们向火里驱赶。他把自己没戴帽盔的头紧贴在马鬃上,只穿着一件衬衣,既不看前方,也不顾可能跌得粉身碎骨的障碍,便策马飞奔而去。在这寂静无人的大道上,在这宁静而月色皎洁的深夜里,骑手和马匹都沐浴在月光中,仿佛是梦幻中的幽灵。他那匹伊杜梅亚产的骏马,双耳贴紧,伸长了脖子,像离弦的箭似的,驶过那些屹立不动的柏树和柏树丛中的白色别墅。马蹄踏在铺石上的嘚嘚声,惊起了沿途各处的群狗,它们的吠声伴送着这奇异的幻影,后来,它们被这一掠而过的影子弄得十分不安,便抬头朝着月亮狂吠起来。跟随在维尼兹尤斯后面的奴隶们,由于他们乘骑的马匹低劣,不久便掉在后面。维尼兹尤斯独自一人像狂风似的穿过了沉睡的劳伦杜姆之后,便转向阿德亚,在这个地方,也和在阿里兹雅、包维利和乌斯特里隆一样,当他动身到安提乌姆的时候,都安排好了备换的马匹,以便他能在最短的时间内跑完安提乌姆到罗马的全程。他一想起这点,便充分利用马匹的全部潜力加速前进。过了阿德亚,他就觉得东北方的天空布满了玫瑰色的光亮。这也许是曙光,因为夜已经很深了,七月之夜是短促的,天亮得较早。可是维尼兹尤斯却不禁发出绝望和愤怒的呼号声,因为他认为,那是大火反射出来的光亮。他一想起列卡留斯的话:"整个城市像一座火海。"就马上觉得他真的要神经错乱了,他觉得他已经完全失去了拯救莉吉亚的希望了,他甚至来不及赶到罗马,罗马就会变成一堆灰烬了。现在他迅速出现的思想比骏马的疾驰还要来得神速,就像一群黑鸟那样一闪而过,既显得绝望,又令人恐怖。他的确不知道,城市的哪一部分先着的火,但他想到台伯河对岸的那些地区,房屋鳞次栉比,又有木料堆栈和买卖奴隶的木板棚子,很可能最先成为火灾的牺牲品。在罗马,火灾是经常发生的,每次伴随着火灾都会发生暴行和抢劫,特别是穷人和半文明人居住的地区,这类行为更是屡见不鲜——难道台伯河对岸这个原是来自世界各地的暴徒麇集的地区,就不会发生这样的惨况吗?乌尔苏斯及其超人的气力也曾在维尼兹尤斯的脑海中闪现过,可是面对着那熊熊燃烧的毁灭一切的烈火,不要说人,就是泰坦巨神也是无能为力的。害怕奴隶们的起义,多少年来就像恶魔那样折磨着罗马。传说成千上万的奴隶都在缅怀着斯巴达克斯的时代,他们只要时机一到,便会拿起武器去反抗他们的压迫者,去反对罗马。现在这样的时刻来到了!完全有可能在罗马城里,除了大火之外,还进行着屠杀和战争。甚至连禁卫军也许已经接到了皇帝的命令，正在猛烈攻打城市，屠杀百姓。一想到这里，维尼兹尤斯便吓得连头发都直竖起来。他记起了皇宫中关于火烧城市的全部谈话，一个时期以来，这样的谈话以惊人的顽固性一再出现过。他想起了皇帝抱怨的话，说他因为没有目睹过真正的火灾而无法描写着火的城市，当提格里努斯说要放火烧掉安提乌姆或者人工建造的木头城堡时，皇帝却轻蔑地回答了他，最后，他又想起了皇帝诅咒罗马和苏布拉肮脏霉臭的街道的话。啊，对了！是皇帝下令放火烧城的！只有皇帝才敢下达这样的命令，也只有提格里努斯才会去执行这样的命令。如果罗马是皇帝下令放火烧的，那谁又敢保证，他不会下令把城里的居民都斩尽杀绝呢？这个恶魔是干得出这种事情的。大火、奴隶暴动和屠杀！多么可怕的混乱，多么可怕的毁灭一切的灾祸和人间疯狂的大爆发，而莉吉亚正受到这一切的包围啊！维尼兹尤斯发出了痛苦的呻吟，他骑的马也不停地响起了喘息和鼻吼声。通往阿里兹雅的大道是一条上坡的路，正向上坡路上奔驰的坐骑已经精疲力竭，气喘吁吁了。谁能把莉吉亚从燃烧的城中抢救出来呢？谁能救她出火海呢？一想到这里，维尼兹尤斯便把整个身子都紧贴在马背上，手指拉扯着自己的头发，痛苦得要张嘴去咬马颈项了。正在这时候，一个骑手有如疾风似的从相反的方向朝安提乌姆方向飞驰而来，当他和维尼兹尤斯擦肩而过的时候，大声喊了起来："罗马就要完蛋了！"于是又马不停蹄飞驰而去。接着维尼兹尤斯还听到了另一句呼号声："众神啊！"其余的话被马蹄声湮没了。但那句"众神啊"的呼号声倒使他清醒了过来……维尼兹尤斯顿时抬起了头，朝着满天星斗的夜空高举着双手，开始祈祷起来："我不是向被烧掉神殿的众神呼唤，而是向'你'呼救，'你'自己经受过苦难，只有'你'才是大慈大悲的神！只有'你'才了解人间的痛苦！'你'来到世上是为了教人以慈悲，现在就请'你'发发慈悲吧！如果'你'真像彼得和保罗说的那样，那就请'你'替我救救莉吉亚吧！请'你'用手抱着她，救她出火海。'你'是能做到这件事的！请'你'把她送给我，我将为'你'献出自己的鲜血。如果'你'不愿为了我去救她，那'你'就为了她自己而去救她吧！她爱'你'，她信奉'你'，'你'许诺死后的生活和死后的幸福她是不会错过的，可是她现在还不想死。请让她活下去吧！请'你'抱着她，把她抱出罗马。你完全能够做到，除非'你'不愿意……"

他停止了祈祷，他觉得再祈祷下去就会像是在威胁了，现在是最需要上帝怜悯和慈悲的时候，他担心再这样祈祷下去，就会引起上帝的不满。他单是想到这一点就感到惶恐不安了。于是他再也不能允许自己的脑海里出现这种威胁的影子，便又鞭打起马来。这时候，阿里兹雅的白色墙壁在月光照耀下已经清晰可见了，这座城镇正好处在安提乌姆和罗马中间。不久，他就用全速驰过了城外森林中的墨丘利神殿。这里的人显然已经知道了罗马发生的灾祸，因为神殿前面万头攒动，人声嘈杂。维尼兹尤斯跑过神殿时，看到阶梯上和圆柱中间都挤满了无数的人们，他们手持火把，前来祈求神明的保佑。这里的街道也不像经过阿德亚时那样空荡无人，那样可以任意驰骋。不少人虽然踏着小路跑到树林那边去了，但大道上也聚集了一堆堆的人群，他们都为这个飞驰而过的骑士闪开道路。城里嘈杂的人声也传到了维尼兹尤斯的耳中。

维尼兹尤斯像一阵狂风似的冲进了阿里兹雅,把路上好几个人撞倒或者踩伤了。这时候,他身边都是人们的叫喊声:"罗马起火了!""罗马一片火海!众神啊,快救救罗马吧!"

马绊了一下,维尼兹尤斯用有力的手勒住了缰绳,它才没有倒下去,不久维尼兹尤斯便到了他准备好替换马匹的旅店广场上。奴隶们好像早就在等待着主人的到来,都站在旅店前面,一听到他的命令,都像比赛似的争先恐后向马厩奔去,把要换乘的新马牵了出来。维尼兹尤斯看到由十名禁卫军骑兵组成的一支小队伍正要到安提乌姆去送消息,他立即跑到他们面前问道:"罗马哪一区着火了?"

"你是什么人?"小队长问。

"我是维尼兹尤斯,军队中的军团长和廷臣。回答吧,小心你的脑袋!"

"大人,是从大竞技场附近几家店铺起的火。派我们出来的时候,大火已经烧到了市中心。"

"台伯河对岸怎么样了?"

"大火还没有烧到那里,但是火势非常凶猛,没法扑灭,越来越多的地方烧着了。有不少人死在烈火和浓烟中,不管什么营救的办法都不起作用了。"

这时候,给维尼兹尤斯换乘的新马已经准备好了,青年军团长跃身上马,又继续策马前进。

现在他朝阿尔巴努方向驰去,把阿尔巴朗格镇和那座景色优美的湖泊抛在后边。通向阿里兹雅的大道是上坡路,前面的视线都被挡住了,而山的另一面则是阿尔巴努。维尼兹尤斯完全知道,只要一到达山顶,不仅准备到那里去更换乘骑的博维拉镇和乌斯特里隆镇能尽收眼底,甚至连罗马城都能看得见。因为过了阿尔巴努,阿庇亚大道的两侧是一马平川,那里是坎帕尼亚大平原,直到罗马为止,一路上除了输水管道的渡槽之外,再也没有什么挡住视线的了。

"一到山顶上我就能看见火光了。"他自言自语道。

于是他又扬鞭催马前进。

他还没有到达顶峰,就觉得热风扑面而来,随风飘来的浓烟焦味也钻进了他的鼻孔。

与此同时,山丘的上空也呈现出一片金黄色。

"火光!"维尼兹尤斯想道。

天空早已发白了,鱼肚白变成了曙光,附近各个山头都现出了金色和玫瑰色的光辉,这光辉既来自火光,又出自朝霞。维尼兹尤斯跑上山顶,一幅可怕的景象跃入他的眼帘。

整个平原都被浓烟遮住了,仿佛是一片云海笼罩着整个大地,城市、输水管道、别墅和树木都消失在云海中了,而在这可怕的灰色平地的另一端,城市在丘陵上面燃烧。

然而,这场大火并没有形成冲天的火柱,就像单座建筑物——即使是最高的建筑物——燃烧起来时出现的那种火柱。这场大火完全不同,火灾有如朝霞那样呈现出一条长长的光带。

在这条光带上面浓烟滚滚,有些地方是乌黑的,有的地方则是粉红和血红色,有的浓烟直冲霄汉,有的却在卷缩,有的非常浓密,有的像不断扭动的蟒蛇一样在翻滚上升。这可怖的烟浪有时把那条火带都遮住了,以至于大火就像一条丝带那样细小;有时那大火又冲破烟雾,从下面冒出熊熊烈焰,因而烟雾的下层便成了一片火光的波涛。火光和烟雾在一起翻滚着,从天空的这一端伸展到另一端,把地平线都遮住了,就像一条巨大的林带把它遮住了似的,连萨比纳山都完全消隐不见了。

维尼兹尤斯乍看一眼,就觉得仿佛不仅是罗马着火了,甚至整个世界都在燃烧。要从这片大火与烟雾的海洋中救出任何生命都是不可能的。

从城市那边刮过来的风愈来愈强烈,挟带着燃烧物体的焦臭味和残渣粉尘,连附近的物体都开始被掩盖起来。现在天已经大亮了,太阳照耀着阿尔巴努湖四周的山顶,然而这金色的霞光一穿过烟雾,便呈现出赤色和昏昏庸庸的样子。维尼兹尤斯直朝阿尔巴努奔去,走进了越来越浓厚、越来越昏暗的浓烟中。整个小城都湮没在烟雾中。惊慌不安的居民们都聚集在大街上,在这里连呼吸都感到困难,那么在罗马就更不消说了,人们一想到这点便不禁胆战心寒。

维尼兹尤斯又觉得绝望了,恐怖使他的头发竖立起来。然而他竭力安慰自己,"整个城市一下子都烧光是不可能的。"他心中暗忖道,"风是从北方吹来的,所以浓烟只会往这个方向刮,另外那个方向便不会有浓烟了。台伯河对岸这个居民区,因为隔着一条河,也许能安然无事。退一步说吧,乌尔苏斯也会把莉吉亚带出雅尼库拉城门,脱离危险的区域。如果说,全市人口都会遭到灭亡,这座统治世界的城市连同它的居民全部都会从地面上扫除掉,那更是不可能的事。就连那些受到征服的城市,往往屠杀和火灾是一道发生的,但那些城市里总还有相当数量的人能保住性命。为什么莉吉亚就一定会丧生呢？而且还有战胜过死亡的上帝去保护她的！"他一边思忖着，一边又祈祷起来，他按照他原来的习惯，向基督许下了重大的誓愿，要向他献上礼物和供品。他驰过阿尔巴努城的时候，全城的人都站在屋顶上或者爬在大树上，以便能更好地看见罗马城。这时候，维尼兹尤斯的心情又平静了一些，恢复了常态。他想，莉吉亚不仅有乌尔苏斯的照顾，而且还有使徒彼得的保护。一想到这里，他的心又得到了宽慰。对他说来，彼得永远是一个不可思议的超人的神。自从在奥斯特里亚努听他讲道的时候起，彼得就给他留下了奇特的印象。他在安提乌姆写给莉吉亚的信中就谈到过这种印象，他认为这个老人的每句话都是真理，或者一定会成为真理。在他养伤期间和使徒结下的友谊，更加深了他的这种印象，后来竟成了无法动摇的信仰了。既然彼得祝福过他们的爱情，答应把莉吉亚许配给他，莉吉亚怎么能被大火烧死呢！罗马可能会烧成废墟，但是连一个小火星也绝不会落到她的衣服上的。经过一个不眠之夜以及发疯似的疾驰，再加上惶恐不安的影响，维尼兹尤斯的心里又产生了一种奇异的兴奋，在这种兴奋情绪的影响之下，他觉得一切事情都是可能发生的。他想，只要使徒彼得朝火焰画着告别的十字，开口说一句话，大火便会让开一条通道，他们便会安然无恙地从火中走出来。彼得能预知未来，所以毫无疑问他事先就知道这场火灾，这样一来，他怎么不会发出通知并把所有的基督教徒都带出城去呢，而且其中一定有他像亲生女儿一样喜爱的莉吉亚。维尼兹尤斯心中的希望又大为高涨了。他想，如果他们都逃出了罗马城，也许会在博维拉找到他们，或是在大路上碰见他们。也许再过一会儿，在这烟雾弥漫的坎帕尼亚平原上,那张亲切可爱的脸庞就会出现在他的面前。

当他在路上遇见越来越多的人群时,他就觉得他的这种想法并不是没有可能的了。这些人是从城里逃出来的,他们要逃到阿尔班山上去,逃到烟雾吹不到的地方去。还没有到达乌斯特里隆,他就因为道路拥挤不堪而不得不放慢速度。他一路上除了碰见许多背着行李徒步行进的人以外,还遇到了不少驮运东西的骡马和装满什物的大车,以及富翁乘坐的由奴隶们抬着的轿子。乌斯特里隆已经挤满了从罗马逃出来的人,要想在这拥挤不堪的人群中间穿过去真是非常困难。市场上、神殿的圆柱间和大街上,都熙熙攘攘地挤满了人群。不少地方已经支起了帐篷,逃难的全家人都挤住在里面。有的人坐在露天的地上,不是大声呼唤神灵的保佑,就是在咒骂悲惨的命运。在这样的惊慌混乱当中,很难打听到什么情况。维尼兹 497

尤斯问过一些人,他们不是一声不哼,就是抬起他们那惊恐得失魂落魄的眼睛瞧着他,回答说:"城市和世界都要毁灭了。"从罗马那面来的人时时刻刻都在增加,男女老幼都有,他们的到来引起了更大的混乱和喧哗。有的人被挤散了,他的同伴便拼命地大声呼唤、到处寻找。有的人为了争夺露宿的地盘而互相厮打着。从坎帕尼亚来的一群群半野蛮的牧人,也拥到了小镇上,想打听消息或者想乘混乱之际浑水摸鱼,进行偷窃活动。到处都有各国来的奴隶和角斗士,他们三五成群地聚集在一起,开始抢劫城里的居民和别墅,并且和保护城市居民的军队发生了战斗。

维尼兹尤斯在旅店前面看见了被一群巴达维亚奴隶护卫着的

元老院议员尤留斯,第一次向他详细介绍火灾发生的经过。火灾确实是从大竞技场附近开始的,这个地方正好处在巴拉丁宫和卡留斯山丘之间,然而火势迅速蔓延,一下子就把城市的中心区都烧着了。自从贝勒鲁斯①征服罗马以来,罗马还从来没有遭受过这样巨大的损失。尤留斯说:"大竞技场全部被烧毁了,周围的商场和房屋也烧光了。阿芬丁山和卡留斯山也被大火烧着了。大火已经包围了巴拉丁宫,一直到达卡里纳区……"

说到这里,尤留斯想起在卡里纳街有他的豪华住宅,里面还有不少他喜爱的艺术珍品,便抓起一把泥土撒在自己头上,发出绝望的呻吟。

但是维尼兹尤斯摇着他的肩膀对他说:"我的房子也在卡里纳街上,既然一切都烧光了,那就让它也烧掉吧!"

随后,他想起他曾经劝莉吉亚回到普劳兹尤斯家去,于是又问道:"帕特里丘斯街怎么样了?"

"也烧着了。"尤留斯答道。

"台伯河对岸呢?"

尤留斯惊奇地望着他,用双手按着发痛的太阳穴说:"谁还去管台伯河对岸的事情。"

"对我来说,台伯河对岸比整个罗马都更重要!"维尼兹尤斯粗暴地喊道。

"要到那儿去,你只有穿过港埠路才行。因为阿芬丁山一带到

---

① 贝勒鲁斯:高卢国王,曾于公元前391年打败罗马人,他们攻进罗马,大肆抢劫,放火烧了罗马城。

处烟熏火燎的，会把你闷死……至于台伯河对岸的情况，我就不知道了。大火似乎还不可能烧到那个地方，可是此时此刻，大火究竟烧到那里没有，那只有神明知道了……"

尤留斯说到这里，犹豫了一会儿，接着便低声说道："我知道，你不会出卖我的，我告诉你，这不是一场平常的火灾。据说竞技场那儿不让人去救火……这是我耳闻目睹的……在四周房屋都烧着了的时候，人们听见上千个声音在喊：'救火者必死！'有些人在城里跑来跑去，把火把丢进人们家里……另一方面老百姓都骚动起来了，他们大声叫喊着：城市是奉命烧的。我用不着向你多说了。真是不幸啊，罗马城，我们大家都不幸啊，我自己更是不幸！在那里发生的惨景，是无法用口舌来叙述的。人们不是在火里烧死，就是在仓皇逃走时被挤踩而死……罗马真是完了！"

于是他反复地说："不幸啊！罗马和我们大家都灾难临头了！"这时维尼兹尤斯又跃身上马，沿着阿庇亚大道向前驰去。

然而，现在从城里涌出来的人和车马就像一道河流，他真像在河水里挣扎前进。被熊熊烈火包围着的罗马城，仿佛就在维尼兹尤斯的眼前，历历在目。从浓烟和火海那边，可怕的热气迎面扑过来，就连人们的喧嚣声也不能掩盖住大火的噼裂声和咆哮声。

43

等维尼兹尤斯来到城墙下面,他就觉得要进入城市中心,比到达罗马还要困难得多。由于阿庇亚大道上拥挤不堪,前进一步都非常不容易。大道两旁的房屋、坟场、田野、果园和神殿,都变成了宿营地。阿庇亚城门附近的战神神殿,被人砸开了大门,好在里面过夜。人们在坟场里,为了争夺一块大一些的坟墓,还发生了殴斗,甚至打得头破血流。乌斯特里隆的混乱情形,不过是罗马城外所发生的惨景的一个序幕而已。什么法律的尊严、政府的治理、家族的关系、等级的差别,在这里全都失去了作用。一眼能看到的,是手持木棒的奴隶殴打着公民。角斗士们从市场上抢来了酒,个个喝得酩酊大醉,结成一大帮,在街上狂呼乱喊,追逐着人群,殴打着他们,抢劫他们的财物。一大批刚带到城里准备出卖给人做奴隶的野蛮人,也从奴隶棚里逃了出来。对他们说来,罗马的火灾和毁灭便成了他们奴役的终结和报仇的时刻。因此,当城里的老居民们由于失去了全部财产而在那里呼天恸哭,伸出双手祈求众神救助的时候,这些野蛮人便兴高采烈地狂呼着,殴打着人群,扒掉他们肩上的衣服,把年轻的妇女抢走。和他们联合行动的,有早就在罗马服役的奴隶,还有身上除了一块遮羞布之外别无其他东西的穷人,以及那些从街头巷角涌出来的可怕的贱民,他们从来也不敢在光天化日之下在街上露面,所以很难想象罗马会有这样的一群人存在。这些由亚洲人、非洲人、希腊人、色雷斯人、日耳曼人和不列颠人所组成的野蛮而凶残的人群,用世界上的各种语言在狂叫着,他们像发了疯似的,认为时机已经到来,他们长年累月忍受着悲惨遭遇和苦难,现在该轮到他们痛快地报复了。在这些到处乱窜的人群中,在阳光和火光的辉映中,闪耀着禁卫军的盔甲,比较和平的群众都躲避到他们那里,想得到他们的保护。禁卫军在许多地方不得不和这些粗暴的群氓进行搏斗才能把他们驱散。维尼兹尤斯这一辈子看见过不少被征服的城市,但是他从来也没有看见过这样的凄惨景象,伤心绝望、悲号恸哭、痛苦呻吟和兴高采烈、如醉如狂、愤怒凶残、奸淫劫夺相互交织在一起,组成了一幅惨绝人寰的混乱情景。在这一群川流不息又疯狂骚动的人群上面,是熊熊的烈火在咆哮。这座世界上最大的城市在山丘上面燃烧着,它把炽热灼人的气息喷向混乱的人群,用浓烟罩住了他们,使他们看不见头上碧蓝的天空。这位年轻的军团长努力奋战,性命时刻受到威胁,终于来到了阿庇亚城门。可是到了这里才看出,要通过卡丕门地区进到城里去是不可能的了。这一带不仅人山人海,无法通过,而且烈焰灼人,连城门外的空气都在颤抖。另外在特里格敏城门口的波娜迪雅神殿对面,当时还没有架起那座大桥,因此要想到台伯河对岸就不得不走帕罗维桥,就是说要从阿芬丁山旁边绕过去,这就需要穿过被火海包围的一部分城市,但这条路根本就不可能通过。维尼兹尤斯知道他必须回到乌斯特里隆那个方向去,绕开阿庇亚大道,从城市的下方渡过河到港埠路那儿去,从那里便可直达台伯河对岸了。由于阿庇亚大道愈来愈混乱,要想通过可不是件轻易的事情,也许只有用剑才能给自己打开一条通道。可是,维尼兹尤斯没有带武器,因为他离开安提乌姆的时候,就像他在行宫里听到大火消息时一模一样。但是当他走到墨丘利喷泉池旁时,碰见了一个他认识的禁卫军百夫长,这个百夫长率领着几十名士兵正守卫在神殿前面。维尼兹尤斯便命令他们跟随他前进,百夫长知道他是军团长和廷臣,也不敢违抗他的命令。

维尼兹尤斯亲自指挥这一队士兵。这时候,他完全忘记了保罗关于要爱同胞的教诲,他们一直朝前冲去,砍杀阻碍他们前进的民众,由于他们来得太急促了,许多人来不及躲闪便丧了性命。他们身后是一片叫骂声,有的人甚至朝他们扔石头,但是他依然不顾这一切,一心只想到人群较少的地方去。他们经过最大的努力才能向前挪动。那些已经在大路上搭好帐篷的人是不肯给这些士兵让路的,他们愤怒地咒骂皇帝和禁卫军。有些地方的群众甚至采取了威胁的架势。维尼兹尤斯的耳朵里也听到了诅咒皇帝放火烧城的叱骂声。有的人还公开威胁要杀死皇帝和波培娅。到处可以听到"小丑""戏子""弑母贼"的叫喊声。有些人甚至还高声喊着要把皇帝扔进台伯河去,还有的人叫喊说,罗马人再也不能忍耐下去了。很显然,这种恫吓只要有个带头人振臂一呼,顿时就会爆发成公开的暴动。这时群众的绝望和愤怒都转向禁卫军。还有另一个原因使他们不可能穿过去,那就是大路上都堆满了一堆堆从火灾中救出来的东西:有盛满食物的箱子和木桶、珍贵的家具、日常用品、摇篮、睡垫、大车和轿子。好几处地方都发生了冲突，但是禁卫军很快就制服了手无寸铁的群众。维尼兹尤斯一行费力地穿过了拉丁、卢米西雅、阿德雅、拉维尼亚、奥斯提亚等街道，绕过了别墅、果园、坟场和神殿，最后到达了被称为亚历山大大街的小镇，在这里他们渡过了台伯河。过河之后，那一带的人群比较稀疏、烟雾也较为稀薄了。这里也有不少的逃难者，维尼兹尤斯向他们打听到，台伯河对岸只有几条小胡同在燃烧，由于火势太猛也无法抢救，而且就连这里也有人在故意纵火，还不许人去救火，公开说他们是奉命这样做的。现在这个年轻的军团长对于皇帝下令烧毁罗马，已经没有丝毫疑问了。人民群众要求报仇雪恨，他也认为是正确的、正当的。就连米特拉达提[①]或者其他罗马最凶狠的敌人，也不能干出比这更狠毒的事来！尼禄做得太过分了，他的疯狂也太令人憎恨了，只要他在位，人民就会处在水深火热之中，无法活命。维尼兹尤斯同样相信，尼禄的丧钟敲响了，他也相信，罗马被毁灭的废墟，必定而且应该埋葬掉这个阴险凶残的小丑，以及他的全部罪恶。现在只要哪个人有足够的胆量出来领导这些绝望的群众，几小时之内就能起事成功。想到这里，维尼兹尤斯的头脑中出现了一个大胆而又能报仇的念头。如果他出来领导，又会怎么样呢？维尼兹尤斯的家族，到目前为止，已经出现过一大批执政官，是全罗马闻名的名门望族。群众只要听见他的名字就够了。过去裴达留斯·塞康达总督仅仅因为判处四百名奴隶死刑，就几乎引起一场暴动和内战，何况现在人民遭受了如此巨大的惨祸，这种惨祸胜过罗马八个世纪

[①] 米特拉达提：本都国王，与罗马进行过三次战争。

以来所遭受的损失的总和。维尼兹尤斯心想，无论什么人，只要他出来号召罗马人拿起武器，他就能推翻尼禄的统治而自己穿上紫袍。所以，他为什么不这样干呢？他比别的廷臣们要更勇敢，更强壮，也更年轻……尼禄的确下过命令，要三十个军团驻扎在国境线上，但是这些军团和他们的指挥官，一听到罗马和它的各座神殿都已烧毁的消息，难道就不会倒戈叛变吗？这样一来，他，维尼兹尤斯就可以当上皇帝了。不是在廷臣们中间流传着谣言，说有一位预卜者预言奥托会穿上紫袍。难道他不如奥托吗？也许基督还会施展神威来帮助他呢，说不定这种想法本身就是他的启示吧？"要是真是这样就好了！"维尼兹尤斯在心里喊道。到了那时候，他就可以为了莉吉亚的危险处境和自己所受到的恐惧不安而向尼禄报复了，他会按照正义和真理来进行统治，他要把基督的教义从幼发拉底河一直传播到浓雾密布的不列颠海岸上，同时他还要让莉吉亚穿上紫袍，做全世界的女皇。

但是这些想法就像从着火的房上四溅开来的火星那样，只在他的头脑里闪现了一下，便又像火星一样熄灭了。救出莉吉亚才是头等重要的大事。现在他从近处看到这场大火灾，恐怖又重新攫住了他的心。面对这火与烟的海洋，面对他所看见的触目惊心的现实，原来相信使徒彼得能救出莉吉亚的希望，现在完全从他的心中消失了。当他走上通往台伯河对岸的港埠路时，他再一次感到了绝望。直到进了城门他才恢复常态，这时他回想起那些逃难者告诉他的话，虽然河对岸有几条胡同着了火，但是大部分地区还没有遭到大火的袭击。

不过台伯河对岸也同样是浓烟滚滚，街上挤满了逃难的人群。

这里的居民有较充裕的时间来抢救和搬出他们的财物,因此,要进入这一地区的腹地就更困难。港埠路上许多地方都堆满了东西,而在奥古斯都水战剧场附近,各种物品真是堆积如山。那些狭窄的胡同,由于弥漫的烟雾更浓,使人无法呼吸,连走近一点都不可能。成千上万的居民从这些胡同里逃了出来。维尼兹尤斯沿途又看见了另一些使人触目惊心的惨状。两条从相反方向涌来的人流,在狭窄的通道上相遇,便互相碰撞、厮打,展开了你死我活的肉搏战。在这样混乱不堪的状况中,许多家庭被冲散了,母亲号啕大哭着,呼唤着自己的孩子。维尼兹尤斯一想起离火灾更近的地方会发生什么样的惨状,又感到毛骨悚然了。在这样喧哗杂乱的人群中要打听什么事或者听清别人的说话都很困难。有时候一股股新的浓烟从河对岸直卷过来,紧贴着地面翻动前进,它是那样浓厚,那样漆黑,把房屋、人群和一切物品都遮没了,仿佛黑夜笼罩着大地。然而由大火引起的阵风又把浓烟驱散了,这时候,维尼兹尤斯又乘机向李努斯家住的那条小街前进。七月的酷暑,再加上大火燃烧的热力,烤得叫人无法忍受,浓烟迷住了人们的眼睛,使得他们胸膛透不过气来。就连那些原来还以为大火烧不到这里来的、至今还留在家里的居民们,现在也开始离家逃难了,因此,街上的人群每时每刻都在增加。跟随在维尼兹尤斯身后的禁卫军,都远远地落在后面。在纷乱之际,不知道是什么人用铁锤打伤了他的马,马抬起了流血的头,乱蹦乱跳着,根本不听骑手的管束了。群众从他穿的华丽的衬衣上一下子认出他是一个廷臣,便立即向他围了过来,还大声叫喊着:"打死尼禄和他手下的纵火犯!"这真是危险万分的时刻。几百双手都朝维尼兹尤斯身上打来,可是那匹受惊的马践踏着人群把他带走了。同时又有一股新的浓烟袭来,使街道变得漆黑难辨。维尼兹尤斯看到自己无法骑马前进,便跳下了马,开始徒步跑起来,身子紧靠着墙壁挤过去,有时他只好停下来,让潮涌般的人群过去。他心中暗暗思忖,他的一切努力可能都是徒劳的。莉吉亚很可能不在城里了,哪怕此时此刻她要是打算逃走,也还能逃得出来。他要想在混乱和拥挤不堪的人群中找到她,比在大海里捞针还要困难。然而,即使让他付出自己的生命,他也要到李努斯家去看看。他常常停下来擦擦眼睛。他从衬衣上撕下一块布来捂着他的鼻子和嘴唇,又继续向前跑去。

等到他走近河边的时候,热气更加灼人了。维尼兹尤斯知道,火灾是从大竞技场开始的,因此,他刚开始还以为,这种热气是那废墟上飘过来的,是从竞技场旁边的同样被烧毁的布奥留会议堂和维拉布朗姆飘过来的。然而热气越来越令人无法忍受了。维尼兹尤斯看到最后一个逃走的人,那是一个跛脚的老人,他大声叫道:"不要到舍斯提乌斯桥那边去,整个小岛都着火了!"的确,不能存在任何幻想了。维尼兹尤斯看到在犹太街的转角处——李努斯的房子正好在这个地方——从翻腾的浓烟中喷射出火焰:不仅小岛在燃烧,就连台伯河对岸也着火了,至少是莉吉亚住的这条小街的另一端已经起火了。

维尼兹尤斯想起,李努斯房子的周围是一片果园,它靠台伯河的那一面还有一块没有任何建筑物的不大的空地。这样一想,他又得到了几分安慰,火烧到这块空地就会自行停住,这也是可能的。他怀着这样的希望便加速了步伐,可是每一次吹来的风里不仅带有浓烟,还有四溅散落的成千上万的火星,这些火星能够把这条街的另一端烧着。这样一来,连他自己的退路也会被截断了。

维尼兹尤斯透过烟雾终于看见了李努斯果园中的几棵柏树。在空地另一面的房屋,已经像一大堆木料似的烧起来了,但李努斯的小住宅却安然无损。维尼兹尤斯抬眼望天感谢上帝,尽管灼热的空气开始烤得他难受,他依然朝那所房子飞奔过去。院门锁着,他砸开院门,走进院子。

果园里没有人,房子里面也空寂无人。

"也许是被烟雾和热气熏昏过去了!"维尼兹尤斯心中暗自想道。

他大声喊叫:"莉吉亚!莉吉亚!"

回答他的是一片沉默。在这种寂静中,除了远处大火的咆哮声外,什么声音也听不到。

"莉吉亚!"

突然,他曾经有一次,也是在这座果园里听到的那种可怕的声音,现在又传到了他的耳中。就在这附近的岛上,离厄斯库拉帕神殿不远的地方,有一座野兽饲养场着火了,里面有各种各样的野兽,包括狮子在内,这些野兽由于惊惶而发出震天的吼叫声。维尼兹尤斯从头到脚打着哆嗦,这已经是第二次了。当他一心一意在思念莉吉亚的时候,又听见这种惊心动魄的声音,它像是不幸的预兆,像是给凶险的未来作了可怕的预言。

不过这只是短暂的转瞬即逝的印象,因为大火的咆哮比野兽的吼声更可怕,迫使他去思考别的问题。莉吉亚的确没有回答他的呼唤，但并不是没有可能在这所房子里找到她，也许她被烟熏昏了，或者憋死了。维尼兹尤斯立即冲进屋子。小客厅里也是空空的，里面烟雾弥漫，漆黑一团。他用手摸着了卧室的门，看见了一盏油灯闪耀着微弱的火苗，他走近前去，原来是一座神龛，里面放的是一个十字架，而不是家神像，十字架下面点着一盏小油灯。一种思想像闪电似的出现在这位年轻的新教徒的脑海里，他觉得那个十字架给他送来了这盏油灯，有了灯照亮，他就一定会找到莉吉亚。于是他拿起油灯，开始搜查起卧室来。他找到了一间，便掀开门帘，用油灯照着，四下查看起来。

可是，这卧室里也是空无一人。维尼兹尤斯相信，这里正是莉吉亚的睡房，墙上的挂钉正好挂着她的衣服，床上放着"紧身衣"，也就是女人贴身穿的一种内衣。维尼兹尤斯拿起这件内衣，放在嘴上亲了一下，便把它搭放在肩膀上，又继续寻找。这座房子不大，不久就找遍了所有的房间，连地下室也找过了。但是找遍各处依然是一个活人也没有。很显然，莉吉亚、李努斯和乌尔苏斯，都像这一地区的其他居民一样，在大火烧到之前就逃走了。"我应该到城门外的人群中去寻找他们！"维尼兹尤斯想。

在港埠路上没有遇见他们，维尼兹尤斯并不感到奇怪，因为他们很可能从另一个方向离开台伯河对岸区，朝梵蒂冈山丘走去。但是不管他们怎样走，反正都是脱离了火灾区，保住了性命，像是有一块大石头从维尼兹尤斯的心上落了下来。他也知道，逃难也会遇到可怕的危险，但他一想起乌尔苏斯超人的力气，便觉得宽慰了。他自言自语说："我必须从这里逃走，穿过多米兹雅花园到阿格里帕花园去，在那里一定能找到他们。风是从萨比纳山那边吹过来的,那边的烟雾一定不会这样可怕。"

然而现在出现了严重的情况,维尼兹尤斯不得不想办法救自己了,因为火焰的浪涛从小岛那边越来越逼近了,翻滚的浓烟把整个胡同都包围了。屋子里给他照明的那盏油灯,突然被气流吹熄了。维尼兹尤斯跑到街上,竭力朝他来的那条港埠路奔跑过去,可是大火却用灼热的气流跟踪着他,新的一阵又一阵的浓烟包围着他,飞溅的火花降落到他的头发上、脖子上和衣服上。他的衬衣上面已经有好几处地方开始冒烟了,但他毫不在意,继续向前跑去,他只担心浓烟会把他闷死。他的嘴里有一股烧焦的烟味,喉咙和肺部也仿佛着了火。血往头上直涌,使他有时把一切都看成红色的,甚至觉得连浓烟也是红的。他在心里暗自思量:"这火是活动的,我还不如倒下来死了好!"奔跑越来越使他精疲力竭了,头上、颈上和背上都是汗涔涔的,像开水一样烫人。假若不是他心里一再念着莉吉亚的名字,假若不是她那件内衣裹着他的嘴,那他早就倒下去了。几分钟后,就连他奔跑的那条小胡同他都辨认不清了。他的意识渐渐模糊起来了,他只知道他应该逃出这个地方,因为莉吉亚在开阔的地方等着他,使徒彼得已经把她许配给他了。突然之间,他觉得他身上出现了一种奇怪的信念,一种半狂热的状态,有如人死前的回光返照,他相信他一定会见到她,和她结婚,然后立即死掉。

他像个醉汉那样跟跟跄跄地从街这头奔向街那一头。这时候,那吞没了这座大城的可怕的火灾,已经有了某些变化。在这之前还是冒着烟的一切,现在都爆发成一片耀眼的火海,因为风已经不再把浓烟吹过来了,就连笼罩在胡同里的浓烟也被燃烧的气流带走了。而随着那翻滚的气流而来的是数不清的火花,维尼兹尤斯仿佛是在火云中奔跑似的。现在他能清楚地看见前面的街道,就在他精疲力竭、快要倒下去的一瞬间,他看到了这条胡同的尽头,这又给他增添了力量。他拐过街角,来到了通往港埠路和科德坦广场的那条街上。火花不再追逐他了。他知道,只要他来得及赶到港埠路,到那时候,即使他昏倒在地,也能得救了。

到了街口,他看见一大团烟雾似的东西挡住了他的去路。"如果这是一团烟,"他想,"那我就无法穿过去了!"他用最后的气力奔向前去。他把衬衣扔在街上,一下子它就积满了火星,像涅索斯①的衬衫一样烧起来了。他赤身奔跑着,只有头部和嘴唇还用莉吉亚的紧身内衣裹包着。等他走近一看,原来以为是一团烟的东西,不过是一片尘土,从那里面传来了人们的说话声和叫喊声。

"是暴徒在抢劫人家吧!"他自言自语着。

但是他还是朝有声音的方向跑去。不管怎么样,那里一定有人,他们可能会帮助他。他怀着这种希望,还没有跑到人们的面前,便拼命地喊叫起来,要人来救命。但那是他最后的努力了,他的眼睛越来越红,他的肺部喘不过气来,连骨头缝里的一点力气都使尽了,于是他跌倒在地起不来了。

人们听到了他的呼救,或者还不如说是看见他倒下了,于是有两个人拿了一瓢水前来救他。浑身无力倒在地上的维尼兹尤斯,并没有失去知觉,他用双手捧住水瓢,一气就喝了一半。

---

① 涅索斯:希腊神话中半人半马的怪物。赫拉克勒斯穿上染有它血迹的衬衣时,毒血经阳光一照,立即化成火焰,把赫拉克勒斯烧死了。

"谢谢，请扶我站起来，我自己还能走路。"他说。

另一个工人向他的头上倒了一瓢水，那两个人不仅扶着他站了起来，而且还把他抬了起来，把他带到他们的一伙人中间，他们围着他，关心地问他受伤了没有，这种亲切的关心使维尼兹尤斯感到惊讶，他问："你们是些什么人？"

"我们是拆房子的，免得让大火烧到港埠路上来。"一个劳动者答道。

"我倒在地上，你们救了我，我要谢谢你们。"

"我们是不会见死不救的！"好几个声音回答。

维尼兹尤斯打从早晨起，看到的都是些愤怒的群众，都是殴斗和抢劫，现在他仔细地打量着他身边那些人的脸孔，开口说道："愿基督报答你们……"

"赞美他的名字！"大家齐声叫道。

"李努斯在哪儿？"维尼兹尤斯问。

他不能再问下去，也没有听见回答，因为激动和过度的紧张劳累，他重又失去了知觉。当他苏醒过来的时候，他已经在科德坦广场的一座花园里，由好几个男女照拂着，他说出的第一句话是："李努斯在哪儿？"

开始没有人回答，过了一会儿，有一个维尼兹尤斯熟悉的声音突然说道：

"在诺门坦纳城门外，他两天以前……就到奥斯特里亚努去了……你放心好了，波斯国王！"

维尼兹尤斯仰起身子，坐了起来，他意外地发现基朗站在面前。

这个希腊人又说:"大人,你的府第也一定烧光了,因为卡里纳街成了一片火海,可是你永远会像米达斯①一样富有。啊!这是多么悲惨啊!基督教徒们,塞拉波斯的儿子早就预言过,大火要毁灭罗马城的……李努斯和朱庇特的女儿②都在奥斯特里亚努……啊!这个城市遭到了多么大的一场惨祸啊!……"

维尼兹尤斯几乎又要昏厥过去。

"你看见过他们吗?"他问。

"我看见过,大人!……真要感谢基督,感谢一切神明。我给你带来了这样的好消息,来报答你的恩惠。可是,尊敬的'奥西里斯',我要对着烈火熊熊的罗马起誓,我还要更大地报答你。"

这时,外面已经暮色苍茫,而在花园里却像白天一样明亮,那是因为大火越烧越大了,叫人看起来不仅是一个地区在燃烧,而是整个城市的各个地区全都着火了。一望无际的天空布满了红光,连笼罩着大地的黑夜也显得那样血红。

---

① 米达斯:希腊神话中的弗里吉亚王。酒神的侍从因迷路而误入他的花园,米达斯热情招待了他,并把他送回给酒神。酒神为了感谢他,便授予他法术,让他能点石成金。

② 指莉吉亚。

44

这座燃烧着的城市的火光直冲云霄,把目力所及的整个天空都映得通红。这时,一轮又大又圆的明月从山后冉冉升起,被火光照映,变成了一种燃烧时的黄铜的颜色,惊奇地俯视着这座正在毁灭的统治着全世界的城市。在染红了的苍穹上面,是玫瑰色的星星在闪烁。而且和平常的夜晚相反,大地比天空还要明亮。罗马就像一堆大篝火似的照亮了整个坎帕尼亚平原。在血红的火光照耀下,能眺见远方的山丘、城镇、别墅、神殿、纪念碑和从附近山上伸展到城里的输水管道,在输水管道上站着一群群百姓,他们为了安全或是为了更好地观看大火,才聚到这里来的。

这时候,可怕的火灾继续吞没着新的区域。毫无疑问,是有一些罪恶的手在四处放火,因为有些地区离火灾中心区很远,现在也烧着了。从罗马所在的山丘上,火势像海浪一样直向房屋稠密的低地涌去,那些地方的房屋有五六层高,全是店铺、商场、供社会各阶层娱乐用的木制活动剧场,还有木材栈、橄榄油库、粮库、胡桃库和供给穷人食用的松果仁库,以及皇帝有时出于怜悯而发放给贫民窟里无业游民的衣服库。大火到了这些地方,由于遇到了易燃品,便不断地发出一系列爆炸声,而且以未曾有过的速度把整条街道变成了熊熊烈焰。那些在城外宿营或者站在输水管道上的人们,从火光的颜色就能辨认出是什么东西在燃烧。狂暴的气流从火海里掀起千千万万被烧着了的胡桃和扁桃核,轰然射向天空,像是无数只色彩斑斓的蝴蝶在空中飞舞,它们噼噼啪啪地炸裂成碎片,被风卷走,落到城市的其他地区,落在输水管道上和罗马城外的原野上。现在一切救火的办法都无济于事了,而混乱却在越来越扩大,一面是城里逃难的人从各座城门往城外逃去,另一面是从近郊来的上万人朝城里冲去,其中有小村镇的居民,有农民和坎帕尼亚平原的半野蛮的牧民,他们抱着趁火打劫的目的,被这场大火吸引了来。

"罗马在灭亡!"群众一直不离口地喊叫着。然而这个城市的毁灭,在那时实际上就等于是罗马权力的结束,是直到现在依然把全体人民结成一体的一切束缚的破裂。而那些暴徒们,其中大部分是奴隶和异国人,他们全然不关心罗马的统治权力,只有这种翻天覆地的变化才能使他们摆脱桎梏,因此他们处处都摆出气势汹汹的威胁姿态。暴行和抢劫不断在扩大。只是由于这座灭亡的城市的可怕景象转移了人们的注意力,才暂时没有发生残酷的大屠杀。但城市一旦变成了废墟,屠杀便会立即开始的。几十万奴隶忘记了罗马除了神殿和建筑物之外,还有驻扎在世界各地的几十个军团——他们似乎在等待着暴动的口号或者起义领袖的出现。他们开始想起斯巴克斯的名字,但是现在并没有出现斯巴达克斯,相反,罗马的公民们都集合起来了,用一切能得到的武器武装着自己。每座城门都有骇人听闻的谣言在流传着。有人说,火神武尔坎努斯得到朱庇特的命令用地底下的火在烧毁罗马;有人说那是维斯塔女神在为女祭司卢布丽亚报仇。相信这些谣传的人便什么东西也不想抢救出来了，他们一齐去到神殿，祈求众神大发慈悲。但是流传最广的是说皇帝下令烧毁罗马，好让他不再闻到从苏布拉飘来的臭气，以便他再建一座名叫"尼禄里亚"的新城市。群众被这种传说激怒了，正如维尼兹尤斯所想的那样，只要能找到一个带头的会利用这种仇恨情绪的人，那么尼禄的丧钟就会提前几年敲响的。

人们还传说皇帝发了疯，他打算命令禁卫军和角斗士去袭击人民，掀起一场巨大的血腥屠杀。有的人还赌咒发誓地说，根据红胡子的命令，所有野兽饲养场的野兽都已经放出来了。有的人在街上看到了鬣毛着火的狮子、狂奔乱跑的大象和野牛，它们撞倒了不少老百姓。这种谣传也不无部分道理，因为有几处野兽饲养场的大象，受到大火威胁，冲出了饲养场，它们一旦得到了自由，便惊慌地朝大火相反的方向狂冲过去，像狂风暴雨似的把沿途阻碍它们的一切东西都毁坏。据公众估计，死于这次火灾的人不下数万。实际上死的人也确实不少。有的人因为失去了全部财产或者自己心爱的人而感到悲观绝望，便自己跳进火里自焚了。还有一些人是被浓烟熏死的。在市中心，在卡彼托林山与奎利纳尔山、维米纳尔山和埃斯奎林山之间，在巴拉丁和凯里安山丘之间，由于这些地区街上的房屋鳞次栉比，大火在几条街上同时烧起，以致一群群只朝一个方向逃走的群众，都预想不到地碰到了一堵堵新的火墙，他们就在这片烈焰熊熊的火海里被悲惨地烧死了。

市民们又恐惧又混乱，弄得晕头转向，到后来都不知道该往哪儿逃命了。有的街道上堆满了东西，不少狭窄的地方几乎完全堵死了。不少人逃到了后来建起的弗拉维圆形剧场的广场和市场上，那里靠近大地神殿和西尔维亚柱廊，更高一些在靠近朱诺和卢西纳神殿的地方，以及在克利乌斯、维伯纽斯和埃斯奎林老城门之间，避难的人们四周都被火海包围了，即使站在火焰达不到的地方，后来也全都被烤死了。尽管到处都有不幸的人掘起铺地的石板垒起来躲避热气，有的人甚至在地上挖了一个坑，半截身子藏在坑里，后来也还是发现了数百具被烤成焦炭的尸体。住在市中心的居民，没有哪一家不死人的，所以在城墙边、在各座城门口和所有的大道上，都能听到女人绝望的号叫声，她们悲痛地呼唤着死于大火或被践踏而死的亲人的名字。

　　有人在祈求众神大发慈悲，也有人在咒骂众神，要他们对这场惨绝人寰的灾难负责。可以看到一些老人面对着"解放神朱庇特"的神殿，伸出双手大声呼叫："如果你真是救星，就请你救救你的神坛和这座城市吧！"然而人们的悲愤首先指向那些古老的罗马众神，在老百姓的概念里，这些神应该比别的神负有特别保护罗马的义务。但是这些神明却似乎一筹莫展，毫无作为，因而受到人们的谴责。还发生了这样一件事，在阿西纳里亚街上出现了一队埃及祭司，他们护送着一座从卡利曼坦门附近的神殿中抢救出来的伊西斯神像，人们便拥向这队祭司，帮着拉那辆大车，一直把它拉到了阿庇亚城门，把神像安放在战神马尔斯神殿里，他们还把那些出来阻止他们这样做的埃及祭司们殴打了一顿。别的地方也有人在向塞拉比斯、巴尔和耶和华祈祷呼救。耶和华的信徒们从苏布拉和台伯河对岸的大街小巷里走出来，聚集在城墙外的原野上,发出一片喧嚣和祷告声。在他们的呼叫祈祷声中,可以听到一种胜利的声调,因此,当一部分居民加入他们的合唱,一起赞美"世界之主"时,另一部分人却被他们的欢乐的呼声所激怒,想用武力阻止他们。到处都能听到壮年人、老人、妇女和儿童唱起赞美歌的歌声,这种歌声既神奇又庄严,人们虽然无法理解歌中的意思,但在这种歌声中常常听到这样的词句:"在这愤怒和灾难的日子里,审判官就要降临了。"这些动乱不定、彻夜不眠的人们汇成了一股巨大的洪流,像汹涌翻滚的海洋那样,围绕着这座燃烧的城市。

但是,无论是悲愤绝望,诅咒众神,还是赞美的歌声,都毫无用处。灾难正如命运本身,它显得那样残酷凶狠,那样威风凛凛又无法抗拒。在庞培圆剧场附近贮存麻绳的仓库也烧着了,因为在竞技场上,舞台和比赛时所用的种种机械都得使用大量的麻绳,仓库隔壁是堆放松脂桶的库房,那里也着火了,松脂是用来涂绳子的。靠近战神广场的这一部分城市,在几小时之内都被深黄的火光照得透亮,使那些吓得昏头昏脑的群众一时间似乎都觉得,在这场大毁灭之中连昼夜的次序都颠倒过来了,仿佛他们看见的正是白天的阳光。可是后来,那单调得像污血似的红光,把别种颜色的火光都压下去了。从火海里迸发出一股巨大的喷泉似的火柱,直冲灼热的云霄,许多火柱的顶端像焰火或羽毛似的,四溅开来,然后风又把它们吹散卷走,变成了一根根金线和火丝,把它们吹到坎帕尼亚平原,甚至吹到阿尔班山脉。夜色越来越明亮,连空气本身也使人觉得灼热,这不仅是火光,而且也是热焰。台伯河像一条流动的火流。这座不幸的城市已经成了一座惨绝人寰的地狱。大火还在继续扩大，不断席卷着新的地区，并且开始向山丘发起进攻，像洪水一样在平地上泛滥，淹没了山谷，不停地横冲直撞，怒号咆哮，大发淫威，声似雷鸣。

维尼兹尤斯被人抬到纺织工人马克里鲁斯的家里，他们给他洗了澡，换了衣服，又让他吃过饭，当这个年轻的军团长完全恢复了体力之后，他便表示当天晚上就要出去寻找李努斯。马克里鲁斯也是一个基督教徒，他证实了基朗的话，说李努斯同那个老长老克列门斯一道去了奥斯特里亚努，彼得打算在那里给一大批新教徒施洗礼。这一带的基督教徒都知道，李努斯两天之前就把自己的家委托给一个叫加攸斯的看管。这在维尼兹尤斯看来的确是一个很好的证明，说明莉吉亚和乌尔苏斯都不在李努斯家里，他们也必定会到奥斯特里亚努去的。

45

这消息给了他很大的安慰。李努斯是个年迈体弱的人,每天要从台伯河对岸走到诺门坦纳城门外,然后再回到台伯河对岸来,走这样远的路程,确实是非常困难的。他这几天一定是住在城外的某个教友家里,和他一同借住的一定还有莉吉亚和乌尔苏斯。这样一来,他们就不会受到火灾的威胁了,因为火灾根本没有波及埃斯奎林山坡的另一面。维尼兹尤斯认为这一切都是基督的安排,他自己也受到了基督的保佑。于是他心中比以往更加强烈地充满了对"他"的爱,他在心里向基督发誓,一定要用整个生命去报答他这次十分明显的恩惠。

这使他更急于要赶到奥斯特里亚努去了。他要找到莉吉亚,找到李努斯和彼得,把他们带到遥远的地方去,带到自己的某个领地上去,甚至就到西西里岛上去。罗马在燃烧,再过几天便会成为一片废墟了,有什么必要留在这里来观看这场灾难和这些疯狂的人呢?在他的领地上有大批循规蹈矩的奴隶服侍他们,四周是宁静安谧的乡村,他们将会在基督的庇护下过着和平宁静的生活,受到彼得的祝福。现在只要能找到他们就好了。

要找到他们可不是一件容易的事。维尼兹尤斯想起他从阿庇亚城门到达台伯河对岸经历了何等的千难万险，后来他不得不迂回曲折，拐来拐去，才走上港埠路，于是他决定这次要从相反的方向绕过城市去。他打算穿过凯旋大道，沿着河岸前进，一直到艾米留斯大桥，再从那里绕过品丘斯，沿着战神广场，从庞培花园、卢库努斯花园和萨鲁斯提乌斯花园的旁边穿过去，那样便可以到达诺门坦纳那条大街。这是一条最短的路。可是马克里鲁斯和基朗都不同意他走这条路。虽然这一带没有被烧着，但所有的街道和市场都挤满了人群和他们的什物，使人无法通过。基朗建议穿过梵蒂冈山丘直到弗拉米尼乌斯门，从那里过河，再沿着外城墙往前走，穿过阿齐留斯花园直达萨拉里亚城门。维尼兹尤斯沉吟了一会儿，便采纳了他的意见。

马克里鲁斯必须留下来看守房子，但是他搞到了两匹骡子供维尼兹尤斯使用，好让莉吉亚在以后的旅途中乘骑。他还想送一个奴隶给维尼兹尤斯，但是被他谢绝了。他认为最好还是像以前那样，找上一队在路上碰到的禁卫军，让他们听从他的调遣，跟随他前进。

不久，他便和基朗一道上路了，他们穿过雅尼库努姆山丘，向凯旋路前进。稍微宽阔一些的地方都住满了逃难的人，但从他们中间穿过去并不十分费力，因为大部分居民都已经沿着港埠路逃到海边去了。过了塞浦提米亚城门之后，他们走在台伯河与多米兹雅花园之间的街道上，花园里的大柏树被火光映得通红，仿佛披上了一层夕阳的霞光。道路越来越宽敞了，他们除了有时碰到成群的乡下佬进城之外，便不再遇到什么障碍。维尼兹尤斯大力催赶着骡子前进，基朗紧紧地跟随在他后面，一路上都在喋喋不休地嘟哝着:"现在我们离开了火灾区,大火只在我们的背后烧烤着。这条路从来没有像今天夜里这样明亮过。啊,宙斯啊!如果你不降一场滂沱大雨来浇灭大火,那就说明你不爱罗马了。人力是无法扑灭这场大火的。这样一座大城市,希腊和全世界都给它效劳的大城市!然而现在随便哪一个善良的希腊人都能在它的灰烬上烧豆子吃了!真让人做梦也想不到,竟会出现这样的惨祸!……如今再也没有罗马,再也没有罗马的达官贵人了!……等到大火熄灭之后,人人都可以在废墟上自由地走来走去,而且可以放心大胆地乱打呼哨了。啊!众神啊!居然会让人随便地对着这座统治过世界的都城乱打呼哨!有哪个希腊人或者野蛮人能料到会出现这种怪事呢?……可现在就可以打呼哨了,因为它不过是一堆灰烬,无论是牧人烧尽了的篝火,还是被烧毁的罗马城市,都同样是一堆灰烬,它们迟早都要被风刮走的。"

他一面自言自语,一面不时地转过身来望着大火,脸上露出充满恶意的喜悦神情。然后他继续说道:"完了!完了!罗马再也不会在地上出现了。现在全世界将到哪里去缴纳它们的粮食、它们的橄榄油、它们的金钱呢?谁去向全世界榨取金银和眼泪呢?大理石虽然烧不着,可是大火会把它烧成碎片,卡彼托林神殿会烧成瓦砾,巴拉丁宫也会被烧成瓦砾。啊,宙斯啊!罗马曾经像个牧人,而别的民族像是羊群。要是牧人饿了,他可以宰杀一头羊来充饥,他吃肉,而把羊皮献给你这位众神之父。啊,掌管雷电的神明啊!现在谁来宰羊呢,你把放牧的鞭子交到谁的手里呢?啊,主神啊!现在罗马烧得这样烈焰熊熊,仿佛是你亲自用雷火把它烧着了似的。"

"快走吧!你在那里做什么?"维尼兹尤斯突然催促道。

"我在为罗马哀哭,大人!多好的一座朱庇特的都城啊!……"基朗答道。

他们两个一声不响地走了一会儿,听着大火的咆哮声和群鸟拍打翅膀的声音,无数筑巢栖息在别墅檐下和坎帕尼亚小城的鸽子,以及从海边和四周山上飞来的各种野鸟,都把这熊熊的火光当成了白天的阳光,它们成群结队地在空中掠过,盲目地朝烈火的方向飞去。

维尼兹尤斯首先打破了沉默。

"开始起火的时候,你在什么地方?"

"我正往我的朋友艾乌里兹尤斯家里走去,老爷,他在大竞技场旁边开了一家店铺,我当时正在思考基督的教义,就听见有人喊了起来:'着火了!'人们都跑到竞技场上,有人想去救火,有人想看热闹。可是后来大火把整个竞技场都包围了,别的地方也开始烧起来,这时大家才不得不考虑自己的安全了。"

"你看见有人向住户家里扔火把吗?"

"我怎么能看不见呢,伊里斯的子孙啊!我看见一伙人在人群中挥舞着利剑开路前进。我看见了刺杀格斗,还看见死人的肚肠摊在石子路上被他们践踏。哎呀,老爷,你要看见这种惨状,一定会认为是野蛮人占领了城市,正在血洗这座城市呢。四周的人们都在哭喊说,世界的末日到了。一部分人完全被吓昏了,他们忘了逃走,呆呆地站在那里,等待大火烧到他们的身边。有的人精神错乱了,有的人绝望地号叫着。可是我也看到了这样一些人:他们兴高采烈地狂呼着。老爷,世界上真还有不少的坏人呢,他们不知道该怎样看重你们温和的统治,看重你们的法律,你们是根据这种法律把他们的财产占为己有的。这些人根本不懂得顺从神明的旨意!"

维尼兹尤斯一心在想着自己的事情,没有心思去注意基朗话里常常带有的嘲讽。他只要一想到莉吉亚可能正处在这种混乱之中,也许就在人们的肚肠摊在外面受到践踏的那些可怕的街道上,他便恐惧得浑身直打哆嗦。凡是基朗知道的事情,哪怕他问过十遍也还觉得不够,于是他又一次问道:"你果真在奥斯特里亚努亲眼看见过他们吗?"

"我看见的,维纳斯的儿子!我看见那个姑娘,那个善良的莉吉亚人,还有神圣的李努斯和使徒彼得。"

"是在起火以前吗?"

"是的,是在起火之前,密特拉啊!"

这时候,维尼兹尤斯的心中突然产生了疑问,他觉得基朗在说谎。于是他勒住骡子,严厉地盯住这个有了一把年纪的希腊人,问道:"你到那里去做什么?"

基朗心慌意乱了。的确,基朗和许多别的人一样,也认为罗马城的毁灭就等于罗马帝国统治的终结,可是如今他是单独一个人和维尼兹尤斯在一起,他便不敢和他作对。他想起这个年轻人曾经禁止他跟踪基督教徒的行动,特别是李努斯和莉吉亚的行动,否则就要对他施加严厉的刑罚。

"老爷,你难道不相信我是爱他们的吗?"他说,"是的!我去过奥斯特里亚努,因为我已经是半个基督教徒了。皮浪教导我,应当尊重美德胜过尊重哲学,于是我越来越倾心于那些德行高尚的人。另外我是个穷人,啊,老爷,当你正在安提乌姆玩乐的时候,我却常常饿着肚子在读书,因此我就经常坐在奥斯特里亚努的墙外,尽管这些基督教徒自己也是穷人,但是他们向人施舍的东西却比所有别的罗马居民施舍的还要多。"

维尼兹尤斯认为这个理由还说得过去,便用比较温和的口气问道:"难道你不知道眼下李努斯他们住在什么地方吗?"

"老爷,上一次你把我的好奇心惩罚得多苦啊!"基朗答道。

维尼兹尤斯打住了话头,继续往前走。

过了一会儿,基朗开口了:"老爷,如果没有我,你是很难找到这位公主的,等到我们找着了她,你可不会再忘记我这个穷得要命的哲学家的吧?"

"我会给你一所坐落在阿梅里奥拉的房子,还有一座葡萄园。"维尼兹尤斯答道。

"谢谢你,赫拉克勒斯!还带一座葡萄园吗?……真是多谢你了!啊,真的,还带一座葡萄园!"

这时候,他们穿过了梵蒂冈山丘,这里被火光映得通红。过了水战剧场后,他们便向右拐弯,以便穿过梵蒂冈平原,然后渡过河去,朝弗拉米尼乌斯门前进。基朗突然勒住了骡子,说道:"老爷,我想到了一个好主意。"

"说吧!"维尼兹尤斯答道。

"在雅尼库拉山丘和梵蒂冈山丘之间,就在阿格里帕花园的那一边,有一些地下洞穴,那是建筑尼禄竞技场时开采石头和沙子挖出来的。你听我说呀,老爷。不久以前,在台伯河对岸住了不少犹太人,他们残酷地迫害基督教徒。你还记得克劳迪乌斯皇帝在位的时候，曾经发生过的骚乱吗？皇帝不得不把他们驱逐出罗马城。如今他们又回到那个地方去了，而且得到了皇后的庇护，他们觉得安然无事了，于是又开始蛮横地迫害起基督教徒来。我很清楚这些情况！而且是亲眼看见的！虽然没有颁布过任何取缔基督教徒的命令，但是这些犹太人却在城防司令那里控告他们，说他们杀害儿童，崇拜驴子，宣扬一种元老院不承认的教义，这些犹太人还殴打基督教徒，凶暴地冲击他们的祈祷集会，事情闹到这种程度，吓得基督教徒们只好躲藏起来。"

"你到底想说些什么呢？"维尼兹尤斯问。

"老爷，你知道，在台伯河对岸虽然公开建造了犹太教堂，但是基督教徒为了躲避他们的迫害，不得不秘密地进行祈祷，他们常常在城外无人居住的棚屋里或者沙石场里集合。住在台伯河对岸的基督教徒们就常常到这些地下坑洞里来集会，这些地洞本来是为了建筑竞技场和台伯河两岸的各种建筑物而挖出来的。现在当罗马城正在毁灭的时候，基督的信徒们一定在祈祷。我们一定能在这些地洞里找到不少教徒，所以我劝你顺便去看看那些地方，老爷！"

"你刚刚还说，李努斯到奥斯特里亚努去了！"维尼兹尤斯不耐烦地叫道。

"你既然答应给我一座阿梅里奥拉附近的带葡萄园的房子，"基朗答道，"我就想到凡是有希望能找到这位公主的地方我们都应该去找一找。着火以后他们很可能回到了台伯河对岸……也可能在城外转来转去，就像我们此时此刻在城里到处乱转一样。李努斯是个有家的人，所以，他愿意离自己的家近一点，以便看一看大火有没有烧到这一带地方来。如果他们回来了,那么我以珀耳塞福涅的名义向你发誓,老爷,他们一定会到这些地洞里去做祷告的,即使他们不在这里,我们至少也能打听到一些他们的消息。"

"你说得有理,那就带路走吧!"军团长说道。

基朗毫不迟疑地转向了左边,朝山丘走去。一时间,山坡挡住了大火,虽然附近的山顶被火光映得通亮,但是他们却走在阴暗之中。他们越过竞技场之后,还是一直朝左边走去,进入了一条狭窄的山谷小路,这里是一片漆黑。然而在黑暗中维尼兹尤斯却看见了许多只闪烁着光亮的灯笼。

"那就是他们!"基朗说道,"今天来这里的人比往日都要多,因为别的做祈祷的房子,和整个台伯河对岸的其他建筑物一样,不是被大火烧毁了,就是弥漫着烟雾。"

"是的,我听见了歌声!"维尼兹尤斯说。

从上面一个漆黑的洞口传来人们的歌唱声,灯笼一个接一个地消失在洞口。在旁边的小路上络绎不绝地走过来不少新的人影。过了一会儿,维尼兹尤斯和基朗便置身于大批人群当中了。

基朗从骡子上跳下来,叫住一个在他身旁走过的少年,说:"我是基督的牧师,是一个主教。给我们看着骡子,你就会得到我的祝福和宽恕的。"

然后,他不等回答,便把缰绳交到少年手里,他自己也跟着维尼兹尤斯加入了正在行进的人群。

不一会儿,他们便走进了地洞,借着灯笼射出的朦胧亮光,在漆黑的过道上摸索着前进,一直走进一个较大的地洞,显然这里不久以前还采过石头,因为墙壁都是用刚凿下的碎石垒起来的。

这里比过道里要亮多了,除了油灯和灯笼之外,还点着一些火把。在灯光的照耀下,维尼兹尤斯看出那些教徒们都跪在地上,双手高高地向上举起。但是他没有看到莉吉亚、使徒彼得和李努斯。他只见周围的人们都显现出庄严而激动的神情。有些人的脸上还露出了期待、恐惧或希望的神色。他们仰起了眼睛,白眼珠里反射出亮光,大粒大粒的汗珠从他们那像粉笔一样白的额头上滴下来。有些人在唱赞美歌,有些人不停地念着耶稣的名字,还有的人捶打着自己的胸膛。在场的人似乎都在期待着发生某种不平常的事情。

接着歌声停止了,在一块略微高一点的地方,由于挖去了一块大石头而形成一个壁龛,从这里走出了维尼兹尤斯认识的克里斯普斯,他苍白的脸上露出半昏沉的严厉而充满狂热的神色。人们的眼睛似乎在寻求安慰和希望的话语,一齐朝他投射过去。克里斯普斯对人群划了一个十字,便用急促的又带点威胁的口吻说道:

"是时候了,为你们的罪恶痛哭吧!主已经对这座罪恶和淫荡的城市,对这座新的巴比伦城市施放了毁灭的大火。审判、愤怒和灾难的时刻到来了……主曾经预言说他将降临人世,不久你们就会见到他了!然而他不是作为一个为了你们的罪过而流血的羔羊,而是作为一个严厉的法官才降临人世的,他会作出公正的审判,把那些罪孽深重和毫无信仰的人打入深渊。诅咒这个世界,诅咒那些罪恶深重的人,对他们绝不能施什么慈悲……我看见你了,基督!星星像雨滴似的降落在大地上,天昏地暗,大地裂开了巨缝,死人又复活了。而天主将要在鼓号齐鸣和天使们的伴随下,在雷鸣电掣中自天而降,我听见了你的声音,看见了你,啊!基督!"

他说到这里便默不作声了,他仰面望天,像是望着某种遥远而又可怕的东西。这时候,在地洞里听见了深沉的轰隆声,一次、两次直到数十次……这是在燃烧的罗马城里,许多条街的房屋烧到差不多的时候,突然倒塌下来发出的巨响。但是大部分基督教徒把这响声看成是一种确凿的征兆,它意味着末日的来临,他们本来都相信基督的再次降临人世和世界的灭亡,现在罗马的大火更加深了他们的这种信念。在场的信徒们都被上帝的震怒吓坏了。不少人喃喃地念着:"审判的日子……来临了!"有些人双手蒙住脸,以为大地会裂开,地狱的魔鬼会从裂缝里跳出来,扑到罪人身上。有的人大声喊道:"基督啊!救救我们吧!救世主啊,可怜可怜我们吧!"有的人高声说出自己的罪过。有的人投进亲人怀抱里,仿佛在这恐怖到来的时刻希望能有一颗亲切的心同他在一起。

可是,也有这样一些人,他们的脸上丝毫也没有恐惧之色,反而露出了一种超凡出世的幸福神气和一种人世间所没有的笑容。有几处地方传来了说话声,那是一些受着宗教冲动的外国人,他们用奇怪的语言说着令人不懂的话。也有人在黑暗的角落里叫道:"醒来吧,熟睡的人!"而压倒一切声音的倒是克里斯普斯的"你们要小心啊!你们要小心啊!"的叫喊声。

然而有一段时间,大家都闷声不响,屏息静气地跪在那里,期待着发生什么事情。这期间,又传来了远处房屋倒塌的轰鸣声,随着这种响声,呻吟声、祷告声、说话声和"救世主、可怜可怜我们吧"的呼号声又重新响了起来。克里斯普斯又开口讲话了,他大声叫道:"你们要抛弃世上的财物!因为不久你们就无立足之地了!你们要抛弃世俗的爱情,因为天主要抛弃那些爱妻子儿女胜过爱主的人,谁若是爱造物胜过爱造物主,谁就要倒霉的!让那些富人倒霉去吧,让那些豪华奢侈的人倒霉去吧!让那些好色放荡的人倒霉去吧,也让那些做丈夫、妻子和儿女的人倒霉去吧!……"

突然,一声更加强烈的响声震动了这个石洞。所有的信徒都躺倒在地上,伸出双手搭成十字架形,好像要防御魔鬼似的。又是一片寂静,在这片寂静中,只能听到急速的呼吸声,充满恐怖的窃窃低语声:"耶稣啊,耶稣啊,耶稣!"有些地方传来婴儿的哭泣声。就在这时候,在趴在地上的人群上面,一个平静温和的声音说起话来:"平安与你们同在!"

这是使徒彼得的声音,他刚刚来到这个地洞。一听见他的声音,大家的恐怖一下子消失了,就像一群受惊的羊群,牧人一来便恢复了平静。所有的人都站了起来,站在他旁边的人,仿佛要在他的羽翼下寻求保护似的,都聚集在他膝边,而他却向他们伸出了双手,说道:"为什么你们心里这样恐惧呢?在那个时辰还未到来以前,你们之中有谁能说出会遇到什么事情呢?主曾经用大火惩罚了巴比伦,可是你们这些受过洗礼,曾经用'羔羊'的鲜血赎过你们罪孽的人,一定能得到他的慈爱,你们也会嘴里念着主的名字离开人世的。平安与你们同在!"

在听了克里斯普斯的威胁而严厉的说教之后,彼得的话等于给在场的人抹了一剂清凉药膏。于是在他们的灵魂里,对上帝的热爱代替了对上帝的畏惧。信徒们又找到了在使徒叙述的故事中他们非常热爱的那个基督,他不是一个残酷无情的审判官,而是一个温柔甜蜜、善于容忍的"羔羊",他的善良要超过人类的邪恶百倍。全体教徒的心里都充满了欣慰欢乐和对使徒的感激之情。各个角落的人都在齐声欢呼:"我们是你的小羊,请你照管我们吧!"在他近旁的人又对他叫道:"在这灾难的日子,请你不要遗弃我们啊!"他们都跪在他的身前,维尼兹尤斯一看见他,便向他走去,抓住了他的外衣的衣角,垂下头哀求说:"老师,你救救我吧!我在大火的烟雾中和拥挤混乱的人群中寻找她,可是什么地方也找不到她,但我相信你能把她送还给我。"

彼得把手放在他的头上,说道:"你放心就是了,请跟我走吧!"

46

城市继续在燃烧。大竞技场成了一片废墟，接着是最先着火的地区，那里的大街小巷都相继烧毁倒塌了。每当房屋一倒塌，火柱就一下子冲向云霄。风向改变了，从海边刮来的强劲的大风朝着凯里安、埃斯奎林和维米纳尔等山丘的方向吹，把阵阵火焰、烧化的炭屑和灰烬向那些地区送过去。现在开始在考虑救火的问题了。提格里努斯第三天便从安提乌姆跑了回来，下令要把埃斯奎林地区的房屋全部拆除，等大火烧到这块空地上便会自行熄灭。然而这种办法仅仅是为了挽救城里的残余部分而采取的一种应急措施，至于那些正在燃烧的市区已经无法挽救了。此外，还得采取一些措施来预防这场灾难的其他后果。随着罗马的毁灭，无法估计的财富被烧掉了，城市居民失去了全部财产，现在几十万群众栖息在城外，衣食无着，无家可归。从第二天开始，这些人就受到了饥饿的折磨，原来贮备充足的供城中居民吃用的粮食，也被大火烧成了焦炭。由于极度的混乱和管理机关的瘫痪，谁也没有想到要调进新的粮食。直到提格里努斯回到罗马后，才向奥斯提亚发出相应的命令，然而这时候，人民群众的情绪越来越激愤了。

成群的妇女包围了阿庇亚水道旁边的提格里努斯的临时官邸，她们从早到晚不停地高喊着："要面包！要房屋！"当局调来了一支驻在萨拉里亚街和诺门坦纳大道之间的大兵营里的禁卫军部队，想把这里的秩序整顿一下，但毫无结果。到处都遇到公开的武装反抗。那些手无寸铁的群众也都指着燃烧的城市向他们高喊着："你们就在大火前面杀掉我们吧！"人人都在咒骂皇帝、廷臣和禁卫军士兵，骚乱越来越严重，以至于当提格里努斯在晚上看见城外四周成千上万堆营火的时候，便暗自对自己说，这真像是敌军营寨里的营火。根据他的命令，除了调进面粉之外，还调进了大批烤好了的面包，这些面包不仅来自奥斯提亚，而且也来自其他的城市和附近的农村。可是第一批食物在夜里刚运到市场，群众便砸开了面朝阿芬丁那边的大门，顷刻之间把全部食物一抢而光，造成了一场十分可怕的骚乱。人们在火光的照耀下争夺面包，不少面包掉在地上被人踩碎了，从仓库到德卢苏斯和日耳曼尼克拱门的整个街道上，破口袋里漏出来的面粉就像雪一样，把地面撒上了白白的一层。直到士兵们占据了整个建筑物，用箭矢把群众驱散，骚乱才平息下来。

自从贝勒鲁斯率领高卢军入侵至今，罗马还没有遭受过如此巨大的灾祸。人们在绝望中把两次大火进行了比较。他们认为那一次大火至少还留下了卡彼托林神殿。而这一次呢，连卡彼托林也被可怕的大火包围了。虽然大理石是烧不着的，可是到了夜里，当阵风将烟雾吹散的一刹那，人们便能看到那高耸的朱庇特神殿的一排排圆柱，就像是一根根煤柱那样在燃烧着，冒出了火苗，发出了红光。再说，布伦鲁斯时代的罗马人，都是纪律严明、团结一致的爱国者，他们都是热爱自己的城市和神殿的本地群众。可是现在呢，在这座燃烧的城市的城墙周围转来转去的人，大多数是说着各种语言的异乡人，其中不少是奴隶和解放奴隶，他们情绪激愤，肆无忌惮，一到陷入贫穷困苦时，就准备反抗政府，破坏城市。

不过，火势迅速扩大，猛烈异常，把不少人吓得失魂落魄，这在一定程度上镇住了这群乌合之众。随着火灾而来的是饥饿和瘟疫的流行，而七月酷暑的来临又等于给这场不幸火上加油。烈火和骄阳烤热了的空气使人透不过气来。就是到了晚上，也不仅不能给人带来凉爽，反而像地狱那样使人更加难受。白天映入人们眼帘的是一幅幅悲惨可怕的景象。这座建筑在山丘上的巨大城市的中心，变成了一座咆哮喷焰的火山，从城市的四周一直到阿尔班山麓下，是一望无际的营寨，它们是由板棚、帐篷、小房、马车、手推车、驮架、木箱组成的，烟雾和尘埃笼罩着它们，透过火焰的太阳的红光照射着它们，到处是喧嚣、叫喊和威胁，到处是憎恨和恐怖，男女老幼形成了一个令人可怖的混合体。在罗马人当中夹杂着希腊人，毛发鬈曲、碧蓝眼睛的北方人，还有非洲人和亚洲人。在公民之中也混杂着大量的解放奴隶、角斗士、商人和手工业者、农民和士兵，一座火岛被真正的人海包围着。

犹如大风使海洋卷起重重海浪，各种谣言也在这座人海中掀起了阵阵波涛。谣言当中有些使人宽心，有些使人惊恐。人们议论纷纷，说有大批大批的粮食和衣物已经运到了市场，将免费分配给大家。人们还说，皇帝已经下了命令，要把亚洲和非洲各省的所有财富掠夺一空，把用这种办法得来的财富分配给罗马市民，好让他们重建家业。可是另一方面，也流传着这样的消息，说输水管里的水都放了毒药，还说尼禄要把都城迁到希腊或埃及去，以便在那里统治世界，所以决定毁灭罗马城，并把它的居民全都斩尽杀绝。每种谣言都像闪电那样迅速地传遍四面八方，而且每种谣言都有一大批群众相信，从而引起了人们的希望、愤怒、恐怖和狂热。最后，一种狂热症在成千上万无家可归的人中间流行起来。把这场大火看作是世界末日来临的基督教信念，也日益在信奉古代罗马神的信徒中间流传开来。人民大众陷进了麻木或者疯狂的状态里。在被火光照亮的云层里，人们仿佛看见众神正俯身注视着大地的毁灭，便纷纷向众神伸出双手，有的哀求他们的怜悯，有的则咒骂他们。

这时候，士兵们得到相当多居民的帮助，仍在拆除埃斯奎林、凯里安以及台伯河对岸的房屋，因此这些地区的大部分街道得以保存下来，免遭严重的毁坏。可是在市中心，几个世纪来在战争中缴获的那些无价之宝和价值连城的艺术珍品，还有雄伟壮丽的神殿，以及那些属于罗马历史和罗马光辉业绩的最珍贵的文物都被付之一炬了。这次大火的结果，使罗马这座大城只剩下了几个边缘地区，几十万黎民百姓无家可归。有人还传说，军队拆除房屋，不是为了切断火路，而是要使这座城市不留下一片瓦一间房。提格里努斯每天都秘密奏请皇帝立即返回罗马，圣驾回城才能平息绝望的民众。可是尼禄不等到大火烧到皇宫前是不会动身的。直到他听说大火已经烧到了他的巴拉丁宫时，他才急忙动身赶回来，以便在火灾达到最高峰的时刻，看到它的壮景。

47

大火已经烧到了诺门坦纳路，到了这里以后，风向变了，火势转向拉托街和台伯河，包围了卡彼托林，在布里恩集议堂一带蔓延开来，把从前烧剩下来的建筑物都烧个精光，跟着，火势又逼近了巴拉丁宫。提格里努斯集中了全部禁卫军兵力，同时又一个接一个地派出信使，向正在归途中的皇帝报告说，火势更加猛烈了，它那辉煌壮丽的景象丝毫也没有减退。但是尼禄却打算晚上到达，以便更清晰地看到罗马毁灭的壮丽场面。为此目的，他在阿尔班水道附近停驻下来，把悲剧演员阿里杜鲁斯召唤到他的帐篷中，询问他有关姿势、表情和眼神的问题，想得到他的帮助，还向他学了一些适当的动作。但是他们在说出"啊，神圣的城市，你真比伊达山还要挺拔、长存"这句话时，却为是应该举起双手呢，还是应该一手握住乐器，垂下来贴着身子，而把另一只手举起来而发生了激烈的争论。当时他觉得这个问题比任何其他问题都更为重要。黄昏时分他终于出发了，不过在动身之前他还征求了彼特罗纽斯的意见，问他在描写火灾的诗歌里，要不要插入几段咒骂神明的慷慨激昂的诗句，从艺术的角度来考虑，这样的诗句，在一个失去故土的人口中吐出来是否显得更加自然一些。

将近午夜的时候，尼禄才到达城外。他由一支强大的随从队伍前呼后拥着，这支队伍包括宫廷侍从、元老院元老、骑士、解放奴隶、奴隶、妇女和儿童。一万六千名禁卫军按照战时的队列，警戒在道路两旁，保护皇帝巡行时的安全和平静，并把兴奋的群众维持在一定的距离外。人民群众一看到皇帝的队伍，便破口大骂，有的大叫大喊，打着呼哨，但没有人敢向他袭击。不过也有几处地方，那些游手好闲的人在向他欢呼喝彩，这些人本来就一无所有，在火灾里他们毫无损失，反而希望得到比平常还要多的粮食、橄榄油、衣服和金钱。但是，无论咒骂和嘲笑，还是喝彩和欢呼，都被提格里努斯下令吹起来的号角和喇叭声压了下去。尼禄一进了奥斯提亚城门，便停留了片刻，说道："无家可归的人民的无处安身的统治者啊，我那颗不幸的头颅今天晚上将在什么地方安歇呢？"然后他穿过德尔靠尼山冈之后，踏上了预先给他准备好的阶梯，站到阿庇亚的输水管道上，跟随他上来的有廷臣和手拿诗琴、三角琴以及其他乐器的合唱队员。

所有的人都屏息静气地等在那里，期望尼禄能念出几首伟大的诗篇来，以便为了自身的安全而把它们背熟。可是他站在那里，显得庄重严肃，一言不发。他身穿紫色袍服，头戴黄金桂冠，凝视着那疯狂的烈火。直到特伯诺斯递给他一把金诗琴时，他才抬起头来，望着被火光映红的天空，等待灵感的来临。

老百姓都站得远远的，用手指点着他，他全身沐浴着血红的火光。远方是烈焰的火蛇在蜿蜒飞舞，自古留传的最神圣的文物被烈火焚烧着，艾万德建成的赫拉克勒斯神殿在燃烧，救世主朱庇特神殿在燃烧，还是由塞尔维乌斯·图利乌斯建造起来的月神神殿也着火了,还有鲁玛·庞培留斯的宫殿,罗马人民的灶神——维斯塔的神殿,也都被大火烧成了瓦砾。在闪烁不定的火光中,能看到时隐时现的卡彼托林。罗马的历史和灵魂都要烧光了,可是他,这个罗马皇帝却站在这里,手里拿着诗琴,脸上摆出悲剧演员的样子,他想的不是正在毁灭的祖国,而是他的装腔作势和一些悲伤感人的诗句,以便能完美地把这场灾难的宏伟描绘出来,从而获得最高的赞美和最热烈的喝彩声。

他厌恶这座城市,厌恨城里的居民,他只爱他的歌和诗,因此他心里非常高兴,终于看到了一场和他正在描写的内容不相上下的悲剧。这个蹩脚诗人觉得非常幸福,这个朗诵家得到了灵感,这个激情的探索者看到这幅令人胆战心惊的景象,感到心旷神怡。他高兴地想,即使是特洛伊的灭亡和这座巨大城市的毁灭比起来,也是小巫见大巫。他还有什么更多的要求呢?须知这是罗马啊!是统治全世界的罗马在燃烧啊!可是他却站在输水管道拐弯的地方,手里拿着金诗琴,身穿紫袍,神采奕奕,辉煌伟大,令人惊服又诗兴正浓。在下面,在一片阴暗的地方,人民群众在抱怨,在怒吼。就让他们去抱怨吧!岁月流逝,几千年会过去,但是人类会记住这位诗人,赞扬这位诗人,正是他在这样一个夜晚歌颂了特洛伊的毁灭和大火。荷马和他比起来又算得了什么呢?就连手拿凿成的竖琴的阿波罗和他相比,又算得了什么呢?

于是他举起双手,拨动了一下琴弦,便朗诵起普里阿摩斯的独白来:

啊,我祖先的巢穴,啊,我亲爱的摇篮!……

在这开阔的天地里，再加上火灾的咆哮和成千上万群众在远处的喧哗，他的声音显得格外微弱、颤抖和细小，伴奏的声音也像蚊蝇的嗡嗡声一样低弱。可是那些聚集在输水管道上的元老、达官贵人和廷臣们，都低着头听得津津有味。尼禄歌唱了很长时间，他的声调渐渐悲壮起来。每当他停顿下来换一口气的时候，合唱队就把他最后一句诗重唱一遍。接着，尼禄用从阿里杜鲁斯那里学来的动作，把那件演悲剧用的"西尔马"长袍从肩上甩下，又拨弄了一下琴弦，便接着唱了下去。他终于唱完了已经创作好的诗歌，接着又开始了即兴创作。他望着前面展开的壮观场面，思考着采用什么样的伟大对比。他脸上的表情改变了。他并没有为祖国城市的毁灭感到内心不安，反而被自己诗歌的激情所陶醉，以致把诗琴砰的一声掉在自己的脚边，他用"西尔马"长袍裹住自己，一动不动地站在那里，恰像尼俄伯塑像群中的一座雕像，这些雕像是摆在巴拉丁宫院子里的装饰品。

沉默片刻之后，爆发出了暴风雨般的掌声，而远处的群众却以怒吼来回敬他们。现在再也没有人怀疑了，正是尼禄下令纵火烧掉了罗马城，好让他欣赏这样的场景，朝它唱一首歌。当尼禄听到千千万万群众的喊叫时，脸上露出了一丝忧郁和无可奈何的微笑，好像一个受了委屈而感到苦恼的人那样，他把脸转向廷臣们，说道："你们看，这些罗马人真会尊重我和我的诗歌！"

"真是一群混蛋！"瓦提纽斯答道，"陛下，你下令吧！让禁卫军去惩罚他们。"

尼禄转身问提格里努斯："我能够信赖军队的忠诚吗？"

"是的！神圣的陛下！"禁卫军司令官答道。

然而彼特罗纽斯却耸了耸肩膀,说:"可以依赖他们的忠诚,但不能依靠他们的人数。陛下还是留在原地不动好,因为这里最安全,至于这些群众,那是需要加以安抚的。"

塞内加和执政官李齐纽斯也表示了同样的意见。这时候下面的骚乱越来越激烈。老百姓已经用石块、帐篷支柱、大车木板和各种各样的铁器武装起来。过了不久,有几个禁卫军的指挥官前来报告,禁卫军受到群众的挤压,想要维持战斗队形,已非常困难,他们没有反击的命令,所以他们不知道怎么办才好。

"众神啊!这是怎样的一夜啊!一面是大火,另一面是愤怒咆哮的人海!"尼禄说。

于是他又思索起最精彩的词句来描写此时此刻的危险处境,可是看到他周围的人都现出苍白的脸色和惶恐不安的眼神时,他自己也心慌意乱了。

"给我把带风帽的黑斗篷拿来!难道真的免不了要进行一场战斗吗?"尼禄大声叫道。

提格里努斯以犹豫不决的口气说道:"陛下,我做了我所能做的一切,可是危险越来越严重了……陛下,你向群众说一说,多许诺他们一些东西吧!"

"难道要让皇帝亲自对这些贱民讲话吗?还是让别人用我的名义去对他们说话吧!谁自告奋勇去做这件事呢?"

"我!"彼特罗纽斯镇定自若地答道。

"去吧,我的朋友!每逢危急的时刻,你总是我最忠实的朋友。你去吧,不要吝惜对他们的许诺。"

彼特罗纽斯露出毫不在意的讥讽表情,转身对皇帝的那些随从说道:"在场的诸位元老,还有披索、涅尔瓦和塞内加,你们随我一道去吧。"

然后,他从输水管道上慢慢走了下来,那些他点过名的人也都跟着他走去,他们不是没有迟疑,但是彼特罗纽斯的镇定沉着给了他们一定的信心。彼特罗纽斯站在输水管道下面,吩咐给他牵来一匹白马,于是他跃身上马,率领着那队人马,穿过长长的禁卫军行列,朝黑压压的怒吼的人群走去,他什么武器也没有带,手里只有平素所拿的那根细长的象牙手杖。

他策马往人群中走去。在火光的照耀下,他看见了周围的人群,他们高高举起拿着各式各样武器的双手,眼露凶光,脸上满是汗珠,嘴上泡沫横飞,大声叫喊着。狂怒的人群像浪潮一般包围了他和他的随从,再往远处望去,仿佛是一片动荡不安、咆哮怒吼、令人胆战心惊的万头齐攒的海洋。

怒吼声越来越高,后来变成了不像人类的吼叫。木棍、叉子甚至刀剑在彼特罗纽斯的头上挥来挥去,有些狂怒的拳头朝着他本人和马的缰绳伸了过来,然而他依然朝人群中走去,显得沉着冷静、漠不关心又傲气十足。他不时用手杖点点那些最无礼的人的脑袋,像平时在人群中开辟道路一样,他的这种自信和沉着冷静的态度使那些骚动的群众都为之折服。人们终于认出了他,无数个声音向他喊叫:"彼特罗纽斯,风雅裁判官!彼特罗纽斯!……"

"彼特罗纽斯!"四面八方都响起了叫喊声。

人们一再地喊着他的名字,渐渐地,周围的脸孔不那么凶狠了,吼叫声也不那样狂暴了。这个衣着华丽的贵族,从来也没有想讨好百姓,但人民群众却很爱戴他,认为他是个有人性的宽宏大度的人,特别是从发生了裴达留斯·塞康德那件事以来,他的威望大大提高了。当那位总督的全部奴隶被无情地判处死刑时,他曾替他们说情,请求赦免他们。从那以后,奴隶们就以一种无法遏止的爱慕去爱戴他,就像那些受到虐待的不幸的人一样,只要你对他们表现出一点点同情,他们便会对你感恩戴德不尽。除此以外,在现在这个时刻,他们还怀着一种好奇心,想听听这位皇帝的代表会说些什么,这些群众都毫不怀疑他是皇帝特意派来的。

彼特罗纽斯脱下镶着红边的白色宽袍,把它举在空中,在头上晃动着,表示他要说话了。

"安静!安静!"各处都有人在叫喊。

须臾间,人们真的安静下来了。这时候,彼特罗纽斯就在马上挺直了身子,开始用平静而又响亮的声音说道:"市民们!凡是听得见我讲话的人,请把我的话再传给那些站得比较远、听不见的人,希望你们大家都要保持人的举动,切莫学竞技场里的野兽那样。"

"我们在听着呢,我们在听着……"

"现在你们就听我说吧,城市要重建,卢库鲁斯、梅色纳斯、恺撒和阿格里帕等花园都将向大家开放。从明天起,就开始向你们分发粮食、葡萄酒和橄榄油,让每个人都吃得饱饱的,吃到嗓子眼那里!以后皇帝还要为你们举行大竞技会,那是世界上至今还没有见过的大竞技会,每次竞技会都要为你们举行宴会,颁发礼物。你们在火灾以后将会比大火之前还要富裕!"

他说完之后,回答他的是一片叽叽喳喳的说话声,从中央向四面八方扩展开来,像水中扔进一块小石掀起的涟漪那样:站在近处的人把他的话复述给站得较远的人。接着,到处都响起了愤怒的或者赞同的叫喊声,以致到后来这些叫喊声汇成了异口齐呼的口号声:"面包和竞技!……"

彼特罗纽斯又披起了他的宽袍,有一刻工夫他一动不动地站在那里听着,他身穿白袍就像一尊大理石雕像似的。喧闹声又高了起来,压倒了火灾的咆哮声,接着四面八方和愈来愈远的地方都响应起来,然而,这位皇帝的使者却好像还有话要说,因为他在等待着。

彼特罗纽斯终于又举起了一只手,要大家安静下来,接着他大声说道:"我答应你们面包和竞技,现在你们应该向赐给你们衣食的皇帝陛下欢呼致敬。然后你们都回去睡觉吧,因为很快就要天亮了。"

彼特罗纽斯说完之后,便掉转马头往回走,有人挡着他的路,他就用手杖轻轻地点点他们的头或脸,慢慢地回到了禁卫军的行列里。

不到一刻工夫,他就回到了输水管道下面。他发现上面几乎是一片惊慌,他们不明白"面包和竞技"的呼声的含义,以为这是一次新的愤怒的爆发。他们想不到彼特罗纽斯能平安无事地回来,因此,尼禄一看到他便立即奔到阶梯上,脸色激动得发白,问道:"怎么样?那边发生了什么事,是不是打起来了?"

彼特罗纽斯深深地吸了一口气,又用力呼了出来,然后才回答说:"我向波卢克斯起誓,那些老百姓满身臭汗,真难闻,谁能递给我一杯开胃酒呢？不然我就要晕倒了。"

然后他转脸对皇帝说："我已经答应给他们粮食、橄榄油，开放花园和举行竞技会。他们又像崇拜神一样地崇拜陛下了，他们正在用他们那干瘪的嘴唇向陛下欢呼致敬呢。啊，众神啊，这些平民的臭气多么难闻啊！"

"我已经让禁卫军做好了战斗准备，如果你不能叫他们平静下来，我就要使这些大叫大喊的人永远沉默下去了。遗憾的是，陛下，你不让我使用武力。"提格里努斯大声说。

彼特罗纽斯盯了他一眼，耸了耸肩膀，说："现在也还没有失去机会呀。也许你明天就可以使用武力了。"

"啊！不！不！"尼禄说，"我要下令给他们开放花园、分发粮食。谢谢你，彼特罗纽斯，我是要举行竞技大会的。而且我打算把今天在你们面前唱的那首歌，再当着大众的面演唱一次。"

他说完便把一只手放在彼特罗纽斯的肩上，沉默了一会儿，心静下来以后问道："你说老实话，当我唱歌的时候，你觉得我的样子怎么样？"

"恰好和这种壮观的景象相称，正如这种壮观也无愧于陛下一样。"彼特罗纽斯答道。

然后他转身向着大火，说道："让我们再来看看吧。我们就要和这个古老的罗马告别了！"

48

使徒的话给基督教徒的灵魂又注进了新的信心。虽然他们认为世界的末日快要到来了,然而他们也相信,可怕的审判并不会立即到来,他们甚至相信还来得及看到尼禄统治的灭亡,他们认为这个政权是反基督的政权,他们一定会看到上帝对于尼禄的那些激起报应的罪恶进行惩罚。他们心里得到了鼓励,增强了信心,做完祷告后,便走出地洞四散开去,各自回到自己的临时住所,有的甚至还要回到台伯河对岸去。这时有消息说,有十几处地方的大火,由于风向变了,又烧回到河岸去了,直到把沿途能烧毁的一切都烧完之后,火势便不再蔓延扩展了。

使徒带着维尼兹尤斯和跟在他后面的基朗,也同时离开了地洞。青年军团长不敢打断使徒的祈祷,只好一声不响地向前走去,仅仅用眼神来乞求怜悯,他全身都因为不安而战栗起来。可是还有不少的人想吻吻使徒的双手或者他的衣裾,他们都来到他的身边,母亲们甚至把孩子递给他,有的人跑在黑暗的过道上,把灯笼举得高高的,请求他的祝福,有的人唱着歌,走在他的旁边,因此连询问或者回答的时间都没有了,甚至到了山谷时还是如此。只有到了较为宽敞的地方,能看见正在燃烧的城市时,使徒才给他们画了三次十字,然后转身对维尼兹尤斯说:"你不要害怕,就在这附近的一个石匠的家里,住着李努斯、莉吉亚和她那忠实的仆人。基督既然把她许配给你,也就会替你保护她的。"

维尼兹尤斯踉跄了一下,站立不稳,他赶紧用手扶住了岩石。从安提乌姆来时的长途飞奔,城墙下面的艰难困苦,在灼热的烟雾中寻找莉吉亚,再加上彻夜不眠和为莉吉亚提心吊胆,把他的全部精力都耗尽了,现在一听到他在世界上最珍贵的人就在附近,立刻就能见到她,他便完全虚脱了。他突然觉得他是那样虚弱无力,便滑倒在使徒的脚下,抱住他的双膝,匍匐在那里,什么话也说不出了。

使徒避开了他的感谢和尊敬的表示,说道:"不要感谢我!不要感谢我!应该感谢基督!"

"多么威力无边的上帝啊!可是我不知道该怎样处置那两头还等在下面的骡子。"基朗在他们的身后说道。

"起来吧!快和我一道走吧!"彼得拉着这个年轻人的手说道。

维尼兹尤斯站了起来。在火光的照耀下,可以看见两行激动的泪水从他苍白的脸上落下来,他的嘴唇颤抖着,像是在祈祷。

"我们走吧!"他说。

可是基朗又说了一遍:"老爷,我该怎么处置还等在下边的那两头骡子呢?也许这位伟大的先知愿意骑骡子不愿步行的吧?"

维尼兹尤斯自己也不知道该怎样回答才好,可是他听彼得说那个石匠的家离这儿不远时,便说道:"你就把骡子送回给马克里鲁斯好了。"

"老爷,原谅我,又要向你提起阿梅里奥拉的房子了。和这场可怕的火灾比起来,这样的小事是很容易忘掉的。"

"你会得到它的!"

"啊!鲁马·庞培留斯的子孙啊!我一向对你都是坚信不疑的,现在,连这位慈悲的使徒都亲耳听到了这样的许诺,我也就不必再向你提起你答应过我的带葡萄园的房子了。'平安与你同在'。我还会见到你的,老爷,平安与你同在!"

他们回答说:"也和你同在!"

然后他们两人向右边拐了一个弯,朝小山走去。在路上维尼兹尤斯说:"老师,为了让我成为一个真正的基督教徒,请用圣水给我施洗吧。我的整个灵魂都在爱'他'。请快点给我施洗吧,我心里早就做好了准备。交给我做的一切事情我都会尽力去完成。我该做些什么事情,请你尽管吩咐好了。"

"要像爱你的兄弟那样去爱别的人,因为只有爱才能为基督服务!"使徒答道。

"是的!我已经感觉到了,也理解了它的重要性。我在孩提时代信奉的是罗马神,但我一点也不爱他们,我只爱这唯一的上帝,为了他,我甘愿赴汤蹈火,不惜献出自己的生命。"

他仰望天空,心潮澎湃,不停地说着:"因为'他'是唯一的!只有'他'才是善良的、慈悲的!即使罗马城毁灭了,全世界都毁灭了,我也只承认和信奉这唯一的上帝!"

"上帝一定会祝福你和你的一家人。"使徒最后说道。

这时候,他们又走进了另一条沟谷,沟谷的另一端出现了隐约可见的灯光,使徒彼得用手朝那里指着说:"那就是石匠的家,当我们从奥斯特里亚努陪着生病的李努斯回来时,已经不能回到台伯河对岸去了,只好就住在这里。"

没有多久他们就到了。这间小屋倒像是一座在山坳里挖成的窑洞,靠外面的一边是用芦苇和黏土糊成的墙壁。门是关着的,但从代替窗户的小洞里可以看到里面有炉火燃烧的火光。

一个黝黑高大的身影站了起来,迎着客人们走来,开口问道:"你们是什么人?"

"基督的仆人!平安与你同在,乌尔苏斯!"彼得答道。

乌尔苏斯跪倒在使徒的脚前,随后他又看见了维尼兹尤斯,于是就抓住他的手腕,把它举到嘴唇上。

"大人,你也来了吗?为了你给卡里娜带来的欢乐,让'羔羊'的名字受到祝福吧!"

他说着就去开门,他们都走了进去。生病的李努斯躺在稻草堆上,脸孔消瘦,额头黄得像象牙似的。坐在炉火旁的莉吉亚,手里拿着一串用绳子串起来的小鱼,很显然她是在准备晚饭。

她专心致志地从绳子上解下小鱼,她还以为走进来的只不过是乌尔苏斯,于是她连眼睛都没有抬起来。但是维尼兹尤斯却向她走去,叫着她的名字,向她伸出了双手。这时候莉吉亚才急忙站了起来,她的脸上立即掠过了一道惊讶和愉快的闪光,她一句话也没有说,就像个孩子经过了几天的恐惧和苦恼后,突然找到了父亲或者母亲那样,立即投入了他张开的双臂。

维尼兹尤斯抱住她,久久地把她贴在自己的胸口,他的心情也是那样激动,仿佛莉吉亚是由于奇迹才得救似的。过了一会儿,他放开了双臂,又用手捧住了莉吉亚的两鬓,亲吻着她的额头和眼睛，接着又抱住了她，再三地呼唤着她的名字，随后又弯下身去抱住她的双腿，亲着她的手心，问候她，敬爱她，赞赏她。他的欢乐就像他的爱情和幸福一样，是无边无际的。

后来，他告诉莉吉亚，他是怎样从安提乌姆飞奔而来，又是怎样在城墙外面、在烟雾中寻找她，怎样到李努斯的家里去找她，直到使徒把她的住所告诉他以前，他经历了多少忧虑苦闷、惶恐不安和艰难危险啊！

"现在好啦！"他说，"我找到你了，我不能把你留在这烈火熊熊的地方，也不能让你再待在那些疯狂的人群中间，人们在罗马城内外互相残杀，奴隶们在暴动，在抢劫。罗马还会遭到什么灾难，那就只有上帝知道了。可是我一定要救你和你们全体。啊，我亲爱的！……你们大家愿意不愿意和我一起到安提乌姆去？我们从那里搭船到西西里岛去。我的领地就是你们的领地，我的家也就是你们的家。你听我说吧！在西西里岛上，我们还可以见到普劳兹尤斯一家人，我要把你送回给庞波里亚，再从他们手里把你娶过来。你现在不再害怕我了吧？我最亲爱的，虽然我还没有举行洗礼，可是你只要问一问彼得，我在来这里的路上对他是怎么说的，我告诉他，我要做一个真正的基督的信徒，我再三请求他替我施行洗礼。哪怕就在石匠家里也行。你要相信我，你们大家都要相信我呀！"

听到这些话，莉吉亚满脸容光焕发。所有在场的人都欣喜异常，他们过去受到犹太人的迫害，现在又由于火灾和这场灾难所造成的混乱，一直过着动荡不安和恐惧的日子。旅居到平静的西西里岛，就能结束所有的危险，同时又会在他们生活中开创一个幸福的新时代。如果维尼兹尤斯只想带走莉吉亚一个人,那么她是不会答应他的,因为她不会丢下使徒彼得和李努斯不管,然而维尼兹尤斯不是对他们说了吗:"和我一道走吧!我的领地就是你们的领地,我的家也就是你们的家!"

莉吉亚朝他弯下身子,在他的手上吻了一下,表示她顺从他,说道:"你的家就是我的家!"

说完之后,她觉得非常害臊,按照罗马人的习惯,这样的话只有新娘子在婚礼上才能说的,于是她满脸羞红,低垂着头,站在火光中,她把握不定,担心他们会认为她说的话有失体统。

可是,在维尼兹尤斯的眼里,只能看到无限的崇敬。后来他转身对着彼得又继续说道:"罗马是皇帝下令烧的。他在安提乌姆时就抱怨说,没有亲眼看见过一次大火。如果他连这样的罪行都能干出来,那么你们想一想,还会有什么事他干不出来呢?难道他不会调动军队来屠杀这城里的居民吗?说不定他还会干出更加践踏法律的罪恶来。谁知道在大火之后会不会发生内战、残杀和饥饿呢?所以你们都应该躲一躲,我们也要把莉吉亚藏起来,你们可以在西西里岛上平安地度过这场暴风雨,等到风平浪静了,你们再回来播你们的种子。"

房子外面,从梵蒂冈山丘那边,好像特意证明维尼兹尤斯的担心确有道理,远处传来了充满愤怒和恐怖的叫喊声。恰好就在这时候,小屋的主人石匠回来了,他急忙关上了门,大声喊道:"在尼禄竞技场附近,人们正在相互残杀。奴隶和角斗士已经在袭击市民了!"

"你们听见了吗?"维尼兹尤斯说。

"这真是达到极限了。灾难就像无边无际的大海一样层出不穷!"使徒说。

然后他转向维尼兹尤斯,指着莉吉亚说:"你把这姑娘带走吧,上帝把她许给你,你就要好好地保护她。生病的李努斯,还有乌尔苏斯都和你们一道走吧!"

但是维尼兹尤斯以他整个灵魂的全部力量爱着这位使徒,他大声叫道:"我向你起誓,老师,我绝不能让你留在这里惨遭不幸!"

"主会为了你的好心而祝福你的。难道你没有听说,基督在湖上对我说过三次:'要照管好我的羊群!'"

维尼兹尤斯一声不响了。

"虽然谁也没有委托你来照顾我,可是连你都说,绝不能让我留在这里惨遭不幸,难道你愿意我在这灾难的日子里离开我的羊群吗?当湖上掀起暴风雨,我们心里都在惊恐不安的时候,'他'都没有离开我们,难道我这个主的仆人,不应该仿效我们天主的榜样吗?"

这时候,李努斯也抬起了他那瘦削的脸孔,问道:"主的代理人啊,难道我不应该以你为榜样吗?"

维尼兹尤斯用手摸着自己的脑袋,像是在和他自己或者在和他自己的思想进行着斗争,然后,他握着莉吉亚的一只手,用一种充满着罗马军人气概的颤音说道:

"彼得、李努斯,还有你莉吉亚,都听我说吧!我是按照普通人的理智说这些话的,可是你们却有你们的打算,你们不顾自己的危险,完全按照救世主的启示行事。是的,我没有了解这一点,我犯了错误，说明我的眼睛没有除掉它的翳障，我过去的性格依然在起作用。但是我是热爱基督的，我也想成为他的仆人，这里说的一切却关系到比我的脑袋更为重要的事情，因此，我要跪在你们面前向你们起誓，我要完成爱的使命，在这苦难的日子里我绝不离开我的兄弟。"

他说到这里便跪了下去，显得非常激动。他抬眼向天，举起双手，大声地说道："啊，基督啊，我现在是不是理解了你？是不是值得成为你的仆人呢？"

他的双手颤抖着，眼睛里噙满了泪水，全身由于信仰和爱情在发抖，使徒彼得拿起一个盛满清水的土钵，向他走去，用庄严的口气说道："我以圣父、圣子和圣灵之名，给你施行洗礼，阿门！"

这时候，宗教信仰的激情左右了所有在场的人。他们觉得这间简陋的房子充满了灵光，他们好像听见了圣乐，窑洞的石壁仿佛在他们头上裂了开来，一群群天使从天而降，就在他们的头上出现了十字架和一双被钉穿的大手在为他们祝福。

与此同时，外面又响起了人们相互斗殴的呐喊声和这个燃烧的城市的烈火咆哮声。

49

人们在富丽豪华的恺撒花园里，在原来的多米兹雅和阿格里帕花园里，在战神广场上，在庞培、萨鲁斯提乌斯和梅色纳斯的花园里，搭起了一座座宿营的帐篷。柱廊、体育馆、寻欢作乐的避暑山庄和为存放野兽而建筑的小房子，现在都住满了人。原来专为点缀花园而饲养的孔雀、火烈鸟、天鹅、鸵鸟、羚羊、非洲大羚羊、小鹿和大鹿，现在都在那些暴徒的刀下丧了命。从奥斯提亚运来的食物是如此充足，运送它们的大船和各种小船甚至把台伯河都塞满了，像一座浮桥那样可以从河岸这边徒步走到对岸去。粮食的售价也从来没有这样便宜，才三分钱一斤，对贫苦百姓还实行免费供应。同时还运来了大批葡萄酒、橄榄油和栗子，每天从山里送来大群大群的牛羊和其他家畜。过去那些居住在贫民窟的穷人们，大火之前他们隐居在苏布拉一带过着饥寒交迫的日子，现在反而生活得比以前更好了。饥馑的危险已被解除，但是杀人、抢劫和其他违法乱纪的事情却很难控制住。游牧式的生活，使罪犯们不用害怕法律的制裁，尤其是因为这些人以皇帝的崇拜者的面目出现，不论皇帝在哪里出现，他们都疯狂地鼓掌欢呼，因此他们受到了特殊保护。何况现在政府的权力已经毫不起作用，同时当地又缺乏充分的兵力来防止种种胡作非为，于是在这座收容了全世界人类渣滓的城市里，便发生了许多人们难以想象的犯罪案件。每天晚上都要发生斗殴和谋杀，抢劫女人和儿童的事件层出不穷。莫吉奥尼斯城门是存放从坎帕尼亚赶来的牲口的地方，那里发生过多次斗殴，死亡了好几百人。每天早晨，台伯河两岸都漂满了尸体，这些尸体无人掩埋。由于火灾，天气更加灼热，尸体很快就腐烂了，散发着令人恶心倒胃的臭气。在各个宿营地里，疫病流行起来，比较胆小的人估计这是一场大瘟疫的开始。

可是城市还在继续燃烧。直到第六天，大火烧到了埃斯奎林的空地上，那里的房子是特意拆除的，火势才逐渐减弱下来。然而还在燃烧的一堆堆焦炭，依然发出强烈的火光，以致人们都不敢相信，这场火灾就要结束了。第七天晚上，提格里努斯的府邸里又起了火，火势甚为凶猛，可是由于周围缺少燃烧物，持续不久便熄灭了。不过到处都有烧毁了的房子倒塌下来，掀起一股股尘土和一团团火花，直冲云际。有些废墟内部还在隐隐地燃烧，表面一层都变黑了。夕阳西下时天空也不再出现那种血红的光了。只有到了晚上，在那漆黑的广阔废墟上，在那一堆堆烧焦了的木头中，还可以看到蓝色的火舌在不停地晃动。

罗马的十四个区只剩下了四个，其中包括台伯河对岸区，其他地区都被大火烧光了。等到燃烧的焦炭都化为灰烬之后，就可以看到，从台伯河沿岸直到埃斯奎林这片广大的地区内，灰土遍地，死寂空旷，阴森可怖。在这片空地上，一排排的烟囱有如坟场上的石柱那样屹立着。白天，一群群脸色阴沉的人在这些烟囱之间转来转去，他们在那里寻找珍贵的物品或者亲人的尸骨。到了晚上，成群的狗在灰土中和过去是住宅的废墟上，争相奔跑追逐和大声吠叫。

皇帝向人民群众提供的全部赏赐和救济，并没有制止住他们的怨言和愤怒。只有那些罪犯、强盗和无家可归的穷人，才感到心满意足，因为他们可以大吃大喝，任意去抢劫别人。然而那些失去了亲人和全部财产的人，即使是开放公园、发放粮食、举行竞技大会和赠送礼物，也不能平息他们心中的怒火。这场灾难实在太大了，而且是史无前例的灾难。还有一些人，他们的心中还燃烧着对故都国土的挚爱火花，现在听到"罗马"这个古老的名字将要从地球上消失，而皇帝将在它的废墟上建筑起一座名叫"尼禄波利斯"的新城市，便现出了绝望的情绪。不满的浪潮汹涌澎湃，日益高涨。尽管有廷臣们的阿谀奉承，还有提格里努斯的欺骗说谎，对群众的舆论比以前任何一位皇帝都要敏感的尼禄，想到他在这场同元老院和罗马贵族的你死我活的暗斗中有可能失去群众的支持时，心中也不免惊慌起来。廷臣们自己也同样惶惶不可终日，因为任何一个早晨都可能给他们带来死亡。提格里努斯打算从小亚细亚调回几个军团以加强自己的实力。瓦提纽斯，这个平时即使挨了别人的耳光也嘻嘻哈哈的家伙，现在也失掉了他的幽默风趣。维特留斯也紧张得毫无食欲了。

其他的人也在暗中计议，怎样才能转危为安，现在反对皇帝的叛乱一旦爆发，也许只有彼特罗纽斯一人能够幸免于难，其他的廷臣们一个也逃不了性命，这样的议论已经成了公开的秘密了。人们会认为尼禄的疯狂行为是受到廷臣们的影响，而他犯下的全部罪恶也会被认为是他们唆使和怂恿的结果。老百姓对廷臣们的仇恨甚至超过了对尼禄本人的仇恨。

于是他们绞尽脑汁，想方设法来洗刷自己在焚烧城市问题上应负的责任。他们既然要推卸自己的责任，就必须消除人们对皇帝的怀疑，否则的话，谁也不会相信他们不是这次大火的罪魁祸首。提格里努斯就这个问题和多米兹尤斯·阿弗尔，甚至还和他讨厌的塞内加进行了讨论。波培娅也很懂得，尼禄的灭亡就意味着她自己的灭亡，于是她也在征求她的亲信和希伯来僧侣们的意见，她信仰耶和华一事，几年前就已经传开了。至于尼禄本人也在想方设法，不过他想的办法常常是狠毒的，有时又相当愚蠢可笑。他时而陷入恐怖之中，时而又像孩子一样快乐，但他最经常的是在喋喋不休地抱怨。

有一天，在幸免于火的提比略皇帝的宫殿里，举行了一次历时很长而毫无结果的会议。彼特罗纽斯提出，为了摆脱目前的困境，还是先到希腊去，然后再到埃及和小亚细亚去。这次旅行不是早就安排好了的吗？既然住在罗马觉得很苦闷，很危险，为什么还要推迟呢。

尼禄热烈地赞成这一意见。可是塞内加考虑了一会儿说道："出去容易回来难啊！"

"我向赫拉克勒斯起誓，那时候可以率领亚细亚军团回来的！"彼特罗纽斯答道。

"就这么办！"尼禄大声说。

提格里努斯却竭力反对。可是他自己什么办法也想不出来。如果彼特罗纽斯的意见是他自己想出来的话，那他一定会毫不迟疑地断定这是最理想的办法。然而现在他最关心的是在这危急关头，绝不能再让彼特罗纽斯成为唯一能摆脱困境而拯救了大家的人。于是他开口说道："神圣的陛下，请听听卑职的意见，这个办法是自取灭亡的办法！你还没有走到奥斯提亚，内战就可能已经开始了。有谁能够担保，奥古斯都皇帝的某个还活着的后裔不会乘机宣布自己为帝呢，如果军团都站在他那一边，到了那时候，我们该怎么办呢？"

"我们要先想想办法，把奥古斯都的后代一个不剩地都干掉。这种人并不太多了，要干掉他们是件轻而易举的事！"尼禄答道。

"这样做倒是可以的，可是问题难道只涉及他们吗？我手下的人就在昨天，还听到群众中有人说，非得让特拉绥阿斯这样的人当皇帝不可。"

尼禄咬着自己的嘴唇。过了一会儿，他抬眼望天，说道："多么贪得无厌，忘恩负义啊！他们得到了充足的粮食，又有了烤点心的煤炭，他们还需要什么呢？"

提格里努斯回答说："复仇！"

大家都默不作声了。皇帝突然站起身来，举起一只手，开始朗诵起来：

    心灵在呼唤复仇，复仇则要求牺牲！

接着他好像忘记了一切似的，脸色显得很开朗，大声叫道："快把纸板和尖笔递给我，我要把这句诗写下来，卢坎永远也写不出这样的诗句。你们注意到没有，我是在一刹那之间便想出了这样的妙句。"

"啊！真是出类拔萃的诗句！"好几个声音附和道。

尼禄写下了这句诗，说："对了，复仇是要求牺牲的！"

接着他朝周围的人扫了一眼。

"如果我们散布消息说，是瓦提纽斯下令放火烧城的，为了平息老百姓的愤怒，把他交出去好吗？"

"啊，神圣的陛下，我又算得了什么东西呢？"瓦提纽斯大声叫了起来。

"真的，需要一个比你更大的人物……维特留斯怎么样？"

维特留斯的脸色煞白了，然而他却大笑起来，答道："我的脂肪也许能使大火重新燃烧起来。"

可是尼禄却另有考虑，他在内心里想找出一个真正能平息人民愤怒的人，而且终于找到了。过了一会儿，他才说道："提格里努斯，是你放火烧了罗马！"

在场的人都吓得心惊肉跳。他们知道皇帝这次不是在开玩笑了，孕育着各种事变的时刻到来了。

提格里努斯的脸孔像一只准备咬人的狗似的紧缩起来。

"我是奉陛下的命令去烧罗马的！"他答道。

他们两个人像一对恶魔那样怒目相视。周围是那样寂静，连苍蝇飞过大厅的声音都能听见。

"提格里努斯，难道你不爱我吗？"尼禄说。

"你是知道的，陛下！"

"你就为我去牺牲吧！"

"神圣的陛下，你为什么要赐给我一杯无法喝下去的甜蜜的醇酒呢？人民在抱怨，在暴动，难道你还想让禁卫军也起来造反吗？"

所有在座的人心里都充满了恐怖的感觉。提格里努斯是禁卫军的司令官，他的话显然带有威胁的意味。尼禄自己也知道这点，所以他的脸色煞白了。

就在这时候，皇帝的解放奴隶厄帕弗洛迪特进来报告说，神圣的皇后希望能立即见到提格里努斯，因为她那里来了一些报告重要消息的人，作为禁卫军司令官是应该听取他们的报告的。

提格里努斯向皇帝鞠了一躬，脸上带着平静而轻蔑的神情走出去了。别人攻击他的时候，他会针锋相对，以牙还牙的，他要让人知道他的厉害。他知道尼禄是个胆小鬼，他深信这位世界的统治者是绝不敢举起手来打击他的。

尼禄沉默地坐在那里，他知道在场的人都等着他说点什么话，于是他便说了：

"我在我的胸口上抚养了一条毒蛇！"

彼特罗纽斯耸了耸肩膀，好像在说，要想扭断这条毒蛇的脑袋并不困难。

"你想说什么？说吧，给我出出主意吧！"尼禄瞧见他的动作，便大声说道，"我只信任你一个人，你比他们都聪明，而且也爱我！"

彼特罗纽斯的话都快到嘴边了："请任命我为禁卫军司令官，我就能把提格里努斯交给老百姓，一天之内我就能让全城平静下来！"可是他那天生的懒散性格占了上风，使他把话咽住了。担任禁卫军司令官，就得肩负起皇帝委任的重任，就得处理无数的公务。他为什么要自找苦吃呢？还不如在舒适的书房里读读诗，观赏花瓶和塑像，或者把尤妮丝那天仙般的肉体抱在怀里，用手指抚摩着她的金发，在她那珊瑚般的嘴唇上亲吻，那岂不是更为悠闲自在吗？于是他开口说道："我劝陛下到亚该亚去。"

"啊呀！"尼禄答道，"我本来指望你会说出更高明的主意来。元老院是恨我的。只要我一离开，谁能保证他们不会叛乱，并且扶持别人僭越称帝呢？人民群众是忠于我的，可是现在也转向他们那边……向哈得斯起誓，只要元老院和这些老百姓能找到一个他们一致推崇的首脑，那么……"

"请允许我说一句，神圣的陛下，要想保住罗马，就得保住几个罗马人。"彼特罗纽斯微笑着说。

可是尼禄却诉起苦来："罗马和罗马人和我有什么关系！在亚该亚，还有人会听我的话，可是在这里，我的周围只有背叛，大家都离弃了我！你们也是打算背叛我的！这一点我心中有数，我知道！你们都不想一想，离弃了像我这样的一位艺术家，后代的人将会怎样谴责你们。"

说到这里，他突然拍了拍自己的额头，又大声地说道："真的！……为这些不安的事操心，连我自己都忘记了我是什么人了！"

他说完之后，便转身向着彼特罗纽斯，脸上露出得意的神色，说道："彼特罗纽斯，人民在抱怨。这个时候，如果我拿起诗琴到战神广场上去，把我在大火期间唱过的那支歌唱给他们听，你认为我会不会像俄耳甫斯感动野兽那样，用我的歌声感动我的黎民百姓呢？"

图利乌斯·塞内兹约早就想回到他从安提乌姆带回来的女奴身边去,现在等得更不耐烦了,一听到这话,他立即答道:"那是毫无疑问的,陛下,只要他们允许你唱。"

"那我们只有到希腊去了!"尼禄不高兴地说。

可是就在这时候波培娅进来了,后面跟着提格里努斯。在座的人都不由自主地把眼睛转向提格里努斯,因为从来没有哪一位凯旋的将军在登上卡彼托林时,像他现在站在皇帝面前这样傲慢自大。

随后他以铁器相碰般的铿锵声音,缓慢而又自信地说道:"陛下,请听我说吧,现在我可以报告陛下:我找到人了!老百姓需要复仇和牺牲品,但这牺牲品不是一个人,而是成百成千的人。也许你以前听说过,有一个名叫基督的人,曾被彭兹尤斯·彼拉多钉死在十字架上。你可知道,基督教徒是些什么样的人?我不是对你说过他们的罪恶和那些可憎的仪式,以及他们讲的大火是世界末日来临的预言吗?人民仇恨他们,怀疑他们,谁也没有见过他们到我们的神殿去,因为他们把我们的众神当作了凶神恶煞。他们也不到比赛场去,因为他们讨厌那些比赛。从来没有哪一双基督教徒的手曾向你鼓掌欢呼,表示过敬意。他们也不承认你是神。他们是人类的仇敌,是罗马城的仇敌,也是你的仇敌。老百姓议论纷纷,说些反对你的话,然而,你没有命令我烧城,陛下,我也没有放火烧城……老百姓需要报复,那就让他们去报复好了!老百姓需要流血和竞技,那就让他们得到流血和竞技好了。老百姓怀疑你,那就把他们的怀疑转到别的方向去好了!"

尼禄一开始听到他的话时甚为惊讶。后来随着提格里努斯说下去,他那戏子般的脸孔不断变化着,轮流地现出愤怒、痛苦、同情和谴责的表情。尼禄突然站了起来,脱掉宽袍,让它落在自己的脚边,举起双手,一句话也不说,就这样在那里站了一刻钟之久。

最后,他才用悲剧演员的声调说道:"宙斯、阿波罗、赫拉、雅典娜、珀耳塞福涅和所有不朽的众神啊,为什么你们不来帮助我们呢?这座不幸的城市对于这些凶狠的暴徒做了什么坏事,才使他们这样残忍地要把它烧毁呢?"

"他们是人类的仇敌,也是陛下的仇敌!"波培娅说。

其他的人也开始叫喊起来:"主持正义吧!严惩纵火犯!就连众神也要求复仇!"

于是尼禄坐了下来,低垂着头,沉默着,仿佛他听到的这些卑鄙残酷的罪行使他惊呆了。可是过了一会儿,他就挥动着双手说道:"什么样的惩罚和什么样的苦刑才能配得上这样的罪恶呢!不过众神会启示我的,借助于塔耳塔罗斯①的力量,我要让我那些可怜的民众看到这样的表演,直到无数个世代之后,罗马人都会以感激的心情来怀念我的。"

彼特罗纽斯的额上突然布满了愁云。他想到了他所喜爱的维尼兹尤斯和莉吉亚将要遇到的危险,想到了那些基督教徒的险恶处境,他虽然拒绝承认他们的教义,但他确信他们是无辜的。同时他也想到,一次血的狂欢将要开始,他这位审美家的眼睛是不

———————
① 塔耳塔罗斯:希腊神话中地狱的最底层,十恶不赦的人死后才被打入这里受苦。

忍观看的。但是他首先对自己说:"我一定要救救维尼兹尤斯,如果那个姑娘死掉了,他也会发疯的!"这种考虑压倒了其他的一切考虑,彼特罗纽斯清楚地知道,他现在进行的这场斗争是他一生中从未有过的最危险的斗争。

然而,他仍像平时批评或者嘲笑皇帝和廷臣们那些缺乏美学趣味的计划一样,平静自然又毫不在意地开口说道:"你们终于找到牺牲者了!这好得很!你们可以把他们搞到比赛场上,或者让他们穿上'苦刑衣',那也是不错的!可是,你们得听我说一说,你们有权有势,你们有禁卫军,你们还有军队,所以你们应该诚实,至少在没有人听的时候,你们可以去欺骗人民,但不能欺骗你们自己。你们可以把基督徒交给群众,也可以随心所欲地去惩罚他们,让他们受尽折磨。但是你们应该有勇气对自己说,不是他们放火烧了罗马的!……唉!你们把我叫作'风雅裁判官',因此,我向你们表明,我容忍不了这些蹩脚的喜剧!唉!所有这一切都使我想起阿西纳里亚城门附近的戏棚子,戏子们为了取悦城郊的平民百姓,便装扮成众神和国王,等到戏演完了,不是用洋葱头当下酒菜喝着酸葡萄酒,就是被人家一顿棍棒赶跑。你们应该成为真正的神明和国王,我可以对你们说,你们是能够做到这点的。至于你,陛下,你刚才要我们当心后代的评判,可是你应该想想,他们也会对你作出评判的。凭克莉奥女神[①]起誓,是世界的统治者尼禄,是天神的尼禄,烧掉了罗马,因为他在人世间,就像宙斯在奥林匹亚山上一样强大。作为诗人的尼禄,对诗

---

① 克莉奥女神:希腊神话中的缪斯女神之一,主管历史。

歌是那样地喜爱,甚至愿意把祖国故都奉献给诗歌!自从开天辟地以来,谁也没有做到过这一点,谁也不敢做这样伟大的事情。我以九位缪斯神的名义恳求你,别放弃你那巨大的荣誉,因为赞美陛下的诗歌将会流传千古。和陛下比起来,普里阿摩斯算得了什么?阿伽门农算得了什么?阿喀琉斯又算得了什么?就连众神又算得了什么呢?火烧罗马城这件事本身是好是坏,这并不重要,然而它是伟大的,不同凡响的!另外,我还可以告诉陛下,人民绝不会向陛下举起手来的!这是不符合事实的!你应该拿出勇气来!要小心别做出有损于你至尊身份的举动来。威胁陛下的只有这一点——后世的人会说:'尼禄烧了罗马,但是他是个胆小的皇帝,是个怯懦无能的诗人,他胆小得连这样伟大的行动都不敢承认,而把罪名推到那些无辜的人们身上。'"

彼特罗纽斯的这番话,像往常一样,又给尼禄留下了强烈的印象,可是这一次连彼特罗纽斯自己也不抱任何的幻想,因为他知道,他所说的这些话只是最后的一种手段,如果碰得好,就能救基督教徒们的性命,可是也更容易招来他自己的灭亡。然而事情涉及他心爱的维尼兹尤斯,同时又出于他爱寻开心的赌博心理,便毫不犹豫地这样做了。"既然骰子已经掷出去了,"他心里暗自思忖道,"那就要看这只猴子是害怕丢掉自己的性命呢,还是更爱惜他的名誉。"

然而他心里丝毫也不怀疑害怕心理将占优势。

他说完话之后,大厅里鸦雀无声。波培娅和所有在场的人都像观望彩虹似的注视着尼禄的眼睛,然而尼禄却噘起了嘴唇,嘴唇都快碰到他的鼻孔了,他不知道怎么办的时候常常是这个样子。

后来，他的脸上很明显地露出了嫌恶和不满的表情。

提格里努斯一看到这种表情便大声说道："陛下，请允许我离开这儿吧！有人想损害陛下的贵体，同时还把陛下叫作怯懦的皇帝和胆小的诗人，叫作纵火犯和流浪戏子，我的耳朵再也忍受不了这样的恶言恶语了！"

"我失败了！"彼特罗纽斯想道。

这时，彼特罗纽斯转身朝着提格里努斯，用一个高尚风雅的伟大贵族对一个无赖汉所用的那种轻蔑眼光扫了他一下，然后说道："提格里努斯，我说的流浪戏子就是你，因为你现在就是这样的角色！"

"那是因为我不愿意听你的胡说八道吧？"

"那是因为你装出对陛下无限热爱，可是一刻钟之前你还用禁卫军来威胁陛下，我们大家都像陛下一样，知道得清清楚楚。"

提格里努斯没有想到彼特罗纽斯会把这样的王牌抛到桌面上来，一下子他的脸色发白了，他的头脑也麻木了，呆呆地站在那里。可是这仅仅是这个"风雅裁判官"在和自己敌手较量中所取得的最后一次胜利。因为这时候波培娅出来说话了。

"陛下！"她说，"你怎么能允许一个人的头脑里出现这样的念头，而且这样的人竟敢当着陛下的面说出这种放肆的话来！"

"要惩处这个无礼的人！"维特留斯叫道。

尼禄又把嘴唇噘到鼻孔边上，同时鼓着他那玻璃球似的近视眼望着彼特罗纽斯说："你就是这样来报答我对你的友情吗？"

"如果我错了，就请陛下指出来，"彼特罗纽斯答道，"但是，我完全是出于对陛下的挚爱，才说出这些话来！"

"一定要惩处这个无礼的人!"维特留斯又叫了一次。

"应该惩处!"好几个人应和道。

大厅里立刻出现了响声和动作声,因为有些人立即从彼特罗纽斯旁边的位置上挪走了。甚至连他在宫廷中的老伙伴图利乌斯·塞内兹约,还有至今一直对他表示亲密友情的青年涅尔瓦,也都离开了他,坐到另一边去了。须臾之间,只剩下彼特罗纽斯一个人坐在大厅左边,他嘴上微露笑容,用手理了理宽袍的褶皱,等待着皇帝作出什么决定或是说出什么话来。

皇帝终于开口说道:"你们想叫我惩处他,可他是我的同伴,也是我的朋友,虽然他伤了我的心,但是我的心除对朋友的宽恕之外别无他意……只要他明白这点就行了。"

"我输了,并且快要完蛋了!"彼特罗纽斯心想。

就在这时候,尼禄站了起来,宣告会议结束。

50

彼特罗纽斯回家去了，尼禄则和提格里努斯一道来到波培娅的客厅里。和禁卫军司令官谈过话的那些人，正在那里等待着他们。

其中有两个来自台伯河对岸区的犹太教祭司，他们穿着节日的长袍，头戴法冠，带着他们的助手，一个年轻的书记，还有一个是基朗。一见到皇帝，这两个祭司激动得脸色煞白，把双手举得和肩膀一样高，脑袋向下低垂着直抵手掌。那个年长的祭司启禀道："君主中的君主，国王中的国王，我们向你表示敬意！向你致敬，全世界的统治者，选民的庇护者和皇帝，人类的雄狮啊，你的统治有如太阳的光辉，有如黎巴嫩山上的松树，有如不竭的泉水和棕榈树，有如耶利哥的万灵膏！……"

"你们为什么不称我是神呢？"皇帝问道。

祭司们的脸更加煞白了。那个年长的祭司接着说道："陛下，你的话真像一串葡萄那样香甜，又像成熟的无花果那样脆甜，那是耶和华给陛下的心田装满了仁慈。然而陛下的皇祖卡尤斯皇帝则是一个凶暴的人，所以我们的祭司并不称他为神，他们宁愿送掉性命也不能让教团受到损害。"

"卡里古拉不是下令把他们都喂了狮子吗？"

"不，陛下！卡尤斯皇帝害怕耶和华的愤怒，不敢那样做。"

于是他们都抬起了头，仿佛强大的耶和华的名字给他们增添了勇气。他们相信他的神力，就更加大胆地瞧着尼禄的眼睛。

"你们是来控告基督教徒放火烧了罗马的吗？"

"陛下，我们前来控告他们，只是因为他们是教团的仇敌，人类的仇敌，是罗马的仇敌，也是陛下的仇敌，他们很久以来就以放火来威胁这个城市和世界。至于其他的事情，让这个人来向陛下报告吧，他的嘴唇从未被谎言玷污过，因为他的母亲有着高贵民族的血统。"

尼禄转身问基朗："你是什么人？"

"奥西里斯啊，我是你的崇拜者，同时又是一个贫穷的禁欲主义者……"

"我讨厌那些禁欲主义者，"尼禄说，"我憎恨特拉绥阿斯，我讨厌莫佐密斯和科尔努特。我受不了他们的言论，他们对艺术的轻蔑，我也受不了他们甘心受穷和不修边幅的样子。"

"陛下，你的老师塞内加家里有一千张柠檬木做的桌子。只要陛下开恩，我倒希望我家里的桌子比他多两倍。我是迫不得已才成为禁欲主义者的。光明的神明啊，如果你给我的禁欲主义戴上一顶玫瑰花冠，并且在旁边放上一瓶美酒，它就要唱起阿那克里翁的诗歌来，使所有的伊壁鸠鲁派都惊得目瞪口呆。"

尼禄因为他把自己称作光明之神而感到满意，便笑了起来，说："你倒很讨我喜欢。"

"这个人的人品值得和他体重那样多的金子。"提格里努斯大声说道。

基朗却答道:"陛下,请用你的慷慨来加重我的体重吧,不然的话,一阵风就会把我吹走的。"

"你确实没有维特留斯那样重。"皇帝说了一句。

"哎呀,手持银弓的神[①]啊!我的才智也不是铅做的。"

"看来,你的信仰并没有禁止你称我为神啰!"

"啊,不朽的神啊!我的信仰就在陛下的身上,正因为基督教徒们诅咒这个信仰,所以我才仇恨他们。"

"关于那些基督教徒,你知道他们的一些什么事呢?"

"陛下,你能允许我痛哭一场吗?"

"不,哭会叫我厌烦的!"尼禄答道。

"陛下真是三倍地英明,谁只要一叩见陛下,他的泪水就马上干涸了。陛下,请你保护我,别让我的敌人迫害我吧!"

"你就快点谈谈基督教徒的事情吧!"波培娅不耐烦地说道。

"好吧,谨遵御旨,伊西斯神啊!"基朗答道,"我在年轻的时候就献身哲学,探求真理。我曾在古代的圣贤中间探求过,我还到过雅典的学院和亚历山大的学校里探索真理。当我刚听到基督教徒的事情时,还以为那是一种新的学派,能在里面找到几粒真理的种子,于是我非常不幸地和他们结识了!厄运使我认识的第一个基督教徒,是那不勒斯来的一个医生,名叫格劳库斯。有时我从他的口里听到,他们是崇拜一个名叫基督的神,据说这个基督答应他们,如果他们帮助他灭绝丢卡利翁的子孙的话,他就

---

① 指希腊神话中的阿波罗。

要消灭一切的人和毁灭世界上的所有的城市,只留下基督教徒们自己。啊,陛下,为了这个原因,他们才仇恨人类,才在喷泉里放毒,在自己的集会上咒骂罗马和所有供奉我们众神的神殿。基督是被钉死在十字架上的,但他答应基督教徒,当罗马被大火毁灭之时,他就会再次降临人间,把世界交给他们管理。"

"现在老百姓就会知道罗马为什么被烧掉了!"提格里努斯插了一句。

"大人,知道的人已经不少了!"基朗接着说,"我跑遍了各个花园和战神广场,把事情真相告诉了他们。如果你们愿意听我把话说完,就会理解我要报仇的原因了。刚开始时,格劳库斯医生并没有告诉我,他们是仇恨人类的。相反,他还告诉我说基督是位善良的神,他的教义的基础是爱。我那颗敏感的心,怎能拒绝这样的真理呢,于是我敬爱格劳库斯并且十分信任他。我和他分享我的每一块面包、每一个铜钱。可是陛下,你知道他是怎样来报答我的吗?从那不勒斯到罗马来的途中,他用刀刺杀我,还把我的妻子、我那年轻而又貌美的贝勒妮卡卖给了奴隶贩子。如果索福克勒斯[①]知道了我的经历……啊呀,我都在说些什么呢!现在不是有比索福克勒斯更伟大的人在听我说吗?"

"可怜的人!"波培娅说。

"瞻仰过阿佛洛狄忒容貌的人,绝不会是可怜的人,皇后,此时我所看到的正是她的天姿国色。那时候,我正在哲学中寻找慰藉。我到了罗马之后,便想法去接近那些基督教长老,好请求他

---

① 索福克勒斯:古希腊悲剧作家。

们对格劳库斯进行公正的审判。我想他们会命令格劳库斯把妻子送还给我……我认识了他们的大教长,也认识了第二个名叫保罗的教长,他曾被关在这里的监狱里,后来被释放了。我认识了西庇太①的儿子,认识了李努斯和克列杜斯,还有许多别的教徒。我知道他们在火灾前居住的地点,我也知道他们现在藏身的场所,我可以指出梵蒂冈山上的一个地洞和诺门坦纳城门外的一座坟场,那是他们举行可憎的祈祷仪式的地方。我在那儿看见过使徒彼得,看见过格劳库斯杀死孩子,好让使徒把孩子的血洒在那些信徒的头上。我也看见过莉吉亚,她是庞波里亚·格列西娜的养女,她洋洋得意地说,虽然她不能带来小孩的血,但她能让一个孩子死去,因为她诅咒死了小公主,那就是陛下你奥西里斯和皇后你伊西斯的女儿。"

"听见了吧,陛下!"波培娅说。

"这是可能的吗?"尼禄大声问道。

"我可以宽恕他们给我个人带来的损失!"基朗继续说道,"当我一听到你们所受到的损失时,我真想一刀子把她捅死,遗憾的是,被那位高贵的维尼兹尤斯挡住了,因为他爱她。"

"维尼兹尤斯吗?她不是从他那里逃走了吗?"

"虽然她逃走了,但他却找到了她,因为他没有莉吉亚就不能活下去。我帮助他寻找她,只得到了一笔可怜的报酬,我曾把她和基督教徒们一起住在台伯河对岸的那所房子指给他看。我们一起到了那个地方,和我们一道去的还有你的角斗士克罗顿,他是

----

① 西庇太:基督教圣徒约翰的父亲。

被维尼兹尤斯雇来当保镖的。可是莉吉亚的奴隶乌尔苏斯却把克罗顿掐死了。陛下,他真是个力大无穷的人,他能轻易地把公牛的脑袋扭断,就像别人折断一株罂粟花那样轻而易举。普劳兹尤斯夫妇因此非常喜欢这个莉吉亚人。"

"向赫拉克勒斯起誓!打死克罗顿的这个普通人值得在会议堂里给他立一座雕像。老家伙,也许是你搞错了或者是你瞎编出来的,克罗顿是被维尼兹尤斯用刀子杀死的。"尼禄说道。

"就像人们在欺瞒众神一样,啊,陛下,我亲眼看见,克罗顿的肋骨怎样被乌尔苏斯的双手捏断的,后来他又扑向维尼兹尤斯,要不是莉吉亚,他准保没命了。维尼兹尤斯后来还病了很久,然而他们在看护他时,希望通过这种慈爱的方法,让他变成一个基督教徒。事实上,他也真的成了一个基督教徒。"

"你是说维尼兹尤斯吗?"

"是的!"

"可能彼特罗纽斯也是吧?"提格里努斯急忙问道。

基朗扭动着身子,搓了搓双手,说:"大人,我真佩服你的眼力!啊……可能是的!而且是非常可能的!"

"现在我才明白了,怪不得他那样起劲地保护基督教徒。"

可是尼禄却大笑起来。

"彼特罗纽斯是基督教徒!……彼特罗纽斯会是生活和享乐的敌人!你们可真是些傻瓜,以为我会相信这是真的,要是我相信了它,那我就什么也不会相信了。"

"可是尊贵的维尼兹尤斯确实是基督教徒,陛下。我以陛下身上放射出来的光辉起誓,我说的是实话,再也没有什么比说谎更使我深恶痛绝的了。庞波里亚是基督教徒,小普劳兹尤斯是基督教徒,莉吉亚和维尼兹尤斯都是基督教徒。我忠心耿耿地为他效劳,可是他却答应格劳库斯的要求,将我鞭打了一顿,虽然我是个年老体弱、贫病交加的人。我向哈得斯发过誓,我将永远记住他。啊,陛下,请为我受到的侮辱向他们报仇吧,我将把使徒彼得和李努斯、克列杜斯、格劳库斯、克里斯普斯所有这些长老,还有莉吉亚和乌尔苏斯都给你指出来,我还可以指出几百几千个基督教徒,指出他们祈祷的房屋,指出那座坟场,你们的全部监狱都装不下他们……没有我的指点,你们是找不到他们的!到现在为止,我过着贫穷的生活,只能在哲学中寻找乐趣。从此以后,我想在陛下的恩泽之下度过我的残生。我虽然是个老人,但还未享受过生活的乐趣,以后我就该享受一番了!……"

"你是想做一个享受美酒佳肴的禁欲主义者吧。"尼禄说。

"替陛下效力,这本身就是一种最大的乐趣!"

"一点不错,哲学家!"

可是波培娅丝毫也没有忘记自己的敌人,她之所以喜欢维尼兹尤斯,不过是受了嫉妒、愤怒和自尊心受到伤害的影响而产生的一时冲动。然而这个年轻贵族的冷淡态度却深深地刺痛了她,激起了她的满腔怒火。他胆敢把她看得不如别的女人那样貌美,仅仅这一事实,就是足够招致她报复的一大罪状。从她初次见到莉吉亚的时候起,就因为她像北方的百合花那样美貌,才引起了她对她的仇恨。说这个姑娘臀部太窄的彼特罗纽斯,固然可以向皇帝乱说一气,可是骗不了她这位皇后。内行的波培娅一眼便看出,在整个罗马城里,只有莉吉亚的美貌才能与她相匹敌,甚至凌驾于她之上。从那时候起,她就发下誓言:不除掉莉吉亚,就绝不罢休。

"陛下,快替我们的孩子报仇吧!"波培娅说。

"越快越好!越快越好!"基朗叫道,"否则,维尼兹尤斯便会把她藏起来的。我会把他们在大火之后回来住的那户人家指给你们看。"

"我派给你十个人,你赶快就去!"提格里努斯说。

"啊,大人!你是因为没有看见克罗顿是怎样死在乌尔苏斯手中的,所以才说这样的话。就是你给我派五十个人,我也只能从远处把那户人家指给他们看。可是,假如你们不把维尼兹尤斯关起来,我也一定会送命的。"

提格里努斯望着尼禄说:"啊,陛下,把他们舅甥二人一网打尽,不是很好吗?"

尼禄考虑了一下,答道:"不,现在还不行!就是宣布彼特罗纽斯、维尼兹尤斯或者庞波里亚·格列西娜为罗马的纵火犯,大家也不会相信的。他们的房子太华丽了……今天需要的是别的牺牲品,至于他们几个,以后一定会轮到的。"

"陛下,既然如此,就请你派士兵保护我吧!"基朗说。

"提格里努斯,你去想办法吧!"

"你现在就住到我家里去!"司令官说。

基朗满脸春风,喜形于色。

"我要把所有的基督教徒都供出来!但是你们行动要快!越快越好!"基朗用嘶哑的声音大叫道。

51

彼特罗纽斯离开皇帝后，就立即吩咐把他抬回自己那座在卡里纳的府邸去，那所宅第因为三面被花园环绕，前面又是色西利[①]的小祠堂，所以才幸存下来。

由于这一原因，那些在大火中失去了府邸并因此而失去了大量财物、艺术珍品的廷臣们，都把彼特罗纽斯称为福官。另外，人们早就在说他是命运女神亲生的大儿子，皇帝新近对他的日益亲密的友情，更加证明了这一说法的正确性。

然而这位命运女神的亲生长子现在也不得不想到他母亲的变化无常，或者不如说，正在想起她和那位虐杀自己子女的克洛诺斯有某些相似之处。

"如果我的房子被烧掉了，"他自言自语道，"与此同时，我的珍珠宝石，我的伊特鲁尼亚花瓶，亚历山大玻璃器皿和我的科林斯的青铜制品都随之烧毁了的话，尼禄也许真会忘记这次冒犯。向波卢克斯起誓，真该想一想现在这个时候，要不要出任禁卫军的司令长官，这全由我自己决定了。如果我当了，我就要宣布提

---

① 色西利：罗马的一个古老家族。

格里努斯为纵火犯,这完全是事实,我还要让他穿上'苦刑衣',把他交给老百姓。那样一来,既保住了基督教徒们的性命,而罗马也能得到重建。可是谁知道,这样做也许能让那些正直的人民过上好日子呢。哪怕是为了维尼兹尤斯,我也应该去担任那个职务的。如果工作任务繁重,到时候,我可以把司令官的职位让给维尼兹尤斯,尼禄也不见得会反对的……以后,维尼兹尤斯即使让所有的禁卫军,甚至连皇帝本人在内都受了基督教的洗礼,那于我又有什么妨碍呢!出现一个信仰虔诚的尼禄、一个高尚而慈悲的尼禄,那倒是一桩令人高兴的趣事。"

他这种无忧无虑的毛病是这样大,连他自己都开始笑了起来。但是过了一会儿,他的思想又转到了另外的事情上。他觉得自己似乎还在安提乌姆,塔斯的保罗正对他说:"你们把我们叫作人生的敌人,可是彼特罗纽斯,请你回答我吧,如果皇帝是位基督教徒,能够按照我们的教义行事,那么,你们的生命不是更安全更有保障了吗?"

他想起这些话,又继续自言自语起来:"向卡斯托尔起誓!不管有多少基督教徒被杀害,保罗都会获得同样多的新教徒的,因为如果这个世界不是永远卑鄙无耻的话,那么他终究是正确的……既然这个世界还是现在这个样子,谁又能料到将来是不是会更美好呢?至于我自己,虽然学会了不少东西,但还没有学会当一个十足的坏蛋,所以迟早我都免不了要切开自己的血管……即使我不是这样的死法,别的下场也差不多,反正死是注定了的。我感到可惜的只有尤妮丝和那只米里内杯子,不过尤妮丝已经是个自由人了,杯子也可以随我入葬,绝不能让红胡子得到它。使我感到惋惜的还有维尼兹尤斯。此外,现在我的生活比起从前来,也不感到那样烦闷了,我是做好了一切准备的。在这个世界上,事物是美好的,然而大多数的人都是这样卑鄙可恨,所以和这种生活告别,并不值得惋惜。一个懂得生活的人,一定能懂得怎样去死。尽管我跻身于廷臣之列,但我是一个比他们所想象的更加自由的人。"

彼特罗纽斯想到这里,耸了耸肩膀,又继续自言自语地说:"他们一定会以为我现在两腿在发抖,怕得连头发都倒竖起来了。可是我一回到家里,就要在发出紫罗兰香气的热水里洗个澡,然后要我那个金发美人替我擦油。吃完饭后,我就要吩咐大家齐声高唱安特密阿斯写的《阿波罗颂》。我自己以前就说过:'没有必要去考虑死,因为死神不用我们帮忙就会想到我们的。'如果真的存在什么极乐世界,而且那里也确实有鬼魂的话,那倒是件令人赞叹的事……到那时候,尤妮丝便能常常到我那里来,我们又能在长满日光兰的草原上漫步邀游。我也可以找到比这里更好的朋友了。这里只有一群小丑!只有一群骗子!只有一群毫无趣味和文雅的卑鄙龌龊的家伙!即使有十个风雅裁判官也不能把这些特里马尔奇奥[①]们改变为高雅的人。向珀耳塞福涅起誓,我对那些家伙真是讨厌透了!"

他惊奇地发现,有一种东西把他和其他廷臣区分开了。他对他们都很了解,而且早就知道该怎样看待他们,可是现在却感到他们离他更远了,越发觉得对他们更该轻蔑了。现在他真的厌恶

[①] 特里马尔奇奥:彼特罗纽斯的小说《特里马尔奇奥的宴会》中的主人公。

他们了。

接着，他又考虑起自己的处境来。由于他那敏锐的洞察力，知道死亡暂时还威胁不到他。尼禄不是利用这样的机会，说了几句关于友情和宽恕的冠冕堂皇的话吗？正是这几句话束缚住了他的手脚。现在尼禄不得不寻找别的借口，等他找到这种借口时，也许已过了一段相当长的时间。"首先他要利用这些基督教徒举行一场大竞技会。"彼特罗纽斯自言自语道，"然后才会想到我，如果是这样的话，我就用不着自寻烦恼，忧心忡忡了，也不必去改变自己的生活方式。维尼兹尤斯所受到的威胁倒是迫在眉睫的。"

从这时候起，他就一心一意地考虑起维尼兹尤斯的事情来，他下定决心，一定要把他救出来。

卡里纳地区依然到处是废墟、灰烬和残存的烟囱，奴隶们抬着轿子一溜烟地跑着，他为了尽快回到家里，便吩咐奴隶们使劲奔跑。维尼兹尤斯的府第被烧毁之后，就一直住在彼特罗纽斯的家里，幸好这时候他没有出门。

"你今天见过莉吉亚吗？"彼特罗纽斯一进门便问他。

"我刚从她那里回来。"

"你要好好听我给你说的话，不要刨根问底浪费时间了。今天早上皇帝已经决定把火烧罗马的罪名转嫁到基督教徒的身上，搜捕和迫害正在威胁着他们。大逮捕很可能现在已经开始了，你得赶快把莉吉亚带走，马上逃到阿尔班山那边去，或者逃到非洲去也行。你得赶快走，从巴拉丁宫到台伯河对岸比从这里去要近得多呀！"

维尼兹尤斯不愧是个军人，他没有把时间浪费在提问题上。

他紧锁眉头,神情严峻而毫无畏怯地听着舅舅说话。很显然,在这充满危险的关键时刻,他天性中所产生的第一个愿望就是保卫自己和进行斗争。

"我这就去!"他说。

"还有一句话,带上装满金子的钱袋,把武器也带上,并且把你的那些基督徒都一齐带走。如果必要的话,就和他们拼杀一场。"

维尼兹尤斯已经走到客厅的门口了。

"记住派一个奴隶给我送信来。"彼特罗纽斯又朝他喊了一声。

等到彼特罗纽斯一个人留下来的时候,他便一边在装饰客厅的圆柱中间来回踱步,一边思考着就要发生的事情。他知道,莉吉亚和李努斯在火灾结束后便回到了原来的住地,李努斯的房子正像台伯河对岸的大部分房子一样完整无损地保存下来了,这倒成了不利的因素。若是他们无家可归,要想在人群中找到他们就不那么容易了。他希望巴拉丁宫没有人知道他们的住处,这样一来,维尼兹尤斯就能在禁卫军到达之前赶到那里,把他们救出来。可是彼特罗纽斯又马上想起,提格里努斯想一举成功,把尽可能多的基督教徒抓住,必然会在整个罗马城中布下罗网,他会把禁卫军分成小队行动。如果他们派了十来个士兵去抓她,他想,那个莉吉亚巨人便能独自把他们的骨头打断,再加上维尼兹尤斯的相助,那就更不在话下了。想到这里,他便放下心来。当然,武装反抗禁卫军士兵,就等于向皇帝宣战。彼特罗纽斯也知道,就算维尼兹尤斯能逃脱尼禄的报复,那么这种报复也一定会落在他自己的身上。可是他已经把生死置之度外。相反,一想到他能打乱尼禄和提格里努斯的部署,他便觉得很高兴。于是他决定绝不各惜财力和人力来干这件事,还是在安提乌姆的时候,塔斯的保罗已经教他的大部分奴隶都改变了宗教信仰,因此他完全相信,在这场保卫基督教徒的斗争中,他能够依靠他们的赤胆忠心和献身精神。

尤妮丝进来把他的思路打断了。一看见她的姿容,彼特罗纽斯的苦恼和忧虑一下子都烟消云散了。他忘记了皇帝,忘记了他所受到的不愉快,忘记了那些可耻的廷臣们,也忘记了基督徒们受到追捕的事,甚至连莉吉亚和维尼兹尤斯都忘记了。他用一个喜爱形体美的审美家的眼光望着她,同时也用一个热爱这种形体美的情人的眼光望着她。而她呢,穿着一件透明的紫罗兰色的叫作"薄纱衣"的外衣,透过薄衣能望见她那玫瑰色的肉体,她美得真像一位女神。而且他也知道她崇拜他,她整个灵魂都在爱着他,永远渴望着他的抚爱。这时候,她仿佛不是他的情妇,倒像一个天真活泼的少女那样,快乐得满脸通红起来。

"有什么事要告诉我吗,哈里达?"彼特罗纽斯向她伸出双手,问道。

尤妮丝朝他低下了她那金发的头,答道:"老爷,安特密奥斯已经把他的唱歌班子带来了,他问你今天要不要听他唱歌?"

"让他等一等吧。等我们吃午饭的时候,可以唱一下那首《阿波罗颂》。周围还是一片废墟和瓦砾,可是我们却在听《阿波罗颂》。凭帕弗斯的森林起誓!我看见你穿着这件薄纱衣,就觉得是阿佛洛狄忒披着一片蓝天,正站在我的面前。"

"啊,老爷!"尤妮丝说。

"到我这里来,尤妮丝,快来拥抱我,亲吻我吧!……你爱我吗？"

"我对宙斯也没有爱得这样深啊！"

她说完之后，便把自己的嘴唇紧紧贴在彼特罗纽斯的嘴唇上，躺在他的怀抱里，快乐得浑身发抖。

可是过了一会儿，彼特罗纽斯又问："如果我们不得不分离呢？"

尤妮丝用充满恐惧的眼神望着他，"你说什么，老爷！"

"你不要怕！……你要知道，也许我真的非去做一次长途旅行不可。"

"那就把我一起带去吧！"

彼特罗纽斯赶快改变了话题，问道："快告诉我，我们花园的草地上，日光兰还开着吗？"

"花园里的柏树和草地都被大火烤枯黄了，桃金娘也掉光了叶子，整个花园像是死了一样。"

"整个罗马都像死了似的，不久将变成一座真正的坟场。你可知道，已经下了一道镇压基督教徒的命令，迫害就要开始了，这样一来，成千上万的人都要惨遭杀害了。"

"为什么要惩处他们呢？老爷，他们都是些好人，都是些安分守己的人哪。"

"就是为了这个才惩处他们的！"

"让我们坐船到海上去吧。你那神圣的眼睛是不喜欢看见流血的。"

"好的，不过现在我要洗澡去了。等一会儿你到擦油室来替我的肩膀擦油。对爱神的腰带起誓！我从来没有看见你像今天这样美，我要吩咐人给你做一个贝壳形浴池，你躺在里面就像一颗价值连城的珍珠……快来吧，我的金发美人！"

他走出去了。一小时以后，两个人的头上都戴着玫瑰花环，眼睛蒙上了一层朦胧潮湿的雾气，坐到摆设着金餐具的桌子旁。装扮成爱神的少年侍役在两旁侍候，他们两人用常春藤做的酒杯喝着酒，听着歌手们在安特密奥斯指挥下，用竖琴伴奏，唱起了《阿波罗颂》。府邸周围的废墟上还屹立着残垣断壁和烟囱，每当阵风吹来，罗马废墟的灰烬便向四面八方飞扬。这和他们又有什么关系呢？他们沉浸在幸福中，心里只有爱情，爱情已经把他们的生活变得像仙梦那样甜美。

但是颂歌还没有唱完，担任客厅总管的一个奴隶便走了进来，他用吓得发抖的声音说道："老爷，百夫长带着一队禁卫军来到大门外，说是奉皇帝的圣旨要面见老爷。"

歌声和伴奏的琴声都停了下来。所有在场的人都感到十分不安，因为皇帝通知他的近臣一向是不派禁卫军去的，所以他们在这个时候出现，意味着凶多吉少。只有彼特罗纽斯一人无动于衷，用那种受人打扰而不耐烦的口气说道："连一顿午饭都不让人安安生生地吃完。"

然后他朝客厅总管说道："放他进来吧！"

奴隶消失在门帘后面。不久，便传来沉重的脚步声，彼特罗纽斯认识的一个百夫长阿佩尔走了进来，他全身披挂，头戴钢盔。

"尊敬的大人，这是陛下给你的信。"他说。

彼特罗纽斯懒洋洋地伸出了他那白净的手，接过写字牌，看了一眼，便神情安静地给了尤妮丝。

549

"皇帝今天晚上要朗读《特洛伊之歌》的新篇章，召我前去参加！"彼特罗纽斯说。

"我只是奉命前来送信的！"百夫长说。

"是的，不用回信了。也许你，百夫长，在我这里休息一下，喝杯酒好吗？"

"谢谢你，尊贵的大人！为了大人的健康我倒乐于干一杯，可是休息却不行，因为我还要去执行任务。"

"为什么要叫你送信来，而不派一个奴隶来呢？"

"这我就不知道了，大人。也许因为我是派到这一带来执行任务，顺便叫我捎来的。"

"我知道，是去搜捕基督徒的吧。"彼特罗纽斯说。

"是的，大人！"

"这次搜捕已经开始多久了？"

"中午以前就派出好几个小队到台伯河对岸去了。"

他说完之后，便从酒杯里洒了几滴酒表示对战神的敬意，接着一口把酒喝干。于是他告辞道："愿神明赐给你吉祥如意，百事顺心，大人！"

"你把这一杯也喝完吧！"彼特罗纽斯说。

接着，他朝安特密奥斯做了一下手势，让他把《阿波罗颂》唱完。

"红胡子开始跟我和维尼兹尤斯玩起花招来了。"当竖琴开始奏起来的时候，彼特罗纽斯暗自思忖道，"我猜到了他的用意！他派百夫长来送信是想要吓唬我一下。晚上他们一定会盘问百夫长，我是怎样接待他的。不，不！不会使你满意的，你这个讨厌的残暴小丑！我知道，你心里忘不掉对我的不满，我也知道我的死是不可避免的，但是你想要我向你哀求，想要在我的脸上看见恐怖和俯首顺从的表情，那你就大错特错了。"

"老爷，皇上写着：'如果你有兴趣，你就来吧！'你要去吗？"尤妮丝问。

"我的兴趣极好，愿意听皇帝写的诗。由于维尼兹尤斯不能去，我就更得去了。"彼特罗纽斯答道。

午饭之后，他像往常那样散了一会儿步，然后就让理发师和整理衣褶的女奴来服侍他。一小时以后，他打扮得像天神一样的英俊飘逸，吩咐手下人把他抬到巴拉丁宫去。虽然时间较晚了，但夜晚很宁静，很暖和，月光是那样皎洁，以至走在前面的灯手们都把火熄灭了。街道上和废墟上挤满了喝醉酒的人群，他们用常春藤和金银花藤装饰着自己，手里还拿着从御花园里折来的桃金娘和月桂的树枝。丰富充足的食物和即将举行的大竞技会，使他们的心里充满了快乐。到处都有人在唱赞美"神圣之夜"和爱情的歌曲，到处都有人在月光下跳着欢快的舞蹈。奴隶们有好几次不得不大声喊叫"给高贵的彼特罗纽斯的轿子让路"，这时候，人们便向两边闪开，还向他们所敬爱的人欢呼致敬。

但是，彼特罗纽斯却一心牵挂着维尼兹尤斯，他很奇怪，为什么维尼兹尤斯还不给他送消息来。他是个享乐主义者和利己主义者，可是由于他和塔斯的保罗的接触，以及和维尼兹尤斯相处在一起，每天受到基督教徒的感染，尽管他自己并未意识到，他的心里确实发生了某些变化。从他们那里向他吹来的微风，在他的灵魂中撒下了新的种子。现在他除了自己的事情之外，开始关心起别人的事情来了。特别是对维尼兹尤斯,他平时就有一种特别的喜爱,因为他在童年的时候就非常喜欢自己的姐姐——维尼兹尤斯的母亲,现在他也被卷进了他的事情,因此,他就特别感兴趣地注视着他们,仿佛在看一出悲剧似的。

彼特罗纽斯相信,维尼兹尤斯一定能先于禁卫军到达那里,并和莉吉亚一道逃走,或者在最糟糕的情况下,也能把莉吉亚夺过来。但是他还是愿意得到确实的消息。因为他估计到一定有人向他提出种种问题,事先有所准备是非常必要的。

他在提比略宫前停了下来,走出轿子,过了一会儿,他便来到挤满廷臣的客厅里。昨天的那些朋友,虽然见他也被邀请前来而感到吃惊,但都不愿意去接近他。可是他在他们中间走来走去,飘逸洒脱,泰然自若,充满了自信,仿佛他自己就能施恩惠于人似的。另外一些人看见他,深怕自己过早地疏远了他,心里甚感不安。

但是,皇帝却装作没有看见他,也没有对他的鞠躬表示答礼。他装出一副专心和别人谈话的样子。提格里努斯却向他走来,开口说道:"晚安,风雅裁判官,你是不是还坚持认为,放火烧罗马的并不是基督徒?"

彼特罗纽斯耸了耸肩膀,像对待解放奴隶那样拍了拍他的脊背,答道:"到底是谁放的火,你知道得比我更清楚。"

"在聪明才智上我不敢和你相比。"

"这点你说对了,尽管如此,当陛下朗读他的《特洛伊之歌》的新篇章时,你虽然不会像孔雀那样发出尖叫声,却可能说出一些荒唐可笑的意见来。"

提格里努斯闭紧了嘴巴，一声不吭。他本来就不大高兴皇帝今天朗读他的新作，因为这样一来，就新开辟了一个他无法与彼特罗纽斯相匹敌的战场，就像通常在朗读的时候一样，尼禄不由自主地按照过去的习惯，把眼光转向彼特罗纽斯那边，仔细观察着他脸上的神情变化。彼特罗纽斯专心地听着，时而抬起眉毛，时而点头称赞，时而全神贯注，像是要检验自己是否听清楚了。然后他表示赞美，或者提出批评，或者指出需要修改的地方，对某些诗句需要加以润色。连尼禄本人也感到，别人夸大其词的赞美，只不过是为了他们本身的利益，唯有彼特罗纽斯一人才是为了诗歌而评论诗的，唯有他一人懂得诗。如果他在赞美，那就完全可以相信，这些诗的确是值得赞美的。于是渐渐地，尼禄便和他讨论、争辩起来，等到后来，当彼特罗纽斯对某个词的确切性提出怀疑时，尼禄便对他说道："为什么我使用这个词，等你听了最后一章就会明白了。"

"啊，我还能活到最后一章！"彼特罗纽斯想道。

许多廷臣听见这话，心里不免嘀咕起来："我要倒霉了！彼特罗纽斯只要有充裕的时间，就能重新获得皇帝的恩宠，甚至还能把提格里努斯搞掉。"

于是大家又开始向他靠拢了。可是等到晚会结束时，他又不那么幸运了，当他向皇帝告辞的时候，尼禄突然皱起眉头，脸上露出又快活又充满恶意的表情，问道："为什么维尼兹尤斯没有来？"

如果彼特罗纽斯确实知道维尼兹尤斯和莉吉亚已经走出了城门的话，那他一定会这样回答："奉陛下的命令他们结了婚，蜜月旅行去了。"可是当他看到尼禄露出古怪的笑容时，他就答道："陛下,你召唤他的时候,他不在家。"

"你告诉他,我很高兴看到他。你还要以我的名义告诉他,让他不要错过那些有基督徒出现的竞技大会。"

这些话使彼特罗纽斯深为不安,他觉得这些话和莉吉亚有直接的关系。他一坐进轿子,便吩咐比早上还要走得更快。可是这很难做到。提比略宫前,聚集着密密麻麻的人群,他们喝得醉醺醺的,大声叫嚷着,虽然他们没有唱歌跳舞,但是非常兴奋。远处传来一片喊叫声,刚开始的时候,彼特罗纽斯还听不清他们嚷叫些什么,后来声音越来越大,越来越高,最后竟变成了疯狂粗暴的怒吼声:"把基督徒都送去喂狮子!"

廷臣们的华丽轿子,在叫嚣的人群中穿行。从那些烧光了的街道后面又涌出了一些人群,他们一听见叫喊,便随声附和起来。人们交口传送着这样的消息:逮捕从上午就开始了,抓到了不少纵火犯。不久之后,在新开辟的和原有的街道上,在所有被烧成废墟的街头巷尾,在巴拉丁宫的四周,在全城的山丘上和所有的花园里,都响起了越来越激昂愤懑的喧嚣声,几乎响彻了罗马城的四面八方。

"把基督徒都送去喂狮子!"

"真是一群畜生!这样的老百姓真配得上这样的皇帝!"彼特罗纽斯一再轻蔑地说着这句话。

于是他又想起,像这样一个建立在强权之上,建立在连野蛮人都想象不出的残酷之上,建立在罪恶和疯狂的淫荡之上的世界,是不能维持很久的。罗马是世界的统治者,然而也是世界的痈疽。从它这里发出了尸体的恶臭。它在那腐朽的生命之上投下了死亡的阴影。廷臣之间曾不止一次地谈论过这些事情,但是彼特罗纽斯却从来没有像今天这样看清楚事情的真谛。罗马像位凯旋将军那样威严地坐在用月桂冠装饰起来的战车上,后面跟着一大群带着锁链的各族人民,他们正在驶向深渊。这座统治世界的城市的生活,在他看来,不过是小丑们举行的一场狂欢舞会,一场迟早要结束的狂欢。

彼特罗纽斯现在明白,只有基督教徒才有新的生活基础。可是他又认为,不久之后,基督徒就将被斩尽杀绝,不留丝毫痕迹,那时又该怎么样呢?

这一群丑角似的队伍,将会在尼禄的率领下继续前进,即使尼禄死了,也还会出现第二个和他一样坏,或者比他更坏的人,因为这样的老百姓和这样的贵族是产生不出更英明伟大的君主的。将来只会有新的狂欢,甚至会更加下流,更加卑劣。

但是这种狂欢是不能永远持续下去的,狂欢之后,哪怕是由于精疲力竭,人总是要去睡觉的。

彼特罗纽斯一想到这里,连自己也感到十分疲乏了。仅仅是为了观察这炎凉的世态,难道值得活下去,值得过这种朝不保夕的生活吗?死神并非不如睡神那样美,它们的肩膀上都同样生着一对翅膀。

轿子刚刚在家门口停住,那个谨慎小心的看门人便立即把门打开了。

"高贵的维尼兹尤斯回来了吗?"彼特罗纽斯问。

"刚回来,老爷!"奴隶答道。

"这么说来,他没有救出她了!"彼特罗纽斯暗自想道。

他扔下宽袍,便匆匆地走进了客厅。维尼兹尤斯正坐在一只三脚凳上,双手抱住头,低垂着,几乎要碰到膝盖了,但是当他一听到脚步声,便立即抬起了他那像石头一样僵硬的脸孔,只有一双眼睛还炯炯有神。

"你去晚了吗?"彼特罗纽斯问。

"是的,中午以前就把她抓走了。"

出现了片刻沉默。

"你看见莉吉亚没有?"

"看见了!"

"她在哪里?"

"关在马梅丁监狱里。"

彼特罗纽斯吃了一惊,用一种询问的眼光望着维尼兹尤斯。

维尼兹尤斯也明白了其中的含义,于是说道:"不!他们并没有把她关在杜利安娜①,也不是关在中牢里。我买通了一个狱吏,要他把自己的房间让出来给她住。乌尔苏斯睡在房门外照顾她。"

"为什么乌尔苏斯不去救她呢?"

"他们派了五十个禁卫军士兵去抓她,并且李努斯也不许他抵抗。"

"李努斯呢?"

"李努斯病得要死了,因此才没有把他抓走。"

"你打算怎么办?"

---

① 杜利安娜:监狱中最低的一层,全都处在地下,只有顶棚上有一个窗口,尤古尔塔(努米底亚国王)就饿死在这里。——作者原注

"救出她或者和她一起死。我相信基督。"

维尼兹尤斯的话似乎很平静,但在他的声音里面有一种揪心的痛苦,就连彼特罗纽斯也由于深切的同情,心里直打哆嗦。

"我理解你的心情,可是你打算怎么去救她呢?"彼特罗纽斯说。

"我给了狱吏们很多钱,一是让她免遭别人的凌辱,二是以后要他们不妨碍她的逃走。"

"你准备什么时候救出她呢?"

"他们回答说:不能立即把她交给我,因为他们怕担责任。等到监狱里挤满了人,当囚徒多得数不清的时候,他们才能把她交给我。然而这是最后的一着!在这以前,请你想方设法救救她,也救救我吧!你是皇帝的朋友,是他亲自把她送给我的。请你到皇上那儿去,救救我吧!"

彼特罗纽斯没有回答他,反而唤来了奴隶,吩咐拿两件黑色斗篷和两把短剑来,然后转身对维尼兹尤斯说:"在路上我再告诉你实情。现在你穿好斗篷拿上剑,我们一起到牢里去。到了那里,你把十万银币给那些看守,只要他们能立即交出莉吉亚,哪怕再给他们两倍,甚至五倍的钱都可以。否则的话,一切都晚了。"

"那我们马上走吧!"维尼兹尤斯说。

不一会儿,他们就走到大街上。

"现在你听我说吧,"彼特罗纽斯说,"我不想浪费时间。从今天开始,我已经失宠了。我自己的性命也处在千钧一发的危险中,因此在皇帝面前,我是无能为力的了。而且更糟糕的是,我相信,他会作出和我的要求完全相反的事来。如果不到这步田地,我怎么会劝你和莉吉亚立刻逃走或者把她夺回来呢?即使你这样做成功了,皇帝也会迁怒于我的。如今皇帝宁可做点满足你要求的事,也不会为我做任何事情的。可是你绝不能再把希望放在这上面了。你只有从牢里把她救出来,然后逃到远处去!此外就没有别的办法了。如果这一着失败了,那么我们还有时间去考虑别的办法。不过,现在你应该明白,他们逮捕莉吉亚不单是因为她信仰基督。波培娅对她和对你都是非常恼火的。你还记得你曾经拒绝过皇后因而得罪了她吗?波培娅知道,你是为了莉吉亚才拒绝她的,她一见到莉吉亚就恨死了。所以她以前就说过莉吉亚诅咒死了她的孩子,想把莉吉亚置于死地。所有这一切都是波培娅一手造成的。如果不是这样的话,怎么能解释莉吉亚会第一个被捕入狱呢?谁能指出李努斯的住宅呢?我要告诉你,早就有人在跟踪她了!我知道我这样说会刺痛你的心,会夺去你最后的希望。现在他们还没有想到你会去救她,如果你这时还不乘机把她救出来,你们两个都会被他们害死的,我是特意对你说这番话的。"

"原来如此。现在我明白了!"维尼兹尤斯低沉地说。

街上已经夜深人静,然而他们的谈话被迎面走来的一个喝醉了酒的角斗士打断了,这个角斗士踉踉跄跄地向彼特罗纽斯走过来,伸出一只手按在他的肩膀上,一股股充满酒味的臭气直向彼特罗纽斯脸上喷来,他用嘶哑的嗓门大声叫喊:"把基督徒都送去喂狮子!"

"密尔密隆,听我的善意劝告,快走你的路吧!"彼特罗纽斯平静地说道。

可是这个酒鬼又用另一只手抓住了彼特罗纽斯的胳膊,把他抱住了。

"快跟我一起喊,把基督徒送去喂狮子!不然的话,我就要扭断你的脑袋。"

彼特罗纽斯的神经再也忍受不了这种叫嚷了。从他离开巴拉丁宫的时候起,这种叫喊声就像梦魇一样使他感到窒息,把他的耳朵都吵聋了。所以当他看到这位巨人的拳头在他头顶上挥动的时候,他再也克制不住自己感情的爆发了。

"唉,朋友,你喝得太多了,你妨碍我走路了。"他说。

他一边说,一边抽出从家里带来的那把短剑,深深地刺进了角斗士的胸膛,一直刺到剑柄。然后,他挽起维尼兹尤斯的胳膊,又继续说了下去,仿佛什么事也没有发生。

"皇帝今天对我说:'用我的名义告诉维尼兹尤斯,让他不要错过那些有基督徒出场的竞技大会。'你可明白这是什么意思吗?他们想把你的痛苦拿去展览。这是安排好了的事情。也许正因为这点,他们才没有逮捕你和我。如果你现在不能立刻把她救出来,那么以后的情况……我就难说了!……也许阿克特会为你说情,但她又能帮什么大忙呢?……我看提格里努斯对你在西西里岛上的领地早就垂涎三尺啦!你不妨去试试他。"

"我可以把我所有的一切都送给他。"维尼兹尤斯答道。

从卡里纳街到会议堂,路程并不很远,一会儿他们便走到了。天空开始现出熹微的晨光,城墙也从黑暗中更加清楚地显现出来。

他们转过弯,刚走到马梅丁监狱前面的时候,彼特罗纽斯突然站住了,说:"禁卫军!……太迟了!"

两排士兵包围了马梅丁监狱。初露的曙光照在他们的铁盔和枪尖上，染上一道道银色的光辉。

维尼兹尤斯的脸立刻变得像大理石一样煞白。他说："我们走过去吧！……"

不一会儿，他们便来到了禁卫军的队伍前面。彼特罗纽斯凭着他那惊人的记忆力，不仅认识军官们，就连禁卫军的全部士兵，也差不多都认识。他一认出这支队伍的指挥官时，便招呼他过来。

"怎么，尼格拉！你们是奉命来看守监狱的吗？"

"是的！尊贵的彼特罗纽斯大人。司令官担心有人来营救这些纵火犯。"

"你们有没有接到不准任何人进去的命令呢？"维尼兹尤斯问。

"没有，大人。认识的人可以去探望囚犯，这样一来，我们就能抓住更多的基督徒了。"

"那么，你就放我进去吧。"维尼兹尤斯说。

他握着彼特罗纽斯的手，对他说："你去看看阿克特。她对你说些什么，等我回来再告诉我好了。"

"你一定要回去！"彼特罗纽斯说。

就在这时候，从地牢里和厚墙里面传出了歌唱声。开始声音很低，是压着嗓子唱的，后来便渐渐高亢起来。男女老幼的声音汇合成一支和谐的大合唱。这时候，曙光初照，四周一片寂静，但整座牢房却像竖琴一样在演奏。这歌声既不悲伤，也不失望，相反，带着欢乐和胜利。

那些士兵们面面相觑，显出惊讶的神色。天空中出现了第一道金色和玫瑰色的霞光。

52

"把基督徒送去喂狮子"的怒吼声,在城市的各个地区不断地震响着。现在无论谁都不怀疑他们是这场火灾的真正肇事者,而且也没有谁愿意去怀疑了,因为对基督徒的惩处已经成为市民们的一场精彩的娱乐。不过现在又流传着这样的舆论,据说如果没有众神的愤怒,那么这场灾难也不会达到这样可怕的程度,于是人们便向神殿献上"皮阿古拉",也就是赎罪的供品。根据《西俾利经书》[①]的启示,元老院决定对武尔坎努斯、刻瑞斯和珀耳塞福涅举行盛大的祭奠和公开的祈祷。母亲们向朱诺献上供物,她们排成长长的队伍,到海边去提水来,洒在这位神后的雕像上。已婚妇女们则在烹调供神用的宴席,或干着守夜的工作。整个罗马城里的人都在洗涤自己的罪孽,向众神供奉祭品,以平息不朽的众神对他们的怒火。与此同时,在废墟中间又出现了宽阔的新街道,到处都在打地基,准备建起豪华的住宅、宫殿和神殿。然而摆在首位,以空前未有的速度正在建造的是那座木制的巨大圆形剧场。基督教徒们将要在这座剧场里被处死。在提比略宫举行

---

① 《西俾利经书》:罗马流传很广的一种官方通用的卜卦书。

的会议刚刚结束，各省的总督便接到命令，征集各种猛兽。提格里努斯把意大利各城市的动物存养场的野兽都搜刮一空，连最小的野兽也不放过。他下令在非洲举行规模巨大的围猎活动，迫使当地的居民全部参加。从亚细亚运来了大象和猛虎，从尼罗河捕捉了大量鳄鱼和河马，还运来了阿特拉斯的狮子，比利牛斯山的狼和熊，爱尔兰的狼狗，还有伊庇鲁斯的摩诺斯狗，日耳曼的野水牛和体形巨大的各种野牛。由于被囚禁的基督徒人数众多，这次竞技大会规模之宏伟，将超过历史上的任何一次。皇帝想要把火灾的记忆淹没在血泊中，他想用鲜血来陶醉罗马，所以像这样规模宏伟的流血事件，历史上未曾有过。

热心的民众协助巡警和禁卫军去追捕基督教徒。这并不是件困难的工作，因为他们成群地和其他居民一道露宿在花园里，而且还公开宣扬自己的信仰。当他们受到围捕时，便跪在地上，唱起赞美歌，毫无反抗地束手就擒。然而他们的忍耐只能激起民众的更大愤慨，老百姓因为不明了事情的真相，反而把他们的忍耐当成顽固不化和怙恶不悛。迫害者们变得更加疯狂了。有时就发生了这样的事情，暴徒们从禁卫军手里夺过基督教徒，自己动手把他们撕成碎片；妇女们被抓住头发，拖着往监狱里拉去；有人把孩子们的脑袋往石头上撞。成千上万的人昼夜不停地在街上奔走呼号。人们在废墟中，在烟囱里，在地下室里，到处寻找牺牲者。每座监狱门口都点起了一堆堆篝火，人们围绕着酒桶，举行了狂欢滥饮的宴会和舞会。到了夜里，人们心旷神怡地听着雷鸣般的吼声响彻整个城市。监狱里虽然已被成千上万的人挤满了，但暴徒和禁卫军还每天不停地把新的牺牲者送进来。怜悯心已经丧失殆尽。人们在狂热中好像只会高呼"把基督徒都送去喂狮子",不会说其他的话了。天气也从来没有像现在这样:白天酷热难熬,晚上沉闷窒息,令人觉得连空气里都充满着疯狂、鲜血和罪恶。

对于这种旷古未有的可怕的残酷迫害,回答的也是前所未见的殉教者的热诚。基督的信徒们都自愿去死,甚至去追求死亡,直到长老们下了严厉的命令才禁止住他们。按照长老们的指示,他们只能在城外,在阿庇亚大道的洞窟里,在属于贵族基督教徒的城外葡萄园里,才能举行集会。信教的贵族到目前为止一个也没有被捕。巴拉丁宫也清楚地知道,贵族中间信奉基督教的有弗拉维乌斯,多米迪拉和庞波里亚·格列西娜,有科尔涅留斯·普德斯,还有维尼兹尤斯。但是连皇帝本人都担心,把他们说成是放火烧罗马的罪犯,人民群众是不会相信的,而目前最重要的就是要让人民群众深信不疑,于是对这些贵族教徒的惩罚和报复,就不得不留待日后了。有人认为,这些贵族信徒的得救应该归功于阿克特的影响,这种看法是不符合事实的。彼特罗纽斯和维尼兹尤斯分手之后,便立即前去拜访阿克特,请求她帮助救救莉吉亚,但是她只能流下悲伤的泪水,因为她自己也生活在被人遗忘的悲痛之中,她之所以能活下来,就因为她避而不见波培娅和皇帝。

不过,阿克特曾到监狱里去看过莉吉亚,还给她带去了衣服和食物,而且更重要的是,这可以使她免遭看守们的凌辱,当然他们早就得到了贿赂。

现在,彼特罗纽斯常常想起,如果不是他插了一手,不是因为他出的主意要把莉吉亚从普劳兹尤斯家里接出来,那么莉吉亚也不会受这图圄之苦了。另外,他还希望在这场和提格里努斯的搏斗中能够取胜,所以他不遗余力地去奔波求援。几天之内他遍访了塞内加、多米兹尤斯·阿弗尔和克里斯彼尼娜,想通过她能见到波培娅,还有特伯诺斯、迪奥多尔、漂亮的彼达哥拉斯,最后还有阿里杜拉和帕利斯,皇帝对于他们往往是有求必应的。他还通过赫里佐特米斯的关系,想得到瓦提纽斯的帮助,因为赫里佐特米斯现在成了瓦提纽斯的情妇了。彼特罗纽斯还对这些人许下了不少诺言和金钱。

然而,所有这一切努力都是白费心机,毫无结果。就连自己前途未卜的塞内加,也向他证明,即使基督教徒没有放火烧毁罗马,但为了城市的利益,也必须把他们消灭掉。总而言之,他出于政治上的考虑,认为即将到来的这场屠杀是合情合理的。特伯诺斯和迪奥多尔虽然接受了金钱,但什么事情也不做,而瓦提纽斯反而向皇帝告发说,有人在用钱收买他。只有阿里杜鲁斯一个人,以前他是仇视基督教徒的,现在却同情他们。他敢于向皇帝面陈莉吉亚被捕的事情,并且为她求情,但也毫无结果,只得到了皇帝的几句答话:"布鲁图[①]为了罗马的幸福,不惜牺牲自己的孩子,难道你以为,我就没有他那样的灵魂吗?"

当他把这句答复向彼特罗纽斯转述时,彼特罗纽斯长叹了一声,说:"既然尼禄把自己比作布鲁图,那就毫无拯救的希望了。"

彼特罗纽斯对维尼兹尤斯深感惋惜,他还感到一种恐惧,生

[①] 布鲁图:罗马政治家,刺杀恺撒的主谋者。

怕维尼兹尤斯会结束自己的生命。他想:"现在维尼兹尤斯正在为救出莉吉亚而奔忙着,到监狱里去看望她,还有他自己的痛苦,都使他坚持了下来。如果一切努力都失败了,最后的一线希望也被熄灭了的时候,向卡斯托尔起誓:那他也就会活不下去了,他就会拔剑自刎的。"彼特罗纽斯知道得最清楚,维尼兹尤斯认为与其这样地爱着,痛苦着,还不如了结自己的生命来得痛快。为了能救出莉吉亚,维尼兹尤斯用尽了他所能想出的一切办法。他拜访了所有的廷臣,像他这样高傲的人,现在也只好去哀求他们的帮助。他托维特留斯给提格里努斯带口信,他不仅可以向他献出西西里岛上的领地,而且还答应他的一切要求。然而提格里努斯显然不想得罪皇后,便全部拒绝了。就是直接去见皇帝本人,抱住他的双膝,哀求他开恩,也不会有丝毫结果。维尼兹尤斯当真想这样做,可是彼特罗纽斯一听到他的这种打算,便问道:"如果他拒绝你,如果他用玩笑来回答你或者用可耻的威胁来对付你,那时候你又怎么办呢?"

维尼兹尤斯听见这话,脸上便露出痛苦和愤怒的神情,只能从他咬紧的嘴里听到牙齿的咯吱声。

"是的!我劝你不要那样做。"彼特罗纽斯说,"那样一来,反而会把一切营救的门路都堵死了!"

维尼兹尤斯终于控制住了自己,他用手擦去额上的冷汗,说:"不!不!我是个基督教徒!……"

"你应该像刚才忘记你是基督徒那样忘掉这件事。你有权利毁掉自己,但无权把莉吉亚毁掉。你可要记住,塞扬的女儿在临死前所受到的凌辱。"

他说的这些话并不是他的由衷之言,因为他对维尼兹尤斯的关心胜过对莉吉亚的关心。但是他知道,只有向维尼兹尤斯说明,他这样做可能会给莉吉亚带来无可挽救的毁灭,才能阻止他采取这样危险的步骤,除此没有更好的办法了。当然,他也说得完全正确,因为巴拉丁宫也曾估计到这个年轻的军团长会进宫来的,于是他们也采取了相应的防备措施。

然而,维尼兹尤斯的痛苦,超过了人力所能忍受的界限。从莉吉亚被捕的时候起,当未来的殉难的光荣落到她的身上时,他对她的爱情不仅比过去增长了百倍,而且简直把她当作超自然的神一样,整个心灵都充满了对她的崇敬。因此,现在一想到他就要失去这样一个可爱而又神圣的人,而且她除了死亡的痛苦之外,还可能受到比死亡本身还要更加残忍的种种酷刑,他的血液都要在血管里凝结了,他的心里只有痛苦的呻吟,他的神志也错乱了。他常常觉得,他的头脑里有一团烈火,他不是被它烧毁,就要被它炸裂。对于发生的一切事情,他已经不能理解了。为什么基督,这位慈悲的上帝不来救助自己的信徒?为什么巴拉丁宫的污秽的墙壁不陷到地里去?为什么不把尼禄、廷臣和禁卫军军营以及整个罪恶的罗马都埋葬在地底下呢?所有这一切他都无法理解了。他认为这一切都应该这样,而不可能有别的情况,他的眼睛所看到的这一切,使他丧魂失魄和心胆俱裂的一切,原来都是一场梦。可是野兽的咆哮声告诉他,这是现实;建造圆形剧场的斧劈锤敲声也告诉他,这是现实;群众的奔走怒号,监狱的拥挤不堪,都证明了那现实的真实存在。这时候,他对基督的信仰也开始动摇了,而这种动摇又给他带来了新的痛苦,而且是超过其他一切的最可怕的痛苦。

彼特罗纽斯却对他说:"你可要记住,塞扬的女儿在临死前所受到的凌辱。"

53

　　一切努力均告失败。维尼兹尤斯甚至不惜降低身份,去向皇帝和波培娅的解放奴隶和奴隶们求助,对于他们敷衍搪塞的诺言,他也付给了丰厚的报酬,他用贵重的礼物仅仅博得了他们的好感。他还找到了皇后的第一个丈夫鲁菲乌斯·克里斯波鲁斯,从他那里得到了一封给波培娅的求情信。他还把他在安提乌姆的一座别墅送给波培娅第一次结婚所生的儿子鲁菲乌斯。皇帝本来就讨厌这个拖油瓶,这样一来便更惹皇帝生气了。他还派专门的信使,给波培娅的第二个丈夫,住在西班牙的奥托,送去一封信,愿意把自己的全部财产甚至他本人都献出来。直到最后,他才看出,他成了人们嘲弄的对象,如果他早就装出对莉吉亚的关押毫不在乎的态度,说不定莉吉亚还可能得到释放。

　　彼特罗纽斯也看出了这点。日子就这样一天一天地过去了。圆形剧场已经竣工。日场的牌证也早已分发出去了。那是白天举行竞技会的入场券。然而,由于牺牲者的人数空前众多,早场的竞技大会可能要延续好几天、好几个星期,甚至好几个月。他们都不知道该往哪里关押基督教徒了。所有的监狱都挤得不能再挤了,热病也开始在牢里流行起来,连荒坟,也就是埋葬奴隶的大坑，也都填得满满的。人们在担心热病会蔓延到全城，于是决定加紧筹备这次大会。

所有这些消息都传到了维尼兹尤斯的耳朵里，把他的希望的最后一点火花也熄灭了。如果时间充裕，他还能有回旋的余地，可是现在连这样的时间都没有了。竞技表演就要开始了。用不了一两天，莉吉亚就要被转到圆形剧场的地下室去了，到了那里，唯一的出口就是比赛场。维尼兹尤斯不知道命运和残酷的暴力会把莉吉亚带到什么地方去，于是他走遍各个竞技场，贿赂了看守和野兽管理人，向他们提出了一些他们无法办到的要求。有时他自己也意识到，他所做的努力，只不过能使她的死亡不那么残忍可怕而已。这时候，他就觉得他的头颅里装的不是脑浆，而是熊熊燃烧的煤炭。

他终于不再抱着救活她的希望，而决定和她一道去死。但是他担心那个可怕的时刻到来之前，痛苦会把他先折磨死的。无论是他的朋友，还是彼特罗纽斯，都一致认为，随便哪一天，阴曹地府都会向他敞开大门的。他的脸孔变黑了，完全和摆在家神龛里的那些蜡制面具一样。担惊受怕使他的表情呆若木鸡，仿佛对一切发生过的和即将发生的事情都无动于衷。如果有人和他说话，他就机械地把双手举到头上，用手掌紧紧按住太阳穴，用一种恐怖和怀疑的眼光，盯着说话的人。他和乌尔苏斯一道在莉吉亚的牢房外守夜。如果莉吉亚命令他回去休息时，他就回到彼特罗纽斯的家里，在大厅里来回踱着步，一直走到天亮。奴隶们还常常发现他跪在地上，高举着双手，或者俯身趴在地上。他在向基督祈祷，因为基督是他最后的希望了。一切办法都失败了。只有奇迹才能使莉吉亚得救,于是维尼兹尤斯常常用头去叩石铺的地板,祈求奇迹的出现。

然而他的头脑里还剩下这么一点意识,使他知道彼得的祈祷比他的祈祷更有效力。答应把莉吉亚给他的是彼得,替他施洗礼的也是彼得,彼得自己就能创造奇迹,现在就让彼得来帮助他,拯救他吧。

于是,有一天晚上,他便出去找彼得了。残留下来的为数不多的基督徒,由于害怕那些意志不够坚定的人会无意或有意地出卖彼得,便小心地把他保护起来,在自己人中间也不肯透露。维尼兹尤斯置身于普遍的混乱和苦难之中,又忙于解救莉吉亚出狱的事情,便和彼得失去了联系,从他受洗之后直到大逮捕开始时,他只见过使徒一次。但是他去找了那个采石工人——他就是在他家里接受洗礼的——从他那里打听到,在萨拉里亚城门外,在科尔涅留斯·普德斯的一座葡萄园里,将要举行基督教徒的一次集会。采石工人答应带他到那儿去,并且向他担保说,他们在那儿一定能找到彼得。天黑之后,他们便出了城,穿过一片长满芦苇的洼地,来到了那座野草丛生、荒芜凋敝的葡萄园。集会是在一间酿酒的大棚屋里举行的。维尼兹尤斯刚走近那里,便听到了低低的祈祷声。等到他走进棚屋,借着微弱的灯光,看见有几十个人跪在地上,专心祈祷着。他们念着一种祈祷文,时时刻刻都有信男信女合唱的声音在反复唱着:"基督,你怜悯我们吧!"在这种声音里面,包含着一种深沉的令人心胆俱碎的忧伤和悲痛。

彼得也在那里,他跪在大家的前面,脸朝着墙上挂着的木十字架,正在祈祷。维尼兹尤斯从远处便认出了他的一头白发和高举的双手。这位年轻贵族的第一个想法就是迅速穿过人群,扑倒在使徒的脚前,叫着"救救我吧"。可是,也许是祈祷的庄严肃穆,也许是他自己的虚弱,使他的双腿迈不开步,他只好在门边跪了下来,合起手掌,发出呻吟似的呼叫:"基督,你怜悯我们吧!"如果维尼兹尤斯的神志清醒,他就会注意到,并不是他一个人在呻吟祈祷,把自己的痛苦、悲伤和恐惧带到这儿来的也绝不止他一个人。在这些集会的人中,没有一个人没失去他心爱的亲人,那些信仰最虔诚的和最勇敢的信徒,都已经被投进监牢,每时每刻都传来他们在狱中受到折磨和苦刑的消息,当灾难的严重程度超出了人们的一切想象,只剩下一小部分信徒时,几乎没有一个人不对自己的信仰产生动摇,也没有一个人不产生疑问,基督到哪里去了?为什么竟会允许恶魔比上帝更强大?

然而现在,他们都在绝望地恳求上帝恩赐慈悲,因为每个人心中都还蕴藏着希望的火花,认为基督即将降临人世,会把恶魔驱除,会把尼禄推下深渊,而由自己统治世界……他们依然仰望着天空,依然在专心地倾听,他们浑身发抖,依然在祈祷着。当维尼兹尤斯一再说着"基督,你怜悯我们吧"的时候,他身上又出现了以前他在石匠家时的那种激情,大家都从悲痛的深处,从不幸的苦难中向"他"呼唤。彼得也在向"他"呼唤,因此,天庭的大门随时都有可能打开,大地的根基将会动摇,"他"将降临人世,带着无限的荣光,脚下是灿烂的群星,"他"态度慈祥,然而神情严肃,"他"称赞自己的信徒,而把那些迫害者都打入深渊。

维尼兹尤斯用双手蒙着脸,匍匐在地上。他身边突然出现了一片寂静，仿佛恐怖把所有在场的人都吓得不敢出声了。他觉得一定会有什么事情发生的，一定会出现奇迹。他深信自己只要站起来，睁开眼睛，就会看见一种使凡人眼花缭乱的光亮，就能听见那个使所有心灵都为之激动的声音。

可是寂静仍旧继续着，后来却被女人的抽泣声打破了。

维尼兹尤斯站了起来，用茫然若失的眼光望着四周。

棚屋里面并没有出现什么神光，只有摇曳着的微弱灯光和从天窗里射进来的银色月光，把整个屋子照亮。跪在维尼兹尤斯四周的人们都默默地抬起了含着泪花的眼睛望着十字架，四周都有人在抽泣，在棚屋外面放哨的人吹起了警告的口哨声。这时候，彼得站了起来，转身对正在祈祷的教友们说道："孩子们，把你们的心胸向着我们的救世主敞开吧，把你们的眼泪都献给'他'吧！"

接着他便沉默不语了。

突然在人群中，一个女人的凄切和悲伤的声音叫道："我是个寡妇，只有一个儿子，我是靠他养活的……请你把他还给我吧，主啊！"

又是一阵沉默。彼得站在跪着的人们面前，显得老态龙钟又疲惫不堪，此刻他在他们眼里，仿佛是个年老体衰的化身。

这时候又有第二个声音在怨诉："刽子手们奸污了我的女儿，可基督却允许他们这样做！"

接着是第三个人的诉苦声："只留下了我和孩子们，如果我也被捕了，谁来供给孩子们的吃喝呢？"

第四个人又接着说："他们原先还留下了李努斯，后来他也被抓了进去,受尽了折磨,主啊!"

第五个声音:"我们回到家里,禁卫军就会把我们抓去。我们不知道到哪里去躲藏好。"

"我们真苦啊!谁来保护我们呢?"

在这寂静的夜晚,诉苦抱怨声接二连三地发了出来。这个年老的渔民双目紧闭,听到人们的痛苦和恐惧,他不停地摇着他的白头。又出现了片刻沉默。只有放哨的人在屋外轻轻地吹着口哨。

维尼兹尤斯站了起来,想穿过人群走到使徒身边去,请求他的帮助。他突然看到自己的前面好像有一座深渊似的,这种情景使他的两脚站立不稳了。如果使徒也承认自己无能为力,如果他承认罗马的皇帝比拿撒勒的基督更强有力,那时候又怎么办呢?一想到这里,他的头发都吓得倒竖起来,他觉得这样一来,无论是他的最后的一线希望,还是他自己,他的莉吉亚,他对基督的挚爱,他的信仰,以及他生活中的一切,都将坠落到深渊里,而留下来的只有死亡和像大海一样茫茫无际的黑夜了。

这时,彼得又开始用低得几乎听不清的声音说:"我的孩子们!我在各各他看见他们把主钉在十字架上。我听见了锤子的敲打声,我看见他们把十字架高高竖立起来,让众人都能看见'人子'的死亡……

"我看见他们把他的肋骨打断和他们害死他的情形。那时候,我离开十字架回到我住的地方,我在悲痛之中也和你们一样呼号着:'不幸啊!不幸啊!我的主啊!你是上帝啊!为什么允许他们这样对待你,你为什么要死掉呢?为什么叫我们这些相信你的王国即将出现的人心胆俱裂呢?'

"可是他,我们的主,我们的上帝,第三天便复活过来了,直到他在巨大的光辉中返回天国为止,他都和我们在一起……

"于是我们才认识到我们信仰的薄弱,才在我们的心里加强了对他的信仰,从那时候起,我们就在播种他的种子了……"

他说到这里,把脸转向最先发出怨声的那个方向,用更加坚强有力的声音说道:"为什么你们要抱怨呢?……连上帝自己都经历了痛苦和死亡,难道你们还想让上帝保佑你们免遭这种苦痛和死亡吗?啊,你们这些信仰不坚定的人,难道你们一相信他的教义,它就只许给你们生命而没有许给你们别的什么吗?如果主来到你们的身边对你们说:'按照我的路子走吧!'他要把你们接引到他的身边去,可是你们却用双手抓住大地,大叫着:'主啊,快来救命啊!'我在上帝面前只不过是粒尘芥,但在你们面前却是上帝的信徒和代言人,现在我以基督的名义对你们说:摆在你们面前的不是死亡而是生活,不是痛苦而是无限的欢乐,不是眼泪和呻吟,而是愉快的歌唱,不是受人奴役而是当家做主人!我作为上帝的使徒,告诉你,寡妇,你的儿子不会死,他将在光荣中重生,过着来世的生活,你将在那里和他重叙天伦之乐;还有你这位做父亲的,你的女儿虽然受到了刽子手们的奸污,但我可以向你保证,你找到她时,她将会比希伯伦的百合花还要洁白;你们这些失去了孩子的母亲、失去父亲的孤儿、那些一直在抱怨的人,以及那些目睹亲人死亡的人,还有你们那些忧虑成疾的人、不幸的人、惶恐不安的人和所有即将与世长辞的人,现在我以基督的名义向你们大声疾呼,你们就像从睡梦中得到了幸福的欢乐,又像从黑夜里迎来了上帝的黎明一样,快快地醒悟过来吧。我以基督的名义向你们宣告,快把你们的眼里的翳障除掉吧,快燃起你们胸中的烈火吧!"

他一边说着,一边举起了手,就像在下命令似的,他们觉得新的血液在血管里流通,觉得骨骼又在活动了。这时候,站在他们面前的已经不是一个体衰力竭的老人,而是一位伟人,他能拯救他们的灵魂,把他们从尘埃和恐怖中接引出来。

"阿门!"好几个声音应和道。

彼得的眼里露出了越来越强的亮光,从他的身上洋溢着威力、庄严和神圣,在场的人都向他低下了头,他等"阿门"的声音停住以后,便又继续说道:"你们在痛苦时播种,就能在欢乐中收获。为什么你们要害怕恶势力呢?主就在整个大地上,就在罗马的上面,就在这座城市的城墙上面,就居住在你们的心中。也许石头会被泪水润湿,沙土会被鲜血浸透,山谷会被你们的尸体填满,可是我要告诉你们,你们才是胜利者!主正在前来征服这座罪恶、压迫和傲慢的城市,你们就是他的军队!他自己用苦难和鲜血赎取了世界的罪恶,也希望你们用苦痛和鲜血来拯救这座罪恶的巢穴……这就是主通过我的嘴要向你们说的话!"

他伸出了双手,眼睛注视着上方,他们的心在胸膛里好像要停止跳动似的,他们觉得他的眼睛看到了他们的凡眼所无法看到的东西。

这时候,他的脸色也变了,现出了明朗的光辉,他默默地望了一段时间,仿佛沉浸在赞叹之中。过了一会儿,他才开口说道:"主啊,你现在来了,而且把你的路指给我看了!……你说什么,基督,你不想在耶路撒冷,而决定在这座魔鬼的城市建立你的都城吗?你想在这块洒满了鲜血和泪水的地方建筑你的教堂吗?就在尼禄今天统治的地方,决定建立你那永恒的王国吗?啊,主啊!主啊!你是要吩咐这些胆小怕事的人用他们的骨头来奠定锡安①世界的基督,而命令我的灵魂去执掌这个世界和地上的人民吗?……你向那些软弱的人灌注强壮的泉水,使他们变得更加坚忍不拔,你还命令我从今以后要照管你的羊群,直到千秋万代之后……你教导必须胜利的圣谕是值得赞美的。和散那!和散那!②"

那些原来胆怯的人现在都站了起来,而那些怀疑的人,信仰的泉水流进了他们的心田,大家都齐声高呼:"和散那!"还有的人叫道:"为了基督!"然后便沉默了一阵子。耀眼的夏日闪电射进了棚屋里面,照亮了那些激动得发白的脸孔。

沉醉在幻象中的彼得又祈祷了很长时间,最后他醒了过来,把受到灵感而充满光辉的面孔转向祈祷的人们,说道:"现在,主已经打消了你们的怀疑,那么你们就应该以主的名义去争取胜利吧!"

虽然他知道他们将获得胜利,虽然他知道他们的血和泪将产生的结果,但他还是画了十字向他们告别,用激动得发抖的声音对他们说:"现在我向你们祝福,我的孩子们,为了你们的苦难、死亡和走向永恒。"

信徒们都跪在他的前面,大声叫道:"我们已经准备好了,可

---

① 锡安:耶路撒冷的一座小山,为基督教和犹太教的圣地。
② 和散那:赞美上帝之意,见《马太福音》第21章。

是你,神圣的首脑啊,应该去躲一躲,因为你是基督的代理人,你要执掌基督的职权!"他们一面说着,一面抓住他的上衣,彼得却把双手放在他们的头上,一个一个地向他们祝福,就像父亲祝福孩子去长途旅行那样。

他们立刻都离开了棚屋,匆匆回到自己的家里去,再从家里走进监狱或竞技场。他们的思想已经离开了人间,他们的灵魂也飞向了永恒,他们仿佛在梦幻中或者在恍惚的境界中匆忙行走,他们要用自身的力量去对抗"野兽"的暴力和残酷。

普德斯的仆人列勒乌斯陪着使徒,走进了葡萄园中的一条秘密小路,径直朝自己的家里走去。但由于月色皎洁,维尼兹尤斯便一直走在他们的身后,等他们到了列勒乌斯的小屋时,他便突然跪倒在使徒的脚前。

彼得认出了他,便问:"你想要什么,我的儿子?"

可是,维尼兹尤斯在棚屋里听了他说的那席话以后,便什么也不敢请求了,他仅仅用双手抱住了他的脚,呜咽着,把自己的额头紧偎在他的脚上,想用这无言的行动来请求他的怜悯。

这时彼得说道:"我知道,你心爱的姑娘被人抓走了。为她祈祷吧!"

维尼兹尤斯把使徒的双脚抱得更紧了,呻吟着说:"老师啊,老师!我是一只渺小的虫豸,而你是认识基督的,请你替莉吉亚求求'他'吧!"

他痛苦得像片树叶那样抖动起来,而且不停地朝地面叩着头。他知道使徒的巨大力量,只有使徒才能把莉吉亚救出来送回给他。

彼得被他的痛苦感动了。于是他想起不久之前,莉吉亚在受到克里斯普斯的责备时,也是这样跪在他的脚边,哀求他的怜悯的。他又想起了他当时把她扶了起来,安慰她。于是他现在也把维尼兹尤斯扶了起来。

"我的亲爱的儿子,"他说,"我一定要替她祈祷。可是你要记住,我刚才对那些怀疑的人说过的话,连上帝自己都经历过十字架的苦难,你还要记住,这种生活的结束便意味着另一种永恒生活的开始。"

维尼兹尤斯用他那发青的嘴唇吸了一口气,答道:"我知道!可是你看,老师……我无法做到。如果需要流血,请你去求求基督,就接受我的血吧……我是个军人。把原来属于莉吉亚的苦难,可以两倍或三倍地加在我的身上,只要她得救就行了!她还是个孩子。老师,我相信基督比皇帝更强大!你也是很喜欢她的,你曾为我们祝福过!她还是个天真纯洁的孩子呀!……"

他说完之后又匍匐下去,把脸孔埋在彼得的两只膝盖中间,反复地说:"你认识基督,老师,你认识基督!基督会听信你的请求,请你替她求求基督吧!"

于是彼得闭起了眼睛,虔诚地祈祷着。

夏日的雷电又在天空中闪烁着。维尼兹尤斯借助雷电的闪光,一动不动地望着使徒的嘴唇,等待着从他嘴里发出生或死的判决。在这夜深人静中,只能听见葡萄园中鹌鹑的啼叫声和从远处萨拉里亚城门那里传来的低沉的水磨声。

"维尼兹尤斯,你真的相信吗?"使徒终于开口问道。

"老师,若是我不相信,怎么会来到这里呢?"维尼兹尤斯答道。

"那你就坚信到底好了,信仰是能移山倒海的。即使你看到莉吉亚受到刽子手利剑的威胁或者落在狮子的口里,你依然要坚信不疑,基督会来救她的。你要坚信'他'并向'他'祈祷。我也会和你一同祈祷的。"

然后,他抬起脸孔仰望着天空,大声地说:"大慈大悲的基督啊,请你看看这颗痛苦的心,给它欢乐和安慰吧!大慈大悲的基督啊,请你把风平息得软如羊毛!慈悲的基督啊,就像你哀求天父把那杯苦酒从你的嘴边拿走那样,你也把这杯苦酒从你仆人的嘴边拿走吧!阿门!"

维尼兹尤斯把双手伸向天上的群星,呻吟着说道:"啊,基督!我是属于你的!请拿我去代替她吧!"

东方的天空开始发白了。

54

维尼兹尤斯告别使徒后,心里又充满了希望,便向监狱走去。虽然他的灵魂深处,还不时地发出绝望和恐惧的呼号,但他竭力把它们抑制下去。他认为上帝代理人的请求和他的祈祷的力量竟会毫无结果,那才是不可想象的事情。他害怕失去希望,也害怕信心动摇。"我相信上帝的大慈大悲,"他自言自语地说,"即使我看见莉吉亚已经落到狮子的嘴边。"尽管他一想到这种情景心就发抖,冷汗也会从两鬓冒出来,但他依然对基督坚信不疑,他的心每跳动一次,现在就变成了他的祈祷。他感到自己身上有一种奇异的力量,是他从前所没有过的,他开始体会到信仰能移山倒海。昨天他还觉得无力完成的事情,今天便觉得能迎刃而解了。他常常觉得危险似乎已经过去了。如果绝望的痛苦还在他心中发出呻吟,他就会想起昨夜的事情,想起这位神圣的老人仰面望天祈祷的情景。"不!基督绝不会拒绝他的第一个门徒和他的羊群的牧人的!基督不会拒绝他的,这点我是坚信不疑的。"

于是他像个福音使者那样向监狱跑去。

可是那里等待着他的却是预料不到的令人失望的事情。

在马梅丁监狱轮换守卫的禁卫军几乎全部都和维尼兹尤斯认

识,平常对于他的出入也不加阻拦。可是这一次队伍都没有闪开,反而有一个百夫长向他走来,对他说:"高贵的军团长,真对不起!今天我们接到了命令,不准放任何人进去。"

"接到了命令?"维尼兹尤斯脸色煞白地问。

这个士官同情地望着他,答道:"是的,大人,是皇帝下的命令。监狱里有不少病人,也许担心探监的人会把瘟疫带到城里去。"

"你好像说过,这道命令只限于今天,是吗?"

"因为卫队是在中午换班的。"

维尼兹尤斯沉默不语了,他脱下帽子,因为他觉得那顶帽子就像铅块一样重。

这时候,那个百夫长又走上前来,用压低了的声音对他说:"放心吧,大人!卫兵和乌尔苏斯都在看护着她哩!"

他一说完便弯下腰去,转眼间便在石板地上用他那把高卢长剑画了一条鱼的形状。

维尼兹尤斯迅速地扫了他一眼。

"你是个禁卫军吗?"

"是的,直到我被关进那里为止。"这个军人指着监狱回答。

"我也是信奉基督的!"

"让'他'的名字受到赞美!我知道,大人。我不能放你进去,但是你若是写封信,我可以把它转交给里面的看守。"

"谢谢你,兄弟!"

他和百夫长握了握手,便离开了监狱。帽子戴在头上也不觉得像铅块那样重了。早晨的太阳已经升到监狱的围墙上了,随着朝霞的辉煌灿烂,维尼兹尤斯的心中也升起了美好的希望。这个基督徒军人对他说来就是基督威力无边的新证据。过了一会儿,他站住不动了,望着卡彼托林和朱庇特神殿之上的满天彩霞,开口说道:"主啊,虽然我今天没有见到她,可是我相信你的慈悲!"

彼特罗纽斯正在家里等着他。像往常一样,他总是"把夜晚当白天来过",他也是刚刚才回到家里来的。不过他已经洗完了澡,擦好了油膏,正打算去睡觉了。他说:"我要告诉你一件事。今天我到了图利乌斯·塞内兹约家去拜访,正好陛下也在那里,我不知道,为什么皇后把她的小鲁菲乌斯也带去了……也许认为他的美貌会使皇帝心软下来,对他发生好感。不幸的是,正当皇帝在朗读的时候,这个孩子便睡着了,就和以前的韦斯巴芗一样,红胡子一看到他睡着了,便把一只大花瓶砸了过去,那孩子伤得很重。波培娅也昏过去了,大家都听见了尼禄的话:'这个小杂种真使我厌烦死了!'你知道,这句话就意味着死亡。"

"这是上帝对波培娅的惩罚!你为什么要把这件事告诉我呢?"维尼兹尤斯说。

"我之所以告诉你,是因为波培娅一直在记你和莉吉亚的仇。可是现在她正在为自己的不幸伤心,也许她会放弃她的报复念头,这样就能比较容易劝说她了。今天晚上我就去见她,和她谈一谈。"

"谢谢你,你给我带来了好消息。"

"你现在就去洗澡,再好好休息一下。你的嘴唇都发青了,人也瘦得就像自己的影子了。"

维尼兹尤斯却问道:"他们有没有谈起,第一次'日场'竞技大会什么时候举行?"

"再过十天。决定先从别的监狱开始。留给我们的时间越多,对我们越有利。还没有失去全部希望。"

他只是这样说说罢了,因为他说的话,连他自己也不相信。他清楚地知道,既然皇帝在回答阿里杜鲁斯的请求时把自己比作布鲁图,这种冠冕堂皇的答复,意味着莉吉亚是毫无营救的希望了。出于对维尼兹尤斯的怜悯,他还没有把从塞内兹约那儿听来的一番话告诉他,据说皇帝已经和提格里努斯商定,要在基督教徒中给自己和廷臣们挑选一批最漂亮的姑娘,在施刑以前任意奸污她们,别的姑娘们则在举行竞技的那一天,赐给禁卫军和野兽的管理人员。

他知道,只要莉吉亚一死,维尼兹尤斯无论怎样也不会活下去的,于是他故意让他心里存着一线希望。首先是由于对他的同情,其次,照这位审美家看来,如果维尼兹尤斯一定要死,那也希望他死得漂亮一些,而不要由于痛苦和失眠,使他的脸容变得憔悴和丑恶。

"我今天去见皇后时,想这样对她说,"他说,"'为了维尼兹尤斯,请你救救莉吉亚吧,我一定想法把鲁菲乌斯救出来报答你。'我的确在考虑这件事情。只要机缘巧合,哪怕和红胡子说上一句话,就能决定一个人的生或死。即使在最坏的情形下,我们也能争取到一些时间。"

"谢谢你!"维尼兹尤斯又说了一遍。

"如果你能吃饱睡足,那就是你对我的最好的感谢。凭雅典娜发誓!就连奥德修斯在最艰难的时候,还想吃饭和睡觉。你整个晚上都是在牢里度过的吧。"

"不,"维尼兹尤斯答道,"本来我是想到监狱里去的,可是今天却下了一道严禁任何人探监的命令,请你去打听一下,彼特罗纽斯,这道命令是仅仅限于今天呢,还是要继续到处决的那一天?"

"今天晚上我就能打听到这道命令将持续多久和为什么要颁发这道命令,明天早上再告诉你。可是现在,即使是太阳神忧愁得要掉进黑暗的国土上去,我也要去睡觉了,你应该学我的样,也睡觉去吧。"

于是他们两人分手了,维尼兹尤斯来到了书房,动手给莉吉亚写信。

写完信,他就亲自送去,交给那个信奉基督教的百夫长,百夫长立刻将信送进牢房里。过了一会儿,他带着莉吉亚的问候和当天就能得到回信的诺言出来了。

维尼兹尤斯并不想立刻回家,于是他坐在一块大石上面,等着莉吉亚的回信。太阳已经高悬在空中,从阿根达留斯山到集议堂,仍和平常一样,人们熙熙攘攘,川流不息。商贩们在高声叫卖自己的商品,算命的向来往客人夸耀自己的神机妙算,招揽顾客,市民们为了听街头演说家的演讲或相互交换各自听到的新闻,都匆匆忙忙地向演讲台那边走去。天气越来越炎热,成群游手好闲的人都躲进神殿的柱廊下面,那些地方时时有成群的鸽子在盘旋翱翔,鸽子的白色羽毛在蔚蓝的天空中,被强烈的阳光一照,便闪闪发亮。

由于阳光灼人,再加上人声鼎沸、天气闷热和过度疲劳,维尼兹尤斯的眼睛开始迷糊起来。孩子们在玩"莫拉"时所发出的有节奏的吆喝声,以及士兵们的整齐步伐声,都在给维尼兹尤斯催眠。可他还是好几次抬起头来,向监狱那边张望,然后把头靠在石墩上,就像一个哭了很久之后十分困倦的孩子那样,叹了一口气,终于沉入了梦乡。

他做了好几个梦。他觉得那是在晚上,他正抱着莉吉亚穿过一座陌生的葡萄园。走在他前面的是庞波里亚·格列西娜,手里提着一盏灯,在前面照路。有一个声音,好像是彼特罗纽斯的声音,远远在后面向他召唤:"快回来吧!"可是他不顾他的召唤,继续跟着庞波里亚前进,一直走到一座小房子,使徒彼得站在门口。这时候,他把莉吉亚抱给他看,对他说:"老师,我们是从竞技场上来的,我叫不醒莉吉亚,请你把她叫醒吧!"彼得却回答说:"基督会亲自来叫醒她的!"

后来,梦境又开始变化了。他在梦中看见了尼禄和手上抱着鲁菲乌斯的波培娅,孩子的额头上血迹斑斑,彼特罗纽斯正在替他擦洗干净。他还看到提格里努斯尽往摆满珍馐美肴的桌子上撒灰,维特留斯狼吞虎咽地吃着那些菜肴,还有不少的廷臣都坐在宴席上。他自己坐在莉吉亚的身旁,可是在桌子之间有狮子在走来走去,一滴滴鲜血正从狮子的黄色鬃毛上滴下来。莉吉亚请求他把她带走,可是他却陷进了可怕的失神状态,连动都动不了。从这时候起,他的幻梦越来越混乱,直到最后,所有这一切都消失在茫茫的黑暗中。

炙热烤人的太阳和周围人群的一片喊声,把他从深沉的睡眠中惊醒过来。维尼兹尤斯擦了擦眼睛,街上熙熙攘攘,有两个穿黄色衬衣的走卒,拿着长长的竹棍在驱赶人群,他们叫喊着,给一乘豪华的轿子开路,轿子由四个强壮的埃及奴隶抬着。

轿子里坐着一个穿白长袍的人,看不清楚他的脸孔,因为他正把一卷手稿举到眼前,专心地阅读着。

"给高贵的廷臣让道!"那两个走卒大声喊道。

可是街上是那样拥挤,轿子不得不常常停下来。这时候,这位大臣才焦急地放下手稿,把头伸出轿外,大声吆喝道:"快把这些流浪汉给我赶开!越快越好!"

他一看见维尼兹尤斯也在那里,就立即把脑袋缩了回去,赶忙拿起那卷手稿,遮住了脸孔。

维尼兹尤斯用手擦了擦额角,他还以为自己是在做梦。

轿子里坐的是基朗。

这时候,那两个走卒已经打开了通道,抬轿的埃及奴隶正要起步走时,这位年轻的军团长突然走近了轿子,过去他觉得无法理解的许多事情,现在一下子全明白了。

"你好啊,基朗!"他说。

这个希腊人勉强掩饰着内心的惶恐不安,脸上装出泰然自若的样子,摆出一股尊严傲慢的神气,答道:"年轻人,你好啊!你可别挡住我,因为我有急事要赶到我的朋友、尊贵的提格里努斯那儿去。"

但是,维尼兹尤斯却抓住了轿杆,向他弯过身去,狠狠地盯着他看,用压低了的声音问道:"是你出卖了莉吉亚?……"

"凭门农①的大雕像起誓!"基朗恐怖地叫喊起来。

---

① 门农:提托诺斯和黎明女神的儿子,是特洛伊的英雄之一,后被阿喀琉斯所杀。

然而当他看到维尼兹尤斯的眼睛里并没有威胁的意思时,这个老希腊人的恐怖也就立即消失了。他想起自己是在提格里努斯和皇帝的庇护之下,在这种强大的势力面前,任何人都要战栗的,而且他身边还带着身强力壮的奴隶,再看看站在他面前的维尼兹尤斯,并没有携带武器,他面容憔悴,身体也因为过度的痛苦而有些伛偻了。

他一想起这些,便立即恢复了他那副目中无人的傲慢神气,用布满血丝的眼睛盯住维尼兹尤斯,喃喃说道:"可是你,当我快要饿死的时候,你还命令奴隶用鞭子抽打我。"

两个人都沉默了一会儿,然后,维尼兹尤斯用低沉的声音说道:"我触犯你了,基朗!……"

这时基朗昂然抬起头,用手指拍打出响声来,这在罗马是表示轻蔑和侮辱的意思,然后用大家都能听见的大嗓门说道:"朋友,如果你有什么事要来求我,可以早晨到我在埃斯奎林的公馆里来找我,我在早浴之后才接见客人和顾客。"

他做了一个手势,埃及轿夫们一看到这信号,便立即抬起了轿子。穿着黄号衣的那两个奴隶,又挥舞着竹棍,在人群中大声叫喊:"给尊贵的基朗·基诺尼德斯的轿子让路!快让开!快让开!"

55

莉吉亚在仓促写成的那封长信中向维尼兹尤斯作了永久的告别。她已经知道,任何人都不准前来探监,她要再见到维尼兹尤斯那只能是在竞技场上了。所以她请求他打听一下什么时候轮到他们,还要他出席那次竞技会,以便她在临死前能再见他一次。信中毫无伤感的情绪。她写道,无论是她还是别人,都渴望到竞技场上去,以便从囹圄中解脱出来。她期待着庞波里亚和普劳兹尤斯能回到罗马,她请求他们也能出席那次竞技会,她信中的字里行间都流露出她的激情和所有囚徒都渴望早日摆脱那种生活的心境,同时还具有一种无法动摇的信念,认为一切诺言都能在九泉之下得到实现。她写道:"基督曾通过使徒的口将我许配给你,无论'他'在今世还是在死后使我得到超脱,我都永远是你的人!"她恳求他不要为她悲伤,要求他节制自己的痛苦。死亡对她来说绝不意味着解除婚约。她以一个孩子般的信心向维尼兹尤斯保证,在竞技场上受难之后,她一定会立即告诉基督,她的未婚夫马尔库斯还留在罗马,他正在满腔热忱地思念着她。她还想请求基督,能让她的灵魂短时间回到人间去,以便能当面告诉他,她还活着,已经忘却了一切痛苦,她非常幸福。她的信里洋溢着无限的快乐和巨大的希望。信里只有一个要求涉及人世间的事情，那就是她希望维尼兹尤斯能从停尸场上取回她的尸体，把她作为自己的妻子，埋葬在他将来永远安息的坟墓里。

他怀着十分痛苦的心情读着她的这封长信，同时他又觉得，莉吉亚绝不可能在野兽的利爪下丧生，基督也绝不会不怜惜她的。他在这种想法中寄托着他的希望和信心。他一回到家里便立刻写了一封回信，他告诉莉吉亚，他将每天来到监狱墙外，直到基督使墙壁坍塌，把她交还他为止。他要她相信，即使到了竞技场，基督也还是会把她送还给他的，大使徒已经向主祈求过了，得救的时刻即将来临。第二天早晨那个改宗皈依的百夫长就会把这封信送进牢里去。

可是，当他第二天早晨来到监狱外面时，那个百夫长便离开队伍，走到他的身边说："大人，听我告诉你，考验过你的基督已经向你显示了他的恩惠。昨天晚上，皇帝和禁卫军司令官的解放奴隶，为了凌辱基督教徒的少女们，曾到监狱里来挑选美女，他们询问了你的未婚妻，可是我们的主使她害上了热病，这种热病使监狱里的不少囚徒奄奄一息，于是他们便留下了她。从昨天晚上起她就神志昏迷了，向救世主的荣名祝福吧，既然这种病使她摆脱了凌辱，也就有可能把她从死亡中救出来。"

维尼兹尤斯用手抓住那个百夫长的肩头，免得自己倒下去。那个士官又继续说道："你真要感谢主的恩惠。他们把李努斯抓了来，使他受尽了折磨，可是看到他快死了，又把他放回去了。也许他们会把她送交给你，然后基督就会恢复她的健康。"

青年军团长还是低垂着头，过了一会儿他才抬起头来，轻声地说:"是的,百夫长,基督既然已经让她免遭凌辱,也一定会把她从死亡中救出来。"

维尼兹尤斯坐在监狱的墙边,一直坐到黄昏,回家以后他便派人去接李努斯,把他送到他在郊外的一座别墅里去。

彼特罗纽斯听到这些情况后,便决定再去活动一番。不久前他刚去见过波培娅,现在他又一次去找她。见到她时,她正在小鲁菲乌斯的床边照料,这孩子的脑袋被打破了,正发着高烧,昏迷不醒,母亲的心里充满着痛苦和绝望,想尽一切办法来救他。可是她又想到,即使把他救活了,那也不过让他将来死得更惨而已。

她一心只想着自己的痛苦,所以对维尼兹尤斯和莉吉亚的事情连听都不想听了。可是彼特罗纽斯却威胁着她。"你得罪了一位新的你所不认识的神,"他对她说,"皇后,你信奉希伯来的耶和华,可是基督徒们认为,基督就是耶和华的儿子,你想一想,是不是这个父亲的愤怒在跟踪着你。说不定发生的这件事情,就是他们对你的报复,难道鲁菲乌斯的性命不是和你的行动相关联吗?"

"你说我该怎么办呢?"波培娅惶恐不安地问道。

"求求发怒的神宽恕你吧!"

"怎么去求呢?"

"莉吉亚生病了。请你去说服皇帝和提格里努斯,将莉吉亚送还给维尼兹尤斯。"

然而她绝望地反问:"你以为我现在能做到这件事吗?"

"也还有别的办法可行。如果莉吉亚的病好了,那就非被处死不可。不过你可以到维斯塔神殿去,请求那位女祭司长,当囚徒们被押出监狱去处死的时候,装作正好碰巧来到监狱的前面,吩咐将这个姑娘放掉。女祭司长绝不会拒绝你的。"

"如果莉吉亚害热病死了呢?"

"基督教徒们都说基督虽然有仇必报,却是位正义的神:只要你有那份心愿,就能使他消恨息怒的。"

"请他显显灵,说声愿意救鲁菲乌斯吧。"

彼特罗纽斯耸了耸肩膀。

"我并不是作为基督的使者到这里来的,皇后陛下。我只能告诉你,你最好还是和所有的神明——无论是罗马的,还是外国的——和睦共处吧。"

"我去就是了。"波培娅用嘶哑的声调回答。

彼特罗纽斯深深地叹了一口气。

"我总算得到她的应允了!"他想。

他回到家里便对维尼兹尤斯说:"你去恳求你的上帝,别让莉吉亚死于热病。只要她不死,女祭司长便会假借神意,下令放掉她的。皇后会亲自去向卢布丽亚求情,要她这样做。"

维尼兹尤斯的眼里闪耀出一种狂热的光芒盯着他看,回答说:"基督会救出她来的。"

为了能救活鲁菲乌斯,波培娅哪怕向世界上所有的神明举行百牛大祭也在所不惜。当天晚上,她就到集议堂那边去见女祭司长,而把病儿的看护工作完全交给了曾经哺育过她自己的那个忠实的乳母西尔维亚去照管。

但是巴拉丁宫已经作出了对这个孩子的判决。当波培娅的轿子刚刚走出大门,皇帝的两个解放奴隶便走进了小鲁菲乌斯的卧室,其中的一个解放奴隶先扑向西尔维亚,捂住她的嘴,另一个则拿起了斯芬克斯的青铜雕像,一下子便把她砸死了。

然后他们向鲁菲乌斯走去,这个烧得神志不清的小少爷,对他周围的事情一点也不知道,他冲着他们微笑,还睁大了他那双美丽的眼睛,仿佛要看清楚他们是谁似的。可是,这两个解放奴隶从乳母身上解下腰带,把它绕在孩子的脖子上,然后用力拉紧。那孩子只惨叫了一声妈妈,便立即断气了。然后他们用被单把孩子的尸体一裹,骑上早已备好的快马,向奥斯提亚疾驰而去,把尸体丢进海里。

波培娅没有见到那位女祭司长,她和别的女祭司们一道到瓦提纽斯家去了,不久她就回到了巴拉丁宫。一看到床空人去和西尔维亚冰冷僵硬的尸体,便昏倒在地,不省人事,等到人们把她救醒,她便放声大哭起来,她那疯狂粗野的哭喊声持续了一夜和第二天一整天。

可是,到了第三天,皇帝便命令她去出席宴会,于是她只好穿上紫晶色衬衣去参加,她一声不吭地坐在那里,满头金发,真是天姿国色,但是脸上的表情像石头一样僵硬,又像死神一样凶恶阴险。

56

在弗拉维王朝建造罗马圆形大剧场以前,罗马的圆剧场大部分是木制的,因此,几乎所有的剧场都被大火烧掉了。尼禄为了举行已经许诺下的竞技大会,曾下令新建几座圆剧场,其中一座规模尤其宏伟。大火熄灭之后,从阿特拉斯山上砍伐下来的巨大木材,通过海洋和台伯河源源不断地运到了罗马。这些剧场便是用这些木头建筑起来的。由于这次竞技大会在宏伟壮观和牺牲人数之多方面都要超过以前的一切竞技大会,所以必须有更大的地方来容纳观众和野兽。成千成万的工人夜以继日地干着活,他们紧张而又繁忙地建造和装饰着剧场。人们像谈论奇迹似的在谈论这些建筑物,说柱子上都嵌镶着青铜、琥珀、珍珠母和从海外运来的玳瑁,还铺设了几条水道,装满从山上引来的雪水,让冰冷的雪水在座席之间环流,即使是最酷热的天气,剧场里也能保持舒爽清凉,还安装了巨大的紫色天棚,来遮住灼人的骄阳。一排排座位之间要设置燃烧阿拉伯香料的香炉。天棚顶上还安装了向观众喷撒番红花和马鞭草花瓣的喷放器。著名的建筑大师色维鲁斯和色莱尔,为了建造这样一座无与伦比的大圆形剧场——能容纳过去任何一座竞技场所不能容纳的那样众多的观众——真是呕心沥血，耗尽了他们的全部聪明才智。

所以当日场竞技会开幕的那一天，天还没有亮，无数群众已来到门口等候开门，听到狮子的吼声、豹子的号叫和狼狗的吠声，个个欣喜欲狂。所有的野兽两天来都没有喂过东西，但是在它们面前都摆着鲜血淋淋的肉块，以激起它们的食欲和凶暴。有时候，猛兽的咆哮犹如震耳的雷鸣，使站在竞技场门口的人都听不见相互之间的说话声，胆小的人吓得脸都发白了。几乎在日出的同时，竞技场内响起了非常嘹亮又很平静的歌声，场外的群众听到这歌声都非常惊讶，他们彼此一再地说着："是基督教徒，是基督教徒！"确实已经有很多的基督教徒在头天夜里被运送到这里，而且他们不是按照最初的安排那样，来自一个监狱，而是从各个监狱挑选出来的。观众都知道，竞技大会将进行几个星期甚至几个月之久。可是当他们得知有那么多的基督教徒分配在今天，对于能否在一天之内处决完他们就发生了争论。唱晨祷赞美诗的男女和儿童的声音是那样的人数众多，以致内行的人认为，即使一次放进去一百或者两百个基督教徒，野兽也会因为吃得太饱和过分疲劳而无法在傍晚之前把所有的人都撕成碎片。别的人则认为，如果比赛场里一次放进过多的牺牲者，就会分散观众的注意力，反而起不到娱乐观众的作用。快到剧场打开通向场地的过道，也就是剧场大门的时刻了，观众越来越兴致勃勃，越来越活跃，他们议论着有关竞技的种种事情。当他们争论到在撕裂尸体时是狮子力气大还是老虎力气大时，便形成了对立的派别。到处都有人在打赌。有些人在谈论那些将会在基督教徒出场之前进行比赛的角斗士，于是观众之中又分成了好几派，有的喜欢萨谟尼特人，有的喜欢高卢人,有的喜欢密尔密隆人、色雷斯人和撒网角斗士。从清早起,大大小小的角斗士的队伍,便在他们的导师也就是教练的带领下,来到了圆剧场。为了在比赛之前不至于劳累,他们都卸下了武装,许多人都是赤身裸体,手上拿着绿树枝或者戴着花环走进剧场的,他们个个都长得年轻漂亮,在朝霞的辉映下,显得生机勃勃,精神饱满。他们的身体被橄榄油擦得光洁油亮,像大理石雕成一样魁梧强壮,使那些喜欢欣赏肉体美的观众叹为观止。不少角斗士都是观众熟悉的,所以不时可以听到这样的叫喊声:"你好啊,弗尔留斯!""你好啊,列奥!""你好啊,马克西姆!""你好啊,迪奥梅德斯!"年轻的姑娘们用深情的眼睛望着他们,他们也对她们瞧来瞧去,挑中了最美貌的姑娘,便用开玩笑的口吻,回答着她们的问话,好像他们是一些无忧无虑的人,有的还送去飞吻,有的还叫喊:"在死神还没有拥抱我之前,快来拥抱我吧!"然后便消失在大门里面,其中的大多数人永远也不会出来了。然而越来越多的队伍吸引着人们的注意。走在角斗士后面的是一些执鞭子的监场员,他们的职责是鼓励和鞭策角斗的双方奋勇斗争。然后是一群骡子拉着一大队车辆驶向停尸场,车上装满了木头棺材,看到这副景象,观众显得异常兴奋,他们从棺材的数目便可预测到牺牲者是非常多的。随后来到的是一些给受伤的角斗士一刀以结束他们生命的人,他们都穿上了卡戎①或者墨丘利那样的服装,接着来到的是剧场里维持秩序、分配座位的人,后面是分送食物和冷饮的奴隶,最后来到的是侍候在皇帝身

---

① 卡戎:古希腊神话中的接引使者,也是冥府中的向导。

边,随时供他调用的一队禁卫军。

大门终于打开了,人群排山倒海似的拥进剧场。观众是那样的多,经过好几个小时,人流才算进完,剧场内能容纳这样多的观众,真令人惊讶不止。野兽闻到人的气味,吼叫得更起劲了。观众在占据座位时,也像暴风雨掀起的波涛那样,发出巨大的喧嚣声。

罗马市长在一队卫兵的簇拥下来到了剧场,接着来的是元老们、总督们、执政官、法官、行政官员和宫廷侍从、禁卫军军官、贵族和雍容华贵的夫人们,他们的轿子像一串长长的链子拥进了场地。有的轿子前面是手执缠有树枝的斧钺的侍从,有的则率领着一批奴隶。镀金的轿子、白色的和五彩缤纷的衣衫、羽饰、耳环、首饰,矛枪的刀锋,在阳光的照射下,发出耀眼的亮光。达官贵人到达时,剧场里便响起一阵阵欢呼声,表示对他们的欢迎,一支支禁卫军队伍也络绎不绝地开进来。

稍迟一些到达的,是各处神殿的祭司们,他们身后由执仗队引路,来了维斯塔的神圣贞女们。现在,只等皇帝一到就要开始竞技表演了,而皇帝也不愿意让观众久等生怨,同时想用他迅速的到来博得观众的好感,就在这时候,他率领着波培娅和廷臣们来到了剧场。

廷臣之中有彼特罗纽斯,维尼兹尤斯是跟他同乘一辆轿子来的。维尼兹尤斯只知道莉吉亚病重,已经失去了知觉。但由于最近几天严厉禁止任何人探监,而原来的禁卫军卫兵又换了人,新换的卫兵得到禁令,不准外人和看守谈话,甚至不准看守给那些来探监的人传递任何消息,因此,维尼兹尤斯无法确定在第一天的牺牲者中间,是否有莉吉亚在内。他们是可以把病人,甚至神志不清的人,拿去喂狮子的。可是由于牺牲者都必须披上兽皮,而且他们是一群一群地送到比赛场上,所以观众无法确定哪一批里有哪一个人,也无法认清是谁,看守和剧场的全体工作人员都已经被维尼兹尤斯买通了,他和野兽管理人也达成了协议,他们打算把莉吉亚藏在剧场的一个阴暗角落里,到了晚上便交给维尼兹尤斯的一个心腹,然后由他立即将莉吉亚转送到阿尔班山中。知道这一秘密的彼特罗纽斯,劝告维尼兹尤斯和他一道公开到圆剧场去,进门之后他才可以乘人多混乱的时候钻进人群中去,然后再赶忙进入地下室,为了避免可能出现的错误,他要亲自把莉吉亚指给卫兵看看。

卫兵们从一座他们自己出入的小侧门把他带了进去,一个名叫西鲁斯的卫兵,立即把他带到基督徒们中间,他边走边说道:"我不知道,大人,能不能找到你所要找的那个少女,我们问过有没有名叫莉吉亚的人,可是谁也没有答腔。也许是他们不信任我们才不肯吭声的。"

"他们人多吗?"维尼兹尤斯问。

"可是有不少是留到明天出场的,大人!"

"他们中间有没有病人?"

"站立不住的病人倒没有。"

西鲁斯说着便打开了一扇门,他们走进一间大厅,里面非常低矮阴暗,因为除了与比赛场直接相连的那个铁窗以外,就没有别的入口透进光亮了。维尼兹尤斯刚进来的时候,什么也看不见,只能听到房间里一片窃窃私语声和从剧场那里传来的观众喧闹声。

可是过了不久,等他的眼睛习惯了黑暗时,便看清了这一群奇形怪状的生物,有些像是狼,有些像是熊,他们就是穿上兽皮的基督教徒。他们之中有的站着,有的跪着,都在祈祷。在这些人群中只有通过从兽皮下面露出的长发才能辨认出哪个牺牲者是女人。那些和母狼相似的母亲,手上抱着同样裹上了兽皮的孩子,他们在兽皮下面露出了开朗的面孔,和在黑暗中闪耀着喜悦和焦急神情的眼睛。很显然,他们大部分人都受到这种超自然的思想支配,使他们对周围发生的一切事情和他们自己所要遭遇的事情,都无动于衷了。维尼兹尤斯向一些人问到莉吉亚时,他们仿佛刚刚从睡梦中清醒过来似的,呆呆地望着他,什么也不回答,还有一些人则向他微笑,把手指放在嘴上,或者指着那道透进亮光的铁栅栏。孩子们被野兽声、狗的吠叫声、观众的喧嚣声和他们像野兽一样的双亲的外貌吓坏了,都不停地哭泣着。维尼兹尤斯和卫兵西鲁斯并排走着,察看着每个人的面孔,寻找着,询问着,还常常碰到那些因为拥挤、沉闷和酷热而昏倒在地的人的身体,有时还绊了跤,但他们还继续向屋子里更黑暗的深处走去,这间屋子使人觉得真像有整座圆场那样大。

可是他突然站住了,因为他觉得,就在铁栅栏附近,有一个他熟悉的声音在说话。他侧耳听了一会儿,便回转身来,挤过人群,走到那个人身边。一线亮光照在说话者的头上,借着这光亮,维尼兹尤斯在狼皮下面认出了那是克里斯普斯的瘦削而严肃的脸孔。

"为你们的罪恶忏悔吧!"克里斯普斯说道,"升天的时刻就要来临了!可是,谁若是认为死亡本身就可以赎去他的一切罪恶,那他又犯了一次新的罪过,就会被投进永世不灭的火焰里。你们生前所犯的每桩罪恶都会重新引起主的苦痛,既是这样,你们怎么敢认为你们的这一次苦难和'他'受的苦难是一样大呢?今天虽然公正的人和有罪的人都要在一起死掉,但是主能够分辨出谁是自己人。你们真可悲啊,狮子的利爪能撕碎你们的身体,却不能撕掉你们的罪恶,也不能把你们欠上帝的账一笔勾销。当主让自己被钉在十字架上的时候,已经显示了他的大慈大悲。但是从那以后,他就成了一位裁判官了,任何罪恶都不会逃脱惩罚的。所以,如果你们有人认为受难就能赎免你们的罪恶,他就是玷污了上帝的公正,因而将陷入更深的深渊中。慈悲已经结束,现在是上帝发怒的时刻来到了。再过一会儿,你们就要站到那位严厉的裁判官面前,在'他'面前只有正直的人才能立得正,站得稳。为你们的罪恶忏悔吧,因为地狱的大门已经开了。可悲啊,丈夫和妻子!可悲啊,父母和儿女!"

于是他伸出瘦骨嶙峋的双手,在低身俯首的教徒们上面挥动着。虽然不久之后,他将和同伴们一道被害,但他没有丝毫的畏惧,对于那将被处死的教友他也是毫不留情的。他的话一讲完,人群中便响起了呼喊声:"我们是在为我们的罪恶感到痛苦啊!"接着是一阵沉默,只能听见孩子的哭声和拳头捶着胸脯的响声。维尼兹尤斯觉得他血管里的血液都凝结不动了。他把自己的全部希望都寄托在基督的慈悲上,现在一听到愤怒的日子来临了,而且即使在比赛场上死了也不能得到上帝的宽恕,虽然在他的脑海里,像闪电那样鲜明而又迅疾地掠过一个思想,认为使徒彼得是不会对那些将死的人说出这种话的,然而,克里斯普斯所说的那种可怕而充满迷信的话语,以及这间和殉难场地仅有一窗之隔的漆黑屋子,还有死亡迫近的那种气氛,再加上无数的牺牲者已经穿起了死刑的衣服,都使他的灵魂里充满了畏惧和恐怖。所有这一切都使他觉得比他所经历过的最残酷的战争还要可怕,甚至还要残酷一百倍。臭气和闷热开始使他喘不过气来。他的额头上渗出了大粒大粒的冷汗。他感到害怕,担心他在这里寻找的时候也会像刚才绊他一跤的那些人一样昏倒在地上。可是当他想到那座铁栅栏很快就要被打开时,他便大声地呼叫着莉吉亚和乌尔苏斯,他希望这样一叫,即使他们自己不在这里,别的认识他们的人也会出来回答他的。

果真就有一位披着熊皮的人,拉了拉他的衣服,说:"大人,他们还在监狱里。我是最后一个被带出来的,我看到她生着病,躺在床上。"

"你是谁?"维尼兹尤斯问。

"我是石匠,使徒就在我的家里给你施洗礼的。三天前他们把我抓了进来,今天我就要死了。"

维尼兹尤斯这才松了一口气。他走进这里的时候,希望自己能找到莉吉亚,现在他倒要因为她的不在而感谢基督了,他认为这是基督对他的恩惠的表示。

这时,石匠又拉了一下他的衣服,说:"你还记得吗,大人?是我把你带到科尔涅留斯的葡萄园,使徒彼得就在那里讲道的。"

"我记得。"维尼兹尤斯答道。

"后来,在我被抓进监牢来的前一天,我又看见过彼得一次。他向我祝福,并且告诉我,他要到圆剧场来和那些将死的人告别。我想在我死的时候能看到他,看见十字的记号,这样我就能死得更轻松一些。大人,也许你知道他坐在什么地方,请你告诉我吧!"

维尼兹尤斯压低了声音答道:"他装扮成奴隶,混杂在彼特罗纽斯的随从中间。我不知道他们坐在什么地方,等我回到剧场里面就能看到他们了。当你进入比赛场的时候,你看着我就是了,我会抬起身来,把头转向他们那个方向。那时你就可以用眼睛找到他了。"

"谢谢你,大人,平安与你同在!"

"愿救世主对你大发慈悲!"

"阿门!"

维尼兹尤斯走出暗室,来到圆剧场里面,在彼特罗纽斯的身边坐下,周围是一群廷臣。

"在吗?"彼特罗纽斯问他。

"不在,还留在监狱里!"

"我又想起了一个办法。不过你听我说的时候,你要望着别的地方,比如说望着那个尼吉蒂亚好了,我们要装出是在议论她打扮的样子……提格里努斯和基朗现在都在看着我们……我告诉你,让他们晚上把莉吉亚装进棺材里,把她当作死人从监狱里运出来,以后的事,即使我不说你也能想到的。"

"好的!"维尼兹尤斯答道。

他们的谈话被图利乌斯·塞内兹约打断了,他正朝他们弯过身来,问道:"你们知道不知道,他们会不会把武器发给基督教徒?"

"我们不知道！"彼特罗纽斯答道。

"我倒希望发给他们武器，"图利乌斯说，"不然的话，竞技场就成了一座屠宰场，一下子就宰完了。然而这座圆形剧场是多么富丽堂皇啊！"

的确，剧场里面也真是豪华极了。下层座位上的人，由于穿着的都是白色宽服，所以一片雪白。皇帝坐在嵌金的雅座上，脖子上挂着一串钻石项链，头戴金冠，他旁边坐着美丽而忧郁的波培娅，他们的两侧坐满了维斯塔的女祭司们、达官贵人、穿着锦绣长袍的元老们以及盔甲发亮的军事长官。总而言之，凡是罗马最有权有势、最有名誉地位和最富有的人物，都济济一堂，汇聚在这里。远一些座位上坐着骑士们，更高座位上则是一片黑色的人头，像海洋一样在攒动着，再上面的圆柱子上缠绕着由玫瑰花、百合花和葡萄藤编成的彩带。

观众有的高声说笑，有的互相招呼，有的在唱歌，还不时地因为有人说了一句俏皮话，便一排一排地传了下去，而引起哄堂大笑。有的则焦急地跺着脚，希望竞技大会早点开始。

后来，跺脚的声音如雷鸣一般地响了起来。罗马市长带领着一队衣着华丽的随从在比赛场上绕行了一圈，他挥动了一下手绢，发出开始的信号，于是从上万人的胸膛中发出了"啊，啊"的呼号声，震荡着整个圆形剧场，应答着这个信号。

竞技大会一般是从捕杀野兽开始，而出生在南方和北方的各种野蛮人都是精于此道的。但是，由于这次的野兽数量比牺牲者要少，因此只好以"安达巴特"（瞎打）开始，那是一种用盔甲蒙着眼睛的格斗。十多个角斗士走进比赛场，并且用剑在空中盲目地挥动着,而那些"监场员"用长叉把他们赶到一起,以便让他们相互拼杀。那些雍容华贵的观众,冷漠而轻蔑地望着这种比赛,而普通的观众则兴高采烈地看着击剑师们的可笑行动。当他们背对背地相碰在一起的时候,观众们便发出一阵阵巨大的笑声,还高声喊叫:"往右!向左!笔直向前走!"常常故意把对方引到错误的方向去。好几对已经开始了正面的冲突,发展到了流血的斗争。最激烈的角斗士们已经丢掉了盾牌,相互用左手抓着对方,使得双方缠在一起无法躲开,然后用右手进行砍杀。倒下去的人都伸出手指,这个手势表示请求饶命。但是在比赛刚开始的时候,观众通常都要求处死受伤的人,特别是盲目格斗,观众们都因为角斗士蒙住了脸孔而无法认出他们,所以更不会宽恕他们了。角斗的人数渐渐地减少了,最后只剩下了一对。监场员把这两个角斗士用力推到一起,以至于他们双双倒在沙地上,两人都被对方刺伤了。这时候,在观众"结束吧"的呼喊声中,奴隶们把尸体拖了出去,少年服务员把比赛场上的血迹清除掉,还把番红花的叶子撒在地上。

现在要进行的是更加重要的比武了,它不仅激起了平民观众的兴趣,而且也使上流社会人士产生了好奇心。在这种比武时,年轻的贵族常常会下巨大的赌注,把自己的全部钱财输个精光。与此同时,写着他们所挑选的角斗士的名字和他们为他所下赌注的数目的标牌,在人们的手里传来送去。那些角斗明星,也就是过去参加过比赛而且在比赛中获得过多次胜利的角斗士们,得到的捧场者最多,不过,在打赌的人当中也有些人情愿把巨大的赌注押在不知名的新角斗士身上,期望他们一旦得胜,自己便能赢得巨额赌金。皇帝本人在赌,祭司们、维斯塔女祭司们、元老们和骑士们,以及市民们,都在赌。那些没有钱的老百姓,常常拿自身的自由来打赌。他们的心剧烈地跳动着,惶惶不安地等待着角斗士们出场,不少人还向众神许愿,祈求众神保佑他们所选中的角斗士。

然而,当刺耳的喇叭声吹响的时候,整个圆剧场都鸦雀无声地在等待着,成千上万双眼睛都注视着装扮成卡戎的那个人,他向那扇上了门闩的巨大铁门走去,在全场的静默中,他用锤子在门上敲打了三下,好像要把那些藏在门后面的人召唤到死亡那里去似的。接着两扇大门便徐徐打开了,现出一条黑暗的甬道,角斗士们从里面走了出来,来到明亮的比赛场上,他们组成一支支队伍,每一队由二十五人组成,色雷斯人、密尔密隆人、萨谟尼特人和高卢人都各自组成一队,他们全穿着沉重的铠甲,最后出来的是一队撒网角斗士,他们一手拿三叉戟,一手拿网。一看到他们,观众便鼓掌相迎,霎时间,掌声变成了经久不息的暴风雨般的轰鸣。从上到下一排排的观众席上都可以看到激动的脸孔,鼓着掌,张着嘴,拼命地狂呼乱叫。角斗士们则迈着整齐雄壮的步伐绕场一周,他们的武器和富丽的甲胄闪闪发亮,他们来到皇帝的宝座前面便停了下来,个个都显得骄傲、镇定又威风凛凛。尖锐的号角声使得喝彩声停息下来。这时候,角斗士们面向皇帝高高举起右手,抬起眼睛,扬着头,开始用拖长的声调呼喊起来,或者不如说是唱了起来:

万岁,皇帝陛下!

将死的人在向你致敬!

然后他们立即散开,各自站在比赛场中规定的位置上。他们都是以队为单位进行角斗的,但在这之前,可以允许著名的角斗士们进行一系列个人对抗赛,这样的比赛能显示出斗争双方的气力、武艺和勇敢精神。这时,从高卢人中间走出了一位名叫"拉尼奥"(屠夫)的大力士,他在圆剧场爱好者中间无人不知,曾经在许多比赛中夺得魁首。他头戴一顶巨大的钢盔,宽阔的胸膛上穿着锁子甲,在黄色比赛场的闪光下,看起来犹如一只巨大的发光的甲虫。与他对垒的是名声和他不相上下的撒网大力士卡伦迪奥。

观众之间又开始打起赌来。

"我出五百个小银币赌高卢人!"

"我赌卡伦迪奥,也是五百个小银币!"

"我赌两千!"

这时候,高卢人走到比赛场中心,拔出利剑,后退了几步。他低下头来,好从钢盔的眼孔里看清对方的行动。而那个举动轻巧、身材像雕像一样优美的撒网大力士,除了胯下裹着一条带子之外,几乎一丝不挂,他敏捷地在敌手周围转来转去,巧妙地挥舞着网,三叉戟像蛟龙似的上下飞腾,嘴里还唱起了撒网力士通常唱的那首歌:

我要捕鱼,不是来捉你,
高卢人,你为什么到处躲闪?

但是,高卢人并没有躲来躲去,过了一会儿他就站住不动了,仅仅轻轻地转动着身体,使他始终能面对着自己的对手。在他的体态中和那颗大得惊人的脑袋中显出一股咄咄逼人的杀气。观众都清楚地知道,这个用青铜裹住身体的彪形大汉,正在寻找突然袭击的机会,以便一击之下就能见分晓。同时,那个撒网角斗士挥动着三叉戟,朝他飞扑过去,然后又马上退了回来,动作是那样的灵巧,连观众的眼睛都来不及看清。三叉戟打在盾牌上的响声发出了好几次,可是高卢人却纹丝不动,这证明他的气力是超凡出众的。他的全部注意力似乎不是放在三叉戟上,而是放在那张网上,因为这张网好像一只不祥的鸟一样,不停地在他头上转来转去。观众都屏息静气地观看着这两个角斗士的精湛武艺。拉尼奥一抓住适当的时机,便向对手扑了过去,可是对手以同样的机灵躲开了他的利剑,他抬起胳膊一挺身子,把绳网撒了出去。

高卢人又换了个位置,用盾牌挡住了网,随后他们两个都立即跳了开去。于是圆剧场内爆发出"好啊"的喝彩声。下层座位上的观众又重新打起赌来。皇帝本人刚开始时还在和女祭司长卢布丽亚闲聊,并不那样注意比赛的情形,现在也把脸转过去朝着比赛场。

他们两个人又重新开始了搏斗,他们的每一个招数,每一个举动,都是那样精确优美,使人觉得他们不是在进行生死搏斗,而是在表演自己的技艺。拉尼奥已经两次摆脱了绳网的袭击,退到了比赛场的边上。那些在他的对手身上下了赌注的人,不愿意让他休息,便开始叫喊起来:"快打啊!"高卢人听见后又扑了过去。撒网角斗士的肩膀上突然鲜血直流,绳网也垂了下来。高卢人全神贯注地使出全身力气扑了过去,企图给敌人以致命的一击。但就在这一瞬间,卡伦迪奥故意装出拿不起绳网的姿态,侧身避开对方的攻击,而把三叉戟插入对手的双膝之间,把他打倒在地。

高卢人想爬起来,可是一刹那间,那要人性命的绳网已经罩住了他的身体,他的手足愈是用力挣扎,绳网就收得愈紧。与此同时,三叉戟一次又一次地把他按在地上。他再一次挣扎着,用手撑在地上想站立起来,可是这些努力都是徒劳无益的了!他把他那连剑都拿不起来的手又一次举到头边,便仰天倒了下去。卡伦迪奥用三叉戟把他的颈脖按在地上,双手紧紧压住了戟把,转过脸来望着皇帝坐的包厢。

整个比赛厅里响起了雷鸣般的掌声和观众的狂叫声。那些在卡伦迪奥身上下赌注的人,现在把他看得比皇帝还要伟大,也正因为如此,他们的心中也不再有对高卢人的憎恶感情了,他用他的鲜血作为代价装满了他们的腰包。观众的意见分成了两派,全场的观众一半赞成杀死,一半表示宽恕。然而这个手持戟、网的大力士只望着皇帝和维斯塔女祭司们的座位,等待着他们的决定。

不幸的是,尼禄不喜欢拉尼奥,因为在火灾之前举行的一次比赛上,皇帝曾经把赌注押在他的对手身上,结果是拉尼奥胜利了,皇帝被李西留斯赢去了巨额赌金,于是尼禄在座位上伸出了一只手,并把大拇指朝下一按。

维斯塔的女祭司们立即重复了这一手势。这时,卡伦迪奥便踩住高卢人的胸膛,从腰带上取下匕首,把对方脖子上的铠甲挪开,往他的喉管里笔直刺了进去,连刀柄都几乎插进去了。

"胜负决定了!"圆剧场里一片欢呼声。

拉尼奥像一头被宰的公牛那样痉挛了一阵子，用脚蹬踢着沙土，随后便挺直身体，一动不动地躺在那里了。

墨丘利①不需要再用烧红的烙铁去检验他是否还活着了。他刚被拖走，其他的角斗士便按顺序上了场，他们搏斗完后，就开始了整队整队的搏斗。观众的灵魂、心脏和眼睛都贯注在这场大搏斗中：他们狂呼乱叫，口哨声、鼓掌声、哄笑声响成一片，他们给搏斗的人打气，简直像发了疯似的。比赛场上被分成两队的角斗士们，像野兽般地展开了激烈的斗争，胸膛碰撞着胸膛，身体和身体死死地纠缠在一起，只见强壮的身体被撞破，利剑刺进了胸部和腹部，鲜血从发青的嘴里喷射到沙地上。十多个初次上场的新手被吓得那样厉害，都惊恐万状地从混乱中开始逃走了，可是那些执鞭的监场员用鞭梢装有铅块的鞭子抽打他们，把他们赶了回去。沙土上出现了大片大片的血迹，裸体的或者穿了铠甲的尸体越来越多，像一捆捆稻草似的堆在地上。活着的人仍旧在尸体上对峙着，有的被甲胄或盾牌绊倒，有的双脚被刀剑刺伤倒在地上。观众们看得乐滋滋的，被死亡所陶醉，为死亡而兴奋狂叫，他们的眼睛饱尝了死亡的情景，他们还欣喜欲狂地把死亡的气息吸进到他们的肺叶里。

所有的战败者几乎都倒在地上死去了。只有少数几个受伤者还跪在比赛场的中央，摇晃着，向观众伸出双手，乞求怜悯。获胜者却得到了金币、花环和橄榄枝。然后便是休息时间，按照至尊的皇帝的旨意，这次休息成了一次盛大的宴会。炉盆里燃起了

---

① 指穿着墨丘利服装的监场人。

香料。撒花的人向观众身上撒着番红花和紫罗兰的花瓣。一盆盆凉菜、烤肉、甜点心、葡萄酒、橄榄和水果被抬了进来。观众们狼吞虎咽地嚼吃着,相互议论着,大声地向皇帝表示感激和敬意,以便得到更多的赏赐。观众酒足饭饱之后,便有几百名奴隶抬来装满各种礼品的箩筐,装扮成爱神的少年们,把礼品取出来,双手向观众撒去。到分发彩票的时候,还出现了殴斗的场面:人们蜂拥而上,你推我挤,互相践踏,有的大声叫喊救命,有的从一排排座位上跳过去,有的被乱脚践踏窒息而死。因为谁若是得了那个幸运的号码,就有可能赢得一座带花园的住宅、一个奴隶、一套华丽的衣服或者一头以后还可以再卖给圆剧场的野兽。由于这个原因,剧场秩序混乱不堪,以至于禁卫军不得不出来整顿秩序,每次分发彩票之后,都有一些折断手脚,甚至被踩死的人,被抬出剧场。

但是有钱人是不参加这种彩票的争夺的。廷臣们都拿基朗的神态取笑,他竭力要装得和别的贵族一样,平平静静地观看搏斗和流血,但是做不到,因此大家对他的这种徒劳无益进行了嘲弄。这个不幸的希腊人从一开始便紧锁眉头,咬紧嘴唇,握紧拳头,以至于他的手掌都被他的手指甲抠破了,但是依然毫无作用。无论是他那希腊人的天性,还是他本身的怯懦,都使他忍受不了这样残酷的场面。他面无血色,大滴大滴的汗珠从额上淌下来,嘴唇发青,眼睛凹了进去,牙齿不停地哆嗦着,浑身发抖。格斗结束之后,他才多少恢复了一些平静,可是当他一听到大家都在讥笑他,便突然发起脾气来,竭力想反唇相讥来回敬他们。

"啊呀,希腊人,看到人体被撕裂,阁下有些挺不住了吧!"

瓦提纽斯揪着他的胡须说。基朗向他龇咧着自己最后的两颗黄牙,答道:"我的父亲不是皮鞋匠,所以不会修补人皮。"

"好啊,真答得妙啊!"好几个人同时说。

可是别的人继续讥笑他。

"这不是他的过错,因为在他的胸膛里没有心肝,只有一块干酪!"塞内兹约叫道。

"也不是你的过错,因为你没长脑袋,却用一个膀胱来代替。"基朗答道。

"你也许会当上一名角斗士吧!如果你拿着绳网站在比赛场上,那一定是很威武的。"

"如果我用它来网你,那就等于网住一只臭气熏人的小鸟!"

"你打算怎么来对付这些基督教徒呢?难道你不想变成一只恶狗去撕咬他们吗?"从卢古里亚来的弗斯杜斯问道。

"我绝不想变成你的兄弟!"

"你这个梅奥齐亚的麻疯鬼!"

"你这只卢古里亚的大骡子!"

"你这家伙的皮一定发痒了,可是你别想请我给你搔一搔。"

"你还是搔搔你自己吧。你若是把身上的疥癣都搔掉了,那就等于把你身上最美好的东西都糟蹋了。"

大家就这样围攻他,而他也在大家的讥笑声中展开了针锋相对的舌战。尼禄也拍起手来,不停地叫着"妙啊"为他们助威。过了一会儿,彼特罗纽斯走近前来,用那根嵌有象牙的手杖敲了敲希腊人的肩膀,冷冷地说:"哲学家,你干得不错呀!不过有一点你错了,神明本来要把你创造成一个小偷,可是你却成了一个恶魔，所以你就不能胜任了。"

这个老家伙用发红的眼睛呆望着他，一时间还找不着现成的话来回敬，于是他沉默了一下，然后才有些费力地答道："我是能够胜任的……"

可是这时候，喇叭响了起来，宣布休息时间已经结束。人们纷纷离开他们舒松手脚或者为了聊天而聚集在一起的过道。于是又出现了一阵混乱，有的人因为座位被人占去而争吵起来。元老们和贵族们都匆匆就座。喧闹声渐渐平静下来，圆剧场内又恢复了正常的秩序。一群人来到比赛场上，他们要清除掉那些凝结了鲜血的沙土块。

现在该轮到基督教徒上场了。由于观众是初次观看这种场面，谁也不知道教徒们有何举动，所以大家都怀着一定的好奇心等待着他们的出场，观众的表情都很紧张，而且充满了敌意，他们估计会看到一个非同凡响的场面。他们认为就是这些将要出场的人烧毁了罗马，烧毁了罗马城里世代相传的珍贵宝物。他们吸吮婴儿的鲜血，在水里放毒，还诅咒全人类，他们犯下了最卑鄙无耻的罪恶。无论怎样严厉的刑罚，也很难平息被鼓动起来的仇恨，如果他们的心里有什么不安的话，那也仅仅是怕给这些基督教徒的苦刑会抵不上这些穷凶极恶的罪犯所犯的滔天大罪。

这时候，太阳升得很高了，阳光透过紫色的天棚，使整个圆剧场弥漫着血红的光线。沙土现出熊熊烈焰似的色彩，在这种光辉里，在人们的脸上，在这座现在是空无一人而即将被苦恼的人们和愤怒的野兽塞满的比赛场上，有一种令人不寒而栗的气氛，仿佛空气中充满了恐怖和死亡的气息。平素总是谈笑风生的观众，今天也由于义愤填膺而默不作声了,人人脸上都露出愤怒的神色。

市长发出了信号,那个装扮成卡戎的老人,刚刚把角斗士们召唤到死神那儿去,现在又迈着缓慢的步伐绕比赛场地一周,然后在一片深沉的静默中,用锤子在门上敲打了三下。

整个圆形剧场里响起了喊喊喳喳的声音。

"基督教徒!基督教徒!……"

漆黑通道上的铁栅栏门发出了嘎吱嘎吱的响声,接着便传来了持鞭的监场员的喊叫声:"到沙地上去!"须臾间,比赛场上站满了裹着兽皮的森林神模样的人群。他们急匆匆地走了出来,走到场地中间便一个挨一个地相继跪了下去,举着双手。观众以为他们是在哀求怜悯,因而对这种可耻的胆怯行为十分恼怒,他们跺着脚,吹着口哨,把空酒瓶子和啃光了的骨头扔过去,并且尖声大叫:"野兽!放出野兽来!"突然间,发生了出乎人们意料的事情,这些裹着兽皮的人一下子放开嗓门唱起了赞美诗,在罗马比赛场里还是第一次听到这样的歌声:

   愿基督降临!
   ……

观众都怔住了。这些被处死的人居然唱起了歌,眼睛还望着天棚。他们的脸色虽然苍白,但像是充满了灵光似的。大家都明白了,他们不是在哀求怜悯,他们眼里似乎根本没有比赛场,没有观众,没有元老们和皇帝。"愿基督降临"的歌声越来越高亢,一直达到最高层的座席间。不少观众都在问自己:这是怎么回事呀！那些将死的人口里不停念叨的基督，到底是个什么人呢？然而，就在这时候，另一座铁栅门打开了，一大群狗吠叫着，疯狂地冲进了比赛场：有培罗波岛的大猎狗，有比利牛斯山的花斑狗，有来自爱尔兰的狼狗，由于故意不给它们喂食，这些狗肚子干瘪，两眼血红。整个圆剧场里都是一片狗的嗥叫和哀鸣。基督教徒唱完了赞美诗，便一动不动地跪在那里，好像变成了化石似的，他们仅仅用悲恸的声音不住地念叨着："为了基督！为了基督！"那群狗虽然嗅到了裹着兽皮的人的气味，但对他们的沉默也不免惊奇了，不敢马上扑到他们身上去！有的狗甚至把观众当作猎取的目标，直往围墙上跳，另外几条狗在兜圈子，狂叫着，仿佛在追逐眼睛看不见的野兽似的。观众愤慨极了，上万个声音在吼叫，有的学野兽那样狂叫，有的学狗叫，还有人用各种语言咒骂这群狗的无能。喧嚣声震撼着圆剧场。被鼓噪起来的狗群开始向跪着的人群扑去，可是又退了回来，龇着牙齿，终于有一只猎犬向一个跪在前面的女人扑了过去，咬住了她的肩膀，把她扑倒在地上。

这时候，几十只狗一下子扑到了人群中，好像要打开一个突破口似的。观众为了能聚精会神地观看，便停止了叫喊。在狗群的吠叫和撕扯声中，仍能听到男女基督教徒们的悲痛的呼号："为了基督！为了基督！"可是，比赛场上人和狗的躯体已经纠缠在一起，鲜血从撕咬的躯体上流了出来，像溪河一样源源不断。群狗在争夺那些被血染污了的肢体。人血和撕碎的内脏所发出的腥味，把阿拉伯香料的香气都压下去了。最后比赛场上只剩下了少数几个人，他们零零散散地跪在那里，可是又立即被那群来回跑动的饿狗包围了。

维尼兹尤斯一看到基督徒走进比赛场,便站了起来,按照他对石匠许下的诺言,把脸转到和彼特罗纽斯的侍从坐在一起的使徒那个方向,然后又坐了下来,脸色像死人一样煞白,一双无神的眼睛望着这幅惨绝人寰的景象。最初他担心石匠搞错了,深怕莉吉亚就在这些牺牲者中间,以至于他完全陷入了麻木的状态。可是当他一听到"为了基督"的声音,当他看到这无数的牺牲者在受着酷刑,但在临死的时候还忠实于自己的教义和上帝,便产生了另一种感情,这种感情里面有一种最可怕的痛苦,但它又是无法抗拒的,因为基督自己都在酷刑中死去,现在又有成千上万的人在为他牺牲,当血流成海时,那么就是再多流一两滴血又算得了什么呢?在这种时候再去请求上帝的怜悯,本身就是一种罪恶了。这种想法是从比赛场上产生的,是和死者的呻吟声、他们的血腥气,一道钻进他的脑海的。然而他仍然在祈祷,仍然用干燥的嘴唇反复地说着:"基督啊,基督!你的使徒在为她祈祷!"他仿佛忘记了自己,忘记了在什么地方,也完全丧失了意识,他只觉得比赛场上的鲜血像汹涌的波涛,滚滚向前,流出了圆剧场,把整个罗马都淹没了。除此之外,他什么也听不见了,既听不见狗的狂吠声,也听不见人们的喧嚣声和廷臣们的呼叫声。他们突然大叫起来:"基朗昏过去了!"

"基朗昏过去了!"彼特罗纽斯也转向希腊人那边,跟着喊了起来。

基朗确实昏过去了,他坐在那里,脸色像麻布一样苍白,头向后仰,张着大嘴,真像一具死尸。

与此同时,又有大批裹着兽皮的新牺牲者被赶到场地上来了。

他们也和先前的牺牲者一样，立刻跪在场地上，但是那些吃饱了也疲倦了的狼狗都不想去撕咬他们了。只有寥寥可数的几只狗扑向跪在附近的基督教徒，其余的狗则躺倒下来，抬起滴着鲜血的嘴。肚子一起一伏地动着，沉重地喘着粗气。

这时候，那些心灵中已经惶恐不安又醉心于流血和疯狂的观众，开始嘶哑地叫喊起来："狮子！狮子！把狮子放出来！"

狮子本来是安排在第二天再使用的，但在圆剧场里，观众的意志支配着一切，甚至连皇帝本人也是不能拒绝的。只有傲慢而喜怒无常的卡里古拉皇帝，才敢反对观众的意志，甚至用棍棒去殴打人民群众。可是就连他也常常受到舆论的操纵。而把喝彩声看得高过世上一切东西的尼禄，是从来也不敢违背群众的意愿的，尤其是现在为了安抚因为大火而激愤起来的民众，他要把纵火的罪责嫁祸于基督教徒身上，就更不敢违抗观众的意志了。

他发出信号，让人打开狮栏的大门，观众看到这个信号，立刻安静了下来。他们听到铁门的响声，门里面关着狮子。那群狼狗见到狮子出来便缩成一团，呜咽着逃到相反的方向。那些狮子接二连三地跑到场地上来，它们体形庞大，毛色黄褐，摇动着鬣毛很长的大脑袋。连皇帝也把那疲惫烦闷的脸转向它们，为了看得更加清楚，还戴上了绿玉眼镜。廷臣们都鼓掌欢迎这群猛兽，普通观众则用手指点着它们的数目，仔细地观察着跪在场地中间的基督教徒看到狮子出来以后的反应。教徒们又不停地念着："为了基督！为了基督！"这句话既为许多观众所不能理解，又使他们感到十分讨厌。

这些狮子由于饿过了头，并不急于扑向那些牺牲者。场地上的绯红的阳光使它们眩晕,它们眨巴着眼睛,像是照花了似的。有的张开大口,打着哈欠,似乎要让人看到它们那尖得吓人的牙齿。可是,不久之后,血的腥味和躺倒在地上的被撕烂的成堆肉体,对它们产生了影响,不到片刻工夫,这些狮子变得狂暴起来,鬣毛竖立,用鼻子嗅着空气,发出咆哮。一只狮子突然扑向一个脸孔被撕烂了的女人,前爪趴在尸体上,伸出巨大的舌头,舐着她身上的鲜血。另一头狮子冲向一个基督教徒,他怀里抱着一个裹有小鹿皮的孩子。

孩子被吓得哭叫起来,慌忙抱住了他父亲的脖子,可是他的父亲,为了能使他哪怕多活一分钟也好,便竭力不让他抱住自己的脖子,好把他递给那些跪在较远地方的人。哭叫和挣扎激起了狮子的野性,它突然发出了一声短促而令人心胆俱裂的吼声,伸出爪子扑过去,把孩子抓死了,又张开大嘴咬住父亲的脑袋,刹那间便把脑袋咬碎了。

一看到这种情形,所有其他的狮子都扑向那群基督教徒。有几个女人被吓得惨叫起来,但叫喊声却被观众的鼓掌声湮没了,可是鼓掌声又立即停了下来,因为想要仔细观看这种场面的愿望占了上风。这时,他们看到了使人不寒而栗的景象:人的头颅被狮子的血盆大口吞了进去,前爪一伸便把胸膛撕开,心肺都被扒了出来,还能听见咬嚼骨头的咯咯声。有的狮子衔住牺牲者的肋骨或脊椎骨,疯狂地在场地上跑来跑去,像是要找个隐蔽的地方好好享受一番,有的在相互争夺中用后足站了起来,前脚则像角斗士那样抓住对方,整个圆剧场里都震响着雷鸣般的狮吼声。观众都从座位上站了起来。有些人离开了自己的座位,为了看得更加清楚,竭力从走道上往下挤,于是发生了你挤我推的情景。心情激奋的观众,仿佛自己也要跳到比赛场上去,和狮子一道去撕碎那些基督教徒。观众所能听到的有时是非人的惨叫声,有时是鼓掌喝彩声,有时是咆哮怒吼、咬牙切齿和狼狗的狂吠声,有时则是人们的呻吟声。

皇帝把绿玉镜片放在眼睛前,专心致志地观看。彼特罗纽斯的脸上现出厌恶和轻蔑的表情。基朗早就被人抬出了剧场。

从暗牢里又赶出一批批新的牺牲者。

使徒彼得正从圆剧场的最高一排俯视着他们。大家的注意力都集中在比赛场上,所以谁也没有注意他。他站在那里,恰似他以前在科尔涅留斯的葡萄园里对那些行将被捕的人祝福死亡和走向永恒那样,现在他又在对这些丧生在野兽牙齿下的人画着十字告别,祝福他们的流血牺牲和受苦受难,祝福他们已经被撕得不成体形的尸体和从血红沙地上飞走的灵魂。有些基督教徒抬头望见了他,他们的脸上都现出了明朗的神色,看到彼得在他们头上画着十字告别,个个都露出了笑容。可是他的心都痛得要碎了,他不停地默默祈祷着:"啊,主啊!一切都按照你的意志,为了你的荣光,为了真理的传播,我的这些羔羊都完了!你叫我去饲养他们,现在我把他们奉还给你,请你过过数目,接收他们吧。请治好他们的创伤,除去他们的痛苦。请赐予他们比在这里受到的苦难还要更伟大的幸福吧!"

彼得像一位非常喜爱自己孩子的慈父那样,对他们一个又一个,一批又一批地祝福告别,要把他们直接送到基督的手里。这时候,不知道皇帝是不是发了狂,还是想把这次表演变成罗马前所未有的盛举,便对市长悄悄说了几句话,于是市长便离开了皇帝,立即走进了地道。不一会儿工夫,当观众看到铁栅门重新被打开的时候,都不免大吃一惊。这一次放出了所有各种各类的凶猛动物:有幼发拉底河流域的猛虎,努米提亚的豹子,还有熊、狼、豪狗和胡狼等等。霎时间,整个比赛场上都是条纹的、金黄的、褐黄的、深灰的、紫红的和花斑的毛皮,活像一片色彩斑斓的动荡的海洋。场上一片混乱,除了能看到动物的脊背在不停地转动和弓弯之外,便什么也分辨不清了。这样的场面已经使人失去了现实的感觉,完全变成了一场血的狂宴,变成了一场狰狞可怕的噩梦,变成了神经错乱时可怖的幻影。一切都超过了限度。在这些咆哮、怒吼和呻吟声中,观众席上到处都能听到女人的恐怖又神经质的笑声,她们的神经再也经受不住这种场面了,气力也不支了。观众感到害怕了,脸色变得阴沉起来,不少人在喊叫:"够了!够了!"

可是把野兽放出来容易,赶回去却非常困难。但是皇帝却想出了一个新方法,既可把它们清除出场地,又能使观众得到新娱乐。在所有的过道上都出现了雄伟的努米提亚黑人,他们都戴着耳环,头上饰有羽毛,手里拿着弓箭。观众猜到了他们的任务,便以满意的心情向他们鼓掌欢迎。努米提亚人走近栅栏围墙,把箭按在弦上,朝那一群野兽射去。这真是一次新的表演。那些灵巧黝黑的身体,向后斜仰着,张开了强弓,一箭接一箭地射去。拉弓时的弦声和嗖嗖的飞箭声,同野兽的吼叫声和观众的赞叹声互相融合在一起了。狼、熊、豹以及活下来的那些殉难者,都横七竖八地倒在一起。还有的狮子,腹部受了箭伤,便狂奔乱跳起来，愤怒地张开大口，想要咬掉或者折断那些利箭。有的狮子则在痛苦地呻吟。那些小野兽惊慌失措地在沙地上乱跑，或者用头去顶撞那栅栏门。这时候场上依然不停地在放着箭，直到全部活着的动物都倒在地上，做着垂死前的挣扎，才停止了射杀。

接着，几百个奴隶来到比赛场上，他们拿着铁锹、铲子、扫帚、小推车以及装运内脏的篮筐和装沙子的口袋。他们一批又一批地进入场地，整个场地上呈现出一片忙乱的景象。不到片刻工夫，场地上的尸体、血迹和粪便都被一扫而光，他们把场地打扫得干干净净，翻松填平，又铺上一层厚厚的干净沙子。随后又走进来一批装扮成爱神的少年，把玫瑰花瓣、百合花和其他鲜花撒在地上。香炉又重新点燃起来，太阳已经西下，于是剧场的天幕被扯开了。

观众现出惊奇的神色，面面相觑，互相探听这一天还有什么新的节目在等待他们。

然而等待他们的却是预料不到的表演。皇帝早就离开自己的宝座，现在突然出现在撒满鲜花的场地上，他身穿紫袍，头戴金冠。他身后跟着十二名歌手，个个手里都拿着三角竖琴，皇帝自己也手拿一把银竖琴，迈着庄严的步伐走到场地中央，向观众连连鞠躬几次之后，便仰面朝天地站在那里，像是在等待着灵感的来临。

然后他拨动琴弦，唱了起来：

  啊！威武显赫的勒托的儿子，

特列多斯①、吉利亚②、赫里察③的君主！
　　是你用自己的力量
　　保卫着伊利安的圣都；
　　岂能在希腊人的愤怒下屈服，
　　又岂能让供奉你的
　　香火不绝的神圣祭坛
　　被特洛伊人的鲜血所玷污？
　　啊，银箭手啊，你声名远扬，
　　老人向你伸出了颤抖的双手，
　　母亲从肺腑的深处，
　　老泪纵横地向你哀求，
　　请你怜悯他们的子孙，
　　悲恸之声连顽石都为之感动，
　　可是你啊，斯敏特伊，对人民的痛苦
　　甚至比顽石还要无动于衷。

歌唱渐渐地变成了充满痛苦的惨楚的哀歌。圆剧场里一片静默。过了不久，被自己的歌声感动了的皇帝又继续唱了起来：

　　用你那神圣的七弦琴声

---

① 特列多斯：爱琴海中的小岛，希腊人在进攻特洛伊时曾在这里藏过木马。
② 吉利亚：爱琴海中的小岛。
③ 赫里察：位于小亚细亚的一座小城。

把心灵的悲泣和哀叹淹没，
直到今天，人们的眼里
还噙满泪水，犹如玫瑰的蓓蕾，
但是随着这忧郁歌曲的歌声，
就能从尘埃和灰烬中起死回生，
就能度过大火、灾难和毁灭的日子……
斯敏特伊啊！那时候你在哪里？

　　唱到这里时，他的声音发抖，眼睛也潮湿了。维斯塔女祭司们的眼里也噙满了泪水，观众默默地倾听着，接着便爆发出暴风雨般的经久不息的鼓掌声和喝彩声。

　　这时候，从敞开的大门外面传来了大车的辚辚声，车上装满了男女老幼基督教徒的血迹斑斑的尸体，正被运往被称为"坟坑"的可怕的大土坑里去。

　　这时，使徒彼得双手抱住了他那花白的颤抖着的脑袋，心中暗暗地喊着："主啊！主啊！你为什么要把世界的统治权交给这样的人？为什么你要在这个城市建立你的都城呢？"

57

这时候,太阳已经西沉,满天都是落日的余晖。表演结束了。观众开始离开圆剧场,从名为"沃米托里亚"的出口处向城市的各条街道涌去。廷臣们还留在那里,想等到人流过去之后才走。他们都离开了自己的座位,聚集在御座前面。皇帝为了能听到大家的赞美,又回到了自己的座位上。尽管歌声一结束,观众便报以雷鸣般的掌声,可是尼禄还是感到不满意,本来他期望得到一种近似疯狂的捧场和喝彩,因此,无论是廷臣们的吹捧赞美,还是维斯塔女祭司们在他的神圣的手上亲吻祝贺,甚至连卢布丽亚把头低下去,她的红头发都触到了尼禄的胸口,他还是感到不满意。尼禄心中不满,而且也不掩饰他的不满情绪。彼特罗纽斯的沉默也使他感到奇怪和不安。在这种时候,若是能从他口中听到几句赞美或能提高诗歌优点的中肯之词,对尼禄说来将是一种莫大的欣慰。他终于按捺不住了,只好向彼特罗纽斯招了招手,等他走近包厢时,尼禄问道:"你说说吧……"

彼特罗纽斯冷冷地答道:"因为我找不到合适的词句,只好沉默不响了。这是陛下从未有过的成就。"

"我自己也这样认为,可是这些观众……"

"陛下怎么能要求这些平民百姓也会欣赏诗歌呢！"

"那么，你也注意到了，他们并没有像我应该得到的那样来对我表示感激吧？"

"那是陛下选择的时机太不合适……"

"为什么？"

"人们的头脑里灌满了血腥味，他们怎么能专心听你的朗诵呢？"

尼禄握紧了拳头，答道："啊，这些基督教徒！他们放火烧了罗马，现在又触犯了我本人，我应该再想出一些什么办法来处罚他们呢？"

彼特罗纽斯一看到这种阴差阳错，他的话带来了和他本意完全相反的效果，于是他想把皇帝的注意力转移到别的方面去，便俯身朝他靠近，悄悄地说："陛下的诗歌非常优美，但是有一点提请你注意，第三节第四行诗句的韵律似乎还可以修饰一下。"

尼禄像做了什么坏事被人当场抓住了似的，满脸羞红，他惊慌地向四周望了一眼，也低声地答道："你什么都注意到了！……我知道！……我要改写！……再没有别人会知道的吧？是真的吧？凭众神起誓，你可不要再告诉别人，如果……你珍爱你的生命……"

彼特罗纽斯听到这话，便双眉紧锁，现出不快和烦恼的神情，答道："神圣的陛下，如果我犯了欺君之罪，你可以处死我，但不能用死来恐吓我，我是不怕死的，众神最清楚不过了。"

他一面说着，一面盯着皇帝的眼睛。过了一会儿，皇帝才答道："你别生气……你知道，我是喜爱你的……"

"这可是个凶兆啊!"彼特罗纽斯暗自思忖道。

"我本想邀请你们参加今天的宴会,"尼禄继续说道,"但是我情愿关起门来,修改第三节那句讨厌的诗句。除了你之外,也许还有塞内加和色昆杜斯·卡里纳斯两个人会看出这个错误,不过我马上就会把这两个人打发走的。"

他说完之后,便把塞内加召到跟前来,向他宣布,要派他带领阿克拉杜斯和色昆杜斯·卡里纳斯一道到意大利和其他各省,也就是到城市、乡村和著名的神殿去征收捐款,换句话说,凡是有钱的地方,凡是能征收到税款的地方,或者能榨出油水来的地方,都可以横征暴敛,任意抽取。可是塞内加知道尼禄委派他做的这件工作就是抢劫、掠夺神物和强盗行径,于是他拒绝了,说道:"陛下,我年老体衰,神经也有毛病,非要到乡下去不可了,我要在那里等死。"

虽然塞内加的伊比利亚人神经并没有什么毛病,比基朗的神经坚强得多,可是他的健康状况,一般来说是很糟糕的,人瘦得完全像个影子,近来他的头发也全白了。

尼禄瞧了他一眼,觉得他的死期确实不远了,便说道:"你既然有病,我也不派你去受旅途的劳累了,出于对你的喜爱,我希望你还是住在我的身边,因此你不用到乡下去了,你把自己关在家里不要出门就是了。"

接着他又面带笑容说道:"如果我单派阿克拉杜斯和卡里纳斯两个人去收钱,那就等于往羊群里派去了两只狼。我该委派谁去领导他们呢?"

"就派我去吧,陛下!"多米兹尤斯·阿弗尔说。

"不！我不想让墨丘利对罗马发怒，你们会用你们的贪污盗窃来玷污这位神的。我需要一个禁欲主义者，像塞内加或者像我的新朋友、哲学家基朗那样的人。"尼禄朝周围看了一下，问道："基朗怎么样了？"

基朗呼吸了新鲜空气，早就清醒过来了，皇帝朗读诗歌时，他就回到了圆剧场，这时他挪近前来，说道："卑职在这里，太阳神和月亮神的普放光明的后代啊！我虽然感到不舒服，但是陛下的歌声又使我恢复过来了。"

"我想派你去亚该亚，"尼禄说，"你必须了解清楚那里的每一座神殿到底有多少钱财。"

"你就下命令吧，宙斯神啊。众神一定会向你献出他们从未给过别人的那样多的贡物。"

"我倒愿意这样做，不过我又不想让你失去参加这些竞技大会的机会。"

"巴尔神啊！"基朗说。

廷臣们看到皇帝已经恢复了兴致，都感到高兴，便哄然大笑起来，大声叫道："啊，陛下，别这样做！可不能让这位勇敢的希腊人错过观看竞技大会呀！"

"陛下，你还是让我不要再见到这些在卡彼托林神殿里鼓噪的笨鹅吧！他们的脑子加在一起，也装不满一只胡桃壳。啊，阿波罗的嫡子啊，我正在用希腊文写一首赞美你的颂歌，因此，我想到缪斯的神殿里去住几天，祈求缪斯赐给我灵感。"

"啊，不！你想要逃避以后的竞技大会！那是绝对办不到的！"尼禄大声说道。

"我向你发誓,陛下,我的确是在写一首颂歌。"

"那你就在晚上写吧,你可以祈求狄安娜给你灵感,她正好是阿波罗的妹妹呀!"

基朗低垂着头,气鼓鼓地望了在场的人一眼,大家又大笑起来。皇帝便转向塞内兹约和苏留斯·涅鲁宁,说道:"你们猜想不出来吧,原定在今天上场的基督教徒,只不过搞掉了一半。"

年老的阿克维鲁斯·列古鲁斯,是一位精通圆剧场事务的行家,听到皇帝的话以后,想了一下便说:"这些不带武器又无特殊本领的人登场表演,时间可以拖得很长,但并不引人入胜。"

"我要下令给他们武器。"尼禄答道。

但是迷信很重的维斯提鲁斯突然从沉思中惊醒过来,用神秘的口气问:"你们注意到没有,他们死的时候好像看到了什么东西?他们望着上面,好像死得并不痛苦。我敢肯定他们一定是看见了什么东西……"

他说着便抬头望着圆剧场的上空,天空中夜色朦胧,群星撒满了夜空。然而别的人不是用大笑来回答他,就是认为基督教徒死时能看到什么的说法,实在是无稽之谈。皇帝打了一个手势,让持火把的奴隶开路,便离开了圆剧场。接着,维斯塔的女祭司们、元老院的元老们、皇亲国戚和廷臣们,都相继离开了剧场。

夜晚晴朗而温煦,剧场门口依然聚集着大批人群,他们好奇地想看看皇帝离开时的情景。他们的脸色都显得阴沉,一声不响地站在那里。各个地方都可以听见欢呼声,但很快便沉寂下来了。装满了基督教徒的鲜血淋淋的运尸车,源源不断地从停尸场驶出来。

彼特罗纽斯和维尼兹尤斯也沉默地走上了归途。直到走近他们府邸的时候,彼特罗纽斯才开口问道:"我对你说的话,你考虑过没有?"

"考虑过了!"维尼兹尤斯答道。

"你相信不相信,现在这件事也成了我最最重要的事情了?无论皇帝和提格里努斯怎样打算,我都要把莉吉亚救出来。这是一场斗争,我非要取胜不可。这又是一场赌博,哪怕要付出自己的性命,我也非赌赢不可!……今天这一天更坚定了我的决心。"

"愿基督报答你。"

"等着瞧吧!"

说话之间,他们来到了府邸的门口。刚走出轿子,就有一个黑色的人影向他们走来,问道:"你就是高贵的维尼兹尤斯老爷吗?"

"是的,你有什么事?"军团长问道。

"我是密里阿姆的儿子纳查留斯,我是从监狱里来的,给你带来了莉吉亚的消息。"

维尼兹尤斯把自己的一只手按在这个少年的肩膀上,他连说话的气力都没有了,只是借着火把的亮光望着这个少年的眼睛。可是纳查留斯已经猜到了他的嘴里将要提出的问题,便回答说:"她还活着。乌尔苏斯派我来告诉你,大人,莉吉亚高烧时还在做祷告,口里还一再地念着你的名字。"

维尼兹尤斯答道:"基督就要把她还给我了,祝基督英名远扬。"

然后他把纳查留斯带进了书房,不久,彼特罗纽斯也走了进来,想听听他们的谈话。

"热病倒救了她,使她免遭凌辱,因为刽子手们害怕瘟疫。乌尔苏斯和格劳库斯医生日夜都在看护着她。"这个少年说。

"还是原来的那些看守吗?"

"是的,大人,她就住在看守的房间里。那些被关在地牢里的囚徒,不是害热病死了,就是被龌龊的空气闷死了。"

"你是什么人?"彼特罗纽斯问。

"尊贵的维尼兹尤斯大人认识我。我是个寡妇的儿子,莉吉亚曾在我家里住过。"

"是基督教徒吗?"

少年用询问的眼光望了一下维尼兹尤斯,看到他正在作祷告,便抬起头来说道:"是的!"

"为什么你能自由地出入监狱呢?"

"大人,我是被雇去运送尸体的,我是特意这样做的,一来可以帮助我的兄弟们,二来又可以把城里的消息告诉他们。"

彼特罗纽斯仔细地端详着这个少年可爱的脸孔,望了望他的蓝眼睛和浓密的黑头发。然后问道:"小伙子,你是从哪个国家来到这儿的?"

"我是加利利人,大人!"

"你愿意救莉吉亚出狱吗?"

少年抬眼望天,答道:"即使让我事后死掉,我也愿意救出她来。"

这时维尼兹尤斯已经作完了祷告,说道:"你去告诉看守,把她当作死人装进棺材里。你再挑选几个帮手,到了晚上你和他们一道将棺材抬出来。在坟坑附近有人抬着一辆轿子等在那里,你把棺材交给他们就行了。替我和看守说好,事成之后,每个人得到的金子,连他们的外衣都装不下。"

当他说这些话的时候,他脸上的那种忧愁的神情消失了,又激发起他的军人气概,希望又恢复了他从前的那种魄力。

纳查留斯高兴得满脸通红,他举起双手,大声喊道:"愿基督恢复她的健康,她很快就要自由了。"

"你以为看守会同意这样做吗?"

"看守会同意的,大人,只要告诉他们,他们不会因为这件事受到处分和刑讯就行!"

"是的!"维尼兹尤斯说,"看守甚至同意放她逃走,现在把她当作死人抬走就更不成问题了。"

"里面的确有个担任检查的人,凡是我们抬出去的尸体,他都要用烧红的烙铁试验一下,看看是不是真死了。可是这个检验员,只要塞给他几块钱,就不会用烙铁去烫死人的面孔。如果给他一个金币,他就会只看看棺材,不去检验尸体的。"纳查留斯说。

"你告诉他,他会得到满满一帽子的金币,"彼特罗纽斯说,"可是你能不能找到可靠的帮手呢?"

"有人为了金钱,甚至能把老婆孩子卖掉。这样的人我是能找到的。"

"你到哪里去找他们呢?"

"在监狱里或者在城里都能找到。只要送给看守一些钱,我就可以任意地把人带进带出。"

"要是这样的话,让我装扮成一个雇工,也把我带进去吧!"

维尼兹尤斯说。

但是，彼特罗纽斯坚决反对他这样做。即使他改了装，禁卫军也能认出他来，那样一来，一切希望又会落空了。"你既不能到监狱里去，也不能到臭坟坑那里去。"他说，"必须让所有的人，其中包括皇帝、提格里努斯在内，都深信莉吉亚是真的死了，否则，即使她出来了，他们也会派人去追捕她的。为了不引起他们的怀疑，我们只有采用这样的办法：让别人把莉吉亚带到阿尔班山或者更远的地方，带到西西里岛上去，我们仍旧留在罗马城里。过了一两个星期之后，你就装病，把尼禄的御医请来，让他叫你到山里去休养。到了那时候，你才能和她会合在一起，以后……"

他停住话头，想了一会儿，然后又擦了擦手掌，继续说道："以后也许就会改朝换代了。"

"让基督可怜她吧，你在说西西里岛，可是她现在病得很重，还可能死掉。"维尼兹尤斯说。

"目前。我们先把她安置在比较近的地方。只要她离开了监狱，呼吸到新鲜空气，她很快就会痊愈的。你在山里有没有可以信赖的佃户？"

"有的，有的！就在离科里奥拉不远的山里，有一个可靠的老人，他在我小的时候还抱过我，他一直都是很爱我的。"

彼特罗纽斯递给他一块书写板。

"你写封信给他，让他明天来这里，我立刻派人把信送去。"

他马上叫来了客厅的管事，给他下了必要的命令，几分钟过后，一个骑马的奴隶，就连夜驰往科里奥拉去了。

"我想，若是乌尔苏斯能和她一道去，那我就更加放心了。"

维尼兹尤斯说。

"大人,他真有超人的力气,他会把铁栅栏拔断和她一道逃走的。在那面陡峭的石墙上有一个窗口,下面没有人看守。我把绳子带给乌尔苏斯,其他的事他自己就能完成的。"纳查留斯说。

"对赫拉克勒斯起誓!"彼特罗纽斯说,"只要他喜欢,什么时候他都可以扭断铁栅栏逃走,可是他绝不能和她一起走,也不能在两三天之内逃到她那里去,因为追捕他的人就有可能发现她的住处。对赫拉克勒斯起誓!难道你们希望自己和她都一起毁掉吗?我禁止你们把科里奥拉的事情告诉乌尔苏斯,否则我就撒手不管了。"

他们两人都认为他的意见很对,便沉默地表示赞同。然后,纳查留斯告别走了,答应明天一早再来。

他希望当天晚上就和看守们达成交易,可又想先去看望一下母亲,他的母亲在这样动乱不安又恐怖的时候,无时无刻不在为自己的儿子担忧。至于帮手,他经过考虑后,便不想到城里去找了,他决定在和他搬运尸体的同伴中找个人,用钱买通他就可以了。

刚要离开的时候,他又站住了,把维尼兹尤斯拉到一边,悄悄地对他说:"大人,我不会把计划泄露给任何人,连母亲都不让知道,可是使徒彼得答应从圆剧场直接到我家里去,我打算把全部事情都告诉他。"

"你在这里大声说话也用不着害怕。"维尼兹尤斯说,"使徒彼得就是和彼特罗纽斯手下的人一道到圆剧场去的。另外,我也想和你一道去。"

631

于是他叫人拿来一件奴隶穿的外衣，随后他们两人就一齐出去了。

彼特罗纽斯深深地叹了一口气。

"在这以前，我一直希望她害热病死去，"他想，"这样一来，对维尼兹尤斯的危险就要减轻了。可是现在我情愿向埃斯科勒庇俄斯献出一只金三脚鼎，保佑她早日恢复健康……啊，你这个红胡子，你想把一个爱人的痛苦变成一场表演！还有你这个皇后，先是嫉妒姑娘的美丽，现在你又想生吞活剥她，所以老天让你遭到了报应，让你的鲁菲乌斯不得好死……还有你，提格里努斯，因为憎恨我便想把她置于死地！……那就让我们走着瞧吧！我要告诉你们，你们的眼睛绝不会在比赛场上看见她了，她不是自然地病死，就是我要从你们的手里像从狗嘴里那样把她抢过来……我一定要用你们料想不到的方法把她抢出来，以后我每次看见你们，就会情不自禁地想起，你们这些被彼特罗纽斯愚弄过的傻瓜呀……"

他心情愉快地来到餐室，和尤妮丝共进晚餐。行吟诗人在整个进餐期间都在给他们朗读忒奥克里托斯[①]的牧歌。院子外面，风把乌云从索拉克特山那边吹了过来，突然来的暴风雨打破了明朗的夏夜的寂静。雷声不断地在七座山丘的上空鸣响。可是他们两个却躺在桌边，偎依在一起，倾听着田园诗人的诗歌，这位诗人用多里斯方言歌唱牧人的爱情。后来他们两个都觉得心旷神怡了，便准备去进入甜蜜的梦乡。

[①] 忒奥克里托斯：古希腊诗人，牧歌的创始人。

可是,在还没有入睡前,维尼兹尤斯回来了。彼特罗纽斯一听说他回来,便走出去问道:

"怎么样?你们商量出什么新办法,纳查留斯已经到监狱里去过了吗?"

这个年轻人一边挤着被大雨淋湿了的头发,一边回答:"是的,纳查留斯到牢里买通看守去了。我也见到了彼得,他要我多作祷告,坚定信仰。"

"很好。如果一切进展顺利,明天晚上就可以把莉吉亚抬走……"

"我的老佃户和他带着的那些人,必须在黎明前赶到才好。"

"路程并不太远。好了,你该去休息了!"

可是维尼兹尤斯一走进自己的卧室,便跪在地上作起祷告来。

太阳刚刚升起,老佃户尼格尔便从科里奥拉赶到了。他按照维尼兹尤斯的指示,带来了骡马、轿子,又从不列颠出生的奴隶中挑选了四个忠实可靠的人,为了不引起别人的注意,他把他们和骡马、轿子都留在苏布拉区的一家旅馆里。

彻夜未曾合眼的维尼兹尤斯走了出来,对他表示欢迎。老佃户一看到年轻的主人前来迎接他,心情非常激动,便吻着主人的双手和眼睛,说:"亲爱的,你是不是病了,还是因为什么发愁的事情,使得你面无血色了?猛然一见,我都会认不出你来了。"

维尼兹尤斯把他带到里面,进了柱廊大厅,才把秘密告诉了他。尼格尔异常专心地听着他说话,他那结实而又被太阳晒黑了的脸孔,现出了非常激动的神色,但他并不想加以抑制。

"那么她也是基督教徒了?"他大声叫道。

然后他用探询的眼光望着维尼兹尤斯的脸孔,维尼兹尤斯也立即猜出了他眼神里的疑问,于是他便答道:"我也是基督教徒!……"

尼格尔的眼里立即闪动着泪光,他有一会儿连话都说不出来了,后来他高高地举起了双手,说道:"啊!啊!谢谢你,基督!你把我在这个世界上最亲爱的人的翳障,从他的眼睛里清除了。"

他说着便抱住维尼兹尤斯,幸福得流出了眼泪,在他的额头上亲了又亲。

过了不久,彼特罗纽斯带着纳查留斯走了进来,他远远地就叫了起来:"好消息!"

真是一个好消息。首先,格劳库斯医生担保莉吉亚没有生命的危险,虽然她也染上了这种监狱里的热病,而这种在杜里安姆以及其他监狱里流行的热病,每天都要夺去几百人的生命。其次,无论是看守还是尸体检验员,都毫不费力地被买通了。至于帮手阿提斯也满口答应下来了。纳查留斯还说:"我们在棺材上挖了一个小洞,好让病人能够呼吸。现在,唯一的危险就是当我们经过禁卫军的时候,她呻吟起来或者喊起来。不过她现在非常虚弱,整天都闭着眼睛。另外,格劳库斯还准备把我从城里买来的药调成安眠剂,让她喝下去。棺盖没有钉牢,很容易打开,你们把病人抬进轿里,我们就把你们事先准备好的长沙袋放进棺材里抬走。"

维尼兹尤斯听到这些话,脸色白得像夏布一样,即使如此,他还是那样全神贯注地听着,好像只要纳查留斯的嘴一动,他就能猜出他要说的话来。

"是不是还有别的尸体要从牢里抬出去呢?"彼特罗纽斯问。

"昨天夜里死了大约二十个人,今天天黑以前还要死十来个。"那少年答道,"我们必须和整个队伍一道出来,但是我们会想办法拖到最后面。在第一次转弯的时候,我的伙计故意绊倒,把脚摔跛,这样我们就会远远地落在别人的后面了。你们就在利比蒂娜小神殿那里等我们。希望上帝保佑今天晚上越黑越好。"

"上帝一定会这样做的!昨天晚上本来很晴朗,可是后来突然来了一场暴风雨。今天的天气虽然不错,可是一早起就非常闷热。最近这一段时期,几乎每天晚上都要刮风下雨。"尼格尔说。

"你们走路打不打火把呢?"维尼兹尤斯问。

"只有前头才打着火把。你们无论遇着什么事情,都必须在天黑以后到达利比蒂娜神殿,尽管我们一般都要到半夜才能把尸体抬运出来。"

这时他们都默不作声了,只能听到维尼兹尤斯的急促的呼吸声。

彼特罗纽斯把脸转向他那边,说道:"昨天我说过,最好我们两个都留在家里。可是现在我认为,我不能留在家里了……当然,要是逃走的话,那就非保持最高的警觉不可,可是,现在是把她当成死人抬出来的,任何人也不会产生怀疑的。"

"是的,是的!我也一定要到那里去。我要亲自把她抱出棺材!"维尼兹尤斯答道。

"只要她到了我在科里奥拉的家里,我就会尽心地照顾她。"尼格尔说。

谈话到此结束了。尼格尔回到旅店去和他的仆人住在一起。

纳查留斯在衬衣下面藏了一袋金子又到监狱里去了。这一天，对维尼兹尤斯说来，确实是充满不安、焦急、担忧和希望的一天。

彼特罗纽斯对他说："事情一定会成功，计划是经过周密安排的，比这个计划安排得更好是不可能的了。你应该装出很悲痛的样子，而且要穿上黑色的宽袍，还不能不去圆剧场。要让大家都能看见你……一切都安排得这样周密，绝不会不成功。可是，说真的！你的佃户真是那么绝对可靠吗？"

"他也是基督教徒！"维尼兹尤斯答道。

彼特罗纽斯诧异地望了他一眼，然后便耸了耸肩膀，自言自语地说："对波卢克斯起誓！这个宗教扩展得多快啊！怎么会这样得人心呢？……在这种威胁之下，人们会马上抛弃罗马、希腊和埃及的一切神明。这真是不可思议！……对波卢克斯起誓！……如果能使我相信世上还有某些事情是由我们的众神在起作用的话，我愿意给他们每一位神献上六头白牛，向卡彼托林的朱庇特神献上十二头白牛。而你对你的基督也不要吝惜你的供品。"

"我把我的整个灵魂都献给'他'！"维尼兹尤斯答道。

然后他们便分开了。彼特罗纽斯回到了自己的起居室。维尼兹尤斯出门去了，他要从远处看一看那座监狱，然后从那里去到梵蒂冈山的山坡上，走进使徒彼得曾经为他授洗的那个石匠的家里。他觉得基督在这座小屋里要比其他地方能更迅速地听到他的祈祷，于是他找到了这座房子，刚走进门便跪在地上，竭力用他那颗痛苦的灵魂祈求基督的慈悲，他那样专心地祈祷着，甚至连自己在什么地方，在做什么都忘记了。

直到过了中午，从尼禄竞技场那边传来的号角声才把他惊醒过来。他走出了那座小房子,神情迷离地环顾着四周,仿佛刚从睡梦中醒过来似的。外面天气炎热,四周异常寂静,不时被铜喇叭的声音所打破,时时能听到蚱蜢的吱吱叫声。空气燥热,城市上面的天空依然那样蔚蓝。只是在撒平宁山那一带有一大片很低的乌云,把地平线都给遮住了。

维尼兹尤斯回到了家里。彼特罗纽斯正在客厅里等着他。

"我刚才到巴拉丁宫去了。"他说,"我是故意去露露面的,我还玩了一会儿牌。今天晚上将在阿尼兹尤斯家举行宴会,我对他们说,我们一定去参加,不过要过了午夜才能去,因为在这之前我们要好好地睡一觉。我是必须去的,至于你呢,最好还是去一下。"

"尼格尔或纳查留斯那里有什么消息吗?"维尼兹尤斯问。

"没有。不到午夜我们是不会看到他们的。你注意到没有,好像要下大雨了?"

"是的。"

"明天是基督教徒受十字架刑的表演,也许大雨会使它延期的。"

他走到维尼兹尤斯的身边,用手按在他的肩上说:"不过你不会在十字架上,而会在科里奥拉看到她的。凭卡斯托尔起誓:她逃出来的那个时刻,就是用罗马的所有宝石来换,我也是不肯换的啊!现在快到黄昏了⋯⋯"

黄昏确实就要来临了,由于乌云笼罩着整个大地,暮霭也比平时来得更早,开始把整个城市盖住了。一到夜里,便下起了滂沱大雨,雨滴打在被白天阳光烤热的石板上,冒起一股蒸汽,使城市的街道上都弥漫着一层浓雾。后来便时而风静雨停,时而又狂风骤雨。

"我们快走吧,也许他们会因为暴风雨的关系,提早把尸体从监狱里运出来。"维尼兹尤斯终于说道。

"是走的时候了!"彼特罗纽斯答道。

他们穿上带有雨帽的高卢斗篷,从花园的后门来到大街上。彼特罗纽斯身上带有一把名叫"西卡"的罗马短刀,这是他夜间外出时总是带着的防身武器。

由于下着大雨,街上行人稀少。有时雷电划破夜空,把强烈的亮光照射在新建成的和正在建造的房屋的墙壁上,或者照在平铺在街道上的湿淋淋的石板上。走过了一段相当长的路程,他们终于在闪光中看见了利比蒂娜小神殿所在的那座小山丘,山丘下面有一群骡马。

"尼格尔!"维尼兹尤斯低声叫道。

"我在这里,老爷!"雨里有一个声音回答。

"一切都准备好了吗?"

"是的,亲爱的主人。天刚黑我们就到这里了。快到这屋檐下来躲躲雨,要不你们都会湿透的。多么大的暴风雨啊!我还以为要下冰雹呢!"

似乎要证实尼格尔的担心有道理,不久,果真下起了冰雹,开始是小冰雹,后来则越下越大,越下越密。气温立即降了下来。

他们站在屋檐下,躲避风雨和冰雹的袭击,压低声音说着话。尼格尔先开口说:"即使有人看见了我们,也不会引起怀疑,他们会认为我们是在这里躲避风雨的。我担心的倒是搬运尸体会不会延迟到明天。"

"冰雹是不会下很久的,即使要等到天明,我们也得等下去。"彼特罗纽斯说。

他们边等边听是否有脚步声传来。冰雹的确停下来了,可是接着又下起了倾盆大雨。大风阵阵地吹来,把臭坟坑那边马马虎虎掩埋得很浅的腐烂尸体的臭气刮了过来,叫人闻了实在恶心。

尼格尔突然说道:"透过雾气,我看见了灯光,一、二、三……是三个火把!"

然后他转身对着他的仆从说道:"当心一些,别让骡子叫起来!……"

"他们来了!"彼特罗纽斯说。

火光越来越清晰可辨了。过了一会儿,便能辨清随风飘动的火把的火苗了。

尼格尔画着十字,开始祈祷。

这时候,这支阴森的队伍愈来愈近了,最后在利比蒂娜神殿前停了下来。彼特罗纽斯、维尼兹尤斯和尼格尔一声不响地靠在墙上,因为不知道这些人为什么要停在这里。他们之所以要停在这里,是为了用纱布围住自己的脸和嘴,免得闻到那坟坑里令人倒胃的恶臭,这种臭气实在令人不堪忍受,随后他们又抬起棺材,继续往前走去。

只有一具棺材在神殿前面停了下来。

维尼兹尤斯立即向它跑了过去,彼特罗纽斯、尼格尔和两个不列颠奴隶也抬着轿子跟了过去。

可是,当他们还没有走近棺材的时候,就听到了纳查留斯充满悲痛的声音:"大人,莉吉亚和乌尔苏斯都被转到埃斯奎林监狱里去了……我们抬的是别人的尸体……他们在午夜之前就把她转走了!……"

彼特罗纽斯回到家里,脸色就像暴风雨一样阴沉,他甚至不想去安慰维尼兹尤斯了。他知道,要从埃斯奎林土牢里救出莉吉亚是连想也不用想的。他猜想到他们之所以要把她从杜里安姆监狱转到那边去,是为了不让她死于热病,为了不让她躲过在圆剧场中的表演,这就更加证明了她是受到特别的监视,也比其他的人防范得更严密。彼特罗纽斯深深地为莉吉亚和维尼兹尤斯感到悲痛,同时一想到这是他有生以来的第一次失败,也是他在斗争中第一次遭到别人的沉重打击,便感到心痛如绞。

"看来命运女神已经离开我了,"他心中思忖道,"可是,如果众神以为我会容忍他们的那种生活,那就大错特错了。"

他想到这里,便望了维尼兹尤斯一眼,维尼兹尤斯也睁大了眼睛望着他。

"你怎么啦?是不是发烧了?"彼特罗纽斯问。

维尼兹尤斯却像个生病的孩子那样,用一种奇怪的断断续续而又缓慢的声音答道:"我相信,天主会把她送还给我的。"

在城市的上空,暴风雨的最后一阵雷声恰好在这时停息了。

58

接连下了三天大雨,这在罗马的夏季是反常的现象。现在不仅白天和傍晚,甚至在夜里也噼噼啪啪地下起了违反常规的冰雹,所以才中断了表演。人民群众开始害怕了。他们预测葡萄将要歉收,特别是有一天下午,卡彼托林上面的刻瑞斯青铜像被雷电烧化了。当局立即下令让老百姓向朱庇特神殿献上供品。刻瑞斯的祭司们乘机散布流言说,神明之所以对罗马发怒,是因为对基督教徒的惩罚迟迟不予施行。于是群众便强烈要求,不管天气怎么坏,都要赶紧举行竞技大会。告示终于贴了出来,宣布三天之后,将继续举行早场竞技大会,因此全罗马又都沉浸在欢乐中了。

自此以后,又恢复了好天气。圆剧场从早到晚都挤满了成千上万的观众,皇帝也率领着维斯塔的女祭司们和宫廷侍从们早早地来到了剧场。今天的竞技表演是从基督教徒的相互角斗开始,人家给他们穿上了角斗士的服装,把他们分成敌对的两队,还把职业角斗士所使用的进攻和防守的武器都给了他们。然而当局的如意算盘打错了。基督教徒们纷纷把绳网、叉子、三叉戟、利剑扔在沙地上,并且互相拥抱,互相鼓励,要在苦刑和死亡的面前坚贞不屈。这时候观众大为不满,心里充满了怒气。有些人指责教徒们心灵丑恶,胆小怕死,有些人认为,他们故意不去角斗是由于他们仇恨人民,所以不愿让观众得到观看英勇搏斗时所产生的快乐。后来皇帝命令真正的角斗士出场,转瞬之间便把那些跪着的毫不反抗的基督教徒们全都杀死了。

尸体被搬出去以后,便不再举行角斗了,而是演出了一系列由皇帝设计出来的神话表演。观众首先看到的,是在俄特山上被大火活活烧死的赫拉克勒斯。维尼兹尤斯一想到扮演赫拉克勒斯的可能是乌尔苏斯时,便全身战栗起来。但是看来还没有轮到莉吉亚的那个忠实仆人出场,火堆上烧着的是一个维尼兹尤斯完全不认识的基督教徒。可是接到皇帝的命令不得不出席的基朗,在第二个场面的表演中,便看到了他认识的熟人。那是表演代达罗斯和伊卡洛斯之死[①]的场面。扮演代达罗斯的是厄乌里兹尤斯,就是最先把鱼的意思告诉给基朗的那个老人,扮演伊卡洛斯的则是老人的儿子克瓦尔杜斯。他们两个都被一种机械装置吊到了顶上,然后突然从高空中被扔了下来,克瓦尔杜斯落在御座附近,鲜血飞溅,不仅把御座外面的装潢弄脏了,甚至御座上铺的紫布都溅上了鲜血。基朗因为闭起了眼睛,没有看见人落地时的惨状,可是他听见了尸体落在地上时的响声,过了一会儿,等他睁开眼睛看时,一看到自己身边的鲜血,他又差一点儿昏厥过去。化装表演的场面又迅速改变了。观众们看到少女们在临死之前受到扮演野兽的角斗士们奸污的那种无耻场面时,便兴高采烈起来。人们

---

① 代达罗斯原是希腊神话中的能工巧匠,伊卡洛斯是他的儿子,他们曾制造一种飞行器,当他们乘飞行器离开克里特岛时,中途坠毁而死。

看到了喀耳刻和刻瑞斯的女祭司,看到了达纳依达们,看到了迪厄斯①和帕西法②,后来还看到了未成年的少女被野马分尸的惨景。观众对皇帝设计的层出不穷的新花样报以热烈的掌声,尼禄也因此而得意洋洋,他沉醉在掌声中,绿玉眼镜一刻也不离他的眼睛,仔细地观看那些白皙的肉体被铁器肢解和牺牲者在死前痉挛抽搐的惨状。接下去又开始表演这个城市的历史。在少女之后,观众看到莫兹尤斯·斯才沃拉③,他的一只手被绑在烧红了的三脚鼎上,使整个圆剧场里都充满了烧烤人肉的臭气。然而这个人和历史上的真正的斯才沃拉一样,一声不哼地站在那里,抬眼望天,用他那发紫的嘴唇念着祷词。他刚一断气,尸体就被拖到停尸场去了,接着便到了平常中午休息的时刻,皇帝率领着维斯塔女祭司们和廷臣们离开了圆剧场,来到一座专为午宴而架设起来的巨型的绯色帐篷里,皇帝在这里摆设下豪华的酒宴来招待他的客人。大部分观众也纷纷跟随着皇帝他们走出剧场,在绯色帐篷的周围站着一堆一堆的人群,他们舒展一下坐得太久而疲劳的身体,享受着皇帝恩赐给他们,由奴隶们大量分发下来的美味食品。还有一些好奇心特别强的人,离开了自己的座位,走到比赛场地上,用手指摸摸还沾着血水的沙土,以内行和热心者的口吻谈论着已经表演过的节目和还没有表演的节目。不久这些高谈阔论的人也离开

---

① 迪厄斯:忒拜的皇后,被野牛分尸。
② 帕西法:希腊神话中半牛半人怪物的母亲。
③ 莫兹尤斯·斯才沃拉:罗马传说中的英雄。当罗马和伊特鲁里亚作战时,斯才沃拉偷进敌营,想杀死敌军国王,失败被捕,被罚在火鼎上烧掉右手,但他毫无惧色,因此被释放。

了比赛场地，急急忙忙地赶去赴宴。比赛场上只剩下了几个人，他们留在那里不是由于好奇心，而是出于对即将出场的那些基督教徒的同情。

后来，他们也在人行道上或者下面的座位中间消失了。可是这时候，比赛场里开始平整场地，并且在里面刨坑。刨出的土坑一个挨着一个，一排又一排地从这头一直排到另一头，最后一排土坑离皇帝的宝座不过十几步远。剧场外面人声鼎沸，叫喊声、喝彩声此起彼伏，遥相呼应。可是在剧场里面却在加紧做着新的屠杀的准备工作。突然间，所有地道的门都被打开了，把一群群的基督教徒从各条通往比赛场的通道里驱赶出来，他们赤裸着身体，肩上背负着十字架，整个比赛场里都被他们挤满了。年老的人忍受着木头十字架的重压，都弯腰驼背地走在前面，他们两边是年富力强的男人，妇女们都披散着头发，尽量用头发来遮盖她们赤裸的身体，后面是少年和儿童。那些十字架和那些殉难者的头全都用花环装饰起来。剧场的监工用皮鞭抽赶着这些不幸的人，强迫他们把十字架放在已经刨好的坑旁边去，还让他们自己也排成一行行地站在那里。第一天没有被狼狗和猛兽吃掉的那些基督教徒们，今天就要死于这种酷刑了。这时候，黑人奴隶们一个个抓住他们，把他们仰面朝天地按放在十字架上，急急忙忙地把他们的双手钉在十字架的横梁上，这样，等到观众休息完了回到剧场时，便能看到那些整整齐齐竖立起来的十字架。整个剧场都响起了锤子的敲打声，它的回声在剧场里面萦绕，直达最高一排座位，还传到了剧场周围的空场上，钻进了皇帝宴请女祭司和亲随的帐篷之中。他们在里面喝着酒，拿基朗来取笑或者向维斯塔女祭司们的耳边说上几句打情骂俏的话。然而在比赛场里却在进行着紧张的工作。基督徒们的手脚都被钉上了钉子，铁锹不停地挥动着，把竖着十字架的土坑填平压紧。

在这批殉难者中间，现在要轮到克里斯普斯了。狮子来不及把他撕碎，于是就让他受十字架刑。他早就做好了死的准备，所以现在他想到他的时刻就要来到了很是高兴。今天看来完全像另外一个人，他那异常消瘦的身体赤裸着，只有他的胯下围着一条常春藤叶编成的带子，头上戴着玫瑰花环。他的一双眼睛依然闪烁着不屈的意志，从花环下面露出的脸孔，也依然那样严肃而虔诚。他的心情也毫无改变。上一次他在地牢里说过上帝愤怒的话，曾使那些穿着兽皮的教友们感到畏怯，今天他也一样，不但不去安慰他们，反而恫吓着他们。他说："你们应该感谢救世主，因为'他'让你们和'他'一样地死去。你们的罪孽可以因此而得到部分的赦免，但是你们应该牢记，正义一定会得到充分的实现，善人与恶人的报应绝不会是一样的。"

锤子的敲打声伴和着他的话，每逢要钉住殉难者的手足时，锤声便敲响起来。越来越多的十字架竖立在比赛场上。克里斯普斯转向那些还站在十字架旁边的教友，继续说道：

"我看见敞开着的天堂，我也看见张开大口的深渊……虽然我坚信上帝，我仇视罪恶，但我仍然不知道我的一生是否对得起我们的主，我并不怕死，但是我怕复活，我不怕苦刑，但害怕审判，因为上帝愤怒的日子来到了。"

然而这时，在靠近比赛场地的座位上，响起了一个平静而庄严的声音："不是愤怒的日子，而是慈悲的日子，拯救的日子，幸福的日子,我要告诉你们,基督会接待你们大家的,会安慰你们,并且会把你们安排在他右边的座位上的。你们要坚信不渝,天国在你们面前敞开了大门。"

一听见这话,所有的眼睛都转到了观众席上,甚至那些已经被钉上十字架的人,也都抬起了他们那痛苦得毫无血色的脸孔,向说话的人那边眺望着。

这时候,那个说话的人走到了比赛场栏杆上面,画着十字向他们祝福。

克里斯普斯向他伸出了一只手,好像要和他争论似的,可是当他认出了那人的面孔时,便把手垂了下来,然后便在他面前跪了下来,嘴里还轻轻地叫道:"使徒保罗!……"

比赛场上的监工都非常惊奇地看到,那些还没有钉上十字架的基督徒们,都一齐跪倒在地上。塔斯的保罗朝克里斯普斯说道:

"克里斯普斯,你不应该吓唬他们,他们今天要和你一起奔赴天堂。你认为他们会受到惩罚吗?可是谁会去惩罚他们呢?难道会是那个为了他们连自己儿子都献了出来的上帝吗?难道会是基督吗?他正是为了拯救他们才去死的,现在当他们为了他的荣名而死的时候,喜爱他们的基督难道会去惩罚他们吗?谁会控告上帝的选民呢?谁会说他们的血是'可诅咒的血'呢?"

"老师啊!我是憎恨罪恶的!"这个年老的长老答道。

"基督教导我们热爱人要胜过憎恨罪恶,因为基督的教义是爱而不是恨。"

"我在临终的时刻又犯下了罪过!"克里斯普斯说道。

他开始捶打起自己的胸膛来。

这时候,一个管理观众席位的官吏走到使徒身旁,问道:"你是什么人,为什么要和犯人说话?"

"我是罗马的公民。"保罗泰然自若地回答。

然后,他又转身向着克里斯普斯那边说道:"要坚信,今天是恩惠的日子,愿你安安静静地去死,上帝的仆人!"

就在这时候,两个黑奴向克里斯普斯走去,要把他钉在十字架上,于是他再一次环视一下四周,高声说道:"我的弟兄们,请为我祈祷吧!"

他的脸上再也没有平常的那种严厉表情了,他那像石头般的情态也变得平静而又甜蜜。他自己伸开双手背靠在十字架上,为了使别人工作方便,他仰面朝天,热诚地祈祷着。他好像失去了任何感觉似的,因为钉子钉着他的双手时,他的身体连动都没有动一下,脸上也没有出现痛苦的皱纹,钉他的双脚时,他在祈祷,当他们把十字架竖起来,并且踩紧坑里的泥土时,他依然在祈祷。直到观众们说笑着,叫喊着,把剧场塞得满满的,他才皱了皱眉头,仿佛是因为这些异教的观众扰乱了他那甜蜜死亡的安宁和平静,才对他们发火的。

等到所有的十字架都竖立起来后,整个比赛场上就成了一座树上挂满人体的丛林。阳光照射在十字架的横木上,照射在受难者的头上,而把浓黑的阴影投射在场地上,组成了和格子窗相似的图形,黄色的沙土在阴影中闪闪发亮。观看这些人在痛苦中慢慢死去的情景,给了观众莫大的乐趣。可是他们从来也没有看见过这样密密麻麻的十字架。场上的十字架被排列得那样严实,甚至连奴仆们要从他们中间穿过去都非常困难。靠近观众席位的一层,大部分是挂着女人的十字架,克里斯普斯因为是首领,便被悬挂在下面包着金银花的大十字架上,笔直地竖在皇帝的宝座前面。在这些殉难者当中,还没有一个人断气,只有最早被钉上十字架的那些人昏了过去。没有一个人呻吟,也没有一个人乞求怜悯。有的殉难者挂在那里,头斜靠在肩膀上或者耷拉到胸前,像是睡着了似的,有些教徒像是在沉思,有些仰望着上天,嘴里还默默地祈祷着。在这座十字架的可怕的密林中,在那些被钉住的人体上以及在殉难者的沉默中间,都有一种凶险的气氛。那些在午宴上吃得酒足饭饱、兴致勃勃的观众回到了剧场里面,一看到这种情景也都默不作声了,就连该看哪个殉难者、该说什么话都不知道了,甚至连钉在十字架上的女人的裸体也不能刺激他们的感官了。他们通常对于谁死得快总要互相打赌,这种打赌当罪犯比较少时是经常进行的,这次他们也不再打赌了。就连皇帝本人也感到乏味,他把头转了过去,漫不经心地整理着他的那串挂链,脸上现出无精打采的神情。

这时候,和皇帝面对面的克里斯普斯,刚才还是闭着眼睛,像一个昏迷不醒或者就要断气的人,现在却睁开了双眼,直直地盯住了皇帝。

他的脸上又现出了那种严厉的表情,眼里也射出一种像火焰似的目光,使得廷臣们都用手指点着他,喊喊喳喳地议论着。最后连皇帝都注意起他来了,他把绿玉镜片慢慢地拿近他的眼睛。

于是出现了异乎寻常的沉默。观众的眼睛都集中在克里斯普斯身上,他用力地想把右手从十字架上拉下来。

过了一会儿,他的胸脯鼓了起来,两排肋骨挺露出来,他大声叫道:"杀母的凶手,你灾难临头了!"

廷臣们听到了这句致命的辱骂的话,而且是当着成千上万群众的面痛骂这个统治世界的君主,他们吓得连气都透不过来了。基朗也吓傻了。皇帝全身发抖,绿玉镜片从他的手里掉了下来。

观众们都屏住了呼吸。克里斯普斯的声音越来越激昂地在圆剧场里回荡着。

"你就要遭报应了,你这个残杀妻子和兄弟的凶手!你就要灾难临头了,你这个反基督的暴徒!地狱将要在你的脚下裂开大口,死神已经向你伸出了手,坟墓正等待着你。你就要遭报应了,你这具活僵尸!你将在恐怖中死去,你要受到世世代代的诅咒!……"

他没法从横梁上挣脱他的手,便拼命地扭动身子,这使得他的身体显得可怕,像一具活骷髅,他冲着尼禄的御座,摇动着他的白胡须,随着他脑袋的晃动,戴在他头上的玫瑰花瓣纷纷飘了下来。

"你要遭到报应了,杀人凶手!你罪大恶极,你的死期快到了!……"

说完之后,他又挣扎了一下,在那一刹那,似乎他的手已经挣脱了十字架,挥舞着向尼禄表示威胁,可是突然间,他那瘦削的肩膀倾斜下去,显得更长了,他的身体也直往下坠,他的脑袋低垂到胸前。他死了。

在这个十字架的树林里,那些身体最弱的人,开始沉入了永恒的睡眠。

59

"陛下！"基朗说，"现在海洋犹如橄榄油那样平滑，波浪也好像在沉睡似的……让我们到亚该亚去吧！那里等待着陛下的是阿波罗的荣誉，是胜利，是桂冠，那里的群众将像尊敬神明一样尊敬陛下，众神也会把陛下当作同辈和贵宾来接待，可是在这里，陛下……"

他说不下去了，他的下嘴唇哆嗦得那么厉害，以至于他的话变成了一种叫人听不懂的响声。

"等表演一完我们就去好了。"尼禄答道，"我知道，现在还有一些人在说基督教徒是'无罪的人'，如果我现在就离开，大家更会议论纷纷了。你怕什么呢，你这个烂蘑菇？"

尼禄紧锁眉头，用怀疑的眼光望着基朗，似乎在等待他的解释，因为他自己的冷淡姿态也是装出来的。在最后一次表演中，他也被克里斯普斯的话吓住了，他回到皇宫以后，心里的怒气和耻辱感，甚至还有恐怖，使得他无法入睡。这时，那个非常迷信的维斯提鲁斯，在这以前一直闷声不响地听着他们谈话，现在向四周望了一眼，用神秘的口气说道："陛下，请听我老朽进一言，这些基督教徒真是令人奇怪，他们的神让他们死得很轻松，可他一定是报复心很重的吧!"

听了这话,尼禄立即答道:"我并不主张举行这场竞技大会,是提格里努斯干的!"

提格里努斯一听见皇帝的话,就说:"是的,是我!我敢于蔑视一切基督教的神。陛下,维斯提鲁斯这家伙只不过是一只装满了迷信的膀胱,还有这个勇敢的希腊人,他就是看见一个发怒的母鸡在保护自己的雏鸡,也会吓得死去活来。"

"好吧!"尼禄说,"不过你以后一定要下令割掉基督教徒的舌头,或者塞住他们的嘴巴。"

"还是用火去塞住他们的嘴巴吧,陛下!"

"我要倒霉了!"基朗呻吟道。

然而,从提格里努斯那种妄自尊大的自信心那里受到鼓舞的皇帝,却大笑起来,用手指着这个希腊老头儿说:"你们看看,阿喀琉斯的这个后代成了什么模样!"

的确,基朗的样子实在可怕。残留在他头顶上的一小撮头发已经全白了,他脸上显出极端恐怖、不安和痛苦的表情。他常常目瞪口呆,一副糊里糊涂的样子。别人问他问题,他总是闭口不答。有时他又怒气冲冲,显得目中无人,以致廷臣们都不愿意理睬他。

现在,他正好又是这个样子了。

"你们爱怎样对待我都可以,可是我再也不参加这样的竞技大会了!"他一边拍着手,一边绝望地叫道。

尼禄注视了他一会儿,转身对提格里努斯说:"你记住,我们去花园的时候,你一定要让这位禁欲主义者跟随在我的后边。我想看看我们的火把会留给他什么样的印象。"

基朗被皇帝的威胁口气吓坏了。

"陛下,我到了晚上就什么也看不见,就是让我去了,我也没法看见什么东西。"他说。

皇帝发出可怕的笑声,答道:"晚上将和白天一样明亮!"

然后他转过身去,和别的廷臣们谈起了在竞技大会结束时打算举行的战车比赛。

彼特罗纽斯向基朗走去,碰了一下他的胳膊,说:"我不是对你说过吗?你是没法坚持下去的。"

但他回答说:"我想喝个大醉……"

于是他伸出发抖的手去拿酒杯,可是他怎么也没法把杯子举到嘴唇边,维斯提鲁斯看到这种情形,便把他的酒杯夺了过来,走到他跟前,脸上露出好奇和惊讶的神色问道:"难道是复仇女神在追逐你吗?喂,你怎么啦?……"

基朗张大了嘴,呆呆地望了他一会儿,好像不明白他在说什么,后来又眨巴了几下眼睛。

维斯提鲁斯接着问他:"是复仇女神在追逐你吗?"

"不是,可是我面前是茫茫黑夜!"基朗答道。

"什么,黑夜?……愿神明保佑你吧,你说的是什么黑夜呀?"

"可怕的黑夜,无边无际的黑夜,可是在黑夜里好像有什么东西在移动,在向我走近。但是我不知道那是什么,我只觉得心惊肉跳……"

"我从来就相信有巫婆的。你梦见过什么没有?"

"没有,因为我睡不着。我没有想到他们会受到这样的刑罚。"

"你是在可怜他们吗?"

"为什么你们要让人流那么多的血?你听到了那个人在十字架上说的话吗?我们肯定要遭难了!"

"我听见了。"维斯提鲁斯低声回答,"可是,他们都是纵火犯呀!"

"这是瞎说!"

"他们是人类的仇敌。"

"这是瞎说!"

"他们在水里放毒。"

"这也是瞎说!"

"他们是残杀儿童的凶手。"

"这是瞎说!"

"怎么啦?"维斯提鲁斯吃惊地问,"你自己不是这样说过的吗?就是你亲手把他们交到提格里努斯的手里的!"

"所以我才被黑暗包围了,死神正向我走近……有时我觉得我已经死了,你们全体也都死光了。"

"不!死的是他们,我们可还活着。不过,你告诉我,他们在死的时候看见了什么呢?"

"基督……"

"这是他们的神吗?他是不是一个强大富有的神呢?"

可是基朗并没有回答,反而问道:"花园里要点起什么样的火炬?皇帝说的那些话,你都听见了没有?"

"我听见了,也早就明白它的意思。那是'异端嫌疑犯'和'火刑柱'……就是给犯人穿上涂满了松脂的痛苦的衬衣,然后绑在柱子上,再点火去烧……但愿他们的神不要给罗马降下什么灾难来……'火刑柱'!这是一种惨绝人寰的刑罚啊!"

"我倒愿意这样,因为那就不会看到流血了。请你叫一个奴隶给我端着杯子把它送到我的嘴边上,我想喝杯酒,但因为年老了,手发抖,酒老是洒出来……"

这期间,别的人也都在议论基督教徒。年老的多米兹尤斯·阿弗尔正在咒骂他们。

"像他们这样多的人,甚至可能发起一场内战。"他说,"你们还记得吧,大家都曾经担心他们会起来自卫。可是那些家伙却像山羊一样地死掉了。"

"就让他们试试别的方法好了!"提格里努斯说。

彼特罗纽斯听到他们的谈话,就回答说:"你们都搞错了,他们是在进行自卫的!"

"用什么方法呢?"

"用忍耐!"

"这倒是种新办法!"

"那当然是。你们能说他们的死是和普通犯人一样的吗?不!他们的死倒像是在宣告:判处他们死刑的那些人,也就是我们和罗马的全体民众,才是真正的罪犯啊!"

"真是胡说八道!"提格里努斯叫道。

"蠢货中的大蠢货!"彼特罗纽斯答道。

然而其他的人都认为他的评语击中了要害,开始惊奇地你望着我,我望着你,不停地说道:"真的,他们的死确实与众不同,显得很特别。"

"我告诉你们,他们看见了自己的神!"维斯提鲁斯在一边喊道。

这时候,好几个廷臣转脸朝着基朗问道:

"唉,老家伙,你对他们知道得最清楚,快告诉我们,他们看到了什么?"

那希腊人喷了一口酒,溅在自己的衬衣上,答道:"复活……"

他说完之后,全身哆嗦着就像筛糠似的,坐在他旁边的廷臣们都禁不住大笑起来。

60

最近几天,维尼兹尤斯都不在家里过夜。彼特罗纽斯估计,他为了把莉吉亚从埃斯奎林监狱里救出来,一定在从事新的计划。因此,他什么也没有问维尼兹尤斯,以免给他的工作带来妨害。这个衣着华丽的怀疑论者在一定程度上也成了一个迷信的人。自从上次没有从马梅丁监狱救出莉吉亚以来,他就不再相信自己的吉星了。

就是现在,他对维尼兹尤斯所做的一切努力,也并没有抱多大的希望。为了防止大火蔓延,当时曾推倒了一片房屋,后来就用这些房屋的地下室匆忙改建成了埃斯奎林监狱。它的确不像卡彼托林旁边那座老监狱那么阴森可怕,然而守卫却比那里严密一百倍。彼特罗纽斯很清楚地知道,他们把莉吉亚转移到那里去,是为了不让她害热病死掉,也就是说,为了让她能在圆剧场里露面。他也很容易地猜想到,正是由于这个原因,她一定会受到特别严密的监视,就像一个人看护自己的眼珠一样。

"很显然,"他对自己说,"皇帝和提格里努斯一定想让她在一个特别可怕的节目中出场。也许维尼兹尤斯还来不及把她救出来,自己就会先死掉。"

维尼兹尤斯也已经失去了救出莉吉亚的希望。现在唯一能够救她的就是基督了。这位年轻的军团长目前努力争取的仅仅是到狱中和她见上一面而已。

一个时期以来,只要他一想到纳查留斯作为一个搬运尸体的雇工能够出入马梅丁监狱,便辗转不安,心绪不宁,后来他决定也去试试这条门路。

坟坑的监工得到大量贿赂后,便把他安置在自己的奴仆中间,每天晚上都派他到狱中去搬运尸体。维尼兹尤斯被人认出的危险性确实是非常小的。暗黑的夜晚,又穿着奴隶的衣服,再加上监狱的灯光昏暗模糊,都对他起了掩护作用。另外,谁会想到,一个出身名门望族而且又是两代执政官的子孙,会混迹于低贱的杂役中间,宁愿去闻监狱和坟坑里的臭气,宁愿去干只有奴隶或是饥寒交迫、走投无路的穷人才不得不干的活儿呢。

到了他期待已久的那天晚上,他高高兴兴地扎好了腰带,用涂着松节油的布巾包着头,心情非常激动地和别的一些人混杂在一起,向埃斯奎林监狱走去。

当百夫长在提灯的亮光下检验了他们随身带着的搬运尸体的牌照后,守卫的禁卫军便毫无阻拦地放行了。没过一分钟,那座大铁门打开了,他们便走了进去。

维尼兹尤斯看见前面是一间较大的拱形地下室,这间地下室又通向许多别的地下室。暗淡的油灯照着挤满了人的地下室内部。一部分躺在墙边沉睡着,或者已经死了。另外一些人正围着放在地下室正中的一个盛着水的水缸,像热病患者那样大口大口地喝着水。还有的人坐在地上,胳膊肘支撑在膝盖上,用手抱着头,到处都有一些孩子偎依在母亲身边熟睡着,四周都能听到病人的呻吟和急促的喘气声,还能听到哭泣声和低低的祈祷声,轻轻哼唱的赞美歌声,以及看守的咒骂声。地下室充满了人群和死尸的臭气。在幽暗的角落里,漆黑的人影在簇动,靠近灯光的地方,可以看到一副副苍白的脸孔,显出惊恐、憔悴而饥饿的神色,有的人眼神无光,有的人因为发烧而两眼冒火,嘴唇发青,额头上渗出大粒大粒的汗珠,头发虬结在一起。每个角落里都有病人发出绝望的哀鸣,有人要喝水,有人要求早点把他处死。比起老监狱来,这里的情形并不那样可怕。即使这样,维尼兹尤斯一见到这种情景,双脚便发起抖来,气也喘不过来了。一想到莉吉亚正处在这种凄惨悲苦的境地中,他的头发都直竖起来,他紧压着胸口才没有发出绝望的喊叫。圆剧场、野兽的利爪、十字架,所有这一切都要比这些充满尸体臭气的地下室更好一些。在这里的每个角落里都能听到再三哀求的呼号声:"放我们出去死吧!"

维尼兹尤斯的手指甲深深地掐进自己的掌心,因为他感到自己马上要倒下去了,神志也有些不清楚了。他所经历的一切,他的全部爱情和痛苦现在都化作对死亡的一腔渴望。

这时候,他身边响起了坟坑监工的声音:"今天有多少具死尸?"

"大约有一打吧。"典狱长回答说,"不过,到明天早晨可能更多,已经有好几个正躺在墙边等着断气哩!"

接着他又抱怨起那些女人来,她们往往把已经死去的孩子藏起来,以便把他们留在自己身边更久一些,直到不得不送到坟坑去为止。这就非得凭嗅觉去发现尸体不可啦。本来空气已经够恶浊的了，如今就更加臭气熏天。他说："我情愿到乡村苦役营里当一名奴隶，也不愿在这里看守这些生前就发臭的狗杂种。"坟坑的监工安慰他说，他的工作也并不比他轻松。这时候，维尼兹尤斯又恢复了对现实的感觉，便开始在地牢里寻找起来，然而要在这间地牢里找到莉吉亚完全是徒劳的，他甚至认为自己再也看不到活着的莉吉亚了。地下室有好几十间，由新挖出的通道把它们联结在一起，只有搬运尸体的人才能出入那些有死尸可以搬走的地方。维尼兹尤斯非常担心，他费尽心机所做的这些努力，也许一点用处也没有。

幸亏他的雇主给了他很大的帮助。他说："需要立即把尸体搬运出去，因为尸体最容易传播瘟疫。否则，你们会和犯人一样生病死去的。"

"在这座地牢里，总共只有我们十个看守，而且我们也需要睡觉和休息啊！"看守答道。

"我可以把我手下的人留给你四个，让他们夜里去巡视各个地下室，看看有没有刚死的人。"

"你要是肯这样做，明天我一定请你喝一杯。不过每具尸体都得经过检验，已经来了命令，要在死人的脖子上穿刺一下，然后才能把他们运到坟坑去。"

"好的，好的，我们的酒喝定了！"坟坑的监工答道。

然后他便指定了四个人，其中就有维尼兹尤斯，监工带着其余的人把尸体装进了棺材。

维尼兹尤斯这才透了一口气。现在他相信一定能找到莉吉亚了。

659

首先,他仔细检查了第一间地下室,甚至连油灯都照不见的角落,他也细心地察看过。他一一检查了那些靠在墙上睡着了的人,就连单独放在角落里的重病人他也看过了,但是这里却找不到莉吉亚。在第二间、第三间地牢里,他的寻找也同样毫无结果。

这时候,时间已经不早了,尸体都快抬完了。那些看守也在联结各个地下室的走廊上睡着了,哭得精疲力竭的孩子们也都不再作声了。整座地牢里,除了病人痛苦的喘气和有些地方的低声祷告外,再没有别的声响了。

维尼兹尤斯拿着油灯来到第四间地下室。这间地下室非常小,他举起油灯四下察看着。

猛然间,他全身战栗起来,因为他在格子窗下面好像看见了乌尔苏斯那魁梧的身体躺在墙边。

他立刻吹灭了油灯,向那个人走去,问道:"乌尔苏斯,是你在这儿吗?"

这个巨人转过头来问:"你是谁?"

"你不认识我了吗?"年轻人反问道。

"你把油灯吹灭了,我怎么能认出你来呢?"

可是这时候,维尼兹尤斯看见了莉吉亚,她躺在墙边铺着的一件大衣上,于是他什么话也不再说了,立即跪在她的身旁。

乌尔苏斯认出了他,说:"赞美基督!可是你不要惊醒她,大人!"

维尼兹尤斯跪在那里,两眼含着热泪望着她。虽然这里很昏暗,但他却能分辨出她那像石膏一样苍白的面容,还有她那双瘦得皮包骨头的手臂。一看到这种情景,他的心中就涌起一种类似撕心裂肺般痛苦的爱情，一直震撼到他的灵魂深处，而且在这种爱情中又充满着怜悯、尊敬和崇拜。他趴在地上，嘴唇紧紧吻着大衣的一角，因为躺在大衣上面的是他在这个世界上最最宝贵的人。

乌尔苏斯一声不响，久久地望着他。后来他拉了一下他的衬衣，问道："大人，你是怎么进来的，你是不是来救她出去的？"

维尼兹尤斯站了起来，有一会儿工夫，还在努力压制着自己的激动心情。

"你有什么好办法吗？"维尼兹尤斯说。

"我原来以为你已经想出好办法来啦，大人。不过我脑子里想的是……"

乌尔苏斯抬眼望了望格子窗，接着他好像自问自答地说道："就这样干吧！……可是那里有士兵把守……"

"有一百个禁卫军！"维尼兹尤斯说。

"那样的话，我们就出不去了！"

"是出不去的！"

这个莉吉亚人用手擦了擦额角，又问："你是怎么进来的？"

"我从臭坟坑的监工那里得到了出入证……"

他突然停住了话头，好像他的头脑里又想出了一个新办法。

"以救世主的苦难起誓！"他用急促的口气说，"我留在这里，让她拿上我的出入证，用头巾包住头，肩上披着外衣，就这样出去好啦。在这些搬运尸体的奴隶中间还有几个少年，因此禁卫军不会认出她来的。只要她到了彼特罗纽斯的家里，她就得救了。"

乌尔苏斯把头低垂在胸前，答道："她是不会同意的，因为她爱你。再说她还害着病,连站都站不起来!"

过了一会儿,他接着说:"大人,如果你和高贵的彼特罗纽斯都无法从监狱里把她救出去,别的人又怎能救她呢?"

"那只有基督了!……"

他们两个人都不再作声了。乌尔苏斯在他单纯的心里暗自思忖道:"基督是能把所有的基督教徒都救出去的。既然他没有这样做,那么很显然,苦难和死亡的时刻已经到来了。"他自己是听天由命的,可是在他的心灵深处却为莉吉亚感到悲伤和惋惜,因为她是他抱着长大的,他爱她胜过自己的生命。

维尼兹尤斯又跪在莉吉亚的身边,月光通过格子窗照进地下室来,比那盏挂在门上的油灯还要明亮。

这时莉吉亚睁开了眼睛,把她烧得发烫的双手放进维尼兹尤斯的手里,说:"我看见你了——我知道你会来的。"

他立刻握住她的双手,把它们紧紧按在自己的额头和胸口上,随后他又轻轻地把莉吉亚的身子扶了起来,抱在自己怀里。

"我来了,亲爱的,"他说,"愿基督保佑你,救出你。啊,我最亲爱的莉吉亚!"

他再也说不下去了,他的心由于痛苦和爱情而在他的胸膛里阵阵作痛,但是他不想在她面前露出自己的痛苦。

"我病了,马尔库斯,无论是在竞技场里,还是在这座监狱里,我是必死无疑的……可是我一直在祈祷,希望在死以前能看到你,现在你真的来了,一定是基督听到了我的祈祷!"

这时候他还是说不出一句话来,只把她紧紧地抱在自己的胸前。她继续说道:"我从老监狱的窗口看到过你,我知道你是想进来的。现在救世主又给了我一时的清醒,好让我们能互相告别。我就要到救世主那里去了,马尔库斯,但是我爱你,而且永远地爱你。"

维尼兹尤斯努力控制着自己,把痛苦压了下去,竭力用一种平静的口气说道:"不,亲爱的。你不会死。使徒告诉我,要我坚定信心,还答应为你祈祷,他认识基督,基督也喜欢他,任何要求都不会拒绝他的……如果你会死掉,彼得就不会要我坚定信心了。既然他对我说过'要相信',那你就不会死的,莉吉亚!基督会可怜我的……他不会让你死掉,他不许你死……我以救世主的名义向你发誓,彼得一定在为你祈祷!"

又出现了沉默。门上挂着的那盏孤灯熄灭了,但月光却从整个窗口照射进来。在地下室对面的角落里,一个孩子哭了一阵之后又静了下来。只能听到外面禁卫军的说话声,他们在值完班之后,正在玩一种叫"十二点"的牌。

"啊,马尔库斯!基督自己也曾哀求过天父,'请把我这杯苦酒拿开',可是他仍旧把它喝了下去。基督自己就死在十字架上。现在成千上万的人正在为'他'而死,为什么我一个人会得到他的格外恩惠呢?我又算得上什么呢,马尔库斯?我听彼得说过,他也要痛苦地死去的,我和他比起来又算得上什么呢?禁卫军来抓我们的时候,我是害怕死的,也害怕受苦受难,可是现在我不再害怕了。你看这些牢房多么阴森可怕,不过我现在就要到天堂去了。你只要想一想,这里是皇帝,那里是善良而又慈悲的救世主。那不是死。你是爱我的,你只要想一想,我是多么幸福啊!啊,亲爱的维尼兹尤斯,你想一想,你也会到天堂里来找我的呀!"

她说到这里就停住了,以便让她那颗病痛的心能喘一口气。然后她把他的一只手举到自己的嘴唇上,说:"马尔库斯!"

"什么,亲爱的?"

"你不要为我哭泣,你要记住,你要到天国里来找我。我不会活多久了,可是上帝却把你的灵魂给了我。所以我要告诉基督,虽然我死了,虽然你看见我死,你觉得痛苦,可是你对主没有怨言,你要永远热爱'他'。你一定会爱'他'而坚强地忍受我的死亡吧?……到时候,'他'会把我们两个人再结合在一起的。我爱你并且盼望和你永远在一起……"

说到这里,她接不上气了,只好用勉强听得见的声音把话说完:"你答应我这样做,维尼兹尤斯!"

维尼兹尤斯用颤抖的双手抱住莉吉亚说:"我凭你那神圣的头起誓!我答应你!"

这时候,在那阴郁的月光中,她的脸孔显得更加神采焕发。她再一次把他的手举到自己的嘴唇上,轻轻地说:"我是你的妻子!……"

墙外在赌"十二点"的禁卫军们争吵得更凶了,但是他们两个人却忘记了监狱,忘记了看守,忘记了鳖个世界,只觉得他们彼此的内心里都有那天使般的灵魂,于是他们开始祈祷了。

61

一连三天,确切地说,是一连三夜,没有任何事来扰乱他们的宁静。监狱的日常工作就是把死人和活人分开,把重病的人和健康的人分开,每当工作做完,疲困得要命的看守们都在过道上躺下睡着了,这时候,维尼兹尤斯便来到莉吉亚的地牢里,一直在那里待到曙光照进窗内为止。莉吉亚把头偎依在维尼兹尤斯胸前,他们低声絮语,谈着他们的爱情和死亡。他们的念头和话题,他们的企求和愿望,都不知不觉地越来越远地离开了尘世,失去了对现实的感觉。他们仿佛在一艘轮船上,轮船已经离开了大陆,再也看不见海岸,渐渐驶入了无限之中。两个人逐渐变成了阴沉的圣灵,彼此相爱而又一同热爱着基督,准备飞往天国。在维尼兹尤斯的心中,只是偶尔涌起像暴风雨那样的阵阵痛苦。有时候,由于爱情和对被钉死在十字架上的上帝的信仰而产生出来的希望,也像闪电般地在他心头掠过,可是他一天比一天更脱离尘世而献身于死亡。每天早晨,当他从监狱里出来以后,他望着这个世界,这座城市,看着自己的熟人或者日常的生活现象,都有一种梦幻般的感觉。他觉得这一切都是那样陌生,那样遥远,那样空虚而又转瞬即逝,甚至连酷刑的威胁都不能使他害怕了,因为他觉得,只要眼睛注视着别的东西,聚精会神地想着别的事情,这样的苦刑便会轻易地熬过去的。他们双双都觉得自己已置身于永恒之中。他们谈论着爱情,谈论着他们将来如何相爱和生活在一起,当然这是在坟墓的那一边。如果有时他们的思想也转到现世上来,那也和那些正要出去作长途旅行的人一样,谈论的尽是出发前的准备。他们周围是那样寂静,他们就像沙漠中两根被人遗忘的圆柱那样,被深邃的寂静包围。他们一心一意只希望基督不再把他们分开,这种信心每时每刻都在他们心中增长,于是他们热爱基督,就像热爱把他们联结在一起的一根链条,就像热爱无限的幸福和无限的寂静一样。尽管他们还活在世上,但他们的身体却不再沾染人世间的尘埃。他们的灵魂有如泪珠那样晶莹纯洁。他们虽然受到死亡的威胁,被贫穷和痛苦所折磨,处在阴暗潮湿的囹圄之中,他们却觉得像在天堂一样,因为莉吉亚像是得到了超脱,成了圣徒,正握着他的一只手,要把他引导到永恒的生命源泉去。

彼特罗纽斯看到维尼兹尤斯的脸上有一种他以前没有看见过的奇异的光辉和日益明显的泰然神情,不免吃了一惊。有时他甚至认为维尼兹尤斯已经找到了一条搭救的办法,却故意瞒着他,这使他感到不快。

后来,他实在忍不住了,便问维尼兹尤斯:"现在你完全变成了另外一个人,你不要再向我保密了,因为我想帮助你,而且也能够帮助你,你已经有了新的安排了吗?"

"安排是有的,可是你却不能帮助我了。等到她一死,我就要公开宣布我是基督教徒,然后就追随她而去。"维尼兹尤斯答道。

"那么你没有别的希望了?"

"当然有。基督会把她送给我的,我将和她在一起,永不分离。"

彼特罗纽斯脸上显出失望而焦躁的神情,在大厅里踱来踱去,后来他说:"要做到这点用不着你们的基督,我们的死神也同样能做到。"

维尼兹尤斯忧郁地笑了一下说:"不,亲爱的舅舅,你是不愿意了解这种事的。"

"我不愿意也不能够。"彼特罗纽斯答道,"现在不是争论的时候,可是你记得不记得我们从老监狱里救她失败之后你对我说过的话?我那时候失去了一切希望,当我们回到家里时,你曾说过:'我相信基督会把她送回给我的。'就让他把莉吉亚送回给你吧!如果我把一只价值连城的杯子丢进海里,无论哪一个罗马的神明也不会把它捡来送回我的,如果你们的神也不比他们更高明,我就不理解我为什么应该崇拜他,比对古老的罗马众神更崇敬呢?"

"基督一定会把她送回给我的!"维尼兹尤斯答道。

彼特罗纽斯耸了耸肩膀,然后问道:"你知道不知道,明天要在御花园里拿基督教徒们当灯点?"

"明天?"维尼兹尤斯重复了一句。

面对着即将来临的残酷现实,他的那颗心又在痛苦和恐怖中战栗着。他想,今天也许是他和莉吉亚相处的最后一夜了,于是他急忙告别了彼特罗纽斯,匆匆来到搬运尸体的监工那里去取他的出入证。

然而那里等待他的却是失望,因为监工不肯给他出入证了。

"大人，请你原谅。"他说，"我过去为你尽了我的一切努力，可是我也不能不顾我的性命。今天晚上要把基督教徒都带到御花园里去。监狱里将有不少的士兵和官员，要是他们认出了你，那我和我的孩子都要完蛋了。"

维尼兹尤斯知道，就是和他争吵一番也是无济于事的。可是他还抱着另一线希望，认为只要是他从前认识的那些士兵，即使没有出入证，也会放他进去的。于是等到天一黑，他就像往常那样，穿起了搬运工的衣服，头上裹着头巾，匆匆地向监狱大门走去。

可是这天晚上，对出入证的检查比平时更加严格。尤其糟糕的是，百夫长斯采维鲁斯是个不讲情面的士官，他从灵魂到肉体都是忠于皇上的，他一下子便认出了维尼兹尤斯。

不过在他那被甲胄遮盖起来的心胸中也蕴藏着一些对人类不幸的同情火星，因此他不仅没有用长枪敲打盾牌来报警，反而把维尼兹尤斯带到一旁，对他说："大人，快回家去吧。我认识你，我绝不会声张出去，因为我不希望你死。但我不能放你进去，你还是回去吧，众神会安慰你的。"

"你不能放我进去，就让我留在这里看看那些被带出去的人。"维尼兹尤斯说。

"我接到的命令并没有禁止这一点！"斯采维鲁斯答道。

维尼兹尤斯便站在监狱的大门前，等着他们把囚徒们带出来。好不容易等到午夜，监狱的大门哗啦一声打开了，出现了一大队囚徒，男女老幼都有。他们由一队武装的禁卫军押送着。这是一个明月高照、洁白如洗的夜晚，因此，不仅能看出这些不幸者的身材，连他们的脸孔也能分辨得清清楚楚。他们排成两列长长的阴郁的纵队，在寂静中行进。只有禁卫军的武器叮当声才划破黑夜的宁静。带出来的囚徒是那么多，仿佛所有的地牢都走空了似的。

在队伍的后面，维尼兹尤斯清楚地看见了格劳库斯医生，可是在那些即将被处死的人中间，既没有莉吉亚，也没有乌尔苏斯。

62

夜幕还没有落下,第一股人流便开始向御花园涌去。群众穿着节日的华丽服装,头上戴着花环,个个兴高采烈,一路上歌声不断,其中一部分人还喝得醉醺醺的,他们是来观看这次新的壮观表演的。"火刑柱!""异端邪教徒!"叫喊声响彻特克达街、艾米留斯大桥、提伯河对岸、凯旋大道、尼禄竞技场的四周,甚至传到了梵蒂冈山上。在罗马,人们早就看见过有人被烧死在柱子上,但是谁也没有看见过一次烧死这样多的囚徒。尼禄和提格里努斯为了早日结束基督教徒的事情,同时也为了遏止那从监狱里不断蔓延到全城的瘟疫,便下令把所有的监狱一扫而光,只剩下几十个基督教徒准备留到末一场用。所以当群众走进御花园的大门之后,都被里面的情景吓得目瞪口呆,谁也说不出话来了。茂密的树木、草地、灌木丛、池旁、花圃和种植花木的平地,所有的大道和小径上,都埋上了浇着松油的柱子,柱子上绑着基督教徒。从那些没有被树木挡住视线的高岗上可以看到一排排柱子和用鲜花、常春藤、桃金娘叶装饰着的人体。它们伸向高岗和平地,一直延伸到远方,而且是那么漫长,以至近处的柱子看起来像船杆,最远处的仿佛是插在地上的色彩缤纷的投枪和木棒。数目之多超出了人们的意料。这种情景使人觉得，为了娱乐罗马和皇帝，几乎把一个民族的全体人民都绑在柱子上了。一群群观众在一根根木柱前面停住，他们对牺牲者的身材、年龄和性别感兴趣，他们察看着这些牺牲者的脸孔、花环、常春藤，然后继续向前，向更远的地方走去，他们不无惊奇地问着自己："为什么会有这样多的罪犯，难道那些刚刚会走路的小孩子也会放火焚烧罗马吗？"于是惊疑便渐渐地变成了惶恐不安。

这时天色黑了下来，天空中出现了繁星。每个犯人的旁边，都站着一个手持火把的奴隶，当宣布观赏大会开始的号角声响彻花园的四面八方时，所有的奴隶一下子用火把点着了柱子。

藏在花叶下面的干草因为浇上了松脂，一下子便熊熊燃烧起来，火焰不停地往上升腾，烤枯了常春藤叶子，火舌舔着了牺牲者的双脚。观众都沉默下来了，整个花园里只能听到一片呻吟声和痛苦的叫喊声。然而有一部分牺牲者仰面望着星空，开始唱起赞美基督的圣诗来。人们都在倾听着。但是在较小的柱子上，孩子们发出撕人肺腑的"妈妈，妈妈"的惨叫声，这时就连铁石心肠的人，心里也充满了恐怖，就连那些喝醉了酒的观众，一看到那些小脑袋和天真无邪的脸孔痛苦得不像人样，或者被那笼罩着殉难者的浓烟熏昏过去时，个个都不寒而栗。火焰越来越高，连牺牲者头上戴着的玫瑰和常春藤的花环都烧着了。大路和小路都烧得通亮，树丛、草地和花卉的平地也都火光冲天，小池塘和湖里的水面上也闪着亮光，把树木的枝叶都辉映成了玫瑰色，整个花园照得如同白昼一样。花园里面弥漫着烧烤人肉的臭味。与此同时，奴隶们也把事先准备好的芦荟和香料倒入摆在柱子中间的火炉里，把腥臭味冲淡了一些。观众中间也不断发出不知是同情还是兴奋和欢乐的呼叫声。随着火焰的增高，叫喊声也越来越响。火焰已经包住了柱子，烧到了牺牲者的胸口，燃烧的火舌已经烧焦了他们的头发，烈焰遮住了他们熏黑了的脸孔，后来喷射得更高，仿佛替那些下令举行火刑的强权者表示胜利和凯旋。

这次观赏大会刚开始不久，皇帝就出现在观众之中。他乘着一辆竞赛用的四轮大车，由四匹白马拉着，他自己穿着驭手的号衣，用的是绿党的颜色，因为皇帝和他的廷臣都是绿党。许多别的大车跟在他后面，里面坐着服饰华丽的廷臣、元老、祭司和赤身裸体的酒神祭司。这些酒神祭司头戴花冠，手拿酒壶，大多数都喝得醉醺醺的，不时发出粗野的叫喊声。他们的身边是一群扮作牧羊神和萨梯尔的乐师，乐师们弹奏着诗琴和竖琴，吹起笛子和号角。在别的一些车辆上坐着罗马的贵妇人和名媛淑女，她们也都喝醉了，半裸着身体。四轮大车的两侧，有的侍从挥舞着饰有飘带的木杆，有些人则敲着小鼓，还有的侍从撒着花瓣。这支富丽堂皇的队伍哎嘿哎嘿地大声叫着，行进在烟雾和人群中，行进在花园的宽广大道上。尼禄让提格里努斯和基朗坐在他身边，基朗的恐惧很使皇帝开心，尼禄亲自驾驭着马匹，让马车缓慢地前进，一边观赏烧烤着的人体，一边听群众的欢呼声。尼禄站在高大的镶金四轮马车上，头上戴着竞赛胜利者的桂冠，四周被躬身到他脚下的人山人海包围着，他比廷臣们和观众们都要高出一头，看起来俨然一位巨人。他那只粗大的胳膊伸到前面勒住缰绳，仿佛是在给群众祝福。他的脸孔和半睁半闭的眼睛都显得神采飞扬，笑容可掬，就像太阳君临于群众之上，又像凶神恶煞，既令人害怕,又显得威严而有权势。

他常常停住马车,以便仔细地观看某一个胸脯被烈火烧得皱缩了的少女,或者去观察由于痛苦而歪扭得不成样子的孩子的脸孔,然后又继续向前驶去,后面跟着一支兴高采烈的疯狂队伍。尼禄不时地向人民群众点头致意,有时他又身子往后仰,手拉着金色的缰绳,和提格里努斯说话。后来他们终于来到了坐落在十字路中央的大喷水池旁,尼禄招呼着他的随从,跳下了四轮马车,和群众混杂在一起。

他受到群众的欢呼和鼓掌欢迎。那些酒神舞女、山林女神、元老院元老、廷臣、祭司、牧羊神、萨梯尔以及兵士们,都像发疯似地围住了他。尼禄的一边是提格里努斯,另一边由基朗陪同,绕着喷水池走过去,喷水池周围有几十根火柱在燃烧,他在每根火柱前停留一下,不是对牺牲者评头品足,就是嘲笑基朗,基朗的脸上出现了一种茫茫无边的绝望的神情。

最后,他们在一根高大的火柱前站住了。这根火柱用桃金娘和常春藤的花束装饰着。鲜红的火舌已经舐到牺牲者的膝盖了,然而他的脸庞却看不清楚,恰好这时刚被烧着的树叶的浓烟把他蒙住了。可是过了一会儿,一阵夜风吹散了浓烟,露出一个老人的头,雪白的胡须在他的胸前飘动。

一看到这个老人,基朗便像一条受了伤的毒蛇那样,身体突然蜷曲起来,从他的嘴里发出一种与其说是人声,还不如说更像乌鸦叫的悲惨声音:"格劳库斯!格劳库斯!……"

从燃烧的火柱上向下望着基朗的确实是格劳库斯医生。

他还活着,脸上显出痛苦的神情。他倾身向前,仿佛要最后一次看看这个残害自己的杀人凶手,就是这个人出卖了他,使他失去了妻子儿女,把他交给了强盗,后来他以基督的名义宽恕了他的罪行,可是这个家伙又一次把他出卖给了刽子手。从来还没有一个人给过别人这样可怕的伤害,造成这样悲惨的血海深仇。可是现在,牺牲者却被绑在火刑柱上燃烧,而凶手正站在他的脚下。格劳库斯两眼直盯着这个希腊人的脸孔,一动也不动。虽然他的眼睛不时被烟雾遮住,但是等阵风把烟雾吹散之后,基朗就又看见了那双盯住自己不放的眼睛。他站起来,想要逃走,可是一点力气也没有了。他突然觉得双脚像铅块似的沉重。他觉得好像有一只肉眼看不见的大手以超人的气力把他按在火刑柱前。他呆若木鸡地站在那里,只觉得胸中有一种东西要呕出来,有一种东西正在消失,他觉得他身上的血液过剩,痛楚难忍,他预感到自己的末日就在眼前,而他身边的一切,无论是皇帝、宫廷侍从,还是观众,都消逝不见了。他只觉得他的身边是一片无边无际幽暗可怕的空虚,在这片空虚中,他只能看见受难者的那双对他进行着审判的眼睛。这位受难者越来越低地下垂着头,呆呆地盯着基朗。在场的人都猜到这两个人之间一定发生过什么事情,所以每个人嘴上的笑容全都消失了。因为基朗的脸上出现了一种十分可怕的表情,仿佛火舌正烧着他自己的肉体似的,恐怖和痛苦使他的脸歪扭得变了样。他突然摇晃了一下,向苍天伸出了双手,用撕人肺腑的可怕声音叫道:"格劳库斯!以基督的名义,宽恕我吧!"

　　四周一片寂静。在场的人都打了一个寒噤,所有的眼睛都不由自主地朝上仰望。

那个受难者的头轻轻地动了一下,接着大家听到了一种呻吟似的声音从木柱顶上传了下来:"我宽恕你。"

基朗扑倒在地,像野兽似的嚎叫着,用手抓起一把泥土,撒到自己头上。这时候,火焰直往上冲,烧到了格劳库斯的胸膛和脸孔,他头上的桃金娘花冠也烧起来了,木柱顶上的飘带也着火了,致使整根木柱都闪烁着一股强烈的火光。

过了一会儿,基朗才站起来,但是他的脸完全变了,连廷臣们都觉得他是另外一个人了。他的眼里有一种异乎寻常的光辉,他的皱纹密布的额头上也放射出奕奕的神采,刚刚还是个羸弱无能的希腊人,现在看起来俨然像一个祭司,受到神灵的感应,正要把人所不知的真理公之于世。

"他怎么啦?他疯了!"有几个人这样说。

但是基朗转身朝着群众,高举起他的右手,开始用一种非常响亮的声音叫着,或者不如说是狂呼高叫,不仅廷臣们能够听得清清楚楚,就连四周的老百姓也都能听到他的声音。

"罗马的人民!我要用我的性命起誓!他们都是些无罪的人,纵火犯就是——他!……"他用手指着尼禄。

接着是一阵静默。廷臣们都惊呆了。基朗一直伸着那只颤抖的胳膊,用手指着尼禄,站在那里一动不动。突然爆发了一片混乱,群众像被一阵狂风掀起的巨浪似的拥向这个老人,想仔细看看他。到处都有人在叫喊:"抓住他!"别处也有人在叫:"我们要遭到报应了!"人群里响起了口哨声和怒号声:"红胡子!杀死母亲的凶手!纵火犯!"骚乱每时每刻都在扩大。那些酒神舞女们听到这片喊声,都躲进车里去了。突然间,有几根烧毁了的柱子

675

倒了下来，火星向四处飞溅，愈发加重了这场混乱。一股盲目拥挤的人流，把基朗卷走了，把他带到了花园深处。

到处都有烧断了的木柱倒在大路上，每一条小路上都烟雾弥漫，火星四溅，充满了焦木头和人肉的臭味。不久，远近的火光都熄灭了。园中一片漆黑。群众惴惴不安，阴郁悲愁，胆战心惊，朝着几扇大门拥去。刚才发生的这件事情，经过众人的嘴一传，就和原来的面目大不相同了，而且说得活灵活现，变得更加夸张了。有人说，皇帝当场昏了过去。有人说皇帝自己都坦白承认了，是他下令烧的罗马，还有人说皇帝突然得了重病，甚至有人说皇帝像死尸一样，被人抬到车上。到处都能听到同情基督教徒的谈话："既然他们并没有放火烧毁罗马，为什么要让他们流这样多的血，受这样残酷的刑罚，遭受这么大的冤枉呢？难道众神不会替这些无辜的人报仇吗？又不知要献上什么样的供物才能平息神明的愤怒了！""无罪的人"这句话在人们的嘴里流传着。女人们对于那么多的孩子喂了野兽，钉死在十字架上和在这座可诅咒的花园里被烧死，都公开表示同情和惋惜。后来同情变成了对皇帝和提格里努斯的咒骂。然而也有不少人会突然停下来，向自己或者向别人提出这样的问题："在苦难和死亡面前能给他们带来这样大勇气的神，到底是什么样的神呢？"他们思考着走回家去。

基朗还在御花园里转来转去，他不知道该到哪里去，也不知道自己到了什么地方。现在他又觉得他是个羸弱无力、不可挽救和病入膏肓的老头儿了。他时而碰到那些没有烧化的尸体跄跄一下，时而碰着那些烧焦的木头，在他身后扬起阵阵火花，时而又坐在地上，用呆滞无神的眼光环视着四周。御花园里早已是一片漆黑，只有苍白的月亮在树隙间移动，它把暗淡的月光投射到人行道上，路上横七竖八地躺满了烧成焦黑的木柱和烧得不成体形的殉难者的尸体。但是这个希腊老人，觉得他在月光中看见了格劳库斯的面容，他的那双眼睛还一直盯住他不放，于是他赶紧躲进了黑暗中。后来他终于从黑暗的地方走了出来，又不由自主地、好像有一种不可知的力量在拉着他，使他朝喷水池那边走去，格劳库斯就是在这里献出了自己的生命。

突然有一只手按在他的肩膀上。

老人转过身来，看见一个不认识的人站在他的面前，便吓得惊叫起来："谁？你是什么人？"

"一个使徒，塔斯的保罗！"

"我是个该受人诅咒的人！……你想做什么呢？"

使徒回答："我想救你！"

基朗靠在一棵树上。

他的两腿在身子下面摇晃着站立不稳，他的两只手也贴着身子垂下了。

"我是个不可救药的人了！"基朗轻声地说。

"难道你没有听说过，上帝在十字架上宽恕了那个悔过自新的大坏人吗？"保罗问道。

"你可知道我到底干了些什么事吗？"

"我看到了你的痛苦，也听见了你给真理作的证。"

"啊！先生！……"

"既然基督的一个仆人在遭受苦刑和罹难的时候都能饶恕你，难道基督会不宽恕你吗？"

基朗像疯了似的双手抱住脑袋,"宽恕,宽恕!我能得到宽恕!"

"我们的上帝是慈悲的上帝!"使徒答道。

"对我也是一样?"基朗反复地说着。

他开始呻吟起来,像个无力控制住自己的痛苦和悲伤的人那样。保罗说道:"你靠在我身上,和我一道走吧。"

保罗搀着他,朝喷泉响声的方向走去,来到十字路口,喷泉的声音在这夜深人静中,像是在放声恸哭那些被烧死的人。

"我们的上帝是慈悲的上帝。"使徒一再说道,"如果你站在海边,往海里扔石头,你能用石块填满海洋的深底吗?我告诉你,基督的慈悲就像海洋一样深广,而人间的罪恶和过失就像石块那样沉没在这无边无际的大海中。我告诉你,基督的慈悲就像苍穹,它笼罩着高山、陆地和海洋,它无处不在,它广阔深奥又无终无极。你在格劳库斯的柱子前面感到悔恨和痛苦,基督看到了你的痛苦。你不顾明天会遭到什么苦难喊出了'他就是纵火犯'这句话,基督会记住你这句话的。你的罪恶和欺骗说谎已经成为过去,你心中留下的是无限的懊恨。你跟我来吧,好好听我对你说的话:我过去也仇恨基督,还迫害过他的选民。我不需要他,也不相信他,直到他出现在我的面前,向我召唤。从此以后,基督便成了我挚爱的主了。现在他用悔恨、恐惧和痛苦来启迪你,为了能召唤你到他的身边。你仇恨基督,但基督却爱你,你把他的信徒出卖,让他们受尽苦难,但是基督却想宽恕你,拯救你。"

这个不幸的老人号啕大哭起来。他的胸脯激烈地起伏着,他的灵魂被彻底搅乱了,但是保罗掌握着他,使他俯首帖耳,然后带领他前进，就像一个士兵带领着一个俘虏那样。

过了一会儿，保罗又开口说道："跟我一道走吧，我领你到'他'那儿去。我来找你难道还会有别的原因吗？基督以爱的名义，吩咐我去收集更多的灵魂，我现在不过是在执行'他'的使命而已。你以为你是个该诅咒的人，可是我要告诉你：'相信基督，拯救在等着你！'你觉得自己是个被人憎恨的人，可是我再对你说一遍，'他'是爱你的。你看看我！在我不信仰'他'的时候，我心里只有凶恶，除了凶恶以外便没有别的什么了，现在呢，主的爱已经在我心里代替了我父母的爱，成了我的财产和我的权力。只有在'他'身上我们才有寄托。只有'他'才会重视你的悔恨苦恼，才会怜悯你的悲惨遭遇，才能把你从恐怖中解救出来，召唤你到'他'的身边去。"

保罗一边说着，一边把他带到了喷水池边，远远地便能看到银色的泉水在月光下闪闪发亮。这一带已是空旷无人，一片寂静，奴隶们早已把这里烧焦的木柱和受难者的尸体搬运一空。

基朗呻吟着，双膝跪在地上，双手掩面，一动不动地跪在那里。保罗仰面望着天上的群星，作起了祷告："主啊，请你看看这个可怜的老人，看看他的悲哀、眼泪和痛苦！慈悲的主啊，你为了我们的罪过而流血，以你的苦难、你的死亡和你的复活，请你宽恕他吧！"

随后他沉默了，但是他依然久久地望着星空，默默地祈祷着。

这时候，从他的脚边响起了悲痛的呼号："基督啊，基督！请你饶恕我吧！"

于是保罗走近喷水池，用手掌舀着泉水，又回到这个跪着的老人身边:"基朗!现在我以圣父、圣子和圣灵的名义给你施行洗礼!阿门!"

基朗抬起了头,张开了双手,身子毫不动弹地留在那里。皎洁的月光照着他的白发和他那同样苍白的脸孔。他犹如死人或者石头雕像那样一动不动。时间一刻一刻地过去了,从多米兹雅花园的巨大鸟禽栏里,传来了公鸡的鸡啼声,可是基朗依然像一尊雕像那样跪在那里。

他终于清醒了,站了起来,转向使徒保罗,问道:"先生,我在死以前还能做些什么呢?"

保罗也刚从沉思中醒了过来,他是在想,上帝的法力是那样的无边,竟把这个冥顽不化的老希腊人都感化过来了。于是他答道:"坚持信仰,给真理作证!"

接着他们一道走出了花园。走到花园门口时,使徒保罗再一次祝福了这个老人,随后他们便分开了。这是基朗自己提出来的,因为他估计到,在发生那件事后,皇帝和提格里努斯一定会下令逮捕他的。

他的估计果然不错。基朗刚回到家里,禁卫军就包围了他的住所,他们在斯采维鲁斯的指挥下逮捕了他,并且把他押往巴拉丁宫。

皇帝已经休息去了,但提格里努斯却一直在等着他,一看到这个倒霉的希腊人,便露出一副平静而阴险的脸孔向他打着招呼:"你触犯天颜,犯下了弥天大罪。"他说,"你是逃不脱惩罚的。如果你明天在圆剧场里公开声明你昨天是喝醉了,神志不清了,放火的凶手就是基督教徒,那么你所受到的惩罚只是鞭打和流放。"

"我不能,大人!"基朗低声回答。

提格里努斯缓步走近前来,也用同样低沉但非常可怕的声音说道:"你为什么不能?你这只希腊狗!如果你不是喝醉了,难道你不知道等待着你的是什么吗?你看看那边!"

他说着,指了指大厅的角落,那里放着一张长木凳,在黑暗处站着四个色雷斯出身的奴隶,手中拿着绳子和铁钳。

可是基朗答道:"我不能,大人!"

提格里努斯不禁勃然大怒,可是他还是抑制住了自己。

"你看见基督教徒是怎么死的,难道你也想那样死吗?"他问。

基朗抬起了他那苍白的脸孔,他的嘴唇无声地动了几下,接着便说:"我也信仰基督……"

提格里努斯惊愕地打量了他一下。

"狗杂种,你真的疯了!"

突然间,郁积在他胸中的怒火像决了堤似的爆发出来。他跳到基朗身边,双手揪住他的胡须,把他掀倒在地,用脚踢他,嘴上喷着白沫,不停地骂道:"快收回你的话!快收回你的话!……"

"我不能!"基朗躺在地上回答说。

"给他上刑!"

色雷斯人一听到命令便抓起老人,把他按放在长凳上,接着用绳子把他捆紧,用铁钳把他那瘦骨嶙嶙的小腿夹紧。可是当他们捆他的时候,基朗还卑顺地吻着他们的双手,后来他闭上了眼睛,看上去像死人一样。

不过他依然活着,提格里努斯向他弯下身去,又一次问他:

"你收不收回你的话?"他那发青的嘴唇轻轻地动了一动,仅仅发出了勉强能听得见的声音:"我……不……能……"

提格里努斯吩咐停止用刑,在大厅里踱来踱去,他的脸气歪了,但还是束手无策。后来,他的脑子里想出了一个新主意,转身对色雷斯人说:"把他的舌头割掉!"

63

通常在罗马的剧院和圆剧场演出《光环》这出剧时，都要进行这样的装置以便能把剧场分隔开来，变成两个独立的舞台。但是在御花园的表演之后，便取消了这种通用的方法，因为这一次是要让尽量多的观众能够看到一个钉在十字架上的奴隶被熊吃掉的场面。在普通的剧院里，熊的角色都是由演员穿上熊皮来扮演的，然而这一次用的却是真熊。这是提格里努斯别出心裁的安排。皇帝最初不想出席这次表演，后来禁不住这位宠臣的恳切要求，才改变了自己的主意。提格里努斯向他解释说，在花园里发生了那件事之后，他更应该在群众面前露脸，同时他又向皇帝保证，那个被钉在十字架上的奴隶绝不会像克里斯普斯那样恶语伤害陛下了。人民群众已经对流血感到厌倦了，于是又公开宣布，将要发放新的彩票和礼品，并设晚宴来招待观众，因为这次表演预定在傍晚时分在灯火通明的圆剧场里举行。

临近黄昏时，圆剧场里挤满了观众，以提格里努斯为首的廷臣们全都到场了，与其说是为了观看表演，还不如说是为了向皇帝表示他们的忠诚，同时也想谈谈全罗马都在议论的那个基朗。

观众都在交头接耳，有的说皇帝从御花园回去之后便怒气冲冲，阴森可怖的幻影折磨着他，使他终夜未能入睡，因此第二天早晨他就宣布要提前到亚该亚去。另一些人则完全否定上述传闻，肯定说皇帝从此以后会更加严厉地对付基督教徒了。然而也有一些胆小怕事的人，他们忧心忡忡，估计基朗当着皇帝的面在群众中间公开进行的揭露，会带来不堪设想的后果。最后也有这样一些人，他们出于人道的考虑，恳求提格里努斯停止杀戮。

"看看你们干的好事吧。"巴尔库斯·索拉鲁斯说，"你们想满足人民的复仇心，叫他们相信真正的罪犯受到了应得的惩处，可是结果却适得其反。"

"确实是这样！"安提斯提乌斯·维鲁斯说，"现在人人都在议论纷纷，说基督教徒是无辜的。如果真是这样，那么基朗说你的脑浆连一颗橡实壳都不满，倒也不无道理啊！"

可是提格里努斯转过身来朝着他们说："大家也在议论，巴尔库斯·索拉鲁斯，你的女儿色尔维利亚，还有你的夫人，安提斯提乌斯·维鲁斯，为了逃避皇上的公正惩罚，都把自己奴隶中的基督教徒藏了起来。"

"这是谣言！"巴尔库斯不安地叫道。

"那是你离了婚的几位夫人，因为嫉妒我老婆的品德，才这样诬陷她的。"安提斯提乌斯·维鲁斯也同样不安地说道。

但是其他的人都在谈论基朗。

"他怎么样了？"埃普留斯·马尔色努斯说，"他自己把那些基督教徒出卖给提格里努斯，因此他从一个穷光蛋一跃而为暴发户，本来他可以平平静静地度过他的晚年，还会享受盛大的葬礼和墓碑，现在呢，什么都完了！他宁愿一下子失去这一切，毁掉自己,说不定他真的疯了。"

"他并没有疯,而是成了基督教徒了!"提格里努斯说。

"哪会有这样的事!"维特留斯答道。

"我从前就说过,"维斯提鲁斯说道,"你们可以任意屠杀基督教徒,但是你们要相信我说的话,绝对不能和他们的神作对。这可不是闹着玩的!……你们瞧,出了事吧!我并没有放火烧罗马,如果皇帝准许的话,我会立刻向他们的神举行百牛大祭的。大家都应该这样做,我再说一遍:这可不是闹着玩的!请你们记住我说的话!"

"可是我却说过别的话。"彼特罗纽斯开口说道,"当我说起基督教徒会起来自卫时,提格里努斯却嘲笑过我。可是现在我还得再说一句:他们取得了胜利。"

"什么?你说什么?"好几个人同声问道。

"对波卢克斯起誓!……因为连像基朗这样的人都抵挡不住他们,还有谁能抵挡得住呢?如果你们认为,每次'演出'之后基督教徒就会越来越少,那么你们还不如去当个补缸匠或者做个理发师的好,你们就会了解到人民在想些什么,城里发生了什么事情。"

"对狄安娜的圣衣起誓,他说的话千真万确。"维斯提鲁斯大声说道。

但是巴尔库斯转身朝着彼特罗纽斯问道:"你的结论是什么呢?"

"你们开始说的那些话就是我的结论:血已经流够了!"

提格里努斯轻蔑地望了他一眼说:"哼!还差那么一点!"

"如果你的脑袋不够用,你还有第二个脑袋——就是你的手杖头!"彼特罗纽斯针锋相对地回答。

皇帝的到来使他们的谈话中断了,他带着彼达哥拉斯坐到自己的御座上。《光环》的演出立即开始了,大家的思想都集中在基朗身上,所以对演出都不太注意。那些习惯于苦刑和流血的群众,也觉得兴味索然,他们不是对宫廷发出不敬的呼哨,就是高声要求让人们唯一感兴趣的熊赶快上场。如果不是为了看看那个即将被处死的老头子和希望得到赏赐,这场表演本身是挽留不住这些观众的。

他们所期望的时刻终于来到了。剧场的仆役们先抬来了一架矮小的木头十字架,好让熊能够攀上去,够得着受难者的胸部,随后两个人领着基朗进来,或者还不如说是架着他进来,因为他的两条腿都被打断了,自己已经无法走路了。他们把他平放在十字架上,迅速钉好了,以至于那些极端好奇的廷臣们都没有来得及仔细看看他,直到在事先挖好的坑里把十字架竖起来之后,大家的眼睛才把他看清楚。可是只有少数几个人能认出这个赤身裸体的老人就是从前的那个基朗。由于受了提格里努斯的严刑拷问,他的脸上一点血色都没有了,只有白须上面还能看到血迹,那是在割他的舌头时染上的,通过那透明的皮肤,他的骨头都可以数得清清楚楚。他看起来比他的年龄还要老,完全是老朽不堪了。从前,他的眼睛一向射出不安和恶意的眼光,他那敏感的脸常常现出恐怖和慌乱的神情,现在却不同了,脸上虽然还留着痛苦的表情,但却是那样温和,那样沉静开朗,完全像一个熟睡的人或死人那样。也许是他想起了那个被钉上十字架的恶棍都得到了基督的宽恕,因而增添了他的信心,也许他在心里对慈悲的基督说道:"主啊!我像条毒蛇那样咬人,但我的一生都是穷困潦倒,受着饥寒交迫的煎熬,人们曾经践踏我,殴打我,侮辱我。主啊,我是个贫穷而又非常不幸的人,现在他们又在折磨我,把我钉在十字架上。可是你,慈悲的主啊,在我临死的时刻是不会抛弃我的!"很显然,人们在他那颗碎裂的心中看到了一种静谧。没有一个人想笑,因为在这个被钉上十字架的老人身上有一种平静的东西,使人觉得他是那样衰老,那样无力和虚弱,同时又是那样温顺,这激起了人们的恻隐之心,使在场的人都不由自主地问自己,为什么要折磨这样一些垂死的人,要把他们钉死在十字架上呢?观众都不作声了。廷臣中只有维斯提鲁斯的身体左右摇来晃去,用惊慌不安的声音喃喃地说:"你们看看,他们是怎么死的吧!"其他的观众都在等待熊的出场,希望这场表演结束得越快越好。

  熊终于出现在比赛场上了,它那低垂的脑袋左右摇晃着,它从额头下面朝四周观望,像是在想什么或者在找什么似的。不久,它看见了十字架和钉在上面的裸露的人体。于是它走近前去,甚至还直立了起来。可是不一会儿,它又放下了前脚,坐在十字架下,开始呜呜地叫起来,仿佛它那颗野兽的心也在对这个骨瘦如柴的老人表示怜悯。

  剧场的仆役们喊叫起来,想激起熊的吃人欲望,但是观众们都一声不响。这时候,基朗慢慢地抬起了头,用眼光扫了一下整个剧场。最后他的眼光停留在圆剧场的最高处,他的心又剧烈地跳动起来了,这时候发生了一件使观众感到惊讶和诧异的事。那就是他的脸上露出了笑容,额上也好像出现了一轮光圈,他的眼睛到死都是朝上望着的，不多一会儿，两颗很大的泪珠夺眶而出，慢慢地顺着他的脸颊流了下来。

他死了。

正在这时候，在剧场的天幕下面，忽然响起了一个雄壮响亮的男人的声音："愿殉难者安息吧！"

整个圆剧场里是一片深沉的静默。

64

自从御花园举行的那次表演之后，监狱大都已经空了。虽然还在继续搜捕这个东方新宗教的信徒们，并把他们关押起来，可是逮捕到的人越来越少，几乎不够下几次表演节目用，而且这样的表演也快要结束了。观众已经看够了流血，他们越来越感到厌恶了，再加上罪犯们所持的空前未有的平静态度，更使观众感到惶恐不安。迷信的维斯提鲁斯的那种忧虑也占据了成千上万人的心灵，群众中关于基督教上帝复仇的种种传说越来越多。监狱里的伤寒病在城中蔓延开来，更增加了民众的恐怖。人们经常看到埋葬死人的仪式，于是到处都有人在悄悄议论，说为了平息这位陌生的新神的愤怒，需要奉献新的赎罪的供品。人们在各个神殿中向朱庇特和利比蒂娜呈献了供物。到后来，尽管提格里努斯和他的党羽们想尽了一切办法，关于罗马是皇帝下令放火烧的和基督教徒无辜受刑的传说却越传越广。

也正因为这个缘故，尼禄和提格里努斯更加不肯善罢甘休，不愿停止他们的迫害活动。为了笼络民心，又发布了新的分发粮食、葡萄酒和橄榄油的命令。为了将来避免新的火灾，对街道的宽度和所采用的建筑材料都作了明文规定。皇帝亲自参加元老院的会议，同这些"元老们"一起讨论了有关城市和人民利益的事宜，但对那些定罪的基督教徒却丝毫也没有开恩赦免的意思。这位世界的统治者费尽心机，设法要人民群众相信这样一种道理：只有罪有应得的人才会受到如此严厉的刑罚。元老院里也没有人出来为基督教徒说话，因为谁都不愿意得罪皇帝，除此之外，也有一些眼光远大的人断言罗马帝国的基础，将来一定会受到这种新教的破坏。

按照罗马法律的规定，是不能向死人进行报复的，因此凡是死去的或者快要断气的人都要送还给他们的家属。维尼兹尤斯想到，如果莉吉亚死了，他就能把她埋葬在自己的祖坟里，他将和她合葬在一起。这种想法给了他很大的安慰。要救她免遭死刑是毫无希望了，他自己也是个半脱离人生的人，完全沉浸在对基督的信仰中，除了永恒的结合之外，再也不想其他的结合了。他的信仰已经达到无限的深度了，在这种信仰中，那个永恒的世界要比他所经历过的这个坎坷不平的世界，显得更加现实，更加真实。他的心全都倾注在这种专注的感情里。虽然他还活在世上，但却几乎变成了一个没有肉体的存在，他渴望从肉体中完全解脱出来，也想替他那个可爱的灵魂求得这种解脱。他想象着，到了那时候，他和莉吉亚手挽着手，一道进入天堂，基督正在那儿等着他们，对他们祝福，然后让他们生活在像旭日那样宁静又广袤无垠的光明中。现在他只请求基督，使莉吉亚免遭比赛场上的苦刑，让她在监狱里平静地死去，因为他完全相信，他也会和她同时同刻死掉的。他知道在这样血流成河的悲惨境况中，他甚至不应该指望莉吉亚一个人得救。他听彼得和保罗说过，他们自己也将成为殉道者而死去，基督被钉死在十字架上的场面使他相信，死亡，甚至是苦难的死亡，也可能是甜蜜的。因此，他把殉道看作是一种从悲惨沉重的痛苦中达到幸福世界的转变，他祈求它早日降临到他们两个人的身上。

他有时也尝到来世生活的滋味。占据着他们两个灵魂的悲哀，已经失去了往昔那种揪心的痛苦，而渐渐变成一种超然物外的安静的寄托，完全听凭上帝旨意的安排。从前他艰难地逆流而上，他挣扎着，受到折磨，现在他顺流而下，相信他会被带到那永恒的宁静中。他估计到，莉吉亚会和他一样，已经做好了死的准备，尽管监狱的厚墙把他们俩分开了，但他们是一道前进的，他想到这个，就像见到幸福一样地笑逐颜开。

的确，他们是那样心心相印，仿佛他们每天都有长时间的思想交流似的。莉吉亚只希望过死后的生活，此外就别无所求，也别无希望了。死亡不仅可以把莉吉亚从可怕的监狱中解放出来，从皇帝和提格里努斯的魔掌中解救出来，而且还能让她和维尼兹尤斯结为伴侣。在这种不可动摇的信念面前，其他的一切便都黯然失色、毫无意义了。莉吉亚认为，死后她能得到像现世生活一样的幸福，于是她像未婚妻等待着结婚的日子那样，盼望着死亡的到来。

这股信仰的洪流，把第一批成千上万个信徒从人生中卷走了，并把他们送到了坟墓的彼岸，也把乌尔苏斯卷走了。他在很长一段时间里也不忍想到莉吉亚的死亡，可是圆剧场和花园中所发生的事情，每天都有消息传进狱中，于是就觉得死亡已经成了所有基督教徒不可避免的共同命运，同时也成了他们的幸福，那是比世人的所谓幸福的观念都要更高一级的幸福，所以乌尔苏斯便不敢祈求基督剥夺莉吉亚的这种幸福了，或者把这种幸福推迟到好多年以后。在这个野蛮人的单纯的灵魂里，觉得像她这样一位莉吉亚公主应该得到比他这类普通百姓更大的、天堂的欢乐，而且在死后永恒的荣光中，也能得到比别人更靠近"羔羊"的位置。他的确听说过在上帝面前人人平等的话，可是在他的心灵深处还是相信，莉吉亚这个国王的女儿，而且是所有莉吉亚人的国王的女儿，应该和任何一个善良的奴仆有所不同。他也希望基督能让他继续侍候莉吉亚。至于他自己，心里倒怀有一个秘密的愿望，希望自己能像"羔羊"那样死在十字架上。他认为，这对他来说是一种莫大的幸福，尽管他知道，罗马常常把最坏的坏人钉死在十字架上，但是他还是不敢向基督祈求这种死法。他想他们一定会让他死在野兽的利齿下，这种想法成了他内心苦恼的根源。从孩提时代开始，他就生活在人迹罕至的原始森林中，就过着连续不断的狩猎生活，由于他的膂力过人，还没有成人便已经在莉吉亚人中间出名了。打猎已经成了他最喜爱的活动。到了罗马之后，他不得不放弃狩猎活动，可是他仍然常常到动物饲养场或者圆剧场去看看那些熟识或者陌生的野兽。一看见野兽，他的心里就会激起一种无法遏止的想要搏斗和捕杀它们的欲望。所以现在他最担心的，就是到了圆剧场看见野兽之后，他会突然产生一种和基督教徒身份不太相称的念头，而基督教徒应该虔诚和坚忍地死去。这件事情他只有完全听凭基督的安排了。但是另外的一些想法又使他得到了安慰。他曾听说"羔羊"曾向地狱的冥神和恶魔宣战，照基督教看来，所谓恶魔也包括那些异教的众神，因此他想到在这样一场战争中,他自己也可能为"羔羊"立下汗马功劳。他认为自己的灵魂无疑要比其他殉难者的灵魂更坚强些,所以他能比别的人付出更大的力气。此外他还整天祈祷,为同狱的难友效劳,也帮助看守做事。他小心地服侍自己的公主,莉吉亚常常抱怨自己在短促的一生中,不能做出像使徒彼得对她讲过的著名的大比大①所做过的种种善事,因而感到悲伤,这时他便设法安慰她。监狱的看守们就是在狱中也慑于这位巨人的神力,他们知道铁栅栏或是手铐都是无法把他锁住的,但后来由于他的性情温和,他们都对他产生了好感。看守们常对他开朗的性格感到惊奇,向他打听原因,他便以坚定不渝的信念对他们讲起了死后的甜蜜生活,他们都听得出奇。他们还是第一次听说:连阳光都射不进的地牢里,幸福都能射进来。当他规劝他们也应该信仰基督时,他们当中不少的人都想起了,他们的职业是奴隶的职业,他们的生活是贫穷的生活,联想到自己的悲惨命运,其最后的结局必定是死亡。

本来他们把死亡看作是一种新的恐怖,死后更没有什么指望了。可是现在,这个莉吉亚巨人和这位如花似玉的躺在草铺上的姑娘,却像走进幸福的大门那样,心情愉快地朝死亡走去。

---

① 大比大:一个行善的女人,见《使徒行传》第 9 章。

65

　　一天晚上，元老院元老斯采维鲁斯前来拜访彼特罗纽斯，和他进行了一次长时间的谈话，话题涉及他们所处的艰难时代，也谈到了皇帝尼禄。他把话说得那样直率，毫无顾忌，就连和他交往较深的彼特罗纽斯也不免警觉起来。斯采维鲁斯抱怨世界正处在邪恶和疯狂之中，他认为这一切都必然会以一场比罗马大火更为可怕的灾祸告终。他还谈到，廷臣们都对现实十分不满，弗留斯·鲁福斯，这位禁卫军的副司令官，也不得不以最大的克制去忍受提格里努斯的粗暴统治。由于皇帝对待自己的老师就像对待卢坎一样，招来了塞内加整个家族的怨恨，已经达到剑拔弩张的地步了。谈到后来，斯采维鲁斯又列举了人民中，甚至禁卫军中的不满情绪，还指出弗留斯·鲁福斯能够得到大部分禁卫军的信任。

　　"你为什么要说这些话？"彼特罗纽斯问他。

　　"由于对皇上的关心。我有一个远房亲戚，他和我一样，姓斯采维鲁斯，现在在禁卫军中服役。我通过他，对军队中的情形也略知一二，那里的不满情绪也在日益增长……你知道，卡里古拉是个狂人，结果如何呢，你也看到了！当时出了个卡西乌斯·卡瑞亚……发生了那件可怕的事情,当然我们之中谁也不会赞成这种行动,然而卡瑞亚却从那个恶魔手中解放了世界。"斯采维鲁斯答道。

"那么你说的意思是,"彼特罗纽斯答道,"我虽然不赞成卡瑞亚的行动,但他是个值得钦佩的人,也希望众神能给我们提供这样的人,而且越多越好。"

但是斯采维鲁斯改变了话题,突然赞扬起披索来。他称赞他门第高贵,品格高尚,对妻子忠贞不贰,而且睿智沉着,又有收揽民心的特殊天赋。

"皇帝没有子嗣,"他说,"大家都想立披索为他的继承人。毫无疑问,大家会竭尽全力帮助他接管政权的。弗留斯·鲁福斯也喜欢他,安涅鲁斯家族也是衷心拥护他的,普劳兹尤斯·拉特纳鲁斯和图利乌斯·塞内兹约也愿意为他赴汤蹈火,就连纳达里斯、苏帕留斯·弗拉维乌斯、苏尔庇兹尤斯·阿斯彼尔、阿弗拉留斯·克温兹雅鲁斯,甚至维斯提鲁斯都肯为他效力卖命的。"

"不过维斯提鲁斯对披索可没有多大的用处,他连自己的影子都害怕。"彼特罗纽斯说。

"维斯提鲁斯虽然怕梦,怕鬼,"斯采维鲁斯答道,"但他却是个勇敢的人,他们想任命他为执政官是对的。而且他心里是反对屠杀基督教徒的,这点你可不要认为他不好,结束这种疯狂的举动,和你也有关系。"

"和我没有关系,和维尼兹尤斯有关。"彼特罗纽斯说,"虽然我想替他救出一个姑娘,但由于失去了红胡子的欢心而无法做到。"

"哪里的话！难道你没有注意到皇帝又开始同你接近，想和你谈话吗？我把原因告诉你。皇帝为了要歌唱自己谱写的希腊歌曲，正准备到亚该亚去。他急于早点去旅行，可是又非常害怕希腊人那种嘲弄人的本领。他推测自己不是获得最伟大的成功，就是遭到最惨重的失败。他需要有人给他出谋划策，他知道除了你以外再也找不到更合适的人选了。由于这个缘故，你又会得到他的宠爱的。"

"卢坎可以代替我的。"

"红胡子是恨卢坎的，他心里早就想把他处死。他在寻找借口，因为他永远是要找借口的。卢坎也知道，必须尽快进行才行。"

"对卡斯托尔起誓！也许是这样。不过我还有一个办法能立即得到皇帝的欢心。"

"什么办法？"

"只要把你刚才给我说的那些话，向红胡子再说一遍就行了。"

"可是我什么也没有说呀！"斯采维鲁斯惊慌地大声叫道。

彼特罗纽斯把手按住他的肩头，说："你把皇帝叫作狂人，你还预谋将披索作为继承人，你还说了'卢坎也知道，必须尽快进行才行'。你们到底想尽快干什么呀，亲爱的？"

霎时间，斯采维鲁斯的脸色煞白，有一会儿他们两人互相望着对方的眼睛。

"你不会去告密的！"

"对基普里达的胯骨起誓！你对我的为人真是了如指掌。是的，我绝不会去告密的！我什么也没有听到过，而且什么也不想听……你明白吗？人命危浅，不值得去干一番事业。我仅有一事相求,今天你一定要去拜访一下提格里努斯,也要和他进行一番长谈,随你谈什么都行,只要和我谈的时间一样长就行了。"

"为什么?"

"那是为了以后提格里努斯问起我:'斯采维鲁斯到过你那里。'我好回敬他:'当天他也到过你那里!'"

斯采维鲁斯听到这里,便折断了他手中的象牙手杖,说:"让灾难都落在这根手杖上。今天我就去见提格里努斯,然后再去参加涅尔瓦的宴会。你也要去那里的吧?无论如何,后天我们总要在圆剧场见面的,到那天,剩下的基督教徒都要出场!……再见啦!"

"后天。"等到只剩下彼特罗纽斯一个人时,他反复说着。

"绝不能浪费时间了!如果红胡子要到亚该亚去,他一定是需要我的。这样一来,也许会考虑我的请求。"

事实上,在涅尔瓦的宴会上,皇帝便特地让彼特罗纽斯坐在他的对面,他想跟他谈谈亚该亚和其他城市,他希望在这些城市公开演出能获得最大的成功。他非常重视雅典人,但又怕他们。在座的廷臣们个个都侧耳倾听,以便能从彼特罗纽斯的意见里记住片言只语,日后好把它当作自己的意见重提出来。

"直到现在我总觉得自己还没有活在世上,只有在希腊我才算诞生了。"尼禄说。

"陛下将会在新的光荣和不朽中重生于世的。"彼特罗纽斯答道。

"我也相信会这样,只要阿波罗不嫉妒我就好了。我要向阿波罗举行任何神明都还没有享受过的百牛大祭。"

斯采维鲁斯开始反复念着贺拉斯的诗句：

威力无边的塞浦路斯女神啊，
海伦的兄弟，灿烂的群星，
风的父亲，将指引你前进！……

"轮船早就在那不勒斯准备好了。"尼禄说，"哪怕明天就动身我也是愿意的。"

听到这话，彼特罗纽斯便站了起来，直望着尼禄的眼睛，说："神圣的陛下，在这以前请准许我举行一次婚宴，还要请陛下作为贵宾前来赴宴。"

"婚宴？谁的婚宴？"尼禄问。

"就是维尼兹尤斯和莉吉亚国王的女儿举行的婚宴，她是陛下的人质。现在她的确是关在监狱里，但是第一，她作为人质是不应该关进监狱里去的，第二，陛下已亲口答应维尼兹尤斯和她结婚，而陛下的决定正和宙斯的决定一样，是不能改变的，因此，请陛下命令把她释放出狱，然后我就把她送到新郎那儿去。"

彼特罗纽斯说话时的沉着冷静和镇定自信的口吻，把尼禄都说动了心，就像往常那样，尼禄听到这样的话是不会不为之感动的。

"我知道。"尼禄低下眼睛答道，"我正好也想起了那个姑娘和那个掐死克罗顿的巨人。"

"这么说来，他们两个都得救了。"彼特罗纽斯依然平静地说道。

可是提格里努斯赶紧走上前来替皇帝解围,说道:"她是按照陛下的旨意被捕入狱的,你自己也说过,彼特罗纽斯,陛下的决定是不能取消的。"

所有在场的人都知道维尼兹尤斯和莉吉亚的故事,对这一事情的前因后果也了解得非常清楚,但是他们都默不作声,只是对这场谈话的结果感到好奇。

"她是由于你的错误和你对国际法的无知才被投入监狱的,是违背陛下的旨意的。"彼特罗纽斯加重语气地说,"提格里努斯,你是个幼稚无知的人,难道你竟会认为她放火烧了罗马?即使你这样说,陛下也不会相信你的。"

这时候尼禄已经冷静下来了,他眨了眨他那双近视眼,露出一副无法描述的恶狠狠的表情。过了一会儿,他说:"彼特罗纽斯说得对。"

提格里努斯惊讶地望着尼禄。

"彼特罗纽斯说得对。"尼禄又说了一遍,"明天就给她打开监狱的大门,至于婚宴一事,后天我们在圆剧场里再谈吧。"

"我又失败了!"彼特罗纽斯心中想道。

彼特罗纽斯回到了家,他已经确信莉吉亚离开人世的时刻来临了。第二天他要派出一个忠实可靠的解放奴隶到圆剧场去,找停尸场的主管商谈交出她的尸体的问题,因为他想把莉吉亚的尸首送交给维尼兹尤斯。

66

过去一般不举行或者在特殊场合才举行的夜间表演，到了尼禄时代，无论是在比赛场里还是在圆剧场里，都成了习以为常的现象了。廷臣们都喜欢夜间的表演，因为表演完后便要举行晚宴，他们狂欢滥饮，一直要闹到天亮。虽然老百姓已经厌恶了流血，可是他们听到消息说这是最后一次表演，剩下的基督教徒都要在今天晚上处死，于是无数的群众蜂拥前来，挤满了圆剧场。廷臣们都猜想这是一次不寻常的表演，于是便一个不落地全都来到了圆剧场，他们也知道皇帝决定把维尼兹尤斯的痛苦写成一部悲剧。提格里努斯对于如何处置这个年轻军团长的未婚妻却严守秘密，就更加激起了一般人的好奇心。凡是以前在普劳兹尤斯家看见过莉吉亚的人，都众口一词地赞美她那无与伦比的美貌。其他的人首先关心的是莉吉亚今晚会不会出场的问题，因为有许多人在涅尔瓦家的宴会上听到过尼禄对彼特罗纽斯的回答，他们对这番答话有两种截然不同的解释。有些人简单地认为，尼禄一定会把莉吉亚送回给维尼兹尤斯，或者甚至已经送回去了。他们心想莉吉亚是一个人质，她有权利信仰她所喜爱的神明，按照国际法规定，她是不能受到惩处的。

所有的观众都怀着犹豫、期待和好奇的心情在等候。皇帝也比平常来得更早。他一来到,剧场里便响起了一阵喊喊喳喳的说话声,断定一定会有非同寻常的事情发生,因为陪伴着尼禄而来的,除了提格里努斯和瓦提纽斯,还有百夫长卡斯尤斯,他虎背熊腰,力大无穷,尼禄只有在特殊场合才把他作为保镖带在身边的。比如想到苏布拉区去进行夜袭的时候就把他带去,他们把这种夜袭叫作"萨加提奥"的游戏,也就是说在街上遇见了路过的姑娘,就用士兵的斗篷把她裹起来,然后往空中抛上抛下。观众们还注意到整个圆剧场里都加强了警戒。禁卫军的人数增多了,指挥他们的不是百夫长,而是军团长苏布留斯·弗拉维乌斯,一个以盲目崇拜尼禄出名的将军。观众们明白,这是尼禄采取的防范措施,他担心维尼兹尤斯会因为绝望而突然发作起来,从而也更激起了观众的好奇心。

所有的眼睛都紧紧盯住那个不幸的未婚夫的座位。他脸色煞白,额头上满是汗珠,他像别的观众一样,也不知道今天的表演情形,就连他的灵魂最深处都充满了惊恐不安。彼特罗纽斯也不了解今天的计划,除了那次从涅尔瓦宴会回来之后问过他是否做好了最坏的准备和是否参加竞技大会外,便什么话也没有和他说过。当时维尼兹尤斯对这两个问题都作了肯定的回答。他意识到彼特罗纽斯问他不是毫无来由的,于是他浑身上下便像虫咬一样起了一阵寒栗。好多天来,他就过着一种半死半活的生活,就在期待着死亡,甚至对于莉吉亚的死亡也逆来顺受了,因为他把死亡看成是他们两个的解脱和结合。可是现在他才知道,在远处把最后的时刻想成为安静的沉睡是一回事,亲眼看着一个比自己生命还要宝贵的人被人杀害,则完全是另一回事。过去被压制下去的全部痛苦现在又重新在他的心里翻腾起来,被收敛了的绝望又开始在他的灵魂中呼号,从前那种不顾一切代价都要救出莉吉亚来的强烈愿望又在他的心中复苏。从早晨开始,他就想方设法要到临时关押囚犯的地下室去,以便查明莉吉亚是不是在里面。然而禁卫军的警卫把守着所有出入的门道,而且还下了非常严厉的禁令,就连维尼兹尤斯认识的士兵们,无论他如何再三恳求,或是用金子去贿赂,都不肯对他通融一下。维尼兹尤斯神思恍惚,觉得自己可能看不完表演,就有可能昏死过去。他的心坎里还存有一线希望:也许莉吉亚并没有被送到圆剧场来,他的一切担心完全是不必要的。有时他竭尽全力要去抓住这种希望。他对自己说,基督会把莉吉亚救出监狱而使她免遭比赛场上的苦刑。以前他非常顺从地听凭基督的神意安排,现在当他在地牢门口遭到拒绝又回到圆剧场坐到自己的座位上时,当他看到所有好奇的目光都朝他看时,他才知道,过去那种最令人丧魂失魄的料想就要成为现实了,于是他在灵魂深处满怀着强烈的感情,甚至带有威胁的意味向基督求救。"你能够救她!"他反复说着,像抽搐似的紧握着拳头。"你能够救她!"他过去没有想到这个料想变成为现实的时刻是那样的可怕。如今他自己也不知道他身上发生了什么变化,他只是在想,如果他看到莉吉亚遭受杀害,那么他对上帝的爱便会变成憎恨,他的信仰也会变成绝望了。同时他又为这种想法而感到恐怖,深怕会得罪他正在请求赐给慈悲和奇迹的基督。现在他不再请求让她活下去,而只希望她在被带出比赛场之前就死掉,他以无法诉说的痛苦在心里再三地恳求:"只要你满足了我这个要求，我将比过去更爱你。"他的思想犹如被狂风掀起的波涛那样奔腾翻滚。他的身上激起一种渴望流血和复仇的欲望。他被一种疯狂的冲动支配着，使他想立即扑到尼禄的身上，当着所有观众的面把他掐死，同时他又感到这种愿望本身就触犯了基督，是违背"他"的教导的。有时希望像闪电一样在他的脑海中掠过，他相信使他的灵魂战栗的一切，都会被那只全能而慈悲的手扫除干净。但是希望的闪电立刻消失了，他又陷入了深深的悲哀中，觉得那个只要一句话就能摧毁这座剧场而把莉吉亚救出来的上帝，现在却离弃了她，虽然她信任"他"，用她那颗纯洁的心的全部力量在爱着"他"。接着他又想起了莉吉亚躺在黑暗的地下室里，虚弱不堪，孑然一身，无依无靠，受到冷酷的看守的虐待，被折磨得奄奄一息。而他自己呢，既不知道她将受到怎样的苦刑，也不知道在片刻之后他会看到什么样的惨景，他只能束手无策地坐在这可怕的剧场里等候。最后他就像一个要掉进深渊里的人，无论岸边长着什么东西他都要抓住一样，他也紧紧抓住这种思想，认为只有信仰才能救她。现在只剩下这唯一的办法了！而且彼得也说过，信仰能使地动山摇！

于是他克制住自己的怀疑，把自己的整个身心都集中在"我相信"这句话里，同时等待着奇迹的出现。

就像绷得过紧的琴弦会断一样，他的自我克制的努力也失败了。他的脸色像死人一样苍白，身体也变得僵硬而不灵活了。他当时还以为他的祈祷灵验了，自己马上就要死了。他好像觉得莉吉亚也一定死掉了，基督就是用这种方法把他们带到自己身边的。圆剧场，无数观众的白色宽袍，千百盏灯火和火炬，所有这一切，全从他的眼中消失了。

然而这种虚脱并没有持续多久。过了一会儿,他又醒了过来,或者不如说是不耐烦的观众的跺脚声把他惊醒了。

"你病了。"彼特罗纽斯对他说,"我叫人把你抬回家去!"

彼特罗纽斯也不管皇上会说什么,就站起身来,想扶着维尼兹尤斯一起退出剧场。他心里充满了对维尼兹尤斯的深切同情,而且他也忍耐不下去了,因为皇帝正拿着绿玉镜片得意洋洋地望着维尼兹尤斯,观察着他的痛苦,也许以后好拿它当题材写出感伤的诗篇来,博取众人的喝彩。

但是维尼兹尤斯摇摇头,拒绝了。他宁可死在剧场里也不愿离开这里,而且表演马上就要开始了。

几乎就在这一瞬间,罗马市长挥动了一块红手巾,一看到这信号,正对着皇帝御座的那座大门便嘎吱一声打开了,乌尔苏斯走出了黑暗的通道,来到灯火通明的比赛场上。

这位巨人显然被场上的强烈灯光照得眼花缭乱了,他眨巴了几下眼睛,便站定在场地中央,向四周打量了一下,想要知道别人怎样对付他。所有的廷臣和大部分观众都知道他就是那个掐死克罗顿的人,一看到他出场,剧场的各排座位上都响起了喊喊喳喳的议论声。罗马并不缺少比普通人长得魁梧的角斗士,但是像乌尔苏斯这样的彪形大汉,罗马人却还没有看到过,连站在御座旁的卡斯尤斯和这个莉吉亚人一比,也成了小个子了。无论是元老院的元老们,维斯塔的女祭司们,还是皇帝和廷臣们,甚至包括那些老百姓,都以内行或爱好者的赞赏眼光望着乌尔苏斯那巨大粗实有如树干一般的双腿,他那大得恰似两块盾牌合起来的胸脯，他那像赫拉克勒斯般的肩膀。议论声越来越高。对于当时的观众来说，再也没有比看到这样健壮的肌肉的运动、使劲和搏斗，更使他们兴奋陶醉的了。霎时间，低语声变成了狂呼声，同时他们也在热切地打听：产生这种巨人的种族到底住在什么地方。乌尔苏斯站在场地中央，赤身裸体，与其说像一个活人，还不如说是一尊威武的巨型石像。他那神情专注的脸上，流露出野蛮人的那种阴郁的表情，一看见比赛场上空无一人，他那双孩子似的蓝眼睛不无诧异地望着观众和皇帝，然后又看看那座铁栅栏门，等待着刽子手从那个门里出来。

当他刚刚走进场的时候，他那纯朴的心里还最后一次涌现一线希望，以为会有十字架在等着他。可是，当他既没有看见十字架，也没有看到挖好的深坑，他就想，他没有资格得到这样的恩典，就只好死于别种方法了，一定要被野兽吞吃掉。他是个手无寸铁的人，于是决定像"羔羊"的信徒那样平静而顺从地死去。这时，他想向救世主再祈祷一番，于是便跪倒在场地上，合起双手，抬眼望着正在圆剧场上空闪烁的群星。

这种举动使观众大为恼火。他们对于基督教徒像绵羊那样死去都看厌了。他们知道，如果这个巨人不进行自卫，这场表演就算吹了，因此到处都发出了叱责声。有些人还大声呼喊那些执鞭的武士出来，他们的任务是鞭打不愿参加角斗的人。过了一会儿，剧场又恢复了平静，因为大家都不知道，等待着这个巨人的到底是什么，也不知道当他面对死亡的时候他是不是愿意搏斗。

实际上他们并没有等很久。突然铜号发出了刺耳的声音，随着这号声，御座对面的铁栅栏门打开了，在管兽人的吆喝声中，一头凶猛的日耳曼大野牛奔入场内,它的两角之间绑着一个赤裸着身体的女人。

"莉吉亚!莉吉亚!"维尼兹尤斯大叫起来。

这时他紧紧抓住了他两鬓的头发,就像一个被枪矛刺进身体的人那样扭动着,用一种嘶哑的非人的声音不停地喊道:"我信仰!我信仰!……基督啊!快出现奇迹吧!"

彼特罗纽斯用宽袍把他的头蒙住了他都不知道。他还以为是死亡或者痛苦迷糊了他的眼睛。他既看不见什么,也不想看见什么。他只觉得眼前是一片可怕的空虚。头脑里任何思想都没有留下,只有他的嘴唇好像疯了似的不停地说着:"我信仰!我信仰!我信仰!……"

霎时间,整个剧场变得鸦雀无声。所有的廷臣都像一个人似的刷地一下站了起来,因为比赛场上发生了一件惊心动魄的事情。那个本来想卑顺地等待死亡的莉吉亚人,一看见自己的公主被绑在野牛的两角之间,就像被烈火烧着了似的,一下子跳了起来,朝着疯狂的野牛追了上去。

所有观众的胸中都发出了一声短促而又惊讶的喊声,随后便是深沉的静默。一眨眼工夫,那个莉吉亚人追上了那头狂奔乱跳的野牛,抓住了它的犄角。

"快看!"彼特罗纽斯立即从维尼兹尤斯头上拿开了宽袍,大声喊道。

维尼兹尤斯站起来,他那像亚麻布一样苍白的脸孔微微向后抬起,睁大一双模糊而失神的眼睛望着场上。

所有观众的胸中都停止了呼吸。圆剧场里连苍蝇鼓翅飞翔的声音都能听见。人们简直不敢相信自己的眼睛了。自从罗马建立城市以来，还没有看见过这样惊心动魄的搏斗。

乌尔苏斯紧紧抓住了野牛的双角，他的脚深深陷在沙地里，沙子一直埋到脚踝骨，他的背弯得像弓一样，他的头埋在双肩中间，胳膊上的肌肉鼓了起来，好像要把皮肤都胀破似的。可是他死死地把野牛按在地上了。人和野牛一动不动地相持着，人们以为自己是在看一幅描绘赫拉克勒斯或者忒修斯的英雄业绩的图画，或是在看一组石雕像。可是在这表面静止的状态中，可以看出斗争双方都在拼死力争。野牛的四条腿也像乌尔苏斯的双脚那样，深深地陷进了沙里，它那长着黑色长毛的躯体弯得那样厉害，看起来像一只大圆球。哪一方的体力不支，哪一方就要先倒下去。此时这个问题对那些醉心于角斗的观众说来，成了比他们自己的命运，比整个罗马及其在全世界的统治权都更为重要的问题了。对他们说来，这个莉吉亚人已经成了一位值得他们敬奉和为他竖立雕像的半神。皇帝本人也站了起来。他和提格里努斯都听说过这个莉吉亚人的惊人气力，所以他们才故意安排了这样一场表演，而且还互相打趣地说："就让这个打死克罗顿的人，也去杀死我们给他挑选的野牛吧！"现在他们看到面前的这幅景象，惊愕不已，几乎不敢相信这是个真实的场面。在圆剧场里，有些观众看得发呆了，连举起的双手都忘了放下。有的观众满头大汗，仿佛是他们自己在和野牛角斗。比赛场里只能听到灯火的噼啪声和从火炬上掉下来的灰烬声。观众的声音都堵在喉咙里了。然而他们的心就像要跳出来似的，在他们的胸膛里剧烈地蹦跳着。观众们仿佛觉得这场斗争已经持续了好几个世纪。

无论是人,还是野牛,都依然挺立在那里,进行着令人心惊肉跳的搏斗,使人觉得他们是在沙地上生了根。

这时候,从场子上突然发出一声悲鸣似的吼声,接着观众们也发出了短促的喊声,于是又恢复了原来的平静。人们都觉得自己是在做梦:那头野公牛的令人生畏的脑袋在这个野蛮人的铁臂中开始倒扭过来。

乌尔苏斯的脸、背和肩膀,都变成了紫红色,他的脊背弯得更加厉害了。很显然,他正在使用他那最后一点超人的力气,但是他的力气不可能坚持很久了。

野牛的吼叫声越来越低沉,越来越沙哑,越来越痛苦,和这个巨人胸中所发出的喘息声交织在一起。野牛的脑袋被扭得越来越厉害了,从它的嘴里耷拉下了一个长长的流着白沫的舌头。

须臾之间,坐在前排的观众听到了骨头的断裂声,接着,这头野牛的脖子被扭断,立即倒在地上死掉了。

那个巨人一眨眼工夫,便从牛角上解下了绳子,双手抱起了那个姑娘,发出了急促的喘气声。

他的脸色苍白,头发都被汗水打湿了。他的肩膀和胳膊都像被水浇过似的。他站在那里有好一会儿工夫,仿佛痴呆了,可是他随后就抬起了眼睛,环视着四周的观众。

整个圆剧场就像发了疯似的。

几万名观众的狂呼声震撼着建筑物的墙壁。自从罗马开始举行演出以来,还没有见过这般的狂热场景。坐在高排位子上的观众,都纷纷离开了座位,往下面跑去,拥挤在过道和各排座位的空隙之间,以便更清楚地看看这个力大无穷的彪形大汉。整个剧场都响起了热烈而坚决要求赦免的呼声,这声音汇成了一片巨大的连绵不断的口号声。现在,这个巨人已经成了那些迷恋体力的人的宠儿,成了罗马城中众人瞩目的头号人物。

他终于明白了,观众是在要求饶恕他的性命,要求恢复他的自由。但是他所关心的不仅是他自己。他向四周环视了一番之后,便向皇帝的御座那边走去,他把那位姑娘的身体用他伸出的双臂托着,摇了几摇,并且抬起他那恳求的眼睛,仿佛在说:"请你们怜悯她吧!饶了她的性命吧!我所做的全是为了她!"

观众完全理解他的要求。看到这个昏迷不醒的少女和这个魁伟的莉吉亚人一比,简直是个小孩子,无论是普通群众,还是骑士和元老们,都大为感动。她那纤细的身材,她那白得像是用雪花石膏雕塑而成的身体,她的不省人事,被巨人解放出来的那种千钧一发的危险,以及她那无与伦比的美丽和乌尔苏斯对自己女主人的忠诚挚爱,都震撼着每个观众的心灵,有些人还以为这是父亲在为自己的孩子乞求怜悯。于是同情心像火焰一般突然迸发出来了。观众对于流血,对于死亡,对于酷刑,都已经看够了,也都看烦了……被泪水哽住了的声音要求赦免他们两个人。

这时候,乌尔苏斯双手托着这个姑娘,围绕着场地走了一圈,用眼神和动作恳求赦免她的性命。突然,维尼兹尤斯也站了起来,跳过前面的座位和场子的围墙,跑到了莉吉亚的身边,用自己的宽袍,遮住了她那裸露的身体。

接着他掀开了自己的衬衣,露出了胸脯,把他在亚美尼亚战争中受伤后留下来的伤疤给大家看,并向观众伸出了双手。

观众的狂热程度超过了任何一次剧场表演,达到了它的极限。群众跺着脚,尖叫着,要求赦免的呼声已经带有威胁的性质了。人民群众现在不仅为这个角斗士请命,而且起来保护这个少女、这个军人和他们的爱情了。成千上万的观众都把愤怒的眼光朝着皇帝,并且紧握着拳头。但是皇帝还在犹豫不决,延宕时间,他的确对维尼兹尤斯并无仇恨,莉吉亚的死对他来说也并不那么重要,但是他非常希望看到那个姑娘的肉体被野牛的犄角撞坏或者被野兽的利爪撕成碎片。无论是他那残酷的本性,还是他那畸形的想象力和堕落的欲望,只要能看到这样的场面,便会觉得有无穷的乐趣。然而现在观众正要夺走他的这种乐趣。一想到这里,他那肥胖的脸上便露出了一股怒气。他那强烈的虚荣心不允许他去屈从人民的意志,但由于他那天生的懦弱,又使他不敢去反对观众的要求。

于是他向四周环视了一下,看看廷臣之中有哪一个用手指朝下作出处死的表示。彼特罗纽斯把手心朝上的那只手高高举起,同时还挑战似的望着皇帝的脸。迷信而又容易激动的维斯提鲁斯,害怕幽灵胜于害怕活人,也作出了赦免的表示。采取同样行动的还有斯采维鲁斯元老、涅尔瓦、图利乌斯·塞内兹约和年老又名孚众望的统帅奥斯托留斯·斯卡普拉。支持赦免的还有披索和维托斯、克里斯彼鲁斯、密鲁兹尤斯·特尔莫斯和邦兹尤斯·特列齐鲁斯以及深受人民敬重的有声望的特拉绥阿斯。一看到这种情景,尼禄放下了他的绿玉眼镜,露出蔑视和愤怒的神情。就在这时候,一心要跟彼特罗纽斯作对的提格里努斯弯下身去对尼禄说:"陛下,你绝不能让步,我们有禁卫军!"

于是尼禄又把脸转向禁卫军那边去,指挥禁卫军的正是那个全心全意效忠皇上的苏布留斯·弗拉维乌斯,可是他也看到了意料不到的事情。这个老军团长的脸上流着眼泪,现出严肃的神情,高举着手作出赦免的表示。

这时候,观众开始愤怒了。由于不停地跺脚,掀起的尘土把整个圆剧场都蒙上了一层尘雾。在人们的高呼声中也听到了咒骂声:"红胡子!杀死母亲的凶手!纵火犯!"

尼禄害怕了。观众已成了剧场主宰一切的主人。以前的皇帝们,特别是卡里古拉,有时故意作出违抗人民意念的事情,结果导致了人民的暴乱,甚至发生了流血的战斗。但是尼禄的处境不同,首先,他作为一个喜剧演员和歌手,需要人民的捧场;第二,在反对元老院和贵族势力的斗争中他需要得到人民的支持;另外,在罗马被火烧以后,他采取了种种手段来博取人民的欢心,把他们的怒火转移到基督教徒身上。现在他明白,如果再违抗下去,就会发生危险。开始于剧场的骚乱,有可能遍及全城,后果将不堪设想。

他又一次望了一眼苏布留斯·弗拉维乌斯,百夫长斯采维鲁斯,就是那个元老的亲属,也望了望士兵们,他看到四面八方都是皱起的眉头、愤怒的脸色和直望着自己的眼睛。于是他只好作出赦免的表示。

这时候,剧场上下,掌声雷动。民众确信被处决者的性命已经得救,从这时候起,他们就处在人民的保护之下,甚至连皇帝本人也不敢再用他的仇恨来迫害他们了。

67

　　四个俾西里亚奴隶小心翼翼地抬着莉吉亚往彼特罗纽斯的家走去,维尼兹尤斯和乌尔苏斯走在她的两旁,他们急急忙忙地赶路,以便尽快把莉吉亚交到希腊名医的手里就医。他们都一声不响地走着,因为经过一天的波折,他们都没有力气说话了。维尼兹尤斯到现在为止都还没有完全恢复清醒的意识。他自己不停地念叨着:莉吉亚得救了,她再也不会被投进监狱了,也不会受到比赛场上处死的威胁了,他们的不幸从此一去不复返了,他要把她带回家去,再也不和她分离了。他觉得这不是现实,而是另一种生活的开始。他不时地弯身到敞开的轿里,以便看看这位心爱的人儿。她沐浴在月光下,好像睡着了似的。他脑子里反复说着:"这是莉吉亚!是基督救了她!"他回想起,当他和乌尔苏斯两个人一起把莉吉亚抬到大门口的时候,一个不认识的医生走近前来,替她诊看了一下,向他保证说,她还活着,而且一定会恢复过来的。他想到这里,心中便充满了无限的欢乐,他高兴得几乎昏厥过去,简直无力走路了,只好靠在乌尔苏斯的肩膀上。乌尔苏斯抬头望着星光灿烂的夜空,念起了祈祷文。

　　他们在大街上匆匆地走着,街上新建的白色房屋在月光中显得更加洁白。城市虽然显得空旷，但到处都有一群群戴着常春藤花环的人，正在利用这皎洁的月夜和从比赛开始以来的节日气氛，在柱廊前面随着笛子的伴奏，尽情地唱歌跳舞。直到离家不远了，乌尔苏斯才停止了默祷，用极低的声音说话，仿佛怕惊醒了莉吉亚似的。

"大人，是救世主把莉吉亚从死亡中救出来的。当我一看到她被绑在野牛的双角中间，我的灵魂里就响起了一个声音：'快去保卫她！'这一定是基督的声音。监狱生活损坏了我的体力，但是基督在这个时候又恢复了我的力气。又是'他'启迪了那些残酷的观众，让他们为她求情。但愿全都能按主的旨意行事。"

维尼兹尤斯答道："愿主的圣名永远得到赞美！……"

他还没有把话说完，就觉得心里在激荡着，他真想大哭一场，心里也萌生了一种不可抑制的愿望，想立即匍匐在地上，对基督所给予的奇迹和慈悲，表示衷心的感激。

不久他们就来到了家门前。因为事先派了奴隶回来报告，于是全府的家丁仆役们都出来迎接他们。这些仆役中的大部分人，早在安提乌姆的时候，就被塔斯的保罗改了宗教信仰了。维尼兹尤斯的不幸，他们知道得非常清楚。所以当他们看到牺牲者免遭尼禄的毒手时，都显得非常高兴。当特奥克列斯医生检查完莉吉亚之后，宣布她没有什么大的病伤，只要监狱中害热病留下来的虚弱一过去，她就会很快地恢复健康，这时大家更是加倍地高兴了。

当天夜里，莉吉亚便恢复了知觉。她是在一间豪华的卧房里醒来的，室内的科林斯油灯照得通亮，马鞭草的芳香充满房间，所以她醒来之后，不知道自己是在什么地方，也不知发生了什么事情。她只记得他们把她绑在野牛角上的那个时刻，现在她看见被柔和灯光照亮了的维尼兹尤斯的脸孔，正在她的头上望着她，便以为自己不在人世了。她那衰弱的头脑还是迷迷糊糊的，她以为在升天的途中由于过度的劳累和虚弱，不得不停下来休息，她觉得这是自然不过的事情。她不觉得有什么痛苦，她向维尼兹尤斯微笑着，想问问他这是什么地方，可是从她的嘴里只能发出轻微的声音，以至于维尼兹尤斯努力去听也只能听到自己的名字。

维尼兹尤斯跪在她的旁边，轻轻地把一只手放在她的额头上，说："是基督救了你，把你送还给我了！"

她的嘴唇又动了一动，听不清她说的是什么，过了一会儿，她的眼皮又合上了，胸脯轻轻地起伏着，随后便沉沉地酣睡了，这正是特奥克列斯医生所期望的事情，他预言等她醒过来以后，便会恢复健康的。

维尼兹尤斯一直跪在她的旁边，专心致志地做着祷告。他的灵魂完全融化在无限的爱里，甚至完全忘记了自己。特奥克列斯有好多次进入这间卧室，金发的尤妮丝也多次从门帘后面探进头来，后来花园中饲养的仙鹤也开始鸣叫，预告着黎明的来临，但是维尼兹尤斯心里觉得自己依然在抱着基督的双脚，他不知道周围发生的这些事情，也没有听见禽鸟的啼鸣，他一直跪在那里，心里燃烧着一团献身的感激的烈火，完全沉浸在对基督的赞美之中，仿佛他的生命的一半已经踏进了天国的大门。

68

彼特罗纽斯在莉吉亚获释之后,为了不致引起尼禄的不快,便和其他廷臣们一道到巴拉丁宫去。他想去听听他们对这次事件到底会说些什么,特别是想知道提格里努斯是否又在想什么新花招来毁灭这个姑娘。尽管莉吉亚和乌尔苏斯现在都受到市民的保护,无论任何人想要谋害他们两个人,都不能不引起一场骚动。然而,彼特罗纽斯知道,提格里努斯这个禁卫军的铁腕头目是那样仇恨自己,因此他认为,这家伙虽然还不敢直接加害于自己,但一定会施展阴谋诡计来对他的外甥进行报复。

尼禄因为表演的结果完全和他的计划相反,便怒气冲冲,一脸不高兴。刚开始,他对彼特罗纽斯连看都不看一眼,可是彼特罗纽斯却装作若无其事的样子,以他那"风雅裁判官"的潇洒优雅的风度,走近尼禄的身边,说道:"陛下,你知道我又想起了什么吗?你应该写一首关于这个姑娘的诗歌,她在你这位全世界的君主的命令下,才从野牛角中间得到了释放,并被送还给了她的爱人。希腊人是富于感情的,我相信,这种题材的诗歌一定会使他们着迷的。"

尼禄虽然怒气未消,但这样的想法很合他的胃口,而且有双重的好处：首先，它是写诗的绝妙题材；其次，他可以在诗中把自己当作宽宏大量的世界君主加以美化赞扬。于是他向彼特罗纽斯注视了一会儿，才说："是的！也许你说得不错！但是让我来歌颂自己的善举恐怕不合适吧？"

"你可以不提自己的姓名，但在罗马，每个人都知道指的是谁，然后消息便会从罗马传遍全世界。"

"你认为在亚该亚会受到欢迎吗？"

"我可以对波卢克斯发誓！"彼特罗纽斯大声说道。

彼特罗纽斯满意地离开了皇宫，现在他相信，把自己的一生作为事实写进文学作品中的尼禄，是绝不会让自己破坏这个题材的，同时也捆住了提格里努斯的手足，使他不敢再对他们下毒手。但是，彼特罗纽斯也没有改变他原来的计划：只要莉吉亚一恢复健康，就让维尼兹尤斯他们离开罗马。因此第二天，当他见到维尼兹尤斯的时候便对他说：

"你把莉吉亚带到西西里去吧。现在的情况是这样：皇帝这方面你是不会有什么危险的，但是在提格里努斯这方面，即使不是出于对你们的憎恨，就是为了憎恨我，他也会用毒药害死你们的。"

维尼兹尤斯听了之后，微笑着说："她已经都被绑在野牛角上了，可是基督还是救了她。"

"那你就用一百头牛去祭供基督吧。"彼特罗纽斯不耐烦地回答说，"可是你不能再要求'他'第二次救她了。你记得不记得，奥德修斯请求埃俄罗斯①给他第二次顺风的时候,他是怎样对待他的?神明都是不高兴三番五次给他添麻烦的。"

"等莉吉亚一恢复健康,我就把她带到庞波里亚那儿去。"维尼兹尤斯说。

"这样做就对了,因为庞波里亚正在害病。这是普劳兹尤斯的亲戚安提斯提乌斯告诉我的。到了那时候,人们被发生的事情所吸引,就会把你们忘记的,像现在这样的时代,被人忘记才是最幸福的。但愿命运女神冬天是你们的太阳,夏天赐给你们阴凉!"

他说完之后,便离开了维尼兹尤斯,让他去享受他的幸福,而他自己去找特奥克列斯医生,询问他有关莉吉亚的性命和健康的事情。

莉吉亚已经度过了危险期。如果她还在监狱里,由于害着热病,身体衰弱不堪,再加上沉闷恶浊的空气和恶劣的环境,那是一定会断送性命的。可是现在她得到了无微不至的照拂,生活得很舒服,甚至非常豪华,一切应有尽有。她回到家里两天之后,按照特奥克列斯医生的吩咐,每天都要把她搬移到花园中去,在那里待上好几个钟头。维尼兹尤斯用白头翁花,特别是鸢尾花,把软轿装饰起来,好让她回忆起普劳兹尤斯家的客厅来。他们常常握着手,坐在高大树木的阴影中,谈起他们过去的痛苦和忧虑。莉吉亚告诉他,基督故意引导他走过苦难的历程,好改变他的灵魂,把他召唤到自己的身边。维尼兹尤斯也认为她说得完全有理,过去除了自己的欲望之外,他不承认任何法律,现在他身上的贵

---

① 埃俄罗斯:希腊神话中的风神。

族性格不再存在了。不过在这种回忆中并没有丝毫痛苦。他们仿佛觉得,那些苦难的岁月早就从他们的头上飞驰过去了,而那些令人恐怖和厌恶的事情,也好像成了遥远的过去了。现在他们的心中充满了从未有过的平静。一种非常甜蜜的新生活在等待着他们,在拥抱着他们。皇帝可以在罗马为所欲为,暴戾恣睢,使全世界为之战栗,但是他们两个人却受到比他强大百倍的力量的庇护,既不怕皇帝的疯狂,也不怕皇帝的残酷,他们认为,他不再是生与死的主宰了。有一天黄昏,他们听到从远处动物存养场传来的狮子和别的野兽的咆哮声。要是在以前,维尼兹尤斯一听到这种声音便会认为这是不祥之兆而胆战心惊。现在呢,他们听了之后便相互望着笑了起来,随后他们两人抬头仰望着落日的余晖。有时候,依然非常衰弱而无法独自走动的莉吉亚,在这寂静的花园中睡着了,维尼兹尤斯便守护着她,望着她那熟睡的脸庞。他不由自主地觉得,她已经不是他在普劳兹尤斯家遇见的那个莉吉亚了。的确,监狱和疾病的折磨使她在一定程度上失去了昔日的美丽。在普劳兹尤斯家看见她的时候,或者后来,当他到密里阿姆家去抢她的时候,莉吉亚真像一尊雕像那样美丽,真像一朵鲜花那样娇艳,现在,她的脸上有一种透明的色彩,她的手非常瘦削,身体也被病魔折磨得羸弱不堪,嘴唇发青,眼睛也不像从前那么碧蓝了。金发的尤妮丝常常给莉吉亚送来鲜花和盖脚用的贵重毛毯,和她一比,尤妮丝就像是一位塞浦路斯的女神。审美家彼特罗纽斯想发现莉吉亚昔日的妩媚,但都无法做到了,于是他只好耸耸肩膀,心想这个成了伊甸乐园中影子的女人,并不值得去经受那样多的烦恼、痛苦和折磨,这些苦难几乎断送了维尼兹尤斯的性命。然而热爱着她的灵魂的维尼兹尤斯,如今却比从前更爱她了,当他守护着熟睡的莉吉亚时,就好像在守卫着整个世界。

69

莉吉亚奇迹般得救的消息,很快在幸免于难而留存下来的基督教徒中间传开了。信徒们纷纷前来看望这个明显受到基督恩典才能得救的莉吉亚。最早来探望的是年轻的纳查留斯和他的母亲密里阿姆——使徒彼得一直都住在他们家。接着来的是别的一些信徒。所有的人都和维尼兹尤斯、莉吉亚以及彼特罗纽斯家里信仰基督的奴隶们集在一起,全神贯注地倾听乌尔苏斯说话。他向大家讲述了他在自己的灵魂中听到了主的声音,要他去和野兽搏斗的经过,听众们离开时都得到了新的鼓舞和信心。他们相信,在最后审判的日子到来以前,基督绝不会让世上的信徒都被斩尽杀绝的。虽然迫害还没有停止,但这种信念却使他们增添了力量和信心。只要有人指控谁是基督教徒,当地的巡警就立即把他投进监狱。当然牺牲的人数是越来越少了,因为已经有大批信徒被捕处死了,剩下来的信徒,不是离开了罗马,到外省去躲过这场风暴,就是藏得非常严密,他们不再举行集体的祈祷,只是偶尔在郊外的岩洞里举行集会。但是迫害仍在继续进行,由于竞技大会已经结束,被捕的基督教徒不是留着以后待用,就是立即被处死了。现在,尽管在罗马不再有人相信基督教徒是纵火烧城的罪犯，但依然把他们看成是人类和国家的公敌，所以惩处他们的法令仍旧和以前一样有效。

使徒彼得好久不敢到彼特罗纽斯家来了，可是有一天晚上纳查留斯通报说他来了。已经能独自走路的莉吉亚，还有维尼兹尤斯都一同跑了出来欢迎他，抱住他的双脚。他也向他们打招呼问好，心情感到格外激动。他看到基督委托他照管的"羊群"越来越少，他那伟大的心胸正在为他们的命运悲痛。因此，当维尼兹尤斯对他说："老师，只是因为你，救世主才把她送还给我的！"彼得却答道："送还给你是由于你的信仰，也是由于赞美基督荣名的众人至死也没有住嘴。"很显然，他心目中的"众人"是指成千上万的信徒，他们被野兽撕碎，被钉死在比赛场的十字架上，在"野兽"花园中被火刑柱烧死，所以他是怀着巨大的悲痛说这些话的。维尼兹尤斯和莉吉亚注意到他的头发全白了，身体也伛偻了，他的脸上现出极端悲哀和痛苦的神情，仿佛尼禄的疯狂和被残杀的牺牲者们所经受的全部苦难和痛苦，他都亲身经历过似的。他们两人都知道，既然基督让自己经受了苦刑和死亡，那么任何人都不应该回避它。可是，当他们看到彼得年事已高，由于劳累和痛苦变得腰弯背驼时，他们的心都要碎了。维尼兹尤斯打算再过几天，就把莉吉亚带到那不勒斯去和庞波里亚见面，然后再到西西里岛去。因此，他恳求彼得和他们一道离开罗马。

但是，彼得却把一只手放在维尼兹尤斯的头上，答道："我的灵魂中又再次听到了主在梯伯拉兹湖上对我说的话：'你年少的时候，自己束上带子，随意往来，但年老的时候，你要伸出手来，别人要把你束上，带你到不愿意去的地方。'①所以我要随着我的羊群走去，这才是正确的抉择。"

他们并不懂得他说这话的意思，只好默不作声了。彼得接着又说道："我的劳累也快结束了，只有在主的家里才能得到热情的接待和永恒的休息。"

然后他又转过身来对他们说："记住我吧，我曾经像父亲爱亲生儿女那样爱过你们，你们一生中所要做的事情，都应该为了'主'的光荣去做才好。"

他一边说着，一边举起他那双年老而又颤抖的手，向他们祝福，他们也预感到这可能是从他手里得到的最后一次祝福了，于是都向他围拢过来。

但是命运又使他们再次见到了彼得。

几天之后，彼特罗纽斯从巴拉丁宫带回了可怕的消息。宫里发现皇帝的一个解放奴隶是基督教徒，在他那里搜出了使徒彼得和塔斯的保罗的信件，还有雅各、犹大和约翰的信件。彼得来到罗马一事，提格里努斯早就知道了，可是他以为彼得早已和成千上万的信徒们一块儿被杀死了。现在他才知道，这两位新教的领袖还活在世上，而且依然在罗马城里活动，于是下令搜捕他们，不论要付出多大代价也要把他们逮捕归案，他们认为，只要把这两个人处死，就等于把他们仇视的新教的总根子挖掉了。彼特罗纽斯从维斯提鲁斯那里听到，皇帝亲自签发了命令，限三天之内就要把彼得和保罗抓到手，关进马梅丁监狱。于是一队队禁卫军

---

① 见《约翰福音》第21章。

士兵被派了出去，到台伯河对岸进行挨家挨户的搜查。

维尼兹尤斯一听到这个消息，立即决定去报告使徒。黄昏时刻一到，他就和乌尔苏斯披上高卢斗篷，用风帽遮住头脸，一块儿来到彼得经常居住的密里阿姆家。她的家坐落在台伯河对岸区的边缘，雅尼库尔的山脚下。一路上，他们看到家家户户被军队包围的情形，军队都是由他们不认识的人带路的。这一带的居民都非常惊慌不安，到处都有好奇的人围观。百夫长审问着那些被捕的人，要他们交代彼得、西蒙和保罗的下落。

乌尔苏斯和维尼兹尤斯赶在军队的前面，顺利地到达了密里阿姆的家。他们看到彼得被一小伙信徒包围着。保罗的助手提摩特乌斯，还有李努斯，也都在使徒身边。

一听到迫在眉睫的危险消息，纳查留斯便领着大家从一条秘密的暗道出了花园小门，然后又到了离雅尼库拉城门几百步远的一处废弃不用的石坑里。李努斯因为拷问时被打断了骨头，至今尚未痊愈，只好让乌尔苏斯背着他走。到了石坑里，他们才感到安全了，纳查留斯把带来的油灯点亮，他们便开始小声地商议，怎样才能搭救他们敬爱的使徒的性命。

维尼兹尤斯对彼得说："老师！明天天不亮的时候，就让纳查留斯把你带到阿尔班山去，我们在那里等候你，然后我们一起到安提乌姆去，那里已经准备好了船只，我们可以乘船到那不勒斯和西西里岛去。你踏进我们家门并对我们家祝福的那个日子和那个时刻，将是我们最幸福的日子和时刻。"

其他的人听了他的话都非常高兴，纷纷劝说使徒："你快去躲躲吧，我们的牧人，你再也不能在罗马停留了。要让活的真理保存下来,绝不能让它和我们,和你一道毁灭。听从我们的劝告吧,我们像恳求父亲一样恳求你。"

"以基督的名义,你就这样决定吧!"另外几个人也牵着使徒的衣裾说道。

可是彼得却答道:"我的孩子们,我们有谁知道主给他指定的寿终正寝之日该在什么时候呢?"

但是他也没有说他不离开罗马,他还拿不定主意该怎样做,因为犹豫,甚至恐惧,早已钻进了他的灵魂。他的羊群被拆散了,事业遭到破坏,火灾之前建立的教会像一棵挺拔的大树那样茂盛,如今却被"野兽"的暴力化为乌有。除了眼泪,除了回忆、痛苦和死亡之外,什么也没有留下。播下的种子虽然长出了丰硕的果实,但却被撒旦践踏在地里了。天使们并没有前来拯救牺牲的人们,而残暴凶狠、权力比以前更大的尼禄,却威名大振,成了所有海洋和大陆的君主。这个上帝的渔夫常常在孤独一人的时候举手朝天向基督发问:"主啊,我怎么办呀?我怎样才能挺得住呢?我这样一个年老力衰的老人,怎样才能同'你'允许他统治和征服的不可战胜的恶势力去进行斗争呢?"

他从无比痛苦的深处,从他的心灵深处,不停地呼喊着:"你吩咐我照管的那些羊群现在都完了,你的教会也不存在了,在你的都城里只有荒凉和悲哀。现在你要吩咐我做什么呢?是留在这里,还是带领剩下的羊群逃到海外什么地方去宣扬你的圣名的光荣呢?"

彼得踌躇不决。他相信富于生命力的真理绝不会被消灭,而且一定会取得胜利,然而他又常常想到,胜利的时机尚未到来,只有荣誉和权力比尼禄大一百倍的主，在最后审判的日子来到世上的时候，方能取得胜利。

他常常想到，只要他离开罗马，信徒们就会跟着他走的，他将把他们带到遥远的加利利的茂密丛林中去，带到平静的梯伯拉兹海面上去，带到那些像鸽子或者山羊一样温和的牧人那儿去，他们在麝香草和甘松之间放牧。他对安宁和休息的希望与要求越来越大，那种对湖泊和加利利的怀念在这个渔夫的心中越来越强烈，这位老人的眼里也常常噙满了泪水。

可是当他正要作出决定的时候，突然感到了恐怖和不安。他怎么能离开这个城市呢？在这个城市里，有如此多的殉难者的鲜血浸透了土地，有那样多张殉难者的嘴给真理作证。他为什么要去回避自己的命运呢？如果他听到主对他这样说："他们都为了自己的信仰牺牲了，可是你却逃跑了。"他将怎样去回答主呢？

他在烦恼和忧虑中度过了日日夜夜。那些被狮子吞噬的，被钉在十字架上的，被御花园的火刑柱烧死的信徒们，在经受过酷刑之后，都已经平静地睡在主的身旁了，可是他却不能安眠，他觉得自己比那些受到刽子手诬陷的殉难者都要痛苦。当黎明的曙光照在房顶上的时候，他那悲痛欲绝的心灵深处仍在呼唤着："主啊，你为什么盼咐我到这座城市来？为什么要在这座'野兽'的巢穴中建立你的都城呢？"

从主死以后的三十四年中，他从来不知道休息为何事。他手里拿着木杖，走遍了广阔的世界去宣扬"福音"。他的体力在劳苦奔波中消耗完了，直到最后他才来到这座成为世界首都的城市，奠定了先师事业的基础，可是被这个恶魔的毒焰一吹，一切便化为乌有了。他知道,他应该重新开始斗争。可这是怎样艰巨的一场斗争啊!一面是皇帝、元老院、市民,像铁箍一样控制着全世界的军队,有无数的城市和广阔的领土,有人眼不曾见过的强大的权力,另一方面却是他,一个被年龄和工作压得老态龙钟的人,他的那双发抖的手几乎连巡礼的手杖都握不住了。

他有时候对自己说,他无法和罗马皇帝较量,只有基督才能完成这样艰巨的任务。

当他听到剩下的为数不多的信徒对他的劝告时,所有这些想法一下子涌现在他的痛苦的脑海里,信徒们紧紧地围着彼得,用恳求的声音再三说道:"请你躲一躲吧,拉比,也带着我们离开这个'野兽'的势力范围!"

后来连李努斯也在他面前低下了他那颗受过酷刑的头,说:"老师啊!救世主吩咐你饲养'他'的小羊,可是这里的小羊都没有了,而且明天也不会有,那你就走吧,到能找到小羊的地方去吧。无论是在耶路撒冷,还是在安条克、以弗斯或者其他城市,上帝的教导都还是有人相信的。你留在罗马又会有什么作为呢?如果你倒下了,那只能扩大'野兽'的胜利。主并没有决定约翰命终的日期,保罗是罗马的公民,不经过审判是不能判处他的死刑的。老师啊,如果恶魔的势力伸展到你的身上,那时候,那些心灰意冷的人就会问:'有谁能比尼禄更伟大呢?'你是建立教堂的奠基石。还是让我们去死吧!绝不能让反基督的暴君战胜上帝的代言人,在主还没有把这只使无辜者流血牺牲的'野兽'击得粉身碎骨之前,你就不要再回到罗马来了。"

"看看我们的眼泪吧!"所有在场的人都哀求道。

彼得的脸上也流着眼泪。过了一会儿,他站了起来,向跪在他身边的人伸出了双手,说道:"让主的圣名得到赞美,就按主的意志行事吧!"

70

第二天一清早，天刚蒙蒙亮的时候，就有两个黑影在阿庇亚大道上朝坎帕尼亚平原匆忙走去。

一个是纳查留斯，另一个便是使徒彼得，他要离开罗马和那些在罗马城里受苦受难的信徒。

东边的天空已经现出一抹淡绿的色彩，后来它的下方渐渐变成了粉红色。银白色枝叶的树木，白色大理石的别墅，经过平原通往城市的输水管道，都渐渐地从黑暗中露出了影子。淡绿的天空逐渐明朗起来，显出了金黄色。随后东方开始变成玫瑰色并且照亮了阿尔班山，这座山看上去如此美妙，像百合花似的，仿佛完全由曙光的色彩所构成。

朝霞在颤动的树叶上、在露珠上反射出来。晨雾渐渐消散了，平原、平原上的房屋、坟场、小镇和树林，以及耸立在树林中间的神殿的白色圆柱，都看得更加清楚，视野也显得更加广阔了。

路上空寂无人。那些到城里来卖蔬菜的农民还没有套好他们的马车。石块铺成的大路一直伸向远方的山麓，两个旅人脚上穿的木靴走在上面，发出咔嚓咔嚓的响声。

不久太阳出现在群山的峰顶上，然而就在这时，使徒彼得看到了一个奇异的景象。他觉得那个金色的光圈不是在升向天空中，而是从山顶上往下移动，沿着大路在滚动。

这时候，彼得站住了，问道："你看见了那道光正在朝我们走来吗？"

"我什么也没有看见。"纳查留斯答道。

可是过了一刻，彼得又用手遮住阳光说："有一个人在太阳光芒中向我们走来。"

可是他们的耳朵连最轻微的脚步声都没有听到。四周一片沉寂。纳查留斯只看到远方的树木在摇动，像是有人在摇它们似的，阳光在平原上铺展得越来越广阔了。

纳查留斯吃惊地望着使徒，惶惶不安地问道："拉比，你怎么了？"

彼得手里拿着的那根手杖掉到了地上，他的嘴张得大大的，眼睛呆呆地盯着前面，脸上露出了惊讶、欢乐和欣喜欲狂的神情。

突然他跪在地上，双手伸向前面，嘴里发出了喊声："基督！基督！……"

他好像要吻谁的脚似的，把头俯伏在地上。

沉默持续了很长时间，后来在寂静中听见这个老人抽泣着，发出断断续续的话声：

"主啊，你往何处去？……"

纳查留斯没有听见回答，但是彼得的耳朵却听到了一种悲哀而温柔的声音："既然你离开了我的人民，我就要到罗马去，让他们再把我钉上十字架！"

彼得匍匐在地上，把脸紧贴在尘埃里，既不说话，也不动弹。

纳查留斯以为他昏厥过去或者死去了。不久，他终于站立起来了，用发抖的双手拿起那根巡礼者的手杖，一言不发地转过身来，朝着七座山丘的城市走去。

年轻的纳查留斯看到这种情形，也像回声似的反复说："主啊，你往何处去？……"

"回罗马去！"使徒低声地答道。

于是彼得又转身回去了。

保罗、约翰、李努斯和所有的信徒都非常惊讶地迎接了他。今天一大早，在他走后不久，禁卫军便包围了密里阿姆的家，在那里搜寻使徒，一见他回来，大家更是惊慌不安了。但是对于他们的询问，彼得只是愉快而平静地回答："我看见了主！"

当天晚上他来到奥斯特里亚努墓地，宣示上帝的教谕，并且给那些想在生命的水里洗濯的人，授以洗礼。

从此以后，他每天都到那里去，而每天跟随他前去的人数越来越多，仿佛每颗殉难者的眼泪都要产生出一大批新的教徒，而比赛场上的声声呻吟都会在上千人的心里激起强烈的反响。皇帝在血海中游泳，罗马和整个多神教的世界都在发疯。但是那些憎恨罪恶和疯狂的人，那些受到践踏和蹂躏的人，那些一辈子都过着贫穷和苦难生活的人，所有受压迫的人，所有愁眉苦脸的人和所有不幸的人，都前来倾听上帝的令人惊羡不已的故事，这位上帝由于热爱人类，为了赎取人类的罪恶，被人钉死在十字架上。

当他们找到自己热爱的上帝时，也就找到了当今世界所不能给予他们的东西——产生于爱的幸福。

彼得知道，无论是皇帝还是他的全部军队，都无法消灭这种充满活力的真理。无论用眼泪还是鲜血都不能把真理淹没。现在正是真理开始获得胜利的时候。他也同样清楚地知道,主为什么要把他从路上召回到罗马来:那是因为这座豪华奢侈、罪恶累累、腐化堕落和强权暴力的城市,正在开始成为他的都城,而且要成为双重的都城,那主宰肉体和灵魂的政府将从这里统治全世界。

71

　　两位使徒的最后时刻终于来到了。就像是为了完成任务似的,这个上帝的渔夫甚至在监狱里也拯救了两个灵魂。在马梅丁监狱里看守使徒的两名士兵普罗色苏斯和马提尼亚鲁斯接受了他的洗礼。然后他受难的时刻到了。尼禄当时不在罗马。判决是由尼禄的两个解放奴隶赫留斯和波利特特斯执行的。他们在尼禄出巡时受命处理罗马政务。这位年老的使徒首先受到了法律规定的鞭打,第二天他被押送到城外的梵蒂冈山丘上,那里将要竖起处死他的十字架。监狱门前聚集了那样多的群众,士兵们都大吃一惊,因为他们认为一个普通人,特别是一个外国人的死,是不会引起人们的丝毫兴趣的。然而他们不知道,那群人并不是由好奇的人组成的,他们全是想把大使徒陪送到刑场的信徒。中午过后,牢门终于打开了,彼得在一队禁卫军的押送下出现了。太阳已经朝奥斯提亚那边倾斜,这是一个宁静而晴朗的日子。大概考虑到彼得的年迈体衰,他们没有命令他背负十字架行走,也没有给他脖子上戴上死枷,免得妨碍他的行走。彼得步履缓慢地走着,信徒们都能清清楚楚看见他的身体和神情。当他的白头出现在士兵们的铁甲钢盔中间时,群众中响起了一片悲哭声,然而这哭声一下子又停住了，因为这个老人的脸上是那样平静安详，又是那样容光焕发，喜形于色，以至于大家都明白了，他不是一个走向刑场的殉难者，而是一个庆贺自己凯旋的胜利者。

事情也确实是这样。平素态度谦虚、背有点驼的渔夫，现在却昂首挺胸，身材显得比士兵们还要高大，十分威武庄严。他们从来也没有见过他这样气宇轩昂，使人觉得他真像一位被人民和士兵拥戴的君主。四面八方都响起了这样的声音："彼得要到主那儿去啦！"大家似乎都忘记了苦刑和死亡正等待着彼得。他们显出庄严而平静的神色往前走着，认为自从基督在各各他死亡以来，还没有发生过这么重大的事情。正如那次的牺牲给全世界赎了罪，这一次是给这座城市赎罪的。

路上的行人看到这个老人的情景，都吃惊地站住了，但是信徒们却把手放在他们的肩上用沉着平静的语调说道："你们看看这个公正的人就义时的情形吧，他认识基督，向世界宣扬爱的教义！"行人听了都沉思着，他们走开时暗自说道："真的，这个人不会是不公正的！"

一路上，嘈杂声和街头喊声都静息下来了。队伍就在新建的房屋中间，就在神殿的白圆柱中间穿过，房顶上面是宁静、恬适而碧蓝如洗的天空。他们静悄悄地往前走着，有时只能听到武器撞击声，或是信徒们偶尔提高了的祈祷声。彼得听到这些祈祷声，脸上露出了难以抑制的愉快神情，他一眼望去，成千上万的信徒几乎使他看不到尽头。他觉得他的事业已经完成了，他也知道自己毕生所宣传的真理，就像淹没一切的大海波涛那样，任何力量都不能抵挡它。他这样想着，抬起了眼睛，说道："主啊，你要我征服这个统治世界的城市,我已经这样做了。你吩咐我在这座城市里建立你的都城,我也把它建立起来了。现在它就是你的城市了,主啊,我已经完成了你交给我的使命,我现在就要回到你的身边去了。"

每当彼得经过一座神殿的旁边时,他便说:"你们将成为基督的教堂。"他望着走在他前面的人群时,也对他们说道:"你们的孩子将成为基督的仆人。"他心中充满了胜利的自豪感,也意识到自己的卓著功绩,意识到自己的力量和伟大,他在路上走着,感到了莫大的欣慰。士兵们领着他经过凯旋桥,他们这样做是无意的,但却给彼得的胜利作了证明。他们押着他朝水战剧场和竞技场走去。从台伯河对岸来的信徒们纷纷加入了这支队伍,队伍是那样浩浩荡荡,连禁卫军的指挥官——那个百夫长,也意识到他们押送的是一个受到信徒们拥戴的大祭司。他为自己的士兵太少而感到害怕了。但是人群中并没有人发出任何威胁和愤怒的叫喊声。人们的脸在这个伟大的时刻都显得格外严肃,他们都露出了庄严又充满期待的神情,有些信徒想起基督死的时候,大地发生了可怖的震动,连死人都从坟墓中站立起来,于是他们就想,当这位使徒死的时候,也会出现某种令人想起使徒之死的奇异现象。有些人甚至对自己说:"主也许会选定彼得牺牲的时刻,按照他许下的诺言来到人世间,以便对这个世界进行审判。"一想到这里,他们便寄希望于救世主的慈悲。

然而四周异常平静。一座座山丘沐浴在阳光中,仿佛在休息似的。队伍终于在梵蒂冈山丘上面停了下来。士兵们动手挖坑,其他的士兵则把十字架、锤子和铁钉放在地上,等候做好准备工作。群众始终安静而肃穆地跪在四周。

使徒把他那被阳光照得金光灿烂的脑袋最后一次转向罗马城。在远处稍微低一点的地方，可以看见银波荡漾的台伯河，河对面是战神广场，高一点的地方是奥古斯都皇帝的陵墓，稍下一点是尼禄正在修建的大浴场，再往下是庞培剧院，在它们后面，半隐半现在其他建筑物中间的是朱利叶庭园，还有无数的柱廊、神殿、圆柱和高楼大厦，再一直望过去，远方山丘上面的房屋鳞次栉比，连绵不断，那里是人口稠密的地区，它的边缘隐没在蔚蓝的云霭中，那正是罪恶的巢穴，也是力量和疯狂的场所，同时又是产生秩序的地方，那里成了世界的首府，又是世界的压迫者，而且还是世界的法律和和平，它是强大无敌、不可抗拒、永恒不灭的。

被士兵包围着的彼得望着这座城市，犹如一个统治者和君主望着自己的领土一样。他对这座城市说道："你已经被赎了罪，而且是我的了！"但是，无论是在这些挖坑埋十字架的士兵中间，还是在那些信徒中间，都没有一个人预见到，站在他们中间的这个老人才是这座城市的真正主宰者。皇帝会销声匿迹，野蛮人的浪涛会潮涌般地退去，世世代代也会一去不复返，但这个老人将永远统治着这里。

太阳越来越向奥斯提亚的方向倾斜，变得又红又大。整个西边的天空完全被残阳映红了。士兵们向彼得走去，准备脱掉他的衣服。

刚刚还在祈祷的彼得，这时突然站了起来，高高地举起了他的右手。执刑人都被他的姿势吓得发呆了，信徒们也以为他要说话了，都屏息静气地等在那里，出现了一片异常的沉寂。

他站在高处,用伸出去的右手画了一个十字,在他临终的时刻表示祝福和告别:"Urbi et orbi!(祝福这个城市和这个世界!)"

就在同一个晴朗的傍晚,另一队士兵押着塔斯的保罗,沿着奥斯提亚大道向所谓"救命泉"的地方走去。在他身后也跟着一大群由他授过洗礼而改了宗教信仰的信徒们,他遇见熟人便停下来,和他们说话。由于他是罗马有身份的公民,所以押送的士兵们对他要更尊敬一些。在特尔格密那城门外,他碰见了弗拉维乌斯·萨比鲁斯总督的女儿普劳提拉,看到她年轻的脸上挂满了泪珠,便对她说:"普劳提拉!永远得救的女儿啊!平静地离开吧!请把你的面巾借给我用,当我离开尘世到主那儿去时,我要用它来蒙住我的眼睛。"他接过面巾便继续朝前走去,他像一个工人苦干了一整天正要回家去休息那样,满脸充满了喜色。他也和彼得一样,有如黄昏时的天空,那么平静,那么安详。他那双眼睛沉思地注视着他前面一望无际的平原和沐浴在夕阳中的阿尔班山。他心潮澎湃,思绪万千。他想起他的旅程、他的艰辛、他的工作,想起了斗争的胜利,想起了在海外以及全世界建立起来的教堂,现在他觉得他圆满地完成了任务,可以去休息了。他也完成了自己的使命,他知道自己播下的种子绝不会被魔鬼的狂风卷走。保罗离开人世时是充满着必胜信念的,他相信为了宣扬真理而向这个世界所作的斗争,必定会获得胜利。于是他的灵魂中充满了无限的欢乐和平静。

通往刑场的路程很远,夜幕开始降落下来。山峦变成了紫色,山麓渐渐沉没在阴暗中。放牧的畜群正往家里走去。到处都有成群的奴隶肩扛着工具，在路上匆匆地走着。在住房前面的大路上，嬉戏玩耍的孩子们好奇地望着这队路过的士兵。这天黄昏，在透明而金光灿烂的天空中，不仅有一种宁静和安详的氛围，而且有一种从地上一直传送到天上的和谐的乐声。保罗听到了这乐声，心中感到无限的欢乐，他想起在这种和谐的乐声中还加入了另一种至今从未听过的声音，没有这种声音，整个大地就要像"会响的铜器或叮当的铙钹那样"。

他又回想起怎样教导人们要彼此相爱，他对他们说：即使把财产分给了穷人，即使掌握了所有的语言和所有的秘密，以及各种学问，如果没有爱，那些都是毫无用处的，爱就是慈悲，就是忍耐，就是不加害别人，不追求名誉，就是能忍受一切，相信一切，对一切都抱有希望，对一切都坚韧不拔。

他的一生都在教育人民相信这种真理。现在他在心里对自己说："有什么力量能和这种真理相抗衡，从而把它战胜呢？即使皇帝有比现在多两倍的军团，多两倍的城市、海洋、陆地和人口，他又怎能把它消灭呢？"

现在他是作为胜利者去领取他的奖赏了。

队伍后来离开了大道，沿着通往"救命泉"的一条小路折向东边走去。鲜红的太阳正躺卧在灌木丛上。到了泉边，百夫长命令士兵们停下，因为处决的时刻到了。

保罗从肩上取下了普劳提拉的面巾，准备用它来蒙住眼睛。他最后一次抬起了他那双异常平静的眼睛，面对着夕阳的万道霞光，开始做起祷告来。是的！最后的时刻到来了，可是他在霞光中看到了通往天国的金光大道，他的心头又回响起不久前他觉得自己任务已经完成和临终的时刻即将来临时说过的一些话:"那美好的仗我已经打过了,该跑的路我已经跑尽了,所信的道我已经守住了,从此以后,有正义的冠冕为我存留。"

72

　　罗马依旧在疯狂,使人觉得这座过去曾经征服过世界的城市,现在由于缺乏领导,已经从内部开始分崩离析了。在使徒的最后时刻来临之前,便发生了披索的密谋活动,接着便对罗马的大贵族进行了毫不留情的屠杀,就连那些过去把尼禄看成神的人,如今也把他看成是死神了。悲哀笼罩着整个城市,家家户户,人人心头都充满了恐怖。但是柱廊却仍然用常春藤和鲜花装饰着,不许为死难的人举哀。人们清早起来,便担心地问自己,今天不知道又该轮到谁遭难了。跟随在皇帝后面的幽灵队伍正日益增多。

　　披索为这次密谋叛变付出了他的脑袋,在他之后遭到杀害的有塞内加和卢坎,有弗留斯·鲁福斯、普劳兹尤斯·拉特纳鲁斯,有弗拉维乌斯·斯采维鲁斯、阿弗拉留斯·克温兹雅鲁斯,还有皇帝的疯狂放荡的同伙图利乌斯·塞内兹约、普罗库鲁斯、阿拉里库斯、杜古里鲁斯、格拉杜斯、西拉鲁斯,还有从前对皇上忠心耿耿的普罗克希姆斯、苏帕留斯·弗拉维乌斯,以及苏尔庇兹尤斯·阿斯彼尔。他们有的是死于自己的卑鄙无耻,有的则死于胆小怕事,有的则由于家境过富,有的则因为骁勇善战而遭到杀戮。皇帝也被密谋者的数目之大吓坏了,只好调来军团驻守在城

739

外四郊，以至于罗马城简直像被军队围困了似的。天天他都派出百夫长拿着处死的命令到受他怀疑的人家里去宣布。受到宣判的人大多数都唯命是从，而且还在致皇帝的信中大肆吹捧皇上，感谢他对自己的判决，有的人还把自己的一部分财产献给皇帝，以便能给自己的孩子留下另一部分财产，不至于遭到没收。到了最后，尼禄为了要了解人们究竟下贱到何种程度，对血腥的镇压能忍受多长时间，便故意地胡作非为，在血洗叛逆者的同时，还株连到他们的亲属、朋友，甚至连一般的熟人都遭到了杀害。那些住在大火后兴建起来的豪华住宅里的人，只要一来到街上，就会遇到一队队送殡的行列。庞培留斯、科尔涅留斯·马兹雅利斯、弗拉维乌斯·列波斯，还有斯达兹尤斯·多米兹尤斯等人，以所谓对皇上缺乏敬爱之嫌，而遭到杀戮。诺维乌斯·普里斯库斯因为是塞内加的朋友而受到株连。鲁菲乌斯·克里斯波鲁斯则因为从前是波培娅的丈夫，也被剥夺了使用火和水的权利。大特拉绥阿斯由于品德高尚而送了命。还有许多人因为出身高贵而惨遭杀害，甚至连波培娅也成了皇帝一时愤怒的牺牲品。

元老院对这位残暴凶狠的君主卑躬屈膝，阿谀奉承，为了对他表示敬重还替他建立了一座神殿，甚至为他的好嗓子进行了一次大献礼，在他的塑像上献戴花环，像真神一样给他选派了一批祭司。元老们都胆战心惊地来到巴拉丁宫，齐声唱起了谄媚的歌曲《地久天长》，向皇帝表示崇敬，并且和皇帝一道，在裸体、美酒和鲜花丛中狂欢滥饮，淫逸放荡。

与此同时，从浸透了鲜血和泪水的土地下面，彼得播下的种子悄悄地发芽成长，而且越来越茁壮强大。

73

维尼兹尤斯写给彼特罗纽斯的信:

最亲爱的舅舅,罗马发生的事情我们在这里也有所了解,即使有不清楚的地方,读了你的来信也就一目了然了。就像往水池中扔进一块石子,掀起的涟漪会往四周扩展,越扩越大,同样,疯狂和罪恶的浪涛也从巴拉丁宫波及了我们这个地方。皇帝在前往希腊的途中,派卡里纳斯来到这里,把城里和神殿里的金银财宝掠夺一空,以便充实早已空虚的御库。他不惜用人民的血汗和眼泪,在罗马建筑"金銮宝殿"。像这样雄伟壮丽的宫殿,也许世界上还从来没有过,然而像这样的倒行逆施,当然也是前所未有的。你不是也认识这个卡里纳斯吗?他非常像那个到死才赎回了真正生命的基朗。卡里纳斯倒没有派他的部下到我住地周围的各个小城镇来。也许是因为这一带没有神殿和金银财宝。你问我们在这里是不是安全?我只能告诉你,我们已经被人遗忘了,这样的回答大概足够了吧。现在我从写这封信的柱廊下面,眺望着平静的海湾,乌尔苏斯驾着一只小船,正在这宁静的海湾里撒网捕鱼。我的妻子正坐在我的身旁编织红羊毛。花园里,奴隶们正在杏树下面唱歌休息。啊,最亲爱的!这里是多么宁静啊!我们都忘记了过去的恐惧和痛苦!但并非如你所写的那样,是命运女神为我们编织了这样甜蜜愉快的生活,而是基督对我们的祝福,是我们衷心热爱的上帝和救世主赐予我们的恩典。我们也有过悲哀和眼泪,那是我们的宗教教导我们要为别人的不幸而流泪,然而,就是在这些眼泪里面,也包含着一种你们不知道的安慰。等到将来有一天,我们生命终结的时候,我们就将和所有为了上帝的真理而死去的和即将牺牲的亲人们在一起。对我们来说,彼得和保罗并没有死,而是在光荣中重生了。我们的灵魂能看见他们,当我们的眼里噙着泪水时,我们的心里却为他们的欢乐而欢乐。

是的,亲爱的舅父,我们是生活在任何力量都无法摧毁的幸福之中,因而感到无比幸福。你们认为死是一切事物的终结,可是对我们来说,那不过是一个转折,是一种通向更大的平静、更伟大的爱情和更大的欢乐的过渡。

我们就是在这种无忧无虑的心境中度过岁月的。我们的仆役和奴隶也和我们一样信仰基督。而基督则教导我们要爱别人,所以我们大家都相亲相爱地生活在一起。每当夕阳西下或者月光在海波上辉映的时候,我和莉吉亚常常在一起谈起过去的事情,我们现在觉得那是一场梦。我时常想到,这个每天都要依偎在我胸前的亲爱的头颅,差点遭到残杀和毁灭,这时我就以整个灵魂去赞美我们的主,因为只有他才能把她从罪恶的手中夺过来,从竞技场上把她救出来,并把她永远地送还给我。啊！彼特罗纽斯，你已经看到过，这个宗教在不幸时能给人多么大的安慰和坚毅精神，在死亡时能给予那样大的耐性和勇气。所以请你快到我们这里来吧，来看看它在最平凡的日常生活中能带给我们多么大的幸福。你知道，人们至今不知道有这样一个他们能够去爱的上帝，因此他们彼此之间也不曾有过友爱。这就是产生一切不幸的根源，正如光明来自太阳，幸福来自爱情。无论是法律的制定者，还是哲学家们，都没有把这个真理教过人们，所以它在希腊、在罗马都是未曾有过的。当我说罗马的时候，指的是全世界，所以全世界也是未曾有过的。禁欲派的枯燥而又冷冰冰的学说，虽然得到有德之士的推崇，它把人心像利剑那样去锻炼，所以它不是把人心炼得更善良，而是把人心变得更冷漠无情了。你见多识广，博学多才，我何必向你啰唆这些事情呢。你也认识塔斯的保罗，而且还和他长谈过，你当然更清楚，和他所宣讲的真理比起来，你们这些哲学家和雄辩家的全部学说，不过是随生随灭的泡沫和毫无内容的空洞响声罢了。你还记得保罗向你提出的问题吗？他说："若是你们的皇帝成了基督教徒，你们不是会感到更加安全，对你们的财富不是会更加放心，也不会感到惶惶不可终日了，对自己的未来也会更加充满自信了吗？"你曾经对我说过，我们的宗教是生活的仇敌，可是我现在要告诉你，即使我在这封信的开头到结尾尽是写满了"我是幸福的"这句话，那也不能完全向你表达出我的幸福。也许你还会说，我的幸福不过就是莉吉亚！是的，亲爱的，那是因为我爱她那不朽的灵魂，因为

743

我们两个都爱着基督,这样的爱情既不会分离、变心,也不会背叛、衰老和死亡。即使是青春和美貌消失了,当我们的躯体衰老萎缩,死亡来临时,我们的爱情依然常在,灵魂依然不死。在我的眼睛还没有看见光明之前,为了莉吉亚,我真会把自己的房子烧掉也在所不惜,可是我要对你说,当基督没有教会我爱之前,我并没有真正爱过她。基督是幸福和平静生活的源泉。这不是我夸夸其谈,而是事实如此。你不妨把你们那些充满恐惧的寻欢作乐,不知有明天的自我陶醉,有如举行丧事酒宴那样的狂欢集会,和我们基督教徒的生活对比一下,你就会得到明确的答案。但是为了能让你更好地进行这样的对比,还是请你到我们这儿来,到我们这花草芬芳的山丘来,到我们这绿叶葱茏的橄榄树林来,到我们这布满常春藤的海岸上来吧!在这里等待着你的是一种你久未享受过的平静生活和两颗真诚热爱着你的心。你有一颗高尚而善良的心,因此,你应该是个幸福的人。你那聪慧的才华能够分辨真理,等到你认识了它,你就会喜爱这个真理的,否则你就会像皇帝和提格里努斯一样只能成为它的仇敌,无论谁都不能对它漠不关心,持超然态度。啊,我的彼特罗纽斯,我和莉吉亚都相信不久之后就能在这里见到你。祝你健康幸福,也希望你早日光临!

彼特罗纽斯接到维尼兹尤斯这封信的时候,正好在邱买,他是和其他廷臣们一道跟随皇帝来到这里的。他和提格里努斯之间的长期斗争现在已临近结束。彼特罗纽斯知道他在这场斗争中必定要失败，而且也知道失败的原因。随着皇帝的日益堕落，甘愿做戏子、小丑和驭者的角色，随着皇帝越来越沉湎于病态的疯狂和卑鄙无耻的淫荡生活中，那么这个情趣高雅的"风雅裁判官"便成了障碍了。如果彼特罗纽斯一言不发，尼禄就会把他的沉默看成是不满，假如他对尼禄发表吹捧的意见，尼禄又会认为他是在嘲讽他。这个高贵的贵族有伤皇帝的自尊心，招致了他的嫉妒。特别是彼特罗纽斯的财产和那些价值连城的艺术珍品，都成了皇帝和提格里努斯垂涎的对象。直到现在，皇帝还没有让他离开人世，那是因为他的鉴赏能力和高雅趣味，他对希腊艺术的高深学识，对这次到亚该亚的旅行是不可缺少的。但是，提格里努斯不断在尼禄面前煽动说：卡里纳斯无论在鉴赏趣味还是在学识方面都要超过彼特罗纽斯，而且到了亚该亚之后，在组织演出、举行宴会和博得成功方面，都要胜过彼特罗纽斯一等。从这时候起，彼特罗纽斯的命运就注定不可挽回了。不过在罗马，他们还不敢把死刑令送到他的手中。皇帝和提格里努斯都记得很清楚，这个表面看来优柔寡断、文质彬彬的美学家，虽然过着昼夜颠倒的生活，沉湎于享乐、艺术和宴会中，可是当他过去担任比提尼亚总督，后来擢升为都城总督的时候，曾经表现出惊人的干练和魄力，取得了出色的政绩，被认为是一个无所不能的人。他们也知道，彼特罗纽斯在罗马不仅得到人民的爱戴，也受到禁卫军的拥护。一旦彼特罗纽斯行动起来，他会干出什么样的事情来，连尼禄左右的心腹也很难预料，于是他们认为把他引出罗马，等到了外省再加以处决，这才是万全之策。

出于这种考虑，所以彼特罗纽斯也得到了邀请，让他和其他廷臣们一道到邱买去。彼特罗纽斯也猜到了这一阴谋诡计,但他还是去了,也许因为他不想公开反抗皇上的旨意,也许是为了让皇帝和廷臣们再一次看到他那愉快的无忧无虑的脸孔,同时还想在与提格里努斯的较量中获得最后一次胜利。

彼特罗纽斯刚刚离开罗马,提格里努斯就立即告发他和斯采维鲁斯元老的亲密交往,斯采维鲁斯原来是披索阴谋活动的灵魂。彼特罗纽斯留在罗马城里的家人和奴隶被关进了监狱,他的府邸也由禁卫军看守着。但是彼特罗纽斯听到这些消息时一点也不惊慌,甚至连一点烦恼的表情都没有。他满脸笑容地对着那些被邀请到他在邱买的豪华别墅中来的廷臣们说道:"红胡子是不喜欢有人直接去问他的,要是我当面问他为什么要把我在罗马的家人都投进狱中,你们一定会看到他是怎样的惊慌失措。"

他还向大家宣布,在"继续旅行"前要给大家举行一次盛大的宴会。就在他准备宴会期间,接到了维尼兹尤斯的来信。

读了这封信之后,他沉思了一会儿,然后他的脸上又现出了通常那种泰然的神情,当天晚上他就写了下面这封回信:

> 我为你们的幸福高兴,你们的心也使我感动,最亲爱的,原来我以为,你们这两个相爱的人再也不会想起第三者,再也不会想起我这个远方的朋友了。可是你们不仅没有忘记我,反而邀请我到西西里岛去,好让我分享你们的面包,甚至像你所写的那样,也让我分享那个赐给你无限幸福的基督。
>
> 基督果真是这样,你们就崇拜他吧。亲爱的,不过我认为,莉吉亚之所以能归还给你,也有乌尔苏斯的一份功劳,

和罗马市民也有点关系。如果尼禄是另外一个人,那我倒会相信他会是由于提比略的孙女曾嫁给维尼兹尤斯家的人而顾及你们的姻亲关系,才停止了对基督教徒的迫害的。既然你认为这是基督的功劳,那我也不表示反对。是的!你们可不是吝惜献给基督的供品。普罗米修斯也是为了人类而牺牲自己的,可是,天啊!普罗米修斯仅仅是诗人臆造出来的人物而已,而一些忠实可信的人对我说,他们亲眼看见过基督。我和你们一样,认为基督是一切神明中最值得尊敬的神。

塔斯的保罗所提出的问题,我还记得而且也同意他的论点:如果红胡子能依照基督的教义生活,也许我会有时间到西西里岛来看望你们的。那时候,我们就可以在树荫下、泉水边尽兴谈论所有的神明和所有的真理,就像希腊的哲学家们早先争论过的那样。可是今天我只好给你写这样一封简短的回信了。

我所看重的只有两位哲学家,一个叫皮浪,另一个叫阿那克里翁。至于其他的哲学家都可以和希腊罗马的禁欲派一道廉价卖给你。真理住得那样高,就连众神站在奥林匹亚山顶上也无法看见它。亲爱的,也许你觉得,你们的奥林匹亚山要更高,于是你站在上面向我召唤:"上来吧,你会看到你从未看见过的景象!"也许这是真的。可是我要告诉你:"朋友,我没有腿可供走路了!"如果你读完了这封信,你就会知道我说得一点不错。

啊,不!黎明女神的幸福丈夫啊!你们的宗教对我是不合适的。难道要我去爱那些给我抬轿的比提尼亚人、给我烧水的埃及人吗？要我去爱红胡子和提格里努斯吗？我要凭美惠三女神的洁白膝盖起誓，即使我愿意这样做，也是不可能做到的。在罗马城里，至少有上十万奇形怪状的人，不是有弯曲的肩胛骨，就是有粗大的膝头，或者有太细小的双脚，不是有圆鼓鼓的眼睛，就是脑袋过大。你难道也要我去爱他们吗？既然我心里没有这样的爱，那我又到哪儿去找这种爱呢？如果你们的上帝希望我去爱这些人，那么为什么"他"不利用他的全能的法力，把他们都变成——比如像你在巴拉丁宫看到的尼俄伯雕像那样美貌呢？凡是爱美的人，绝不会因此而去爱丑的。信不信我们的众神是一回事，但并不妨碍我们去喜爱他们，就像菲狄阿斯、普拉克西特列斯、米朗、斯科帕斯和李齐普曾经喜爱他们一样。

即使我想按照你的指引去做也是不可能的了。何况我不想那样做，那就加倍不可能了。你和塔斯的保罗那样相信将来能在斯堤克斯河（即冥河）的彼岸，能在伊甸乐园中看见你们的基督。这当然是好事！不过你可以问他一声，我若是带着金银财宝，带着我的米里内花瓶，苏兹出版的书籍以及我的金发美人尤妮丝一道去，他会不会接受我呢？一想到这点，我亲爱的，就连我自己都觉得好笑了，塔斯的保罗曾经告诉我，为了基督应该抛弃那些玫瑰花环、宴会和奢侈享乐。他的确也答应过我另一种幸福，可是我当时就对他说过，要去享受另一种幸福，我的年纪已经太大了，我的眼睛能看到玫瑰花就觉得高兴，而紫罗兰的香气比苏布拉区"贱民"的汗臭味使我感到更加舒服。

这就是你们的幸福不适合于我的原因。此外还有另一个原因要等到最后才告诉你。现在死神在召唤我了。对你们来说，现在正是生活的黎明时刻，但对我说来则是夕阳西下近黄昏的时刻，黑暗已经笼罩在我的头上了。换句话说，我的死期到了，亲爱的。

关于死的事情是不值得多费笔墨的，反正是非死不可的了。你是知道红胡子的，因此你是不难理解这件事的。提格里努斯战胜了我，不！还不如说是我的胜利到头了。我活着，是按照自己的意愿，我死去，也要按照我的心意高高兴兴地去死。

你们不要把这件事情放在心上。任何神明都没有保证我长生不死的，因此我并没有遇到什么意料以外的事情。维尼兹尤斯，你认为只有你们的神才能教人平静地死去，这点你就搞错了。不！早在你们之前，我们的世界就有人说过，当最后一杯酒喝干时，就是离去的时刻，休息的时刻，而且知道要心情愉快地去接受它。柏拉图说过，美德就是音乐，而圣人的生活则是一部和声。如果是这样的话，那么我就要品德高尚地活着，也要品德高尚地死去。

现在，当我就要向你那天仙般的妻子告别的时候，再向她说一遍我曾在普劳兹尤斯家对她说过的话："我看到过很多国家的数不清的美人，但能与你匹敌的则没有见过。"如果灵魂要比皮浪所说的更多一点什么的话，那么我的灵魂就会越过海洋，飞到你们那里去，它会变成蝴蝶，或者像埃及人相信的那样变成一只鹰，落在你们家里。

要是采用别的办法我就不能来了。

现在我祝愿你们的西西里能变成赫斯珀里得斯的花园,祝愿田野、森林和泉水的各位女神能在你们的小路上撒满鲜花,愿雪白的鸽子能在你们家的圆柱上端的叶形雕饰上都筑满巢穴。

74

彼特罗纽斯并没有猜错。两天之后,那位对他友好和崇敬的青年涅尔瓦,派了他的解放奴隶到邱买来,把皇宫中发生的情况全部报告了彼特罗纽斯。

彼特罗纽斯的死刑已经决定了。他们打算第二天晚上派一个百夫长持手谕来,命令彼特罗纽斯留在邱买,听候下一步的处置。再过几天,另一个信使就要给他送来死亡的决定。

彼特罗纽斯泰然自若地听完解放奴隶的消息,然后神色不变地对他说:"你回去的时候,请把我的一只珍贵的花瓶带给你的主人,并请你转告他,我衷心地感谢他在判决下来之前就让我预先知道了。"

说着,他突然大笑起来,好像他想出了一个好主意,事先就知道它能够胜利实现似的。

当天晚上,彼特罗纽斯的奴隶们便被分头派去邀请在邱买的全体廷臣以及他们的夫人,到他这位"风雅裁判官"的豪华别墅来参加宴会。

他自己却关在书房里写了一个下午,接着洗完澡,便让管服装的奴隶给他穿好衣服,他像神一样打扮得光彩夺目又威武庄严。

他走进宴会厅，以行家的眼光看了一下准备的情况，然后便来到花园里，那里有一伙少年和海岛来的希腊少女在采编玫瑰花，给晚上的宴会准备花环。

他的脸上丝毫没有忧郁的神色。家奴们只知道这一次宴会不同寻常，因为他发下话了：那些工作得使他满意的仆人，将得到格外优厚的奖励，并且只会轻微地责打那些工作不合他胃口的人或者以前就该受到鞭打和处罚的那些人。那些琴师和歌手都事先得到了丰厚的报酬。最后他在花园的一棵山毛榉树下坐了下来，阳光穿过树枝斑斑驳驳地洒在地上，他把尤妮丝叫到自己的身边。

她来了，穿着一身雪白的衣服，头上戴着桃金娘的花环，像美惠三女神一样美貌。他让她坐在自己的身旁，用手指轻轻地抚摸着她的鬓角，就像一位艺术鉴赏家欣赏着一尊由名师塑造而成的雕像那样无限喜爱地望着她。

"尤妮丝，你知道吗，你早就不是奴隶了？"他说。

尤妮丝抬起她那天蓝色的平静的眼睛望着他，摇了摇头表示否认。

"老爷，我永远是你的奴隶！"她答道。

彼特罗纽斯接着说："你也许不知道，这座别墅和这些编织花环的奴隶，以及这里的一切，包括土地和牲畜，从今天起都属于你了。"

尤妮丝一听到这些话，便突然挪开了身子，用惊惶不安的声音问道："为什么要对我说这些话呢，老爷？"

接着她走到他的跟前，用充满恐怖的眼睛望着他，过了一会儿，她的脸色变得像亚麻布似的苍白，但是他一直在微笑着，最后只说了一句话:"真是这样!"

接着是一阵沉默,只能听到风吹山毛榉树叶的瑟瑟声。

彼特罗纽斯当真认为站在他面前的是一座白色大理石雕像。

"尤妮丝,我想要平静地死去。"他说。

尤妮丝听到这里,也露出了一丝伤感的笑容,她抬头望着他说:"我听从你的吩咐,老爷!"

到了晚上,客人们纷纷前来赴宴,那些经常参加彼特罗纽斯宴会的客人们,都知道和他家的宴会比起来,就连皇帝的宴会也显得枯燥乏味,粗野庸俗。但是谁也没有想到,这将是最后一次宴会了。不少客人知道,皇帝不满的阴云正笼罩在这位"风雅裁判官"的头上,但这样的事件已经出现过多次,而且彼特罗纽斯都能够用巧妙的手段或一句大胆的话把乌云驱散,因此没有一个人会想到,这一次他真是遇到了严重的危险。他那愉快的脸色和无忧无虑的笑容,使在场的人都深信他没有什么问题,就连美貌无比的尤妮丝,虽然彼特罗纽斯已对她说过他要平静地死去,而他的每一句话她都认为是天经地义、不可违拗的,现在也现出轻松自如的神色,眼睛里闪耀着一种奇异的欢乐光辉。宴会厅的门口,站着用金线网套住头发的侍童,客人到来时,他们便给客人的头上戴上玫瑰花环,同时按照习惯提醒客人注意先把右脚跨进门槛。整个大厅弥漫着柔和的紫罗兰的芳香,灯火在亚历山大出产的彩色玻璃罩里发出五光十色的光彩。每张躺椅旁边都站着一个希腊姑娘,她们专门用香膏给客人涂抹脚掌。琴师们和雅典歌手们都坐在墙边,等待指挥下达演唱的信号。

餐桌上的摆设极其豪华,但并不刺眼和沉闷,倒像是自然开放的鲜花。整个大厅充满欢快而自由的气氛，和紫罗兰的香气融合在一起。客人们一走进这里，就有一种轻松自如的感觉，丝毫没有像在皇帝宴会上那种胁迫和拘束的感觉。在皇帝那里，谁要是对他的诗和歌唱吹捧得不够，或者话说得不合适，随时都有付出性命的危险。客人们看见这五彩缤纷的灯光、常春藤的花束、雪窖中冰过的冷酒和美味可口的佳肴，个个都笑逐颜开。客人们开始了愉快的高声谈话，像一群蜜蜂在鲜花盛开的苹果树上嗡嗡叫一样。谈话中间，有时也爆发出欢快的大笑声，有时又是低声的赞美，有时又能听到在赤裸的肩膀上大声亲吻的声响。

客人们喝酒时，都要从杯子里洒出几滴酒，祈求众神保佑主人消灾延寿。虽然有不少客人并不信神，但他们按照长期的习惯和迷信，仍然都这样做了。彼特罗纽斯躺在尤妮丝旁边，兴致勃勃地谈起了罗马的新闻、最新的离婚事件、恋爱偷情、赛车会、比赛场上最近涌现的新星斯彼库鲁斯，以及在阿特拉克杜斯和苏兹书店最近出版的新书。他洒酒时宣称，他只对塞浦路斯女神表示敬意，因为只有这位女神才是所有神明中最古老和最伟大的神，也是唯一不朽的神，只有她才是万古流传和至高至尊的神。

他的谈话就像阳光一样使各种话题增光生辉，又像夏日的和风轻轻吹拂着花园里的花卉。后来他向乐队指挥抬了抬手，看到这个信号，竖琴便发出了悦耳的响声，而年轻人的歌声伴和着琴声唱了起来。然后尤妮丝的同胞———一些从科斯来的舞女，便翩跹起舞，透过薄亮的长裙，她们那玫瑰色的肉体隐约可见。最后是埃及来的占卜者根据水晶盘中霓虹彩色的转动，给客人们预卜未来。

当大家都玩得兴高采烈时，彼特罗纽斯便从那叙利亚产的坐垫上稍稍抬起了身子，缓慢地开口说道："朋友们，请你们原谅我在这个宴会上向列位提出的要求：请各位收下那只你最先洒酒祭神和保佑我诸事如意的酒杯，作为我馈赠给诸位的礼物吧！"

彼特罗纽斯的酒杯都嵌有黄金和宝石，还有精美的雕刻，宴会上赠送礼物虽然在罗马是一桩平常的事情，但大家的心里都觉得很高兴。有些客人向他表示感谢，盛赞他的好客；另一些人则说朱庇特在奥林匹亚山上也没有向众神送过这样贵重的礼品；最后也有一些人对于是否接受这种超过一般常情的珍贵礼物还在犹豫不决。

这时彼特罗纽斯举起了一只米里内制的敞口杯子，它光彩夺目，像彩虹一样，真是一件无价之宝。他继续说道："我就是用这只杯子向塞浦路斯女神祝酒的，从现在开始任何人的嘴唇也别想再碰这只杯子了，任何别人的手也别想再拿它来向别的女神祝福了。"

接着他就使劲把这只杯子向撒满番红花的石板地上摔去，杯子砸得粉碎，他看到周围的人都露出了惊愕的目光，便说："亲爱的朋友们，用不着惊讶，还是尽情地玩吧。年老和体衰，这是人生晚年可悲的伙伴。可是我向他们提供一个好的榜样和一番善意的劝告，那就是：正如你们所看到的，未到耆老早离去，就像我自愿地离开人世那样。"

"你想干什么？"好几个人不安地齐声问道。

"我想痛痛快快地玩一场，喝喝酒，听听音乐，望着我身旁的那些天仙般的形体——这是诸位都看到了的，然后我就要戴着花冠长眠不醒了。我已经向皇帝告别了,你们想不想听听我写给皇上的告别信呢?"

他从紫色的靠垫下面取出那封信,开始读了起来:

啊,陛下,我知道你正以焦急的心情等待着我的到来,而且你那颗充满友情的心也在日夜思念着我。我知道你准备送给我大量的礼物,并任命我为禁卫军的司令长官,而命令提格里努斯还原到众神把他造成的那个样子,把他放逐到你毒死多米兹尤斯以后霸占过来的领地上去放骡子。不过,请你原谅我吧,我凭哈得斯宣誓,我以你的母亲、妻子、兄弟和塞内加的亡灵起誓,我不能应约前去晋见陛下。生命是伟大的宝库,我的陛下,我已经从那个宝库中选取了最珍贵的珠宝,但是生活中也有一些事情使我无法再忍受下去。你不要以为,你杀死母亲、妻子和兄弟,你放火焚烧罗马,你把你国中的全部有德行的人都送进冥国,才使我感到愤慨。啊,不!克洛诺斯的后代啊!死是每个人都要遭到的命运,而且你反正也不会有什么别的作为。但是,多年以来听你唱歌真把我的耳朵都听出了茧子,看到你用你那多米兹尤斯家生就的细腿跳希腊式的舞蹈,还得听你的演奏、你的朗诵、你的长诗,你这个近郊的粗野诗人,那才是我所不能忍受的,那才是使我想死的原因。只要听到是你在唱,罗马便塞起了耳朵,全世界都在嘲骂你,我不想也不愿意再替你脸红下去了。我亲爱的陛下,刻耳柏洛斯的吠叫声,虽然和你的歌声很相似,但我还能忍受,因为它从来不是我的朋友,所以我没有义务为它的吠声害臊。请你自重吧,可别再唱歌了;你还是干你的杀人勾当去吧,可不要再去写什么诗了;你还是去放毒好了,可别再去跳舞;你还是去放火烧城吧,再不要去弹什么琴了。这就是我"风雅裁判官"对你的祝愿和最后一次友好的忠告。

客人们都吓得目瞪口呆。他们知道,对于尼禄来说,即使失去罗马帝国,也不会比这个打击更可怕了。他们知道写这封信的人是必死无疑的,同时他们也知道,听了这封信的人也很可能丧命,于是他们全吓得脸色煞白了。

但是彼特罗纽斯却坦率而愉快地大笑起来,好像这是一个无关紧要的玩笑似的。接着他用眼光扫了在场的客人们一眼,便说:"你们还是尽兴地玩吧,没有什么可怕的。你们谁也不要自夸说听到过这封信,至于我,只有在坐船渡过冥河的时候才会向卡戎夸耀这封信的。"

他说完之后,便点头招呼希腊医生过来,把胳膊向他伸了过去。那个灵巧的希腊人一眨眼工夫便用一条金带子把他的手臂捆了起来,他把手腕上的动脉切开,血流到了坐垫上,也喷射到了托着彼特罗纽斯脑袋的尤妮丝身上,她向他弯下身去说:"老爷,你想我会离开你吗?即使是众神让我长生不老,皇帝把统治世界的权力交给我,我也要永远和你在一起。"

彼特罗纽斯微笑着,他抬起了身子,把自己的嘴唇紧贴在她的嘴唇上,答道:"那就和我一块儿去吧!"

接着他说道:"你真的爱我吗?我的仙女……"

尤妮丝也把玫瑰色的手臂伸给了医生。过了一会儿,她的血便和彼特罗纽斯的血流在一起了。

这时候,他对乐队指挥暗示了一下,琴声和歌声又响了起来,他们先唱起了《哈尔摩迪斯之歌》,后来又演唱了阿那克里翁的歌曲。诗人在这首诗歌中诉说,有一次发现了阿佛洛狄忒的孩子在门外冻得发抖,哭得十分伤心,就把他叫进屋里,让他取暖,并且把他的翅膀擦干。可是这个孩子却恩将仇报,用自己的箭射伤了他的心,从此,诗人就失去了安宁……

彼特罗纽斯和尤妮丝这两个美如天仙的人相互偎靠在一起,他们听着歌曲,脸上露出了笑容,但脸色变得越来越苍白。彼特罗纽斯听完这首歌后又吩咐再添上酒和菜。然后便和坐在他旁边的一些客人说起宴会中通常涉及的一些互不相干但有趣的话题。过了不久,他又叫来希腊医生,要他暂时把血管捆起来,说他觉得瞌睡了,所以在死神塔纳托斯没有让他长睡之前,还想去拜访一下睡神许普诺斯。

他真的睡着了。当他惊醒过来时,尤妮丝的头已经像一朵白花一样躺在他的胸口。他把她移到坐垫上,又仔细地看了她一眼,然后便吩咐医生放开他的血管。

歌手们又在他的暗示下唱起了阿那克瑞翁的一首新歌,为了使客人们能够听清歌词,琴声轻轻地伴和着。彼特罗纽斯的脸色越来越白,等到最后一句歌词唱完,他再一次转向来客们,说道:"朋友们,说真的,和我们一道去死吧……"

他没法把话说完,他的手臂做了最后一个动作,抱住了尤妮丝。接着他的头倒在靠垫上——于是他死了。

客人们望着这两具雪白得有如两尊优美雕像的尸体,他们这时才悟到,他们的世界里唯一还保存着的东西——诗和美,也随着他们一道消亡了。

尾 声

文德克斯统率下的高卢军团的暴动，开始时并没有构成很大的威胁。尼禄当时只有三十一岁，所以任何人都没有想到这个世界会那样快地从这个残暴的恶魔手中解放出来。他们想起过去各个朝代都发生过军队的暴动，但那些暴动很快便平息下去了，并没有造成改朝换代的结果。比如在提比略统治时期，德鲁苏斯便镇压了潘诺尼亚军团的叛乱，盖尔马尼库斯也摧毁了莱茵河的叛乱。也有人说：奥古斯都陛下的后代都被尼禄杀完了，有谁能继承尼禄的王位呢？另外的一些人，望着他那巨大的雕像，把他当成了赫拉克勒斯，便不由自主地认为没有任何力量能把这强大的势力推翻。由于尼禄常常到亚该亚去，便把罗马和意大利的政权交给赫留斯和波利特特斯代管，而他们的统治更加残暴，比尼禄杀的人流的血更多，于是有些人又盼望他回来。

没有一个人对于自己的生命和财产感到安全。法律失去了保护的作用。人的尊严和道德都不复存在了，家庭的联系被破坏了，人心惶惶，大家都不抱任何希望了。从希腊方面不断传来皇帝空前成功的消息，说他获得了成千个桂冠，战胜了几千个竞争者。整个世界变成了一场鲜血和滑稽戏相混合的狂欢会。同时又使人确信，道德和尊严的时代已经结束，随之而来的是跳舞、音乐、淫乱和流血的时代，从此以后生活就会这样过下去了。由于叛乱给皇帝提供了敲诈勒索的借口，因此尼禄对叛乱军团和文德克斯本人倒不太放在心上，甚至还常常流露出高兴的情绪。他并不想离开亚该亚，直到赫留斯向他报告，如果再停留下去就有失去帝位的危险，他才班师回到那不勒斯。

他在那不勒斯又是演奏又是歌唱，依然把局势日益危急的消息当作耳边风。提格里努斯向他陈说过去的暴动大都没有领袖，而现在统率这次暴乱的是从前阿克文阿王朝的后裔，又是一个经验丰富、享有盛誉的武将。这些话尼禄也还是听不进去。尼禄回答说："这里的希腊人都爱听我的演唱，只有他们才懂得音乐，而且也只有他们这样的人才有资格听我的歌唱。"他说艺术和名誉才是他的第一使命。可是当他听到文德克斯骂他是个低劣的艺术家时，便暴跳如雷，愤然决定赶回罗马。彼特罗纽斯给他心灵留下的创伤，本来在希腊停留期间已经愈合了，现在这伤口又在他的心中裂开了，尼禄想在元老院中对于这种前所未闻的诽谤得到公正的裁决。

途中他看见一组表现高卢骑士被罗马骑士打败的青铜雕像，认为这是个好兆头。从这时候起，他一提起暴动的军团和文德克斯，就只不过是为了嘲笑他们。他进入首都的盛况是空前未有、热闹非凡的。他乘坐着奥古斯都皇帝凯旋回朝时坐过的那辆战车。为了能让尼禄的大队人马通过，竞技场的一座拱楼被拆除了。元老院、骑士们和无数的民众拥上街头，向他表示欢迎。"欢迎，欢迎！陛下万岁！赫拉克勒斯万岁！神圣的陛下，至尊的陛下，万岁,万万岁!欢迎你,奥林匹亚的彼尔纳索斯的不朽的神明!"欢呼声几乎把城墙都震塌了。在他车后,人们抬着他获得的桂冠和他在那里博得成功的那些城市的名称,还有他打败的那些著名敌手的姓名牌。尼禄趾高气扬,得意非常,他激动地询问身边的廷臣们,恺撒的凯旋和他的胜利比起来孰盛孰大?一个凡夫俗子竟敢起来反抗这个半神的无敌统帅,这在他的头脑里根本没有想到过。他的确觉得自己是奥林匹亚山上的真神,所以他一想起这点,就觉得自己不会遭到任何的危险。群众的热情和疯狂也激起了他自己的疯狂。在这个凯旋的日子里,的确给人留下了这种印象,仿佛不仅是皇帝和罗马城,甚至整个世界都失去了理性。

在鲜花和桂冠丛中,谁也没有看到那个无底的深渊。就在那天晚上,神殿的柱子上和墙壁上都出现了揭露皇帝罪恶的标语,以就要降临到他头上的复仇来恫吓他,对他自诩为艺术家一事也进行了挖苦和嘲讽。人人口里都流传着这样的趣话:"只要他还没有惊醒那些公鸡,他就会一直唱下去。"公鸡指的是高卢人。就在这时,令人不安的警报传遍了全城,达到了使人惊慌失措的程度。廷臣们都惶惶不可终日,老百姓也由于前途未卜,都不敢说出自己的希望,甚至连自己的感想和想法都不敢谈了。

但是尼禄依然生活在戏剧和音乐中。他只关心新发明的乐器和一座新的水动风琴,在巴拉丁宫中对这些乐器进行试奏。这个既不接受意见又不能作出果断决策的尼禄,以为只要许诺以后会举行长时间的演出和竞技大会,就能化险为夷,平安无事。廷臣们看见他不采取预防措施,不去调兵遣将,而是一直探索如何在自己的诗歌中表现这种危险,都不知道该怎么办才好。而有些人认为，尼禄心中也充满了惊恐和不安，于是他只好借吟诗弄句来自欺欺人。实际上，他的行动和举止都是焦躁不安的。每天都有上千种计划在他的脑海中涌现出来。有时他心血来潮，认为制止危险的最好办法是将弦琴和笛子装上战车，把年轻的女奴隶们装扮成亚马孙①人开赴战场，同时又想从东方调回军团。有时他又想，不要用战争，只要用歌唱就能战胜暴乱的高卢军团。他一想到士兵们被歌声降伏的场面，便不由得开心大笑起来。他仿佛看见那些军团的士兵们眼里噙着泪水站在他周围，而他则向他们唱起了凯旋颂歌，他甚至认为从此以后，无论是对他自己还是对罗马来说，都将出现一个黄金时代。他时而渴望着血腥的屠杀，时而又宣称，只要让他统治埃及，他就心满意足了。他想起占卜者曾经对他说过他将统帅耶路撒冷的预言，有时他又自我陶醉地把自己想象成一个流浪的歌手，为了谋生而到处卖唱，所有的城市和国家不是把他当皇帝和世界的君主来尊敬，而是作为一位人间从未有过的伟大歌手来赞美。

他就这样胡思乱想，如痴如狂，演奏歌唱，改变计划，修改诗句，把自己的生活和世界都变成了一场离奇荒诞、虚无缥缈又可怕的梦幻，变成为一种用夸大其词、低劣的诗句、呻吟哭泣和鲜血淋淋组成的喧闹一时的杂耍，而这时的西方则乌云翻滚，并且日益在增长扩大。已经到了尼禄恶贯满盈的时候了。显然，这幕滑稽的喜剧很快就要结束了。

当加尔巴和西班牙参加叛乱的消息传到他的耳朵里时，他暴

---

① 亚马孙：希腊神话中黑海边上的女人国，国中的妇女都是英勇善战的战士。

跳如雷，变得有些神经质了。他摔破了酒杯，掀翻了宴会的桌子，并且发布了连赫留斯或者提格里努斯都不敢执行的命令：要把住在罗马的高卢人斩尽杀绝，然后再次放火烧城，还要把动物贮养场里的全部野兽都放出来，把都城迁到亚历山大去，他认为这才是一桩令人惊羡不已的伟大事业，又是一件轻而易举的事情。然而他发挥无上威权的那种日子已经一去不复返了，就连他以前的罪恶伙伴，也开始把他看作是个精神错乱的狂人了。

文德克斯的逝世和暴动军团内部的不和，使得局势又像天平那样倾斜过来，变得对尼禄这边有利了。于是他又大肆许诺要在罗马举行新的宴会，新的凯旋仪式和发布新的死刑令。直到有一天的夜里，从禁卫军的野营里，派出了一个急使，马不停蹄地赶来报告说，驻守在罗马的士兵们已经揭起了暴动的大旗，并拥戴加尔巴为皇帝。

急使到来的时候，尼禄正在睡觉，可是他立刻就醒了，他呼唤守卫寝宫大门的卫兵，但徒劳无益。因为皇宫里的人已经逃散一空，只有一些奴隶还在僻静的地方抢劫能够到手的财物。但是他们一见到尼禄就吓得胆战心惊，纷纷逃散，他独自一人在宫中走来走去，发出恐怖和绝望的叫喊声。

直到最后，他的解放奴隶伐恩、斯彼鲁斯和厄帕弗洛迪特前来救驾。他们劝皇帝逃走，说再也不能迟疑了，但是尼禄仍然不识时务，非常自信。他想，如果他穿上丧服到元老院去发表演说，有哪个元老会不为他的眼泪和雄辩所打动呢？如果他把自己的全部雄辩才能、他华丽的演说和当演员的才能都发挥出来，在这个世界上还有谁能反对他呢？难道他们连一个埃及总督的职位都不肯给他吗？

习惯于对他阿谀奉承的解放奴隶们，不敢直截了当地反对他的意见，只能提醒他说，如果再犹豫不决，他还没有走到会议堂，就会被老百姓撕成碎片，并且恫吓他说，如果他不赶紧骑马逃走，他们也要离开他逃命去了。

伐恩愿意把自己坐落在诺曼坦纳城门外的别墅献给他作为避难的地方。过了一会儿，他们骑上马，用斗篷遮住脸，急忙向罗马城外驰去。天色已经发白。街上的紧张气氛预示着不平凡时刻的来临。士兵们有的是单个，有的组成小队，分散在城中活动。离军营不远，皇帝的马被一具搁在路上的尸体吓惊了，跳向一旁。他头上的斗篷落了下来，这位君主正好被在他身旁站着的一个士兵认了出来。士兵被这意外的碰见弄得不知所措，向他行了一个军礼。他们驰过禁卫军军营时，听到了向加尔巴致敬的雷鸣般的欢呼声。尼禄终于明白他的死期到了。他的心受到恐怖和良心的责备。他说他看见眼前是一片像乌云那样的黑暗，从乌云里现出了几个脸孔，他认出了他的母亲、妻子和兄弟。他吓得牙齿发抖，然而他那喜剧演员的心灵就是在这种恐怖危急的时刻也照旧能发现其中的魅力。他认为自己曾经是世界至高无上的君主，如今却失去了一切，这才是悲剧的顶峰。他一定要忠实地把他的这个主要角色一直演到终场。他产生了写出几句名言的强烈欲望，并且让在场的几个人记住这些名言好留给后代。他一会儿说他想死，一会儿又呼唤斯彼库鲁斯的名字——这个人是所有角斗士中杀人最熟练的一个。他有时高声叫道："母亲、妻子和父亲都在召唤我到死神那里去！"但是他又时刻产生着新的希望，那是些空虚和幼稚的希望。他知道他要死了,然而他又不相信自己会死。

诺曼坦纳城门敞开着,他们穿过城门向前驰去。他们从使徒彼得曾经传教和授洗礼的奥斯特里亚努墓地旁边穿了过去。黎明时候他们便来到了伐恩的别墅。

到了那里,这几个解放奴隶便不再向尼禄隐瞒:他的死期已经到了,于是他让人给他挖好一个坑,他自己还躺在地上比了一下,好让他们挖出一个合适的墓穴。可是一看到挖出来的土,他又害怕起来了。他那浮肿的脸孔变得煞白,额头上也渗出了颗颗露珠似的汗粒。他想拖延时间。他用发抖的又像是演戏似的声调宣称,他的死期尚未到来,接着他又朗读起诗句来。到了最后他要求将自己火化。他还装出惊讶的神情再三说道:"这样的一位艺术家就要死了!"

就在这时,伐恩派出去的信使前来报告,元老院已经做出决定,尼禄的弑母罪必须按照古老的习惯给予惩处。

"什么样的习惯?"尼禄吓得嘴唇发青,问道。

"他们要先用叉子叉住你的脖子,然后鞭打你,直到打死为止,再把尸体扔到台伯河里!"厄帕弗洛迪特毫不容情地答道。

尼禄掀开了他胸前的外套,抬眼望着天空说道:"那么,时候已经到了!"

"这样的一位艺术家就要死了!"他又说了一遍。

传来了奔驰的马蹄声,那是一个百夫长带领一队士兵前来割取红胡子的首级。

"快点!"解放奴隶们叫道。

尼禄把刀对准了自己的咽喉,但他的手发抖,刺不进去,很显然，他根本不敢把刀尖往里面插。这时候厄帕弗洛迪特突然使劲推了一下他的手，那把刀便一直刺到了刀柄，尼禄的两只眼睛鼓了出来，显得那样惊恐、鼓圆而可怕。

"我是来救你的性命的！"百夫长一边奔跑进来，一边喊道。

"太晚了！"尼禄声音嘶哑地答道。

过了一会儿，他又补充了一句："啊！这就是忠诚！"

转眼之间，死神便抓住了他的脑袋，一股股浓血从他那肥厚的脖子上喷射出来，溅落到花园的鲜花上，他的两脚在地上踢蹬了几下，便一命呜呼了。

第二天，那个忠贞不渝的阿克特用贵重的布帛将他包裹起来，并且在撒上香料的木柴堆上将他火化了。

唉，尼禄就像狂风、暴雨、火灾、战争或者瘟疫一样地消失了。然而彼得建立的教堂至今还屹立在梵蒂冈山丘上，统治着罗马和全世界。

距离古代卡丕城门不远的地方，现在还屹立着一座小教堂，门上有一行模糊不清但仍然依稀可辨的题词："主啊，你往何处去？"

汉译文学名著

第一辑书目（30种）

伊索寓言	〔古希腊〕伊索著　王焕生译
一千零一夜	李唯中译
托尔梅斯河的拉撒路	〔西〕佚名著　盛力译
培根随笔全集	〔英〕弗朗西斯·培根著　李家真译注
伯爵家书	〔英〕切斯特菲尔德著　杨士虎译
弃儿汤姆·琼斯史	〔英〕亨利·菲尔丁著　张谷若译
少年维特的烦恼	〔德〕歌德著　杨武能译
傲慢与偏见	〔英〕简·奥斯丁著　张玲、张扬译
红与黑	〔法〕斯当达著　罗新璋译
欧也妮·葛朗台 高老头	〔法〕巴尔扎克著　傅雷译
普希金诗选	〔俄〕普希金著　刘文飞译
巴黎圣母院	〔法〕雨果著　潘丽珍译
大卫·考坡菲	〔英〕查尔斯·狄更斯著　张谷若译
双城记	〔英〕查尔斯·狄更斯著　张玲、张扬译
呼啸山庄	〔英〕爱米丽·勃朗特著　张玲、张扬译
猎人笔记	〔俄〕屠格涅夫著　力冈译
恶之花	〔法〕夏尔·波德莱尔著　郭宏安译
茶花女	〔法〕小仲马著　郑克鲁译
战争与和平	〔俄〕列夫·托尔斯泰著　张捷译
德伯家的苔丝	〔英〕托马斯·哈代著　张谷若译
伤心之家	〔爱尔兰〕萧伯纳著　张谷若译
尼尔斯骑鹅旅行记	〔瑞典〕塞尔玛·拉格洛夫著　石琴娥译
泰戈尔诗集：新月集·飞鸟集	〔印〕泰戈尔著　郑振铎译
生命与希望之歌	〔尼加拉瓜〕鲁文·达里奥著　赵振江译
孤寂深渊	〔英〕拉德克利夫·霍尔著　张玲、张扬译
泪与笑	〔黎巴嫩〕纪伯伦著　李唯中译
血的婚礼——加西亚·洛尔迦戏剧选	〔西〕费德里科·加西亚·洛尔迦著　赵振江译
小王子	〔法〕圣埃克苏佩里著　郑克鲁译
鼠疫	〔法〕阿尔贝·加缪著　李玉民译
局外人	〔法〕阿尔贝·加缪著　李玉民译

第二辑书目（30种）

枕草子	〔日〕清少纳言著	周作人译
尼伯龙人之歌	佚名著	安书祉译
萨迦选集		石琴娥等译
亚瑟王之死	〔英〕托马斯·马洛礼著	黄素封译
呆厮国志	〔英〕亚历山大·蒲柏著	李家真译注
波斯人信札	〔法〕孟德斯鸠著	梁守锵译
东方来信——蒙太古夫人书信集	〔英〕蒙太古夫人著	冯环译
忏悔录	〔法〕卢梭著	李平沤译
阴谋与爱情	〔德〕席勒著	杨武能译
雪莱抒情诗选	〔英〕雪莱著	杨熙龄译
幻灭	〔法〕巴尔扎克著	傅雷译
雨果诗选	〔法〕雨果著	程曾厚译
爱伦·坡短篇小说全集	〔美〕爱伦·坡著	曹明伦译
名利场	〔英〕萨克雷著	杨必译
游美札记	〔英〕查尔斯·狄更斯著	张谷若译
巴黎的忧郁	〔法〕夏尔·波德莱尔著	郭宏安译
卡拉马佐夫兄弟	〔俄〕陀思妥耶夫斯基著	徐振亚、冯增义译
安娜·卡列尼娜	〔俄〕列夫·托尔斯泰著	力冈译
还乡	〔英〕托马斯·哈代著	张谷若译
无名的裘德	〔英〕托马斯·哈代著	张谷若译
快乐王子——王尔德童话全集	〔英〕奥斯卡·王尔德著	李家真译
理想丈夫	〔英〕奥斯卡·王尔德著	许渊冲译
莎乐美 文德美夫人的扇子	〔英〕奥斯卡·王尔德著	许渊冲译
原来如此的故事	〔英〕吉卜林著	曹明伦译
缎子鞋	〔法〕保尔·克洛岱尔著	余中先译
昨日世界：一个欧洲人的回忆	〔奥〕斯蒂芬·茨威格著	史行果译
先知 沙与沫	〔黎巴嫩〕纪伯伦著	李唯中译
诉讼	〔奥〕弗兰茨·卡夫卡著	章国锋译
老人与海	〔美〕欧内斯特·海明威著	吴钧燮译
烦恼的冬天	〔美〕约翰·斯坦贝克著	吴钧燮译

第三辑书目（40种）

埃达	〔冰岛〕佚名著	石琴娥、斯文译
徒然草	〔日〕吉田兼好著	王以铸译
乌托邦	〔英〕托马斯·莫尔著	戴镏龄译
罗密欧与朱丽叶	〔英〕莎士比亚著	朱生豪译
李尔王	〔英〕莎士比亚著	朱生豪译
大洋国	〔英〕哈林顿著	何新译
论批评 云鬈劫	〔英〕亚历山大·蒲柏著	李家真译注
论人	〔英〕亚历山大·蒲柏著	李家真译注
亲和力	〔德〕歌德著	高中甫译
大尉的女儿	〔俄〕普希金著	刘文飞译
悲惨世界	〔法〕雨果著	潘丽珍译
安徒生童话与故事全集	〔丹麦〕安徒生著	石琴娥译
死魂灵	〔俄〕果戈理著	郑海凌译
瓦尔登湖	〔美〕亨利·大卫·梭罗著	李家真译注
罪与罚	〔俄〕陀思妥耶夫斯基著	力冈、袁亚楠译
生活之路	〔俄〕列夫·托尔斯泰著	王志耕译
小妇人	〔美〕路易莎·梅·奥尔科特著	贾辉丰译
生命之用	〔英〕约翰·卢伯克著	曹明伦译
哈代中短篇小说选	〔英〕托马斯·哈代著	张玲、张扬译
卡斯特桥市长	〔英〕托马斯·哈代著	张玲、张扬译
一生	〔法〕莫泊桑著	盛澄华译
莫泊桑短篇小说选	〔法〕莫泊桑著	柳鸣九译
多利安·格雷的画像	〔英〕奥斯卡·王尔德著	李家真译注
苹果车——政治狂想曲	〔英〕萧伯纳著	老舍译
伊坦·弗洛美	〔美〕伊迪斯·华尔顿著	吕叔湘译
施尼茨勒中短篇小说选	〔奥〕阿图尔·施尼茨勒著	高中甫译
约翰·克利斯朵夫	〔法〕罗曼·罗兰著	傅雷译
童年	〔苏联〕高尔基著	郭家申译
在人间	〔苏联〕高尔基著	郭家申译
我的大学	〔苏联〕高尔基著	郭家申译

地粮	〔法〕安德烈·纪德著	盛澄华译
在底层的人们	〔墨〕马里亚诺·阿苏埃拉著	吴广孝译
啊，拓荒者	〔美〕薇拉·凯瑟著	曹明伦译
云雀之歌	〔美〕薇拉·凯瑟著	曹明伦译
我的安东妮亚	〔美〕薇拉·凯瑟著	曹明伦译
绿山墙的安妮	〔加〕露西·莫德·蒙哥马利著	马爱农译
远方的花园——希梅内斯诗选	〔西〕胡安·拉蒙·希梅内斯著	赵振江译
城堡	〔奥〕弗兰茨·卡夫卡著	赵蓉恒译
飘	〔美〕玛格丽特·米切尔著	傅东华译
愤怒的葡萄	〔美〕约翰·斯坦贝克著	胡仲持译

第四辑书目（30种）

伊戈尔出征记		李锡胤译
莎士比亚诗歌全集——十四行诗及其他	〔英〕莎士比亚著	曹明伦译
伏尔泰小说选	〔法〕伏尔泰著	傅雷译
海上劳工	〔法〕雨果著	许钧译
海华沙之歌	〔美〕朗费罗著	王科一译
远大前程	〔英〕查尔斯·狄更斯著	王科一译
当代英雄	〔俄〕莱蒙托夫著	吕绍宗译
夏洛蒂·勃朗特书信	〔英〕夏洛蒂·勃朗特著	杨静远译
缅因森林	〔美〕梭罗著	李家真译注
鳕鱼海岬	〔美〕梭罗著	李家真译注
黑骏马	〔英〕安娜·休厄尔著	马爱农译
地下室手记	〔俄〕陀思妥耶夫斯基著	刘文飞译
复活	〔俄〕列夫·托尔斯泰著	力冈译
乌有乡消息	〔英〕威廉·莫里斯著	黄嘉德译
生命之乐	〔英〕约翰·卢伯克著	曹明伦译
都德短篇小说选	〔法〕都德著	柳鸣九译
无足轻重的女人	〔英〕奥斯卡·王尔德著	许渊冲译
巴杜亚公爵夫人	〔英〕奥斯卡·王尔德著	许渊冲译
美之陨落：王尔德书信集	〔英〕奥斯卡·王尔德著	孙宜学译
名人传	〔法〕罗曼·罗兰著	傅雷译
伪币制造者	〔法〕安德烈·纪德著	盛澄华译
弗罗斯特诗全集	〔美〕弗罗斯特著	曹明伦译

弗罗斯特文集	〔美〕弗罗斯特著　曹明伦译
卡斯蒂利亚的田野：马查多诗选	〔西〕安东尼奥·马查多著　赵振江译
人类群星闪耀时：十四幅历史人物画像	〔奥〕斯蒂芬·茨威格著　高中甫、潘子立译
被折断的翅膀：纪伯伦中短篇小说选	〔黎巴嫩〕纪伯伦著　李唯中译
蓝色的火焰：纪伯伦爱情书简	〔黎巴嫩〕纪伯伦著　薛庆国译
失踪者	〔奥〕弗兰茨·卡夫卡著　徐纪贵译
获而一无所获	〔美〕欧内斯特·海明威著　曹明伦译
第一人	〔法〕阿尔贝·加缪著　闫素伟译

第五辑书目（30种）

坎特伯雷故事	〔英〕乔叟著　李家真译注
暴风雨	〔英〕莎士比亚著　朱生豪译
仲夏夜之梦	〔英〕莎士比亚著　朱生豪译
山上的耶伯：霍尔堡喜剧五种	〔丹麦〕霍尔堡著　京不特译
华兹华斯叙事诗选	〔英〕威廉·华兹华斯著　秦立彦译
富兰克林自传	〔美〕富兰克林著　叶英译
别尔金小说集	〔俄〕普希金著　刘文飞译
三个火枪手	〔法〕大仲马著　江城子译
谁之罪？	〔俄〕赫尔岑著　郭家申译
两河一周	〔美〕梭罗著　李家真译注
伊万·伊里奇之死	〔俄〕列夫·托尔斯泰著　张猛译
蓝眼盗	〔墨〕阿尔塔米拉诺著　段若川、赵振江译
你往何处去	〔波兰〕亨利克·显克维奇著　林洪亮译
俊友	〔法〕莫泊桑著　李青崖译
认真最重要	〔英〕奥斯卡·王尔德著　许渊冲译
五重塔	〔日〕幸田露伴著　罗嘉译
窄门	〔法〕安德烈·纪德著　桂裕芳译
我们中的一员	〔美〕薇拉·凯瑟著　曹明伦译
薇拉·凯瑟短篇小说集	〔美〕薇拉·凯瑟著　曹明伦译
太阳宝库　船木松林	〔俄〕普里什文著　任子峰译
堂吉诃德之路	〔西〕阿索林著　王军译
给一个青年诗人的十封信	〔奥〕里尔克著　冯至译

与魔的搏斗：荷尔德林、克莱斯特、尼采
〔奥〕斯蒂芬·茨威格著　潘璐、任国强、郭颖杰译
幽禁的玫瑰：阿赫玛托娃诗选　〔俄〕安娜·阿赫玛托娃著　晴朗李寒译
日瓦戈医生　〔俄〕帕斯捷尔纳克著　力冈译
总统先生　〔危地马拉〕M. A.阿斯图里亚斯著　董燕生译
雪国　〔日〕川端康成著　尚永清译
永别了，武器　〔美〕欧内斯特·海明威著　曹明伦译
聂鲁达诗选　〔智利〕巴勃罗·聂鲁达著　赵振江译
西西弗神话　〔法〕阿尔贝·加缪著　杜小真译

图书在版编目(CIP)数据

你往何处去 /(波)亨利克·显克维奇著；林洪亮译. —北京：商务印书馆，2024
（汉译世界文学名著丛书）
ISBN 978-7-100-23110-7

Ⅰ.①你… Ⅱ.①亨… ②林… Ⅲ.①长篇小说—波兰—近代 Ⅳ.I513.44

中国国家版本馆 CIP 数据核字（2023）第 193442 号

权利保留，侵权必究。

汉译世界文学名著丛书

你往何处去

〔波兰〕亨利克·显克维奇　著
林洪亮　译

商　务　印　书　馆　出　版
（北京王府井大街36号　邮政编码100710）
商　务　印　书　馆　发　行
北京新华印刷有限公司印刷
ISBN 978-7-100-23110-7

2024年3月第1版　　　　开本 850×1168　1/32
2024年3月北京第1次印刷　印张 24 7/8　插页 1

定价：118.00元